De eeuw van mijn vader

Van dezelfde auteur

De engel van Amsterdam
*Een kleine geschiedenis van Amsterdam**
Hoe God verdween uit Jorwerd
*Het stadspaleis**
Het ontsnapte land
In Europa

* Verschenen als Olympus

Geert Mak

De eeuw van mijn vader

OLYMPUS

Olympus maakt deel uit van Amstel Uitgevers BV
De eeuw van mijn vader verscheen eerder bij uitgeverij Atlas

Dertigste druk

Omslagontwerp Studio Jan de Boer
Omslagillustratie © MAI / Hollandse Hoogte

ISBN 90 254 2800 2
NUR 301, 688

www.geertmak.nl
www.boekenwereld.com

Inhoud

Voor Anna, Cas, Gjalt, Tineke, Koosje en Hans
Voor mijn broers en zusters, voor de levenden en de doden

Herinneringen zijn gemaakt van wonderlijk materiaal – bedriegelijk en toch dwingend, machtig en vaag. Men kan geen staat maken op zijn herinneringen, en toch bestaat er geen andere werkelijkheid dan degene, die we in ons geheugen dragen. Elk ogenblik dat wij beleven dankt zijn zin aan het voorgaande. Tegenwoordige tijd en toekomst zouden zinloos worden, als de sporen van het verleden uit ons bewustzijn gewist waren. Tussen ons en het niets staat ons herinneringsvermogen, een problematisch en breekbaar bolwerk.

Klaus Mann, *Het Keerpunt*
Vertaling Willem van Toorn,
Uitgeverij De Arbeiderspers, 1985.

HOOFDSTUK I

Zwart Nazareth

Geuren. Teer en touw, dat moeten bijna zeker de eerste geuren zijn geweest die mijn vader rook. Vers, nieuw touw, zeildoek en teer. Dan was er de geur van zout en golven, van de grootzeilen, schoenerzeilen, fokken, bramzeilen, razeilen en stormfokken die in de werkplaats te drogen hingen. Er was een keuken, die naar melk en brood rook, en later op de dag naar kaantjes en gebakken vis. En ten slotte was er iets van hout, en de koelte van staal.

De eerste geluiden. Binnenshuis klonk vanuit de werkplaats zo nu en dan geratel van een katrol of het gesleep met een rol zeil. Soms de stemmen van mijn grootvader en zijn twee oudste zoons, Koos en Arie. Buiten waren er de voetstappen, de karren over de straat, het getinkel van de paardentram.

En dan waren er al die mensen die daar vlakbij aan het werk waren, in de smederij of de blokmakerij, even verderop, waar de broer van mijn grootvader masten en katrollen maakte, vaak buiten, op de kade, omdat zijn werkplaats te klein was.

'sAvonds waren er de stappen van een paar late wandelaars, de stem van de blokmaker die nog even kwam praten, de wind in de kastanjes, het schuren van de schoeners en kotters aan de kade, de stoten van een zware scheepshoorn, tweemaal, in de verte het gefluister van hekgolven en stoommachines, een vreemd, ver, glanzend verlicht paleis dat voorbijvoer, weg naar een andere wereld.

Mijn vader werd geboren op de 28ste september van het jaar 1899 in Schiedam, beter bekend als Zwart Nazareth, een kil rooknest aan de monding van de grootste rivier van het land. Een stad was het nauwelijks, eerder een optelsom van kleine gemeenschappen met elk een eigen kleur en beklemming.

De mensen leefden er grotendeels van de jeneverfabrieken. Reizigers die vanuit Delft kwamen aansporen schreven hoe het stadje midden in het sappigste Hollands weidelandschap 'lag te braken als een vulkaan', vol vuren van branderijen en flessenfabrieken, omringd door tientallen torenhoge molens met fel draaiende wieken, alsof er binnen de wallen al niet genoeg geploeterd werd.

Soms leek het één groot drankhol. Brandersknechts vulden, als ze naar huis gingen, hun drinkblikjes met sterkedrank om de avond te verlichten. Op wasdag, wanneer de vrouwen warm water mochten halen bij de stookketels van de branderijen, werden emmers met jenever gevuld in plaats van met heet water en afgedekt met dampende dweilen. Honden dronken jenever, zelfs koeien dronken het, met het slootwater mee, en ze zwalkten door het gras.

De meeste buurten verkeerden in verval. De verarming, die in de binnenstad begonnen was, had als een ziekte om zich heen gegrepen, schijnbaar door niets en niemand af te remmen.

Een lauwe stank wasemde uit de muren van de drankfabrieken, de grachten dampten, de ogen van de arbeiders zwommen in de alcohol, de vrouwen waren mager en zwanger, de kinderen hoestten zich de longen uit het lijf – dat was het Zwarte Nazareth van 1899.

Nederland was leeg in die jaren, en de wereld was vol zekerheden. De vijf miljoen inwoners leefden in de kring van stad en dorp. Drie van de vier Nederlanders woonden op het land, en negen van de tien Europeanen. Over de klinkerweg van Amsterdam naar Haarlem – geen vier meter breed – reed een enkele maal per dag een auto. Steden en dorpen waren vermolmd. Veel huizen, boerderijen en andere bouwwerken uit de zeventiende en achttiende eeuw waren nog altijd in gebruik.

Tram en fiets waren nog geen gemeengoed. De bouw van de steden en de structuur van het platteland waren op loopafstanden ingesteld: iedere dorpskern was het centrum van een gebied van zo'n uur gaans in doorsnee, iedere grotere stad kende een opeengeperstheid van mensen. Elke streek had tot 1909 zelfs zijn eigen tijd: er lag zeker een kwartier tijdsverschil tussen het oosten en het westen van Nederland.* Er waren in totaal twaalfduizend telefoons.

Europa was het vanzelfsprekende centrum van de moderne wereld. De tsaar regeerde over Rusland, de keizer over Duitsland en Abraham de Geweldige over het kleine Nederland. De exprestrein Parijs-Calais was met zijn 93 kilometer per uur het snelste vervoermiddel van het continent. De aarde kon men rondreizen in tweeëndertig dagen. Het zou nog negen jaar duren voordat het eerste vliegtuig een rondje vloog boven Nederlands grondgebied, nog dertien jaar voordat de ondergang van de Titanic het einde van het oude Europa zou aankondigen.

Mijn vader was er eentje van een tweeling, Catrinus en Catrien, de zesde en zevende in een gezin dat uiteindelijk tien kinderen zou tellen. Behalve hun gezamenlijke verblijf in de schoot van mijn grootmoeder hadden broer en zuster niets gemeen. Hun levenslijnen bogen uiteen vanaf het moment dat ze geboren waren, en ze raakten elkaar pas weer aan het einde, als een ellips die werelden omspande.

Het *Rotterdamsch Nieuwsblad* dat werd bezorgd op de dag dat ze werden geboren, staat vol over de Atjeh-oorlog, de zaak-Dreyfus, de Yagui-indianen die in Los Angeles slag leverden met de Mexicaanse troepen en een manifestatie van de Algemeene Nederlandsche Zoeavenbond tegen het feit dat de paus het gezag over de stad Rome was ontnomen. Een bericht over een molenbrand bij Oostzaan: 'Het was kwart voor drie 's nachts voordat we met een praam bij de brandende puinhoop aankwamen. Een viertal mannen was er met een bootje gekomen – anders was er geen mens. Van spuiten was geen sprake.'

En dan vind ik, in een verslag van een vaartocht van de jonge koningin Wilhelmina over de Maas, een beschrijving van de lichte kant van Zwart Nazareth: de waterkant. 'Vóór ons de lichtend grauwe rivier met groene en zilveren en gouden tinten en blanke schuimkoppen, wiegelend de booten en schepen. En ver, zeer ver, in de nevelschemer, het gerag der bruggen, reuzenbruggen met haar hoge pijlers. Links de stad, nu somber in bruine, donkere verven, dan opeens hier en daar fel belicht door een sluikse straal der zon.'

Er woei een bries uit het westen die op de golven van de rivier stevige schuimvlokken opjoeg. Vanuit de verte zag de verslaggever de kleine stad liggen, de haven, de ranke lijnen van de schepen, mast na mast, een web van ra's, touwen en schoten. Daartussen stonden de logge, goedige stoompijpen, met zo nu en dan wat smook op de top.

En door alles heen hingen vlaggen, honderden, 'in de verte samensmeltend tot een harmonische kleurenmenging tegen het grijze hemeldek'.

Zo moet de middag geweest zijn waarop mijn vader werd geboren.

Op het Schiedamse gemeentearchief kan, aan de hand van de herinneringen van een van zijn zusjes, mijn tante Maart, een redelijk betrouwbare reconstructie gemaakt worden van de eerste stappen van mijn vader. Wat zag hij, als twee-, driejarig kind?

Allereerst de zeilmakerij van mijn grootvader, een laag huis met een glazen deur, aan weerszijden grote ramen en daarachter een werkplaats die diep doorliep naar de tuin. Er waren zeilenzolders en slaapkamers boven en een mooie opkamer achter, de trots van mijn grootmoeder. Een badkamer was er niet; de jongens wasten zich 's zomers en 's winters buiten op de plaats, waar ze het water uit een kraan over hoofd en nek lieten lopen.

De buurman was een waterstoker, iemand die uitsluitend handelde in heet water en gloeiende kolen om de kachel aan te maken. Daarnaast lag een grote wasserij waar altijd stoom uit de ramen kwam, met daarvoor een wagen om het wasgoed te bezorgen, en een paard en een koetsier, en daarachter een stal voor het paard en een woning voor de koetsier, want arbeidsbesparing was een nog onbekend begrip. Vervolgens was er een petroleumzaakje, een sigarenwinkel, een smid die altijd buiten paarden stond te beslaan, een branderij, een café met dronken mannen, een pettenzaak, een mooie winkel met koffie en thee, weer een paar branderijen – de gerst werd op de schouders van sjouwermannen via ladders naar de zolders gedragen om daar te gisten – en ten slotte een bakker die op zaterdag voor drie cent gebakjes met opgeklopt eischuim verkocht.

Aan de andere kant van de zeilmakerij stond een compleet boerenbedrijf. Veel steden waren in die jaren nog doortrokken van het omliggende platteland, en dat was ook hier het geval. De boer woonde met zijn dochters aan de voorkant, in een huis met een grote opkamer waaraan verder niets te zien was. Pas als je naar binnen ging, zag je de melkbussen, en de boter en de kazen die er werden gemaakt. Daarachter was een hele werf, met hooi en karren en een mestput, net als bij een gewone boerderij. Het land lag op een paar minuten lopen, aan de dijk.

Naast de boer was een paardenstal, waar de kinderen altijd gingen kijken. De paarden waren van een vervoersbedrijf, een paar huizen verder. Als ze daar zo'n paard hadden uitgespannen, liep het los, in zijn eentje, naar de stal. De kinderen vonden het altijd wonderbaarlijk: een paard dat zomaar door een poort tussen de huizen liep, dat je plotseling kon tegenkomen, opeens alleen tegenover zo'n groot, eenzaam beest. Wat verderop was een theetuin, waar dames in lange jurken en mannen met strohoeden naar de rivier zaten te kijken, met een kogelflesje van vijf cent op tafel. En helemaal op de hoek stond het Schreiershuisje, een hokje waar de vissersvrouwen bij slecht weer samendrongen om het manvolk vaarwel te wuiven.

Een foto van de kade: mijn vader moet in die tijd een jaar of vijf, zes zijn geweest. Scheepsmasten, tjalken, loggers, in de verte een molen, meerpalen, een kar, een paar tonnen, dan een rij bomen, tramrails, straatkeien, een smal trottoir, een enkele lantaarn aan een huis. Op de voorgrond staat een meisje voor een deur te wachten, in een zwart rokje, daaroverheen een lang wit schort. In de verte komt een jongen aanlopen, grauw jasje, zwarte korte broek, pet.

De kleuren moeten in werkelijkheid net zo grijzig geweest zijn als de foto doet vermoeden. Niemand in de buurt ging anders dan in grauw of bruinig goed gekleed, vertelde mijn tante Maart. Voor lichte, heldere kleuren moest je immers veel en vaak kunnen wassen, en die mogelijkheid bestond voor de gemiddelde huisvrouw meestal niet. Sommigen wasten zelfs nog bij de rivier, vanuit een bootje.

Ook de kinderen waren bruinig en grijs. Ik vroeg mijn tante naar hun spelletjes. 'We tolden en hinkelden,' zei ze. 'De meisjes sprongen touwtje of gooiden, al zingend, hun diabolo op, een soort grote tol op een touwtje.' Ze wist het liedje nog dat erbij hoorde, ze neuriede het zachtjes.

***

Mijn vader was bijna een halve eeuw oud toen ik geboren werd. Ik was een echt nakomertje, een toegift ter gelegenheid van de bevrijding, en zijn jonge jaren lagen toen al zover achter hem dat hij er zelden of nooit over sprak. Wat dat betreft heb ik hem slecht gekend.

Hij was afkomstig uit een typisch Schiedamse middenstandsfamilie. 'Een zelfstandige, matig bemiddelde middengroep met een matig inkomen gold als de ruggengraat van elke beschaafde maatschappij, en zeker van een democratische,' zo beschreef het historici-echtpaar Jan en Annie Romein met trefzekere hand de sociale klasse die het breukvlak van deze eeuw domineerde en waartoe ook mijn grootvader behoorde. De winkeliers, de ambachtslieden, de kleine bedrijven waarin de patroon samen met zijn oudste kinderen en een of twee knechts het werk deed, ze hoorden tot de kern van de samenleving. Middenstandsproblemen werden aangeduid met 'sociale ruggenmergstering'. Zonder de buffer van de middenklasse zouden extreme armoede en extreme rijkdom in hun volle hardheid met elkaar zijn geconfronteerd, en dat zou het einde van alle vastheid betekenen. Zo was de algemene gedachte, want sinds de Middeleeuwen was men niet anders gewend.

Het waren zwijgende ambachtslieden, de Makken, en ze werkten lang en hard. Ze waren in de achttiende eeuw schipper en zalmvisser op de Maas, en vanaf het begin van de negentiende eeuw maakt het Schiedamse gemeentearchief melding van een zeilmakerij plus touwbaan aan het Hoofd. Sindsdien waren er altijd zeilmakers in de familie. Een scherpe scheiding tussen patroon en knecht was er nog niet in dit soort bedrijven. De Makken waren wel eigenaars, ze genoten zelfs een zekere welstand, maar ze werkten hard mee, maakten vuile handen, en maatschappelijk stonden ze dichter bij de arbeiders dan bij de hogere standen.

De oudste broer van mijn grootvader had een kruidenierszaak, met grote ramen en een mooie snijmachine, heel modern voor die tijd. Een andere broer was blokmaker, een derde was beurtschipper op Amsterdam en een vierde was boekhouder. Hij was de eerste van de familie die 's ochtends vroeg, op een vaste tijd, naar een kantoor ging en tegen de avond, op eenzelfde vaste tijd, weer thuiskwam. Hij moet ook de eerste zijn geweest die iets gekend heeft van vrije tijd, hoe weinig en gering dat ook zal zijn geweest in onze ogen.

De nabijheid van het werk was altijd en overal voelbaar, en van kindsbeen was iedereen ermee vertrouwd. De schoeners en loggers lagen open aan het water; de kinderen bedelden bij de schippers dikwijls om een stukje harde, voedzame zeekaak. Bij de smid, de blokmaker, de zeilmakerij en de branderijen stonden de deuren meestal open. Als de blokmaker een mast moest keren, vroeg hij de voorbijgangers om even te helpen. Als de hoefsmid met een misslag een paard had verwond, liep hij zwijgend de zaak van mijn grootvader binnen om een greep in de teerton te doen. Teer was hét middel tegen alle kwalen en infecties. Wie niets om handen had, bleef al gauw staan om even naar binnen te kijken; wie wat meer tijd had, ging op een bank zitten om een praatje te maken.

Het levensritme aan de kade werd beheerst door de bewegingen van de sluis. Het Hoofd was een schoolvoorbeeld van wat sommige historici aanduiden als de 'economie van de stagnatie', de economie van wachten en oponthoud die omstreeks 1900 nog duidelijk aanwezig was, zeker aan het water. Stagnatie had immers, naast nadelen, in de dagelijkse praktijk ook grote voordelen. Al die tollen (sommige zijn pas in de jaren vijftig opgeheven), al die sluizen, bruggen, dammen en zandbanken, al die plekken waar men moest wachten en overstappen, het waren eeuwenlang even respectabele bronnen van inkomsten als het vervoer zelf, en heel wat herbergen, markten en zelfs dorpen en steden zijn daaruit voortgekomen.

Vandaar dat er regelmatig verzet rees tegen nieuwe, snelle verbindingen. In de wereld van 1900 waren niet alleen met snelheid grote belangen gemoeid, maar ook met oponthoud. Wachtplaatsen waren plekken waar kleine reparaties werden verricht, waar ervaringen werden uitgewisseld en verhalen werden verteld. Er was dus ook een cultuur van stagnatie. En het is buiten kijf dat het bedrijf van mijn grootvader daarvan deel uitmaakte.

Dit betekent niet dat er bij zeilmakerij Mak en Zonen maar wat getreuzeld werd. 'Ze liepen in ons huis allemaal te doen en te werken,' vertelde mijn tante Maart. 'Er was geen tijd voor veel praatjes.' Haar jongste zus Nel herinnerde zich dat Koos en haar vader weleens een spelletje met haar deden, maar meestal 'beefden ze van haast'.

De zonen, Koos en Arie, waren nooit op een vakschool geweest, ze hadden alles van mijn grootvader geleerd, en mijn grootvader had het weer van mijn overgrootvader. Zo had de vakkennis zich binnen de familie opgestapeld, van generatie naar generatie. Daarnaast hadden ze de intuïtie van een goede vakman, en een uitstekend gevoel voor wiskunde, onmisbaar voor een zeilmaker. 'Ze zaten soms uren op de bovenzolder te rekenen voordat ze een zeil begonnen te snijden, met allemaal lijnen en driehoeken, heel precies werk,' wist tante Maart. 'Koos was helemaal gek van zijn vak. Die liep op zondagmiddag naar Delfshaven, alleen om naar de tuigage van een of andere Deen te kijken. Als hij dan een knoop zag die hij niet kende, prutste hij net zo lang totdat hij die ook kon maken.'

De zeilen werden, als vanouds, met de hand genaaid. Aan een middelgroot zeil hadden vier man een dag of tien werk. De zeilmakers droegen een koehoorn met vet om hun middel; telkens moesten ze de zware naald daar even insteken omdat ze anders niet door het zeildoek konden komen. Aan de hand hadden ze een leren plaat met bij de duim een geribbeld stukje staal om voldoende kracht te kunnen zetten. Meestal brandde er in de werkplaats een kachel om de zeilen soepel te houden. En altijd suisden de gaslampen, van 's ochtends vijf tot 's avonds zeven.

Mijn grootvader was een ouderwetse vakman, iemand voor wie ambachtelijkheid gelijkstond met kunst: een waarde op zich, belangrijker dan geld. In de familie worden een paar notitieboekjes bewaard met opdrachten en snel neergekrabbelde calculaties:

Voor Rusch Carlotte, een buitenkluiver...
Voor de Deen Marig, kapitein Rasmussen, een achterkluiver...
Een stagzeil en een brinkzeil voor de Quintos, Van der Elst...
Een matrasje gerepareerd en gevuld met zeegras, f 0,70...
Alle zeilen en touwwerk van de molens van de Verenigde Polders Schiebroek, Berg en Broek...
Nieuw schouwzeil, 36 el, als van Jacob Dijkshoorn...
Alles gerekend op beste kwaliteit, secuur gemaakt.

Zo was het goed in de ogen van mijn grootvader, en meer hoefde niet. De technische vooruitgang kwam pas het bedrijf binnen toen de oudste zoon Koos dat forceerde. Hij vond het onzin om geen gebruik te maken van de naaimachines die ook voor zeilmakers ontwikkeld waren – mijn grootvader zag er niets in – en uiteindelijk kocht Koos de machine zelf, van zijn eigen geld, in 1906. *Adler* stond op de machine.

Mijn grootvader was niet de enige die een half onbewuste weerstand voelde tegen de mechanisering en de industrialisatie, en de haast en de snelheid van de nieuwe tijd. Er bestond rond de eeuwwisseling nog een soort ondernemerschap dat bij concurrenten en afnemers niet het onderste uit de kan wilde halen, dat het spel van vraag en aanbod niet tot het uiterste speelde en dat geen reclame nodig had omdat de goede naam van de ambachtsman en de degelijkheid van de producten voldoende waren.

Krediet werd dikwijls onderling geregeld. Een man die de naaimachines repareerde, kreeg, met wat geleend geld van mijn grootvader, de kans om een naaimachinewinkel te beginnen. Maar een Katwijker haringvisser die geld leende voor een motortje op zijn schokker – hij was de enige die nog alles met het zeil deed, het was een heel vrome man – zagen de Makken nooit meer terug.

Als er werk moest worden aangenomen, zette mijn grootvader altijd laag in, eens zelfs zo laag dat een opdrachtgever zelf de zaak binnenkwam met de boodschap dat dit niet kon: 'Doe er nou honderd gulden bij, dan heb je het nog.' In de familie doet het verhaal de ronde dat hij op een avond, na het werk, een plezierjachtje zag binnenvaren waarvoor hij een paar weken tevoren nieuwe zeilen had gemaakt. Toen het scheepje was aangeland, liep hij naar de eigenaar toe, informeerde hoe het nieuwe zeil beviel – 'Prima, werkelijk prima' – en vroeg vervolgens of hij het toch nog even naar de werkplaats mee mocht nemen. Hij had bij het binnenlopen de bolling van het zeil gezien, en die beviel hem niet. De volgende morgen werden alle zoons en knechts aan het werk gezet, alle banen van het zeil werden losgetornd en enkele millimeters verder weer vastgenaaid en na twee dagen onbetaalde arbeid was de eer van de zeilmakerij gered.

Het was geen toeval dat ik in de stukken van mijn grootvader en overgrootvader voornamelijk kladjes en berekeningen vond, en vrijwel geen officiële contracten, al ging het soms om aanzienlijke bedragen. Het was een bedrijfsvoering die nog vrijwel helemaal gebaseerd was op mondelinge afspraken, op het woord, op vertrouwen, een ondernemerschap dat eerder wortelde in de zeventiende eeuw dan in de twintigste.

***

Schiedam lag, zoals de meeste Hollandse stadjes, in een web van kanalen, weteringen, poldersloten en alles wat verder naar de rivier stroomde. Het water was voor veel Nederlanders volksvijand nummer één. De dijken waren vaak smal en overal kon de zee binnenstromen via open inhammen. Het leven in veel polders was winter na winter een opeenvolging van narrow escapes en kleine rampen. Het stukje Schiedam rondom het Hoofd was in dit opzicht extra kwetsbaar. Regelmatig kwam het voor dat het zeewater door de noordwesterstorm de rivier ingejaagd werd en de kades overspoelde. De enige bescherming bestond uit de vloedplanken die bij alle huizen voor de ramen en de deuren werden geschoven, waarna de naden werden dichtgesmeerd met vette klei. De huizenrij fungeerde dan zo'n beetje als een nooddijk, die overigens wel de enige bescherming van een hele arbeiderswijk vormde.

In een van mijn vaders schoolopstellen – ik vond het vergeelde schriftje een paar jaar geleden terug in een oude doos op zolder – trof ik een beschrijving van zo'n stormnacht. Het begint ermee dat mijn vader wordt gewekt door een paar agenten, 'waarbij een luid hola-hei-geroep'. Pas als hij 'all right' schreeuwt – 'dat klinkt 't hardst, weet je' –, gaan ze verder naar de buren. Een broer wordt wakker gemaakt: ' "He, jôh, d'r uit, we moeten smeren" – dan, als 't regelmatige ademgesnuif niet wil ophouden, veel harder, en met gesjor aan dekens: "D'r uit nou, 't water staat al over de tramrails." '

Alle buren werden gewekt, iedereen was bezig in zo'n nacht om have en goed te redden, één lijn van spookachtige lichtjes, links en rechts, zover het oog reikte. De volgende ochtend stond de hele kade onder water, de schepen dreven angstig hoog voor de ramen. Maar altijd zakte het water ook weer, en het stadje keerde terug in zijn lethargie.

In een ander opstel beschrijft mijn vader enkel het uitzicht vanaf zijn werkkamertje. Het is een soort geschreven stilleven: het glazen dak, de brede goot, de grauwe muur, de kruin van een appelboom in de tuin van de buurman. Voor hem een inktpot, pennen en penhouders, daarnaast boeken en een schoolagenda. In de goot de verdroogde schillen van een sinaasappel. 'Ik zou je precies de dakpan kunnen aanwijzen waaronder dezen zomer een musschengezin is grootgebracht.'

Als hij verder keek, zag hij een veld van lage, eenvormige huisjes, zwart aangeslagen door de rook van de branderijen, met hier en daar aan de rand een paar vierkante, grote gebouwen: fabrieken, een kerk, een enkel overheidskantoor.

'Een groot failliet schijnt over de stad gespreid,' zo beschreef de Schiedamse schrijver Frans Netscher zijn stad in 1900. 'De ellende hangt aan de gevels, de verlopenheid steekt met puntige keien omhoog. En overal langs de havens ziet het oog geslachtsloze, dubbelzinnige gebouwgevels met kleine deuren waar mannen met opgeslagen broekspijpen en roode borstrok-armen in en uit scharrelen, vaten rollend, met water morsend.' Even verderop ploeterden de vrouwen in de kurk- en capsulefabrieken. De kinderen speelden op de vaten en brachten hun ouders eten, in een emaillen schaaltje met een bonte handdoek eromheen. Wie niet in de branderij zelf bezig was, werkte wel als kuipersknecht of sleet de spoeling aan de boeren. Ontsnapping aan dit bestaan was bijna niet mogelijk, want waar kon een alcoholische, ongeschoolde werkman met een gezin anders terecht?

Het Schiedam waarin mijn vader in het begin van de eeuw opgroeide, was een benauwde, dodelijk vermoeide gemeenschap. Het was een stad die zich bevond tussen een conservatieve boeren- en vissersgemeente aan de ene kant en de dynamiek van een snel groeiende wereldstad aan de andere zijde – en hierin weerspiegelde het stadje de mentaliteit van grote delen van het toenmalige Holland. Voortdurend stonden conservatisme en vernieuwing tegenover elkaar, en dat conflict keerde telkens terug, in duizend vormen van stilstand en beweging.

Twee minuten van mijn grootvaders zeilmakerij stond de nieuwste sensatie van de stad: de rijwielhandel annex Overdekte Wielrijschool, die was ingericht door de Simplex Automatic Machine Company. De zalen waar de lessen werden gegeven, waren gestoffeerd met palmen en heesters, de leerling werd in een leren korset met handgrepen gehesen en onder de vrolijke tonen van een pianist werd hij vervolgens door twee geüniformeerde assistenten beetgepakt en op een fiets de zaal doorgerold.

En aan de andere kant bevond zich het petroleumzaakje van Sjouk Lolkes. Lolkes had een lam been waar hij mee trok. Bij een grote scheepswerf mocht hij het terrein aanvegen, en dit was zijn enige vaste bron van inkomsten. Lolkes woonde in een winkel – hoe hij daaraan was gekomen, in een ver verleden, wist niemand – met in de hoek een grote rode bus petroleum, die hij per liter verkocht voor de petroleumlampen die iedereen toen nog had. Op de plank stond nog één ander blik, een blauwe bus met in witte letters 'Van Nelle Koffie'. Daarnaast stond nog een kistje sigaren. Die verkocht hij per stuk aan de schippers die langskwamen. In zijn etalage lagen bosjes hout, hout dat hij op zijn vrije uren uit de rivier had gevist, in zijn binnenplaatsje had gedroogd en daarna op zaterdagmiddag tot brandhoutjes had gehakt. Meer verkocht hij niet. Samen met zijn vrouw Aaltje en een dozijn kinderen strompelde hij zo door de tijd.

In de werkplaats van mijn grootvader werd Lolkes de hele dag door Arie en Henk belachelijk gemaakt: 'Heb je het al gehoord, Sjouk heeft een winkel gekocht naast Simon de Wit. Dat durft-ie wel an hoor, dat durft-ie wel an!' Zo ging het maar door, tot mijn grootmoeder riep: 'Jongens, dat maggen jullie niet doen!', maar ze moest er ook bij lachen.

Op een dag kreeg Aaltje Lolkes nog een kind. Korte tijd later was het dood. Ze vonden het in haar kribje, in de nek aangevreten door een rat.

***

In het verre Parijs werd ondertussen de toon gezet voor een eeuw die alles anders zou maken, een toon van beweging, snelheid en licht. Toen mijn vader bijna een jaar oud was werd er een revolutionaire Wereldtentoonstelling gehouden, met tientallen nieuwe vindingen. Bijna alle gedemonstreerde apparaten waren elektrisch aangedreven, met watervallen van lampen, dynamo's zo groot als kleine fabrieken, en rollende trottoirs waarover je kon flaneren zonder te hoeven lopen. De bezoekers, van wie de huizen meestal nog verlicht werden met kaarsen en olielampen, waren diep onder de indruk en vergaapten zich aan de 'wals van het licht' en de bibberend bewegende lichtbeelden van een dansende Sarah Bernhardt.

Bij insiders viel echter ook nog iets anders op: de opmerkelijke kwaliteit van de inzendingen uit de Verenigde Staten, Duitsland en Japan. Dat was meer dan toeval.

De negentiende eeuw was begonnen met de staart van de Franse Revolutie, gevolgd door een tijd van reactie en verzet tegen bijna iedere vorm van vernieuwing. Daarna was er in bijna alle Europese landen een periode geweest van voorzichtige hervormingen. Aan het eind van de eeuw begonnen de mogendheden zich steeds meer op elkaar te richten. Ze sloten de ene alliantie na de andere, ze wedijverden in het veroveren van almaar nieuwe koloniën, ze bewapenden zich opnieuw, rivaliteit zette de toon. In die situatie begonnen de drie nieuwkomers – ook Duitsland was nog maar dertig jaar een natie – zich langzaam te profileren als nieuwe grootmachten.

Aan het Hoofd hoorde men over deze internationale ontwikkelingen vermoedelijk alleen via een paar geruchten, en een enkel bericht in het *Rotterdamsch Nieuwsblad*. Bij de Makken heeft naar mijn weten nooit iemand een dagboek bijgehouden, maar wel stuitte ik op de notities van een Schiedamse schipper uit die tijd, Teunis Boere, en ik vermoed dat het wereldgebeuren ongeveer op dezelfde manier op het Hoofd doordrong:

> *29 april koud weer en naar de beurs geweest. Alle dage geen werk. Er is zoo weinig werk omdat er oorlog tussen Turkije en Italie is, kunne de zeeboote niet vare van de drijvende dynamiet bomme die onder water ligge. Er ligge 86 zeeboote voor Engeland. 4 mei. Nu hebbe de zeeboote nog voor 17 dage werk eerzij te Rotterdam zijn en weer is er een ongeluk met een zeeboot, de Texas, totaal in de lugt gesprongen op een drijvende mijn. Dat is dinamiet waarbij weer 120 mensche verdronke in zee.*

Zo zullen ook de berichten besproken zijn over de verre Russisch-Japanse oorlog in 1904-1905, waarbij voor het eerst een vermoeide Europese mogendheid werd verslagen door de dynamiek van een niet-Europees land dat zich met succes de westerse techniek had eigen gemaakt. Zo zullen Paul Kruger en de Boerenoorlog behandeld zijn, in het 'stamverwante' Zuid-Afrika, waardoor veel Nederlanders zo anti-Engels werden dat ze decennialang pro-Duits bleven.

Dichter bij huis waren er problemen rond het Nederlandse koningshuis en de angst dat koningin Wilhelmina kinderloos zou sterven. Vorstenhuizen speelden nog een centrale rol in de internationale politiek, en zoiets kon grote politieke gevolgen hebben, vooral als de kroon terecht zou komen bij een of andere verre Duitse erfgenaam.

In 1902 zweefde Wilhelmina door een tyfusinfectie maandenlang tussen leven en dood. De kans was toen inderdaad niet denkbeeldig dat Nederland binnen afzienbare tijd een deel van Duitsland zou worden. Het was een onheil dat alleen met hopen en bidden kon worden afgewend.

Het brood van mijn overgrootouders kwam meestal nog uit Nederland, maar het graan voor het brood dat mijn grootouders consumeerden, was al grotendeels uit Rusland en Amerika afkomstig, het katoen voor het zeildoek werd betrokken uit Afrika of Amerika en de koffie uit Brazilië.

Tussen 1880 en 1910 vertienvoudigde het vervoer per trein of tram. Heel Nederland werd opengelegd met een net van regionale trams en lokale spoorwegen. (Na de jaren twintig, toen de autobus opkwam, werden ze overigens weer even snel afgebroken.) Op wereldschaal gebeurde hetzelfde. Tussen 1890 en 1910 werd over de continenten ruim vierhonderdduizend kilometer spoorlijn aangelegd, en de economische gevolgen daarvan begonnen overal merkbaar te worden.

Ongemerkt begon er iets van een wereldeconomie te ontstaan. Sommige bedrijven voegden zich daarbinnen en begonnen zich te ontwikkelen tot internationale concerns, die op den duur uitgroeiden tot staten naast de staten. Kleine ondernemers als mijn grootvader, in de negentiende eeuw nog de ruggengraat van de natie, werden een soort dat omstreeks 1900 al schaarser begon te worden. In 1850 werkte nog de helft van de Nederlandse bevolking op een of andere manier zelfstandig. In 1899 was dat slechts een vijfde. De rest was in dienst getreden van grote bedrijven en (semi-)overheidsorganisaties.

Er ontstonden zo twee soorten middenstand: een onafhankelijke maar afstervende oude middenstand, en een afhankelijke nieuwe middenstand van opzichters, technici, machinisten, onderwijzers, chefs en andersoortige tussenbazen. Ogenschijnlijk leken beide groepen op elkaar, de laatste kwam meestal zelfs uit de eerste voort, maar in wezen lagen tussen beide groepen werelden van verschil.

De oude middenstand van mijn grootvader dacht in die zin kapitalistisch dat hij behoefte had om met een eigen – klein – kapitaal te werken voor het ideaal van een onafhankelijk bestaan met een veilige oude dag. De industrialisatie en het grote geld doorbraken die droom; vandaar dat de oude middenstand zich vaak sterk verzette tegen het grote kapitaal. De nieuwe middenstand koos daarentegen voor afhankelijkheid, juist van dat grote kapitaal – en vereenzelvigde zich er vaak ook mee – om via die weg veiligheid en zekerheid te vinden. In die nieuwe bedrijven en organisaties kon men bovendien niet meer vertrouwen op overgeleverde technieken, waarden en normen, en op het gezag van oudere generaties, zoals in de zeilmakerij aan het Hoofd. Men moest zelf kennis verwerven, en die voortdurend uitbreiden en aanpassen, en daarom stond de nieuwe middenstand ook veel meer open voor alle soorten van onderwijs.

De oude middenstander was dikwijls patriarchaal en humaan. De knechts van mijn grootvader leefden gewoon mee met het gezin, en volgens mijn tante Maart werd niemand die langskwam ooit zonder eten weggestuurd. Alleen als zijn ideaal kapotgemaakt werd kon de oude middenstander die mildheid verliezen – wat uiteindelijk soms leidde tot een agressief conservatisme.

De houding van de nieuwe middenstander had daarentegen van stond af aan iets hards. Hij kon niet meer rustig afwachten, zoals de oude middenstander, tot er door stevig werken als vanzelf een zekere welvaart kwam, nee, hij moest een plek veroveren door iedere kans te grijpen die zijn bazen hem boden, door op te vallen in de anonieme massa. Niet alleen zijn lichaam en zijn tijd, ook zijn ziel werd gegrepen door het snelle raderwerk van de nieuwe industrie en bureaucratie.

De eerste nieuwe middenstander uit de familiegeschiedenis was, zoals ik al schreef, mijn vaders oom, die boekhouder was geworden. De tweede zou zijn iets jongere broer worden, Aart, die niet een eigen zaak begon maar op een kantoor ging werken. De derde die uit de oude wereld wegvloog, was mijn vader zelf.

***

Ik heb twee foto's van mijn vader, de vroegste foto's die van hem bestaan. De eerste dateert uit het najaar van 1901. Het is een familieportret, genomen op de koperen bruiloft van mijn grootouders. De foto is vaag, een kopie van een kopie, maar mijn vader, net een jaar oud, is duidelijk zichtbaar. Hij zit in een wit rokje – toen de algemene babykleding – op de knie van mijn grootmoeder, bijt in zijn linkerknuistje en kijkt met hel-donkere ogen de wereld in.

Op de tweede foto, uit het voorjaar van 1914, zie ik een opgroeiende jongen in zijn zondagse pak, een colbert met brede revers en een korte broek, het hoofd bijna kaalgeknipt, grote handen, en in zijn blik iets terughoudends. Tijdens die ene seconde waarop we hem betrappen kijkt hij gespannen naar de fotograaf, met iets van verbazing. De anderen – het is een groepsportret van de hele familie rond een vaas met vijf stakerige anjers – poseren (mijn grootmoeder en haar oudste dochter Saar), onderdrukken met moeite een brutaal lachje (Arie), zien zorgelijk toe (de kleine Aart), kijken naar de verste hoek van het plafond (Catrien), wachten de bui rustig af (Koos en Henk) of staan op het punt om van de stoel te springen en weer te gaan spelen (de kleine Maartje).

In het midden zit mijn grootvader, snor, krullend haar, glimmend gepoetste schoenen, rustig en solide als de Bank van Engeland, maar met diezelfde argwaan in zijn blik als mijn vader. Nee, zijn idee is het duidelijk niet geweest, die sessie met die fotograaf, dat weet ik vrijwel zeker. Het was meer iets uit de koker van mijn grootmoeder waarin hij zich met al zijn goedigheid had geschikt.

De periode tussen 1900 en 1914 werd, in de woorden van Stefan Zweig, beleefd als 'een gouden eeuw van zekerheid'. Zweig, een Oostenrijker maar vooral een Europeaan, beschreef in het verhaal van zijn jeugd als geen ander de intieme wereld van de Europese burgerij rond de eeuwwisseling. 'Iedereen wist hoeveel hij bezat of hoeveel hem toekwam, wat toegestaan en wat verboden was. Alles had zijn norm, zijn vastgestelde maat en gewicht. Wie een huis bezat, beschouwde dat als een zekere woonplaats voor zijn kinderen en kleinkinderen, hoeve en bedrijf werden van geslacht op geslacht overgeërfd; terwijl een zuigeling nog in de wieg lag, legde men in de spaarpot of op de spaarbank al een eerste centje opzij voor zijn levensweg, een kleine reserve voor de toekomst.'

Voor miljoenen Europeanen was dit gevoel van zekerheid het meest begerenswaardige bezit, en miljoenen anderen streefden het na met al hun kracht, als een gemeenschappelijk levensideaal. Ook mijn grootvader gaf ieder kleinkind in de wieg iets mee: een gouden tientje. Het eerste dat iemand deed als hij klom op de maatschappelijke ladder, was zekerheid uitstralen: in oud-makende kleding, in een waardige manier van bewegen, in zijn wijze van leven en wonen.

Zie bijvoorbeeld hoe mijn grootmoeder haar 'mooie kamer' had ingericht: een plafond met rozetten, behang met grote bloemen, dure vloerbedekking, een zwart marmeren schoorsteen met daarop porceleinen hondjes, flessen en naamloze bibelots, schilderijen met landschappen en zeegezichten, glanzend gepoetste kasten en stoelen van mahoniehout, overal gehandwerkte lapjes, op de tafel een dik kleed, kortom, een typische salon van de toenmalige middenklasse, het resultaat van een voortdurend heen en weer slingeren tussen opschik en zuinigheid, tussen het hooghouden van de eigen stand en de realiteit van het bestaan, tussen de wil tot verder streven en de bevestiging van de orde der dingen.

Wij weten nu dat die wereld van zekerheid een illusie was, dat de krachten die haar omver zouden werpen al volop in beweging waren toen mijn vader in de wieg lag, dat drie van de vijf grootmachten die de wereld droegen nog tijdens zijn schooljaren weggevaagd zouden worden, en dat het oude Europa gedrenkt zou worden in bloed en barbaarsheid, nog voor hij volwassen was. Maar een terugblik vertroebelt het beeld. Want in het ochtendlicht van de twintigste eeuw voorvoelde niemand dat nog. Zoals mijn grootouders leefden, zo leefden honderdduizenden Nederlandse gezinnen, in rustige welstand, wetend dat rampen slechts ver van hun bed plaatsvonden en dat het oorlogsgeweld sinds mensenheugenis aan dit land voorbij was gegaan.

Ze leefden niet alleen in een tijd van zekerheid, ze waren er zelfs zeker van dat hun zekerheid van alle tijden was. En bovendien werd die zekerheid bestraald door een warme zon van voorspoed. 'Het is misschien moeilijk, voor de generatie van vandaag, die opgegroeid is te midden van rampen, ineenstorting en crises [...] het optimisme en het vertrouwen in de wereld te beschrijven die ons jonge mensen van het begin van de eeuw af bezielden,' schreef Stefan Zweig. Europa had al decennia in vrede geleefd – en voor Nederland en sommige andere landen was die periode nog veel langer –, de techniek had het leven vleugels gegeven, de wetenschappelijke ontdekkingen maakten de mensen trots en zelfbewust.

Bijna alle grote steden maakten tussen 1880 en 1914 een stormachtige ontwikkeling door: er werden boulevards en pleinen aangelegd, nieuwe wijken neergezet, warenhuizen, musea, theaters en stations gebouwd, zo groot als kathedralen. De mensen werden gezonder, ze kregen langzaam wat meer comfort en vrije tijd, en dankzij de betere voeding en hygiëne gingen ze er mooier uitzien. Rond 1910 hing in de meeste steden en dorpen bij de notabelen een telefoon. Een telegram kon binnen enkele seconden naar de andere kant van de wereld worden gestuurd. Op de morgen van 17 december 1903, op de Kill Devil Hill in North Carolina, maakten de rijwielfabrikanten Wilbur en Orville Wright de eerste vier vluchten met een zelfgemaakte vliegmachine; de langste vlucht had een afstand van 255 meter. Rond 1900 kondigden sommige medici het 'voorzienbaar einde' aan van alle menselijke ziekten, en enkelen hoopten zelfs dat het na de uitvinding van de röntgenstralen in 1895 mogelijk zou worden om de menselijke ziel te fotograferen.

***

Zo werd de periode tussen 1900 en 1914 beheerst door een ongekende dynamiek, die werd afgedekt door een schijn van rust en eerbiedwaardigheid. Het huis aan het Hoofd werd nog verlicht met gas- en olielampen en een enkele kaars, maar wel doken in het *Rotterdamsch Nieuwsblad* steeds vaker berichten op over de aanleg van elektriciteit in het stadje, en kort na 1913 was het ook op het Hoofd zover: elektrisch licht met een draai van een knop, de gemakken van een stofzuiger en een strijkijzer, de komst van een nieuwe helderheid, een nieuwe lichtheid van bestaan.

Ook werden in die jaren de eerste beslissingen genomen die veel later binnen de familie tot een – nimmer uitgesproken – breuk zouden leiden: mijn vader werd grotendeels vrijgesteld van het werk in de zeilmakerij, omdat hij naar de hbs mocht. En de kleine, pientere Maartje mocht doorleren op de mulo, totdat, na drie jaar, mijn grootmoeder haar als hulp in huis nodig had, een beslissing die als volkomen vanzelfsprekend werd ervaren.

Want laat het duidelijk zijn: ook binnenskamers was de familie een typisch doorsnee Hollands gezin van rond de eeuwwisseling, met alles wat daarbij hoorde. Seksualiteit speelde geen rol, beter gezegd, mocht geen rol spelen. Arie schijnt weleens avances gemaakt te hebben jegens een werkster, maar verder was in huize Mak weinig of niets zichtbaar van enige erotiek. 'Mijn moeder heb ik nooit anders gezien dan in het zwart, of, 's zomers, iets heel donkerblauws met een paars balletje,' vertelde mijn tante Maart me. 'Gekdoen of vrijen tussen mijn ouders, dat zag je nooit. Wel eens een hartelijk woordje of een lachje, dat wel, maar anders niet. We dachten als kind zelfs niet aan zulke dingen. Van seks, daarvan hoorden we alleen iets vaags, via vriendinnen.'

Een van de broers, Henk, bracht ooit het mooiste meisje van het stadje mee naar huis, maar de verbintenis hield geen stand omdat Henk een wel heel weinig flamboyante minnaar was. Haar afscheidsbriefje luidde:

Geachte familie. Het spijt me voor u en voor Henk heel erg, maar ik vind Henk een te stille jongen. Ik heb gemerkt dat ik daar niet tegen kan en heb na veel strijd dit besluit genomen. Verder dank ik u nog voor de hartelijke ontvangst en verblijf met vele groeten uw

Machteld de Ronde

In het gezin was mijn grootvader de stille, harde werker op de achtergrond. Met veel mensen ging hij niet om, afgezien van de zondagse kerkgang met zijn broer de blokmaker. Als een van zijn broers jarig was ging hij even langs om te feliciteren, en bij de broers van mijn grootmoeder kwam hij helemaal nooit. In een kamer zitten en met mensen gaan praten, dat deed hij niet. Als hijzelf jarig was kwamen ze wel allemaal, de mannen vooral, en graag, want ze kregen een sigaar, een gebakje en een kopje chocolademelk, dat toen vaak nog in plaats van koffie werd gedronken. Daarna was er een glaasje wijn, zelfs de naam wist een van mijn tantes nog: Muscatel d'Algarve.

Het gezin was een productiebedrijfje op zich. De meeste kleren werden zelf gemaakt en dat gold ook voor het eten: geweckte groenten, jams, ingezouten vis en vlees. Daarbinnen was mijn grootmoeder de spil. Zij moet, volgens alle getuigenissen die ik hoorde, een uitgesproken lieve vrouw zijn geweest, die nooit een kwaad woord sprak over een ander. Maar toch was ze altijd bang voor het Jongste Gericht. Toen zij van de Hervormde Kerk overstapte naar de Gereformeerde, gingen bijna alle kinderen met haar mee. Zij was vol van zonde en zondeval, en Adam en genade, en strijd, en bekering. Haar man trok zich daar niets van aan. De kinderen zaten ertussen.

Mijn grootouders waren al vanaf het begin van hun huwelijk op godsdienstig gebied elkaars tegenpolen. Mijn grootvader ontleende zijn wereldbeschouwing voornamelijk aan bepaalde predikanten aan wie hij gehecht was. Hij behoorde tot de 'moderne richting' in de Hervormde Kerk, een stroming die een verlicht, rationeel soort theologie verkondigde en die uiteindelijk zou uitmonden in de hedendaagse onkerkelijkheid. Atheïstisch en anti-godsdienstig was deze stroming allerminst. Het was vooral twijfel die doorklonk in de preken in zijn kerk, onzekerheid die vervolgens werd verguld door mooie zinnen en fraaie, hoogstaande gedachten.

Nu was de dood in de jaren waarin mijn vader opgroeide nog jong en actief, snel en onverwacht en overal toeslaand. Een 'gewone' longontsteking kon al fataal zijn. Beroepen als visser en havenarbeider waren buitengewoon riskant. De kindersterfte was hoog; vrijwel ieder jeugdboek uit die tijd bevatte wel een tranentrekkende sterfscène. Zelfs in het redelijk welvarende gezin van mijn grootouders stierven twee meisjes, eentje aan difterie, de ander aan een tegenwoordig onschuldige kinderziekte. En later zou de tweede vriendin die de stille broer Henk meenam, binnen één nacht overlijden aan een hersenvliesontsteking. Je kon dus ieder ogenblik, zoals vrome mensen zeiden, 'voor de rechterstoel des Heeren geplaatst worden'. En hoe zou Hij dan oordelen? Die vraag hield velen voortdurend bezig, ook mijn grootmoeder.

Iedere morgen landde aan de kade de boot van over de rivier. Eerst liep er altijd een vrouw van boord met een juk op de schouders met twee manden verse eieren, en dan kwamen de anderen: vissers, boeren die langs de huizen melk en kaas verkochten, mannen met groenten en aardappels. Het waren mensen van de eilanden van de overzijde, en mijn grootmoeder praatte graag met hen over het leven bij God, na de dood.

Met name een bepaalde eierboer maakte grote indruk op haar. Deze man wist niet zeker of hij wel een kind van God was, martelde zijn gemoed met allerlei teksten en streed voor zijn zaligheid, totdat de bekering kwam. De kleine Maartje, die stilletjes meeluisterde, vertelde me dat vooral het laatste verhaal haar altijd weer duizend nachtmerries bezorgde. De eierboer beschreef dan hoe hij met de engel had geworsteld als Jakob bij de Jabbok-rivier, gekropen had hij door modder en poelen, en uren had hij in angstig smeken en kermen doorgebracht. Totdat het licht opging, en ook deze eierhandelaar zich een kind van God wist.

Mijn grootmoeder kon maar niet genoeg van zijn verhalen krijgen. Want o, het oordeel, en dan de eeuwigheid! Eén keer loodste ze hem het huis in, omdat ze moe werd van het staan. Maar op dat moment greep mijn grootvader in, die de boel vanuit de werkplaats in de gaten had gehouden. Hij ontzegde de eierboer de toegang tot het huis, zei dat hij een smeerlap was en riep dat hij hem nooit meer wilde zien.

Eerlijk gezegd vermoed ik dat in het incident met de eierboer niet alleen religieuze gevoelens een rol speelden. Gewoonlijk maakten de Makken zich niet druk over geloofskwesties. Over het algemeen beleefden ze hun godsdienst in de gelijkmoedigheid van de negentiende eeuw, toen het leven van alledag nog doortrokken was van de christelijke leerregels, de kerk als een vanzelfsprekend instituut werd beschouwd en vrijwel iedere Nederlander in God geloofde, of hij nu een moderne, orthodoxe of helemaal geen richting beleed.

De verzuiling, de sociale scheiding tussen de diverse godsdienstige en politieke groeperingen, moest aan het eind van de negentiende eeuw nog bijna helemaal beginnen. Men kón zich zelfs nauwelijks in de eigen zuil opsluiten, omdat de aparte verenigingen, scholen en universiteiten nog grotendeels opgezet moesten worden. Volgens de volkstelling van 1899 kwam slechts twee procent van de Nederlanders er openlijk voor uit niet tot enige Kerk te behoren. Het ambtelijk gebed, waarmee openbare vergaderingen dikwijls werden geopend, werd iedereen geacht probleemloos uit te spreken. Toen koningin Wilhelmina in 1908 eindelijk weer zwanger bleek te zijn, werd de Kerken van staatswege verzocht om massaal te bidden voor een geslaagde afloop – een opdracht die werd gepresenteerd met dezelfde logica als een hedendaagse medische ingreep.

Het geloof was, kortom, voor de meeste mensen geen theologische constructie maar een dagelijkse, vanzelfsprekende realiteit. Mijn grootmoeder vertelde altijd – niet zonder tranen – hoe een van haar overleden kleuters vlak voor haar sterven vroeg: ‘Koos, zal jij de ladder goed vasthouden als ik naar de hemel ga?’ En zo zal zij haar eigen geloof ook beleefd hebben, even reëel als de aarde en het dak van de wolken.

Tussen de vroegste familiestukken vond ik een opvallende brief, zo vol vrome taal dat ik er aanvankelijk niets van begreep. Hij was afkomstig van mijn overgrootvader en gericht aan zijn vader – mijn betovergrootvader dus – ter gelegenheid van diens eenentachtigste verjaardag, in januari 1867.

Een gezellig epistel is het niet. Alinea na alinea wordt mijn betovergrootvader vermaand en opgeroepen om zich te bekeren, voordat het te laat is. De reis naar de eeuwigheid is immers nog maar kort, en het oordeel van God nabij. 'Kom vader, naar Jezus dan heengesneld met al uw zonden en al uwe bezwaren,' schreef mijn overgrootvader. 'Maar gaat dan spoedig, niet uitgesteld tot morgen, want het is voor u reeds de elfde ure en nog staat die liefderijke Heiland bij u aan de deur van uw hart en klopt...' Zo gaat het nog drie velletjes voort, over de komende dood – ''k Moet eerst verrotting nog aanschouwen' – en daarna, hopelijk, de eeuwige zaligheid.

Ik lees de brief een tweede, en een derde keer, en het valt me op dat de tekst vol staat met half-rituele formules en fragmenten van gezangen, die de tekst een bijna bezwerende cadans geven. Hier wordt duidelijk een jargon gehanteerd, een andersoortig jargon dan dat van de marxisten later, maar evenzogoed een jargon.

Ik kan het allemaal niet goed vatten. De taal is zwaar in de leer, maar overal worden ook gezangen aangehaald in plaats van psalmen, wat voor de meeste orthodoxen een vloek is. En evenmin snap ik iets van het schijnbare conflict tussen zoon en vader over de lichtzinnige levenswandel van de laatste. Uiteindelijk ga ik te rade bij iemand die zelf afkomstig is uit het Hollandse protestantisme van de zwaarste soort, een kennis van een kennis. Het is verbluffend om te zien hoe hij, honderddertig jaar na dato, de taal, de codes en de boodschap feilloos verstaat, en de brief ook onmiddellijk weet te plaatsen: 'Dit is geschreven door iemand uit de piëtistische stroming die al sinds de zeventiende eeuw in de Hervormde Kerk bestaat. Het was ook iemand die verkeerde in de kring van het Réveil, de negentiende-eeuwse opwekkingsbeweging van de bekeerde israëliet Da Costa en de dichter Bilderdijk.' Van een conflict tussen zoon en vader was volgens hem geen sprake. 'Dit was in die kringen een prachtige verjaarsbrief, en waarschijnlijk is hij daarom ook bewaard gebleven.' Hij legt uit dat het een vorm van grote genegenheid was, die bekommernis om het zielenheil van je dierbaren. 'Mijn eigen vader zou wat graag zo'n brief van mij gehad hebben, alleen kan ik zoiets niet meer uit mijn pen krijgen.'

Woorden, gezangen, teksten, almaar herhaald, en dat alles voor wat geborgenheid en vrede. Mijn overgrootouders waren niet de enigen die daarnaar zochten, meer dan voorheen. Tijdens de tweede helft van de negentiende eeuw was de verwarring rond godsdienstige kwesties groter dan ooit, en de emoties liepen hoog op.

Velen geloofden in de economie, in de wetenschap, in de techniek, velen ook in een eerlijke verdeling van geld en goederen, in onderwijs, in een rationeel ordenende staat, in de utopie van het socialisme. Beide groepen richtten hun verwachtingen steeds meer op het aardse leven. In 1848 was er een nieuwe, liberale grondtoon gezet, gebaseerd op de ooit revolutionaire gedachten van democratie en gelijke kansen voor iedereen.

Deze levenshouding was in zekere zin een voortzetting en uitbreiding van een losmakingsproces dat al dateerde uit de Renaissance en de Verlichting. Maar tegelijk ontstond op godsdienstig terrein een reactie, in de vorm van vier nieuwe bewegingen.

Allereerst was er de beweging van de vrijzinnigen, een theologie die probeerde om zowel geloof als Verlichting in zich te verenigen. Alles wat in de bijbel stond, werd geplaatst binnen de vaste wetmatigheden van natuur en samenleving. Een wonder was geen mirakel meer, maar werd herleid tot een verbazingwekkende natuurreactie of een symbolisch verhaal. Jezus was niet anders dan een bewonderenswaardig voorbeeld voor de mensheid. Verdraagzaamheid – ook tegenover andere godsdiensten – en een optimistische kijk op de wereld stonden hoog in het vaandel.

Onder de eenvoudige burgerij ontstond echter een tweede beweging, die juist uitging van het tegendeel. Deze 'kleine luyden' raakten meer en meer ontevreden over de officiële Hervormde Kerk, die allerlei afwijkingen in de leer duldde, gezangen liet zingen en van allerlei andere tradities afweek. Sommigen trokken zich terug in conventikels, besloten gezelschappen waarin de 'praktijk der godzaligheid' beoefend werd, maar die wel binnen het verband van de grote Hervormde staatskerk bleven. Ik vermoed dat mijn vrome overgrootvader ook tot zo'n gezelschap behoorde. Uiteindelijk ontstond uit deze wat mystieke gemeenschappen de Gereformeerde Bond, de zwaar orthodoxe vleugel binnen de Hervormde Kerk.*

Een andere lijn kozen de groepen die vanaf 1834 meegingen met de zogeheten Afscheiding. Zij maakten zich los en vormden, ten koste van grote offers, kleine, zelfstandige gemeenten. Omdat ze het openbare onderwijs veel te vrijzinnig vonden, begonnen ze vanaf het midden van de negentiende eeuw eigen scholen op te zetten. Als geen ander beseften ze dat onderwijs de enige weg opwaarts vormde voor hun kinderen en kleinkinderen, maar daarbij dienden ze wel voor het geloof behouden te blijven.

In de bovenlaag van de samenleving leefde daarnaast nog een vierde beweging, het Réveil, de geestelijke stroming van Isaäc da Costa. Het was een typische protestbeweging, die fulmineerde tegen de zelfvoldaanheid van de negentiende eeuw met zijn materialisme en zijn overschatting van het rationele denken. In kleine bijeenkomsten probeerde men dichter bij het christendom te komen, maar enkel godsdienstig was deze beweging niet. Het ging om meer.

Onder leiding van Guillaume Groen van Prinsterer probeerde men de oude nationale waarden van de Tachtigjarige Oorlog nieuw leven in te blazen. Niet alleen tegen het liberalisme moest volgens Groen van Prinsterer een dam worden opgeworpen, maar ook tegen de 'oprukkende macht van het pausdom', en de 'vervloekte afgoderij van de paapsche mis'. Op die basis begon men hier en daar 'Anti-Revolutionnaire' kiesverenigingen op te richten. Anderen hielden het echter voor gezien; ze emigreerden naar de Nieuwe Wereld, waar ze hun eigen kerken en steden stichtten, ver van het zondige Nederland.

Het was de charismatische predikant Abraham Kuyper die de onvrede over moderniteit en liberalisme ten slotte omsmeedde tot een werkelijk hechte massaorganisatie. In 1870 werd hij hoofdredacteur van het weekblad *De Heraut*, in 1872 stichtte hij een eigen dagblad, *De Standaard*, en in 1879 werd hij de eerste voorzitter van het Centraal Comité van Anti-Revolutionaire Kiesverenigingen.

In wezen was Kuypers mensbeeld uiterst pessimistisch: in tegenstelling tot de optimistische tijdgeest zag hij de mens, zoals de Heidelbergse catechismus leerde, 'onbekwaam tot enig goed en geneigd tot alle kwaad'. In de chaos van de moderne tijd zag hij maar één zekerheid: Gods Woord, het Woord van de Vaderen, de leer die, zoals hij in het eerste nummer van *De Heraut* schreef, 'tot omstreeks 1750 in gezonden zin en met degelijke wetenschap gesierd beleden werd'. Wat er na 1750 in de wetenschap en de theologie gebeurd was, telde volgens hem blijkbaar niet. Een echte calvinist was Kuyper trouwens evenmin: zijn theorieën grepen terug op het gedachtegoed van de Hollandse dominees uit de zeventiende en achttiende eeuw, niet op dat van Calvijn zelf.*

Toch was Kuypers theologie typisch negentiende-eeuws, en daarom vonden zijn opvattingen ook zo snel weerklank. Met zijn ideeën over het Woord van de Vaderen sloot hij naadloos aan bij de mode om het Nederland van de Gouden Eeuw weer tot leven te brengen. Zijn visie over 'de volstrekte soevereiniteit Gods' haakte probleemloos in op de discussie die gedurende een groot deel van de negentiende eeuw het publiek beheerste, en die impliciet voortdurend draaide om de vraag: wie heeft de macht, en met welk recht? En zijn opvatting dat het enige ware Nederland het calvinistische Nederland was, weerspiegelde een verschuiving die overal in Europa plaatsvond, namelijk van een bevrijdend nationalisme naar een nationalisme dat dwingende eisen stelde aan de eigen gemeenschap.

In dezelfde periode werd in Frankrijk geroepen dat de Franse natie en de katholieke Kerk één en ondeelbaar waren, in Groot-Brittannië was de enige ware Brit een Engelsman, in Duitsland begon de term 'bloed en bodem' rond te zingen, in Rusland kon een echte Rus alleen maar lid zijn van de Russisch-orthodoxe Kerk, in het Habsburgse rijk werd hier en daar gesproken over het deporteren van minderheden, en bijna overal hoorden de joden er vooral níet bij.

Abraham Kuyper en zijn volgelingen wilden eigenlijk de grote Hervormde staatskerk overnemen. Ze noemden zichzelf 'dolerenden', naar het Latijnse woord *dolere* (klagen). Een dolerende kerk is een kerk, schreef Kuyper, 'die naar God klaagt of haar plage mocht worden weggenomen'. Hun machtsgreep mislukte in 1886, en vervolgens braken ze met de Hervormde Kerk.

Vrij kort daarna kwamen de Afgescheidenen en de Dolerenden tot een fusie – een kleine groep Afgescheidenen bleef zelfstandig: de latere Christelijke Gereformeerde Kerk – en samen vormden ze de Gereformeerde Kerken. Uiterlijk werden beide groepen door Kuyper perfect aaneengesmeed, maar wie deze werelden goed kende kon een eeuw later nog duidelijk de verschillen waarnemen tussen, bijvoorbeeld, de wat piëtistische sfeer van een typische afscheidingsgemeente en de nuchtere houding van een doleantiefamilie uit de grote stad.

Aanvankelijk zijn al deze bewegingen vermoedelijk grotendeels aan de Makken voorbijgegaan. Het waren, zo valt uit die oude verjaarsbrief op te maken, vrome, piëtistische mensen, maar ze dachten er niet aan om de 'grote kerk' de rug toe te keren. Ze luisterden zondag na zondag braaf naar de predikanten die hun bevielen, ze zongen de dierbare gezangen die toen in de mode waren – 'Gij akker Gods, uw kostbaar zaad/ Moog schooner lente toeven/ Een talloos tal van bloemen staat/ Te bloeijen in uw groeve' – en als de predikatie hun niet meer zinde, gingen ze naar een ander. Tussen de geuren van kamfer en pepermunt verspreidde de kleine stoet Makken de lichte teerlucht van de zeilmakerij, en dat was hun voornaamste afwijking. Van nature waren ze niet tot de doleantie van Kuyper geneigd. Als mijn grootmoeder er niet was geweest, zou die keuze ook nooit zijn gemaakt.

Volgens de overlevering ontstond de breuk tussen hervormd en gereformeerd binnen de familie bij het overlijden van mijn overgrootmoeder, de moeder van mijn grootmoeder. De doleantie van Abraham Kuyper was nog maar net begonnen toen ze op haar sterfbed mijn grootmoeder bezwoer: 'Kind, volg die gereformeerde dominee, ga naar zijn catechisatie, voed je kinderen op in de ware leer opdat ze gered worden.'

Mijn grootmoeder, diep onder de indruk, beloofde het. Zo bepaalde één gebeurtenis de lijn van een reeks volgende generaties. Een hele tak van die brave, apolitieke, hervormde Makken werd opeens gereformeerd, en daarmee deelgenoot aan een van de meest strijdbare emancipatiebewegingen van deze eeuw.

Gezamenlijk begonnen de 'kleine luyden' namelijk met de bouw van een compleet burchtenstelsel waarbinnen men veilig kon zijn voor de verwording der zeden: de burcht van het gezin, de burcht van de eigen kerkelijke gemeenschap, van de eigen universiteit, de eigen kranten, de eigen school, de eigen politieke partij, en dat alles onder het credo 'soevereiniteit in eigen kring'.

Het succes van Kuypers beweging was, paradoxaal genoeg, mede te danken aan diezelfde tijdgeest die bestreden moest worden. De orthodox-rechtzinnige Kuyper was – en daarin verschilde hij van zijn voorgangers Groen van Prinsterer en Willem Bilderdijk – in alle opzichten ook een kind van de moderne samenleving. Met grote voortvarendheid wist hij met een eigen dag- en weekblad het land tot in de verste uithoeken te bestrijken. Door de nieuwe vormen van massavervoer was hij in staat ongekende menigten op één plaats bijeen te brengen. (Overigens raakten de katholieken, socialisten en andere groepen ook al snel verslaafd aan dergelijke toog- of landdagen.) Dankzij spoorwegen en posterijen was hij als een van de eersten in staat om een moderne, landelijke massaorganisatie op touw te zetten en overal zijn denkbeelden te verspreiden. Zelfs in Amerika voerde hij campagne als een volbloed politicus, met schepen, treinen en automobielen. De Anti-Revolutionaire Kiesverenigingen liet hij in 1879 fuseren tot de Anti-Revolutionaire Partij, die algemeen wordt beschouwd als de eerste moderne partij in het Nederlandse politieke bestel.

Zijn aanhangers vormden rond de eeuwwisseling zo'n zeven procent van de bevolking. Het was een solide en principieel soort, soms dun en benepen, vaak ook ouderwets en tegelijk modern-praktisch. Het waren hardwerkende mensen die op hun eigen wijze een soortgelijk emancipatieproces begonnen als de socialistische arbeiders.

In 1901 behaalden ze samen met de katholieken een eclatante verkiezingsoverwinning. Abraham de Geweldige kon gaan regeren.

De afscheiding van grootmoeder Mak gaf binnenshuis alleen problemen met de twee oudste zoons. Met name Koos vond het maar niets dat zijn moeder de doleantie bij de Makken had binnengehaald. Hij bleef stug en trouw lidmaat van de Hervormde Kerk, zijn leven lang, meed voortaan enigszins de gereformeerde tak van de familie en zweeg verder over de kwestie. Vermoedelijk heeft mijn grootmoeder zelfs nooit geweten dat er een kwestie wás. Mijn grootvader vond het allemaal wel best. Hij was een goedmoedig man en bovendien waren hij en mijn grootmoeder wellicht ook te weinig samen om veel ruzie te kunnen maken. Kreeg zijn dominee een gift, haar dominee kreeg hetzelfde bedrag. Kreeg haar dominee voor zijn verjaardag een doos sigaren, zijn dominee, jarig of niet, kreeg er ook een. Wilde zij een abonnement op de christelijke *Rotterdammer* en *De Vriend van Oud en Jong*, ze deed maar, als hij zijn eigen *Rotterdamsch Nieuwsblad* maar hield.

Mijn vader herinnerde zich hoe mijn grootvader zich 's zondags op zijn gemak stond te scheren terwijl mijn grootmoeder met zeven van haar kinderen haastig langsliep om op tijd te zijn voor haar rechtzinnige godshuis. Meestal stond hij hen na afloop alweer met een stil lachje op te wachten: 'Mijn dominee kan het toch maar vlugger.'

Bij de koffie zaten de vrijzinnige mannen aan de ene kant van de kamer, mijn grootmoeder en haar kinderen zaten aan de andere kant, maar het was voornamelijk de stem van mijn grootmoeder die de ruimte vulde: over dominees, over de preek en over Jakob die een ladder zag, tot bovenaan in de hemel.

Van mijn vader weet ik dat hij vooral de herinnering bewaarde aan het samen zingen met mijn grootvader, op de stille zondagavonden, als mijn grootmoeder naar de tweede kerkdienst was en alle kinderen links en rechts van de tafel tegen hun vader aanleunden om liederen te zingen uit de hervormde gezangenbundel.

Van de kleine Maartje weet ik hoe ze zich tachtig jaar later nog het gevoel van ongeluk herinnerde, de angst dat ze niet op tijd bekeerd werd voordat ze zou sterven, en hoe dat dan zou moeten, want zonder bekering ging geen mens de hemel in. Ze voelde nog het benauwde bidden onder de dekens, de onrustige slaap daarna. Maar de jongens lachten erom.

HOOFDSTUK II

De mooie tijd

In de krant die op de oudejaarsmiddag van 1911 in de werkplaats van mijn grootvader werd aangereikt, stonden de volgende berichten:

'De Spaansche troepen rukten in hoefijzervorm op en omsingelden den vijand, die ook vanaf zee door vier oorlogsschepen beschoten werd. Het was een vreeselijke slachting. Vijfhonderd gedode Mooren bedekten het slagveld.'

'Deze aartsmillionair, met een vermogen van zesentwintig millioen, zal dus wel de rijkste man van Nederland zijn. Hij werkt nog steeds voor zijn brood.'

'De Nederlandsche Middernachtszendingsvereeniging heeft een openbaare vergadering belegd op 3 januari aanstaande in het Vereenigingslokaal ter bespreking van eenige zedelijkheidswetten.'

'Tweehonderd geweren, talrijke kamelen en munitie geraakten in handen van den Turkschen vijand.'

'In een café aan de Verbrande Erven ontstond gisteravond een ruzie tussen twee kostgangers, waarbij eenig huisraad werd gebroken.'

De familie Mak vierde de jaarwisseling van 1911 naar 1912 in een burcht van rust en tevredenheid, in 'levensweelde', zoals mijn tante Maart het later zou noemen. In de herinneringen die ze voor haar kinderen opschreef, trof ik een gedetailleerde beschrijving van die nieuwjaarsviering, een intieme momentopname van het gezinsleven van destijds.

Mijn grootvader had in de laatste dagen van het jaar nog een haastklus moeten afmaken, en de hele familie was erbij ingeschakeld. Koos en Arie deden het echte zeilmakerswerk, maar ook mijn vader werd aan het werk gezet, zodra hij uit school kwam. Hij moest eindeloos over de grond kruipen om baantjes te vouwen. Maar die laatste ochtend is alles af. Mijn grootvader veegt zelf de zeilmakerij schoon en wandelt dan naar de bank voor de jaarafrekening.

Na het middageten – altijd een goed stuk vlees en flinke puddingen, een tafel voor minstens twaalf personen – wordt de grote kachel in de werkplaats aangemaakt met de resten van een oude teerton. Vervolgens worden de oliebollen gebakken – de kinderen kijken ze de pan uit – en daarna zet mijn grootvader zijn bril op om nog de laatste transacties van het jaar over te schrijven uit het kleine boekje waarin hij dagelijks alles noteerde.

's Avonds gaat mijn grootmoeder naar de kerk. Daarna komt er chocolademelk op tafel, en mijn grootvader trakteert op gerookte paling. Aart zit met rode oren te lezen in een spannend zondagsschoolboekje. 'Op de kaft staat een mooi plaatje. Twee jongens staan op een wad en de vloed komt op. Aan alle kanten is water. Hoe moeten ze nog gered worden?'

Dan is er opeens het geloei van de stoomfluiten en de sirenes van de boten. Mijn tante Maart: 'Het is twaalf uur. Vader gaat naar buiten. Maar moeder en de anderen willen ook even op 't Hoofd kijken. De klokken van de toren galmen en ergens vliegt een pijl in de lucht. Maar verder gebeurt er niets. De boten staken hun geloei. De kerkklokken luiden nog wat na. Nu gaan allen naar binnen en naar bed. Het jaar 1911 is voorbij.'

De meeste eeuwen beginnen en eindigen niet met een rond jaartal. Wat de negentiende eeuw betreft, dat was voor Europa een lange eeuw, die ergens in 1789 begon en in 1914 eindigde. Pas toen begon de twintigste.

In de jongensjaren van mijn vader lag dus de grenszone van de negentiende eeuw, de 'mooie tijd' zoals de Franse elite het noemde, de belle époque. Het waren de jaren van de ploeterende 'kleine luyden', van de verborgen zuinigheid van de opkomende nieuwe burgerij, maar ook van de uitgaande wereld en de modeplaten van het tijdschrift *La Gracieuse*:

In de allereerste plaats raden wij voor baltoiletten voor jonge meisjes aan een japon van rose crêpe-de-Chine met rose veeren randen gegarneerd, terwijl de vrouw des huizes kan volstaan met een japon van brocaatstof, met een weefsel van gekleurde bloemen op eenen zwarten ondergrond.

De elite was klein en overzichtelijk. Aan kleding, taal en afkomst kon men in één oogopslag zien tot welke rang iemand behoorde. Ook op Europees niveau, in de kuuroorden en de badplaatsen, was het 'ons kent ons'. Het verkeer – koetsen, een enkele auto en tram, maar vooral wandelaars – was tegelijk sociaal verkeer: zelfs wereldsteden als Parijs en Londen hadden in hun autoloosheid vaak nog iets provinciaals.

De 'mooie tijd' had twee bijzondere eigenschappen. In de eerste plaats was het militaire element er sterk aanwezig. Hoewel overal in West-Europa vrede heerste, wekken de paar overgebleven films uit die tijd de indruk dat het leven uit weinig anders bestond dan één reeks van parades, manoeuvres en andere militaire spektakelstukken. Als er op zomeravonden langs de boulevards werd geflaneerd, klonk uit de muziekkoepels vooral marsmuziek. En zelfs de emancipatiebewegingen spraken in militaire termen als: 'generaals' en 'achter het vaandel'.

Het nationale gevoel werd extra aangejaagd door de nieuwe staatsscholen en massamedia. Oude rivaliteiten tussen de naties werden gekoesterd, en de regeringen stimuleerden het denken in vijandbeelden. 'Oorlog is een deel van Gods orde,' zo verwoordde de Duitse veldmaarschalk Helmuth von Moltke de mentaliteit van velen in die dagen. 'Zonder oorlog zou de wereld stagneren en opgaan in materialisme. In de oorlog komen de meest edele deugden van de mensheid tot uiting: moed, toewijding en plicht, het wegcijferen van zichzelf, bereidheid om het leven zelf te offeren.'

In de tweede plaats was de 'mooie tijd' een wereld die in extreme mate verdeeld was in compartimenten. Tussen de elite en de rest van de bevolking leek een ijzeren gordijn te hangen, een ondoordringbaar scherm waarmee men zich afsloot van de armoede waarin de meerderheid van de bevolking leefde. In de treinen gold een strikte indeling in drie klassen – er waren zelfs speciale damescoupés – die het de betere stand mogelijk maakte om te reizen zonder in aanraking te komen met welke vulgariteit dan ook.

De meeste producten van de vooruitgang waren alleen beschikbaar voor de 'mooie wereld'. De auto, die vanaf 1900 technisch snel verbeterde, bleef in Europa nog jaren voornamelijk een gebruiksvoorwerp van de elite, ambachtelijk gemaakt, zoals mijn grootvader zeilen maakte, met de hand, stuk voor stuk. In de Verenigde Staten had Henry Ford in 1908 besloten om slechts één model te produceren, en dat massaal. Korte tijd later voerde hij de lopende band in waarbij de auto door de fabriek schoof en iedere arbeider slechts een paar handelingen verrichtte. In 1915 reden er zo in Amerika al tweeënhalf miljoen auto's rond. In Europa was men op dat moment nog lang niet zover.

Ook in welvaart en gezondheid was de kloof tussen de elite en de gewone man diep en bijna niet te overbruggen. In het Nederland van de belle époque overleed iedere drie kwartier iemand aan tuberculose. Meer dan een kwart van de woningen bestond uit slechts één kamer, die desondanks meestal door gezinnen van vier, zes, acht personen bewoond werd. Het overgrote deel van de bevolking haalde nauwelijks de vijftig jaar en slechts één op de achttien Nederlanders werd ouder dan vijfenzestig. Een dertiger begon zich zorgen te maken over ouderdom, een veertiger was versleten en afgeleefd.

In Schiedam verdiende een brandersknecht tussen de zes en dertien gulden in de week. Daarvoor moest hij dertien tot zeventien uur per dag werken, soms ook nog op zondag. De kinderen van Schiedam stierven net zo rap als in de goorste wijken van Londen.

In een schoolopstel vertelt mijn vader over een stille, mistige winteravond waarin hij met een vriend in de vrieskou langs de haven liep. De bomen waren dik van de rijp, 'in 't donker was 't alsof ze stonden uit te botten als in 't voorjaar, zòò vol leken ze'. Voor hen uit reed een logge kar van de gemeentereiniging, met een groot dik paard ervoor dat 'met zijn klotsende stap' de stilte verbrak.

'Toen ineens klonk 't geluid van klompen, die nader kwamen, en 't gepiep van emmers in de hengsels – en doken gestalten op die afkwamen op de kar, ze vastgrepen en medesjokten. En telkens meer, die als spoken opdoemden, kleiner en grooter, jongens en meiden – ook vrouwen –, elkaar verdringend. Daar zwenkte de kar naar links en kwam met een plotselinge vaart op 't lager gelegen aschvaaltterrein – en de lichamen erachter en naast hielden steviger vast en golfden mee over den greppel. Ineens stond de zware kar stil. Bedaard klom er een man af en begon te rukken aan een pen voorop – met nijdige trekken. Flets lantarenlicht viel op de sombere armoetroep; gelaten stonden de gestalten in hun flardenkleding te wachten, ieder op zijn eigen plaatsje. Krakend kiepte opeens de kar omlaag, 't paard liep werktuigelijk vooruit en snel bukten zich de begeerige lichamen, om de laatste kooltjes nog te klauwen uit de asch, waaruit vuil stof opdwarrelde.'

En dan waren er de talloze ongevallen. Mijn tante Maart maakte mee dat een knecht van de branderij in de kokende spoeling viel en stierf. Dat was op een woensdag. Zijn gezin, een vrouw en acht kinderen, kreeg alleen nog het loon van maandag en dinsdag uitbetaald. Daarna moest de vrouw zien rond te komen met schoonmaken en wassen, en van het armbestuur kreeg ze daarnaast nog twee kwartjes en een brood per week.

In de havens, waar dagelijks zo'n tienduizend arbeiders werkten, was het slagveld van de arbeid nog bloediger. Een onderzoek van de Algemeene Havenarbeidersvereeniging in Rotterdam telde alleen in het jaar 1906 al 3718 slachtoffers van ongevallen. In 1907 vielen er 4172 doden en gewonden; later daalde het aantal naar gemiddeld 2800 per jaar. Werktijden van 72 uur achter elkaar waren rond 1905 nog schering en inslag. Iedere ochtend stonden de arbeiders in regen en wind voor de aanneemkantoren te wachten. Wie ook maar iets van zijn geschiktheid tot zwaar werk verloor, bleef achter in de moordende concurrentiestrijd.

De kleine luyden hadden geen enkele sympathie voor het grootkapitaal, 'de onrechtvaardige mammon', zoals ze het noemden. De eerste sociale wetgeving was mede van hun hand: een volksverzekering tegen arbeidsongevallen. Hun kinderen lieten ze zingen:

Een man op klompen, in bedelaarslompen,
is dikwijls meer, is dikwijls meer
dan al die heertjes met mooie kleertjes
bij God den Heer, bij God den Heer.

Aan de andere kant was daar het gezag, 'de door God boven ons gestelde overheid'. Het was dezelfde bevlogen Kuyper die in 1903 als minister-president met zijn 'worgwetten' de spoorwegstaking brak, het eerste massale arbeidersprotest dat Nederland kende. De socialisten zouden de confessionelen die dubbelhartigheid nooit vergeven.

In het huis van mijn grootvader was het vooral Arie die geraakt werd door wat hij om zich heen zag gebeuren. Als hij op zaterdagmiddag zijn weekloon had gekregen, gaf hij steevast aan Maartje een gulden om daarvan bij de petroleumman Wollekes voor een kwartje sigaren te gaan halen, voor de zondag, en de rest moest ze maar laten zitten. Arie spotte met iedereen, wilde niet meer naar de kerk, stond 's avonds altijd bij de haven met van die vreemde gasten te praten en speelde ook nog mee in de Staatsloterij.

Voor mijn grootmoeder was dat laatste nog het ergste: 'Dat mag je niet doen, jongen, in de loterij spelen. Arie, Arie, dat mag je niet doen!' Arie won twee keer. De eerste keer gaf hij al zijn broers en zusters een briefje van vijfentwintig gulden, wat ze, ondanks hun gereformeerde opvattingen, allemaal direct aanpakten. De tweede keer was net een ongeluk gebeurd met een oude klapbrug, waarbij een werkman dodelijk was geraakt door het neervallende contragewicht. Het verminkte lijk was zonder veel omhaal op een kar geladen, naar huis gereden en in de bedstee gelegd. Arie gaf zonder aarzelen de winst weer weg.

Aries sociale gevoelens hebben echter nooit een politieke vertaling gevonden. Het was meer een collectief gemopper waaraan hij zich overgaf, samen met een stel vrienden uit de armste buurten. Al die rijkdom, zei hij dan, die moesten ze doodschieten, ze zijn allemaal rijk geworden door arme tobbers die ze hebben uitgeknepen in Indië voor een paar centen, de schoften. En vele woorden van gelijke strekking.

Anders was het gesteld met een broer van mijn grootmoeder, Arend, een kuiper die geregeld 's avonds langskwam met een zootje overtollige haring. Mijn grootvader zette dan een pan op het vuur en begon te bakken, mijn grootmoeder stopte haar broer een paar extra boterhammen toe – hij had een groot gezin en weinig te eten – en onder het gespetter van de gebakken vissen werden vervolgens in alle rust de wereldproblemen doorgenomen. Maar op een avond kwam Arend langs zonder dat hij een extra boterham wilde. 'Ik moet gauw weg, want ik moet naar een vergadering,' zei hij. 'Waar moet je dan zo opeens naar toe?' vroeg mijn grootmoeder. 'Naar het Rode Pakhuis, naar de socialisten.' 'Maar Arend,' zei mijn grootmoeder – althans, zo herinnerde tante Maart zich dit gesprek – 'ga je daar naar toe?' 'Ja, jij hebt makkelijk praten, je hebt een man met een schrijfbureau, en als je geen geld hebt, hoef je maar bij hem langs te gaan.'

Later had mijn grootmoeder nog staan te luisteren, bij de buren achter de tuinen, en ze had ze hun strijdliederen horen zingen, uit het pakhuis. Ze had het er moeilijk mee: de opstandigheid van haar eigen broer Arend en aan de andere kant de helleangst van de eierboer.

Wat de ideeën van mijn vader zelf betreft, het enige dat van hem uit die jaren is overgebleven, is zijn opstelschrift. En de enige aanwijzing dat hij als scholier op zijn manier bezig was met de 'sociale quaestie', is het slot van het verhaal over de kolenrapers, waarin hij loopt te piekeren over wat ze net zagen, terwijl zijn vriend een grap maakt over de kolenprijzen van dat moment – 'Die mensen worden nog rijk' – en hij moet lachen en dat tegelijk pijnlijk vindt.

Ik denk dat deze houding weinig zal hebben afgeweken van de rest van het gezin: een kwartje of een stuk brood voor iemand met honger aan de deur, een deken voor een arme kraamvrouw, een paar grollen om zich de ellende emotioneel van het lijf te houden, en verder niets dan de machteloosheid van het onvruchtbaar meevoelen.

***

Op 17 april 1912 noteerde Teunis Boere in zijn dagboek:

> *Een nieuwe zeeboot die zijn eerste reis vaart van Engeland naar Amerika is op zijn eerste reis in een ijsberg gevare en gezonke, waarbij 1500 mensche verdronke en veel rijke lui waren, deeze boot werd bediend met 800 man die op de boot dienst hadde, hij was groot 46000 ton en zijn roer woog 50 last en een anker van 5 last. Hij was hoog van bodem tot op het hoogste dek 105 voet en zijn schoorsteen was 70 voet hoog. De nagels ware op verschillende plaatse zoo dik als een man zijn pols en er ware rijke mensche op die 90 duizend miljoene guldens bezate. Dit heb ik uit de nieuwsblaade overgenomen, het schip heet Titanic, daar ware zoolas gezegt werd 2400 mensche aan boord en zoo dan gemeld wordt zijn er 800 gered.*

20 april zonneschijn. Nog iets over de vergane zeeboot Titanic, het gehuil en geklaag dat door de overgeblevene mensche gehoord en aangezien is, is onbeschrijfelijk. Hij is in een tijd van 2 uur gezonke. Mooi weer en naar de beurs geweest en geen werk.

De ramp met het grootste schip van de wereld was een merkteken in de tijd. De theoloog Søren Kierkegaard had al decennia eerder de Europeanen vergeleken met de passagiers van een immens schip, die dromend door de nacht voeren terwijl ze afstevenden op een ijsberg van verdoemenis. En nu was het werkelijkheid. Het was een gebeurtenis zo vol symboliek dat zelfs de weinig schrijvende schipper Teunis Boere er een volle bladzijde van zijn dagboek aan wijdde.

Alle zekerheden en angsten van de 'mooie tijd' waren in de Titanic samengebald: het onzinkbare schip, de toren van Babel, de lift langs de zeven dekken, het zorgeloze leven aan boord, het weelderige Café de Paris, de armoede benedendeks, de juwelen van lady Astor, de helle elektrische verlichting, het duistere onheil, de salons waar men rustig bleef doorbridgen, en dan de ondergang van alles en allen.

En ook de verhalen die na de ramp loskwamen, maakten de Titanic tot het laatste baken van een tijdperk. Het scheepsorkest dat rustig ragtime muziek speelde terwijl het zeewater naderde, en daarna het plechtige *Autumn*. De dirigent die zijn orkestleden bedankte voor de prettige samenwerking, vlak voordat ze door de golven werden weggespoeld. De derdeklassepassagiers die als beesten benedendeks werden gehouden. De heren die in een laatste explosie van galanterie hun kans op redding opgaven, hun hoed lichtten jegens de dames, en stierven. Zelfs al zou de helft verzonnen zijn, dan nog geeft de ramp ons een blik op een wereld van eer, stand en discipline die nu vrijwel ondenkbaar is, en die voorgoed ten onder ging in de loopgraven van Noord-Frankrijk.

Wie terugkijkt op het breukvlak van deze eeuw, ziet een periode waarin het leven ingrijpender en onstuimiger veranderde dan ooit. Alleen: men wilde in die eerste jaren van de eeuw nog niet in verandering geloven, en dat maakt het beeld van die periode misleidend statisch.

Tegen het eind van de negentiende eeuw was overal in Europa de bevolking opeens sterk toegenomen, mede dankzij een beginnend besef van hygiëne, een betere zuigelingenzorg en de eerste inentingen tegen besmettelijke ziekten. De technologie was in een stroomversnelling geraakt; voor het eerst maakte Europa kennis met massaconsumptie, massacommunicatie en massavervoer. De overheden groeiden als kool; de staten trokken allerlei functies op het gebied van onderwijs, gezondheidszorg, transport en communicatie naar zich toe.

De aard van bijna iedere technische vernieuwing was daarbij ook nog eens buitengewoon ingrijpend. Een hogesnelheidslijn die een reistijd terugbrengt van zes naar drie uur, wordt vandaag beleefd als een grote verbetering, maar de werkelijke revolutie was toch de aanleg van de spoorlijn zelf, ruim een eeuw eerder, die een reis van vijf dagen terugbracht tot acht uur. Nog essentiëler was de opkomst van de elektriciteit, die in Nederland tussen 1910 en 1930 zijn beslag kreeg. Niet alleen veranderde en verrijkte de komst van het elektrische licht het leven binnens- en buitenshuis, maar ook werd de mens door de elektriciteit bevrijd van onvoorstelbaar veel lichamelijke arbeid: in de bedrijven namen elektrische apparaten het zware werk over, het meeste sjouw-, til- en takelwerk was voorbij dankzij lopende banden en elektrische kranen, en binnenshuis begonnen de boiler (zomaar heet water, zonder sjouwen) en zelfs de wasmachine langzaam hun bevrijdende opmars.

De kracht van deze ontwikkelingen was zo groot dat die ook de ijzeren gordijnen tussen standen en naties bedreigde. De schaalvergroting, de spoorwegen, de nieuwe technieken, de nieuwe massabedrijven en bureaucratieën, alles werkte in de richting van een grotere democratisering. Oude sociale grenzen en patronen begonnen te vervagen, status en afkomst legden het af tegen geld en ambitie.

Het werd dringen op de sociale ladder, en dat werd, zoals dat vaker gaat, afgereageerd op de armste bevolkingsgroepen. Onder de Europese elite ontstond een toenemende angst voor de 'massa', en een afkeer jegens 'massacultuur'. De voorzitter van de Nederlandsche Maatschappij van Nijverheid betitelde bijvoorbeeld kindersterfte en werkloosheid in 1911 als twee nuttige en normale verschijnselen, 'de kanalen waarlangs het overtollige afvloeit'. En in een persoonlijke brief fantaseerde de Engelse schrijver D.H. Lawrence in 1908 zelfs al over het 'opruimen' van overbodige mensen: 'Als ik de kans kreeg, zou ik een gaskamer bouwen, zo groot als het Crystal Palace, waar een militaire band zachtjes zou spelen, en een bioscoopprojector helder zou draaien; dan zou ik uitgaan in de achterbuurten en de hoofdstraten en hen binnenleiden, al de zieken, de kreupelen, de verminkten; ik zou hen zacht naar binnen leiden, en ze zouden vermoeid en dankbaar glimlachen.'

Beide merkwaardigheden van de 'mooie tijd', de oorlogslust en de verachting jegens de gewone man, zouden tijdens een paar argeloze zomerweken op ongekende wijze samenvallen en escaleren, in het verschrikkelijke jaar 1914.

***

De Eerste Wereldoorlog maakte een einde aan de vier belangrijkste monarchieën van Europa en aan twee grote imperia, het Oostenrijks-Hongaarse en het Turkse. Er ontstond – soms tijdelijk – een tiental nieuwe staten, de machten herschikten zich, nu volgens ideologische scheidslijnen, en pas na een Tweede Wereldoorlog, na tientallen miljoenen geruïneerde levens, kwam er weer iets van een balans.

Bijna elke oorlog is een vervolg op een vorige, en dat gold ook voor de Eerste Wereldoorlog. De Frans-Duitse oorlog van 1870-1871 was na acht maanden strijd uitgelopen op een totale nederlaag voor de Fransen, de keizer was gevlucht en het land had vernederingen moeten slikken die vroegen om revanche. In Duitsland had de overwinning het zelfvertrouwen van de natie zo versterkt dat in Versailles het Duitse keizerrijk was uitgeroepen. In een ongekend tempo veranderde het land van kleine vorstendommetjes, boeren, dichters en denkers in een moderne, geïndustrialiseerde grootmacht die al snel Engeland, Rusland en Frankrijk naar de kroon stak.

Wie de nieuwe natie zou aanvoeren, was nog niet helemaal duidelijk. In dat machtsvacuüm kon een krachtige militaire kaste al snel een centrale rol spelen. De Duitse kleine burgerij, die veel geld had verloren in de beurskrach van 1873, steunde dat proces. De schuld werd gewenteld op de joden en het buitenland, de eigen natie werd feller verheerlijkt.

Als reactie hierop begonnen de andere landen zich ook te bewapenen, en de opkomende wapenindustrie joeg dat allemaal nog verder aan. Na 1900 werden er legers op de been gebracht en wapenarsenalen aangelegd zoals men in volle vredestijd nog niet eerder had gezien. Zo ontstonden er langzamerhand twee blokken: Duitsland en Oostenrijk aan de ene kant, en Frankrijk en Rusland – later uitgebreid met Engeland – aan de andere kant.

Tegen 1914 waren er op het Europese continent meer dan vijfentwintig miljoen getrainde soldaten beschikbaar. Er waren tientallen aanvaringen en bijna-oorlogen tussen de mogendheden; Jan en Annie Romein zeggen zelfs dat er alleen al over het jaar 1908 een boek zou kunnen worden geschreven, 'stijf van de feiten die alle als naar de magneet van 1914 gericht staan'. Maar ten slotte draaide men altijd weer bij.

Er was nog een factor. Sinds het eind van de negentiende eeuw werd de Europese politiek voortdurend beïnvloed door twee processen aan de oostgrenzen: de groei van het Russische tsarenrijk in macht en oppervlak – overigens vooral in de Kaukasus en het Verre Oosten – en de gestage ondergang van het oude Turkse imperium, het Osmaanse rijk, de 'zieke man van Europa'. Met name op de Balkan kwamen zo allerlei nationalistische krachten vrij, en Rusland zag in dit troebele water tal van mogelijkheden om zijn invloed over Europa uit te breiden.

Op 28 juni 1914 bracht de Oostenrijkse troonopvolger, Frans Ferdinand, met zijn vrouw Sophia een bezoek aan de Bosnische hoofdstad Sarajevo. Hij had alle waarschuwingen in de wind geslagen. Zelfs had hij zijn bezoek met opzet laten samenvallen met de jaarlijkse herdenking van de veldslag van Kosovo Polje, een heilige dag voor de Serviërs. Nadat 's ochtends een bomaanslag was mislukt, wist de Servische nationalist Gavrilo Princip 's middags door een toeval toch nog raak te schieten.

Natuurlijk was de moord op het Oostenrijkse paar een buitengewoon schokkende gebeurtenis. Maar de machtsblokken bestonden allang, er waren meer incidenten en fricties geweest, en ze waren altijd weer opgelost.

De kranten en de financiële markten in de eerste weken na de aanslag geven dan ook een rustig beeld. Men maakte zich druk over heel andere zaken: een schandaal rond een actrice, of een moord in Klaaswaal. Op 6 juli vertrok de Duitse keizer met het keizerlijke jacht Hohenzollern voor zijn traditionele zomerreis van drie weken langs de Noorse kusten. Speciale maatregelen achtte hij niet nodig.

Het was een mooie zomer en iedereen verwachtte dat de internationale diplomatie dit oplaaiende vuurtje wel binnen de perken zou houden, en zo onredelijk was die verwachting niet. Het ontstaan van de Eerste Wereldoorlog was allerminst de onvermijdelijke gebeurtenis die er later van is gemaakt, de reeks voetzoekers die onontkoombaar achter elkaar afknalden nadat bij Sarajevo het lont was aangestoken. De twee machtsblokken zaten veel losser in elkaar dan, bijvoorbeeld, de latere NAVO. Bovendien leken veel tegenstellingen – met name tussen Duitsland en Engeland – niet onoverbrugbaar. En bovenal: de verdragen dwongen het ene land absoluut niet om blindelings mee te gaan in een aanvalsoorlog van het andere land.

'Hoewel men het naar buiten anders deed voorkomen, bestond er binnen het diplomatieke systeem van 1914 voor de regeringen behoorlijk wat manoeuvreerruimte,' zo concludeert de Engelse historicus Norman Davies in zijn standaardwerk over de Europese geschiedenis. Duitsland had bijvoorbeeld geen enkele verplichting om Oostenrijk militaire hulp te bieden toen dit land revanche wilde na de aanslag te Sarajevo. Het onderlinge verdrag voorzag alleen in hulp bij een directe aanval, en daarvan was in dit geval geen sprake. Bovendien was een complete oorlog op twee fronten zelfs voor het sterke Duitsland een riskant scenario. En toch is het precies zo gegaan.

Aan de andere kant: moest Rusland voetstoots Servië te hulp schieten? En moest daarom Frankrijk weer Rusland steunen, en zo indirect in oorlog komen met Oostenrijk, en helemaal indirect met Duitsland? Hetzelfde gold voor Engeland: het verdrag waarin het de onafhankelijkheid van België garandeerde en dat de formele aanleiding was om te interveniëren, dateerde uit 1839. Bovendien had Engeland aan Duitsland tot in de laatste weken de illusie gegeven dat het niet zou ingrijpen. De Duitse minister van Buitenlandse Zaken was verbijsterd toen Engeland opeens besloot om zich ook in de strijd te mengen. Als de Engelse politiek harder en helderder was geweest, hadden de zaken zich waarschijnlijk ook anders ontwikkeld.

'Bijna alle sleutelbeslissingen,' schrijft Davies, 'werden gerechtvaardigd in termen van "eer" of "vriendschap" of "angst" of "opportuniteit", en niet op basis van verdragen.' Hier was hetzelfde 'herensysteem' als op de Titanic aan het werk, alleen ditmaal met catastrofale gevolgen voor half Europa.

De Eerste Wereldoorlog werd dus geen wereldoorlog op die dramatische dag in Sarajevo, maar pas tijdens de weken die daarop volgden, in de conferentiekamers van Berlijn, Wenen, Londen, Parijs en Sint-Petersburg. De lijn die daar werd gekozen, was niet gebaseerd op nuchtere voorzichtigheid, maar op, zoals een van de betrokkenen het uitdrukte, 'de immense, zij het ongerichte, drang tot actie bij de bevolking'. Na zoveel jaren van militarisme, na zoveel onzekerheid over rang en stand en na zoveel verhalen over het opdringen van het 'grauw' hadden veel Europeanen er gewoon zin in, zin in een oorlog, zin in de loutering van Gods orde.

***

Nu valt de aanloop tot de Grote Oorlog alleen te begrijpen als men bereid is zich te verplaatsen in de geest van de eerste jaren van deze eeuw. Het is zoals de historicus Joll schrijft: toen werd in ernst gesproken over nationale 'eer', toen werd geweend in parlementen, toen droeg men nog hoeden die men in de lucht kon gooien en had men een vlag op zolder die men kon uithangen. Het leven had nog iets theatraals.

'Als ik probeer de sfeer van 1914 weer terug te roepen, zie ik wapperende vlaggen, grijze helmen getooid met potsierlijke bosjes bloemen, breiende vrouwen, schreeuwerige aanplakbiljetten en weer vlaggen – een zee, een waterval van zwart-wit-rood,' schreef Klaus Mann in zijn memoires. Foto's en filmfragmenten uit alle hoofdsteden tonen stralende jongeren, vrolijk en opgewonden als voor een grote voetbalwedstrijd, goedgelovige kinderen die vertrouwden op hun land, hun president, hun wijze keizers.

In Engeland was *Here we are* dé hit, en iedereen zong het:

Here we are, here we are, here we are again,
Let the war come, here we are, here we are, here we are again.

Op veel plaatsen meldde zich de complete mannelijke dorpsjeugd, en iedereen stond aan de kant, 'juichend, roepend, zingend, zwaaiend met hun handdoeken, en het regende snoep en sigaretten' – zoals een bejaarde Britse veteraan het zich later herinnerde. Alles was perfect geregeld volgens een al jaren tevoren opgesteld *War Book*, een encyclopedie met tienduizenden instructies 'voor het geval dat'. Gezamenlijk werden de jonge mannen ingedeeld, gezamenlijk zouden ze later vaak bij één aanval sneuvelen, in één klap weg, het halve dorp.

In Parijs zag de Nederlandse *Telegraaf*-correspondent Alexander Cohen duizenden militairen opgewekt in de trein stappen, 'zoals ze naar een pic-nic zouden gaan. "Waar ga jij heen?" – "Naar Toul... en jij?"..."Naar Verdun!" "Dat is leuk – de eerste dag al naar de grens..." En bedaard, als ging het over een vaststaand feit, iets dat moèt gebeuren, spreken ze over het fuifje, dat zij na hun terugkeer van den oorlog zullen aanrichten nà den Duitschers een flinken òpstopper te hebben verkocht.'

De Duitse actrice Tilla Durieux meldde soortgelijke taferelen uit Berlijn: 'Ieder gezicht lijkt gelukkig. We hebben oorlog! In de cafés en restaurants spelen de bands onophoudelijk *Heil dir im Siegerkranz* en *Die Wacht am Rhein*, en iedereen moet daar staande naar luisteren. Je eten wordt koud, je bier wordt warm, geeft niets – we hebben oorlog!'

In Wenen was Sigmund Freud geschokt door 'het gebrek aan inzicht van zelfs de beste intellectuelen, hun bezetenheid, hun onkritische aanvaarding van de vreemdste beweringen'. 'Het ging niet om ideeën, het ging niet werkelijk om de kleine grensgebieden,' meende Stefan Zweig later. 'Ik kan geen andere verklaring vinden dan een overschot aan energie, een tragisch gevolg van de interne dynamiek die zich in veertig jaar had opgehoopt en tot een gewelddadige ontlading moest komen. En het ergste was dat we juist bedrogen werden door het gevoel dat ons het meest dierbaar was: ons gemeenschappelijk optimisme.'

Het waren niet alleen simpele Europese dorpsjongens die in de ban van hun trommelaars en doedelzakspelers vrolijk naar de slagvelden afmarcheerden. Dit was ook de generatie van de jaren tachtig en negentig van de vorige eeuw, dit waren een voor een jonge mannen die doortrokken waren van nu bijna vergeten Victoriaanse idealen als discipline, plichtsbesef en patriottisme. Wie wel eens die hoogbejaarde veteranen ontmoet heeft, wie hun verhalen hoort of leest, die weet: dit waren geen schapen die naar de slachtbank werden gestuurd, dit was een generatie vol idealen, al waren het totaal andere idealen dan de onze.

***

In het kleine Schiedam was het een warme zomermiddag toen opeens de klokken begonnen te luiden. In de herinnering van mijn tante Maart was het bijna halfvier, de schooldeuren gingen open, maar van geren en gejuich was niets te merken. De kinderen voelden intuïtief dat er iets ernstigs aan de hand was. In de nieuwe straten was het stil, maar in de arbeiderswijken stonden hele groepen mensen bij de deuren te praten. Sommige vrouwen huilden zachtjes en veegden met de punt van hun schort de ogen af. Ze hoorde ergens een man tegen een andere man roepen: 'Oorlog, joh! Engeland tegen Duitsland, en wij mobilisatie!'

Op de zeilmakerij lag ook alles stil. Iedereen stond in de werkplaats te praten. Mijn grootmoeder zei: 'We worden bezocht om onze zonden. De Here toornt over ons.' Op 31 juli stond in het *Rotterdamsch Nieuwsblad* een mobilisatieoproep voor alle 'miliciens-verlofgangers van de zee- en van de landmacht van alle lichtingen'. Van de familie Mak verdween één zoon onder de wapenen: Koos, de zwijgende, de oudste.

Toch viel Gods toorn voor Holland nog wel mee. Het land probeerde angstvallig neutraal te blijven, en met succes. De Nederlanders wisten precies hoe het hoorde in de wereld – ze vergeleken zichzelf niet voor niets met de 'kinderkens Israëls' –, maar tegelijk hielden ze zich het liefst buiten alle internationale ontwikkelingen.

Nederland was, als je alle nationalistische franje wegpelde, een klein, zwak land dat teerde op een enorm koloniaal rijk. Het was zoiets als een bejaarde Haagse douairière die grotendeels leefde van de opbrengsten van een landgoed ergens ver weg, een trofee uit een andere tijd. Het land was allang niet meer in staat om de verbindingen tussen Indië en het moederland te verdedigen, laat staan dat het een aanval op de kolonie op enigerlei wijze kon afweren. Daarom deed men ook graag een appèl op de regels van de internationale rechtsorde, en voor het vuile werk school men onder de vleugels van de Engelse zeemacht.

Binnen Europa stelde Nederland militair helemaal niets voor. In 1918, na vier jaren van mobilisatie, had slechts één op de veertig Nederlandse militairen een stalen helm, één op de tachtig bezat een gasmasker, er waren twee handgranaten per man en voor het weinige verouderde geschut was slechts voor maximaal tien gevechtsdagen munitie voorhanden.

De onafhankelijkheid van Nederland was aan geheel andere krachten te danken. Zowel Engeland als Duitsland had belang bij het voortbestaan van een neutrale staat aan de monding van de grote West-Europese rivieren. Bovendien werd Duitsland ervan weerhouden om Nederland binnen te vallen, omdat Engeland dan een voorwendsel had om onmiddellijk de rijke Nederlandse koloniën over te nemen. Op deze wankele machtsbalans was de klassieke neutraliteit van Nederland gebaseerd, en op weinig anders. De afzijdige houding bij internationale conflicten was voor de Nederlanders geen kwestie van vredelievendheid, of van idealisme, maar een pure overlevingstactiek, die in de daaropvolgende decennia zou uitgroeien tot een allesoverheersende mentaliteit van afzijdigheid en betweterigheid.

Zo bleef Nederland buiten de strijd, mede dankzij de kunst van regering en koningin om te zwijgen en te zwenken, en de nodige vernederingen met beschaafd gemor te slikken.

Met name bij de kleine luyden leefde sympathie voor de Duitsers, al was het maar omdat men na de nederlaag van de geestverwante Boeren in Zuid-Afrika geen Engelsman meer kon zíen. Abraham Kuyper zag zelfs kans om de Duitse overval op België op theologische gronden goed te praten. 'Er kan,' zo schreef hij in *De Standaard*, 'een noodtoestand zijn waarin een Regeering, teneinde het volstrekte recht te handhaven, het beschreven recht breken moet.'

Bij de meeste Nederlanders overheersten echter de anti-Duitse gevoelens. Bijna niemand voelde – zoals bij latere oorlogen wel het geval was – een morele of ideologische verplichting om partij te kiezen. Men zag de oorlog puur als een strijd tussen staten en machtsblokken, al beseften sommigen wel dat een overwinning van Duitsland ook voor de Nederlandse onafhankelijkheid consequenties kon hebben.

Honderdduizenden Belgische vluchtelingen hadden, opgejaagd door Duitse troepen, de wijk genomen naar Nederland. Overal was noodopvang geregeld, in alle kerken waren inzamelingen gehouden. Meer dan een half miljoen Belgen brachten het najaar van 1914 in Nederland door, in gastgezinnen en inderhaast opgebouwde kampen, ingedeeld in twee klassen van verzorging: een normale voor de gewone man, een betere voor 'de hogere stand'. Nederland telde op dat moment nog geen zes miljoen inwoners. Ruim honderdduizend Belgen bleven de hele oorlog.

Het werkelijke front was ver weg. Op zondagen, als er geen lawaai was van de fabrieken en de branderijen, konden mijn vader en zijn broers over de rivier, in het verre zuiden, de kanonnen horen bulderen. De slachtpartij die daar werd aangericht had, dankzij de moderne wapentechniek, een omvang die de geschiedenis niet eerder kende. De generaals, die kleinere oorlogen gewend waren geweest, hadden nauwelijks oog voor de menselijke gevolgen van hun strategieën en bevelen. Bij de grote veldslagen bij Ieper, Verdun en aan de Somme lieten binnen enkele dagen honderdduizenden soldaten het leven – tienduizenden per uur –, soms tientallen per vierkante meter veroverd, terugveroverd en weer heroverd gebied.

Alleen rondom Verdun vielen zo'n achthonderdduizend man, totdat de grond in de wijde omgeving veranderd was in 'een koude pap van modder, stenen en menselijke resten'. De Duitsers zaten diep ingegraven, de Franse soldaten hadden geen schijn van kans, maar hun generaals wisten van geen ophouden. Sommige eenheden die naar de voorste linies marcheerden, blaatten demonstratief als schapen, op weg naar het abattoir.

Hier stortte de negentiende eeuw van standen en zekerheden definitief ineen. Vanaf 1917 ontstonden er, vooral in het Franse en Duitse leger, regelmatig kleine soldatenopstandjes. Soms werden de wapens neergelegd en de officieren afgezet, soms werd een trein gekaapt, dan weer zongen Fransen en Duitsers samen de *Internationale*; éénmaal ontstond zelfs een kleine revolutie die zich razend snel over de regimenten uitbreidde en die slechts met een bloedbad gesmoord kon worden.*

'Ach, onze generaals waren in het begin zo kwistig met de levens van anderen!' schreef de Franse frontsoldaat Louis Bazthas later, en zo was het overal, bij de Engelsen, de Oostenrijkers, de Duitsers, de Russen en de Italianen. Maar de overlevenden zouden het niet vergeten.

In deze hel was Nederland een eiland van vrede en, althans aanvankelijk, voorspoed. Tijdens de eerste oorlogsjaren maakten industrie, landbouw en scheepvaart zelfs grote winsten. Kooplieden, reders en bankiers sloegen de handen ineen en richtten een speciale vennootschap op om het handelsverkeer zo goed mogelijk gaande te houden. Aan de Engelsen werd toegezegd dat geïmporteerde goederen niet zouden worden doorgesmokkeld naar Duitsland. Natuurlijk gebeurde dat in de praktijk wel, en Nederland voer er wel bij. Tussen 1914 en 1917 nam het nationale inkomen met bijna de helft toe. Degenen die het vroeger alleen met aardappels moesten doen, konden zich nu wat groenten en een enkele keer vlees en eieren veroorloven. Er begon die eerste oorlogsjaren zelfs iets als luxe te ontstaan, iets wat uitsteeg boven het biologisch minimum van een bed, een dak en een enigszins gevulde maag.

Mijn grootvader kreeg het razend druk in zijn zeilmakerij. Zijn grote voorraden zeildoek, kabel en manillahennep werden in de loop van de oorlog goud waard, en de hele familie profiteerde daarvan mee. Mijn vader raakte op de hbs bevriend met jongens 'uit de betere stand'. Met één familie ging hij zelfs mee op vakantie naar Zwitserland, een droomland waar nog nooit eerder een Mak een voet gezet had.

Ik vermoed dat het in die stemming van opkomende welvaart was dat mijn vader – hij was toen zeventien – zijn poging waagde om aan Zwart Nazareth te ontsnappen. Op een avond nam hij mijn grootouders achter de werkplaats apart om hun iets ongebruikelijks te vragen: hij wilde niet in de zaak, zoals Koos en Arie, hij wilde niet naar kantoor, zoals Aart, nee, hij wilde studeren. Abraham Kuyper had in Amsterdam een eigen Vrije Universiteit opgericht, die door zijn volgelingen letterlijk met stuivers en dubbeltjes werd uitgebouwd. Veel jonge mannenbroeders werden zo voor het eerst geconfronteerd met het verschijnsel universiteit, en dat opende hun de ogen voor de mogelijkheid om verder te studeren – vroeger iets ondenkbaars.

Mijn vader had het idee om dominee te worden al langer in zijn hoofd, schreef hij later. Hij spelde boeken en tijdschriften op godsdienstig gebied – één zomer bracht hij uren door met een stel jaargangen van *De Heraut* – en hij had zelfs al iets geregeld met een studiebeurs.

Mijn grootvader reageerde, zoals altijd, met weinig woorden. Mijn grootmoeder zuchtte en begon over een Vlaardings meisje waarmee mijn vader was gezien, een meisje dat tussen de middag op school bleef, dat haar brood bij de conciërge opat en dan, zo had ze gehoord, niet eens bad voor het eten. Een ongelovig meisje. Mijn grootvader zei: 'Je gaat je gang maar.'

Tegen het eind van de oorlog begon de riante Nederlandse voedselvoorziening spaak te lopen. De Engelsen vonden dat er te veel gesmokkeld werd en knepen de toevoer van voedsel en brandstof steeds meer af. Voor veel arbeidersgezinnen werden 1917 en 1918 zo jaren van honger, kou en diepe ellende. Hier en daar ontstonden kleine voedselrellen.

De situatie werd nog verergerd doordat er in het verzwakte Europa een enorme epidemie uitbrak die meer slachtoffers eiste dan alle cholera-epidemieën uit de voorbije eeuwen bij elkaar. In 1917 besloot de Amerikaanse regering de Fransen en de Engelsen te hulp te komen. De Amerikanen vreesden dat Duitsland, als het Engeland en Frankrijk zou verslaan, dé grote wereldmacht zou worden. Met de Amerikaanse troepen kwam echter ook een onbekend griepvirus naar Europa, dat zich vooral richtte op jong volwassenen. In drie golven, in juli 1918, oktober 1918 en februari 1919 joeg deze 'Spaanse griep' als een zwarte dood door het continent.

Op een avond kwam ook mijn vader het huis aan het Hoofd binnenwankelen. Het werd een klassiek ziekbed, met hevige koortsen, gebeden van de familie – antibiotica bestonden nog niet – en uiteindelijk een hevige crisis. Mijn vader werd zo kaal als een biljartbal, maar hij haalde het. Talloze anderen overleefden de Spaanse griep niet. Tante Maart herinnerde zich nog de rouwstoeten door de straten, de angstige beklemming die over de stad hing, de hele dag. In de leggers van het *Rotterdamsch Nieuwsblad* vind ik de overlijdensberichten terug: Andries van Beek, oud 26 jaar en 4 maanden, Cornelis de Rooy, oud 30 jaar en 4 maanden, Cornelis Twigt, oud 19 jaar en 3 maanden, Dirk Gijzen, oud 14 jaar en 6 maanden, Cornelia Zeelenburg, oud 14 jaar en 5 maanden.

Het was de laatste massale plaag in de westerse geschiedenis, maar ook de hevigste. Aan het eind van de oorlog stierven binnen een paar maanden miljoenen Europeanen, niet op het slagveld maar in hun bed. Aan neutraliteit deed de ziekte niet. Wereldwijd maakte de Spaanse griep, zo schat men, tegen de veertig miljoen slachtoffers.

***

Ieder Frans dorp heeft zijn momument dat altijd weer hetzelfde verhaal vertelt: dat tussen het jaar 1914 en het jaar 1918 een derde tot de helft van de jonge mannen werd weggevaagd, dat de dansvloer op het dorpsfeest sindsdien zoveel stiller en leger was, dat zoveel jongens die in 1914 nog lachten, dansten en de liefde bedreven, in 1918 verdwenen waren in de grijze velden van modder en menselijke resten.

Het einde van de Eerste Wereldoorlog kwam eigenlijk even onverwacht als het begin, en de drijfveer achter de vrede was een soortgelijke volksbeweging als die achter de oorlog. Maar nu was het nauwelijks meer een beweging van de elite en middenklasse. Het accent lag nu vooral bij de soldaten, de 'grauwe massa'.

In Rusland bleek, toen het erop aankwam, het oude machtssysteem van tsaren en vorsten volkomen te falen. In de daaropvolgende chaos en vernedering verloor het ieder gezag. De tsaar werd afgezet en later vermoord, de macht werd overgenomen door soldaten en arbeiders, en de nieuwe bolsjewistische regering van Lenin sloot zo snel mogelijk, in december 1917, een wapenstilstand met Duitsland.

Maar ook Duitsland zat het tegen, eigenlijk al vanaf het begin. Men had verwacht de Fransen net als in 1870 binnen een paar weken te kunnen verslaan om daarna alle aandacht te richten op het Russische front. De aanval in het westen liep evenwel vast, en daarna sloegen de verse Amerikaanse troepen bovendien overal bressen in de frontlinies.

Toen de gevechten aan het oostelijk front nagenoeg voorbij waren, hoopten Duitsland en Oostenrijk in het voorjaar van 1918 met een groot, nieuw offensief ook in het westen een snelle overwinning te kunnen forceren. Door de wapenstilstand met Rusland waren immers massa's militairen uit het oostelijke front vrijgekomen. Toch wist deze verse troepenmacht niet door de geallieerde linies te breken. In de zomer van 1918 sloeg het tij om, toen de Engelsen voor het eerst massaal een nieuw wapen inzetten: de tank. Ook op andere fronten ging het steeds slechter met de Duitsers. De Spaanse griep verlamde de oorlogsindustrie. De blokkade vanuit zee schiep een reusachtig tekort aan grondstoffen. De aanvoer van verse troepen, voedsel en materieel stagneerde. De Duitse en Oostenrijkse generaals begonnen te praten over de noodzaak van een snelle wapenstilstand. Maar vooral waren het de troepen zelf die de vrede in eigen hand namen.

Uiteindelijk werden de Duitsers niet op de terugtocht gejaagd en achtervolgd, nee, hun oorlog implodeerde simpelweg. In oktober 1918 zakte de hele Duitse en Oostenrijkse oorlogsmachinerie als een pudding ineen. Overal werden, in navolging van de Russische soldaten-sovjets, soldatenraden opgezet. Het Oostenrijkse leger viel uit elkaar doordat Tsjechen, Polen en Hongaren massaal begonnen te deserteren. Ook in het Duitse leger besloten hele regimenten gewoon naar huis te marcheren. De stemming was zo anti-Wilhelm dat sommige regimenten alleen voor de keizer mochten paraderen als hun geweren eerst werden ontdaan van kogels en bajonetten. Militair gezien hebben de Duitsers de Eerste Wereldoorlog niet verloren. Het was de gezagsstructuur daarachter die ineenstortte, het was de wereld van zekerheden.

Het vredesverdrag van Versailles, dat een jaar later min of meer aan Duitsland werd opgelegd, was één grote vernedering: het land verloor alle koloniën en een zevende van zijn grondgebied, een oppervlakte zo groot als de helft van Engeland. Bovendien werd het verplicht tot zulke hoge herstelbetalingen dat een normale economische ontwikkeling bijna onmogelijk werd. Iets waar omliggende landen als Nederland trouwens ook onder zouden lijden.

Vroeger of later moest daar wel een reactie op volgen. De jonge Duitse natie bleef immers, hoe je het ook wendde of keerde, een van de grootste krachten op het continent, de basis van alle stabiliteit. Duitsland kon niet buitengesloten worden in een vredesstelsel op lange termijn. Toch gebeurde dat in 1919.

Met de Eerste Wereldoorlog verloor Europa zijn levensvreugde en vooral zijn onschuld. Een groot deel van de jeugd was afgeslacht: aan de kant van de geallieerden ruim vijf miljoen mannen, aan Duits-Oostenrijkse zijde ruim drie miljoen. Na de demobilisatie, begin 1919, bleek uit veel Europese universiteiten en laboratoria een derde of meer van de medewerkers verdwenen te zijn, talent dat verloren was gegaan in de loopgraven. Het duurde jaren voordat de normale internationale samenwerking weer was hersteld. En bovenal waren, naast alle doden, nog eens miljoenen levens voorgoed geknakt, vrouwenlevens, gezinslevens, kapotgemaakt, weggegooid om niks, zonder heldendom, zonder happy end, niets van dat alles.

De breuk die de oorlog geschapen had, werd door iedereen gezien. Desondanks bleef de negentiende eeuw bij velen nog lange tijd dé norm voor handelen, denken en geloven. Slechts weinigen beseften de omvang van de morele nederlaag die Europa zichzelf berokkend had.

Ondertussen maakte mijn grootmoeder zich vooral druk over het fietsen van mijn vader, en, het ergste van alles, het fietsen op zondag. 'Trijntje,' had de rechtzinnige buurman tegen mijn grootmoeder gezegd, 'Trijntje, wat heb ik gezien? Ik zag je jongen, die ging op de fiets, op zondag, naar zijn meisje, ik zag hem langs de haven fietsen. Vind je dat goed, Trijntje?'

In 1918 nam mijn vader haar voor het eerst mee naar huis. Ze was zeventien, ze had een lange rok, grijsblauwe ogen en een rond gezicht en ze kwam uit een deftige familie. Mijn grootmoeder zag ertegen op als een berg. De mooie kamer was aan kant, een bloemetje op tafel, iedereen zat te wachten.

Mijn tante Maart zag ze aankomen – zelf was ze een beetje aan het spelen. Ze herinnert zich nog hoe die twee daar aarzelend liepen, aan de waterkant, hun handen die elkaar zo nu en dan raakten. Aan de kant van de haven liepen ze, niet langs de huizen. Mijn moeder had lang haar, samengebonden met een rode fluwelen strik. Ten slotte stonden ze stil, tussen de kabels en de vaten die daar overal lagen.

Zo zag de kleine Maartje die twee staan, aarzelend, wachtend, alsof alles nog moest beginnen.

HOOFDSTUK III

‘De vrede bij elkaar te rapen’

YACHTING GIRL

Van haar vele merkwaardige eigenschappen wist mijn moeder er één tot haar dood toe verborgen te houden: ze was een fervent bewaarster van prentbriefkaarten. Als iemand haar een groet of gelukwens stuurde, een tekening van een hertje bij een kerk of een foto van de Boschweg te Nunspeet, dan bleef ze die kaart koesteren als de afzender zelf, met de Friese standvastigheid die haar eigen was. Dozen vol vonden we na haar overlijden, alle kaarten, nooit had ze er één kunnen weggooien. En nu liggen ze om me heen.

Sommige kaarten dateren al uit haar kinderjaren – 'Je hebt netjes geschreven, hoor, ik kan wel zien dat je al groot begint te worden' –, op andere brengen stoomtreinen grote manden bloemen en rijden gezelschappen in prehistorische automobielen de jarige lachend tegemoet. Op één kaart heeft een aanbidder – een zekere Bertus – zijn knip- en plaklust botgevierd, en al meer dan tachtig jaar springt een boeket rode rozen uit het opengevouwen karton. Weer andere kaarten laten bijzondere gebeurtenissen zien: 'Marken, De Groote Watersnood van 1916, Omgeslagen visscherswoningen', 'Engelsche Kruiser, gestrand te Camperduin', 'Groeten uit Harskamp, Wachtparade'. Maar de meeste kaarten tonen niets anders dan het kalme, rustige Nederland zelf: de hoek op het Raadhuisplein te Bodegraven, de dorpsstraat van Lunteren, de nieuwe – Hollands Glorie! – brug over het Hollands Diep, prinses Juliana aan haar speeltafel.

Een wereld glijdt voorbij, met honderden beelden, een wereld die doet denken aan het werk van de christelijke kinderboekenschrijver W.G. van der Hulst, een wereld van houten roeiboten, regenputten, bedsteden, klompen – behalve voor de dokter en de dominee –, paarden, voerlieden die 'hû' zeggen, moeders die kousen stoppen, kachels die snorren en sneeuwballen die in een woonschuit vliegen, een wereld van 'plekjes die niemand wist' en grote borden met verboden toegang.

Ik zie een hondenkar op Walcheren met twee meisjes in klederdracht en een molen op de achtergrond. Het Amsterdamse Centraal Station met op de voorgrond enkel trams en voetgangers. Badkoetsjes op het Katwijkse strand. Het Leesmuseum te Apeldoorn. Een driehoeksmeting te Lunteren. Pension De Man te Oostvoorne.

Het is een onbekend land dat ik zie. Het Nederland zoals we dat nu kennen moest nog helemaal vorm krijgen, en de eerste contouren zouden pas in de jaren twintig en dertig worden uitgelegd. De Kolenhaven met spoorbrug te Weert, maar het schip op de voorgrond heeft enkel een zeil, en op de kade zie je de schippersfamilie zwoegen met kruiwagens. Op de Zijlweg te Overveen nadert een eerste auto, en op het trottoir kijkt een dienstbode als verstijfd toe.

Tussen de stapels vind ik een kaart van de 'AVRO-Machine' op de ELTA, de Eerste Luchtvaart Tentoonstelling Amsterdam, in augustus en september 1919. Hier maakte mijn moeder blijkbaar voor het eerst kennis met het verschijnsel luchtvaart, samen met een half miljoen andere Nederlanders: 'Dit toestel zie ik zojuist de lucht ingaan. Het is hier erg leuk.'

Wie goed naar de kaarten luistert, hoort de voetstappen van de passanten op de brug van Goedereede, het suizen van de wind in een zeil bij Hoek van Holland, het piepen van lijn 3 op de Haagse Bezuidenhoutseweg. De permanente ruis die nu grote delen van dit land overdekt, bestond niet. Geluiden konden in die tijd nog klinken, ze kwamen dikwijls vanuit een fundamentele stilte en ze verzonken daar ook weer in: de hamer van een smid, de roep van een voddenman, de wielen van een kar, een kind, het geknal van die eenzame auto in Overveen.

En door die geluiden klonken stemmen, honderden stemmen die me vanaf de achterzijde toespreken, vaak in een enkele zin, honderden telefoontjes uit de tijd dat er nog nauwelijks telefoon was, een kakofonie van ooit uiterst nuttige mededelingen.

'De trein naar Vlissingen was een half uur te laat, maar bij Dordrecht kon ik toch makkelijk aansluiten.'

'Ik kan best tot woensdag blijven, want al het gestuurde goed is nog schoon.'

'Er was te weinig saus, maar verder was het eten heerlijk.'

'Morgen, zaterdag, naar Rijperkerk, lijkt me zo leuk!'

'Wil je pa en moe hartelijk danken voor de lekkere appels die je voor ons hebt mogen uitzoeken?'

'Heel prettige dagen. De pensionprijs (f 6,– per dag) is alleen stijf-hoog.'

''t Loopt hier over van militairen in het grijs. Ikzelf word zo bruin als een melkster.'

'Hattem kan nu zijn plagen verleren.'

'Hoop woensdag aanstaande te arriveren met de Brielse boot van drie uur.'

'Broer was erg blij met zijn potje, en Hampie met zijn kopje.'

'Morgenochtend na het ontbijt vertrekken we naar pension Bergzicht in Lochem, waar we heel billijk kunnen logeren.'

'Het heeft veel kracht gekost moe 't duin op te krijgen. Toch is het doel bereikt.'

En op 13-7-1913: *'Heden hoorden we van Jeanne dat ge geslaagd zijt voor het toelatingsexamen hbs.'*

Mijn grootouders van moederskant waren kinderen van de moderne tijd. De Van der Molens waren Friezen van eenvoudige komaf die zich met intelligentie, discipline en hard werken een positie hadden weten te verwerven in de hogere rangen van de nieuwe middenstand. Mijn grootmoeder was de dochter van een veldwachter die in Indië had leren drinken en daarna nooit meer verder gekomen was dan het plaatsje Balk. Mijn grootvader was afkomstig uit een bakkersgezin uit de Drachtster Compagnie waarmee het tijdens de landbouwcrisis van 1893 slecht was afgelopen. De oude Van der Molen had zijn klanten geen honger kunnen zien lijden, hij ging op de fles en daarna sjouwde hij als knecht achter een bakkerskar zijn verdere leven door, tot hij in de zeventig was.

Mijn grootvader was, samen met zijn broer Petrus, tijdig aan deze treurdans ontsprongen. Ze werden onderwijzer. Als één soort mensen, achteraf gezien, het emancipatieproces van zowel de socialisten als de kleine luyden heeft getrokken, dan waren het wel de schoolmeesters. De latere ARP-senator Hendrik Algra maakt in zijn memoires melding van een Friese dorpsschoolmeester die, behalve hemzelf, maar liefst twee ministers – B. Roolvink en J. Algera – had 'opgekweekt'. Hij en de andere arbeiderskinderen uit zijn dorpsklas waren voorbestemd om ook weer landarbeider te worden, maar uiteindelijk hoefde niet één 'met de schop op de schouder' door het leven te gaan, en dat allemaal dankzij het onvermoeibare ijveren en regelen van die éne meester Van der Ploeg uit Wirdum.* Bij de socialisten schreef in dezelfde tijd de Amsterdamse schoolmeester Theo Thijssen zijn klassiekers *Kees de jongen*, *Het grijze kind* en *Een gelukkige klas*, boeken die onderwijzers generaties lang zouden inspireren.

Zo waren er honderden, zo niet duizenden, en beide broers wilden maar al te graag deel uitmaken van dit keurkorps. Petrus begon les te geven aan een armenschool en trouwde met Maaike Zandstra, de dochter van een van de oudste voorlieden van de SDAP. Avond aan avond was hij op pad als propagandist voor de sociaal-democraten, terwijl mijn tante Maai hem na schooltijd opwachtte met een pannetje eten.

Mijn grootvader koos voor de weg van aanpassing. Hij begon als onderwijzer op Flakkee. Voor bijlessen aan 'een stomme boerenknaap uit de klei' kreeg hij, zoals hij later zou schrijven, een kwartje per uur, twee gulden per maand. 'Wat waren wij toch eertijds met dat beetje blij! Intens gelukkig!' In 1897 was hij een van de eersten die in Wageningen een landbouwakte haalde, waarna hij overal op het platteland cursussen gaf over het gebruik van kunstmest, het inkuilen van gras en andere nieuwerwetsigheden.

Eind 1900, een paar maanden voor de geboorte van mijn moeder, verhuisde de familie naar Vlaardingen. Vanaf dat moment ging het snel bergopwaarts. Hij abonneerde zich op de liberale *Nieuwe Rotterdamsche Courant*, en hij zou die krant daarna meer dan een halve eeuw lezen, dag na dag.

Hij werd een gerespecteerd burger, lid van de Remonstrantse Broederschap, en in 1912 werd hij aangesteld als chef van de advies- en voorlichtingsdienst van de melkfabriek Hollandia. Rond 1915 lieten mijn grootouders een stadsvilla bouwen in de lommerrijke uitleg aan de Schiedamseweg, met een erker en een voortuintje met grint, en daaromheen een gesmeed hek met ijzeren punten.

Geboortedata zeggen niet alles over de sfeer waarin mensen leven. Als ik mijn grootvader Mak – geboren in 1860 – zou durven typeren, dan zou ik hem zien als een man van 1820, iemand die een levenswijze vertegenwoordigde die toen de boventoon voerde. Mijn grootvader Van der Molen – geboren in 1869 – was daarentegen typisch een man van 1890, en dat is hij ook altijd gebleven.

Mijn vader heeft zijn leven lang het gevoel gehad dat hij, als eenvoudige jongen van het Hoofd, zo'n deftig meisje van de Schiedamseweg eigenlijk niet waard was. 'Bij ons thuis: goed eten, goede kleding, maar alles puur burgerlijk,' zou hij meer dan een kwarteeuw nadien in een openhartige bui aan zijn oudste zoon schrijven. 'Geen goed boek, laat staan muziek. Ik moest hongerig naar bredere ontwikkeling alles zelf oppikken. Hoeveel heb ik in dezen wel niet aan je moeder te danken gehad, en aan de eerlijke, sociale, beschaafde omgeving van Vlaardingen.'

Toch konden mijn twee grootvaders het op een of andere manier buitengewoon goed met elkaar vinden. Het waren vrome mannen die een vrije geloofsrichting aanhingen, hetgeen hen samen kan hebben gebracht. Maar misschien werd die band vooral gevormd door het feit dat beiden echte negentiende-eeuwers waren en dat mijn 'deftige' grootvader Van der Molen bij mijn 'ambachtelijke' grootvader Mak veel herkende uit zijn eigen jeugd. Alleen: waar de laatste ophield, begon de eerste.

Het verschil tussen de familiecultuur van de Makken en de Van der Molens had alles te maken met de periode tussen 1820 en 1890, de zeven decennia die de negentiende eeuw bepaalden. Zoals de Makken hun bedrijf voerden, zo was ook hun familieleven: nuchter, vroom, patriarchaal, open en volledig gericht op arbeid en bedrijf. De Van der Molens waren moderner, burgerlijker ook. Godsdienst speelde, althans bij de meeste gezinsleden, slechts een marginale rol. In het gezinsleven bestond al een scherpe scheiding tussen arbeid en vrije tijd en tussen publiek en privé. Typerend voor de geslotenheid waren de interne koosnaampjes die ik op talloze briefkaarten terugvond: 'Pa', 'Moe', 'Hampie' (de oudste zoon Hattem, die later een hoge employé bij Philips zou worden), 'Zus' (Geertje, mijn moeder), 'Broer' (Ludzer, het nakomertje, de lieveling van mijn moeder).

Mijn moeder heeft weinig jeugdherinneringen opgeschreven. Ze vertelde me ooit over een tocht naar de Friese familie in Balk, met de Enkhuizer boot, en daarna verder met een huurkoets. Ook waren er bezoeken aan de 'rode' oom Petrus en aan haar grootvader de bakkersknecht, wat gegeneerde ontmoetingen in een klein arbeidershuisje achter in Leeuwarden. De koperen bruiloft van mijn grootouders in 1905. 'Ik zal toen een jaar of vier geweest zijn,' schreef mijn moeder ruim dertig jaar later. Ze wist nog dat het een zaterdagmiddag was, en dat haar ouders een koperen tafelschuiertje cadeau kregen. 'Verder zal 't wel slecht weer geweest zijn, want ik heb een vage herinnering aan een potdichte kamer en een warme kachel en een theelichtje in de hoek naast de schoorsteenmantel.'

Mijn tante Mien beschreef me de familie zoals ze die aantrof toen ze zich verloofde met Ludzer: een hecht gezin, een soepele vader met een grote belangstelling voor alles wat er in de wereld gebeurde en een tamelijk strenge maar zeer intelligente moeder die het geheel domineerde. 'Ze was zeer standvastig, zowel in haar vriendschappen als in haar vooroordelen,' hoorde ik van mensen die haar nog gekend hebben. 'Die moeder Van der Molen, dat was een knappe, trotse vrouw,' zei mijn tante Maart. 'Die had haar dochter graag in een goede functie gezien. Ze lieten haar in Delft studeren, maar ja, toen bleef ze toch hangen aan zo'n zeilmakersjongen.'

Ik heb een foto voor me van de familie rond 1911. Mijn moeder zit helemaal rechts, gekleed als een meisje uit een Engelse kostuumfilm, met loshangend haar en een klokkend lijfje. Ludzer, een jaar of drie, zit in een matrozenpakje verveeld met zijn vingers te spelen. Mijn grootvader, een stevige man met een mooie donkere baard, leest voor uit een groot boek. Hattem, bijna twintig, leunt op zijn schouder. Mijn grootmoeder houdt de ogen bijna gesloten. Haar gezicht dikt al wat aan, maar nog steeds zijn de trekken zichtbaar van het knappe donkerblonde meisje dat ze ooit was. Allen luisteren, allen zijn gericht op het Boek.

Een andere foto, in een tuin. Opnieuw heeft mijn grootvader een boek, maar nu heeft mijn grootmoeder een net handwerkje bij zich, oom Hattem heeft een viool en mijn moeder heeft ook iets om handen.

Ik moet denken aan een opmerking van mijn vader over zijn verlovingstijd en over de fantastische gesprekken die hij bij de Van der Molens aanhoorde, gesprekken waarin ze elkaar voortdurend gelijk gaven en zo een steeds grotere tevredenheid opriepen over elkaar en zichzelf, totdat de hele ruimte herschapen was in een grote bromtol die langzaam begon te zingen van zelfgenoegen.

Zoals zestiende- en zeventiende-eeuwse familieschilderijen altijd hondjes, schedels, zandlopers en andere tekens van deugd en vergankelijkheid bevatten, zo omringden de Van der Molens zich op deze foto's met symbolen van cultuur en hoogstaand leven. Want al waren ze nieuwkomers, ze speelden met verve de rol van aristocraten van de moderne tijd.

Er is een ander interessant aspect aan deze foto's, en dat is de houding van mijn grootvader. Veertig jaar later zou hij er namelijk nog precies zo bij zitten. Niet omdat hij zo lang jong bleef – al was hij een zeer vitale man –, maar omdat hij in 1912 al zo oud leek. Zowel mijn oom Petrus als mijn grootvader zouden in de halve eeuw tussen 1905 en 1955 nauwelijks meer veranderen. Hun huid zou gaan rimpelen, hun haar zou grijs worden, maar hun pakken, hun hoeden, hun schoenen, hun manier van lopen, zitten en staan zouden allemaal hetzelfde blijven. Rond hun vijfendertigste waren het, zoals alle mannen van hun stand, waardige en liefst al enigszins gezette heren die langzaam liepen, afgemeten praatten en nooit holden of zich haastten.

Zoals later, in tijden van grote veranderingen, 'jong en flitsend' de norm werd, zo was dat in die jaren 'oud en degelijk'. Als er voor een product al reclame werd gemaakt, dan gold 'nieuw' niet als aanbeveling, maar juist het feit dat de maker 'van ouds bekend' was. Iedereen deed zijn best er zo solide mogelijk uit te zien. De levenscategorieën hadden een totaal andere waarde dan vandaag, schreef Stefan Zweig in zijn memoires, en dat gold ook voor mijn ouders en grootouders. 'Een achttienjarige gymnasiast werd als een kind behandeld, werd gestraft als hij een keer met een sigaret werd betrapt, moest gehoorzaam zijn hand opsteken als hij zijn schoolbank wilde verlaten vanwege een natuurlijke behoefte; maar ook een man van dertig werd nog als een wezen beschouwd dat niet op eigen benen kon staan, en zelfs een veertigjarige werd nog niet rijp geacht voor een verantwoordelijke betrekking. Dat wantrouwen, dat iedereen die jong was "niet echt betrouwbaar was", bestond toen in alle kringen. Zo gebeurde er iets dat tegenwoordig bijna onbegrijpelijk is: jeugd werd voor elke carrière een belemmering, ouder zijn een voordeel.'

Dit gold ook voor vrouwen. Iemand als koningin-moeder Emma veranderde vanaf haar dertigste nauwelijks meer, ze bleef er hetzelfde uitzien, of ze nu veertig was of zeventig. Met korsetten, baleinen, onderrokken en talloze andere hulpmiddelen werd iedere vrouw van stand in haar kleren tot 'dame' geperst, als een ridder in zijn harnas. Hoewel al die manipulaties de geslachtskenmerken – boezem, heupen – alleen maar accentueerden, verhulden ze tegelijk zoveel mogelijk de eigen vormen van een vrouw, en bij een meisje wisten ze zelfs alle jeugd aan het oog te onttrekken. Zelfs een zeventienjarige kon, door al die rijgsels en snoeren, zich weinig anders bewegen dan een vrouw van middelbare leeftijd.

Echt oud was, ten slotte, heel erg oud. In het Haagse Letterkundig Museum is een filmpje te zien van de schrijver Frederik van Eeden op latere leeftijd. Hij loopt gebogen, hij moet half ondersteund worden, kijkt vaag de wereld in, hij ziet er in onze ogen uit als een man van ver in de tachtig. Toch was hij op dat moment amper zeventig. Zeventig jaar was in die tijd stokoud.

***

Ik zal proberen het uiterlijk van mijn moeder te beschrijven.

Ze was niet mager maar ook niet te dik. Ze had een vrij rond gezicht, rossig haar, rustige ogen, een mooie gestalte en een ernstige mond. Het was een knap meisje dat zich van haar schoonheid nauwelijks bewust was, een jonge vrouw die haar fierheid eerder ontleende aan innerlijke dan aan uiterlijke eigenschappen.

Ze zong niet onverdienstelijk, ze trad zelfs op in de Vlaardingse kerk en bij de Makken zou ze liederen van Schubert en andere ongehoorde muziek in huis brengen. De overgang van het erudiete gezin aan de Schiedamseweg naar het roerige gezelschap aan het Hoofd moet haar niet gemakkelijk zijn gevallen. Ze keek een beetje neer op het 'rare allegaartje', en dus konden de Makken weinig anders doen dan naar haar opkijken. Op een avond zou ze caramelvla maken, iets onbekends aan het Hoofd, en al roerend in de hete suikerpap smolt de tinnen lepel waarmee ze dat deed ongemerkt weg, totdat ze alleen nog het steeltje in de hand had. Ik hoor het daverend gelach van de zeilmakers – het verhaal werd nog jarenlang in de familie verteld –, ik zie mijn arme, overbeschaafde moeder rood worden tot haar tenen en deze vernedering nooit vergeten. 'Geen moppentapster,' zeiden de Makken tegen elkaar.

Was mijn moeder aardig? Zelf vond ze van niet. Twintig jaar later zou ze openhartig schrijven dat haar dochter Anna best op haar mocht lijken als het om hoge cijfers ging, maar dat ze oprecht hoopte 'dat ze niet zo akelig serieus en eerzuchtig zal worden als ik vroeger'. Ergens anders betitelde ze zich als 'nogal dweperig en huilerig'. Ze was dol op Heinrich Heine en soortgelijke schrijvers, en daarin verschilde ze weinig van veel andere hbs-meisjes uit haar kring. Eén eigenschap sprong er wel uit: ze was extreem intelligent. Toen ze in 1918 eindexamen deed, had ze de beste cijferlijst van Nederland: zes negens, zes tienen en één vier, voor tekenen.

Van haar hele studietijd is niets anders bewaard gebleven dan een uiteengevallen schrift met drieënhalf opstel. Het meest opvallende verhaal – 'Een avontuur' – beschrijft hoe zij met vijf vriendinnen per abuis op de trein naar Delft stapt in plaats van die naar Vlaardingen. Van de Delftse stationschef krijgen ze een kaartje voor de terugweg, ze brengen een uurtje door in Delft, bellen naar huis bij een familielid, drinken daar een glaasje ranja, en anderhalf uur later zijn ze weer thuis. Dat is het hele avontuur.

Wat opvalt aan het verhaal is echter de milde verwarring waaraan deze zeventienjarigen voortdurend ten prooi zijn. Het lijkt erop alsof ze niet alleen op die namiddag, maar permanent in de foute trein zitten. Ze blozen, stamelen in het openbaar, fluisteren onderling en kunnen zich voortdurend 'bijna niet goed houden'. Het grappige is dat mijn moeder dat gelach in haar dialogen nauwkeurig weergeeft, zodat het hele opstel druipt van het gegiechel. 'Ja, mijnheer de stationschef, maar 't was ook zoo gek. Zij zat net een mop te vertellen [over prins Hendrik], en toen zag ik dat er allemaal andere reclameborden waren en toen, ha, ha, ha, dat we in den verkeerden trein zaten, en toen zei ze, oh ik kan niet meer, toen zei ze, ha, ha, ha, laten we aan de noodrem trekken!'

Zo kun je ook nu nog wel meisjes tegenkomen, maar toen was deze gekunsteldheid, die dubbelheid, dat gevoel van de foute trein precies de houding die men van opgroeiende meisjes verwachtte. Ze behoorden dwaas, wereldvreemd en nietsvermoedend te zijn, terwijl ze tegelijkertijd natuurlijk van alles vermoedden.

Mijn moeder en haar vriendinnen groeiden nog op in een tijd en in een milieu waarin, zoals de bejaarde Franse schrijfster Marguerite Yourcenar het zo fraai uitdrukte, 'alles wat op het middelpunt van het lichaam betrekking had (slechts) een aangelegenheid was van echtgenoten, vroedvrouwen en artsen'.

Voor jonge meisjes was onwetendheid een onmisbaar onderdeel van de maagdelijkheid, maar ook de speciale voorlichtingslectuur voor getrouwde echtparen bevatte enkel bedekte termen. Al liepen de emoties over 'dat intieme' hoog op, wat men precies bedoelde, bleef altijd in het vage. De gereformeerde arts E.A. Keuchenius sprak bijvoorbeeld over het mannelijk 'orgaan om het zaad naar buiten te brengen' en 'in verbinding te stellen met het vrouwelijk bestanddeel'. De VU-hoogleraar Jan Waterink noemde seksueel contact 'de mysterievolle gave Gods'. En de hervormde voorlichtster mevrouw Hovy-Gunning duidde de rol van de vader aan als 'de kracht van de man die moet overgaan in de vrouw, voordat deze vrucht kan dragen'. Seksualiteit was in deze kringen zover weggestopt dat er zelfs geen gebruikstaal voor bestond.

Op het platteland en bij de zogeheten lagere standen waren de opvattingen vaak wat ruimer, maar bij de stedelijke burgerij diende de plaats van de seksualiteit zo klein mogelijk te zijn. Zinnelijkheid werd in de burgerlijke wereld gezien als onwelvoeglijk, in christelijke kringen was ze zelfs 'de poort naar de zonde'. Daar had seksuele voorlichting ook nog eens een sterk godsdienstige lading. Abraham Kuyper noemde masturbatie 'satanisch en dierlijk' en de schrijfster Johanna Breevoort sprak over het 'vuile moedwil' om zaad te verspillen: 'Het verlies van één ons zaad verzwakt het lichaam meer dan het verlies van veertig ons bloed. Denk eens aan: veertig ons, dat is acht pond, dat is vier kilo bloed!' Wie toch zondigde, zou trouwens, volgens de toelichting op de Heidelbergse catechismus, zwaar gestraft worden: imbecielen en gedegenereerden vormden immers evenzovele stille aanklachten 'tegen hun ouders die in hun jeugd de tempel huns lichaams niet heilig hebben bewaard'.

De afschuw van 'het vlees' vertaalde zich in honderd geboden. Aan zee kon slechts worden voortgeploeterd – zwemmen was bijna onmogelijk – in zware badkostuums die het lichaam van hals tot hiel bedekten. Nooit zou een jong meisje haar hemd uittrekken in het bijzijn van een vriendin of zelfs een zuster; zoiets was even strijdig met de goede smaak als de meest ongewenste intimiteit. Voor de jeugdige baadster thuis bestond er 'poudre du pudeur', dat het badwater troebel maakte en het lichaam onzichtbaar. Er ontstond een hevige rel toen de danseres Isadora Duncan op het toneel haar naakte voeten liet zien. En toen Sigmund Freud de dromen van een deftige patiënte over spuitende brandweerlieden duidde – hij had daar een zeer eigenzinnige theorie over ontwikkeld –, gaf hij zijn vrouwelijke studenten eerst de mogelijkheid om de collegezaal te verlaten. Het beste voor een jonge vrouw was om te vergeten dat ze onder haar hals nog iets als een lichaam had.*

Slechts één trend doorbrak de cultus van onlichamelijkheid: de opkomst van de sport, en daarmee van de sportieve kleding. In de berg ansichtkaarten die mijn moeder naliet, kwam ik bijvoorbeeld een kaart tegen uit 1912 – 'Yachting Girl' – met daarop een sportzeilster die er volgens de toenmalige normen buitengewoon luchtig bij staat.

In 1911 liet het weekblad *Het Leven* bij wijze van experiment een actrice door Amsterdam lopen, gekleed in een soort broek, een zogeheten jupe-culotte. Er ontstond een flinke oploop. De eerste vrouwelijke wielrijders die iets soortgelijks aantrokken, werden echter nauwelijk nagestaard. Er was duidelijk iets bijzonders aan de hand met die sportkledij. Wie fietste, of wie voetbalde of tenniste, deed iets speciaals, hoorde bij een uitgelezen groep, brak eruit, en de kleding symboliseerde dat. Net zoals later hippies, punks en skateboarders zich zouden onderscheiden door hun kleding, zo waren dat in het begin van de eeuw wielrijdsters, zwemsters en vooral ook tennissters die ongegeneerd enkels en benen mochten tonen. De sportkleding was uiteindelijk niets anders dan een slim compromis tussen functionaliteit en fatsoen, maar met dat compromis werd wel een bres geschoten in het bastion van de korsetten en de hoge hoeden.

De opkomst van de sport, en het nieuwe gevoel van lichamelijkheid dat daarbij hoorde, is ongetwijfeld van grote invloed geweest op het doorbreken van het Victoriaanse kuisheidsideaal. Een andere factor was de emancipatie van de vrouwen zelf, niet alleen op politiek terrein – de militante vrouwen wilden een prostitutieverbod, vrouwenkiesrecht en algehele gelijkberechtiging –, maar ook sociaal en emotioneel. Tijdens de wereldoorlog hadden talloze Europese vrouwen het werk van de mannen moeten overnemen, en toen de soldaten terugkwamen van het front, vonden ze vrouwen die steviger, vrijer en zelfbewuster waren dan ze ooit hadden meegemaakt. Volgens Stefan Zweig konden tot 1914, 'op een paar Russische studentes na', alle vrouwen van Europa 'het haar tot op de heupen ontrollen'. Die regel was zo sterk dat het een behoren was geworden, een moeten. Na 1918, na vier jaar fabrieksarbeid voor talloze vrouwen, was van die norm weinig of niets meer over.

Tekenend voor de ingrijpende veranderingen was de plotselinge verdwijning van het fenomeen chaperonneren. Tot de Eerste Wereldoorlog was het voor een meisje uit de betere stand alleen geoorloofd om feestjes en andere gelegenheden te bezoeken onder begeleiding van een oudere vrouw. Maar de generatie van mijn moeder maakte er korte metten mee. En de ouders, bang om voor ouderwets te worden uitgemaakt, gaven mopperend toe.

De spanningen die dat gaf, zijn hier en daar nog terug te vinden in het kleine pakje brieven dat mijn moeder door alle wissels van haar leven heeft meegedragen, en dat nu, wat verweesd, op mijn werktafel ligt. Alle betrokkenen zijn vrijwel zeker dood, haar vriendinnen Truus, Jeanne, Anna, Bets, de giechelende Boggie, Neeltje, zijzelf, allemaal zijn ze er waarschijnlijk niet meer, het is eindeloos lang geleden, maar toch betreed ik de intimiteit van hun vriendschappen met schroom.

De brieven gaan over boeken, afspraken, ontmoetingen, en soms zijn het maar korte, emotionele krabbeltjes: 'We hebben 't zoo heel moeilijk gehad en nòg: onze verloving is verbroken, en niet om thuis, tenminste niet direct. 't Is hard en onbegrijpelijk voor onszelf, maar 't is zoo en 't moèst zoo.' Een andere vriendin bekent dat ze heeft geflirt, een zomer lang, in het Kurhaus, en dat daardoor twee Delftse studenten verliefd op haar werden. 'We hadden 't allemaal vreselijk gezellig, gingen 's zaterdags naar de bals, spraken af voor fietstochtjes en als 't juist op zoo'n dag regende gingen we met de heele bende naar een bioscoop. En terwijl de "oude" menschen, die altijd bij elkaar zaten, er niets van vermoedden deden Henri en dat andere jongmensch van twintig heftige pogingen om mij heen.' Op het laatste zaterdagavondbal, aan het eind van de zomer, kreeg ze een aanzoek van beiden. Een maand lang aarzelde ze, toen koos ze voor Henri. 'Maar toen heb ik 't ook aan dien ander moeten zeggen. Als ik er nog aan denk, die wanhoop, dat groote verdriet...'

Een brief van diezelfde vriendin, vijf maanden later: 'Ik zal maar geen lange inleidingen houden en direct met de deur in huis vallen: Geert, ik heb mijn verloving afgemaakt. Vrijdag heb ik 't afgemaakt. Het was ineens zo'n leegte in me...' Karakters en opvoeding bleken toch niet met elkaar overeen te komen. Henri, die direct op zijn vijftiende de handel in was gegaan, hield niet van muziek, van lezen, van mooie boeken en 'diepere onderwerpen', maar enkel van 'ruwe dingen, van boksen, worstelen, hard racen, halsbrekerijen, enzovoorts'. Zijn karakter was wel het lastigst. 'Hij kon soms heele avonden met een zuur gezicht zitten, zonder een woord te zeggen, wat vooral vreselijk onaangenaam was als er visite was.'

Ondertussen zie ik hoe mijn moeder steeds meer neigt naar de religieuze kant van het leven. Ze maakt zich duidelijk los van de burgerlijk-liberale sfeer van haar ouders, op haar eigen manier. Niet, zoals haar vriendinnen, via het Kurhaus, maar via de kerk. Aan een ongelovige vriendin stuurt ze als verlovingscadeau een bijbel. 'Ik kan 't als niet meer beschouwen dan een interessant boek, in dit geval een heel mooi boek,' schrijft die eerlijk terug. Met een andere vriendin ontwikkelt ze een innig religieuze correspondentie. 'Geert, ik vind Jonkvrouw Else erg mooi, 'k vind er zulke heel fijne dingetjes in staan. 't Eerste gedeelte, dat kind in dat christelijke gezin, ook zoo fijn. Zouden we werkelijk steeds meer leren, 't meer begrijpen en voelen, hoe ouder we worden?'

Deze veranderingen vonden ongetwijfeld plaats onder invloed van mijn vader, maar ook van de NCSV, de Nederlandsche Christen-Studentenvereeniging. Tussen het stapeltje brieven vind ik, niet toevallig, ook een tachtig jaar oud reglement van het NCSV-kamp Hardenbroek. ('De gangen worden door drijflichtjes in patentolie of door waxinelichten verlicht. Met water gooien, kussengevechten en dergelijke meer zijn streng verboden.')

'De NCSV deed in die tijd wat de kerk had moeten doen, maar niet deed: ons eenvoudig met de problemen van onze tijd confronteren,' zou de gedreven predikant Jan Buskes later schrijven. Het was een vereniging die buiten de aangewezen kerkelijke paden viel, die christenen en niet-christenen van allerlei pluimage trok, die een oecumenische beweging was voordat daar een woord voor bestond. In de kampen werd gesport, gezeild, gefietst en er werd met een voor die tijd ongekende openheid over God, politiek, liefde en de rest van het leven gesproken.

De latere staatsman W.F. de Gaay Fortman betitelde die kampweken als 'een soort hagepreken van jongelui onder elkaar, dwars door kerkelijke grenzen heen in de vrije natuur, bij mooi weer onder de open sterrenhemel'. Zijn religieuze overtuiging werd er, zo zei hij, voor een belangrijk deel gevormd, en dat gold ook voor mijn moeder, dat meisje dat nooit bad tussen de middag en die als jonge vrouw opeens alle ijver van een bekeerling vertoonde.

'Hoe was 't met de Pinksterdagen, erg fijn? Saampjes in Amsterdam en mooie preken?' lees ik in een brief van de vrome vriendin aan mijn moeder. Mijn vader dacht, vermoed ik, ook nog weleens aan heel andere dingen.

***

Hoe de natuur in overeenstemming te brengen met de moraal? Voor een man die verliefd wordt op zo'n Victoriaans meisje als mijn moeder was er maar één oplossing: een positie verwerven, 'iets worden', hard studeren en trouwen.

Mijn vader liet zich inschrijven aan de Vrije Universiteit in het najaar van 1919. De VU was toen nog een kleine bedoening, gevestigd in een paar doorgebroken herenhuizen aan de Amsterdamse Keizersgracht. Er waren slechts enkele faculteiten, een handvol hoogleraren en rond de vierhonderd studenten.

Die kleinschaligheid maakte de VU – en dat gold trouwens voor meer universiteiten – tot een vormingsinstituut in de breedste zin van het woord. Wat nu binnen universiteiten een zeldzaamheid is, was toen normaal: direct, persoonlijk contact met de top van het vakgebied, discussies over nieuwe wegen, grote onderlinge kameraadschap, heel veel plezier, studievriendschappen voor het leven. Aan de VU werden relatienetwerken gesmeed die de protestants-christelijke wereld decennialang zouden beheersen. Sommige groeiden zelfs uit tot kleine dynastieën van hoogleraren, ARP-kamerleden, advocaten en kerkvorsten waarvan de namen – Berkouwer, Grosheide, Bavinck, Donner, Rutgers, Geesink, Sikkel, Woltjer, Meynen, Aalders, De Gaay Fortman, Diepenhorst, Holtrop, Gerbrandy – in het gereformeerde klonken als een klok.

Mijn vader kreeg een kamer in het hospitium voor VU-studenten, om de hoek van het universiteitsgebouw, liet zich ontgroenen, belandde op een avond onder een tafel met schreeuwende corpsballen en reciteerde toen, kaal, overgoten met bier: 'Ik ben een God in 't diepst van mijn gedachten.'

Zo kwamen de Makken in het oudste studentendispuut van de VU terecht, Demosthenes, de eeuwige club van stotteraars en andere intelligente kneuzen. Studentendisputen waren toen nog letterlijk disputen: men oefende zich er in de kunst van de retorica en men leerde er schermen met woorden als met degens. Er moesten inleidingen gehouden worden, er waren discussies en declamaties en een geliefd programmapunt was ook altijd de improvisatie, de toespraak uit de losse vuist over een willekeurig opgegeven onderwerp. De ouderejaars leerden de jongeren bovendien hoe ze moesten vergaderen, hoe ze zich aan een diner dienden te gedragen, hoe het met meisjes zat, wanneer een smoking geoorloofd was en nog duizend andere wetenswaardigheden uit de grote wereld.

Er begon zo via de universiteit van de kleine luyden een onderscheid te ontstaan tussen voetvolk en officieren, iets ongekends in gereformeerde kringen. Toen mijn vader een jaar studeerde, kwam deze tegenstelling voor de eerste maal openlijk aan de oppervlakte. In het najaar van 1920 werd tijdens het achtste lustrumfeest van het studentencorps van de VU de Engelse klucht *De tante van Charley* opgevoerd, waarbij een van de spelers zich in vrouwenkleren had gestoken. Er ontstond een klassieke VU-rel, zoals er nog vele zouden volgen rond cabaretteksten, boekjes, studentenbladen of benoemingen. 'Pretmakerij, of platter, lolmakerij,' vond een briefschrijver in *De Standaard*. 'In dat teken, zijn wij welingelicht, stond ook de gewraakte opvoering der Heeren Studenten; men wilde lol en grollen, Gereformeerde studenten...' Overigens bleef het allemaal in de familie: er speelde een Kernkamp in mee, een Bavinck en de als vrouw verklede man bleek niemand anders te zijn dan Henk Colijn, de zoon van de nieuwe ARP-voorman.

Ik vraag me af of mijn vader zich intensief met het studentenleven heeft bemoeid. Ik heb hem er nooit veel over horen vertellen. Wat ik aan de dateringen wel kan zien, is zijn harde studeren: al na anderhalf jaar deed hij zijn propedeuse, iets waar in die tijd minstens twee jaar voor stond.

Hij ging voornamelijk om met mede-theologiestudenten, onder wie Jan Buskes, die ik al eerder noemde, en zijn mede-Schiedammer Cor Maan. Buskes was als scholier al gegrepen door het socialisme. Hij demonstreerde, liep meetings af om de oude voorman Ferdinand Domela Nieuwenhuis en de dichteres Henriette Roland Holst te horen en stak zijn anti-militarisme niet onder stoelen of banken. Zoals Buskes waren er meer in die jaren, jonge zoekers, gevoelig voor de verwarring van de tijd, er diep van overtuigd dat een herhaling van de miljoenenslachting van '14-'18 nooit mocht voorkomen. Ze vertegenwoordigden de stemming in Europa als weinig andere Nederlanders, ze waren alerter ten aanzien van internationale ontwikkelingen dan wie ook, maar tegelijk leidde hun streven naar neutraliteit én pacifisme voor Nederland tot een nog groter internationaal isolement.

Een van de beste vrienden van mijn vader was zijn dispuutgenoot Evert Smelik, een dichterlijke Haagse jongen die in hetzelfde jaar met theologie was begonnen. Op een vakantie nam hij hem mee naar het Hoofd, om aan te sterken. 'Broodmager was hij,' herinnerde tante Maart zich. 'En heel wit en lang. Maar hij kon prachtig pianospelen. En Geertje zong daar dan bij.' Smelik schreef en vertaalde in die tijd al kerkelijke liederen, en later zou een groot aantal van zijn gezangen tot het repertoire van alle protestantse kerken behoren: 'Christus stoot de hemel open,/ een vuur komt door de wereld lopen,/ een nieuw getij breekt haastig aan...'

Ik vraag me af of ik iets van mijn vader zou hebben begrepen als wij elkaar op twintigjarige leeftijd zouden hebben ontmoet. Misschien verschilden we in karakter niet eens zo sterk van elkaar, maar de werelden waarin wij ons bewogen, bijna een halve eeuw na elkaar, hadden nauwelijks raakpunten. Terwijl rond mijn twintigste de pil was doorgebroken, de welvaart tot in de hemel groeide en alle moraal braak lag als een nieuw te bebouwen stuk grond, regeerden rond zijn twintigste het behoud, de consolidatie, het zich terugtrekken op verworven terrein.

Toen mijn vader aan de VU ging studeren, bevond de gereformeerde wereld zich op een keerpunt. De twee grote leiders en pioniers, Kuyper en de theoloog Bavinck, waren respectievelijk in 1920 en 1921 overleden en daarmee was op allerlei terreinen een gezagsvacuüm ontstaan. Gereformeerden namen nu weleens een boek ter hand van buiten de eigen kring. Een enkeling liet de naam Darwin vallen, hoewel diens evolutietheorie altijd als zondig en onbijbels was weggehoond. Bij sommigen groeide de twijfel naarmate er meer fossielen gevonden werden die miljoenen jaren ouder waren dan ze volgens het bijbelse scheppingsverhaal hadden mogen zijn. De verklaring van de toenmalige theologen – God zou in Zijn ondoorgrondelijke wijsheid bij de schepping al die fossielen in de grond hebben gestopt om ons geloof op de proef te stellen –, begon wat goedkoop aan te doen.

Onder de gereformeerde theologen begon een voorzichtige discussie over de onfeilbaarheid van de bijbel en over de manier waarop een christen het geloof beleefde. Hier en daar fluisterde men de naam van een Zwitserse theoloog, een zekere Karl Barth, die leerde dat theologie en het leven van alledag in elkaars verlengde lagen. Hij brak fundamenteel met de negentiende-eeuwse theologie, die door de opkomende natuurwetenschap steeds meer in het nauw was gedrongen. Barth gooide het systeem als het ware open. Volgens hem kwam alle religie, alle genade van boven, in een vrijwillige openbaring van God in Jezus Christus en de bijbel. Die openbaring was niet te bewijzen volgens de gewone wetenschap, je moest haar gewoon persoonlijk voelen. Hij zei ook: je mag geen enkele uitspraak over God doen zonder te beseffen dat die ethische consequenties heeft voor de praktijk van het leven. Daarmee raakte de discussie over de onfeilbaarheid van de bijbel achterhaald, maar zover waren de meeste gereformeerden nog lang niet.

Er ontstond een reactie. De synode, het hoogste gezag van de kerk, liet een waarschuwing uitgaan tegen de 'verdwazing en verwildering der geesten' waartegen 'ook in onzen kring te weinig weerstand bestaat'. Al in 1920 werd een predikant uit de kerk gezet omdat hij te 'ethisch' was en in een hervormde kerk had gepreekt. En de prediker G. Wisse liet in het hele land stampvolle kerken sidderen met zijn donderpreek 'Een nacht in het logement der duivelen'.

Tekenend voor de verwarring waarin vrome, beginselvaste maar tegelijk intelligente en belezen kleine luyden verkeerden is een verhaal dat mijn vader me ooit vertelde over de VU-hoogleraar voor het Oude Testament. Deze C. van Gelderen, die om onnaspeurbare redenen met de bijnaam Katoentje door het leven ging, was een briljant wetenschapper. Hij bracht de theologiestudenten de eerste beginselen bij over het ontstaan van de bijbel en hij sprak daarbij openlijk over het feit dat bepaalde bijbelboeken door meerdere auteurs moeten zijn geschreven. Het officiële geloof van de gereformeerden ging uit van de inspiratietheorie: alle bijbelschrijvers hadden, als door een bliksem getroffen, letterlijk Gods woorden opgepend voor het nageslacht. Maar wie bijvoorbeeld het boek Job scherp las – wat aan die ijverige gereformeerden wel was toevertrouwd – kon zonder veel moeite aan de stijlbreuken zien dat daar minstens drie auteurs aan het werk waren geweest, waarschijnlijk zelfs uit verschillende perioden. 'Hier zal een tweede redactor de tekst hebben aangevuld,' zei Katoentje dan zachtzinnig, en wees bijvoorbeeld ook op de twee scheppingsverhalen en de zeldzaam warrige chronologie in het eerste bijbelboek Genesis.

Tijdens een van zijn colleges raakte hij zo in vervoering bij zijn wetenschappelijke analyses dat hij in alle opzichten losraakte van de officiële kerkleer. Opeens brak hij zijn betoog af, hij viel stil, ging vervolgens naast de katheder staan en zei: 'Mijne heren, ik geloof in de Heilige Schrift als het onfeilbare en betrouwbare Woord van God.' Einde college. Hij kon geloof en wetenschap niet langer met elkaar verenigen.

Katoentje was een van de eersten, en er zouden velen volgen. Met al zijn innerlijke conflicten was hij een voorbeeld van veel gereformeerden in de twintigste eeuw: vroom maar niet blind, principieel maar ook modern, en altijd met zichzelf op gespannen voet.

Ook in sociaal en politiek opzicht was het voor de kleine luyden een tijd van overgang en herbezinning. Kuyper was een typische bouwer geweest van gesloten denk- en leefsystemen. Geen hoekje van de samenleving had hij daarbij onberoerd gelaten, en in zijn kielzog sleepte hij zo heel wat drammers, betweters en studeerkamerwijsgeren met zich mee.* Ieder mens stond in zijn visie rechtstreeks tegenover God. Alleen aan Hem was de mens verantwoording schuldig. Daar hoorde niemand tussen, geen kerk en zeker geen staat. Deze gewetensvrijheid maakte van de mens een vrij, soeverein wezen, veel vrijer dan de Franse Revolutie hem ooit had kunnen maken. Uit deze persoonlijke soevereiniteit vloeide vervolgens ook de soevereiniteit van de eigen organisaties voort, de eigen kring, waardoor de ware calvinist toch volop kon deelnemen aan het normale maatschappelijk leven. Want, zo schreef Kuyper, het 'rijkst ontwikkeld, het schitterendst uitgebroken, tot nationaliteit in vollen zin gerijpt, was alleen het "Christelijk-puriteinsche" type'.

Omstreeks 1920 waren de kleine luyden, net als de katholieken en de socialistische arbeiders, uitgegroeid tot een volwaardige integratie- en emancipatiebeweging. In ARP-kringen werd in die jaren de anekdote verteld over twee partijprominenten, die samen over de Grebbeberg liepen. 'Willem, wat heeft God de wereld toch prachtig geschapen,' zei de een. De ander antwoordde: 'Paul, weet jij ook in welk kiesdistrict wij hier zijn?'

Men wilde volop meebeslissen over de ontwikkeling van staat en samenleving, men wilde profiteren van alle moderne overheidsvoorzieningen op het gebied van onderwijs, volkshuisvesting en gezondheidszorg maar tegelijk diende – evenals bij de katholieken – de eigen identiteit zoveel mogelijk gehandhaafd te blijven. Die tegenstrijdigheid loste men op door een systeem van 'open aan de top, gesloten aan de voet'. Politici, bestuurders, dominees, priesters, vakbondsleiders en andersoortige voorlieden kregen daardoor een buitengewoon machtige positie. Zij bepaalden gezamenlijk in Den Haag en elders het beleid, terwijl het voetvolk strikt gescheiden optrok. Het parlement verloor zo meer en meer zijn controlerende functie. Het was vooral een plaats waar men getuigde van zijn onbuigbare beginselen, terwijl achter het groene gordijn de compromissen werden gesloten. 'In het isolement ligt onze kracht,' zei Groen van Prinsterer al, en daarnaar handelden ook de katholieken, de socialisten en de 'neutralen'.

Zo ontstond in de eerste decennia van deze eeuw een typisch Nederlands verschijnsel, een soort nationalisme zonder fysieke grenzen, een systeem, inderdaad, van vier zuilen met daarboven een gezamenlijk dak. Iedere groep had eigen scholen, universiteiten, ziekenhuizen, uitgeverijen, vakbonden, kranten en politieke partijen, iedere groep bestreed de andere groepen en beschouwde zichzelf als het centrum van de aarde.

De schermutselingen luwden toen de Eerste Wereldoorlog uitbrak en er een 'godsvrede' getekend werd door alle zuilen, inclusief de socialisten. De vrijzinnig-liberale regering die in 1913 aan de macht was gekomen, streefde ernaar om de al bestaande sociale wetgeving – een kinderwet, een leerplichtwet, een ongevallenwet en een woningwet – uit te breiden met een ouderdomswet. Nog meer sociale vrede 'kocht' men met de invoering van het algemeen kiesrecht voor mannen in 1917 en voor vrouwen in 1919. Bovendien werd de strijd om gelijke subsidiëring van openbare en christelijke scholen, het belangrijkste strijdpunt voor de confessionelen, in 1917 beslecht. In 1920 ging bijna de helft van de Nederlandse kinderen naar een christelijke school, in 1940 waren dat zeven van de tien.

De kleine luyden hadden, toen mijn vader kon gaan studeren, op alle fronten gewonnen. Ze speelden een belangrijke rol in de politiek en de samenleving, ze zaten in de regering en op andere centrale posten, in *De Rotterdammer* van mijn vrome grootmoeder prees men elegante zomerconfectie aan en in *De Standaard* begonnen auto-advertenties te verschijnen.

'Wat Nu?' Dit was letterlijk de titel van de laatste grote rede die de hoogbejaarde Kuyper op 2 mei 1918 in Utrecht had willen uitspreken. Nog éénmaal was hij daarin Abraham de Geweldige, de man met visie, die zijn mannenbroeders na de schoolstrijd een nieuw toekomstideaal voorhield: 'het machtige sociale vraagstuk'. Maar overwerkt en dodelijk vermoeid was hij te schor om zelf te spreken, een ander voerde het woord voor hem, en enkele maanden later verdween hij voorgoed in een Duits herstellingsoord.

'Wat Nu?' werd keurig aangehoord, later uitgegeven als een brochure, maar toen Ben van Kaam, de protestants-christelijke kroniekschrijver bij uitstek, in een ARP-boedel een exemplaar aantrof uit 1918 moest hij dat anno 1963 nog opensnijden. Kuypers bezieling vond geen klankbord meer bij zijn tevreden aanhang. De nieuwe leider, Hendrikus Colijn, wist wel iets anders: een inzamelingsactie voor de ARP. Eén miljoen gulden moest er komen, al wist niemand precies waarvoor het was. En de kleine luyden begonnen ijverig geld op te halen voor zichzelf.

***

'Alle decadentieverschijnselen, die optreden bij keurtroepen welke hun bezieling aan iets anders moeten ontlenen dan aan een wenkend perspectief zien we ontstaan,' zo schreef Van Kaam over deze fase. 'De groep wordt zelf het doel. De mannenbroeders gaan paraderen, massabetogingen houden, vaandels koesteren, veteranen eren en grote slagen uit het verleden herdenken. En extra scherp gaat men letten op elkaars leer en leven. Want de keurtroep mag niet uiteenvallen.'

De socialisten, katholieken, zionisten en al die andere emancipatiebewegingen begonnen in meer of mindere mate aan dezelfde kwalen te lijden. Of, zoals Jan Buskes het ooit uitdrukte: 'Zij vergaderen en zij vergaderen, tot zij tot hun vaderen vergaderd zijn.'

De zomers waren vol toogdagen en meetings, de lucht trilde van de massakoren, muziekkorpsen en gierende harmoniums en nooit wapperden in dit land zoveel vaandels en banieren. 's Winters vergaderde men, over teksten, amendementen of resoluties, men las de eigen bladen, men zwoegde op preken en inleidingen, en zo leidde men binnen de eigen zuil een dubbelleven dat het moeizame bestaan van alledag in een ander, hoger licht zette.

Men werd geacht enkel met gelijkgezinden te voetballen, toneel te spelen, naailes te nemen, boeken te lezen, op reis te gaan, feest te vieren, geiten te fokken en de liefde te bedrijven. Toen in de jaren dertig de bewoners geselecteerd werden voor de nieuwe Wieringermeer en Noordoostpolder, werd zorgvuldig gelet op een evenwichtige vertegenwoordiging van alle zuilen, en in ieder dorp werden ook keurig drie scholen gebouwd: een katholieke, een protestants-christelijke en een openbare. Verenigingen die over de scheidsmuren heen reikten, waren taboe: VU-studenten mochten officieel niet lid worden van de NCSV. Over de voormalige hoofdredacteur van *Vrij Nederland*, Mathieu Smedts, gaat het verhaal dat hij als jongetje eens acht kilometer liep om in een naburig dorp de plaatselijke predikant te gaan bekijken: hij had nog nooit een protestant gezien. In katholieke kringen werd het 'gemengde huwelijk' zelfs als een zware zonde gezien, en wie verkering kreeg met een niet-katholiek mocht niet meer ter communie gaan.

De zuilen dienden zo een tweeledig, niet zelden tegenstrijdig doel. Aan de ene kant was het voor veel mensen een manier om hogerop te komen, om meer te leren en te zien. Aan de andere kant – en dat gold vooral voor de katholieke en, in mindere mate, de protestantse zuilen – was het ook een manier om de mensen eronder te houden. De oude angst voor de hel was daarbij een probaat middel – en voor buitenbeentjes wist men die hel al op deze aarde soms aardig heet te stoken. In Limburg kon je een baan in de mijn wel vergeten als je niet bij de kerk hoorde. En een Friese boer die een stuk grond wilde pachten, kon ook maar beter goede vrienden blijven met de kerkvoogdij.

Zo leefde iedereen vredig langs elkaar heen. Terwijl mijn 'neutrale' grootvader een stadsvilla liet bouwen, huurde zijn 'rode' broer Petrus van zijn maandsalaris een plezierboot om de kinderen van zijn klassen een mooie zondag te bezorgen en hun vaders voor één dag uit de kroeg te houden. En als zo'n zondag in het water viel, aten Petrus en Maaike de hele maand droog brood.

Andersdenkenden werden met een zeker respect bejegend, maar melk werd als vanzelfsprekend betrokken bij een melkboer uit eigen kring, grutterswaren bij de eigen kruidenier, kleding werd – in eigen stijl – uitsluitend gekocht bij een 'broeder' of 'zuster' en nog tot de jaren zestig was het in de kringen van mijn ouders not done om taartjes te presenteren van de 'sociale' Coöperatie. Zelfs nam bij de Schiedamse Makken ooit een dienstmeisje ontslag, omdat ze niet wilde werken in een huis waar het goddeloze *Rotterdamsch Nieuwsblad* werd gelezen.

Iedereen had de eigen waarheid in pacht, en die waarheid was totaal. Toen VU-studenten in het voorjaar van 1924 het treurspel *Saul en David* van Israël Querido wilden opvoeren was de wereld te klein. 'Schriftgegevens zijn op ergerlijke wijze misbruikt,' schreven de dominees van de synode, 'terwijl reeds op zichzelf genomen aan een Jood, en aan een Jood als Querido, dit heilige niet kon worden toevertrouwd.' En de *Utrechtsche Kerkbode* meende zelfs dat een jood nu eenmaal nooit 'de ontzettende tragiek der tegenstelling tussen Saul en David kan gevoelen'. (Want iedereen kende Saul en David natuurlijk als echte gereformeerde jongens.)

Het waren enkel eigen auteurs die de eigen moraal (die overigens nauwelijks verschilde van die van de anderen) erin mochten hameren: 'Zullen we dan om vergeving vragen voor dat hele boze, dat je gedaan hebt? Jaap snikte. Vier handen vouwden zich, twee grote en twee kleine.'

Nu moet gezegd worden dat veel mensen uit de betere middenklasse, zoals de Van der Molens, weinig moesten hebben van deze extreme opdeling. De verzuiling vloekte met hun opvattingen over nationale eenheid en individuele vrijheid. Ook onder de socialisten heerste onbehagen; in de kring van de NCSV kozen sommigen bijvoorbeeld bewust voor het socialisme, terwijl ze tegelijk gelovige mensen bleven.

Maar gedwongen door het apartheidsbeleid van de grote meerderheid moest iedereen wel meedoen. Terwijl de Makken lid werden van alle organisaties met 'christelijk' in de naam, steunden de Friese Van der Molens alles met 'socialistisch' of 'openbaar', en omarmden mijn Vlaardingse grootouders het etiket 'algemeen' of 'neutraal'. Omdat heel Nederland zichzelf had opgedeeld in geestelijke hokken, was 'algemeen' echter ook een hok geworden, zij het een vriendelijk en beschaafd hok. De werkelijk onafhankelijke denkers, zoals Buskes en enkele andere studievrienden van mijn vader, kwamen zo in een politiek en maatschappelijk niemandsland terecht.

Een belangrijk vraagstuk voor de confessionele zuilen vormde de snelle opkomst van de radio. Boeken kon men weren uit winkels en bibliotheken, theater, bioscoop, dans, socialisme en andere vreselijkheden konden met het wapen van de sociale controle worden bestreden, maar de radio drong ongegeneerd door alle scheidsmuren heen. 'Men heeft taal vernomen, die niet gehoord moest worden. Men heeft de klanken der wereldsche muziek opgevangen, die de gedachten in de danszaal deden toeven,' schreef de commentator van het protestants-christelijke weekblad *De Spiegel*, en hij vreesde dat de radio 'al heel wat kwaad gebrouwen' had in de christelijke gezinnen.

Aanvankelijk was het probleem nog niet zo groot. In 1919 kreeg een Haagse ingenieur de eerste zendmachtiging om zijn radiolampen uit te proberen, in 1921 bediende de Amsterdamse Effectenbeurs via de radio een vijftigtal abonnees met de beurskoersen en verder probeerde een aantal hobbyisten – 'luistervinken' – het mysterie te vangen in zelfgemaakte kristalontvangertjes en antennes die hele huizenblokken overspanden.

In 1924 was de techniek echter al zo verbeterd dat Colijn, toen minister van Financiën, het de moeite waard vond om naar de Nederlandsche Seintoestellen Fabriek te Hilversum te reizen. Als eerste bewindsman was hij bereid om in een klein kamertje een toespraak te houden voor een massapubliek, terwijl er alleen een soort zuil stond waarop een microfoon lag. Hij vond het aanvankelijk maar vreemd. Zijn handen hadden de neiging om de randen van de zuil te pakken, zoals de katheder van een kansel, maar gaandeweg vond hij zijn vorm. Staande, met zijn linkerbeen op een stoel, de duimen achter vestgaten, de buik met horlogeketting vooruit, sprak hij ruim een uur over de benarde toestand van 's lands financiën.

Dat smaakte naar meer. Al snel zagen de mannenbroeders grote mogelijkheden in het nieuwe medium. Niet alleen zou Colijn dan zoveel toespraken kunnen houden als hij wilde, maar ook konden 'personen buiten het Christelijke leven geëvangeliseerd worden' en bovenal konden 'onze zieken en zwakken langs radio-telefonischen weg predikatiën, toespraken, zang, enz. beluisteren'.

Een halfjaar later, in november 1924, besloot de protestants-christelijke zuil opnieuw het oude te bewaren met behulp van de modernste technieken: als eerste omroep werd de Nederlandsche Christelijke Radio-Vereeniging opgericht. Rond de kerst klonk voor het eerst het gezang *Daar ruist langs de wolken* door de radio. De andere zuilen volgden met, uiteraard, eigen omroepen: de rode VARA, de katholieke KRO, de algemene AVRO en de vrijzinnig-protestantse VPRO. Daarmee was een bestel geboren dat 'met predikatiën, toespraken, zang, enz.' zou voortwoekeren tot het einde van de eeuw.

De beslissing om de eigen NCRV op te richten was in wezen een fundamentele koersbepaling in de emancipatie van de kleine luyden. Men had omstreeks 1924 immers ook heel goed de lijn kunnen volgen van de zwaarmoedige nazaten van de eierboer, die de radio in zijn geheel afwezen als 'het kastje van de duivel'. Blijkbaar kozen de mannenbroeders toch voor een doorbraak van hun culturele isolement, want dat hield de oprichting van de NCRV in. Meedoen met de moderne tijd paste duidelijk meer in hun lijn. Ze gingen uit van ieders eigen keuze, ieders eigen verantwoordelijkheid, en ieders eigen zonde natuurlijk ook, als je stiekem naar de dansmuziek van radio Osnabrück luisterde.

Aan de andere kant leek het wel of niemand zich ook maar iets interesseerde voor wat zich afspeelde aan de andere zijde van de scheidsmuren. Vrijwel alle zuilen hadden een eigen jargon – voor een lezer van vandaag grotendeels vervuld van raadsels – met als meest opvallende kenmerk het schijnbaar ontbreken van ieder spoor van twijfel. Zeker de gereformeerden hadden last van die eigenschap. Of het nu ging om de staatshuishouding, om medische kwesties of om de uitleg van de bijbel, de hoogleraren en predikanten schreven alsof ze, in de woorden van een tijdgenoot, 'bij alle raadsbesluiten Gods aanwezig waren geweest'. Dat gaf hun houding een stevigheid en een hardheid die soms bovenmenselijk was, maar niet zelden ook onmenselijk.

In de politiek maakte diezelfde neiging hun ARP tot een bijzonder gezelschap: aan de ene kant principieel en helder, aan de andere kant weinig creatief in gecompliceerde situaties. Alles werd vastgebeiteld op 'de wil Gods' of de 'beginselen', alles werd teruggebracht op de normen 'goed' of 'fout'. De mannenbroeders waren in wezen pure fundamentalisten.

Het gevolg was dat er onderhuids een permanente verwarring bestond tussen norm en werkelijkheid, en dat de aanpassing van inzichten en meningen aan veranderde situaties slechts schoksgewijs kon plaatsvinden. Als Indië bij Nederland moest blijven, dan was dat vanwege het 'raadsbesluit Gods'. Toen Duitsland in 1914 België binnenviel werd dit door Kuyper goedgepraat in een verbluffende goochelpartij met bijbelteksten. God had zo ook beslist dat er op zondag niet gefietst mocht worden en dat de dienstbode niet mee mocht eten aan de familietafel – althans volgens de bijbeluitleg van het christelijke etiquetteboek *Vormen en Manieren*. De slanke lijn was al helemaal taboe: 'Zouden wij 't reservevoedsel dat God ons in ons vleesch gaf opzettelijk opteeren, en ons zoo schuldig maken aan 't gebod: "Gij zult niet doodslaan!"?'

Maar, zoals gezegd, die starheid en stelligheid waren verschijnselen die zich overal voordeden. Ook de socialisten en de katholieken meenden de wereld in hun zak te hebben, zodat bijvoorbeeld de opkomst van het nationaal-socialisme, de verzwakking van Europa, de draagwijdte van het Indonesisch nationalisme, het succes van het Keynes-model en de gevolgen van de snelle technische veranderingen slechts traag en vervormd tot hen doordrongen.

Was dit alles typisch Nederlands? In bepaalde opzichten wel. Er was namelijk één immens verschil tussen Nederland en de rest van Europa, tussen de Nederlandse jeugd en de Europese: de Nederlanders hadden de oorlog niet meegemaakt. De miljoenen Duitsers, Fransen, Engelsen, Oostenrijkers, Belgen, Russen, Polen en Italianen die in 1914 ten strijde waren getrokken alsof ze naar een picknick gingen, ze waren in 1918 als totaal andere mensen uit de loopgraven gekomen. Hun fraaie uniformen lagen in rafels, ze herkenden alle geluiden van de hel, ze wisten alles van gas, lijkenlucht en idiote generaals, hen verbaasde niets meer.

Toen tien jaar later, in 1929, de oud-frontsoldaat Erich Maria Remarque het boek *Im Westen nichts Neues* publiceerde, werden er binnen een jaar anderhalf miljoen exemplaren verkocht, en alle Europese jongeren die in de loopgraven hadden liggen creperen, zeiden: 'Ja, zó is het geweest.'

Alleen in Nederland wist men het beter. 'Leest dit boek niet,' riep het *Gereformeerd Jongelingsblad* de jeugd toe. 'Als zelfs ouderen zich daardoor uit het evenwicht laten slaan, hoeveel te grooter is dan het gevaar voor jonge mensen wier levensschip nog niet tegen allerlei wind van leer bestand is.' En het anti-revolutionaire blad *De Houten Pomp* meende zelfs dat de schrijver niets van de oorlog wist: 'Er duiken tegenwoordig ook Nederlandsche "dichters" op die de gruwelen van den oorlog zeer realistisch bezingen. En toch fantaseren die lui maar. Ze weten er niets van. [...] "Van het Westenlijk Front geen nieuws" leert ons de verdierlijking van een generatie.'

Natuurlijk liet 'The Great War' ook de Nederlandse jeugd niet onberoerd. 'De ellende van de Eerste Wereldoorlog heeft juist op mensen van onze generatie, omdat 't onze puberteitsjaren waren, zo'n ontzaglijke indruk gemaakt, die we ook moeilijk konden verwerken toen,' zou mijn moeder later schrijven – en daardoor, zo voegde ze eraan toe, zijn in haar generatie allerlei problemen wakker gemaakt die andere mensen haast niet kennen.

Over het algemeen waren de meeste Nederlanders echter te vergelijken met kinderen die net met vakantie waren toen een enorme ramp – aardbeving, dood, brand – hun familie trof. Zulke kinderen mochten zich gelukkig prijzen – het lot had hen immers gespaard –, maar tegelijk hadden ze een allesbepalende ervaring in het familiebestaan gemist. Daarmee ontbraken bij hen een bepaalde gedrevenheid, een bepaalde angst, maar ook een bepaalde wijsheid.

Dat gold ook voor de Nederlandse politiek. De immense vernedering en onvrede van leger en middenklasse, die elders de basis zouden vormen voor de twee belangrijkste volksbewegingen van de jaren twintig en dertig, het fascisme en het nationaal-socialisme, waren in Nederland onbekend. Doordat de Eerste Wereldoorlog aan

Nederland voorbij was gegaan, miste ons land, in de woorden van de historicus M.C. Brands, 'een cruciale wissel van de moderne geschiedenis van ons continent'. En het gevolg daarvan was dat allerlei lijnen van de negentiende eeuw die in 1918 in de rest van Europa rigoureus waren afgebroken – de keizer, het gezag, de zekerheden –, in Nederland ononderbroken konden doorlopen. Dit alles maakte dat de toch al korte twintigste eeuw hier wel heel kort werd.

***

Slechts één gebeurtenis deed Nederland weer even in de pas lopen met de rest van Europa, al was het voor een ogenblik. In Rusland was de macht door de bolsjewieken overgenomen, in Duitsland viel het leger uiteen en ook in het infanterieschietkamp Harskamp op de Veluwe brak een soldatenoproer uit. Toen op zondagochtend 10 november 1918 de Duitse keizer zich in eigen persoon bij de Nederlandse grens meldde, gevlucht voor de revolutie, meende de socialistische voorman P.J. Troelstra dat ook in Nederland de tijd rijp was voor de Grote Omwenteling.

'Verzuimt het ogenblik niet,' riep hij de volgende avond uit, onder luide bijval van zijn Rotterdamse partijgenoten. 'Grijpt den macht die u in den schoot wordt geworpen en doet wat gij moet en kunt doen. Wij maken een revolutie omdat het kan en moet.' Het volgende weekend, zo kondigde hij aan, zou op een buitengewoon congres van de sociaal-democraten de oprichting besproken worden van 'een opperste raad van arbeiders en soldaten', als 'opperste gezag van ons land'.

Een dag later herhaalde hij zijn oproep nog eens in de Tweede Kamer, maar toen was het eigenlijk al afgelopen met zijn revolutiepoging. Hij bleek de stemming in het land totaal fout getaxeerd te hebben. De katholieke en protestantse zuilen organiseerden inderhaast burgerwachten, overal werden geestdriftige manifestaties gehouden. Zelfs de meeste van zijn eigen SDAP'ers hadden, ingeburgerd als ze waren, geen trek in een fluwelen revolutie; revolutionair was Troelstra's partij trouwens toch al nooit geweest, al vanaf de oprichting niet.

Op 18 november werd op het Haagse Malieveld zo'n jubelmanifestatie gehouden dat het Oranjegezag er zeker weer een halve eeuw op vooruit kon. De paarden van de koninklijke koets werden uitgespannen, soldaten trokken hem verder, tot voor het paleis Voorhout, waar koningin-moeder Emma op het balkon verscheen. Die was aanvankelijk hevig geschrokken van de menigte, omdat ze dacht dat de revolutionairen haar dochter en kleindochter gevankelijk meevoerden en haar eveneens kwamen halen.

Mijn moeder stond, zo zou ze zich later herinneren, als zeventienjarige ook te hossen en te zingen. 'Wat deden we toen dol, uit pure liefde voor het Oranjehuis.' Maar nog decennialang zou de herinnering aan Troelstra's mislukte revolutiepoging de verhoudingen tussen de socialisten en de andere emancipatiebewegingen vergiftigen.

Tegenwoordig wordt deze korte, Hollandse revolutie meestal wat lacherig afgedaan. Wij weten immers dat er in dat pistool een losse flodder zat, maar toen wist men dat niet. In het dansje van mijn moeder zat niet alleen 'pure liefde voor het Oranjehuis', maar ook een forse dosis opluchting dat de oorlog voorbij was, dat de revolutie was overgewaaid en dat de goede orde was behouden.

In het toenmalige Nederland werd Troelstra's couppoging buitengewoon serieus genomen. In en rond het paleis Noordeinde werden mitrailleurs opgesteld. De secretaris van koningin Wilhelmina had in het diepste geheim twee koffers met juwelen bij de thesaurier opgehaald en ook nog eens veertigduizend gulden aan contanten op zijn lichaam gebonden 'om in geval van uitersten nood Koningin en Prinses voort te kunnen helpen'. In Rotterdam was de burgemeester al in onderhandeling getreden met de leiding van de plaatselijke sociaal-democraten over de handhaving van de orde tijdens de verwachte revolutionaire omwenteling. In Den Haag had minister-president Ruys de Beerenbrouck met de liberale en vrijzinnig-democratische leiders overlegd: 'We moesten maar toegeven, bijvoorbeeld een paar socialisten in het kabinet opnemen.' Een van de aanwezigen had zitten huilen.

Ook na de novemberdagen bleef men nog lange tijd voorzichtig. De Tweede Kamer, die tien jaar eerder een voorstel voor een tienurige werkdag zonder omhaal naar de prullenmand had verwezen, gaf ijlings toe aan een van de belangrijkste eisen van de socialisten: de achturige werkdag. Na de stemming zong de SDAP-fractie triomfantelijk *De Achturenmars*. De rest van de Kamer wist van schrik niets anders te doen dan het *Wilhelmus* aan te heffen.

Dat alom aanwezige gevoel van dreiging had niet in de laatste plaats te maken met de culturele uitstraling van het grote buurland Duitsland. Opvallend aan de Troelstra-coup was het feit dat die geheel op de Duitse revolutiepogingen was geïnspireerd, en niet op Rusland, waar de arbeidersrevolutie al veel verder gevorderd was. Rusland had echter geen enkel prestige, terwijl de Duitse invloed, zelfs na het verlies van de oorlog, buitengewoon groot was. Niet alleen omdat de Duitsers zoveel ordelijker, gedisciplineerder en 'moderner' waren dan de Russen, maar ook door de centrale rol die de Duitse cultuur speelde in het Europa van die jaren. In Nederland was Duitsland voor velen hét land waarnaar men keek, zoals Frankrijk dat in de achttiende eeuw was, en Amerika nu. Men las Duitse schrijvers, zong Duitse liedjes, ging in Duitsland met vakantie. Als in Duitsland de marxistische revolutie voet aan de grond had gekregen, zou dat een onvoorstelbare invloed hebben gehad op het denkende deel van Europa, en daarmee op de toekomst van Europa als geheel.

Maar zo ging het niet. De Eerste Wereldoorlog was ingeslagen als een bom, die dwars door de oude cultuurlagen van Europa heen ging. Zeker in Duitsland en Oostenrijk had de politieke en culturele elite iedere greep op de gebeurtenissen verloren. Dit betekende echter niet dat het socialisme dat vacuüm automatisch zou kunnen vullen, zoals Troelstra en ook anderen gemeend hadden. De naoorlogse realiteit was daarvoor veel te gecompliceerd. Bovendien waren velen, juist door de oorlog, de eigenschap kwijtgeraakt die essentieel is voor het najagen van een nieuwe utopie: optimisme.

Het was eerder alsof door die bomaanslag – het beeld is van de cultuurhistoricus P.J. Bouman – de verzakkingen en verschuivingen van de westerse cultuur pas goed zichtbaar waren geworden. Bouman pleit er dan ook voor om de Eerste Wereldoorlog niet alleen te zien als een abnormaliteit in de geschiedenis, een bizarre fase van verwarring en ontreddering, maar ook als een verbindingsperiode tussen het begin van de eeuw en de jaren twintig. 'Alles wat reeds in de jaren 1890-1914 zichtbaar was of in potentie aanwezig bleek, kwam op het rangeerterrein van vier oorlogsjaren in nieuwe combinaties in snelle beweging,' meent Bouman. 'Het zette zich versneld, verhevigd dikwijls, voort in de decennia na de oorlog, bijdragend tot de voorgeschiedenis van de volgende wereldoorlog.'

Alles leek zich opeens met fellere kleuren te tooien. De film werd ontdekt, als droomwereld voor de massa maar ook als kunstuiting. De sport kwam op, de romantische liefde herleefde, de steden waren vol nieuwe mode, nieuwe meisjes, nieuwe liedjes. De toon waarmee de vrede beleefd werd verschilde echter sterk, van land tot land.

In Engeland kreeg het nationalisme na 1918 een andere inhoud. Het was niet meer expansief, niet meer imperiaal, het leek eerder naar binnen te klappen, te verkneuteren. Officieel hoorden de Engelsen bij de overwinnaars, maar moreel had heel Europa een nederlaag geleden, en de Engelsen voelden dat wellicht het beste. Voor de oorlog waren de meesten trots op hun gedisciplineerde en strak gestructureerde samenleving en vol tevredenheid lieten ze de macht aan de politici en de moraal aan de dominees. Na de loopgraven was dat vertrouwen gebroken.

Aan de literatuur van die naoorlogse jaren valt af te lezen hoe de accenten veranderden. De Engelsen leken zich terug te trekken in hun schulp, in de geborgenheid van familie, gezin, huis en tuin. De wereldomspannende ambities van het imperium maakten plaats voor bijna provinciale idealen. Bij de Fransen gebeurde iets dergelijks. Bij hen floreerden cabaret en bistro, het chanson nam een grote vlucht, maar ook hier lag het accent op de liefde, de romantiek en het brave burgerleven. Pas in de jaren dertig begon de politiek het leven weer te domineren, met grote straatgevechten tussen linkse arbeiders en nationalistische, anti-semitische veteranen.

Voor Duitsland lagen de zaken anders. Het land had niet alleen een fors deel van de jeugd verloren, maar ook nog eens een zevende van zijn grondgebied en zeven miljoen burgers, en dan heb ik het nog niet over de herstelbetalingen, de economische chaos en de gezagscrises die daarop volgden.

Na de slag, na de ineenstorting van alle waarden, ontwikkelde zich langs de rand van de bomkrater echter snel een nieuwe, rijke vegetatie. Nieuwe vormen van muziek – jazz – en literatuur – pessimisme en decadentie – zetten de toon. Parijs was uit, Berlijn was in, hetzelfde Berlijn dat tot 1914 gold als de sufste en meest formele hoofdstad van Europa. Wat betreft politiek en seks werd er alles geprobeerd wat

God verboden had. Theosofie, occultisme, spiritisme, antroposofie, handlezerij, grafologie, Indische yogaleer, het bloeide als nooit tevoren. En alles gebeurde met de brandende vitaliteit die mensen slechts kennen na een leven op de rand van de dood.

'Nooit eerder in de geschiedenis zijn jonge mensen zo bewust, zo uitgesproken, zo uitdagend jong geweest als de Duitse generatie van die jaren,' schreef Klaus Mann in zijn memoires. 'Men zei: "Ik ben jong!" en had daarmee een filosofie geformuleerd, een strijdkreet uitgestoten. Jeugd was een samenzwering, een provocatie, een triomf. Als wij elkaar ontmoetten in onze kale kamertjes, of buiten in het bos, of bij de winkelier in het dorp, wisselden we geheime blikken en tekens uit: "Ik ben jong!" "Ik ook!" '

Na het bloedvergieten kwam er voor de Duitse jeugd nog een tweede macabere grap: de gierende inflatie, het geld dat in damp opging, het geld waarom de laatste zekerheden draaiden. 'Wij konden niet afwijken van een zedelijke norm: zo'n norm bestond niet,' schreef Klaus Mann. 'Terwijl om ons heen alles verbrokkelde en op instorten stond, waar hadden wij ons aan vast moeten houden, op welke wet hadden we ons moeten oriënteren? De beschaving die wij in de jaren twintig leerden kennen, leek zonder evenwicht, zonder doel, zonder levenswil, rijp voor de ineenstorting, bereid tot de ondergang.'

In die situatie groeide een nieuw verlangen naar een gezag als van de verloren keizer, naar 'de ene' die, in de woorden van de Duitse dichter Stefan George anno 1921:

veegt op vuilnishopen
De orde, ranselt verdoolden naar huis
Naar het eeuwige recht waar het grote wederom groot is,
Heer wederom heer, tucht wederom tucht...

Maar in Nederland leken slechts weinigen te beseffen hoe moeilijk het was om na 1918, in de woorden van Rilke, 'de vrede bij elkaar te rapen, die, uit aller handen gevallen, in duizend stukken is gesprongen'.

HOODFSTUK IV

Het spreken van de slang

De mode in het voorjaar van 1924 dreef de rok nog wat verder omhoog, men experimenteerde met een nieuwe Amerikaanse vinding, de ritssluiting, het haar werd kort gedragen, de wenkbrauwen werden geëpileerd en vervangen door een potloodstreepje. Dé dans was de charleston.

Niets daarvan was voor mijn moeder weggelegd, op de dag van haar trouwen, op donderdag 1 mei 1924.

Ik zie ze samen op de foto, in de tuindeuren – die herken ik – van de villa aan de Schiedamseweg, omringd door een zestal manden met hortensia's, lelies, varens, rozen en margrieten: mijn vader – wat was hij jong! – in jacquet, mijn moeder zwaar in het wit, met een sluier tot de enkels en een corsage die haar halve borst bedekt.

Uit de kranten weet ik dat die dag de Schiedamse afdeling van de Nederlandsche Vereeniging van Huisvrouwen een lezing met lichtbeelden hield over cacao en chocola. In het theater werd *De Postbode* gespeeld, 'een grootsche hulde aan onze brievenbesteller'. In de gemengde berichten lees ik dat de Parijse kappers het meest ervaren zijn in het nieuwe korte kapsel, 'vandaar dat op het stoomschip De Leviathan maar liefst 225 New-Yorkse dames naar Parijs togen om daar het haar te laten kortknippen'. Het Corsettenhuis adverteerde met de Favourite, 'een gummi-corset volgens de nieuwste mode'. Van Delden leverde een 'prima fantasie-costuum' voor *f* 19,75 en de Hilversumsche Draadlooze omroep zond zang uit van juffrouw Willy Zijl uit Bussum en een lezing van de heer L.C.T. Bigot, directeur van de Kweekschool van Onderwijzers te Arnhem. In de haven sloeg een schippersknecht overboord.

Op donderdag 1 mei 1924 was het zwaar bewolkt en zo nu en dan regende het. Mijn tante Maart herinnerde zich dat ze een lichtgroene jurk droeg, met een gele strik. Na het stadhuis en de kerk was er een ontvangst aan de Schiedamseweg. 'Ze hadden een kok gehuurd, want een restaurant was voor de meeste mensen een stap te ver.' Een wilde boel werd het niet, wel waren er een paar mooie toespraken. Koos en Arie waren niet gekomen, want zij pasten op de zaak. 'Ze voelden zich trouwens toch niet thuis aan de Schiedamseweg, dat vonden ze veel te deftig,' vertelde mijn tante, 'al had mijn vader waarschijnlijk heel wat meer geld dan de Van der Molens.' Ze herinnerde zich voornamelijk de keiharde ijstaart. 'Die hadden ze te laat uit het ijs gehaald.'

In *Het Nederlandsche Gezinsboek* – een uitgave die sommige gemeenten toen aan jonggehuwden uitreikten – lees ik: 'Wanneer de bruidegom zijn bruid de echtelijke woning binnenleidt, zingt en jubelt het in zijn ziel. Het blozende bruidje weet en zwijgt. Beiden gaan zij het mysterie tegemoet.'

Als ik afga op het weinige dat ik op dit punt van mijn moeder weet, dan week haar houding niet af van het gangbare patroon. Ze zal wel in de lijn gehandeld hebben van, bijvoorbeeld, dokter Sikkels handboek *Van verloving tot Christelijk huwelijk*, waarin de auteur het 'natuur-zedelijk-geestelijk welbehagen' in 'samenstemming' vooropstelde, en waarschuwde voor enkel 'bloedgisting'.

De hygiëne was na 1900 sterk verbeterd, het aantal slachtoffers van de kraamvrouwenkoorts was navenant gedaald, maar een bevalling bleef een riskante gebeurtenis, zeker bij het eerste kind. In de familie en onder goede vriendinnen gaven vrouwen elkaar wel verhalen door over 'zogkoorts' en over middeltjes om zware bevallingen te verlichten, maar voor de rest bleef het bij vaagheden en duistere angsten.

Mijn moeder werd aanvankelijk stevig bewaakt. Als ze afscheid namen, had mijn vader steevast problemen met de carbidlantaarn van zijn fiets: in de beginfase van hun verkering was dit het enige excuus voor een paar momenten van ongestoord samenzijn. Later werd dat blijkbaar anders. Mijn vader heeft weleens laten doorschemeren dat het hem moeilijk was gevallen de grenzen van het 'verloofd-zijn' niet te overschrijden. Het vermijden van 'bloedgisting' was voor een aanstaand predikant echter van levensbelang, en niet alleen om morele maar ook om sociale en praktische redenen. De gereformeerde dominees hadden namelijk bedacht dat seks voor het huwelijk ook een overtreding was van het zevende gebod 'Gij zult niet echtbreken'. Als er al een kind op komst was, of het aanstaande bruidspaar stond anderszins niet meer 'vrij tegenover elkaar', dan sprak men van 'echtbreuk'. De straf was genadeloos: het jonge paar werd voor in de kerk gezet, hun namen werden afgelezen en vervolgens moesten ze in het openbaar schuld bekennen. Eerder kon er niet worden getrouwd. Opvallend genoeg beperkte deze openbare schuldbekentenis zich tot seksuele misdragingen. Het spreekt vanzelf dat de carrièrekansen van een jonge gereformeerde predikant na zo'n publieke affaire aanmerkelijk waren verkleind. Mijn vader keek dus wel uit. Hij moest wel.

Op de trouwfoto staat mijn moeder er wat gezetter bij, alsof ze tijdens de laatste maanden in haar ouderlijk huis nog was bijgevoed voordat ze, ingepakt als een bonbon, het grote leven werd ingeduwd.

Ze was ook na haar hbs-tijd thuis blijven wonen. Wel studeerde ze als spoorstudent scheikunde in Delft. Een halve eeuw eerder had Aletta Jacobs – later een bekend arts en feministe – zich als eerste vrouwelijke student laten inschrijven, en rond de eeuwwisseling studeerden er aan alle Nederlandse universiteiten samen zo'n vijfenzeventig vrouwen. Toen mijn moeder begon, was het verschijnsel 'studente' wat meer geaccepteerd, maar ze bleef een van de weinigen in de collegebanken.

Ze was leergierig en ambitieus. Bovendien stond haar vak in het brandpunt van de belangstelling. Het verschijnsel radioactiviteit, de quantumtheorie van Max Planck en de relativiteitstheorie van Albert Einstein, het was allemaal vers, nieuw, net ontdekt, en de hele natuurwetenschap stond op haar kop. Theorieën dienden niet meer, zoals in de negentiende eeuw, om bliksem, zwaartekracht en andere natuurkundige verschijnselen te verklaren, ze dienden nu vooral om hypothesen op te stellen en modellen te ontwerpen voor verdere experimenten. Mijn moeder trof, kortom, een vakgebied dat net in een stroomversnelling terecht was gekomen.

En toch brak deze veelbelovende studente, zodra ze verloofd was, haar studie af. Ze nam een baantje in het laboratorium van de Vlaardingse zuivelfabriek, spaarde voor haar uitzet en na haar huwelijk zou ze nooit meer aan het arbeidsproces deelnemen.

Ik geloof dat mijn ouders hun huwelijk begonnen vanuit een eerlijke, gelijkwaardige kameraadschap. In een brief, nog voor hun verloving, sprak mijn moeder zelfs van een 'zielsverwantschap'. 'Ik heb wel eens gedacht: als ik een jongen geweest zou zijn, dan waren wij vast vrienden geworden.' Toch zou ze zich aan het eind van haar leven laten ontvallen hoe graag ze nu jong zou zijn geweest, 'hoe anders had ik mijn mogelijkheden dan gebruikt'.

In 1921 legde ze zich, voor zover ik weet, zonder enig protest neer bij de gang van zaken. De plaats van de getrouwde vrouw was in het gezin, en deze norm was zo sterk dat er bijna geen ontkomen aan was. Zodra een fabrieksmeisje van Verkade trouwde, moest ze haar baan opzeggen, en dat gold in principe voor alle werkende vrouwen, variërend van onderwijzeressen tot dienstmeisjes. Vrouwen golden letterlijk als het zwakke geslacht. Hun enige eerbare broodwinning lag binnen het gezin; daarbuiten waren ze hulpbehoevend en onmondig, ook in juridisch opzicht.

Toen mijn moeder in 1918 met zes tienen eindexamen deed, was ze volgens de Nederlandse wetgeving te onnozel om zelfstandig over haar leven te beslissen. Stemmen mocht ze al evenmin. En dat niet omdat ze te jong was, maar enkel en alleen omdat ze een vrouw was. Hoewel Nederland sinds 1890 door een vrouwelijk staatshoofd werd geregeerd, mocht mijn grootmoeder pas stemmen toen ze tweeënvijftig was. Mijn moeder was toen eenentwintig.

Het waren vooral de confessionelen die iedere vorm van vrouwenemancipatie tegenwerkten. Voor protestanten en katholieken was het zonneklaar dat vrouwen op grond van het bijbelse scheppingsverhaal minder waren dan mannen. Want was niet door de vrouw de zonde in de wereld gekomen, toen Eva zich in het paradijs door de slang liet verleiden? Was het niet de vrouw geweest, die de door God verboden vrucht had geplukt van de 'boom der kennis des goeds en des kwaads'? En had God zelf niet het oordeel over de vrouw uitgesproken: 'Met smart zult gij uw kinderen baren en naar uw man zal uw begeerte uitgaan, en hij zal over u heersen'?

Met name de gereformeerden waren hevig gekant tegen iedere vorm van emancipatie, het 'inwoelen tegen de Goddelijke ordinantie dat de man het hoofd is van de vrouw', zoals Abraham Kuyper het uitdrukte. Van nature is de vrouw kuiser en verlegener dan de man, schreef hij in zijn toelichting op de catechismus, 'maar als ze een keer over dien slagboom is heengesprongen ziet gij haar bijna altoos nog vreselijker uitspatten dan de man. Nog redeloozer, nog meer speelbal van blinde passie.'

Een van de weinige tegengeluiden kwam van de eerder genoemde theoloog Bavinck. Hij schreef nuchter dat de gereformeerden niet zo schrikachtig moesten doen als het woord emancipatie viel, of zelfs feminisme. Maar onder de gereformeerde vrouwen zelf was van verzet niets te merken. Integendeel. Al was het leven binnen de zuilen in onze ogen vaak neerdrukkend, voor velen in die tijd was het een veilige wereld, vol geluk en vertrouwen. Het *Christelijk Vrouwenboek*, dat een jaar na het huwelijk van mijn ouders verscheen, sprak bijvoorbeeld zonder schroom over de 'heerlijke gereformeerde vrouwenziel'. Als de vrouw het gezin niet meer als hoogste ideaal zou zien, dan zouden er volgens het boek pas echt gevaren dreigen. 'Wij willen hooghouden de banier, heilig van reinheid en zedelijkheid, van gezinsleven en echtelijke trouw,' schreven de vrouwen.

Dankzij dergelijke opvattingen werd een gelijkberechtiging van getrouwde vrouwen decennialang tegengehouden. Hoewel mijn moeder zich later dikwijls alleen door het leven moest slaan, bleef ze juridisch ondergeschikt aan haar man. Formeel had ze voor iedere belangrijke rechtshandeling de toestemming van mijn vader nodig, en het grootste deel van haar leven was haar juridische positie gelijk aan die van een kind. Pas in 1957 kwam aan deze vernedering een einde.

***

Brielle was een oud Hollands stadje aan de overkant van het water, een zware vierkante toren omringd door een speelgoeddoos vol huisjes met puntdaken en een enkel brokje deftigheid. Daarheen vertrokken mijn ouders na hun huwelijksdag. Mijn vader was er beroepen als predikant in een dubbele post: ook de gemeente van het naburige dorpje Tinte viel onder zijn werkterrein.

Ze arriveerden er met de Brielse boot, een klein stomertje dat een paar keer per dag vanaf Vlaardingen heen en weer voer. Het was een feestelijke tocht, zou mijn vader later vertellen. In ruil voor een paar sigaren liet hij de bemanning de boot met vlaggen en wimpels versieren, juichend voer het gezelschap de haven binnen terwijl de stoomfluit overging en alle ramen opengingen: was dit nu de nieuwe dominee van de 'fijnen'?

Aan de kade was de vrolijkheid direct voorbij. Er stond een waardige ouderling klaar met de sleutels van de pastorie, en slechts één mededeling: 'Ik heb de loper maar opgerold, de gang is nogal vochtig.' Zo betrokken mijn ouders hun eerste eigen woning, een stokoud huis met grote ramen aan het water, met een trapgevel, een tuin en een gang van twintig meter, muren waar overal het vocht uitsloeg en met vloeren die bloeiden van de schimmel.

Ik bezocht Brielle ruim zeventig jaar later, in de zomer van 1998. De vissershaven waaraan mijn ouders gewoond hadden lag vol zeiljachten, de donkere zeventiende-eeuwse huizen waren voor kapitalen hersteld en opgepoetst en het stadsplein was omgebouwd tot één groot terras.

In het stadsarchief werd *De Brielsche Courant* bewaard, het 'Weekblad voor Voorne, Putten, Overflakkee en Goedereede', een krant die in papierdikte en opmaak niet verschilde van een nieuwsblad uit de achttiende eeuw. In het nummer van dinsdag 13 mei 1924 vond ik mijn vader terug: 'Voor een overvolle kerk werd zondagmorgen de alhier beroepen predikant van de Gereformeerde Gemeente te Tinte en Brielle, ds. C. Mak, door ds. Haagenbeek uit Vlaardingen in zijn dienst bevestigd, naar aanleiding van Exodus 17 vs 11. Des avonds om 7 ure deed ds. Mak zijn intrede alhier naar aanleiding van Jeremia 1 vs 6 en 7. Verschillende toespraken werden tot den nieuwen leraar gehouden. Het kerkgebouw was ook ditmaal stampvol. Beide keren werd hem toegezongen Ps 134:3.'

Met enige moeite wist ik de kerk terug te vinden. Het gebouw was nu in gebruik als een soort opslagplaats, maar de deur leek in geen eeuwigheid te zijn ontsloten. Het stond in een achterafstraatje, verveloos, leeg, een grote schuur van baksteen met een minuscuul torentje dat bijna omviel. Op de deur had iemand met grote kalkletters geschreven: Kerk. Maar dat zeiden de boogramen, de bescheiden ornamentjes en de ingesmeten glas-in-loodramen ook al. Tegen de ene muur leunde een roestige steiger, aan de andere kant waren de wilde struiken hoog opgeschoten.

'Doch ik zeide: Ach Heere, Heere, ik kan niet spreken want ik ben jong. De Heere zeide echter tot mij: zeg niet, ik ben jong, want tot een ieder, tot wie Ik u zend zult gij gaan, en alles wat Ik u gebied zult gij spreken.'

Mijn vader heeft het geweten. Als vijfentwintigjarige werd hij direct in het diepe geduwd. Alle gezinnen moesten samen met een ouderling worden bezocht en in Tinte leek het, zo schreef mijn vader later, 'soms een bietencampagne'. Het gebeurde wel dat er op een dag zes bezoeken werden afgelegd, 'alles per fiets, ongeacht regen en wind en de nodige modderwegen'. Onderweg kreeg hij van zijn ouderlingen de eerste stoomcursus Brielle: waar de gevoeligheden lagen, wie ruzie had met wie en waarom, waar je op huisbezoek de beste sigaren kreeg.

's Avonds waren er reeksen vergaderingen: de jongelingsvereniging De Geus, de jongedochtersvereniging Dorcas, de Vereeniging tot Ontwikkeling van Knapen van Gereformeerden Huize, de jongemannenvereniging Rehoboth, de catechisaties, de kerkenraad met diverse commissies, de 'gewone' mannen- en vrouwenvereniging, de zendingsactie, de naaikrans. De paar honderd kerkelijke gezinnen zoemden dooreen als een bijenkorf, avond na avond. Op zondagochtend was mijn vader verplicht om als een echte ambtsdrager, met hoge hoed en al, stijf als een plank naar de kerk te schrijden. De kerkenraad van de gereformeerden stond erop dat 'hun' dominee in waardigheid en status niet onderdeed voor die van de hervormden.

In de handvol herinneringen die mijn vader een halve eeuw later optikte, schetste hij zichzelf anno 1925. Het beeld: een zomerse zondagmorgen, met aan de kade, tegenover hun huis, een jachtje met drie vakantievierende studenten. 'Daar gaat de deur van het oude trapgevelhuis voor hun ogen open, en wat krijgen ze te zien? Een man en een vrouw, even jong als zij zijn, treden naar buiten. Zij gekleed in een stemmig mantelpakje, hoed, handschoenen, tasje, hij in jacquet, handschoenen en een glimmend zwarte hoed op het hoofd, gewoon een plaatje uit de oude doos. Ik zie nog hoe ze elkaar aanstoten en dat de man, die ligt te zonnen, opspringt om méé ons na te ogen. We voelden de blikken in onze rug steken...'

En dan moesten er preken gemaakt worden, twee per zondag. Een extra handicap was dat de twee gemeenten die mijn vader bediende, heel verschillend van karakter waren. Brielle was een echte afscheidingsgemeente: kalme mensen, wat mystiek aangelegd, huiverig om 'in zonde' naar het avondmaal te gaan. Tinte was daarentegen een typische doleantiekerk, ontstaan uit mensen die *De Standaard* en *De Heraut* van Kuyper spelden, nuchtere mensen die een preek pas goed vonden als ze zuiver in de leer was. In Brielle smolten ze als mijn vader dierbaar sprak over de goede herder die zijn schapen bij name kent, in Tinte zaten ze op hun stoel te wippen van verveling.

Dat was dus lastig preken maken. Soms, zo herinnerde mijn vader zich, stond hij op zo'n zaterdagmiddag alleen maar voor het raam jaloers naar zijn overbuurman de visser te kijken, die met een sigaar al prinsheerlijk langs de kade liep te wandelen, zijn schuitje schoongeboend, zijn fuiken netjes te drogen. En hij, hij had alleen maar een bureau vol kladblaadjes.

Toen mijn vader nog maar een paar maanden aan het werk was, gebeurde er een ramp. Het vrachtschip van een gemeentelid werd 's nachts op de Rijn overvaren en zonk bijna onmiddellijk. Het hele gezin, man, vrouw en drie kinderen, verdronk. Het jongste kind werd nooit gevonden. Ik citeer uit de herinneringen van mijn vader: 'We zagen vanuit ons huis een motorboot met zijn dodenlast – twee grote-mensen-kisten en twee kleinere van de kinderen – de haven langzaam binnenvaren. En toen alle schepen in de haven hun vlag halfstok hesen, een stille eerbiedige groet, konden we onze tranen niet langer bedwingen. De dag van de begrafenis. De gewone ongewone aanblik van zulk een bijeenzijn van familie en vrienden: behuilde gezichten, geur van met veel eau de cologne doordrenkte zakdoeken, nauw aaneengesloten rijen stoelen (de meeste van de buren geleend), in het midden één van de weinige armstoelen, bestemd voor de dominee, de bijbel op tafel vóór hem en als deuren opengaan worden helpsters zichtbaar, ijverig bezig met koffie-zetten en het smeren en beleggen van heel veel broodjes.'

Een oudere predikant leidde de bijeenkomst, mijn vader zou aan het graf spreken. Jong en onervaren als hij was, werd hij voortdurend overspoeld door de collectieve rouw. 'Vanuit het rijtuig zag je dat in alle huizen waar de stoet passeerde, overgordijnen voor de ramen dichtgetrokken waren. Het kostte grote moeite om je tranen te bedwingen.' Maar tegelijk merkte hij dat er, tot zijn verbazing, een afweermechanisme in werking trad. 'Dan verander je van een diepbewogen mens in een koele toeschouwer, die gevoelloos de meest trieste situaties als op een afstand gadeslaat. Het nare is dan dat je een soort robot bent geworden, je spreekt dan wel wat je tevoren overdacht hebt te gaan zeggen, maar het is net of een vreemde naast je staat, die het woord voert, terwijl je toch je eigen stem hoort.'

Zo maakte hij voor het eerst kennis met de keerzijde van zijn beroep, met de opsplitsing tussen mens en functionaris, een verschijnsel dat men later wel zou waarderen als 'professionalisering'.

In diezelfde herinneringen meldde mijn vader terloops dat hij in zijn eerste jaren een tijdschriftrubriekje volschreef met 'pastorale ervaringen'. In de theologische bibliotheek van de Vrije Universiteit vond ik tot mijn verrassing het blad – *Woord en Geest* – terug. Zijn 'dagboekbladen' bleken slechts te zijn ondertekend met 'pastor' en van Brielle had hij 'ons dorp' gemaakt, maar de stijl was onmiskenbaar de zijne en toen hij eenmaal op streek was, zag ik hem in volle levendigheid oprijzen uit die vergeten gele bladzijden.

Ik lees over zijn huisbezoeken. 'In een bedstede, met de deuren half toe, ligt een afgeleefde oude man. [...] Ik hoor hem verzekeren: "Voor de nieuwe aardappels er zijn, zal de Heere mij wegnemen, dominee..." ' Ik leef mee met zijn getob over zijn preken, waarbij hij uiteindelijk maar wat in elkaar flanst omdat ook voor dominees de deadline ongenadig is: 'Terwijl ik dit schrijf schaam ik me nog.' Maar als het bezoek 's avonds juicht over de preken, voelt hij zich nog meer gegeneerd.

En dan zijn er de, nu bijna vergeten, problemen rond de verzuiling. Een ziek meisje dat opbiecht dat ze ooit soldate van het Leger des Heils was, en dat daarop in de kerk nog steeds wordt nagewezen: 'Denk je nog wel eens aan je halleluja-hoed?' Een verkering die uitraakt omdat de jongen, een oprechte jonge boer, nu eenmaal niets voelt voor het geloof. 'Telkens hoor ik weer hetzelfde; het blijft mij een vreemde wereld, dominee. Ik voel dat ik er niet thuis hoor. Ik heb geprobeerd belangstellend te zijn, maar het laat me alles koud.' Al voortlezend hoop ik dat het paar alsnog de zegen zal krijgen, maar daarvoor waren alle partijen toch te veel doordrongen van het verzuilingscredo: 'Twee geloven op één kussen, daar ligt de duivel tussen.' Dan maar geen kussen.

Ik vermoed dat mijn vader bij *Woord en Geest* verzeild is geraakt via zijn vriend Evert Smelik, die kort daarvoor tot de redactie was toegetreden. Uit zijn 'dagboekbladen' valt op te maken dat hij na twee jaar al aardig in het Brielse was ingeburgerd. Met de hervormde predikant onderhield hij een hartelijke verstandhouding, ofschoon hun kerkgangers iedere zondag als vreemde volksstammen langs elkaar heen schoven. Samen bedachten ze zelfs het 'fantasie-plan' om op een zondagmorgen onverwacht in elkaars kerk te preken: wat nu volkomen normaal is, zou toen vrijwel zeker op afzetting en hellestraffen zijn uitgelopen.

De stukjes van mijn vader roepen, ondanks alle kerkelijke zorgen, het beeld op van een gelukkige tijd. Heel vaak schrijft hij in de 'we'-vorm, of 'mijn vrouw en ik'. Uit alles blijkt dat mijn ouders het dominee-zijn als een gezamenlijke onderneming beschouwden. Als ze op zondagochtend samen langs de kade schrijden en de blikken in hun rug voelen, kunnen ze een lachbui nauwelijks onderdrukken. De maandag, de 'dominees-sabbathdag', is 'een dag van jongensachtige vreugde'. 'Van alles doe ik, loop met hamer en spijkers, repareer, lijm, zaag, bestudeer mijn kippen of een artikel, lees bellettrie, steek een felicitatie-visite af.' Telkens komt de omgeving van het stadje in de verhalen terug, de 'kleurige bloemen, het sappige groen van de weiden, de deinende golven van de rijpe korenvelden, schonkige kerels die 't hooiland maaien'.

'Geloven is een zeker weten,' meldde de catechismus, en dat gold stellig voor mijn vader. Zijn geloofsleven had in die jaren, voor zover ik dat via zijn geschriften kan benaderen, dezelfde vanzelfsprekendheid als dat van zijn ouders en grootouders. Zijn gebrek aan iedere vleug van twijfel heeft me later vaak verbaasd, vooral omdat het gepaard ging met een groot relativeringsvermogen op andere terreinen des levens. Het geloof hield zijn persoonlijkheid als het ware bijeen, als een snoer tussen hemel en aarde. Hij zag zijn werk letterlijk als een roeping van God waaraan hij gehoor had kunnen geven, en hij had daar buitengewoon veel plezier in. In de ogen van buitenstaanders zal hij niet zelden de arrogantie van de ware gelovige hebben gehad, zijn zekerheid op dit punt was soms irritant en bijna bovenmenselijk, maar zijn vrolijkheid moet veel goed hebben gemaakt.

En dan was er natuurlijk het kind, dat ten tijde van deze rubriek ruim een jaar was: 'Thuisgekomen moet ik even met haar spelen. Wat doet de auto? Êhu! Êhu! Êhu!' Dat was dus mijn oudste zus

Anna, geboren in maart 1925 in de pastorie aan de haven. Er was bij de doop zoveel slagroomtaart in huis dat Evert Smelik met nog een paar studievrienden van mijn vader de roomhoorns leegblies tegen de muur van de kelder.

Achter op een ansichtkaart uit 1926 uit Goeree, 'Brug over Haven', vind ik eenzelfde feestelijke sfeer terug. 'De hele morgen aan het strand, zwemmen, in 't zand spelen. Annana vindt het heerlijk, ziet er gebruind uit. Nu liggen we in een dennebosje te luieren. Vandaag had ik bijna een begrafenis te leiden in Brielle, gelukkig hebben ze een ander gevraagd. Ik had het een ellendige onderbreking gevonden.'

Mijn moeder was toen een maand zwanger van haar tweede kind, mijn broer Cas.

Toen ik 'Annana' er zeventig jaar later naar vroeg, had zij aan Den Briel slechts een paar vage herinneringen. Er was een dienstbode die Cornelia heette en een grote warme boezem had. Het huis was donker, er was een lange gang, en als de voordeur openging, zag je het water. Er lagen schepen, waarlangs ze met mijn vader wandelde. En dan was er die vrolijke Evert Smelik, die altijd kwam, en opeens wegbleef. Dat was het wel zo ongeveer, zei ze.

***

Mijn vader verloor zijn vrienden door het spreken van de slang.

In 1918 was in Duitsland het eerste deel van een opvallend boek verschenen onder de veelzeggende titel *Der Untergang des Abendlandes*. De jonge auteur was de onbekende gymnasiumleraar Oswald Spengler. Spengler gaf de eeuwige zekerheden van zijn ouders de definitieve genadeslag. In zijn ogen was de overmacht van de westerse cultuur allesbehalve vanzelfsprekend en hij voorzag dat het met het Westen net zo zou gaan als met andere grote culturen: opgaan, blinken en verzinken. In zijn visie naderde de periode van 'individualiteit, humaniteit, intellectuele vrijheid en scepsis' zijn einde. Er was een nieuwe fase op komst, gekarakteriseerd door 'restricties op individuele vrijheid, een opleving van het geloof en een toename van geweldsgebruik'.

Dit cyclische denken over fasen in de geschiedenis – nu normaal –

was toen uitzonderlijk. Het boek werd direct een bestseller. Niet eens omdat het allemaal zo verantwoord was wat Spengler schreef – hij kon ook enorm doordraven –, maar omdat hij zo helder verwoordde wat zovelen in die naoorlogse chaos voelden, in Duitsland en daarbuiten. Het boek wist als eerste, met een geweldige verbeeldingskracht, de melancholie weer te geven die het Europese denken tientallen jaren lang zou beheersen.

In 1930 verscheen in een Madrileens dagblad een serie essays van een zekere José Ortega y Gasset die op soortgelijke wijze de tijdgeest weerspiegelden. 'Het komt erop neer dat Europa geen moraal meer heeft,' meende deze Spaanse schrijver. Volgens hem werd het grootste probleem van de nieuwe eeuw gevormd door de 'vertroetelde horden', die de voortbrengselen van het vernuft en het harde werken van hun medemensen even vanzelfsprekend waren gaan vinden als de lucht die ze inademden. 'Hierdoor is ook de verdwaasde gemoedstoestand van deze horden te verklaren,' aldus Ortega y Gasset. 'Zij hebben alleen maar oog en hart voor stoffelijk welzijn, en tegelijk keren zij zich tegen de grondslagen waarop dit gemeenschappelijk welzijn berust.' Vroeger waren er natuurlijk ook veel domme mensen, maar 'het kenschetsende van de dag van heden is dat de man uit de grote hoop, met het bewustzijn van zijn gelijkvloerse aard, onomwonden zijn alledaagsheid durft te bevestigen en deze overal opdringt'. Ortega y Gassets essaybundel *La Rebelión de las masas* (*De opstand der horden*), ging eveneens bij tienduizenden door heel Europa.

In Duitsland waren de zorgen over de ontworteling van de jeugd het grootst. Jongeren waren voortdurend op zoek naar nieuwe kicks, zochten grenzen om die te overschrijden. In Berlijn werden morfine, cocaïne en heroïne op grote schaal afgezet.

Er ontstond overal in Europa – mede onder invloed van de radio en de grammofoon – een ware dansrage. Gewalst werd er niet meer: de foxtrot, de shimmy of de charleston bepaalden nu de dansvloer, de saxofoon had de viool verdrongen en rijk en arm dansten op dezelfde manier, vaak in dezelfde lokaliteiten. Ook deze democratisering van uitgaan, dansen en muziek was nieuw.

Nu had die grotere losheid, naast alle diepere achtergronden, ook een aantal praktische oorzaken. Een steeds groter gedeelte van de jeugd werkte in grote fabrieken en kantoren, waar het patriarchale toezicht van het vroegere kleinbedrijf vrijwel niet meer bestond. Er was, anders gezegd, een groot gat geslagen in het oude net van sociale controle. Maar vooral had het 'losslaan' van de jongeren te maken met de toegenomen welvaart.

De jaren twintig waren ook de jaren van de zogeheten tweede industrialisatiegolf, waarin moderne bedrijven ontstonden en Philips, Unilever, AKU (AKZO) en De Koninklijke/Shell uitgroeiden tot de eerste grote concerns. Dankzij de introductie van de lopende band werd het mogelijk om de arbeidstijd te verkorten en ook nog eens hogere lonen te betalen. Een auto kon de arbeider zich nog lang niet veroorloven, maar wel kwam er geld voor de aanschaf van wat betere huisraad, een stofzuiger en soms zelfs een radiotoestel.

Voor de jeugd zelf, en zeker de ongeschoolde arbeidersjeugd, betekende dit alles voornamelijk: meer geld, meer vrije tijd, meer pret. Hun café- en bioscoopbezoek – in onze tijd volstrekt normaal – gaf aanleiding tot heftige polemieken. Zo waarschuwde de voorman van de socialistische Arbeiders Jeugd Centrale (AJC), Koos Vorrink: 'Hoe leeg en arm is het leven van de jonge arbeiders of arbeidsters, wier geestelijk voedsel bestaat uit filmmoorden, detectieve romans, voetbalopwinding en dergelijke, wier ontspanningsbehoeften niet verder reiken dan een pot bier, een doos sigaretten en een stuk kwatta.'

Ook de mannenbroeders begonnen op deze verschijnselen te reageren, op hun eigen manier. Gewone blijdschap, een beetje gewichtloos geluk, daarvoor was in de gereformeerde leer nooit veel ruimte geweest, maar nu werden de duimschroeven extra aangedraaid. Het ernstigste was altijd het beste, en hoe meer er 'geworsteld' werd, en er 'offers' werden gebracht, des te beter was het.

Het protestants-christelijke weekblad *De Spiegel* meende dat de wereld er spoedig beter uit zou zien als 'vele vrouwen en meisjes zich eens biddend afvroegen: ben ik nu wel gevoeglijk gekleed; wek ik geen onreine lusten op?' De dochter van Abraham de Geweldige schreef in *De Standaard* dat de vrouw die 'vleeschkleurige kousen' droeg, met beide benen 'in het erf van de vijand' stond. 'De vleeschkleurige kous bedoelt: het been bloot te doen lijken, en is dus een oneerbare dracht,' aldus Henriëtte Kuyper. 'Tegen vleeschkleurige kousen, tegen alle vleeschkleurig boven- en ondergoed handhaaf ik mijn protest onverzwakt.' En nogmaals *De Spiegel*: 'Het is de tijd van brood en spelen. [...] De "beschaving" is zoover gevorderd, dat de dansen en de muziek van onbeschaafde, heidensche negers wordt geïmporteerd. En toen dat niet voldoende meer was, het gaat hollend naar de afgrond, haalde men de negers en negerinnen zelf die zo goed als naakt dansen op het toneel in Den Haag en Rotterdam.'

De tijdgeest wil ons tronen
Naar Mammon's hoogaltaar
Het liefst ziet hij 's lands zonen,
de bloem der natie daar
Maar wij in fierheid werpen
Den handschoen voor zijn voet
En gaan het wapen scherpen
Dat hem bestrijden moet

zongen de gereformeerde jongelingen, en de mannenbroeders groeven zich nog verder in. Naarmate de buitenwereld bozer en slechter werd, vergrootte men de waakzaamheid tegen afwijkingen van de rechte lijn, tegen onzuiverheden in leer en leven. Het gereformeerde leven was met angst 'omkorst', aldus W.F. de Gaay Fortman. 'Eigenlijk was het een afschuwelijke tijd,' vond hij later. 'Het was allemaal te eng, te beperkt.' En tegelijk wist men het allemaal zo goed.

Tegen deze achtergronden moet het eerste grote conflict binnen de wereld van de kleine luyden gezien worden, een conflict waarvan de oorzaak grotendeels door de tijd achterhaald zou worden, maar waarvan de wonden op het persoonlijke vlak nooit meer zouden helen.

De eerste gereformeerde oorlog – want oorlog of echtscheiding zijn de enig passende woorden voor zulke kerkelijke kwesties, oorlogen die tot op het bot worden uitgevochten en die een verwoestend spoor trekken door alle mogelijke menselijke relaties – de gereformeerde oorlog dus, begon op zondagavond 23 maart 1924 in de Gereformeerde Schinkelkerk in Amsterdam. Er was gezongen en gecollecteerd en de bekende predikant J.G. Geelkerken preekte over Zondag III van de Heidelbergse catechismus. Het ging over Genesis. 'Ik weet wel, dat dit gedeelte der Heilige Schrift ons voor eigenaardige moeilijkheden plaatst,' zei de dominee. 'Het is vaak moeilijk uit te maken, hoe allerlei bijzonderheden die Genesis 3 ons bericht, moeten worden uitgelegd. Denk maar aan "de boom der kennis des goeds en des kwaads", de slang en haar spreken...'

De gemeente sluimert weg, maar één kerkganger, broeder Marinus, een bankemployé, gaat recht overeind zitten. Wat gebeurt hier? Meent deze dominee dat er in het paradijs wellicht geen heuse slang tegen Eva heeft liggen praten? Twijfelt hij aan de letterlijke waarheid van de Heilige Schrift? Hij brengt de zaak aan bij de kerkelijke autoriteiten en de 'kwestie-Geelkerken' rolt.

Vanaf dit moment heerst bij de kleine luyden een halve burgeroorlog. Niet alleen de theologen bestrijden elkaar te vuur en te zwaard, maar ook synodeleden, kerkenraden, commissies en gewone mannenbroeders rennen achter elkaar aan in dat kleine gereformeerde wereldje, als op het schip van Prikkebeen, in een steeds snellere draaitol van drift, angst en woede.

Heeft de slang gesproken of niet?

Het belangrijkste strijdtoneel werd gevormd door kerkbodes en brochures, maar ook binnenshuis konden de spanningen oplopen. In de pastorale rubriek van mijn vader tref ik zelfs een letterlijk dialoogje aan tussen mijn ouders uit die periode. Mijn vader: 'Als nu eens het paradijsverhaal in zulk een vorm gegeven is, dat het niet nodig is alles letterlijk te verstaan, ben je dan alles kwijt?' Mijn moeder: 'Nee, absoluut niet.' Mijn vader: 'Waarom niet?' Mijn moeder: 'Ja, dat voel ik zoo, intuïtief.'

Nu was deze theologische discussie uiteraard gecompliceerder dan ik in dit korte bestek kan weergeven. In wezen ging het om een vrijheid van denken, om het recht op een bepaalde intellectuele cultuur. En daarin leek het op de conflicten die, decennia later, tussen gematigde en fundamentalistische moslims zouden uitbreken. Altijd weer draaide het om die ene vraag: in hoeverre mag men twijfelen aan officiële waarheden van het geloof?

De gereformeerden waren, net als de echte kinderen Israëls, gelovigen van het Woord. Niet het gezag van de kerk – zoals bijvoorbeeld bij de katholieken –, niet het ontzag voor God – zoals bij 'zware' hervormden als mijn overgrootvader –, maar de bijbel, het Boek, stond centraal, de openbaring van God op aarde. De gereformeerde jongeren kenden de namen van alle bijbelboeken uit het hoofd. Ze wisten alles van de koningen van Juda en de zonen van Jakob. Binnen de eigen kring waren allerlei spelletjes en grappen gebaseerd op bijbelteksten. Vandaar dat discussies over het al of niet letterlijk uitleggen van de bijbel gemakkelijk hoog opliepen: het raakte het belangrijkste bindende element van deze groepen.

De bijbel was geplaatst in het strakke denkraam van de catechismus en de belijdenisgeschriften, waardoor de intellectuele manoeuvreerruimte minimaal was. Daarom ging het eigenlijk in deze kwestie. Geelkerken was in zijn opvattingen geen revolutionair. Het enige nieuwe aan hem was dat hij ze durfde uitspreken in de gewelven van een Gereformeerde kerk. Onder theologen – we zagen het hiervoor bij de VU-hoogleraar Van Gelderen – bestond al veel langer het idee dat een letterlijke uitleg van de bijbel nooit de bedoeling was geweest. In de visie van sommigen waren het eerder verhalen die, net als bij Homerus, oorspronkelijk dienden tot stichting, opbeuring en zelfs vermaak. En zeker was de bijbel nooit bedoeld als wetenschappelijk verantwoorde geschiedschrijving. In de wereld waaruit de bijbel afkomstig was, kende men het begrip 'objectiviteit' zelfs helemaal niet. Zo'n letterlijk-historische uitleg ontnam bovendien het zicht op de diepere betekenissen die in allerlei teksten verborgen lagen, zo was een vrij gangbare redenatie.

De gereformeerden, kampioenen van het Woord, wilden van dit soort opvattingen echter niets weten. Eva had werkelijk met de slang staan praten, en de wereld was in zes dagen van vierentwintig uur geschapen. Sommigen gingen zelfs zover dat ze, net als de zeventiende-eeuwse Iers-Engelse aartsbisschop James Ussher, aan de hand van geslachtsregisters nauwkeurig het ogenblik van de schepping wisten vast te stellen. (Ussher was hier uiterst stellig over: op de avond van 22 oktober 4004 voor Christus, om zes uur, en geen kwartier later.) God jokte niet, zo simpel was dat.

In maart 1926 beslisten de dominees, vergaderd in Assen, dat de slang een zintuiglijke waarneming was geweest. Geelkerken werd geschorst. De zondag daarop preekte hij toch. De kerk was afgeladen. Tussen de kerkgangers zaten agenten in uniform. Na de dienst werd de predikant door een menigte naar huis gebracht. Vier dagen later werd hij door de kerk afgezet wegens 'afdwaling' en 'openbare scheurmaking'.

Nu begon de burgeroorlog pas goed. Als ik de bladzijden omsla van *Woord en Geest*, vlamt het me tegemoet. Alles is vervat in keurige taal, men spreekt over belijdenis en 'Schriftbeschouwing', maar daaronder voel je het werkelijke leven koken, een onderwereld van machtsbelustheid, haat, verraad, kippendrift, gelijkhebberij en razende woede. Nee, het was geen mooi gezicht, vechtende gereformeerden.

Ik doe maar een greep:

'Wie heeft hier den verrader gespeeld? Wie den onnozelen uitgehangen? Weet gij het niet, hebt gij het niet gelezen? Dat heeft dominee Aalders gedaan.'

'Ik wil wel over tien dagen of over drie jaar met u spreken over de boomen, maar vandaag is niets anders aan de orde dan de slang en haar spreken.'

'Inderdaad, ds. Janssen's pleidooi voor het Asser kerkrecht mag allerminst geslaagd heeten...'

In het blad kom ik ook een satirisch stuk tegen, tweeduizend jaar later gedateerd, in het jaar 3926. Iedereen is nog steeds druk bezig met de uitleg van Genesis, maar op grond van archeologische vondsten heeft men de opvattingen wel bijgesteld. Ook de gereformeerden zwenken om naar een meer 'realistische' visie op de bijbel. Via de 'radio-film', uitgezonden vanaf het dak van de VU, kunnen de plaatselijke kerken rechtstreeks zien wat de kerkvorsten beslissen.

Op de uitkomst van deze voorspelling heeft de auteur overigens niet tweeduizend jaar hoeven te wachten: zeventig jaar later zou het meeste al een feit zijn, inclusief de 'radio-film' en de 'realistische' bijbelopvatting van de gereformeerden.

Woord en Geest was, het moge duidelijk zijn, hét blad van de Geelkerken-aanhangers. Mijn vaders rubriek was dan ook een impliciete keuze voor het Geelkerken-kamp, temeer omdat hij met zijn stukjes begon vlak nadat Geelkerken uit de Gereformeerde Kerk was gezet. Aan sommige zinnen merk ik echter dat hij zich in het krijgsgewoel al snel niet prettig voelt. 'Mag ik verdrietig zijn en onrustig?' schrijft hij rond de pinksterdagen van 1926, vlak onder de column van zijn vriend Jan Buskes. 'Nu heb ik al mijn voorbereidingswerk gedaan, aantekeningen uitgezocht, in boeken gelezen, te langen leste zelfs oude preken doorgezien, en toch wil het niet vlotten. Wie zal in zijn leven geen dagen kennen van lusteloosheid en gebrek aan ijver en liefde voor zijn werk. Maar ik ben een Dienaar des Woords. En ik weet dat de gemeente opkomt zondagmorgen en in de harten de verwachting hunkert om te horen "wat de Geest tot de gemeenten zegt".'

Uiteindelijk vindt mijn vader troost bij de oude Isaäc da Costa, die zeventig jaar daarvoor schreef, tussen zijn beschouwingen in: 'Zie nu naar buiten door deze vensters. Al wat in den winter geen zweem van leven vertoonde, is nu versierd met jeugdig groen. Wie heeft dat gedaan?' En mijn vader mijmert verder: 'Zou hij nog bij ons in de kerk komen? Da Costa, zou hij nog wel gereformeerd zijn? Hij ook al niet? Wie eigenlijk wel van degenen die we bewonderen?'

Ik denk dat het zo gegaan is. Ik denk dat de theologenruzie over de slang mijn vader aanvankelijk helemaal niet interesseerde. Wat hem – en hij was daarin beslist niet de enige – werkelijk dwarszat, was de manier waarop de gereformeerde kerkvorsten opereerden: meer als politici dan als zielenherders. Sommigen – het is overal hetzelfde – begonnen zelfs met een kleine rondtrekkende inquisitie, vooral toen een paar predikanten weigerden om God te danken voor de 'wijze' besluiten die de dominees in Assen genomen hadden. Geelkerken moet geen gemakkelijk man geweest zijn, maar hij was wel een eerlijk en gelovig christen die een oprechte hekel had aan de benauwde gereformeerde clubgeest en dit op allerlei manieren liet merken. Hij was onder meer voorzitter geweest van de NCSV, waar ook veel van zijn geestverwanten zaten. De gereformeerde top moest en zou die lastpak en zijn aanhangers vangen, en dat gebeurde ook.

Jan Buskes hoorde bij de weigeraars, en zo ook Evert Smelik. Buskes, die sinds twee jaar dominee op Texel was, werd door de inquisiteurs onder 'leertucht' gezet. Hangende het onderzoek mocht hij zijn werk niet meer doen. Een scheuring dreigde, omdat een deel van zijn gemeente met hem uit de kerk wilde stappen. Hij ontsnapte aan deze ellendige toestand doordat de 'vrije' gemeente van Amsterdam-Zuid hem vroeg om daar dominee te worden.

Evert Smelik was de derde predikant die werd afgezet, op 30 september 1926. In *Woord en Geest* kondigde hij aan gewoon door te preken. 'Indien de meerderheid van de kerkeraad meent zich te moeten "onderwerpen" (ik verwacht niet anders) dan zal 't niet naar recht kunnen in de kerk. We zullen onze plaats dan zoeken in een stal.' En inderdaad werd de eerstvolgende dienst van Smelik gehouden in de stal van Jacobus Verhoef, in het hart van het dorp Tienhoven.

Op den duur organiseerden Buskes en Smelik zich met zesduizend aanhangers en zevenentwintig predikanten in het Hersteld Verband. Hellend Vlak noemden de gereformeerden het genootschap, en ook wel Villa Ruimzicht. De invloed van dit kleine kerkgenootschap is echter vele malen groter geweest dan die paar duizend leden doen vermoeden. Op allerlei terreinen liepen ze voorop, of het nu ging om een nieuwe psalmberijming, of om de oecumene, of om het vroege verzet tegen het fascisme, of om de naoorlogse 'doorbraak' van de progressieve christenen naar de 'rode' zuil. In 1946 keerden ze uiteindelijk terug tot de bron, de oude Hervormde Kerk.

En mijn vader? Ik vermoed dat het in diezelfde septembermaand van 1926 tot een breuk is gekomen tussen hem en de Geelkerkengroep, en daarmee ook tussen hem en zijn twee vrienden. De 'dagboeknotities' van mijn vader, die steeds levendiger en gedurfder werden, breken op 24 september opeens af.

Naar eigen zeggen begon bij hem de theologische kant van de zaak op den duur toch zwaarder te wegen dan zijn woede jegens de kerkvorsten. In zijn herinneringen schreef hij dat zijn oude vriend Cor Maan hem nieuwe argumenten gaf voor de oude bijbelbeschouwing, en dat hij daardoor uiteindelijk overstag ging. Ook heeft grootmoeder Mak vermoedelijk een rol gespeeld: ze heeft hem in elk geval stevig onder handen genomen, en mijn vader was in zijn hart een brave jongen.

Het belangrijkste argument noemt hij echter, vreemd genoeg, nergens: zijn twee gemeenten, Brielle en Tinte. Wat zou er gebeurd zijn als hij wél was meegegaan met de groep van Geelkerken? Zou de scheuring dan niet zijn doorgebrand tot binnen die vredige kerkgebouwtjes? Zou hij zijn gemeenteleden die ellende hebben willen aandoen?

Als ik alles overdenk, vermoed ik dat mijn vader in dit loyaliteitsconflict – want dat was het – intuïtief heeft gekozen voor de pastorale kant van zijn werk in plaats van voor de theologische. Hij zou dat in de loop van zijn leven nog een paar keer doen. In gewoon Nederlands: hij zag zijn taak niet in de eerste plaats als uitlegger van de bijbel, maar als zielenherder. En daar was hij, eerlijk gezegd, ook het beste in.

Maar zelf dacht hij daar anders over. Mijn vader kon aan het eind van zijn leven nooit aan deze periode terugdenken zonder sterke gevoelens van schuld en schaamte. Speelde niet ook lafheid een rol, zou hij zich in zijn herinneringen afvragen, 'de opluchting buiten de narigheid te blijven van schorsing en andere tuchtmaatregelen', de 'burgermans mentaliteit: "Zorg dat je met je baan en gezinnetje voor de toekomst aan de veilige kant blijft" '?

Het zal zeker, maar daarmee was, achteraf gezien, zijn keuze nog niet verwerpelijk. Hij was voor het eerst in zijn leven werkelijk gelukkig: het gezinsgeluk spat van de paar privégeschriften uit die periode. Hij had eindeloos gezwoegd om deze roeping te mogen vervullen. Hij had twee kerkjes waar hij van hield. En hij was, al dacht hij daar zelf anders over, geen echte theoloog. Iedere scherpslijperij was hem vreemd.

Het hele wezen van mijn vader zoals hij toen was, van de persoon die ik moeizaam aan de hand van flarden en fragmenten probeer te leren kennen, dat hele wezen verzette zich tegen een scheuring. En zijn theologische argumentatie was slechts de verpakking waarmee hij die kern trachtte te verhullen.

Dit neemt niet weg dat hij in deze strijd een enorme fout heeft gemaakt. Mijn vader liet namelijk niet alleen zijn vrienden in de steek, hij liet zich ook nog overhalen om een deuntje mee te blazen in de brochureslag die tegen hen aan de gang was. Welke slang hem dat heeft ingefluisterd mag de hemel weten, maar dat had hij natuurlijk nooit mogen doen.

In maart 1928 publiceerde hij een boekje waarin hij zijn niet-meegaan met Geelkerken uitvoerig uiteenzette, met allerlei theologische argumenten over de bijbel en de slang, en een aanbeveling van een VU-professor. Bij zijn oude vrienden werd de publicatie terecht gezien als een dolkstoot in de rug. Achteraf gaf mijn vader dat zelf ook toe: 'De grote fout is geweest dat ik mijn opvattingen niet heb voorgelegd aan mijn Geelkerkiaanse vrienden, alvorens ze te publiceren,' zou hij later schrijven.

Bovendien, zo voeg ik daar nu aan toe, verscheen zijn betoog op het moment dat mijn vader al op de boot zat naar Nederlands-Indië, waar hij door de gemeente van Medan beroepen was. Wat door hem wellicht bedoeld was als een afscheid in redelijkheid, zagen zijn oude vrienden als hoogverraad. In Port Said bereikte hem nog een woedende brief van een van hen, waarschijnlijk Evert Smelik. Maar Indië overspoelde hem met nieuwe indrukken, hij wist verder ook niet wat hij met de beschuldigingen aanmoest en een antwoord heeft hij nooit meer geschreven.

'Achteraf verbaast mij dat ik heel deze onverkwikkelijke zaak vrij gemakkelijk kon loslaten,' noteerde hij in zijn herinneringen, en ook deze eigenschap zullen we nog vaker tegenkomen, een zekere zorgeloosheid, een blinde vlek die de keerzijde was van zijn grote blijmoedigheid.

Hoe die laatste brief eruitzag, kon ik wel ongeveer raden toen ik de recensie van mijn vaders brochure in *Woord en Geest* aantrof: 'Naïeve, volstrekt oncritische overtuigdheid,' las ik. En: 'Verwarde, fantastische conclusies.' 'Jammer van de vrome, mystieke geest die op enkele plaatsen doorschemert.' En: 'Tot welke angstwekkende krampachtigheid (moet) iemand zijn gedachten verrekken, als hij, gelijk ds Mak, zich zonder innerlijk voorbehoud in vollen ernst conformeren wil.' Dolkstoot werd zo beantwoord met dolkstoot. De auteur: Evert Smelik.

Uiteindelijk vond ik, in de zolderkast van een familielid, ook nog de brochure zelf terug: *Waarom niet met dr. J.G. Geelkerken mee?* Ik probeerde het uiteenvallende boekje te lezen, maar het lukte me niet. Zijn oude vrienden waren – overigens zeer gerespecteerde – tegenstanders geworden, voor de rest was er voor een hedendaagse lezer geen touw aan vast te knopen. Het ging over de 'organisme-opvatting'*, over 'onze solidariteit met Adam', over 'zonde als onvoltooide daad' en over de H.G., waaraan een eerbiedige tante voortdurend met potlood 'eilige' en 'eest' had toegevoegd. Allemaal vergeeld, allemaal achterhaald, allemaal woorden, woorden, woorden.

Nonconformisme heeft zijn prijs, maar conformisme ook. 'Heel mijn leven ben ik hiervoor gestraft doordat ik mij toen van collega's heb vervreemd die door hun persoonlijke vriendschap ontzaglijk veel zouden hebben betekend,' schreef mijn vader later, en dat was waar. Jan Buskes groeide uit tot een bekende socialist en anti-militarist, bevlogen in het verzet tegen het nationaal-socialisme – al voor 1933 – en later het kolonialisme, een inspirator van velen. De naam van Evert Smelik werd nog lange tijd genoemd in huize Mak: hij zou nu dit gezegd hebben, hij zou dat gezegd hebben. Maar toen Anna zich jaren later – ze was toen al een jonge vrouw – aan hem voorstelde als de dochter van Catrinus Mak, wendde hij zich koel af.

Was het vertrek van mijn ouders naar Indië een vlucht? Nuchter bekeken niet: in de domineeswereld gold zo'n overplaatsing naar de rijke Gereformeerde kerk van Medan als een mooie promotie. Maar wel kwam deze kans als geroepen. De Indische kerkenraden waren een stuk losser in hun opvattingen dan de Hollandse. Bovendien waren mijn ouders te vrije geesten om zich blijvend thuis te voelen in het Hollandse gereformeerde wereldje, 'waar het lijzig geestelijk gezeur je al direct tegemoet blaat', zoals mijn vader ooit eens zou schrijven.

Het afscheid viel hun dan ook niet moeilijk. In het archief in de Brielse Gereformeerde kerk trof ik nog een laatste briefje van mijn vader, in haast geschreven, gedateerd 13 maart 1928, over een paar lampen die bij de pastorie hoorden en die per abuis mee waren verstuurd naar Indië. 'Onze trein gaat 12.14. Groet allen.'

Ze namen afscheid op het Maasstation van Rotterdam, en voor het laatst waren beide families bij elkaar. Mijn grootvader Van der Molen ging bijna met pensioen, mijn grootmoeder was een echte matrone geworden, Hattem een nette employé, Ludzer studeerde medicijnen. Ook de Makken waren met de welvaart meegegroeid. Grootmoeder Mak had zich op de mode geworpen. Terwijl mijn grootvader bij de Protestantenbond gezangen zong, zat zij in de Gereformeerde Dijkkerk tussen de nieuwste dameshoeden. Ze hield nu eenmaal van 'mooitooi' zoals ze in de familie zeiden, en mijn grootvader liet zonder morren flinke bedragen door het gat in haar hand wegstromen.

Iedereen was naar het Maasstation gekomen. Mijn ouders, hun twee kinderen – mijn broer Cas was één jaar oud, mijn zus Anna drie –, mijn ooms Koos, Arie, Aart, Henk, mijn tantes Saar, Riek, Maart, Catrien, Nel, ze waren er allemaal. 'Catrinus was een chic, slank ventje geworden. Een knap ventje ook, netjes aangekleed,' herinnerde mijn tante Maart zich. 'Ik zie nog de trein de bocht omgaan. En mijn vader zei: "Die zie ik nooit meer." '

Op vrijwel hetzelfde moment werd in Den Haag tegen de vijfentwintigjarige Rotterdamse student Mohammad Hatta drie jaar gevangenisstraf geëist wegens 'opzettelijke opruiing tot gewelddadig optreden'. Hij had al bijna een halfjaar in voorarrest gezeten. Zijn enige misdrijf was het bezit van een stapel brochures en exemplaren van een studentenblaadje met de titel: *Indonesia Merdeka*.

***

Ik blader nog eens in de nummers van *Woord en Geest*, terug naar de tijd waarin de slang mijn vader nog niet gesproken had, naar dat stukje waarin hij worstelde met zijn pinksterpreek en zich liet opbeuren door Isaäc da Costa. Hij schreef toen:

'Ik ga voor het raam staan. De jonge takken wiegelen, lichtgroen. Het lijkt me alles zoo nieuw nog. Alsof het nooit zoo geweest is. Nooit zoo buitengewoon althans. Da Costa is gestorven. En ik lees die woorden van hem, die zoolang geleden ergens in een kamer of zoo gezegd zijn. Hij dacht er niet aan, dat ze nog eens gelezen zouden worden op een ogenblik, dat God voor de zeventigste of tachtigste maal weer een nieuwe lente gewekt had na dat ogenblik. Door dit venster, of door dat venster.

De lente is nog eender. God heeft het nog altijd gedaan. Over zeventig jaar leef ik niet meer en mijn vrouw niet. En mijn kind? En mijn afgezette collega niet meer en heel de synode niet meer. Wat is het toch eigenlijk tegen die achtergrond, al die twisten? Ik begrijp er niets meer van.

[...] Ik geloof nog altijd: God zal ons opwekken. Da Costa, en mijn vrouw, en mijn vrienden, en mijn vijanden.'

'Over zeventig jaar.' Dat is nú, realiseer ik me opeens, dat is vrijwel exact het moment dat ik dit zit te lezen, op de bovenste verdieping van de kantoorkolos van de VU. Net nog dronk ik koffie met dat 'kind', nu een kleine, grijze vrouw van in de zeventig. Vorige week liep ik langs de haven waarop mijn vader toen uitkeek, alles was groen, en overal riepen de weidevogels vanachter de wallen.

Het is me vreemd te moede.

HOOFDSTUK V

Het zuigende land

'In Indië was het klamme en donkere van het huis aan de haven opeens verdwenen. Alles was plotseling licht en warm en prachtig. Er was een nieuw wit huis, dat altijd koel was, en een enorme boom waaronder we altijd speelden, en 's ochtends dronken vader en moeder samen koffie in de eerste zon, en wij stonden eromheen.'

Anna, toen drie jaar oud.

Op 11 april 1928 stapte de familie Mak op de houten steiger van Belawan, vlak bij Medan, aan de lage moeraskust van Oost-Sumatra. Het moment van aankomst is op een familiekiekje bewaard: een drukte van mensen, de meeste mannen in witte pakken en strohoeden, een enkele paraplu tegen de zonnehitte, mijn moeder lachend onder een soort helmhoed, mijn vader in een beige pak, Cas op de arm, de kleine Anna met een wit petje wat hangerig ernaast. Er staan een paar zinken loodsen, en op de achtergrond zie ik nog de pijp van een klein kuststomertje. Daarnaast een brede, slome rivier, wat jonken en prauwen. Dat was het dus. Indië.

Beter gezegd: Deli, want Deli had bar weinig te maken met het poëtische Indië van de Javaanse dorpen, het regenteske en ambtelijke Indië van Buitenzorg en Batavia en het kalme tempo doeloe Indië van de andere eilanden.

Deli gold als het Wilde Westen, met Medan als een Las Vegas in het klein. Tegen de dames zei men er 'miss', een inheemse huisbediende heette er 'boy', een wat grotere onderneming was een 'estate', een koelie-opstand een 'row' en tot de Eerste Wereldoorlog werd er voornamelijk in Singapore-dollars betaald. De winkels stonden vol Engelse producten. Je reisde er makkelijker naar Penang en Singapore ('de overwal') dan naar Batavia, en dat was te merken. Deli was eerder Engels dan Hollands.

Medan en Deli waren jong. Omstreeks 1870 was de Deli-Maatschappij er met de eerste tabaksplantages begonnen, grootschalige ondernemingen die al snel hun eigen wegen, havens, spoorlijnen en telefoonverbindingen aanlegden. Rondom het hoofdkantoor van de eerste Deli-Maatschappij werd een kleine stad gebouwd: Tuin Medan.

De grote hausse kwam na 1910, toen er door de opkomst van de auto en de dreigende wereldoorlog een soort goldrush op rubber ontstond. Via Malakka was de *Hevea brasiliensis* ingevoerd, een rubberboom uit het Amazonegebied, die het op Sumatra uitstekend bleek te doen en al snel voor enorme opbrengsten zorgde. Medan ontwikkelde zich als een Amerikaanse boom-town. In 1905 woonden er nog geen vijftienduizend mensen, in 1920 waren het er driemaal zoveel, en toen mijn ouders aankwamen, had de stad zo'n zeventigduizend inwoners.

Indië was in wezen een nieuwe kolonie. Vanaf de zeventiende eeuw hadden de Hollanders er al steden, forten en plantages, maar ze waren altijd aan de rand gebleven. Ze hadden zich beperkt tot Java en de kustgebieden van sommige eilanden. Pas aan het eind van de negentiende eeuw hadden ze hun gezag uitgebreid over de hele archipel.

Net als de andere Europese machten begon Nederland te beseffen dat de industrie alleen verder kon groeien als er voldoende geld en grondstoffen binnenkwamen. En zoals Duitsland en Engeland hun gebieden in Afrika almaar uitbreidden – in 1914 bezat Europa koloniale macht over driekwart van het aardoppervlak –, zo vocht Nederland in Indië zijn eigen koloniale oorlog.

Op Bali pleegden de vorst en zijn hele hofhouding in 1908 zelfmoord door zich voor hun brandende paleis op de Nederlandse troepen te werpen. Meer dan tweehonderd mannen, vrouwen en kinderen werden in dit finale gevecht neergemaaid, vaak gekleed in prachtige gewaden, de bejaarde radja in een draagstoel voorop.

Aan de veldtocht in Lombok in 1894 deed de jonge Hendrikus Colijn mee, de man die later twintig jaar lang de Nederlandse politiek zou beheersen en vijfmaal tot minister-president zou worden benoemd. Aan zijn vrouw schreef hij: 'Ik heb negen vrouwen en drie kinderen, die genade vroegen, op een hoop moeten zetten en ze zo dood laten schieten. Het was onaangenaam werk, maar het kon niet anders. De soldaten regen ze met genot aan hun bajonetten.'

In 1904 'pacificeerde' overste G.C.E. van Daalen het Atjeese achterland, waarbij een kwart tot een derde van de bevolking gedood werd, waaronder ruim elfhonderd vrouwen en kinderen. De veldtocht werd nauwkeurig vastgelegd door Van Daalens adjudant, luitenant J.C.J. Kempers, compleet met 'fotogrammen' van de stapels lijken. Zo werd op 14 juni 1904 de kampong Koeto Reh op de primitief bewapende dorpsbewoners veroverd. Voor het begin van de aanval hoorde men hoe binnen de kampong gebeden en gezongen werd. Daarna werd iedereen binnen anderhalf uur door de Nederlanders afgemaakt: 313 mannen, 189 vrouwen en 59 kinderen.*

Pas in 1914 kwam er een eind aan de oorlog. Aan Nederlandse kant waren ruim tweeduizend Europese en inheemse militairen gesneuveld en ongeveer tienduizend bezweken aan besmettelijke ziekten. Van de tienduizenden Javanen die naar Atjeh waren overgebracht, vonden naar schatting vijfentwintigduizend de dood. Aan Atjeese kant stierven tussen de zestig- en zeventigduizend personen.

Toen mijn vader er in de jaren dertig rondreed, werd hem trots het monument voor overste Van Daalen getoond. Hele landstreken waren nog steeds verlaten en verwoest. Veilig was het er nooit.

Medan lag daar in 1928 ver vandaan – althans ogenschijnlijk.

'Een fontein spoot een zacht ruischende regen in het wijde bekken. Sado's reden voorbij met heftig en onnoodig gebel en klepperenden hoeftred van kleine ponies op het asphalt. Geruischloos gingen de hongkongs, de rickshaws, op hun lichte wielen; de chineesche rickshaw-koelie's tot hun middel naakt en bezweet. Hun sandalen klepten zacht bij elke stap. Een enkele auto gleed over het asphalt: langzaam rijdend, met open kap om de inzittenden van den koelen avond te laten genieten. Batakkers, Maleiers en Chineezen boden hun koopwaar aan: sarongs, gebatikt en met goud- of zilverdraad doorweven; koper en zilverwerk, porcelein, krissen, dolken, klewangs, speren...'

Zo werd de nieuwe stad van mijn ouders beschreven door de voormalige plantersvrouw M.H. Székely-Lulofs in haar levensechte roman *Rubber* (1931). Hun huis stond niet ver van dit centrum, in de nieuwgebouwde wijk Polonia, een villabuurt die in bouwstijl en comfort te vergelijken was met Bussum of Aerdenhout. De woning was ruim en koel, zelfs in de grootste middaghitte, en van alle gemakken voorzien. De kerk lag er pal naast, met daaromheen een grote tuin. Er waren een stuk of vijf bedienden voor het huishoudelijk werk en voor mijn vader was er een auto met chauffeur.

De welvaart had er iets ijls, iets van snel verdienen en snel weer opmaken. Het boek van Székely-Lulofs is wat dat betreft een tijdspiegel bij uitstek, en waarschijnlijk daarom veroorzaakte de roman in Deli ook zo'n opschudding. Centraal in *Rubber* staat een langzaam verlopende sociëteit, een deftige club die aanvankelijk beheerst werd door bepaalde normen en een zekere jovialiteit en waar de boel steeds meer uit de hand liep door weeldevertoon, streverij, drank en verveling. Iedereen deed het met iedereen. 'Anne lag op de schoot van Stevenson, haar benen vér boven de knieën zichtbaar.'

Er heerste, schreef Székely-Lulofs, 'in dit kleine plantage-wereldje een aanstekelijke ziekte die allen aantastte: de zenuwmoordende hitte, de eentonigheid der tropen, het geplaatst zijn buiten de normale levensbaan die hun jeugd en opvoeding had bepaald'. Daarbij kwam de overdaad aan luxe en het overgemakkelijk verdiende geld, en dat alles had hen 'alle grenzen die het bewustzijn en de wil trekken' doen overschrijden.

Het bezit van Indië hoorde in alle opzichten bij de zekerheden van de toenmalige wereld. In het laatste 'normale' koloniale jaar, 1938, kwam naar schatting een zevende van het nationale inkomen direct of indirect uit Indië. Alleen al in Nederland hadden zo'n honderdduizend mensen een baan dankzij de koloniën, bijvoorbeeld in de scheepvaart, de koffie-, thee- en rubberhandel en de suiker- en tabaksindustrie. De economie van een stad als Amsterdam hing voor een groot deel af van de koloniale invoer. Bovendien was het rijke Indië een belangrijk element binnen de precaire machtsbalans waarmee Nederland zich tussen de Europese mogendheden staande kon houden. En daardoor was de kolonie ook onlosmakelijk verbonden met het voortbestaan van de natie zelf.

Maar daaronder lag tegelijk een diepe, voortdurende onzekerheid, een angst voor het onbekende, een angst ook voor het land zelf. Je kon in het oerbos nooit verder kijken dan de uiterste rand, maar wat binnen die wilde plantenwoekering leefde, dat bleef een geheim. Székely-Lulofs: 'Er suisde altijd een geruisch door de boomtoppen; er zongen altijd cicaden hun monotoon snerpend lied. Soms, op een geheel windstillen dag zakte daar ineens een boom in elkaar, stortte een stervende oude woudreus in zijn laatste oogenblik op de naast hem staande boomen en scheurde in zijn val een gedeelte van hun kroon af. Dan dreunde het geheele oerbosch. Dan krijschten een paar opgeschrikte apen en een vogel kermde klagelijk. En toch, ondanks ál deze geluiden, blééf daarbinnen altijd de stilte als een zwijgend, loerend beest.'

Die kwetsbaarheid van hun koloniale zekerheden wilden slechts weinig Nederlanders erkennen. Ze wilden er zelfs niet over nadenken, maar ze voelden haar wel.

De Nederlandse marine was bijvoorbeeld allang niet meer in staat om de verbinding tussen Indië en het moederland daadwerkelijk te verdedigen. Dat gold ook voor het gezag over de kolonie zelf. Een jaar voordat mijn ouders op de rede van Belawan aan wal stapten, was er aan de westkust van Sumatra nog hevig gevochten. Gevangenissen waren bestormd, inheemse bestuursambtenaren waren vermoord, tientallen communistische opstandelingen waren opgehangen of doodgeschoten en uiteindelijk waren maar liefst dertienduizend Indonesiërs gevangengezet.

Vijf jaar eerder was er een bomaanslag gepleegd op gouverneur-generaal Dirk Fock toen die in zijn staatsiekaros door Jogjakarta reed. Het incident maakte diepe indruk. Zoiets verwachtte het Nederlandse gezag totaal niet van de dociele Indische bevolking, en het liefst vergat men het ook maar weer snel. Want hoe kon ooit het Koninklijk Nederlandsch-Indisch Leger (KNIL), in totaal vijfendertigduizend man sterk, die miljoenen Indiërs onder de duim houden als het er werkelijk op aankwam?

In het moederland werden voortdurend twee zaken onderschat: de omvang van het koloniale rijk – van achter in Turkije tot voorbij Ierland – en het aantal Europeanen waarop het Nederlandse bewind dreef. Op een totale bevolking van ruim zestig miljoen waren het er niet veel meer dan honderdduizend. Toen mijn ouders er arriveerden, telde Medan zoals gezegd zeventigduizend inwoners. Van hen gold nog geen zes procent als Europees. Wanneer mijn vader naar Soerabaja moest, was hij met de snelste boot vijf volle dagen onderweg. Tegelijk waren de Europeanen zo dun gezaaid dat hij na een paar jaar op elk schip wel bekenden tegenkwam. Alle zekerheden draaiden in wezen om een piepklein blank wereldje, dat zo kon verzinken in dat Indische miljoenenrijk.

Slechts enkelen beseften dat. Abraham Kuyper, die overigens nooit een voet in Indië had gezet, voorvoelde al in de vorige eeuw dat het Nederlandse koloniale regime niet eeuwigdurend was. In 1914 zei hij in de Eerste Kamer dat bij de Indonesiërs nooit het verlangen mocht uitsterven 'om weer een vrij volk, een onafhanklijke natie te worden'. Hij vond het een fictie, een gekunstelde constructie, dat Nederland en de koloniën één rijk vormden. Het waren in zijn ogen gewoon 'bezittingen', die we ook wel weer eens kwijt konden raken. De enige reden waarom we er zaten, zo meende hij, was om 'het volk op te voeden tot zelfstandigheid'.

Kuyper zette hiermee de toon voor de ethische richting, die sprak van een 'zedelijke roeping' die Nederland 'als Christelijke Mogendheid' had te vervullen tegenover 'de bevolking dezer gewesten' – ik citeer nu de troonrede van 1901. Er werden inderdaad talloze dessascholen gesticht, er werd een uitstekend systeem van gezondheidszorg opgezet, er werd geholpen bij misoogsten en overstromingen, er werden op grote schaal spoorlijnen, wegen en waterleidingen aangelegd en op veel plaatsen werd de landbouw sterk verbeterd. Het meest vernieuwende van de ethische richting was echter vooral het feit dat de Nederlanders voor het eerst de tijdelijkheid van hun koloniaal bewind erkenden.

Nu kan het begrip 'tijdelijk' in de praktijk uitgesmeerd worden tot een eeuwigheid, en dat gebeurde ook hier. In vrijwel alles bleef het belang van de kolonisatoren overheersend. Het land werd na de eeuwwisseling op indrukwekkende wijze gemoderniseerd. Het was afgelopen met de piraterij, de weduwenverbrandingen en de wrede oorlogen tussen de inheemse vorsten. Via het kolonialisme stroomden allerlei nieuwe technieken en ideeën de archipel binnen, waarop het latere Indonesië moeiteloos zou voortbouwen. Er kwamen immense plantages voor suiker, thee, koffie, tabak, kinine en rubber, grote olieraffinaderijen, imposante tinmijnen.

Maar met de plantages werd de traditionele landbouw weggedrukt en de grote ondernemingen rukten de dorpssamenlevingen uit hun voegen. Er was weinig dat niet gericht was op winst en export op korte termijn in plaats van op de langetermijnbelangen van het land zelf. Of, zoals een Indische predikant schreef: 'Onze voorvaderen beweerden ooit drie dingen aan Indië te brengen: godsdienst, beschaving en negotie. Het is geworden: negotie, negotie, negotie.'

Dit gold zeker voor de opvolger van Abraham Kuyper, een man met een, in de woorden van Kuyper zelf, wat minder 'fijnbesnaard interieur'. Als voormalig KNIL-officier en manager van een koloniaal concern had Hendrikus Colijn totaal andere ideeën over de toekomst van de kolonie, al overdekte hij die met een suikerlaagje waar de mannenbroeders maar al te graag in hapten. In zijn ogen was Indië geen 'bezit' – dit was voor de inheemse bevolking een 'hatelijk klinkende term' – maar 'een deel van het Koninkrijk'. En verder was het God, 'die naar Zijn raad Nederland en Indië saam had gebracht', zodat de Nederlanders de Indische bevolking naar de toekomst konden leiden.

Want dat was misschien wel de meest opvallende ommezwaai binnen deze gedachteconstructie: de Nederlandse aanwezigheid in Indië zag men niet meer in het belang van Nederland, maar van Indië. Het oude koloniale uitgangspunt werd zo in ieders hoofd honderdtachtig graden gedraaid, zonder dat de feitelijke situatie daarin meeging.

De relatie tussen de Nederlanders en de latere Indonesiërs was dus niet alleen broos, maar ook uiterst complex, en vervuld van talloze dubbelzinnigheden. De Europeanen konden, dankzij de ethische politiek, de koloniale verhoudingen naadloos combineren met de 'fijnere' gevoelens die ze van huis uit hadden meegekregen. Voor de Indonesiërs werd het leven zeker beter, maar de machtsverhoudingen bleven dezelfde.

***

De kerk van mijn vader was onlosmakelijk verbonden met dit moderne, dubbelzinnige Indië. Het was een gemeenschap die voornamelijk bestond uit planters en ambtenaren, een door en door blank verlengstuk van de 'gewone' Gereformeerde kerken in Nederland. Veel planters op Sumatra waren gewone Hollandse boerenzoons, die vanwege de problemen in de landbouw op andere activiteiten waren overgestapt en zo in de Indische plantages waren beland. Het boeren zat hun in het bloed en ook in de tropen liepen ze al snel vooraan op het gebied van landbouwtechniek. Maar tegelijk bleven het ook zoons van de kleine luyden die hun ouders ooit waren.

Vandaar dat er in Noord-Sumatra een relatief grote gereformeerde gemeenschap bestond. Tweehonderdvijftig gemeenteleden woonden in Medan, de overige driehonderdvijftig zielen leefden verspreid over half Sumatra, Singapore en Malakka, een gebied dat, in Europese maten vertaald, liep van Zuid-Frankrijk tot Schotland. Al deze 'verstrooiden' dienden tweemaal per jaar bezocht te worden, en dat betekende dat mijn vader ieder jaar enorme reizen moest maken, per auto, per trein, lopend, te paard, op keurige schepen van de Koninklijke Paketvaartmaatschappij (KPM) of vieze Chinese stomertjes, maar soms ook weer per vliegtuig.

Thuis regeerde mijn moeder. 's Ochtends om halfzeven werd er ontbeten, kwart over zeven begon de school, even later ging mijn vader aan het werk, tussen de middag werd er warm gegeten, dan was er rust, om een uur of drie ging iedereen naar het zwembad, vervolgens was er thee en daarna had men weer zijn bezigheden tot in de avond.

Mijn moeder draaide bovendien volop in het werk van mijn vader mee, zoals men dat ook van een domineesvrouw verwachtte. Ze bezocht kraamvrouwen en probleemgezinnen, ze organiseerde meisjesclubs, naaikransen en wat er verder al op haar pad kwam. Op 3 november 1933 schreef ze in een brief: 'Nu, de eerste avond dat we samen zijn, zitten we tegenover elkaar te slapen. Wat een idylle!' Twee weken later vertrok mijn vader voor bijna drie weken naar Atjeh, bij het eerste licht, na eerst tot bijna halfeen 's nachts met de kerkenraad te hebben vergaderd.

Ziekte en dood lagen overal en altijd op de loer. Dan was er een jonge vrouw die op een wat afgelegen plantage haar eerste kind kreeg, en in het kraambed stierf. Dan was er een meisje van achttien, bloedvergiftiging, dood binnen een paar dagen. Dan weer had op een plantage in de buurt een jonge vrouw zichzelf doodgeschoten: 'Een vlaag van melancholie. Kon niet tegen de eenzaamheid.'

Een voorbeeld uit een brief van eind november 1934. Mijn vader was bij een ernstig zieke man geroepen, driehonderdvijftig kilometer weg. De patiënt overleed diezelfde nacht, en hij kon hem alleen nog maar netjes begraven. 'De man was tweeëndertig jaar oud, liet vrouw en twee kinderen achter en onderhield ook nog een werkloozen broer en zijn moeder. Maandagochtend had hij zich ziek gemeld, donderdag werd hij begraven, twee weken later zat zijn weduwe op de boot naar Holland.'

Het rayon van mijn vader was groots en wild. Overal rond Medan lagen rubberontginningen, gebieden van tientallen vierkante kilometer waar de hele oorspronkelijke natuur was verbrand en weggekapt en waarvoor in de plaats een reusachtig rubberwoud was geplant: duizenden en duizenden bomen, strak in het gelid, met naast iedere boom een stok en daarop een omgekeerde witte kop om de rubber op te vangen. Hier en daar stond een grote loods voor de inlandse arbeiders, daarnaast een houten huis van een blanke assistent, allemaal volgens hetzelfde model op een soort paalplatform gebouwd.

Voor de koelies was het leven er het zwaarst. Omdat dit deel van Sumatra aanvankelijk dun bevolkt was, werden er tienduizenden arbeidskrachten geronseld, eerst in China, later vooral in de Javaanse dorpen. Deze contractkoelies woonden 'zoals geiten in hun stal'; het was, aldus de Indonesische plantageonderwijzer Tan Malaka, 'de klasse [...] die ieder ogenblik geslagen of een "godverdomme" naar het hoofd geslingerd wordt; de klasse die ieder ogenblik hun vrouw of hun dochter kan verliezen als de blanke man haar begeert.'

Naast de tienurige werkdag voor de onderneming moesten de koelies aanvankelijk ook nog hun eigen voedsel verbouwen – wat velen niet lukte, zodat ze permanent ondervoed waren. Rond 1900 overleed jaarlijks één op de vijftien koelies. Voor de Javanen was gokken de enige uitweg. Meestal draaiden ze daardoor nog dieper in de ellende, omdat door alle gokschulden de contracttermijn keer op keer verlengd moest worden. Uiteindelijk had de gemiddelde koelie uit Java zo een redelijk grote kans om op een Sumatraanse plantage het leven te laten.

Bij de Chinezen lag dat iets anders. Zij kregen al vrij snel het recht om winkels en bordelen op te zetten. Velen wisten zich zo te ontworstelen aan het koeliebestaan, en sommigen kwamen zelfs tot een zekere welstand. Bovendien vormden ze voor nogal wat Javaanse vrouwen een uitermate aantrekkelijke partij. Dit alles gaf binnen en buiten de plantages regelmatig aanleiding tot jaloezie en zelfs moord en doodslag – spanningen die tot in het Indonesië van vandaag voortduren.

De planter was almachtig. Tot de Eerste Wereldoorlog was er in Deli nauwelijks een geregeld bestuur, zodat de planters zoveel eigen rechter konden spelen als ze wilden. Als een contractkoelie wegliep was er geen sprake van een gewone contractbreuk, nee, het was een strafrechtelijk vergrijp. Volgens de Koelie-ordonnantie die in 1880 voor Deli werd afgekondigd, konden koelies met geldstraffen of dwangarbeid bestraft worden voor 'elke willekeurige inbreuk op het werkcontract, [...] verzet, beleediging of bedreiging tegen werkgevers of hun personeel, rustverstoring, verregaande luiheid, dienstweigering, opruiing'.

Men kan dit systeem niet enkel schuiven onder de noemer 'racisme' of 'kolonialisme'. Het bestaan van de gewone arbeider in Europa was in die jaren vaak ook allerjammerlijkst. Het verschil lag in het begrip vrijheid, hoe betrekkelijk ook. De positie van de Delische contractkoelie was in alle opzichten te vergelijken met een horige in het tsaristische Rusland of een zwarte slaaf in het zuiden van de Verenigde Staten, met dit verschil dat in Amerika de slavernij officieel al was afgeschaft toen de Nederlanders er met hun Koelie-ordonnantie nog eens aan begonnen.

Net als bij de Russische horigen en de Amerikaanse slaven waren geselingen en andere lijfstraffen voor koelies niet ongebruikelijk. De Indonesische journalist Mochtar Loebis, die als tienjarig jongetje een geselpartij meemaakte, herinnerde zich 'het wanhopige en volstrekt eenzame schreeuwen van de mannen dat mijn hart verscheurde'. De advocaat J. van den Brand beschreef in 1902 in zijn brochure *De millioenen uit Deli** een incident dat een kennis meemaakte:

'Het was tegen elven, toen ik na een lange rit in de heete zon over de stoffige weg het huis van den assistent X. op de onderneming Y. bereikte. De heer X. bleek nog niet thuis te zijn en zo zette ik mij op de voorgalerij, om zijne komst af te wachten. Nauwelijks gezeten, hoorde ik eene jammerende vrouwestem, die van onder het huis scheen te komen. Ik stond op, om te gaan zien, wat er gaande was. Beneden gekomen, zag ik eene Javaansche vrouw, naar schatting vijftien, zestien jaar oud, vastgebonden onder het huis aan een paal, in de stand van Christus aan het kruis. Om dit mogelijk te maken was een dwarshout over den paal gespijkerd, waaraan haar armen waren gebonden. De zon scheen gedeeltelijk op haar geheel naakte lijf, doch dit kon mij niet de kreuningen en het gejammer van de vrouw – in Holland zou men haar nog een meisje hebben genoemd – verklaren. De huisjongen lichtte mij in. Zij had de voorkeur gegeven aan de belangelooze liefde van iemand van haar stam boven de rijksdaalderliefde van den heer X. en daarom had de toean haar zo laten vastbinden. Om te beletten, dat zij bewusteloos zou worden onder de wreede straf, had hij haar vrouwelijk deel laten inwrijven met gestoten Spaanse peper (sambal-oelik). Dit was mij toch werkelijk te erg, en ik ben verder gereden. Naar ik hoor heeft het meisje in dien toestand van zes uur 's ochtends tot zes uur 's avonds doorgebracht.'

In de *Deli Courant* stonden tot omstreeks 1900 advertenties die in het Amerikaanse Zuiden allang verboden waren. Bijvoorbeeld op 1 maart 1899: 'Weggeloopen. Een Javaan, genaamd KASAN met 1 vrouw en 2 kleine kinderen. Ouderdom 35 jaren, lengte 161 Cm. Kenteekenen: linkeroog blind. Om inlichtingen verzoeken A. Siemssen & Co, Post: Tebingtinggi-Deli.'

Nu was er één groot verschil tussen Rusland, Amerika en het Indische Deli: excessen werden ook toen al beschouwd als excessen. Ze waren symptomatisch voor het slavenbestaan van de koelies, maar ze vielen buiten het geaccepteerde patroon. De opkomst van de ethische richting speelde hierbij een belangrijke rol. Kregen Colijn en de andere veroveraars van Lombok in 1894 nog de Militaire Willemsorde opgespeld, in 1908 werd overste Van Daalen gedwongen ontslag te nemen, hoewel hij in Atjeh weinig anders gedaan had dan zijn voorgangers in Lombok.

Ook de brochure van Van den Brand bracht grote opschudding teweeg. De zaak werd in de Tweede Kamer uitvoerig besproken en er werd een speciale onderzoeker op gezet, mr J.L.T. Rhemrev, officier van Justitie in Batavia. Het rapport van Rhemrev – vermoedelijk een afstammeling van een zekere Vermehr, die zijn natuurlijke kind volgens de toenmalige gewoonte omgekeerd in het geboorteregister had laten zetten – loog er niet om. Van den Brand had niet overdreven, schreef Rhemrev. Op de door hem bezochte ondernemingen was inderdaad sprake geweest van machtsmisbruik, mishandelingen en wreedheden. Ik citeer uit een verhoor van een planter uit de buurt van Medan, die op bezoek is bij zijn Franse buurman Elin:

'Na een eind samen te hebben geloopen, zag ik, dat een der Deensche doggen van den heer Elin, met een stuk van een menschelijk lichaam, namelijk met 't dijbeen, speelde. Dit trok natuurlijk mijn aandacht. [...] Na eenig zoeken vond ik het lijk van een Javaansche vrouw op de grond liggen. Het lijk was van een zeer vermagerd, blijkbaar verhongerd individue en werd door den heer Elin onmiddellijk herkend als dat van de weggeloopen vrouw, waarover hij mij kort tevoren gesproken had. Toen hij 't lijk zag riep hij uit: "Nu, daar ligt die babi (dat varken)." Hij heeft dadelijk eenige koelies geroepen en 't lijk ter plaatse begraven.'

Deze Elin was overigens zo'n notoire sadist dat de planters in zijn omgeving in 1901 bijeenkwamen met de vraag of ze hem niet moesten aangeven. Het antwoord was echter ontkennend: het 'kwam niet voegzaam voor een collega te verraden'.

Een soortgelijk lot trof Rhemrev zelf. De lobby van de Deli-ondernemingen was machtig, zowel in Batavia als in Den Haag, en de meeste van zijn adviezen – hij wilde met name de Koelie-ordonnantie verzachten en aanpassen – werden niet overgenomen. Het toezicht bleef beperkt tot een handvol ambtenaren met vrijwel geen bevoegdheden. Pas na 1926 mocht de arbeidsinspectie onaangekondigde bezoeken brengen aan de plantages. Nog in 1940 werd volop geklaagd over de slechte leefruimtes voor de koelies en de overvolle hospitaaltjes. Al die jaren bleven incidenten plaatsvinden, meestal verstopt in het gemengde nieuws van *De Sumatra Post*. Zoals van een opzichter, die door 'een dertigtal koelies was aangevallen en vermoord', of een 'vermoedelijk waanzinnige' koelie die door een blanke assistent was doodgeschoten. Of er was een planter die 'geen vrouw op de onderneming met rust kon laten' en die daar zo'n terreur uitoefende dat hij aanvankelijk ongestraft een houtdief en een onschuldige man kon doden, en daarna ook nog twee van zijn minnaressen (waaronder een veertienjarig meisje). Het is dan 1935.

***

In het vredige Medan leerden Anna en Cas ondertussen op school gedichten als:

Over de Zuiderzee
De zomerzon blaakt windstil op de daken
En over schilferende torentrans
Het vleugellamme pinkje ziet geen kans
Den mond der blauwe haven uit te raken.

Uit het raam van de klas klonk het geluid van duizenden tropische vogels, en als ze naar buiten keken, zagen ze de eeuwig warme speelplaats en daarachter een bos van duizendvoudig opgeblazen Hollandse kamerplanten. Zo verliep de dag, overvloeiend van de ene geur naar de andere.

Het gezin groeide. Er werden drie nieuwe kinderen geboren, vrij kort na elkaar: Gjalt in april 1930, Tineke in november 1931 en Koosje in februari 1933. Rondom het huis liepen kippen, konijnen, witte muizen, poezen met een knik in de staart, en een aanloophondje dat altijd jongen kreeg. In bed smeten de kinderen met de witte lakens en kussens, dan speelden ze dat het sneeuwde.

De vakanties werden gevierd aan het Toba-meer, dat hoger lag en waar het koeler was. De hele familie werd dan in een Chinees huurbusje geladen, een wild beschilderd geval vol draken en exotische vogels, en zingend reden ze naar boven. Brieven vol grappen en gelach zou ik later terugvinden.

De correspondentie met de familie in Nederland was, zoals mijn vader het uitdrukte, 'een dialoog met een lange echo'. Wie uit Indië een brief stuurde, kon op zijn vroegst na zo'n zeven weken een antwoord verwachten.

Aan het eind van de jaren twintig werd de verbinding aanmerkelijk verbeterd. De KLM, de eerste burgerluchtvaartmaatschappij ter wereld, was in 1920 gaan vliegen met een Fokker F2 met plaats voor vier passagiers. In 1924 vond de eerste proefvlucht naar Indië plaats. Er bestaat een kiekje van Anna, zwaaiend met een brief, en daarachterop: 'De eerste luchtmail te Medan. Hoera! 23 sept. 1928.' Dat was een proefvlucht. In 1930 begon de KLM met een tweewekelijkse lijndienst tussen Amsterdam en Bandoeng, met tussenstops van Athene tot Calcutta, heen in twaalf dagen, terug in tien.

Met Kerstmis 1933 kwam er met het speciale postvliegtuig De Pelikaan voor het eerst binnen vijf dagen een brief uit Vlaardingen.

'Wat een prestatie!' schreef mijn vader. 'Geweldig, die kerels, één uur 's nachts van Rome, vijfduizend meter hoog in de kou! Wij gaan morgenochtend hier in Medan meedoen aan de betoging van hulde, daar De Pelikaan ditmaal over Medan komt, en het enthousiasme groot is.'

Telefoneren kon men sinds 1929 ook al met Holland, via een sterke zender in Kootwijk, een contact dat, o wonder, binnen een paar seconden gemaakt kon worden. Maar voor een normaal mens was het onbetaalbaar. Dit was vermoedelijk ook de reden waarom mijn ouders aanvankelijk slechts spaarzaam gebruik maakten van de nieuwe verbindingen. Bij speciale gelegenheden stuurde men elkaar weleens een 'airmailtje', maar het meeste ging toch per schip, iedere week weer, met grote getrouwheid.

***

De eerste herinneringen van Tineke hebben te maken met de vakanties: een ballonnetje waarmee ze door de tuin rende, de banen van mieren die ze natrok, de baboe die 's ochtends vroeg instructies kreeg, de grote mensen die 's avonds op de waranda zaten te drinken en sigaren te roken, het gekrijs van de apen in de bossen, de griezelverhalen over de dieren verder weg, tijgers en krokodillen.

En er waren natuurlijk geuren, duizenden geuren die haar wereld vulden: de kamfer in de kamferkist, de typische lichaamsgeur van de bedienden, de waslucht van de kleden, de sigarenlucht van mijn vader, de zeep in de badkamer, de lysol als de stenen vloeren net gedweild waren, de hond, soms de stank van een bunzing op de vliering. In de keuken was het vol luchtjes, vooral van fruit: papaja's, mango's, en de sterke mandarijnengeur van djeroeks. Buiten rook je soms de bloemen, maar vaker hing er de lucht van vuurtjes die in de buurt gestookt werden, later op de dag kwamen er allerlei etensluchtjes aanwaaien van de kraampjes die rondreden en aan het eind van de middag, als de planten begoten werden, was er de geur van vochtige aarde. 's Avonds hoorde je de overbuurman fluit spelen, er kwamen nog wat geluiden uit de kampong, wat gelach uit het badhuis, en dan werd het stil.

Tineke vertelde me dat ze als kind een klein dubbelleven leidde tijdens de middagrust, als iedereen sliep. 'Ik spookte dan in mijn eentje wat rond door het huis. Ik gooide alle waterflessen leeg die bij de wc stonden, en dan keek ik hoe dat water stroompjes maakte. Ik keek of er nog restjes van de rijsttafel waren. Ik ging in de gang liggen kijken naar de lichtstralen. Ik weet nog goed hoe ik op zo'n middag voor de spiegel stond – ik was een jaar of drie – en toen opeens dacht: ik ben ik. Maar naar de bedienden achter het huis gingen we nooit. Dat was ons hevig ingeprent: daar mochten we nooit spelen of rondlopen, dat was taboe.'

Wat Tineke beschreef, was precies de manier waarop de bijna veertigduizend inheemsen, zevenentwintigduizend Chinezen en tweeenveertighonderd blanken van Medan samenleefden: vreedzaam wentelend in elkaars geuren, maar verder in strikt gescheiden werelden. Tot na de eeuwwisseling hadden de talloze baboes en njai's – de Indische maîtresses die veel ongetrouwde blanken erop na hielden – evenzovele bruggen gevormd tussen de koloniale en de Indische samenleving. Maar toen de verbindingen met Europa verbeterden, groeiden de bevolkingsgroepen snel uit elkaar. Het aantal blanke vrouwen nam toe, de Europeanen gingen in aparte stadswijken als Polonia wonen en er kwamen steeds meer blanke ziekenhuizen, winkels, scholen, clubs en dagbladen.

Van mijn moeder mocht er slechts één keer per week een Indische maaltijd op tafel komen, al was de hele familie dol op de Indische keuken. Voor de andere zes dagen was het aardappelen, vlees, groente en een puddinkje toe, net als bij de andere Hollanders. 'Je moest Europees blijven.' De latere Indonesische president Soekarno kon aan het eind van zijn leven nog altijd zonder haperen de plaatsnamen aan een Noord-Nederlands kanaal afdreunen: 'Groningen, Hoogezand, Sappemeer, Winschoten.'

Bij de verloving van prinses Juliana hosten de Medanse notabelen, onder leiding van de burgemeester en de resident, het grote stadsplein rond en zongen: 'Wien Neêrlandsch bloed door d'aadren vloeit, van vreemde smetten vrij.' De andere bevolkingsgroepen juichten en vlagden braaf mee. Bij de meeste Hollanders bestond daarentegen nul komma nul belangstelling voor de feesten, de taal, de kunst en de muziek van de Indiërs.

De kerk van mijn ouders was in wezen net zo'n blanke voorziening als de winkels en de club. De Indonesiërs hadden hun eigen kerk, en zelfs de gezamenlijk georganiseerde 'Week der Gebeden' werd apart gevierd: de gereformeerden gebogen in hun halflege gebouw, de Indonesiërs zwaar zingend in hun eigen stampvolle kerken. Toen het blanke kindermeisje van mijn ouders trouwde, mocht de baboe alleen de Europese kerk in als ze achter het orgel bleef zitten. Bordjes 'Verboden voor inlanders' bestonden er in Medan niet, maar geen Indonesiër zou het ooit wagen om het zwembad te betreden waarin mijn ouders de middag doorbrachten.

Het is opvallend wat mijn beide ouders schreven naar aanleiding van een bepaalde feestdag, waarop alle bedienden tegelijk vrij hadden. Mijn vader vond die dag 'zeer paedagogisch, ten aanzien van de waardering van je eigen personeel, én van je eigen prestaties'. Mijn moeder: 'Wat een rust, als je eens een dag al die zwarte kerels niet om je heen hebt. Als het vanwege je prestige tegenover de inlanders mogelijk was, zou je eigenlijk een mailboot met dienstmeisjes moeten laten overkomen. Dan hoefden de militairen hun "vrijsters" ook niet meer onder de gekleurde bevolking te zoeken.'

Aan gemengde relaties had ze een broertje dood. In juni 1934 schreef ze over een jeugdig familielid: 'Als hij nu maar geen Indisch meisje krijgt. Hoe dáár geïntrigeerd wordt, hoe zo'n volbloed Europeesche jongen, vooral als hij van goede familie en niet onbemiddeld is, als 't waare gestrikt wordt door de jongedame én haar mama, zonder dat hij het zelf merkt, daar sta je paf van.' In een volgende brief: 'Snap jij nu dat de ouders zoo'n huwelijk toestaan. Ik heb nog liever met een rasechte Javaan van doen dan met iemand van gemengd bloed. Eigenlijk zijn het stakkers.'

Hier lees ik teksten van mijn moeder die ik met geen mogelijkheid kan verenigen met mijn beeld van de waardige, vrij progressieve dame die later Martin Luther King en aartsbisschop Desmond Tutu met hart en ziel zou steunen. Het is merkwaardig dat niets van deze vroegere opvattingen in de familieverhalen bewaard is gebleven. Alleen de oudste kinderen bleken er nog iets van te weten. 'Toen al dacht ik: dit deugt niet,' zei Anna.

Nu kunnen we rustig aannemen dat de ideeën van mijn moeder onder blanken in brede kring gangbaar waren. Het was nog in de nazomer van de standensamenleving, van de drie klassen in de trein, van de dienstmeisjes die niet aan de familietafel mochten meeëten. Zeker mijn moeder, opgegroeid in een omgeving die pas kort tot welstand was gekomen en die zich daaraan met een zekere krampachtigheid vastklampte, zal voor rassen en standen gevoelig geweest zijn.

Haar uitlatingen waren echter ook typerend voor het ver doorgevoerde apartheidssysteem in Indië. In het persoonlijke leven waren de blanke en de niet-blanke wereld strikt gescheiden. Anna herinnerde zich een oud Indisch echtpaar, moslims die christen waren geworden, en die soms bij mijn ouders kwamen praten. 'Die werden altijd achter in de keuken ontvangen, niet ín huis.'

De scholen stonden in principe open voor alle kinderen van iedere huidskleur, maar het schoolgeld was veel te hoog voor de meeste Chinezen en Indonesiërs. Slechts Europese gezinnen konden aanspraak maken op vrijstelling. Tineke: 'Indische en halfbloed kinderen kwamen nooit op je verjaardag, en iedereen vond dat vanzelfsprekend. Het meisje dat het hele jaar op school naast me zat, ze kwam niet op mijn feestje.' Anna: 'Ik fietste een keer naar de stad, en voor me uit fietste een inlandse vrouw die een pakje liet vallen. Ik wilde het voor haar oprapen, maar zij was me al voor. Uit de verte had moeder het gezien. Ze vroeg: "Ben je gek geworden?" Zoiets deed een blanke niet voor een Indiër.'

Ook in het bestuur en in de rechtspraak speelde het rassenonderscheid een vitale rol, in tegenstelling tot bijvoorbeeld in Brits-Indië. Er bestond een omvangrijk stelsel van wetten en reglementen die voor alle drie bevolkingsgroepen verschillend waren: de Europeanen, de Vreemde Oosterlingen (Arabieren en Chinezen) en de Inlanders. Nauwkeurig was vastgelegd welke afstamming en welke uiterlijke kenmerken bij welk ras behoorden. Alleen de criteria voor de Europeanen ontbraken in deze reglementen: dat wist iedereen blijkbaar zo wel.

In wezen fungeerde de apartheid in 'de Oost' als een uitgekiend bestuurssysteem om de diverse groepen met zo min mogelijk moeite en het liefst ook door middel van hun 'eigen' mensen in het gareel te houden. 'Hier bestaat een regeeringsvorm die practisch fascistisch is,' jubelde de leider van de Nederlandse nationaal-socialisten, Anton Mussert, toen hij Indië bezocht. 'Er is één man verantwoordelijk, en dat is de gouverneur-generaal.'* Daarbinnen werden alle bestuursfuncties van werkelijk belang consequent aan Indiërs onthouden. Volgens een berekening uit 1938 bestond het lager personeel voor 99 procent uit Indiërs, terwijl het bij het hoger personeel precies omgekeerd was: 92 procent Europeanen.

Soms gaf dit ongekende problemen. Toen een ver, Indo-Europees familielid solliciteerde op een baan in Medan, vroeg ze aan mijn ouders of ze bij navraag alsjeblieft wilden vertellen dat ze 'volbloed Europees' was. Mijn moeder, in een brief aan haar ouders: 'Mijn eerste gedachte was: ik schrijf haar terug, of ze denkt dat ik een klein kind ben en mijn ogen in mijn zak heb, en of ze me durfde vragen zoomaar leugens te vertellen.'

Achter dit alles lag een grote angst om te verindischen, zoals dat heette, om op te gaan in dit zwijgende, ondoordringbare land, waar de mannen zich vergooiden en de kinderen traag en sloom werden en, zoals mijn moeder het uitdrukte, 'hun ferme Hollandsche houding' verloren. Slechts een enkele keer mengde men zich onder de Indiërs. 'We trekken net zooveel bekijks bij de Batak-kinderen als Papoea's in een Nederlandsch dorp,' schreef mijn vader tijdens een vakantietocht in de bergen. 'Gjalt wil zelfs niet meer weg. Hij wil altijd bij de Bataks blijven.'

Het gescheiden bestaan maakte het sociale leven in dit enorme land bijzonder beperkt. De Hollandse hokjesgeest van zuilen en geloven was in Indië nauwelijks aanwezig, maar daarvoor in de plaats kwam dikwijls een eigenaardig provincialisme. Dat had te maken met de omvang van de Europese bevolking, in combinatie met het isolement en de verveling. Zelfs in de grootste stad, Batavia, woonden niet veel meer Europeanen dan in een kleine Hollandse provincieplaats: ruim dertigduizend. Op de meeste plekken was de blanke gemeenschap zelfs niet groter dan die van een flink dorp. Achter die getallen ging een wereld schuil van clubjes en coterieën waarbinnen de Europeanen hun tijd doorbrachten, met alle spelletjes en intriges die daarbij hoorden.*

We moeten ons bij dit alles voor ogen houden dat de Indische archipel uit diverse, zeer verschillende leefsferen bestond, ook bij de blanke Europeanen. 'Indië' was in wezen een typisch Hollands begrip. De verschillen tussen bijvoorbeeld Deli en Batavia waren minstens zo groot als die tussen, pakweg, Oost-Groningen en Den Haag. De wereld van de planters was compleet anders dan die van de bestuursambtenaren. En ook de zending vormde weer een heel ander milieu dan zo'n gereformeerde blanke kerk in Medan.

Mijn ouders hadden, vermoed ik, het geluk niet al te zeer verstrengeld te raken in de diverse besloten kliekjes van Medan omdat mijn vader een groot deel van de tijd op reis was, van de ene leefsfeer naar de andere. In Batavia confereerde hij met zendelingen en bestuurders, in Balikpapan zag hij de ultramoderne olieraffinaderij van de Koninklijke/Shell en de Bataafsche Petroleum Maatschappij walmen en lichten, in de bergen van Batakland waren er lange ritten te paard door het doodstille bos, aan de oostkust van Sumatra trof hij opeens midden in het oerwoud een geavanceerde elektriciteitscentrale met daaromheen huizen, een kantoor, een laboratorium en 'een geweldenaar van een baggermolen om goud te delven', in Atjeh liepen de tijgers naast de auto.

Ik heb zijn reizen van 1934 eens achter elkaar gezet. Eind januari vertrok hij voor een lange reis langs allerlei eilandjes in de Riouwarchipel, en daarna naar Malakka en Singapore. 'Bij de directeur van een rubberplantage luisterde ik naar een 11 lamps radio die ons 's avonds Rome, Berlijn, Londen geeft als in Nederland, en niet te vergeten Huizen. Zo duidelijk en klaar als ware er geen dertienduizend mijlen tusschen.' Op 3 maart was hij weer thuis.

Begin april vertrok hij opnieuw, nu naar de westkust van Sumatra, door het Toba-Batakland, een gebied dat helemaal omgespit was door Duitse zendelingen en dat vol kerkjes stond. 'Ik heb veel gesprekken met niet-gereformeerden, zoekenden, belangstellenden, afgezakten, verboemelden, enzovoorts.' Hij bleef drie weken weg.

Van begin juni tot begin juli was hij in Java en Batavia. Door het onverwachte overlijden van prins Hendrik moest hij direct na zijn aankomst uit Java een speciale rouwdienst leiden, en daarna op receptie bij de gouverneur. 'Ik heb anders wel moeten lachen: 't was zo razend moeilijk om in die dienst eerlijk te blijven.'

Half augustus was hij negen dagen naar een paar eilandjes. Begin september veertien dagen Atjeh, langs de vele militaire posten die overal in het gebied verspreid lagen, nog altijd. Eind oktober opnieuw twee weken naar Singapore en de Riouw-archipel.

Mijn vader hield van reizen, vooral met het openbaar vervoer. 'In de trein kun je rustig lezen en je rijdt geen kippen dood en je zet je medeburgers niet in stofwolken,' schreef hij in juli 1936. 'Ik denk dat we op Java meer dan zevenhonderd kilometer aan stofsliert gemaakt hebben.' Uit een verslag van mei 1936: 'Momenteel varen we op de Inderagiri-rivier, zijn al dicht bij Rengat. Daar wonen één familie en één vrijgezel-sergeant. Voor deze drie mensen moet ik vanuit Singapore acht dagen voor bezoek reserveren. Maar jullie begrijpen dat ik in deze week ontzaglijk veel werk verzet, dat door de drukte te Medan vaak blijft liggen. Zo schreef ik vele brieven, stuur twee artikelen naar Holland, maak voorstudie van een toespraak, lees boeken, tik recensies – heerlijk!'

Een paar weken later, tijdens diezelfde reis: 'Ik strekte me uit op mijn bed in de open lucht, vlak langs de railing, met prachtig uitzicht op een stille spiegelgladde zee, waarin de sterren rustig weerspiegeld staan, als voer je over een vijver, met mooi maanlicht over het water en de vele eilandjes – heerlijk koel. Bij een pracht zonsopgang werd ik dicht bij Singapore wakker, voelde of mijn portemonnaie er nog zat en stopte een heerlijke pijp.'

Als hij thuiskwam, had hij altijd een zak met vuil wasgoed, en daartussen zat het vol cadeautjes.

En mijn moeder? Zelf heeft ze later weleens gezegd dat ze in Indië altijd bang was, bang dat er iets met de kinderen zou gebeuren, bang dat haar man op reis iets zou overkomen, bang voor de afstanden – in het begin hoorde ze soms weken niets van mijn vader –, bang voor het vreemde en ondoorgrondelijke van dit immense land. Op een bepaalde manier betaalde zij de prijs voor het lichte leven van haar man – zonder dat hij dat ooit zag. Mijn vader wandelde op zijn manier met God, en dat gaf zijn leven een bepaalde zorgeloosheid waarmee hij zich soms afsloot voor zijn allernaasten. Mijn moeder vond dat een gelovige vrouw dit offer zonder zeuren moest dragen, maar haar eenzame verantwoordelijkheden werden er niet lichter van. Anna herinnerde zich de eerste keer dat ze in Indië kerstfeest vierden: 'Ik was nog heel klein, maar ik voelde de stemming, zo treurig en onbehagelijk.'

Mijn vader was overal thuis, waar hij ook was. Mijn moeder had altijd last van haar rug. Eén situatie was Anna altijd bijgebleven: ze waren op een wandeling langs een boom gekomen waaronder een heleboel kleurige bladeren lagen, geel, groen en rood. 'Herfst kenden we niet, maar dit was de gelegenheid om Cas en mij iets van de herfst te laten proeven. En misschien wilde moeder ook wel wat heimwee stillen.'

De volgende ochtend, vroeg, voordat de hitte viel, gingen ze weer naar de plek van de bladeren. 'We mochten erin grabbelen, ermee gooien, erin dansen, zei moeder. De ochtenddauw lag nog wazig over de bermen van de weg. Maar toen we bij onze boom kwamen, waren er geen herfstbladeren meer. Alles was nat, het stof van de weg kleefde aan onze mooie bladeren, onze handen en onze kleren werden vies toen we wilden spelen. Moeder had het al gauw gezien. We gingen terug, moeder met Cas in een karretje, daarachter liep ik. Ik zie nog de rug van moeder voor me, een beetje gebogen, vermoeid en teleurgesteld.'

***

Anna was acht toen de familie voor het eerst terugging naar Holland. Ze herinnerde zich nog de angst om op het grote schip te verdwalen, en de opwinding toen in Marseille de Van der Molens hen al stonden op te wachten, samen met de nieuwe verloofde van Ludzer. Mijn latere tante Mien zag de familie toen voor het eerst: 'Een druk, jong gezin. Een knappe, intelligente en tegelijk bescheiden vrouw, een jeugdige dominee met een baby op de arm, Koosje, en twee peuters, Tineke en Gjalt, en twee wat grotere kinderen, An en Cas.'

Zo begon het eerste verlof, van het vroege voorjaar tot in het najaar van 1933. Bij de Van der Molens was weinig veranderd. Op de zeilmakerij aan het Schiedamse Hoofd zwaaide nu Koos de scepter. In 1929 was mijn grootvader ermee gestopt, maar bijna elke dag was hij nog langsgekomen. Hij hielp wat in de winkel, of hij wandelde met zijn kleinzoon Catrinus naar de kop van het Hoofd om de schepen te zien langsvaren op de glinsterende rivier. Dat had hij nog twee jaar kunnen doen. Leverkanker, maar hij had geen pijnstillers willen hebben, hij wilde helder sterven. 'Toe, doe het gordijn eens open. Laat me het groen nog eens zien.' Dat waren zo ongeveer zijn laatste woorden.

Met het overlijden van Catrinus Jacobus Mak leek ook het echte ouderwetse zeilmakerswerk voorbij te zijn. De meeste zeilschepen waren verdwenen, afgezien van een paar loggers, een handvol binnenvaartschepen en wat rijke watersporters. Maar er bleef genoeg ander werk: de dekzeilen over de sloepen en de lieren van de zeeschepen, de zeilen waarmee van alles en nog wat afgestopt en ingepakt werd, de laadstroppen van de takels, de paardendekjes van de groenteboeren, de zeiltjes die de melkboeren over de kannen legden, de zeilen van de windmolens, de hele jaren dertig hingen nog van zeilen en zeiltjes aan elkaar.

Het was vooral Nederland zelf dat in die tijd veranderde, en wel op zo'n snelle manier dat je eerder kon spreken van sprongen dan van ontwikkelingen. De Afsluitdijk was net gereedgekomen, de woelige Zuiderzee was nu getemd, en de grote landaanwinningen in het nieuwe IJsselmeer konden beginnen. Mijn ouders kochten, speciaal voor dit verlof, een derdehands autootje om daarmee met de kinderen door Nederland te toeren. Vijf jaar eerder was dat nog ondenkbaar geweest. Het aantal auto's verdrievoudigde in de jaren dertig, met alle gevolgen van dien: de oude klinkerwegen werden vervangen door asfalt, tussen Den Haag en Rotterdam, tussen Amsterdam en Leiden en tussen Utrecht en Den Haag kwamen de eerste autowegen en de pontveren over de rivieren werden vervangen door grote verkeersbruggen.

Toch waren de wegen nog betrekkelijk stil. Het land verkeerde in een soort overgangsfase. De dichter Martinus Nijhoff kon nog horen hoe een schippersvrouw een psalm zong, terwijl ze onder de nieuwe brug bij Zaltbommel doorvoer.* Het verkeer bestond grotendeels uit voetgangers, fietsers, wagens met paarden, karren en slechts zo nu en dan een auto. Het tempo was navenant laag. In de familie doet het verhaal de ronde over de toogdag voor geheelonthouders die mijn vader in de zomer van 1933 samen met zijn zwager Ludzer bezocht. Tijdens de heenrit vloog een achterwiel van hun auto, rolde door op het fietspad en haalde ten slotte de rest van de auto weer in. Pas toen beide heren dat wiel voor zich uit zagen rollen, realiseerden ze zich dat er iets mis was. Na een kwartiertje sleutelen zat het wiel weer vast. Gevaar hadden ze niet gevoeld, wel had mijn vader zijn geheelonthouderschap na die middag definitief opgegeven.

Ondanks alle economische problemen – waarover verderop meer – schreed de 'democratisering van de luxe' voort. Er kwamen steeds meer wijken met comfortabele nieuwbouwwoningen en in veel arbeidersgezinnen legde men alles opzij om daarop een kans te maken.

Kinderen moesten, als het even kon, doorleren; als ouders hun dromen niet zelf konden vervullen, dan moesten de kinderen dat doen, in een volgend leven.

Ook verschijnselen als vrije tijd en recreatie begonnen massaal hun intrede te doen. Naar schatting driekwart van de bevolking kende in de jaren dertig iets van vakantie: fabrieksarbeiders vier tot zes dagen per jaar, bakkersknechten zes dagen, kantoorbedienden veertien dagen, mijnwerkers twee dagen.

De hogere middenklasse begon de elite te volgen naar Italië en de Rivièra: de kaarten voor mijn moeders verzameling komen nu ook uit Locarno, Genua en Nice. De lagere middenklasse permitteerde zich een weekje pension op de Veluwe of huurde een strandhuisje, waar vader zich alleen in het weekend meldde. De eerste stappen in het gevaarlijke buitenland werden meestal gezet onder begeleiding van reisbureaus, pastoors en dominees (want ook hier bestond een strikte scheiding tussen roden, roomsen, ketters en neutralen), en gingen dan naar Brussel, de Ardennen of de Rijn. En voor de gewone man waren er diverse goedkope dagreizen naar het strand of naar de Limburgse heuvels, lange treinen vol juichende kinderen, zwetende moeders, vermoeide vaders, door de rest van de natie neerbuigend betiteld als 'dagjesmensen'.

Op sommige terreinen volgden de technische ontwikkelingen elkaar in zeer snel tempo op. Dat gold met name voor het vliegen. In 1909 raakte men niet uitgepraat over de vlucht van Louis Blériot over het Kanaal, een reisje van nog geen veertig minuten. Twintig jaar later, in 1929, vloog een Do X, een vliegboot van Dornier met twaalf motoren, al met honderdzeventig passagiers rondom de wereld.

In deze jaren lag ook de aanzet van een andere revolutie. Op 22 anuari 1931 werd in de Amsterdamse Diamantbeurs de eerste 'radio-film' werkelijkheid. Op uitnodiging van de VARA was de Duitser F. Noack naar Amsterdam gekomen om het fenomeen televisie aan enkele belangstellenden te tonen. In Duitsland had men al plannen voor avondvullende programma's die zouden kunnen worden bekeken in allerlei openbare gelegenheden, maar dat bleek technisch te hoog gegrepen. De beelden waren vaak zo wazig dat alleen iets van een beweging zichtbaar was, meer niet. Het duurde tot 1938 voordat de gewone Nederlanders zich voor het eerst konden vergapen aan een redelijk functionerend televisietoestel, op de Philips-stand in de Utrechtse Jaarbeurs.

'Waar menig mens eet 't brood der smarten, hebt Gij ons mild en wel gevoed,' baden de kleine luyden bij iedere middagmaaltijd en zo was het. Toen ze in 1934 het honderdste jaarfeest van hun afscheiding vierden en het vijftigste van de doleantie, hing de garderobe vol bontjassen en op de receptie wemelde het van de ministers, kamerleden, burgemeesters en andere hoogheden van eigen teelt.

***

Voor veel andere Nederlanders waren de jaren dertig echter ronduit rampzalig. Het land werd bovenal beheerst door Colijn en de economische crisis, in een onlosmakelijk samenvallen van angst, orde en Hollandse zuinigheid.

Op 24 oktober 1929, op Zwarte Donderdag, waren de koersen op de beurs van Wallstreet plotseling ineengestort. De banken leenden geen geld meer, en zonder dat iemand er iets aan kon doen, stagneerde al snel de hele wereldeconomie. In 1933 was de industriële productie gehalveerd, de internationale handel was teruggebracht tot een derde van zijn vroegere omvang en wereldwijd zaten ruim dertig miljoen mensen zonder werk. Opeens werd het duidelijk hoezeer de economieën over de hele aardbol met elkaar vervlochten waren, en hoe enorm de invloed van de Verenigde Staten toen al was.

In het diepst van de crisis waren er op een bevolking van acht miljoen driehonderdveertigduizend werklozen – vertaald naar het hedendaagse Nederland zouden dat er zevenhonderdduizend zijn –, die op gezette tijden een stempel moesten halen ter bevestiging van hun status en vervolgens een steunbedrag ontvingen dat te weinig was om van te leven en net te veel om dood te gaan.

'We durven haast geen schepje kolen meer op de kachel te doen, daar wij anders niet uitkoomen met onze kolenbon, die onze regering zo bereidwillig aan ons afstaat,' schreef een anonieme vrouw in het Rotterdamse *Stempelaarsbulletin* van 7 december 1933. En vervolgens: 'Vrouwen, gaat voor je kinderen en je man staan! Weest niet naar en akelig tegen hem, want hij kan er toch ook niets aan doen dat de maatschappij zo rot is.'

Aan het Schiedamse Hoofd wist Koos de zeilmakerij met zuinig leven en hard werken draaiende te houden, maar bij de andere Makken werd soms regelrecht armoede geleden. In de brieven van mijn ouders trof ik regelmatig zinnen aan als: 'We moeten iets voor ze doen, want de winter is duur, met kleeren en vuur en licht.' 'Kunnen we daar de zaak niet zo'n beetje aan elkaar spijkeren?' Maar op andere momenten had ik het gevoel dat de doorbraak naar een zekere welvaart bij mijn ouders – en misschien wel bij hun hele generatie – een innerlijke verharding teweeggebracht had.* Zo schreef mijn moeder over een kennis die in haar armoede de hulp van de diaconie had moeten inroepen: ''t Kan best zijn dat voor haar zoo'n periode van tijdelijke armoe niet eens kwaad is. Als de menschen er tegen kunnen is 't gewoonlijk wel een goede leerschool.' En over een werkloze planter schreef ze, nog altijd midden in de crisis: 'Een prul natuurlijk, want de niet-prullen hebben allang weer werk.'

De werkloosheid had in werkelijkheid weinig met individuele prulligheid te maken, maar alles met het regeringsbeleid. Doordat de regering weigerde in te grijpen, duurde in Nederland de crisis aanmerkelijk langer dan elders. Daarbij speelde het eeuwige misverstand over de positie van Nederland in Europa een cruciale rol. Men bleef het land beschouwen als een unieke, min of meer geïsoleerde burcht van orde, degelijkheid en, zo men wilde, christendom. En dat beeld hadden de diverse zuilen zo sterk gepropageerd dat men blind leek te zijn voor het feit dat Nederland allang een open handelsland was, waarvan de economie nauw was vervlochten met de rest van de wereld.

Colijn en zijn ministers bekeken de nationale economie in wezen op dezelfde wijze als het huishoudboekje van hun vrouw. De kas moest kloppen, dat ging voor alles, en daarom werden ambtenarensalarissen verlaagd, uitkeringen afgeknepen en overheidskredieten zelfs aan veelbelovende bedrijven geweigerd. Dat alles gebeurde op zo'n huiselijke manier dat het allemaal zeer overtuigend leek. De echtelieden Colijn – zelf miljonair – hielden radiopraatjes waarin zij uitlegden hoe men van weinig geld toch kon leven, en mevrouw Colijn leerde de huisvrouwen zelfs hoe ze van viskoppen toch een lekker soepje konden maken. Slechts weinigen bedachten dat al die zuinigheid op haar beurt weer nieuwe werkloosheid opriep. Het plan van de socialisten om, in navolging van andere landen, de economie weer op gang te trekken door juist extra overheidsgeld uit te geven via grote projecten, kortere werktijden en vervroegde pensionering was vloeken in de kerk.

Het economisch herstel werd bovendien tegengehouden door Colijns angst voor inflatie. Met de leerstelligheid die gereformeerden eigen is, klampte hij zich vast aan de 'gouden standaard', de vaste wisselkoers voor de gulden. Dat was prettig voor degenen die geld hadden: een ei dat in 1930 op de Indische pasar *f* 0,04 kostte, was in 1936 nog maar *f* 0,01, en de prijs van een fles klapperolie daalde van *f* 0,38 naar *f* 0,15. Maar voor het buitenland werden de Nederlandse producten steeds duurder. En toen de economieën elders weer opkrabbelden, bleef Nederland in het dal. In 1936 was de gemiddelde werkloosheid over de hele wereld nog anderhalf maal zo groot als voor de crisis. Maar in Nederland was die nog altijd vijfmaal zo groot.

De crisis heeft honderdduizenden gezinnen zwaar geteisterd. Nog in de jaren zeventig en tachtig, toen kinderen van de toenmalige werklozen in de politiek en het bedrijfsleven aan het roer stonden, sluimerde onder tal van maatregelen en debatten het crisistrauma: 'Werkgelegenheid voor alles!'

Het is in dit licht opvallend hoe lijdzaam de Nederlandse bevolking de catastrofe onderging, in tegenstelling tot bijvoorbeeld de Franse en de Duitse arbeiders. Een enkele maal was er een uitbarsting, zoals in de Amsterdamse Jordaan, waar bij een zomeroproer in 1934 vijf doden en eenenveertig gewonden vielen. Maar dat bleven uitzonderingen.

Misschien had die passiviteit iets te maken met het feit dat hier de georganiseerde kaders van kerk en/of partij hecht bleven en men daarom niet snel buiten de boot viel. Maar misschien had het ook iets van doen met het geestelijke isolement waarin Nederland vooral na de Eerste Wereldoorlog ten opzichte van de rest van Europa terecht was gekomen. Het was alsof er een dun vlies hing tussen de lage landen en de rest van de wereld, alsof men keek, maar er niet echt bij hoorde, altijd toeschouwer, nooit deelnemer.

Wel voelden de ordelievende Nederlanders zich thuis in de Europese diplomatie, die toen gekenmerkt werd door een algehele afschuw van oorlog en alles wat daarop leek. 'Nooit meer zo'n wereldoorlog!' was het motto. Er werd een Volkenbond gesticht om voortaan conflicten vreedzaam te beslechten en nooit zijn er zoveel nonagressieverdragen geproduceerd als in de jaren twintig en dertig. Maar met de feitelijke situatie had dat alles op den duur steeds minder van doen.

In Duitsland waren in het begin van 1933 Adolf Hitler en zijn nazi's aan de macht gekomen. De kranten hadden altijd wel aandacht geschonken aan het schreeuwende fenomeen uit München, maar echt serieus hadden de meeste hem niet genomen. Eind 1932 was ook in Duitsland zijn ster duidelijk aan het dalen. Bij de verkiezingen had hij twee miljoen stemmen minder gekregen, de eerste forse terugslag na drie jaar ononderbroken succes. En, belangrijker nog, binnen zijn eigen partij begon onvrede te ontstaan over Hitlers strategie van alles-of-niets, waarbij hij weigerde om met andere partijen samen te werken en compromissen te sluiten. Bovendien zag het ernaar uit dat de economische crisis – de motor van zijn succes – in Duitsland weer begon te luwen. Nog een paar jaar, en Hitler en zijn nazi's zouden wellicht zijn bijgezet als de zoveelste mallotige beweging uit de geschiedenis.

Maar Hitler had geluk, buitengewoon veel geluk zelfs. En hij had hooggeplaatste vrienden.

Natuurlijk was er in Duitsland een sterke voedingsbodem voor bewegingen als de zijne: de enorme verbittering over het vredesverdrag van Versailles uit 1919, de rancune over de grote stukken grondgebied die Duitsland daarbij was kwijtgeraakt, de onmogelijke herstelbetalingen die de ooit zo sterke economie kapot hadden gemaakt – in theorie zouden ze pas in 1988 zijn afbetaald – en niet in de laatste plaats ook de schuldvraag. Want waren het, in de visie van ultra-rechts, niet vooral 'de joden en de roden' geweest, die in 1918 met hun gestook het Duitse leger een dolkstoot in de rug hadden gegeven? (Dat die sociale onrust juist ontstond omdat men aan de verliezende hand was, werd daarbij gemakshalve vergeten.)

We kunnen het ook anders stellen. De meeste Duitse burgers hadden na de wereldoorlog alles verloren waarop ze vroeger hun status bouwden: afkomst, geld en zelfs arbeid. Vandaar dat voor velen het nationaal-socialisme als geroepen kwam. Het schiep immers in één klap een nieuw systeem van status, rangen en standen, en een vijand bovendien in de vorm van de joden. De nazi's vormden eind 1932 dan ook de grootste en meest luidruchtige fractie in de Reichstag.

Toch was Hitler niet een onontkoombaar verschijnsel. Hij was geen noodlot waarheen de Duitse geschiedenis wel moest leiden. Zijn opkomst was onmogelijk geweest zonder de bescherming en de financiële steun van grote industriëlen. En niet door verkiezingen of een grote volksbeweging kwam hij aan de macht, maar enkel dankzij de hulp van een aantal conservatieve politici, die hij vervolgens met grote behendigheid buiten spel zette.

Duitsland was in de voorafgaande jaren van de ene straatrel naar de andere regeringscrisis gestrompeld. Om daar voor eens en altijd een eind aan te maken trad de conservatief-nationale ex-rijkskanselier Franz von Papen begin januari 1933 in overleg met Hitler en zijn nazi's. Voor Hitler was die uitnodiging een lot uit de loterij: terwijl zijn problemen zich opstapelden, kon hij nu ineens doordringen tot het beschaafde rechtse establishment en tot de kleine kring rondom de eigenlijke Duitse machthebber, rijkspresident Paul von Hindenburg. Hitler en zijn nazi's werden eindelijk salonfähig in de meest letterlijke zin van het woord, en dat bood ongekende perspectieven.

Von Papen bekokstoofde een nieuwe coalitie tussen ultrarechts en de nazi's, waarbij Hitler rijkskanselier zou worden, ultrarechts acht ministers zou leveren en de nazi's vier. Hij dacht dat hij met die meerderheid de nazi's zou kunnen gebruiken tegen het 'rode gevaar'. Maar in werkelijkheid gebruikten de nazi's hem.

Nog geen maand na Hitlers machtsovername en een week voor de nieuwe verkiezingen stak een Nederlandse anarchist, Marinus van der Lubbe, de Rijksdag in brand. Van der Lubbes daad was een geschenk uit de hemel voor de nazi-propaganda, wat de lamgeslagen Leidenaar zich vermoedelijk achteraf ook realiseerde. In deze hitsige, anti-rode atmosfeer kregen de nazi's 44 procent van de stemmen, vervolgens werd een wet goedgekeurd waarbij de rijkskanselier voor vier jaar dictatoriale macht kreeg, in het najaar organiseerde Hitler een referendum over de Volkenbond en de Ontwapeningsconferentie (96 procent van de Duitsers stemde voor uittreding) en toen Hindenburg in de zomer van 1934 overleed, organiseerde Hitler nogmaals een referendum om zichzelf tot de nieuwgeschapen positie van Führer und Reichskanzler te verheffen. Negentig procent van de Duitsers stemde voor. Zijn populariteit zou nog verder groeien door zijn omvangrijke werkgelegenheidsprogramma's, de daaraan gekoppelde herbewapening, en de 'herovering' van Saarland (1935) en Rijnland (1936) door alle verdragen brutaal opzij te schuiven.

Hitler en de zijnen hadden nu alle troeven in handen.

***

Mijn ouders brachten ondertussen hun tijd in Nederland door als de meeste Indische verlofgangers. Ze betrokken een pension in Bergen aan Zee, ze bezochten familieleden, de oudste kinderen gingen naar school, kregen vriendjes en vriendinnetjes en maakten kennis met typisch Hollandse verschijnselen als plakkerige tantes, Kwatta-soldaatjes en hagelbuien. 'IJs uit de lucht, opeens!' herinnerde Anna zich. 'Huilend kwamen we thuis.'

Wat er pal over de grens gebeurde leek niemand erg te raken. Uit de krantencommentaren waarop mijn ouders hun mening baseerden, spreekt zelfs eerder tevredenheid dan verontrusting over Hitlers machtsovername. *De Telegraaf* prees Hitler omdat 'hij het bolsjewistische gevaar in Duitsland had vernietigd, nog voor hij rijkskanselier werd'. De *NRC*: 'Grote doortastendheid is tot nog toe geen bijzondere eigenschap van Hitler gebleken.' De communistische *Tribune* stelde 'de Joodse kapitalisten' aan de kaak als 'geldschieters van de nationaal-socialistische beweeging'. Het katholieke dagblad *De Tijd* stemde in met Hitlers opvatting dat 'de ingezette strijd tegen het marxisme een strijd is op leven en dood'. Ook *De Standaard* was tevreden: 'De republiek van Weimar gaf veel te veel vrijheden, naaktgymnastiek en goddeloosheid namen toe en van de vrijheid werd niets dan misbruik gemaakt.' In het partijblad *Anti-Revolutionaire Staatkunde* werd *Mein Kampf* besproken als 'een boek van betekenis, een vaak zeer diepgaand boek, hier en daar ook een mooi boek'. En de Berlijnse correspondent van het CHU-blad *De Nederlander* verliet na een bezoek aan enkele gevangengenomen communisten 'met een zucht van verlichting' de gevangenis, 'in de overtuiging dat de rijksregering niets ongedaan laat om door een streng maar rechtvaardig beleid land en volk te dienen.'

Alleen het sociaal-democratische dagblad *Het Volk* zag in de afkondiging van het Derde Rijk 'eindelooze noodlottige perspectieven' voor Duitsland en Europa, met een vloedgolf van nationalistische en militaristische waanzin en van terreur tegen arbeiders en joden. Want gezegd moet worden: ook het verzet tegen het nationaal-socialisme kwam op gang, eerst in kleine kring, al snel ook binnen de kerken en de politieke partijen.

De beginnende publieke discussie over het nationaal-socialisme werd echter vrijwel direct overschaduwd door een gebeurtenis die men in Nederland veel belangrijker vond: de muiterij van het pantserschip Hr Ms De Zeven Provinciën. Het was alsof alle onderhuidse angst en agressie in de samenleving zich uitkristalliseerden rond deze ene gebeurtenis. Een golf van emoties overspoelde de natie. Mijn zus Anna – toen zeven jaar oud – wist zich nog te herinneren dat ze bij die gelegenheid leerde wat 'muiten' was. 'Over de rest fluisterden ze alleen maar. Het was natuurlijk ook een klap in het gezicht van de Hollanders.'

Zowel links als rechts heeft altijd meer in deze wilde actie gelegd dan erin zat. Het schip in kwestie was langzaam en verouderd, maar het was wel een van de grootste schepen van Nederlands-Indië, met kanonnen die gerekend werden tot de zwaarste van de hele archipel. Toen de ruim tweehonderdvijftig Indische bemanningsleden op 4 februari 1933 onverwacht in opstand kwamen, had die muiterij nauwelijks een politieke achtergrond. Het ging voornamelijk om de zoveelste salarisverlaging die, ondanks eerdere toezeggingen, toch was doorgevoerd. Er vonden geen politieke discussies plaats, de Nederlandse vlag bleef gehesen, de portretten van de koningin bleven netjes hangen en de officieren werden aan tafel keurig bediend. 'Stoomen op naar Soerabaja, geen geweld in den zin, doch protest onrechtvaardige salariskorting en gevangenneming marinemensen Soerabaja,' telegrafeerden de muiters.

Ze kwamen nooit aan. In de Straat Soenda werden ze op 10 februari opgewacht door een inderhaast opgetrommelde marinevloot. Om een laatste waarschuwing kracht bij te zetten zou een vliegboot een bom voor de boeg van De Zeven Provinciën laten vallen. Deze eerste bom was echter tegelijk de laatste. Hij kwam niet vóór het schip terecht, maar per abuis direct al midden op de brug. (De piloot heeft overigens altijd volgehouden dat hij wel degelijk bewust raak had gegooid.) De gevolgen waren verschrikkelijk. Ooggetuige korporaal-machinist M. Boshart werd door de luchtdruk tegen het dek geslagen, en toen hij weer overeind was gekrabbeld, zag hij ze liggen, 'jongens, kinderen nog, met vaneengereten lichamen; enigen stonden in brand, anderen wentelden zich met afzichtelijke wonden in hun eigen ingewanden'. Er vielen drieëntwintig doden, onder wie de belangrijkste leiders van de opstand.

De rest van de muiters gaf zich onmiddellijk over. Volgens sommige marinemensen was De Zeven Provinciën overigens absoluut niet voorbereid op welk gevecht dan ook: de kanonnen waren binnenboord gedraaid, terwijl de grote geschutsmonden onder de tenten stonden en evenmin bruikbaar waren. De muiterij leek inderdaad in alle opzichten een beperkte protestactie te zijn geweest.

Toch wilde bijna niemand daarvan horen. In Indië vreesde men voor een nieuwe opstand van de nationalistische beweging. In Nederland kreeg Colijn donderend applaus toen hij uitriep: 'De orde zal moeten gehandhaafd ten koste van de vrijheid, want het ergste zou zijn als orde en vrijheid beide verloren gaan.' De verslaggever van *Het Volk* jubelde daarentegen dat 'de geest van dit machtige gebeuren' ook de marinestad Den Helder had aangeraakt. 'Al wappert de driekleur in den mistigen dag van de schepen in de haven, in de hoofden van de honderden matrozen zoemen toch de tonen van de Internationale.' Maar ik weet bijna zeker dat mijn brave oom Petrus en tante Maaike heel wat minder enthousiast waren. De meerderheid van de SDAP hield niet van wilde opstandjes. Men veroordeelde de bom, maar ook de muiterij zelf.

Toch werden dankzij deze gebeurtenis de scheidsmuren tussen rood en de rest weer wat hoger opgetrokken. De sociaal-democraten konden opnieuw weggeschreven worden als 'onbetrouwbaar' en 'in wezen nog steeds revolutionair'. De regering speelde op die stemming in met een reeks van maatregelen: een verbod voor ambtenaren om lid te zijn van bepaalde verenigingen, een oproep aan burgemeesters om strenger op te treden bij demonstraties en het instellen van preventieve censuur op radio-uitzendingen. Vanaf oktober 1933 mocht de VARA niet langer de *Internationale* laten klinken.

De Duitse reactie op de Rijksdagbrand herhaalde zich in Nederland: orde en gezag werden hét thema voor de verkiezingscampagne van 1933. Ik citeer uit een *Handleiding voor het Huisbezoek* van de anti-revolutionairen:

Vraag: Is het niet het beste nu verder maar over het gebeurde met 'De Zeven Provinciën' te zwijgen?
Antwoord: Dat zou heel verkeerd zijn. Dit droevig voorval moeten wij gebruiken om de oogen van het Nederlandsche volk te openen voor het schrikkelijk en afschuwelijk bedrijf dat de sociaal-democraten voeren. Dag aan dag vergiftigen zij de menschen door in de harten te zaaien het zaad der ontevredenheid.

De mannenbroeders wonnen meer zetels dan ooit tevoren.

***

De centrale figuur in dit behoudende en toch bewegende land was de minister-president. Hoewel Colijn nog geen zesde deel van de kiezers vertegenwoordigde, wist hij als geen ander macht, rust en stabiliteit uit te stralen. Wat betreft visie en creativiteit kon hij echter niet in de schaduw staan van zijn voorganger, Abraham Kuyper.

Colijn was een symbool – vandaar ook dat er zo weinig kritiek op hem geleverd werd – en een symptoom tegelijk. De verzuilde samenleving leek, uitzonderingen daargelaten, in een algemene verstarring terecht te zijn gekomen, en Colijns behoudendheid sloot hier goed bij aan. Bovendien heerste er in de politiek een vrij sterke anti-democratische onderstroom, een reactie op de tamelijk snelle democratisering van de voorafgaande jaren. Zoals er zo nu en dan vernieuwers opstaan, zo was Colijn een typische anti-vernieuwer.

Aan de verkiezingsuitslagen valt af te meten hoe conservatief de bevolking bleef, ondanks de werkloosheid en de grote sociale en economische problemen. Terwijl men in de rest van Europa, na alle ellende van wereldoorlog en crisis, steeds meer neigde tot socialistische, fascistische of nationaal-socialistische extremen, hielden de Nederlanders zich trouw aan Kerk, orde, gezag en de eigen zuil. Bij elkaar hebben extreem links van de Communistische Partij Holland (CPH) en extreem rechts van de Nationaal-Socialistische Beweging (NSB) in de jaren dertig nog geen twaalf procent van de stemmen gehaald. De politiek-emotionele basis, de cocktail van intense vernedering, vermogens- en statusverlies, militaire bloedbanden en haat jegens de machthebbers, het was in dit land nu eenmaal in veel mindere mate aanwezig omdat het tussen 1914 en 1918 de dans was ontsprongen.

De Nederlanders schaarden zich liever om een stoere, eenvoudige figuur, een man die op verkiezingsaffiches vaak stond afgebeeld als een stuurman in een oliejas die het schip van Staat met vaste hand door de stormen loodst. Colijn had iets van een herenboer uit de Haarlemmermeer – waar hij vandaan kwam – en ook iets van de militair die hij ooit was. Hij had een enorme overtuigingskracht, ook buiten zijn eigen kring, al hadden sommige van zijn visies niets met de werkelijke verhoudingen van doen. Bovendien had hij de vitaliteit van de manager van de Bataafsche Petroleum Maatschappij, waar hij tussen 1913 en 1922 zijn fortuin had vergaard.

'Hij was glashelder als hij sprak, en vooral simpel, maar met een Churchilliaanse welsprekendheid, zonder enig vertoon, en bijzonder vertrouwenwekkend,' zo beschreef De Gaay Fortman hem. Iedereen had respect voor hem, en op zijn departement had hij een 'fantastische reputatie'. Mijn moeder bewonderde hem omdat hij, zoals ze in een brief schreef, boven de partijen stond, een man 'die haast te groot is voor ons kleine landje'. De latere premier Joop den Uyl werd als jeugdige toehoorder vooral getroffen door de combinatie van welsprekendheid en domheid: 'Mij interesseerde toen al de vraag: hoe kan die man, met zijn domme opvattingen, ja werkelijk domme opvattingen [...], hoe kan die man zo'n voorname rol vervullen?'

Er was inderdaad iets merkwaardigs met die Colijnverering aan de hand. Colijn was ongetwijfeld een getalenteerd bestuurder en een charismatisch leider, maar zijn verdere gedachtegoed was zo beperkt dat vrijwel niets daarvan de tijd zou overleven. Zijn beleid werd gekenmerkt door het toepassen van negentiende-eeuwse methoden op twintigste-eeuwse problemen, wat in veel gevallen tot een jammerlijke mislukking leidde. Hij liep, net als de meeste oude anti-revolutionairen, met achterwaartse blik de eeuw in, maar hij miste de intuïtie voor de moderne tijd die bij Kuyper wél sterk aanwezig was. Bovendien paste zo'n leiderscultus totaal niet bij de eigenwijze kleine luyden, die altijd de mond vol hadden over nederigheid en ootmoed.

Toch was Colijn bij de ARP-aanhang geliefder dan Kuyper, en dat zou voortduren tot ver na de oorlog. Misschien was het wel omdat de mannenbroeders in hem herkenden wat ze zelf graag wilden zijn: onverzettelijk, maar ook hartelijk, vlot in de omgang, vrijgevig, een grand seigneur. Ettelijke studenten studeerden op een beurs die hij uit eigen zak betaalde. Toen hij in 1930 een eredoctoraat aan de VU kreeg, schonk hij zijn promotor twaalf flessen zeer oude cognac. Daar keken de kleine luyden wel van op, maar ze waren ook trots. En helemaal prachtig vonden ze het dat hij, naast al het andere, ook nog gewoon actief was in zijn eigen kerk.

Wellicht was dit laatste de achtergrond van het onverwachte verzoek dat mijn ouders in de zomer van 1933 van het echtpaar Colijn kregen om eens langs te komen. Mogelijkerwijs was Colijn een van mijn vaders deputaten, ofwel broodheren. Misschien ging het ook over de zoon van Colijn, die in Medan met mijn ouders bevriend was geraakt, en wilden de Colijns eens uit de eerste hand horen hoe het met hem ging. Hoe het ook zij, mijn ouders gingen. Hun aftandse auto durfden ze niet te parkeren in de straat waar de grote voorman woonde, het echtpaar Colijn was eenvoudig en hartelijk, de bloemkool smaakte voortreffelijk en meer hebben ze nooit over die visite verteld.

Nu vond dit bezoek plaats in een periode dat mijn ouders waarachtig wel wat anders aan hun hoofd hadden. Op een zomerochtend waren de kinderen door de pensionhoudster gewekt: Koosje, de baby, was doodziek geworden, en mijn ouders waren halsoverkop met hem naar het ziekenhuis vertrokken. Hij had waarschijnlijk hersenvliesontsteking, in de voorwereldlijke tijd zonder penicilline en antibiotica een zeer gevaarlijke ziekte. Anna herinnerde zich hoe ze, als oudste, zo'n beetje op de anderen paste. 'Wij werden buiten alles gehouden. Ik heb hem één keer gezien, in zijn bedje, toen hij zo ziek was. Ik zag alleen maar een kindje dat rustig sliep, een heel lief kindje. En toen hij dood was, toen lag hij er eigenlijk nog bij alsof hij sliep.'

Mijn ouders waren vol verdriet. Tegelijk reageerden ze, met hun verschillende karakters, ieder op een eigen wijze op deze ramp. Mijn vader hernam zich vrij snel, vertrouwend op zijn geloof, op de wederopstanding van de doden en op de liefde van Jezus voor ieder kind. Hij begroef zijn kleine zoontje zelf, met een preek over Pasen. Voor Anna en de andere kinderen bleef Koosje een deel van hun leven, het broertje dat er niet meer was, en jaren later bezochten ze nog trouw zijn grafje.

Mijn moeder sloot zich op in haar verdriet. Haar gevoelens waren gecompliceerd, omdat ze zich – zoals ik veel later van haar begreep – buitengewoon schuldig voelde. Ze had deze baby diep in haar hart nooit gewenst, ze was te snel weer zwanger geworden na de bevalling van het vorige kind, en alle verlofplannen zaten ook in de weg. Ze kon die schuldgevoelens niet uiten, laat staan dat ze iets daarvan kon delen met mijn vader, die daar vermoedelijk ook met blijmoedige gemakzucht langsheen ging. Pas na de komst van nieuwe kinderen verdween haar pijn langzaam. Toch nam ze, schreef ze later, in oktober 1933 vredig afscheid van Nederland. 'Ons kindje is bij Jezus. Wij laten alleen het grafje achter.'

In brieven kom ik Koosje daarna nog een enkele keer tegen. In januari 1934 schreef mijn moeder: ''t Kleine kereltje zou nu haast een jaar geworden zijn.' In maart 1934 klaagde mijn vader dat ze van het kindje geen enkele goede foto hadden. 'Het kan mij hoe langer hoe meer spijten, daar ik bang ben dat de herinnering aan z'n gezichtje gaat vervagen.' Nog een paar keer werd mijn grootouders gevraagd om een bloemetje op het graf leggen. Daarna werd over Koosje niet meer geschreven.

HOOFDSTUK VI

Het leven van baboe Clown

Op 28 september 1935 vierde mijn vader zijn zesendertigste verjaardag met gezang van zijn kinderen, een kus van zijn stralende vrouw, een rijk gedekte ontbijttafel en een met liefde versierde stoel. Hij was, kortom, een gezegend mens en in de kracht van zijn leven.

In een van haar brieven beschreef mijn moeder het feest tot in de details. Gjalt en Cas bleken samen genoeg geld te hebben voor een nieuwigheid: een elektrische fietslantaarn. Eindelijk zou mijn vader verlost raken van de oude carbidlamp die altijd uitwaaide. Van Tineke kreeg mijn vader een kop en schotel, van Anna een keurig ingepakt pakje met daarin een zijden das en van mijn moeder postpapier en de bestseller *Bartje* van de Drentse schrijver Anne de Vries. 's Avonds was er een kleine partij met de buurman-schoolmeester Klevant en wat vrienden, en met eigengebakken Weesper moppen, janhagel, zoutjes en taart.

De volgende dag was er weer het gewone werk. Ik citeer uit een volgende brief: ''s Morgens een begrafenis van een Indisch meisje, achttien jaar, in enkele dagen aan een bloedvergiftiging overleden. Dan een werkloze uit Palembang op bezoek met een verzoek om steun en mooie praatjes. Dan gevallen – twee op één dag gisteren – van ongelukkige huwelijken.' Dan iets representatiefs bij de gouverneur: 'Heel eenvoudige lieden, niet onbelangstellend voor geestelijke dingen.' Daarna nog weer een kerkenraadsvergadering, tot half-een 's nachts.

Over de brieven moet ik hier iets meer zeggen. In de nalatenschap van mijn moeder bevonden zich zakken en dozen vol familiecorrespondentie, brieven die ze weg had willen gooien en toch weer, op ons verzoek, had bewaard. Op een middag, jaren later, bedachten mijn zus Tineke en ik dat die post van vroeger nog altijd op zolder lag. We maakten een paar dozen open, en toen pas bleek wat die dikke pakken inhielden: de vrijwel complete correspondentie van mijn ouders in Medan naar mijn grootouders in Vlaardingen tussen 1932 en 1946, door grootvader Van der Molen, solide onderwijzer als hij was, netjes geordend op datum en altijd keurig bewaard door alle wisselingen van het lot. In een oude koffer vonden we nog veel meer, ook uit eerdere en volgende jaren.

De brieven bevatten een schat aan informatie over het doen en laten van mijn ouders in de jaren dertig, over de kinderen, over de wereld waarin ze leefden en over hun opvattingen daarover, ongekuisd door de milde censuur van het geheugen. Zo dachten ze toen écht, en veel Nederlanders met hen.

Het geheel straalde, om daarmee te beginnen, een grote geborgenheid uit. Uit al die vellen – met geklets, vermaningen, gedoe met geld en sigaren, gezeur, gelach – spreekt een diepgevoelde hartelijkheid. Ik zie een tevreden gezin, druk met werk, kinderen, etentjes en het maken van koekjes en jam, een kleine draaikolk van activiteiten waar de rest van de wereld slechts een marginale rol in speelde.

De buitenlandse politiek werd op zijn hoogst aangestipt met nietszeggendheden als: 'Het spookt wel in Europa. Als het te erg wordt moeten jullie maar hierheen komen.' In de hele correspondentie tussen 1932 en 1939, in totaal meer dan duizend dichtbeschreven kantjes, kom ik de naam Hitler pas in 1938 tegen. Duitsland gold vooral als goedkoop land: 'Met een Duitsche boot ben je al gauw voor *f* 400,– heen en weer.' Mijn zus Anna zou later zeggen: 'Ze praatten over politiek alsof het geheimen waren die wij kinderen niet mochten horen.'

Mijn ouders volgden in hun opvoeding de gangbare vooroorlogse opvattingen (Benjamin Spock zou pas tien jaar later het kind zelf centraal stellen in de opvoeding). In hun brieven ging het vooral om discipline. Kinderen moesten aan bepaalde verwachtingen voldoen, en veel van hun problemen en eigenaardigheden werden gewoon niet gezien. Gjalt huilde bijvoorbeeld vrij snel, maar daar werd met harde hand tegen opgetreden. Een jongen die huilde, dat paste niet in het ideaalbeeld van toen, dat was onbehoorlijk, dat moest zo snel mogelijk afgelopen zijn.

Als er al emotionele terreinen werden betreden, gebruikte iedereen al snel termen als 'laten rusten' en 'niet verder over spreken'. Zeker een halfjaar lang hing tussen de regels een duistere kwestie rond een ver familielid, verpakt in bijzinnetjes als: 'Hopelijk heeft oom het nieuws over dien jongen niet meer voor zijn overlijden gehoord.' Wat er werkelijk aan de hand was – ik vermoed dat het ging om een echtscheiding – werd niet uitgesproken. Overal lagen zware gietijzeren deksels met dikke moeren om ieder voorkomend probleem – zowel thuis als elders – weg te stoppen en vakkundig af te dekken.

In sociale kwesties leken mijn ouders ogenschijnlijk één lijn te trekken, maar de toon van hun brieven verschilde sterk. Mijn vader was mild, mijn moeder zag vrijwel alles wat iemand overkwam als een kwestie van eigen schuld. Zelfs crisiswerkloosheid zag ze in de eerste plaats als een individueel falen, een kwestie van 'niet de eigen boontjes kunnen doppen'. Eigenlijk was ze toen nog heel jong, realiseer ik me terwijl ik dit schrijf, twintig jaar jonger dan ik nu ben.

Het domineeswerk was een allesomvattende bezigheid. De kerk stond naast het huis, en dat betekende dat werk en thuis altijd waren verweven. Het is voorgekomen dat, toen mijn moeder op een avond weg was, mijn vader tijdens de kerkdienst door de open ramen luid geroep van de kleine Gjalt hoorde. Hij gaf zijn gemeente een extra lange psalm te zingen, daalde in toga de preekstoel af, holde naar huis, hield de po voor aan zijn halfslapende zoontje, draafde terug en pakte de dienst weer op.

De pastorie werd – en wordt – in predikantenkringen wel betiteld als een 'glazen huis', waar het hele gezin altijd op zijn tellen moet passen om de onkreukbare reputatie van de ambtsdrager niet aan te tasten. Altijd moest je uitkijken voor praatjes. Nooit ging mijn moeder, als mijn vader op reis was, in haar eentje uit. Toen het knappe Hollandse kindermeisje gevraagd werd om bij het modehuis Gerzon als mannequin op te treden, deed ze dat toch maar niet, vanwege de opspraak.

'Sinds zondag 12 januari hebben we niet met ons eigen menschen aan tafel gezeten en doorlopend gasten gehad,' schreef mijn moeder eind januari 1936. 'Eerst iemand voor één dag, toen een dame voor vijf dagen, toen een dominee die er nu nog is, en gisteravond na een vergadering weer eters. Ik ga me zo zoetjesaan pensionhoudster voelen inplaats van huisvrouw.' Mensen vertrokken naar Holland, mensen arriveerden en voortdurend was het er een komen en gaan. 'Het was altijd open huis,' herinnerde Anna zich. 'Vooral op zondag waren er altijd eters, waarvoor dan grote rijsttafels werden klaargemaakt.'

Zij en Tineke moesten regelmatig als bruidsmeisjes fungeren als er weer eens een aankomende plantersbruid bij gebrek aan een eigen huis vanuit de pastorie trouwde. 'Wij kregen dan een cadeautje, en daarna vertrokken ze samen naar een of andere plantage in de rimboe,' vertelde Tineke. Veel bruidjes waren, zoals dat heette, met de handschoen getrouwd. Meestal hadden de jonggeliefden elkaar al in Nederland ontmoet, maar sommigen kenden elkaar voornamelijk via een correspondentie. En er waren bruidsparen bij die elkaar nog nooit in levenden lijve hadden gezien.

Ondertussen was er een nieuw gezinslid bijgekomen, een kinderjuffrouw, tante Ans. 'Ik was een avonturierster,' zou ze me meer dan zestig jaar later vertellen. 'Ik vond Indië zalig. Altijd zomerkleren aan, altijd bedienden om je heen, nee, het was mijn land. Ik was er één keer geweest, en ik ging gewoon op de bonnefooi terug. Aan boord had ik van de stuurman gehoord dat er maar liefst vier dominees aan boord waren. "Dat wordt storm, meisje!" Je moeder leerde ik kennen op het kinderdek, daar zat ze naast een grote mand kousen te stoppen. Ik ben haar toen maar gaan helpen, en ik heb er nooit spijt van gehad.'

In Medan had ze al snel een poppenkast in elkaar geflanst en hield ze voorstellingen, tot vreugde van alle buurkinderen. Haar verdiensten: vijfendertig gulden per maand, plus kost en inwoning.

Ik vond haar terug in een bejaardenflat in Zeist, een oude vrouw met een gerimpeld gezicht en een opvallend jonge stem. 'Ik reis nu alleen nog via de pauzefilms van de Duitse tv,' zei ze. ' "De mooiste baanvakken van Duitsland", tussen vier en zes uur 's nachts, als ik de slaap niet kan vatten.' Voor haar was de periode bij mijn ouders er een van grote ontspanning en geluk geweest, en zestig jaar later praatte ze er nog met glanzende ogen over. 'Je vader was in de tropen totaal in zijn element, vol verhalen en grappen, overal voor te vinden. We waren enorme spotvogels, vooral als er aanbidders voor me kwamen. Je moeder deed ook wel mee, maar het moest, zei ze, "niet te dol worden".'

Tante Ans hoorde in zekere zin tot de Indische jeunesse dorée, en in Medan was voor dat soort jongeren het zwembad dé ontmoetingsplaats. 'Er was altijd muziek, er was een heel leuke badmeester en elke dag schoon water. Oorlog of drugs, daar was nog geen sprake van, het was echt een onbezorgde tijd.'

Ze moet een mooie meid zijn geweest, en dat was nog altijd te zien. Maar ze was ook een gereformeerde meid, en ze behoedde haar kuisheid streng. 'Zulke toestanden als in *Rubber*, nee. Flirten, daar waren we veel te degelijk voor. Ik was nog niet op de boot of aan de reling legde een man al zijn hand op de mijne. Of ik 's avonds op het sloependek wilde komen. Daar dácht je natuurlijk niet aan.' Ze pakte een foto van een vrolijk groepje, stralend op een schip, in het midden een lachend meisje. 'Ach ja, daarbij is het misgegaan, een jaar later al. Ze trouwde met een zendeling, nogal afgelegen, bij het eerste kind was het direct mis, geen hulp hè.' Bij een ander, op het oog een keurige kantoorjongen: 'Die is in de oorlog getorpedeerd, maar hij heeft het overleefd, op een plank, samen met een Japanner, eindeloos hebben ze op de oceaan rondgedobberd.' Toen zag ik haarzelf staan, een knappe jonge vrouw, voor wie de toekomst ook het nodige in petto had.

De komst van tante Ans bevrijdde mijn moeder uit haar eenzame verantwoordelijkheden. Aan haar brieven valt duidelijk te merken dat ze eindelijk plezier krijgt in het Indische leven. 'Ik heb nooit kunnen gelooven dat 't waar was wat de menschen zeiden: na je eerste verlof ben je anders, en toch is dat zoo,' schreef ze in februari 1934. ''t Is net of je in die maanden je hebt kunnen bezinnen op je leven hier en nu je erin zit, kies je veel meer doelbewust.' Ze begon oog te krijgen voor de grote voordelen: weg van dat benauwde Holland, weg van 'dat Schiedamsche gedoe', wonen in een land, zo schreef ze, 'zonder kou en regen en bevroren kranen en zoete aardappels en winterteenen en reumatiek en weet ik wat'. En na een mooie avondwandeling door een kampong erkende ze zelfs: 'Ik begin toch wel van Indië te houden.' Maar een halfjaar later smeekte ze haar vader om alsjeblieft niet al te smakelijk de Nederlandse zomerweelde te beschrijven. 'Dan gaat mijn hart wel eens te erg naar Holland.'

Voor het overige roepen de brieven het beeld op van een normaal Nederlands-Indisch gezin, met jonge drukke kinderen.

Maart 1934: de hele familie zit in Medan voor de radio en luistert naar het liveverslag van de begrafenis van koningin-moeder Emma in Delft. Iedereen is diep onder de indruk van de moderne techniek. 'De kerkdienst konden we uitstekend horen, en ook het trappelen van de paarden en de treurmuziek.'

April 1934: Gjalt wordt vijf en krijgt een mondharmonica. Hij is er erg zoet mee, maar na een paar dagen haalt hij het ding uit elkaar. Trots laat hij het resultaat zien: 'Moeder, dáár zit nu de muziek in!'

Najaar 1934: niet dun maar dik is nu de mode. 'Geert is verleden jaar na aankomst zo fijn aangekomen,' schrijft mijn vader. 'We zitten er al een tijdje achteraan om haar nog wat voller te krijgen.'

Januari 1935: in een envelop vind ik een klein papiertje. Het is een verlanglijstje voor de verjaardagen van dat voorjaar, snel opgekrabbeld door mijn vader, alsof mijn grootouders om de hoek woonden:

Cas, Gjalt: 1 locomotief, een stel wagens, liefst Märklin
(zij doen er samen mee, de rails zijn nog goed, het rollend materiaal is rommel geworden)
Anna: kroonjaar 10
Een boek, of bv manicuuretuitje! Of moet deze dame nog een kind blijven, dan een boek.
Voor Geert svp deze bestelling: lange, dunne zwarte handschoenen, maat 6 1/2

Juli 1935: een krantenknipsel van de Medansche Orkestvereniging, waar mijn moeder als violiste aan verbonden is. 'De dirigent Hesseling is ongetwijfeld soberder in gebaar dan zijn voorganger, wiens bekende temperamentvol-impulsieve en karakteristieke gestes en "standen" bij eerste kennismaking somtijds op de lachspieren dreigden te werken.'

November 1935: 'Italië is een roover. Goed, maar wat een schoelje daar in Abessinië, en wat, indien de zwarten eens hadden gewonnen! Wat een klap voor het blanke ras! Wat een gecompliceerde wereld toch.'

Kerstmis 1935: 'Anna probeert echt al een beetje sfeer om zich heen te scheppen. Ze heeft alleen zoveel temperament dat ze wel naar Holland moet, over een paar jaar. Ze begint ook al idealen te krijgen voor later. Zo heeft ze het er almaar over dat ze zendeling wil worden, en dan naar Nieuw-Guinea gaan. Cas heeft nog geen idealen. Gjalt voelt veel voor matroos. Boer zou hij nooit willen worden, dat vindt hij maar vies, zei hij. Al die modder en die koeien. En Tien danst overal doorheen.'

Juli 1936: 'De krant meldt van burgeroorlog en weet ik wat voor Europeese spanningen, en zo is 't wonderlijk dat wij zulk een vacantie genieten.'

Er was in Europa inderdaad het een en ander gaan bewegen. In het najaar van 1935 was het fascistische Italië in Afrika begonnen met de grootste koloniale expeditie aller tijden. Benito Mussolini wilde zo de basis leggen voor zijn grote droom: een Italiaans imperium rond de Middellandse Zee. De Italianen bezaten al Libië en een kolonie bij Eritrea, en nu vielen ze met een leger van vierhonderdduizend man ook Abessinië (Ethiopië) binnen. De Duce meende dat 1935 het goede moment was; hij ging er namelijk van uit dat hij binnen twee, drie jaar de wapens tegen Duitsland zou moeten opnemen.

Tot ver in de jaren dertig waren de relaties tussen Duitsland en Italië allesbehalve innig. In Engeland en de Verenigde Staten bestond in brede kring bewondering voor Mussolini, zelfs bij Winston Churchill. Hitler had een buste van Mussolini in zijn werkkamer staan. Die genegenheid was echter aanvankelijk niet wederzijds. De Duce vond de Führer een 'seksueel gedegenereerd type', zijn jodenhaat vond hij ronduit krankzinnig en toen Hitler in 1934 Oostenrijk wilde binnentrekken, trok Mussolini zelfs dreigend zijn troepen samen op de Brenner.

Mussolini dacht nog duidelijk in de klassieke Europese verhoudingen uit de Eerste Wereldoorlog: Italië, met steun van Engeland en Frankrijk, tegenover een Oostenrijks-Duits bondgenootschap. Hij was dan ook oprecht verbaasd toen de Engelsen zich in de Abessijnse oorlog tegen Italië keerden. Hij moest toen wel voor steun bij Hitler aankloppen. Zo ontstonden geheel nieuwe coalities op het Europese continent.

In Afrika sneuvelden naar schatting achthonderdduizend Abessijnen en honderdtwintigduizend Italianen. Sommige Italiaanse strategieën zouden later als model dienen voor de Duitse blitzkrieg. Na zeven maanden viel Addis Abeba en op 9 mei 1936 kon koning Victor Emanuel zichzelf tot keizer van Ethiopië uitroepen. Tevergeefs bepleitte de echte keizer, Haile Selassi, voor de Volkenbond de zaak van zijn land: 'Als er geen hulp komt,' zo voorspelde hij zonder bitterheid, 'zal ook het Westen zijn ondergang kennen.' Hij had gelijk: de Volkenbond stond met lege handen, de internationale rechtsorde bleek totaal machteloos en ook anderszins markeerde de oorlog het begin van nieuwe internationale verhoudingen.

De Spaanse burgeroorlog, waar mijn vader in juli 1936 in een bijzin naar verwijst, was achteraf gezien ook zo'n generale repetitie. In juli 1936 begon de fascistische generaal Francisco Franco vanuit Marokko een 'kruistocht tegen het marxisme', ofwel tegen de chaotische maar democratisch gekozen regering van republikeinen, socialisten, Catalanen, anarcho-syndicalisten en communisten. Eindelijk kon de oplopende spanning tussen de fascisten en anti-fascisten zich ergens in Europa ontladen, ook al was het in kleine dorpen en op dorre hoogvlakten. Uit bijna ieder land kwamen socialisten, communisten en anarcho-syndicalisten de republiek te hulp. In totaal vochten zo'n veertigduizend mannen en vrouwen mee in de Internationale Brigades. Franco en de zijnen werden door Duitsland en Italië volop van troepen, vliegtuigen en modern oorlogstuig voorzien. De westerse democratieën besloten echter om zich strikt afzijdig te houden. Ze blokkeerden aan de grenzen alle materiële hulp – met name uit de Sovjet-Unie – zodat de republiek langzaam gewurgd werd.

Het was een oorlog die met grote passie werd gevoerd. 'Vandaag in Spanje, morgen in Italië,' riepen de Italiaanse anti-fascisten, en in Guadalajara vochten ze zelfs man tegen man tegen het 'vrijwilligerskorps' van hun fascistische landgenoten. Aan beide kanten werden zo'n vijftigduizend mensen tegen de muur gezet, nog afgezien van de tallozen die sneuvelden of omkwamen van honger en ontbering. Ten slotte begonnen de communisten, de Catalanen en de anarcho-syndicalisten elkaar ook nog eens onderling af te slachten.

In maart 1939 veroverden Franco's troepen Madrid. Daarna werd het land bijna veertig jaar in een ijzeren greep gehouden. De Nederlandse idealisten die tegen Franco gevochten hadden, de eersten die de wapens hadden opgenomen tegen het fascisme en het nationaalsocialisme, kregen van de Nederlandse regering te horen dat ze hun Nederlanderschap en alles wat daarbij hoorde, waren kwijtgeraakt. Bij velen zou die straf tot decennia na de oorlog voortduren.

***

Voor mijn familie speelden zich al deze zaken af in de marge van het bestaan. De grote helden van de kinderen waren niet politici, soldaten of verzetsmensen, maar de transporteurs van al die verhalen, de vliegeniers van de postvliegtuigen. De jongens praatten over techniek, niet over politiek, en voor hen was vliegen dé rage. Cas fietste zelfs met zijn vriendjes op het heetst van de dag naar het vliegveld om handtekeningen van piloten te verzamelen.

Het vliegtuig was bij uitstek het symbool van de nieuwe tijd: snel, glanzend, luxueus, elegant, niet meer gebaseerd op een stugge vorm die zich een weg duwde door de ruimte, maar op de stroomlijn die meevloeide met zijn omgeving. Er ontstond tussen de diverse landen een wedloop in techniek, met wedstrijden en demonstraties en het almaar meer verfijnde en verbeterde vliegtuig als kristallisatiepunt.

In oktober 1934 werd in dat kader de luchtrace Londen-Melbourne georganiseerd, iets waarvoor de Vliegende Hollanders van de KLM bijzondere belangstelling hadden. Ze hadden op dat moment al tien jaar ervaring met de langeafstandsvlucht Amsterdam-Batavia en dachten erover om deze verbinding te verlengen tot Australië. Daarom kwamen ze voor deze wedstrijd met een typisch Hollandse stunt: terwijl de Engelsen, de Italianen, de Duitsers, de Fransen en de Amerikanen de wedstrijd ingingen met speciaal gebouwde vliegtuigen, met extra benzinetanks en andere snufjes, zetten de Nederlanders een normaal lijntoestel in. Nu was de Uiver eigenlijk ook geen doorsnee-toestel. Het was de eerste Douglas van de KLM, een comfortabel, uiterst modern vliegtuig dat niet meer, zoals de Fokkers, grotendeels gebouwd was van hout en linnen, maar helemaal van metaal. Fokker was woedend over deze stunt met het topproduct van de Amerikaanse concurrent, maar de KLM'ers wilden vooral bewijzen dat zij met een gewone uitrusting, drie passagiers en een paar honderd kilo post hetzelfde konden als hun concurrenten.

Zo stonden aan de vooravond van de wedstrijd op het Britse vliegveld Mildenhall naast de Panderjager – de andere Nederlandse deelnemer –, drie slanke Havilland Comets, een Boeing Transport, een Lockheed Vega, een Bellanca Monoplane en een Airspeed A.S. 7. En tussen al dit gestroomlijnde geweld wachtte daar, zoals een ooggetuige schreef, 'als een Hollandsche boerenzwaluw in een volière vol uitheemsche vogels', de Uiver.

De Uiver vloog met zijn driehonderd kilometer per uur rustig en gestaag over Europa, Arabië en Azië. Binnen vijf uur was het toestel in Rome, daarna Aleppo, Bagdad, Calcutta, Rangoon, Singapore, Sumatra en Batavia – allemaal bekend terrein voor de piloten – en vervolgens vloog het richting Australië, vooraan in de race. Heel Nederland hing aan de radio, en terecht, want er voltrok zich een van de legendarische episoden uit de luchtvaartgeschiedenis.

Boven Australië verzeilde de Uiver in zware buien, maar door telkens van koers te veranderen wist men daaruit te ontsnappen. Er was al radiocontact met Melbourne, waar het zulk goed weer was dat gezagvoerder K. Parmentier besloot om zich te gaan scheren, want hij wilde er netjes uitzien als hij als triomfator zou worden binnengehaald. Plotseling kwam het toestel echter toch weer in een zwaar onweer terecht, het contact met Melbourne ging verloren, zware hoosbuien beukten op de ramen, overal was het pikdonker en tot overmaat van ramp begon zich op de vleugels een dikke ijskorst af te zetten. De situatie werd gevaarlijk, de brandstof raakte op en doorvliegen werd riskant.

Ook nu toonde Holland zich op zijn best: degelijkheid. Parmentier wilde geen mensenlevens riskeren, voor welke prijs ook. Hij besloot een noodlanding te maken. In het maanlicht dat even door de wolken scheen, zagen de piloten een rivier en de lichten van een stadje. Opeens doofde het licht, dan ging het weer aan, en plotseling begreep marconist Van Brugge wat er gebeurde: hier seinde iemand van de elektriciteitscentrale morsetekens met de complete stadsverlichting. A-L-B-U-R-Y bleek het stadje te heten. Het zoekende toestel was opgemerkt, de burgemeester trommelde inderhaast alle auto's op naar de renbaan en bij het licht van honderden koplampen maakte het vliegtuig een veilige landing. De volgende ochtend vroeg hing de halve bevolking aan de touwen om de Uiver uit de modder te trekken, het vliegtuig wist weer van de grond te komen en drie kwartier later kwam Melbourne in zicht. Met een totale vliegtijd van ruim negentig uur had de Uiver de handicaprace gewonnen.

Vreugde en trots golfden over de natie. De Uiver-legende die ons nu raakt als een samengaan van moderne techniek met ouderwetse saamhorigheid, diezelfde legende was toen vooral een verhaal van mannenmoed en nationalisme. Hier werd voor eens en altijd de overwinning gevierd van het Hollandse credo: doe maar gewoon, dan doe je al gek genoeg. Dit was de hoogste triomf van de nederigheid en de soberheid, van het 'klein maar dapper', kortom, van alle deugden die de calvinistische natie zo dierbaar waren. Het hele land gaf zich over aan Uiverspeldjes, Uiversigaren, Uiverliederen, Uiversouvenirborden en Uivermenu's in het restaurant. Een kind werd opgescheept met de naam Uivertje en voor kippen en vogels werd Uiverkrachtvoer op de markt gebracht. Even had Nederland weer een handvol echte helden.

Ook in Medan had iedereen, zoals mijn moeder schreef, 'last van de Uiver-koorts'. De kinderen speelden Uivertje en Panderjagertje, Cas sleutelde van meccano een kopie van het vliegtuig in elkaar en Anna droomde dat ze met de Uiver meevloog de wereld in.

Twee maanden later, op de kerstpostvlucht, stortte het vliegtuig – 'die prachtvogel' – bij Irak neer. Alle bemanningsleden kwamen om. De kinderen waren volledig van de kaart. Mijn moeder, in december 1934: 'Cas huilde gisteravond toen hij naar bed ging zoo – Anna deed groot, vond de Uiver snert, en Cas kinderachtig, maar lag in bed ook met dikke traanen.' Anna, nu: 'Ik weet nog hoe die mannen heetten: Moll, Parmentier, Prins, Van Brugge...'

Mijn vader zelf vloog voor het eerst op maandag 22 juni 1937, een reis van Medan naar Batavia. Iedereen bracht hem naar het vliegveld. Mijn moeder schreef dat ze graag mee had gewild: die Douglas zag er zo gerieflijk uit. Een kennis die al vaker had gevlogen, had gezegd dat je in zo'n vliegtuig 'schromelijk verwend werd, en dat je een bootreis erg tijdrovend gaat vinden'. Alleen de vijfjarige Tineke huilde tranen met tuiten toen ze haar vader in het vliegtuig zag stappen, en ze weigerde te kijken toen het toestel opsteeg.

Later bracht mijn vader verslag uit aan zijn schoonouders. 'Vliegen is prachtig,' schreef hij. 'In ruim zes uur van Medan naar Batavia in een twee-motorige Douglas-machine. Verrukkelijk stil ga je door de lucht, gewoonlijk op drieduizend meter, langzaam zie je de landkaart van Sumatra onder je verglijden, maar op het laatst ben je uitgekeken op de "bloemkool" van de oerwouden en de gezellig kronkelende riviertjes. Ik sliep rustig een uur.' Ook over de service was hij te spreken: 'Je krijgt een heerlijke beker koffie of thee.'

Minder gelukkig was de tuimeling die het vliegtuig opeens maakte boven de Straat Soenda. 'In onweer en bliksem viel de machine ineens zo gek dat we een halve meter van onze zetels omhoog sprongen en alle barang uit de bagagenetten werd gesmeten. Het duurde een poosje voordat ik al mijn boeken weer bijeen gegraaid had.'

De vlucht duurde zesenhalf uur. Mijn vader had beloofd dat hij op de terugreis de piloot zou vragen om een rondje boven het huis te maken. Maar iedereen lag ziek in bed, en Anna was de enige die zag dat hij woord hield.

***

Er was een Indonesische vrouw die een belangrijke rol in het gezinsleven speelde: baboe Clown. Hoewel ze haar bestaan grotendeels deelde met mijn ouders en mijn broers en zusjes, zijn slechts een paar fragmenten in herinneringen en brieven bewaard gebleven. 'Mijn oude baboe heb ik nu al zeven jaar,' schreef mijn moeder in juni 1937. 'Ze is oud en lelijk en een beetje brutaal en niet helemaal snik, maar ze doet haar werk en ze kan lekker en zuinig koken, en dat is heel wat waard. Als ik haar zo nu en dan een groote mond geef is ze voor een maand weer zoet.'

Haar ware naam is in de vergetelheid verdwenen, alleen als baboe Clown leeft ze nog voort. Ze was een van de handvol Indiërs die achter het huis woonden, en die de bedden opmaakte, de kamers schoonmaakte, de neergesmeten was opruimde en de kinderen stiekem zelfgebakken koekjes toestopte. Naast de gewone baboe was er een speciale buitenbaboe die de hele dag met de was bezig was, een kokkie voor de inkopen, het koken en het afwassen, een boy voor de rest van het huishoudelijk werk en het opdienen van de maaltijden, en verder was er een tuinjongen en een chauffeur.

Het huispersoneel werd naar verhouding goed betaald: een boy kreeg over het algemeen zo'n twintig gulden per maand, plus vrije kost. Een rubbertapper verdiende maar zo'n twaalf gulden per maand, ongeveer veertig cent per dag. Op sommige Javaanse suikerplantages kwamen zelfs nog daglonen voor van vier cent, één gulden twintig per maand. Bovendien waren er in zo'n Europees huis altijd extraatjes: gedragen kleding, eten dat overbleef, gebruikte huisraad en dergelijke.

Mijn moeder had haar eigen opvattingen over de omgang met bedienden. 'Je bent er zoo op ingesteld dat ze onvoorwaardelijk doen wat je ze opdraagt, dat ongehoorzaamheid als een van de grootste fouten wordt aangerekend, evenals opmerkingen over het opgedragen werk,' schreef ze in februari 1937. ''t Zijn eigenlijk machines. Ze doen hun werk en leven verder hun eigen leventje in de kampong, en als je maar aan de touwtjes trekt dan draait het zaakje wel. Wat ook echt Oosters is: dat je met hun persoonlijke belangen geen rekening moet houden. Net als in de Bijbel, dat voorbeeld van de heer die met z'n knecht van de reis thuiskomt, en dan de knecht eerst voor eten laat zorgen en bedienen, dán pas mag de knecht aan zichzelf denken.'

Anna vertelde dat een van de Indische bedienden uitstekend Nederlands verstond. 'Toch werd er aan tafel alles maar uitgegooid. Ik geneerde me soms dood, maar die bediende hield een uitgestreken gezicht.' Schelden op het personeel was taboe, dat wel, dat vond mijn moeder beneden alle peil.

Baboe Clown zou uiteindelijk ziek worden en in het ziekenhuis belanden, op kosten van mijn ouders, een kwartje per dag. 'Ik vrees dat ik haar weg moet doen,' schreef mijn moeder. Andere vermeldingen over de vrouw die de familie door al die jaren heen sleepte en die verder niet bestond, heb ik niet gevonden.

Nu is voorzichtigheid geboden bij het trekken van vergaande conclusies uit een verjaarde briefwisseling. In de eerste plaats ben ik ervan overtuigd dat met name mijn moeder in haar brieven onbewust een bepaald effect nastreefde. Ze wilde haar ouders week na week laten zien hoe goed ze het deed, wat voor voorbeeldige dochter ze was, hoe ze haar status en haar stand hoog hield – en daarbij vertekende ze soms de realiteit. Zo werd de aardige tante Ans in de correspondentie lange tijd slechts aangeduid met 'de juffrouw'. ''t Is geen doetje, maar een heel beschaafd meisje dat daarom wel haar plaats weet, en dat je dus ook niet eronder hoeft te houden,' schreef mijn moeder aan haar ouders. In werkelijkheid raakten die twee al gauw op zeer vriendschappelijke voet met elkaar.

Een tweede vertekening vormt het moment. Als mijn moeder ruzie had gehad met een bediende, kon ze in haar drift allerlei vreselijks opschrijven over Indiërs in het algemeen en haar personeel in het bijzonder. Uit één zo'n brief zou iemand snel tot een voorbarig oordeel kunnen komen, terwijl mijn ouders – volgens een ieder die ik over deze periode sprak – in de dagelijkse praktijk goed met hun bedienden omgingen.

Wat valt er over die grote lijn dan wel te zeggen? Ik heb geen enkele aanwijzing gevonden dat mijn ouders tijdens hun Indische jaren helder omlijnde racistische denkbeelden koesterden, hoewel mijn moeder wel trekjes in die richting toonde. Er was iets anders aan de hand, iets wat gecompliceerder was dan enkel rassendiscriminatie en misplaatste blanke superioriteitsgevoelens.

Hun relatie met Indonesiërs en Indië was doortrokken van datgene wat Edward Said in zijn beroemde studie later zou aanduiden met 'oriëntalisme'. Said bedoelde met oriëntalisme een manier van denken die ervan uitgaat dat het Oosten en het Westen fundamenteel anders zijn. Oriëntalisme is, anders gezegd, het idee van de rationele blanke en de mysterieuze, intuïtieve oosterling, van het mannelijke en ondernemende Westen en het passieve, genotzuchtige Oosten, een visie die eindeloos is uitgewerkt door wetenschappers, bestuurders, dominees, journalisten en romanschrijvers. In zijn boek heeft Said het vooral over de Engelsen en het Midden-Oosten, maar zijn gedachtegoed is ook toepasbaar op de relatie tussen de Nederlanders en 'hun' Indië.

Het oriëntalisme was, zo benadrukt Said keer op keer, niets anders dan een Europese fictie, een buitengewoon eenzijdige manier van kijken en denken. In wezen was het een erfenis van het typisch laat-negentiende-eeuwse gedachtegoed dat we ook bij sommige godsdienstkwesties en bij het nationaal-socialisme en het anti-semitisme tegenkomen, een mengeling van raciale theorieën, romantiek, angst voor decadentie, vooruitgangsdrift en opkomend nationalisme, en dit alles overgoten met een saus van wilde jonge wetenschap.

Het oriëntalisme was dan ook een denkstijl die geknipt was voor de koloniale expansie van Europa. Voor de Europeanen was de redenatie helder en ze werkte voortreffelijk: er waren westerlingen en oosterlingen, de eersten waren de baas, de anderen moesten worden overheerst, wat inhield dat hun land veroverd mocht worden, dat hun interne aangelegenheden streng gecontroleerd konden worden, en dat hun goed en bloed ter beschikking stond van het Westen.

'De Europese cultuur,' betoogde Said, 'won bovendien aan kracht en identiteit door zichzelf af te zetten tegen het Oosten, als een soort tegenpool van zichzelf.' Oosterlingen waren, je komt het in alle beschrijvingen tegen, 'lethargisch', 'futloos', 'arm aan ideeën', 'leugenaars' en 'intriganten'. Mijn moeder was bijvoorbeeld als de dood dat Cas zou uitgroeien tot een 'sloome Indische jongen'. In brieven had ze het over de 'reserve die je nu eenmaal tegenover iedere Indo hebt, zoiets van een stormsein: "Wees op uw hoede" '. (In één opzicht had ze overigens wel vertrouwen in Indonesiërs: ze hielden veel van kinderen, 'onverschillig welk ras of huidskleur'.)

In Nederland uitte dit gevoel zich onder andere in allerlei verhalen over de 'duistere hartstochten van de oosterling', de Batak was altijd een 'bekeerde heiden' en de Atjeeër raakte nooit het beeld kwijt van de man met de klewang tussen de tanden. In alle opzichten vormden de Indiërs het tegendeel van de 'openheid, directheid en waardigheid' van het blanke ras. Dankzij de negatieve spiegel van het Oosten vond het verbrokkelde Europa zo iets van de eigen identiteit, die de Europeanen zelf zo moeilijk konden formuleren.

In het oriëntalisme was – en is – de culturele overmacht van Europa op zijn sterkst zichtbaar. Het is 'wij' Europeanen tegenover 'al die' niet-Europeanen, en de voornaamste eigenschap van dat 'wij' is het gevoel van vanzelfsprekende superioriteit tegenover alle niet-Europese volken en culturen. De kennis van het Oosten – ik citeer hier Said – schíep in zekere zin ook het Oosten, de oosterling en zijn wereld. En die kennis was onlosmakelijk verbonden met macht, en ze bezag het Oosten ook alleen met de blik van de machthebbers.

'Het Oosten werd gezien in het kader van de schoolklas, de rechtbank, de gevangenis, het geïllustreerde handboek,' schreef Said. 'Oriëntalisme is zodoende de kennis van het Oosten, die het Oosten dwingt in de klas, het hof, de gevangenis of in het handboek voor tucht, studie, beoordeling, discipline of bestuur.'

Zo ging het ook in de archipel. De wetenschapper, de zendeling, de planter, de ambtenaar, de dominee, de Shell-man en de soldaat, ze schiepen in hun hoofd hun eigen Indië, en dat was mogelijk omdat ze er konden doen en laten wat ze wilden zonder noemenswaardige tegendruk van de kant van de Indiërs. Het kwam niet in hun hoofd op om Indië voor zichzelf te laten spreken – sterker nog, de enkele Indiër die dat wel deed, werd meestal gezien als een 'agitator' of 'oproerkraaier'. Als persoon bestonden de Indonesiërs nauwelijks voor de blanken.

In de beroemde 'Indische' romans in de Nederlandse literatuur spelen de echte Indonesiërs meestal slechts een bijrol – Multatuli's ontroerende verhaal van Adinda en Saidjah is de uitzondering die de regel bevestigt – en dat geldt ook voor al die honderden brieven van mijn moeder.

Toen Anna in de eerste klas van de Medanse hbs zat – ze was toen dertien – heeft ze eens op een voordrachtsavond het sprookje van Sneeuwwitje met een zwaar aangezet Indisch accent naverteld, een act waarmee ze in familieverband veel succes had gehad. Maar dit was een ander publiek, hier zaten ook Chinese en Indische jongens. 'Mijn ouders vonden het prachtig en lachten erom, en die jongens hebben ook allemaal keurig geapplaudisseerd. Maar terwijl ik voor die zaal stond, voelde ik al: dit kán helemaal niet! Toch sprak niemand me erover aan. Niemand heeft eerder of later tegen me gezegd: "Dat kon je niet maken!" Die Indische jongens hebben vreselijk veel moeten pikken.'

Op deze wijze schiep de oriëntalistische manier van denken als het ware twee tegengestelde werelden, en diende vervolgens beide. De ethische richting is daarvan een treffend voorbeeld: van de ene dag op de andere bedachten de Nederlanders dat Indië voor hen geen wingewest meer was maar dat zíj er waren voor de inheemse bevolking. De kern van hun denken bleef uitgaan van de absolute superioriteit van de blanke Hollanders, hoe dom, dik, agressief, geldzuchtig, kortzichtig en stompzinnig velen ook waren.

Dat was echter tegelijk de zwakte van het systeem. Bij het oriëntalisme hoorde en hoort een statische maatschappij, zoals bij ieder vooroordeel. Edward Said: 'Alleen al de mogelijkheid van ontwikkeling, verandering, menselijke beweging in de diepste zin van het woord, werd aan het Oosten en de oosterling ontzegd.'

Aan het eind van zijn leven schreef mijn vader dat hij zich nog altijd afvroeg hoe de vrijheidslievende Nederlanders – hemzelf inbegrepen – 'jaren en jaren lang zonder hartzeer deze koloniale toestanden hebben geaccepteerd, vrijheidsstrijders als misdadige opstandelingen onschadelijk hebben gemaakt, veroveraars geëerd en kalmweg gesproken hebben van óns Indië. En zelfs de eerste legitieme tekenen van "merdeka" hebben we niet onderkend, laat staan erkend!'

Het antwoord ligt mede in deze denkstijl, waarmee de Europeanen zichzelf in slaap hadden gewiegd. Doordat alleen de blanke kennis over Indië telde – sterker nog, wat de Nederlanders dachten en schreven over Indië, wás in hun ogen Indië –, werden ze totaal verrast door de massale volksbeweging die hen na de Tweede Wereldoorlog binnen enkele jaren uit het land zou wegspoelen.

***

De grote economische crisis begon de familie pas vrij laat aan den lijve te voelen.

Een van de vroege herinneringen van Tineke is er een van diepe teleurstelling: ze had voor haar verjaardag lang gevlast op een echte autoped, maar wat ze kreeg, was zo'n houten dingetje met kleine blikken wieltjes, een kleuterding terwijl zij toch al zo groot was. Vermoedelijk was de achtergrond van deze miskoop een kwestie van geld.

In november 1934 schreef mijn vader: 'Overgens wordt ons salaris al voor de derde maal gekort, zodat we vooral niet ziek mogen worden, noch babytjes kunnen krijgen, anders loopt alles spaak.' Zijn auto moest hij van de hand doen, wat hem pas lukte op oudejaarsdag. Hij had gehoopt dat hij er *f* 250,– voor zou krijgen, maar het werd slechts *f* 165,–. 'Het ding werd te gevaarlijk voor onze portemonnaie, gevaarlijk door verrassende reparaties. Ik had er overigens een weemoedige oudejaarsavond door.'

Nu viel de crisis voor mijn ouders, in vergelijking met anderen, nog betrekkelijk mee. De gereformeerden van Medan waren blijkbaar solide genoeg om het salaris van mijn vader netjes te kunnen doorbetalen. Op zichzelf was dat al een wonder, want onder de Indische planters had de crisis nog heviger toegeslagen dan in Nederland.

De Indische economie draaide vooral op de export van grondstoffen, en door het starre vasthouden aan de gouden standaard was die tot een derde teruggebracht. De opbrengst van de rubberexport was in 1933 gereduceerd tot nog maar een zesde van die van voor de crisis. Met de suiker was het nog slechter gesteld. Van de 179 Indische suikerfabrieken waren er in 1936 143 gesloten.

De crisis was nog geen jaar aan de gang of de massaontslagen begonnen. De sociëteitswereldjes van *Rubber* stortten in. In totaal verloren in het Indische bedrijfsleven ongeveer zevenhonderdduizend inheemse bevolking hun werk en zo'n tienduizend Europeanen, een op de vijf employés. Voor de Europeanen betekende dat meestal de boot naar Holland, voor de Indonesiërs een terugkeer naar de desa, waar ook al niets te eten was. Wie geluk had, behield zijn baan en kreeg de ene na de andere loonsverlaging over zich heen.

Het overheidsbudget werd tussen 1929 en 1933 gehalveerd. Status werd echter met alle macht hooggehouden. Toevallig reisde mijn vader in 1936 langs het traject dat gouverneur-generaal B.C. de Jonge een week later zou passeren, en met verbazing zag hij hoe de show werd opgebouwd: 'Overal werd geverfd, zelfs de kilometerpaaltjes, maar in het hospitaal van Kota Radja alleen de zaal waar mevrouw De Jonge zou binnengaan.'

Ook op het werkterrein van mijn vader begonnen de gevolgen van de crisis merkbaar te worden. In de zomer van 1935 meldde hij dat er steeds meer 'lijmwerk' was aan 'huwelijken die niet meer gesmeerd gingen'. Een maand later drong een ontslagen planter door tot zijn studeerkamer, zwaaiend met een pistool, dreigend met zelfmoord en moord op zijn baas die hem ontslag had aangezegd. Na twee uur praten vertrok hij weer – en werd vervolgens ingerekend en op de boot gezet, zonder een vlieg kwaad te hebben gedaan.

Waarschijnlijk in verband met de financiële problemen begon mijn moeder steeds meer zelf te doen. Uit Vlaardingen kreeg ze recepten van trommelkoek en diverse soorten cake. Ook het vertrek van tante Ans had vermoedelijk met de bezuinigingen te maken. Een speciaal Hollands kindermeisje werd eenvoudig te duur, hoe dierbaar ze ook was. Uit de correspondentie begrijp ik dat mijn ouders in het voorjaar van 1936 een andere familie voor haar hadden gevonden in het naburige Brastagi. Maar in mei kwam ze plotseling vertellen: 'Ik ga niet naar Brastagi, ik ga trouwen.' Ze had, zei ze, eindelijk de ware gevonden.

De aanstaande echtgenoot van de vrolijke Ans was volgens mijn moeder 'zoo degelijk dat je hem zoo in een Hollandsche diakenbank zou neerzetten'. Het paar trouwde in augustus 1936. Van de bruiloft was een film gemaakt: 'Alleraardigst. Vooral de kinderen staan er leuk op.' Een kopie werd naar Holland gestuurd, en in de Schiedamse werkplaats werd een provisorisch bioscooptheater gebouwd van stoelen en zeilmakersbanken. De hele familie kwam kijken, en iedereen was diep onder de indruk. Alleen Koos wreef met zijn zeilmakersarm in zijn nek en ontweek de voorstelling.

Tot mijn verrassing bleek er nog een videotape van de film te bestaan. Ik mocht hem lenen, thuisgekomen schoof ik hem in de recorder en opeens zag ik die hele wereld van verhalen en brieven tot leven komen, al was het maar voor enkele minuten: mijn ouders die in een auto stappen, mijn moeder lachend, mijn vader een beetje plechtig. Dan is er de kerk en het huis en de bomen in de wind. Tussen de mensen herken ik Tineke die in een wit jurkje bloemen strooit, Cas in een soort matrozenpak, Anna die de boel wat bij elkaar houdt. De laatste minuten van de film tonen de receptie. Ik zie mijn broers en zusjes opnieuw. Ze gaan nu het bruidspaar feliciteren, Tineke onhandig in haar jurk, Gjalt in een fluwelen buisje. Vervolgens verschijnt een blijde, tienjarige Cas die de bruid én de bruidegom een zoen wil geven. Maar dan zie je de bruidegom verstijven – de camera legt het ongenadig vast –, je ziet hem Cas afweren en hem zelfs met iets van een vingergebaar op zijn plaats zetten: mannen zoenen niet. Je ziet Cas wegtrekken.

Hoe remmend het beleid van Colijn was, bleek wel toen Nederland in september 1936, gedwongen door devaluaties van de Franse en Zwitserse frank, uiteindelijk toch de vaste koers voor de gulden moest loslaten. De munt viel twintig procent in waarde, maar onmiddellijk daarna begon de Nederlandse economie aan te trekken.

Ook Medan begon weer op te leven, hoewel de gouden tijden van voor 1929 nooit meer terug zouden komen. In maart 1938 werd aan mijn vader voor het eerst weer zijn volle salaris toegekend. Voor tante Ans kwam het herstel te langzaam en te laat. Enkele maanden na de bruiloft keerde het echtpaar al terug naar Holland omdat de nieuwe echtgenoot zijn baan was kwijtgeraakt. Ans bedrukt, hij opgewekt. 'Het leek aan boord of er een last van hem afgevallen was.' Ze zouden zich vestigen in het Veluwse Nijkerk en de wilde Ans, die zo van de zon en de wereld hield, zou er de rest van haar leven doorbrengen.

***

In de zomer van 1935 begon mijn vader zich voor de eerste maal openlijk met de politiek te bemoeien. De NSB-leider Anton Mussert maakte in die maanden een rondreis door Indië. Tienduizend nationaal-socialisten deden hem op Schiphol uitgeleide en in Indië werd hij ontvangen als een groot staatsman, hoewel nog geen acht procent van de kiezers op hem had gestemd. Hij mocht tweemaal bij gouverneur-generaal De Jonge op de thee komen, en verder werkte hij een intensief programma af van ontmoetingen en lezingen over de hele archipel.

De Indische pers volgde het bezoek welwillend en met grote nauwgezetheid. 'Gedachten aan Mussolini en Hitler speelden ons door het hoofd, de voorstelling van een dictator, geflankeerd door zwarthemden,' schreef *De Sumatra Post*. 'En dan, eigenlijk een weinig onthutst, staan wij hand in hand met een Nederlander zo braaf en echt als hij maar kan zijn.'

Op dinsdag 27 augustus 1935 kwam Mussert naar Medan, en 's avonds hield hij een lezing in de Orion-bioscoop. De zaal was stampvol, het podium was versierd met NSB-vlaggen en een portret van de koningin, vooraan zaten de plaatselijke NSB-leden – zo'n tweehonderdvijftig in totaal – en daarachter hadden de overige nieuwsgierigen een plaats gevonden, onder wie de burgemeester, een paar bestuursambtenaren en ook mijn vader.

In een ingezonden stuk in *De Sumatra Post* noteerde hij de volgende dag zijn bevindingen. Het was hem wat tegengevallen. Mussert was bepaald niet de redenaar van het kaliber dat hij verwacht had: 'Zijn opmerkingen deden mij heen en weer schuiven met het afkerige gevoel van: moeten we dat zo zonder meer maar slikken?' Wat hem vooral verbaasde, waren de waarschuwingen die Mussert uitte voor een herhaling van de moordlust van de Franse Revolutie, alsof in Duitsland niet net de nacht van de lange messen (waarbij Hitler een groot aantal concurrenten en tegenstanders had laten fusilleren) achter de rug was, en nog zo wat. 'Hoeveel menschen van wetenschap zijn het nationaal-socialistische Duitschland niet ontvlucht of uitgezet? [...] Wie heeft niet gehoord van het lot dat de groote dogmaticus dr Karl Barth heeft moeten ondergaan?' (Barth, de stuwende kracht achter de Belijdende Kerk, was door Hitler net uit Duitsland weggejaagd.) Het meest zat hem het nationaal-socialistische leidersprincipe dwars, dat haaks stond op de calvinistische leer van de soevereiniteit van God over alle terreinen des levens. 'Elk stelsel dat het religieuze leven een afgebakend terrein toewijst, heeft noch het wezen, noch de kracht van het geloof begrepen.' In een volgend stuk lichtte hij dat nog verder toe: hij vond het 'tiranniek en kortzichtig' dat Hitler de ariërparagraaf – waarbij joden van allerlei ambten werden uitgesloten – ook op 'dienaren van Christus' gemeente' van toepassing had verklaard. De regeling was, schreef hij, 'op staatsterrein tolerabel maar niet in een kerk die het Evangelie heeft te verkondigen'.

Het bezoek van Mussert had in het rustige Medan de gemoederen flink doen oplaaien, en het stuk van mijn vader was olie op het vuur. Het regende telefoontjes met adhesiebetuigingen, en in de apotheek vlogen een voor- en een tegenstander elkaar met de krant in de hand zelfs letterlijk in de haren. Men zat toch blijkbaar flink in de maag met het probleem hoe men zich moest opstellen tegenover die vreemde, nieuwe beweging van het nationaal-socialisme. Dat moderne autoritaire had wel een zekere aantrekkingskracht, maar aan de andere kant voelde men ook enig onbehagen.

Het artikel van mijn vader weerspiegelde vooral die laatste gemoedstoestand, van de toehoorder die op zijn stoel zit te schuiven met een toenemend gevoel van afkeer, zonder dat hij nog precies weet waarom. Slechts één aspect was voor hem direct duidelijk: het gevaar voor de eigen, christelijke leefsfeer. Dit zou later ook exact het element van het nationaal-socialisme zijn dat de gereformeerden al in een vroeg stadium tot fel verzet bracht. De vage ambivalentie ten opzichte van het verschijnsel Hitler, het schuiven op de stoel zonder te weten waarom, het was een typerende houding voor die tijd.

Achteraf kan aan Adolf Hitler en zijn nazi's alle kwaads worden toegeschreven, maar degenen die hen in de jaren dertig zagen opkomen, moesten hun mening nog vormen. Het fenomeen was totaal nieuw. Niemand had ooit zoiets gezien. Stalin kon, ondanks zijn talloze slachtoffers, nog beschouwd worden als een normale Russische tiran, een helaas bekend verschijnsel in de Russische geschiedenis. Bij Hitler lag dat anders. 'Hitler was volstrekt eenmalig,' schreef de Amerikaanse historicus en Hitler-biograaf John Lukacs. 'Er waren genoeg andere nazi's, anti-semieten, Duitse nationalisten, racisten en demagogen, maar niemand zoals Hitler. Een dergelijke figuur zullen we niet meer meemaken.' Hitler was inderdaad, als we proberen hem als historische figuur te zien, niet enkel The Great Dictator van Charlie Chaplin, niet enkel de gangster van de jaren twintig en de massamoordenaar van de jaren dertig en veertig. Was het maar zo simpel.

'De wereld zoals die er tegenwoordig uitziet, of ons dat bevalt of niet, is het werk van Hitler,' schreef Sebastian Haffner veertig jaar later in een scherpzinnige analyse van Hitlers leven. Hitler heeft volgens hem met een verbazingwekkende kracht de plank misgeslagen, maar het valt niet te ontkennen dat hij, deels ongewild, geweldig veel teweeg heeft gebracht. Hitler-biograaf Joachim Fest uitte zelfs de veronderstelling dat als de Führer eind 1938 bij een aanslag zou zijn gedood, hij vermoedelijk als een van de grootste Duitse staatslieden de geschiedenis in zou zijn gegaan, waarbij zijn anti-semitisme en zijn concentratiekampen als kleine oneffenheden met de mantel der liefde zouden zijn bedekt. En vrijwel geen historicus spreekt hem dat vandaag de dag tegen.

Hitler was uitgesproken lui. Al zijn biografen wijzen op zijn artistieke dagindeling, met laat opstaan en veel rondhangen, een levenswijze die hij pas losliet toen het misging, na december 1941. Hij was evenmin een echte leider, hij was eerder iemand die allang sluimerende krachten binnen de Duitse samenleving losmaakte en verder aanjoeg. Maar als katalysator en symbool was hij een figuur zonder weerga.

De manier waarop het verarmde en gedemoraliseerde Duitsland onder zijn auspiciën binnen een paar jaar weer op de wereldkaart werd gezet, het succes van de Duitse versie van de Amerikaanse New Deal, de zes miljoen werklozen die binnen drie jaar tijd allemaal weer aan het werk waren, de bescheiden welstand die in talloze gezinnen de schrijnende armoede verving, de snelle bouw van het autobanennetwerk, de introductie van de Volkswagen in 1938, de wederopbouw van de onttakelde Wehrmacht, binnen vijf jaar, tot het modernste leger van Europa, de brutale diplomatie, het maakte op zijn tijdgenoten een verpletterende indruk.

In vergelijking daarmee waren de prestaties van de democratische landen uiterst mager. Bij veel mensen in de jaren dertig had het begrip 'democratie' dan ook een slechte naam: men associeerde het met partijgekonkel, besluiteloosheid, malaise en werkloosheid. 'Democratie' had nog allerminst de vanzelfsprekend positieve betekenis die het later zou krijgen.

Het is dus niet zo vreemd dat de eerste brochures en krantenartikelen over Hitler en het nationaal-socialisme zich vooral kenmerken door het zoeken naar een standpunt – en ongetwijfeld was daarvan ook het een en ander doorgedrongen in de pastorie in Medan. Alleen bij links bestond – mede door de intensieve contacten met Duitse geestverwanten – vanaf het allereerste begin een grote aversie jegens het nationaal-socialisme en het fascisme. De communisten en andere uiterst linkse groepen ageerden al in de jaren twintig tegen de nazi's. Vanaf het voorjaar van 1933 leurden de sociaal-democraten op straat met het speciale anti-fascistische (en trouwens ook anti-communistische) actieweekblad *Vrijheid, arbeid en brood.* 'Wie met het fascisme besmet is, houdt op Nederlander te zijn,' schreef de vakbondsvoorman Henri Polak in *Het Volk.* 'Hij is fascist en dit wil zeggen: moordenaar.' Polak werd veroordeeld tot vijfentwintig gulden boete wegens belediging.

Binnen de katholieke zuil waren de opvattingen verdeeld: de katholieke vakbonden waren al vanaf 1933 fel tegen en royeerden NSB'ers als lid, de Rooms-Katholieke Staatspartij verwierp in theorie het fascisme maar deed er in de praktijk weinig tegen, de rooms-katholieke Kerk waarschuwde aanvankelijk slechts tegen het fascisme maar had verder geen voorkeur voor een bepaalde staats- of regeringsvorm. Bij de liberalen reageerde men zelfs redelijk positief op de roep om een 'sterke man', hoewel er ook tegengeluiden waren.

Het toenemende anti-semitisme stoorde slechts weinigen, zolang het bij woorden bleef. Neerzien op joden was in het toenmalige Nederland een vrij algemeen verschijnsel. Zo schreef het katholieke maandblad *De Gewijde Rede* van de paters minderbroeders over de 'plompe, zinnelijke Jodenbent', die 'met hun uitpuilende stuiterogen' weigerden Christus' wonderen te zien. In het *Nederlands Taalboek voor de R.K. Lagere School* stond nog tot in de jaren vijftig het verhaal van een 'jodenjongetje' dat per ongeluk een katholieke kerk binnenstapt en daar ter communie gaat. Wanneer zijn vader, 'een echte Christenhater', dat hoort, ontsteekt hij in zo'n grote woede dat hij het jongetje in een brandende oven werpt. Zijn moeder haalt hem daar echter na enige tijd ongedeerd weer uit. De heilige Maagd Maria had hem tegen het vuur beschermd, zei het jongetje blij. De wrede joodse vader werd gestraft en moeder en zoon wijdden hun verdere leven aan Maria en de Enige Kerk.*

De houding van de katholieken veranderde echter in 1936, toen Johannes de Jong aantrad als aartsbisschop van Utrecht. De Jong was iemand die zo'n principiële afkeer had van het fascisme en 'de Duitsche goddeloosheid' dat hij al in 1934 weigerde om nog langer via Duitsland naar en van Rome te reizen. Zijn houding zou later van grote invloed zijn op het verzet van de katholieke en andere kerken. In mei 1936 liet hij van de kansels afkondigen dat NSB'ers voortaan 'niet meer tot de Heilige Sacramenten kunnen worden toegelaten'. Ze werden, met andere woorden, geëxcommuniceerd.

Bij de protestants-christelijke zuil liepen de opvattingen sterk uiteen. Johannes de Heer, schepper van talloze vrome liederen, waarschuwde in 1919 al tegen het hakenkruis als 'het merkteken der Anti-Semieten': 'Zij die de Joden haten, haten met de Joden ook Jehova, der Joden God.' De Hersteld Verbanders betoonden – mede door de activiteiten van Jan Buskes – al in een vroeg stadium hun solidariteit met de Duitse Belijdende Kerk. De leiding van de Nederlandse Hervormde Kerk bleef daarentegen volharden in een deftige distantie, hoewel de lucht vol was van 'geestelijke boosheden'. 'Geen argument, hoe dringend ook, vermocht te zegevieren over de gelijkmoedigheid van ons hoogste Kerkbestuur,' schreef de verontruste predikant O. Noordmans in een lezing in 1940. Toch waren er ook veel hervormde gemeenten die al in een vroeg stadium vervolgde joden en Duitse medechristenen begonnen te steunen.

Bij de gereformeerden lag het allemaal nog ingewikkelder. De NSB bestond – althans in de beginfase – uit eenzelfde soort kleine luyden als zijzelf. Het NSB-gedachtegoed was voor hen dan ook in veel opzichten herkenbaar: de hang naar een autoritair leiderschap, het denken in nationalistische termen, de twijfel aan de democratie, het verlangen naar orde en tucht, de sympathie voor het vrome Duitsland van het Lutherlied, de afkeer van het perfide Engeland en het decadente Frankrijk, het latente anti-semitisme, het was allemaal bekend terrein. Er waren ook grote verschillen – en die zouden ook al snel de overhand krijgen – maar dat neemt niet weg dat je het rustig een wonder kunt noemen dat deze bevolkingsgroep slechts marginaal door het nationaal-socialistische virus werd aangetast.*

De hoogleraren Klaas Schilder, Anne Anema en V.H. Rutgers namen al in het begin van de jaren dertig overtuigend stelling tegen het fascisme en Hitlers 'fanatieke horden'. Maar de oudste zoon van

Abraham Kuyper, professor H.H. Kuyper, stak in zijn commentaren in *De Heraut* zijn waardering voor Hitler en Mussolini niet onder stoelen of banken.

In het blad *Anti-Revolutionnaire Staatkunde* vond de recensent van *Mein Kampf* Hitlers anti-semitisme principieel onaanvaardbaar, maar 'rein-menschelijk' kon hij een heel eind met hem meegaan. Zeker huwelijken 'met individuen van een lichamelijk lager staand ras' moesten vermeden worden. Een dominee in het christelijke weekblad *Op den Uitkijk*: 'Nooit moet men bij een objectieve beoordeling van [Hitlers] optreden vergeten dat de Joden altijd een probleem vormen.' En H. Diemer, hoofdredacteur van het dagblad van mijn vrome grootmoeder, *De Rotterdammer*, juichte in zijn boek *Het Duitsche Nationaal Socialisme* (1934) de bloed-en-bodemtheorie volop toe. 'Het Joodsche ras is een vreemd ras,' zo meende hij. 'Het heeft van geslacht op geslacht zijn eigen karaktertrekken behouden, althans in het diepste wezen, en daarom is zowel voor Joden als voor niet-Joden gewenscht, dat deze werkelijkheid onder oogen wordt gezien en maatregelen worden genomen om beide rassen te beschermen.' Diemer dacht in dit verband dan aan een politiek van gescheiden ontwikkeling, en hij meende dat Hitler daar ook op afstevende, 'met volle eerbiediging van persoon en religie'. En al het geweld van de bruinhemden? De hoofdredacteur van *De Rotterdammer*: 'Er zijn bij deze omwenteling dingen gebeurd welke *ruw* waren en misschien grijpt er *nog* een en ander plaats wat wij als ruw bestempelen, maar omwentelingstijden worden helaas altijd hierdoor gekenmerkt.'

Opiniepeilingen bestonden in die tijd nog niet, maar met name de opvattingen van *De Standaard* kunnen als een redelijk betrouwbare graadmeter worden gezien. Zeker voor de gereformeerden, maar indirect ook voor de Nederlandse burgerij in het algemeen, met uitzondering van de socialisten en de communisten.

Welnu, de meningen zwalkten flink heen en weer. Al in het najaar van 1932 had *De Standaard* in een serie hoofdartikelen het antichristelijke en racistische karakter van het nationaal-socialisme fundamenteel afgewezen. Het Führer-principe was zo in strijd met de gereformeerde beginselen van de almacht Gods en soevereiniteit in eigen kring dat een vergelijk niet mogelijk was. Over de praktijk van de nazi's in Duitsland was men, zeker tot 1938, echter opvallend mild. Aan het geweld tegen joden en andersdenkenden besteedde men weinig aandacht, tenzij het de kerken betrof. 'De repressie van links werd uitdrukkelijk verwelkomd, de krant nam vrijwel alle officiële verklaringen zonder commentaar over en zong de lof van de strijd tegen feminisme, pacifisme, moderne kunst en, vooral, marxisme,' zo concludeert Frank van Vree over *De Standaard* in zijn studie over de houding van de Nederlandse pers tegenover nazi-Duitsland.* De beruchte Reichskristallnacht (9-10 november 1938), waarbij tienduizenden joden door de nazi's werden gemarteld, vermoord, beroofd en als vee door de straten werden gejaagd, werd door *De Standaard* in krachtige termen veroordeeld als 'een luguber dieptepunt', 'een middeleeuwsche pogrom' en een 'schandvlek in de geschiedenis'. Maar de krant kon het niet laten om ook te wijzen op 'de eigenaardigheid van de Jood' die er met 'zijn onuitroeibare zucht tot handigheid in financieele overheersching' zelf aanleiding toe had gegeven.*

Datzelfde beeld rijst eveneens op uit de Handelingen van de Eerste en Tweede Kamer in die jaren. Zelden of nooit hebben de protestants-christelijke partijen de toestand in Duitsland, de vervolging van de joden en zelfs de vervolging van progressieve medechristenen in het parlement ter sprake gebracht. En als het al gebeurde, dan was het alleen in de marge, als argument voor de juistheid van het eigen binnenlandse beleid en de eigen kleine wereld.

***

Wat het Nederlandse en speciaal het gereformeerde anti-semitisme betreft, hierbij speelde vermoedelijk ook het verzuilde denken een rol: wat de joden overkwam, viel buiten de eigen wereld. Het was erg, maar het waren de anderen. Op 19 augustus 1935 berichtte *De Sumatra Post* uitvoerig over nieuwe anti-semitische uitbarstingen in Duitsland, over het huwelijksverbod tussen ariërs en niet-ariërs en de jongste haatcampagne van Julius Streicher voor een stampvol en jubelend Berlijns Sportpalast. Een week later schreef mijn vader over de 'ariër-politiek' van Hitler; hij zag er wel een aanval op de Kerk in maar sloot de ogen voor het anti-semitisme dat erachter lag. 'Op staatsterrein tolerabel' – en dat terwijl hij nooit anders dan met eerbied sprak over het 'uitverkoren volk Gods'.

Mijn vader verschilde hierin niet van de overgrote meerderheid. De meeste Nederlanders hadden een grote afkeer van Hitlers jodenvervolging, maar zagen het in de eerste plaats als een probleem van de joodse gemeenschap zelf. Hoewel de situatie in Duitsland steeds dreigender werd en aan de Nederlandse grenzen de wanhoop zich opstapelde, liet de regering jaarlijks niet meer dan zevenduizend joodse vluchtelingen toe. Nederland, met nog geen tien miljoen inwoners, zou anders 'te vol worden', zo verklaarde premier Colijn. Bovendien zou het ook niet in het belang zijn van de joden zelf, zo meende hij. Als er te veel joodse vluchtelingen zouden binnenstromen, 'zou de stemming van ons volk ten opzichte van de Joden een ongunstige wending nemen'.

Het beleid leidde tot mensonterende taferelen. Geweigerd werden blijkens een brochure van het Comité van Waakzaamheid uit 1938: 'Een man die ernstig mishandeld was en die om aan verder gevaar te ontsnappen, te voet gedurende veertien dagen door Duitsland had gezworven, werd niet toegelaten omdat hij geen bewijs kon leveren van de hem toegebrachte verwondingen.' 'Een statenloze vrouw, jodin, die na twaalf dagen lopen meer dood dan levend de Nederlandse grens bereikte, werd onverwijld weder uitgeleid.' 'Een man die om tien uur 's morgens per trein was gearriveerd, mocht op Nederlands grondgebied niet wachten op de telegrafisch gevraagde bevestiging van zijn vooruitzicht op een werkkring in Engeland, maar werd na enige uren oponthoud onverbiddelijk over de grens gezet. Bij zijn uitleiding verzekerde hij, onder aanroeping van God, dat zijn terugkeer in Duitsland zijn dood betekende. Omtrent zijn lot is ons niets bekend.'

Voor de vluchtelingen die wel werden toegelaten, werd een speciaal kamp gebouwd. Plannen om dat kamp ergens bij Ermelo neer te zetten werden getorpedeerd door de ANWB – die de Veluwe graag in vakantiestemming wilde houden – en door koningin Wilhelmina, die zo'n vluchtelingenkamp, zoals ze schreef, niet graag in de buurt van haar zomerverblijf zag verrijzen.* Uiteindelijk werd achter in Drenthe een plaats gevonden, ver van de grote bevolkingscentra, niet ver van de oostgrens: Westerbork. Er waren een paar christelijke hulpcomités, maar de meeste kosten werden betaald door de Nederlandse joodse gemeenschap. De niet-joodse belastingbetaler zou er geen last van hebben.

Soms vraag ik me af: heeft bij de mannenbroeders van voor de oorlog, die zich zelf zo graag 'de kinderen Gods' noemden, wellicht ook een onuitgesproken jaloezie meegespeeld? Jegens de enige echte 'kinderen Israëls'? Joden pasten immers niet in het beeld van de ideaalstaat uit de zeventiende eeuw die de mannenbroeders altijd voor ogen hadden. 'De Joden,' schreef de schoolmeester-journalist Hendrik Algra, 'zijn een afzonderlijke natie, die als gasten wonen te midden van ons volk. Ze zijn géén vreemdelingen in ons land; zij hebben ook volledige burgerrechten en dat ook terecht, maar van onze natie maken zij geen deel uit.' In Palestina, zo schreef hij in een ander artikel, zag men echter 'op den akker de Joodsche jongen man gaan achter den ploeg. [...] Wij kennen de Joden niet anders dan als een volk van handelaars, advocaten en scharrelaars. Wie in Palestina kwam, vroeg zich verwonderd af: zijn dat de Joden? Zo was dat volk veranderd.'

Zo werd er over de joden gediscussieerd, in de protestants-christelijke zuil en in de rest van Nederland. De een schreef tegen de joodse vluchtelingen, de ander vroeg om medelijden, de een mopperde dat de Bijenkorf een joodse zaak was, de ander telde het aantal directieleden na en zei dat daar niets van klopte. Mijn moeder meldde dat een bepaalde film heel mooi was, 'een beetje pro-joodsch, maar wel erg de moeite waard om te zien', en zo ging het voort. Het probleem was niet dat in Nederland opeens een fel anti-semitisme oplaaide. Maar er was wel sprake van een gevaarlijke voorfase, die op dat moment vrijwel niemand zag: de aanwezigheid van de joodse bevolkingsgroep, die eeuwenlang door iedereen als een vanzelfsprekendheid was beleefd, werd in de jaren dertig voorwerp van het publieke debat, ook in Nederland.

Uiteindelijk kwamen de gereformeerden, na drie jaar zoeken en tasten, in 1936 tot een uitspraak. Die loog er niet om.

Wie lid was van de NSB, werd voortaan geweerd van het Heilig Avondmaal, een maatregel die neerkwam op een verstoting uit de geloofsgemeenschap. De Kampense hoogleraar Klaas Schilder schreef de felle brochure *Geen duimbreed*. Aan het begin van de oorlog waren er onder de ruim zeshonderdduizend gereformeerden slechts enkele honderden NSB'ers.

Het zoeken naar een houding in deze wereld was daarmee niet

voorbij. Mijn ouders wisten nu eenmaal niet, zoals niemand dat weet, op welke plek ze zich bevonden in de geschiedenis. En met name wisten ze één ding niet: dat hun leven zich afspeelde tussen een voorbije wereldoorlog en een komende.

HOOFDSTUK VII

De tweede wereld waarin wij leven

Paspoort No.
Dit paspoort bevat 12 genummerde bladzijden.
Ce passeport contient 12 pages numérotées.
This pass contains 12 numbered pages.
Dieser Pasz enthält 12 numerierte Seiten.

Bijna raakte de familie Mak in 1934 nog een kind kwijt. 'Op een vakantie bij het Tobameer gingen wij als groten nog even zwemmen,' vertelde tante Ans, 'ik kijk toevallig om, en opeens zie ik alleen de vingertjes van Tineke nog boven water. Ik schreeuw naar Cas die op de kant staat, hij rent het water in en weet haar er nog net op tijd uit te halen. Als ik op dat moment níet had omgekeken, was het te laat geweest. Ik zie dat nog voor me, dat vingertje boven het water...'

Ik weet zeker dat mijn ouders in dat omkijken van tante Ans nooit een toeval hebben gezien, maar de reddende hand Gods.

Het geloof was als een tweede wereld waarin ze leefden. Het was een tweede wereld die angst aanjoeg, normen oplegde, strafte en disciplineerde – een paar Hollandse auteurs zijn groot geworden met het beschrijven van deze godvrezende hel –, maar dat was het niet alleen. Het geloof vormde ook een wereld die steunde en troostte, en die ongekende middelen gaf om de slagen van het lot te accepteren.

Regelmatig trof ik in de correspondentie verhalen over familie of gemeenteleden die vol godsvertrouwen het leven loslieten en soms zelfs psalmen zingend de dood ingingen. De betrekkelijke rust waarmee mijn ouders het verlies van hun kind accepteerden, was geen houding die ze zich oplegden, maar een uiting van werkelijke innerlijke vrede. Datzelfde gold voor andere ingrijpende gebeurtenissen. 'God zal het leiden dat het goedkomt,' stond er op zo'n moment in een brief, en inderdaad kwam het meestal wel op zijn pootjes terecht.

Tegelijk bracht die tweede wereld ook iets gelijkhebberigs met zich mee, een pedanterie waarmee iedere emotie kon worden afgeweerd. 'De menschen leven maar van de ene dag in de andere en denken alleen maar aan promotie en pensioen en nooit, dat God er Zelf wel eens een punt achter zou kunnen zetten,' schreef mijn moeder na de plotselinge dood van een hoge bestuursambtenaar. 'Wel goed dat ze eens wakker schrikken.' Ook bij mijn vader leek de tevredenheid over zijn onwankelbare status toe te nemen. Sommige van zijn stukken en brieven krijgen iets belerends, hier en daar schemert een zelfvoldaanheid door die ik eerder niet bij hem zag. 'Die interpellatie Rutgers schrijf ik eenvoudig toe aan mijn zondagsactie. Watblief? En hoe zal Colijn, die ik persoonlijk eerder schreef antwoorden?' In maart 1935 werd hij gevraagd om lid te worden van de Rotary-club van Medan, 'alwaar ik (grote eer!) iedere veertien dagen met de kopstukken van Deli in aanraking kom in 't hotel. Een lekker dinertje, gezellig gezwam, lezinkje toe.'

De mannenbroeders hadden de macht geproefd, en die smaak had ook mijn ouders niet onberoerd gelaten.

Nu waren mijn ouders geen model-leden van de protestants-christelijke zuil. Eind 1935 werd in huize Mak bijvoorbeeld de bizarre discussie gevoerd of de *Matthäuspassion* eigenlijk wel door niet-christenen gezongen mocht worden. Het moet er hevig zijn toegegaan, want de kleine Anna had zelfs geroepen: 'Als ik de baas van Nederland was zou ik dat verbieden!' Mijn ouders vonden het allemaal klinkklare onzin. Met dat soort gereformeerde supergevoelens wilden ze niets te maken hebben.

De gereformeerde zuil vormde eigenlijk twee bewegingen in één: het was een politieke emancipatiebeweging, maar tegelijk was het ook een opwekkingsbeweging, temidden van de toenemende geloofsverwarring die het einde van de eeuw van zekerheden met zich meebracht. Mijn ouders waren duidelijk meer aanhangers van de laatste stroming dan van de eerste. Uit alles blijkt dat ze niet erg geïnteresseerd waren in het politieke wel en wee van de gereformeerden en de vraag of je wel of niet vleeschkleurige kousen aan mocht trekken.

Aanvankelijk probeerden ze nog een soort evenwicht te vinden tussen het gewone leven in de tropen, de normen van hun zuil en de morele opdracht die ze zichzelf gegeven hadden. Zo schreef mijn moeder in 1934 dat een bepaalde bruiloft volgens haar 'te veel op effect was berekend'. Zo'n huwelijk moest wel plechtig en keurig zijn, maar ze keurde het af als 'de aandacht te veel naar de buitenkant werd afgeleid'. 'Ik denk dat ik daarover met de mama van de bruid nog wel eens een hartig woordje wisselen zal.'

Rond het midden van de jaren dertig werden mijn ouders echter steeds meer, zoals de gereformeerden dat noemden, 'wereldgelijkvormig'. Ondanks de crisis ontwikkelden ze een on-gereformeerd gevoel voor zwier. Het kwam bijvoorbeeld voor dat een bevriende scheepskapitein, die een dag aan de rede van Belawan moest doorbrengen, de hele familie aan boord voor de lunch uitnodigde. 'Wat zag onze moeder er dan prachtig uit,' herinnerde Anna zich. 'Met een jurk, en een elegante hoed. Een echte dame kon ze zijn.' Ze wilden duidelijk verder, weg van Holland, weg van Vlaardingen en zeker weg van Zwart Nazareth. Met één familie van wat deftiger komaf waren ze innig bevriend, en alles moest gedaan worden zoals zij dat deden. Anna: 'Die wisten hoe het hoorde, die hadden viscouverts!'

Echt noodzakelijk was dat opwaarts streven niet: een gereformeerde dominee moest wel wat stand ophouden, maar zoveel stand was ook weer niet nodig in een gemeente die grotendeels uit vrij eenvoudige mensen bestond.

Hun uitgaansleven kwam in een stroomversnelling toen, na veel gelobby van mijn vader, mijn oom Ludzer tot gemeentelijk arts van Medan werd benoemd. Eind mei 1935 kwam hij aan, pas getrouwd, tot grote vreugde van mijn moeder, die dol was op haar jongste broer. Al behoorden oom Ludz en tante Mien in alle opzichten tot de wereld van de ongelovigen, het maakte de familiebanden er niet minder innig om. Binnen de kortste keren wisten de jonge, levenslustige nieuwkomers de gereformeerde huisstijl van mijn ouders open te breken. Nog geen veertien dagen na hun aankomst lees ik al in een brief van mijn vader: 'Gisteren samen naar de kermis geweest en chinees gegeten. Geert vindt dat bijzonder lekker, ik matig.'

Anderhalve maand later zie ik hoe mijn moeder samen met tante Mien de Emmabloemcollecte doet en daarna gaat winkelen bij Gerzon, hoe mijn vader en oom Ludz gezamenlijk allerlei manieren verzinnen om aan goede sigaren uit Holland te komen, ik lees hoe ze gevieren opnieuw gaan 'chinezen', en hoe Ludz en Mien mijn ouders zelfs meetronen naar de bioscoop voor *The House of Rothschild*, de film die mijn moeder 'een beetje pro-joodsch' vond, 'maar wel erg de moeite waard'.

In de zomer van 1935 begon mijn vader, op reis door Java, op zijn eigen houtje 'de wereld' te verkennen. In Bandoeng bezocht hij het toneel van Cor Ruys – 'Vol pijntjes en schunnigheidjes, beneden peil' –, in Soerabaja hoorde hij de beroemde Amerikaanse zangeres Grace Moore en daarna zakte hij de halve nacht door met een journalist uit Medan, 'onder de lampions van een of ander Sjanghai-restaurant'.

Ook anderszins overtrad de domineesfamilie voorzichtig de grenzen van de zuil. Begin 1936 begon mijn vader boeken te bespreken voor de radio. Hij behandelde onder andere zijn cadeauboek *Bartje* ('Een buitengewoon mooi boek en 't wordt ook geweldig veel verkocht'), *Maria Stuart* van Stefan Zweig ('Wel heel goed en interessant, maar toch verrijkt het je niet bepaald') en *Eeuwig zingen de bossen* ('Heel mooi en gelukkig geen verheerlijking van het oer-Germanendom als mannenmoed, mannenplicht, mannenkracht, maar veeleer van de Christelijke deugden. En dat is in deze tijden geen overbodige luxe').

In februari 1938 stond er een galadiner met de gouverneur-generaal op het programma. Mijn vader: 'Als ik mijn vrouw aan de overkant zag zitten, stralend in haar mooie nieuwe japon, en mijn oog dan weer viel op een wolharige mouw van de pij van mijn buurman de pastoor, dan kon ik niet nalaten in mijzelf te mompelen: "Leve de Hervorming, leve de Hervorming!"'

De geheelonthouderij leek totaal in het slop te zijn geraakt. Mijn moeder klaagde dat mijn vader na zijn Rotary-avondjes steeds vaker met een kleine kegel tussen de lakens gleed, en de bevriende buurman Klevant droeg op hun koperen bruiloft een gedicht voor onder de titel 'De bekeerde geheelonthouder'. Oom Ludz en mijn vader maakten zelfs het plan om na de aangifte van Ludz' eerste kind het samen grondig op een zuipen te zetten. Mijn vader: 'Als predikant moet ik toch eens weten wat Lazarus-zijn betekent.'

Tante Mien: 'Met je moeder had ik soms wel diepe gesprekken, maar meestal was het toch vooral gezellig, gezellig, en ook wel oppervlakkig. Want vergeet niet: de mannen werkten zich allemaal overdag kapot. Die waren 's avonds uitgeteld. We waren goed bevriend, we hielden veel van elkaar, maar in het diepste van iemands hart zie je nooit.'

In de kerk werd ondertussen geroddeld dat de sfeer in de pastorie niet meer deugde en dat de dominee de elite naliep.

De 'wereldgelijkvormigheid' van mijn ouders had echter duidelijk haar grenzen. Conflicten mochten nooit ontaarden in vetes: ze moesten de wereld uit zijn voordat de gemeente weer aan het avondmaal ging. Buitenechtelijk geflirt was er niet bij, zelfs niet in de onschuldigste vorm. De vrijere manier van leven van de jongere generatie van mijn oom Ludz en tante Mien – geboren rond 1910 en volwassen geworden in de 'wilde' jaren twintig – werd door mijn ouders – geboren rond 1900, deels nog opgegroeid in de negentiende-eeuwse sfeer van voor de Eerste Wereldoorlog – met zorg bekeken.

'Ik voel me nu al antiek,' schreef mijn moeder in het voorjaar van 1935. 'Menschen die na de oorlog zijn groot geworden hebben veel grooter luxe en daardoor veel grooter vrijheid gekend dan wij. Daardoor krijg je vanzelf een inslag bij de mensen om 't eerst zichzelf behaaglijk te maken en dan pas komt de rest van 't menschdom. Men heeft zich ingebeeld dat men zonder elke dag "iets hartigs" op de boterham, en een pudding toe, en minstens tweemaal in de maand een uitgangetje naar bioscoop of wat dan ook, niet gelukkig is. Omdat de menschen al die luxe gewend zijn is er geen offervaardigheid meer. Ze moeten niet voélen dat er wat van hen gevraagd wordt.'

En in een andere brief, kort daarop: 'Die knapen van een jaar of zestien zijn zo ontzettend arrogant. Ik geloof dat dit wel de minder geslaagde tweede generatie is van de "dressuur in vrijheid" die wij als kinderen genoten. Typisch dat zoiets nooit langer dan één, hoogstens twee geslachten goed gaat. Dan komt onverbiddelijk de reactie. In de intellectuele kringen wordt helemaal niet zoveel meer voor de absolute vrijheid bij de opvoeding gevoeld. [...] De consequentie van vrijheid is bandeloosheid, en de mensen die hun ogen open hebben zien hoe de wereld daaraan ten gronde gaat. Men vraagt nu naar orde en tucht. En onze kinderen zullen misschien de vrijheid weer verkiezen. Hoe de geesten in korte tijd veranderen kunnen is wel wonderlijk!'

In september 1936 mocht Anna voor het eerst mee naar de bioscoop, naar de film *A Midsummer Night's Dream*, en dat gaf tussen mijn ouders enige discussie. Volgens mijn moeder was de film, ondanks een kleine liefdesgeschiedenis, zo onschuldig als het maar zijn kon, maar mijn vader was bang voor 'verkeerde invloeden'. Zij vond dat allemaal onzin: 'Toen ik zo oud was als Anna nu las ik Justus van Maurik, Cremer, Van Lennep en de Camera Obscura, en daar heb ik ook niets van gekregen.'

Het zoeken naar nieuwe normen had een diepere achtergrond dan enkel het losbreken uit de beklemming van de gereformeerde wereld. De crisis wierp opnieuw zekerheden omver, de eerste verre donderslagen van een mogelijke nieuwe oorlog werden alweer gehoord en het leek wel alsof oude maatschappelijke vormen en geloofswaarheden geen antwoord meer hadden. Nogal wat jonge Europese intellectuelen omhelsden het communisme, anderen, zoals Jan Buskes, werden gegrepen door het pacifisme en het socialisme, weer anderen zochten hun idealen in het nationaal-socialisme en het fascisme. Binnen de kerken begonnen sommigen met een nieuwe zoektocht: deels vanuit de toenemende geloofscrisis, deels ook uit verzet tegen het totalitaire denken, waarbij mens en individu gereduceerd werden tot een korrel zand in de stroom van de geschiedenis.

Albert Schweitzer had zich om deze redenen van het Westen afgewend, en zo waren er meer, al vertrokken ze niet letterlijk naar de binnenlanden van Afrika. Karl Barth en zijn Belijdende Kerk riepen daarentegen juist op tot verzet, en tot het nemen van persoonlijke verantwoordelijkheid in deze 'ongelovige' wereld. Een groep jonge Franse katholieken, verenigd rond het blad *Esprit*, probeerde hetzelfde binnen de rooms-katholieke Kerk. Hun ideeën sloegen aan en ze zouden later de geestelijke basis vormen voor diverse verzetsgroepen tegen het nationaal-socialisme in Nederland, Frankrijk en in Duitsland zelf.

De officiële Hervormde Kerk, verreweg de grootste protestantse groep in Nederland, was altijd veel minder stevig georganiseerd geweest dan de gereformeerden, en vernieuwend was deze staatskerk al evenmin. Maar in de jaren dertig, toen het gereformeerde leven steeds meer verstarde, begon er bij de hervormden een verrassende opleving. Men begon te breken met de gewoonte om het godsbegrip alleen te gebruiken voor eigen projecties en enkel van de mens uit te denken. Het ging in deze nieuwe benadering om spanningsvelden – tussen zonde en genade, tussen geloof en ongeloof, tussen angst en vertrouwen – en daar was meer voor nodig dan enkel theologie.

Geloven werd een zaak van luisteren en accepteren, en minder een kwestie van uitleggen en altijd beter weten.

Na hun 'uitbraak' uit de beperkingen van de gereformeerde wereld – eigenlijk was dat maar een korte fase – raakten mijn ouders sterk onder de indruk van dit gedachtegoed. In de zomer van 1937 kwamen ze in aanraking met een Engelse variant, de in 1921 door Frank Buchman gestichte Oxfordgroep, door mijn moeder ook wel omschreven als 'een Leger des Heils voor intellectuelen'. Deze Beweging voor Morele en Geestelijke Herbewapening, die Buchman in 1938 als opvolgster van de Oxfordgroep oprichtte, was een soort nieuw reveil, zij het vooral een reveil voor beter gesitueerden. De aanhangers gingen ervan uit dat al het kwade in de wereld in de eerste plaats een gevolg was van het verkeerde in de individuele mens. Daarom moesten hart en geloof weer met elkaar herenigd worden, en iedereen kon daaraan werken door dagelijks te luisteren naar een innerlijke stem. God zou zo ook in de wereldpolitiek kunnen doorwerken, en de kleine landen van Europa zouden daarin een voortrekkersrol kunnen spelen, zo meenden sommige voorlieden.* De beweging, die ook nogal wat buitenkerkelijken trok, zou later uitmonden in een fel anti-communistische groepering, maar toen hadden mijn ouders allang afgehaakt.

De groepssessies die mijn moeder in haar brieven beschreef, bezaten duidelijk elementen van de therapeutische groepen in de jaren zeventig. Iedere deelnemer werd geacht in grote eerlijkheid over zichzelf te spreken en daarbij werd een bepaald jargon niet geschuwd. Moeilijkheden moesten 'ingebracht' worden, iedere deelnemer moest 's ochtends een 'stille tijd' houden en vooral was er het 'delen'.

Mijn vader bleef er vrij nuchter tegen aankijken; daarvoor was hij te veel gereformeerd en te veel theoloog. Hij kon aan tafel perfect een medegroepslid nadoen, die bij het 'delen' met geaffecteerde stem riep dat het hem zo vreselijk speet dat hij vroeger 'zo rot was tegen de booien'. Maar mijn moeder was er, zo blijkt uit haar brieven, geheel mee vervuld. Elke dag hield ze een uur 'stille tijd' op haar kamer. 'Als je dan aanklopte, werd ze razend,' vertelde Tineke. 'Onze ouders zullen er best wat aan gehad hebben, maar wij als kinderen vonden de resultaten van deze beweging niet zo daverend. Voortdurend belden er mevrouwen die weer "een ervaring" hadden gehad tijdens hun "stille tijd", en dat leuterde dan maar door aan de telefoon. Wij noemden dat onder elkaar Oxfordmevrouwen.'

Anna mocht ook een beetje meedoen. 'Je moest jezelf in zo'n stille tijd onderzoeken, iedere dag. Ik was een jaar of twaalf, een zeer gewetensvol kind, dus dat ging helemaal niet goed. Ik kreeg er alleen maar nog meer schuldgevoelens van.'

De ingeslapen kerk van Medan werd ook door het vuur geraakt. Mijn moeder begon met een bijbelkring voor dames en in de verschillende buurten kwamen contactgroepen van de grond. 'Negen jaar hebben we gevochten tegen een dood blok dat met drie of vier enthousiastelingen niet in beweging was te krijgen, en nu lijkt het wel of het gáát,' schreef ze.

Ik denk dat, ondanks alle zweverigheid, de beweging voor mijn ouders een belangrijke fase is geweest: geloven werd voor hen niet enkel een collectieve emotie, zoals toen nog in veel kerken het geval was, maar een meer individueel gevoel dat zowel binnen als buiten een kerk beleefd kon worden. Het woord, de preek, het werd allemaal wat minder belangrijk; het moest vooral uit jezelf komen. In de latere oorlogsdagboeken van mijn vader kom ik nog regelmatig de 'stille tijd' tegen, een soort meditatie waaruit hij veel kracht zou putten. De groepen waren een vroege, min of meer vanzelfsprekende vorm van wat men later 'oecumene' zou noemen, het weer samengaan van de verschillende kerken. Bovendien gaf de Oxfordbeweging – net als de latere new-age- en andere groepsbewegingen – de aanhangers het gevoel deel te nemen aan iets compleet anders, iets dat buiten alle gebaande paden viel, een oase van openheid en spontaniteit in een samenleving die verder zwaar georganiseerd en gedisciplineerd was.

Uiteindelijk verdwenen de Oxfordmevrouwen weer uit huize Mak. Mijn moeder kreeg vreselijke ruzie met sommige mensen uit de groep – Anna: 'Ik weet niet meer waarover, maar het hele huis stond op stelten' – en er dreigde ook tweespalt te ontstaan in de Gereformeerde Kerk. En daarmee hadden ze al problemen genoeg gehad.

***

In juni 1936 vond in huize Mak een kleine revolutiepoging plaats. De huisbediende kreeg van mijn moeder een standje en na vijf jaar trouwe dienst waagde de man het om daar krachtig tegen in te gaan. 'Nu is dat ongeveer het ergst wat ze kunnen doen, zoodat ik hem toen in goed Hollandsch vertelde dat ik z'n gezicht niet meer zien wou,' schreef ze de volgende dag. Ze wilde overigens toch al van hem af: 'Die goeie man was allang een beetje vervelend en brutaal, en slordig en weet ik wat nog meer, zoodat hij op de nominatie stond om eruit te gaan.'

Ik zal er nooit achter komen waarom de ruzie precies ging. Uit dit incident blijkt echter iets veel belangrijkers: een Indische bediende zei opeens iets terug, en pikte het niet langer. Het was ongehoord, die 'grote mond', het kostte de man zijn baan, maar het was ook een teken van een tijdgeest die langzaam in beweging kwam.

Lezen en schrijven over deze periode doet sterk denken aan de verhalen van Tsjechov: een kleine bovenlaag die enkel vervuld is van zichzelf, die zoemt van rangen, standen, kwesties en affaires, en die er geen idee van heeft dat alles, maar dan ook alles, binnen een decennium voorbij zal zijn.

Het Nederlandse gezag over Indië tijdens de laatste vooroorlogse jaren is te vergelijken met een huis op een heuvel dat door hevige regenval ongemerkt is ondermijnd: uiterlijk lijkt er niets aan de hand, terwijl de funderingen op het punt staan weg te zakken. Van de feesteconomie uit de tijd van Székely-Lulofs' *Rubber* was weinig meer over. Vanwege de crisis had het gouvernement zo moeten bezuinigen dat er van alle mooie ethische plannen weinig meer terecht was gekomen. Bovendien was er een nationalistische beweging ontstaan, die in toenemende mate steun vond bij de bevolking maar die door de blanken volkomen werd genegeerd. Daarbij kwam dat de Indische economie steeds meer internationaliseerde en als het ware van Nederland wegdreef. Azië begon te ontwaken, ook in economisch opzicht, en Japan was een snel opkomende grootmacht.

Het meeste speelgoed bij het gezin Mak was altijd uit Engeland en Holland afkomstig geweest, maar rond Sinterklaas 1933 werd Medan opeens overspoeld met goedkope Japanse spullen. 'Anna brandt van verlangen naar een fiets. En de Japanse fietsen zijn zoo goedkoop (*f* 10,–) dat ik denk dat het wel gaan zal,' schreef mijn moeder.

Aan het eind van de jaren dertig was de Indische import uit Japan al tweemaal zo groot als die uit Nederland. De export was voor een belangrijk deel verschoven van Nederland naar de Verenigde Staten. Indië begon zich meer in de eigen regio te schikken, en steeds minder leunde de archipel op het oude moederland.

Het is dan ook verbazingwekkend hoe het verre Nederland zich een rad voor de ogen draaide en zichzelf bleef zien als het gidsland bij uitstek om Indië de nieuwe tijden binnen te loodsen. Bijna niemand leek enige afstand te nemen en de onvermijdelijke vraag te stellen: hoe lang zal die kleine, welvarende blanke minderheid nog stand kunnen houden tussen die tientallen miljoenen straatarme Indiërs?

Er waren Nederlanders die daarvoor oog hadden, maar het waren slechts enkelen. Zo schreef gouverneur-generaal A.W.F. Idenburg al in 1912 aan zijn partijgenoot Abraham Kuyper over 'de geest van ontwaking' die in Azië hing na de Russische nederlaag tegen Japan in 1905. 'De inlander begint zich rekenschap van zijn bestaan te geven; hem is voorgerekend dat hij zijn gronden ver beneden de waarde voor de suikercultuur verhuurt; dat hij te weinig arbeidsloon ontvangt. [...] Hij heeft gehoord wat er in Japan en China en Turkije is geschied. Hij heeft de metamorphose der Indo-Chineezen gezien die zeer parmantig optreden. Hij is gaan vragen: waarom?' En zijn latere opvolger A.C.D. de Graeff schreef in mei 1928 dat de Nederlanders stonden voor 'een eindelooze, steeds heftiger wordende strijd waarin wij het op den duur zullen moeten afleggen'.

De nieuw benoemde gouverneur-generaal De Jonge vond alles wat de inheemse partijen zeiden echter 'gebral over onbegrepen, van het Westen overgenomen leuzen' als 'imperialisme' en 'kapitalisme'. Ik meen dat nu wij driehonderd jaar in Indië hebben gearbeid, er nog wel driehonderd jaar bij moeten komen, aleer Indië misschien voor een vorm van zelfstandigheid rijp zou zijn,' zei hij in 1936 tegen *De Sumatra Post*, en dit was het beeld waarmee de meeste Nederlanders leefden, ook mijn ouders.

Men geloofde het zelfbedachte verhaal van de ethische politiek, men geloofde in de *Pax Neerlandica* waarmee men het eilandenrijk had samengevoegd tot één staat, in het moderne Westen dat men er introduceerde, in de manier waarop men de Indiërs 'opvoedde tot groter zelfstandigheid', zonder dat zij daar overigens ooit om gevraagd hadden.

En men werd in dit geloof gesterkt door de 'rustige' jaren dertig die na de opstandige jaren twintig waren gekomen. Bij het huwelijk van prinses Juliana met prins Bernhard, op 7 januari 1937, liep volgens mijn moeder de hele inheemse bevolking uit. 'Catrinus moest gisteren in Siantar preken en vertelde dat tot in de kleinste kampongs de vlaggen uithingen. En hier zie je ook iedereen met vlaggetjes op de fiets en Oranjestrikken en speldjes met het portret van Prinses Juliana en Prins Bernhard. Wat een verschil met acht jaar geleden, toen we hier kwamen en je op 31 augustus nauwelijks een vlag zag, en niemand die Oranje droeg.' Het massale gevlag en gezang voedden de illusie dat men op de goede weg was, in de richting van een nieuwe samenleving waarin Nederlanders, Chinezen en Indiërs harmonieus zouden samenleven.

Er is in de jaren twintig en dertig door de Nederlanders in Indië ook werkelijk veel van de grond getild. Bestuur en rechtspraak waren geleidelijk aan buitengewoon goed georganiseerd en er werd zeer zorgvuldig gewerkt. De kwaliteit van de wegen en spoorbruggen is tot op de dag van vandaag zichtbaar. Een miljoenenstad als Jakarta werkt nog altijd met het drinkwatersysteem dat de Nederlanders ooit aanlegden voor het kleine Batavia. Een kleinzoon van mijn vader zou tientallen jaren later als waterbouwkundig ingenieur de beste bodemkaarten van zijn Indonesische werkterrein in een Nederlands archief aantreffen, ooit, in de jaren dertig, met grote nauwgezetheid opgenomen door zwetende, eindeloos voortploeterende Hollandse landmeters. Ook dat is een aspect van het Nederlands-Indische avontuur.

Tegelijk vormden die zorg en die degelijkheid een valkuil. De meeste Nederlanders waren zo voldaan over zichzelf en hun ethische politiek dat ze weigerden verder te kijken dan hun neus lang was. Terwijl Engeland en Frankrijk al in de jaren dertig begonnen te praten over de toekomst van hun koloniale rijken en over de mogelijkheden tot nieuwe staatkundige verhoudingen, maakte de regering in Den Haag daar nauwelijks een gedachte aan vuil. Men zou hier immers nog zeker driehonderd jaar werk hebben?

Het werden er amper tien.

***

De eerste niet-blanke beweging in Indië begon onder auspiciën van een Douwes Dekker, E.F.E. om precies te zijn, een achterneef van de schrijver. Douwes Dekker, geboren in 1879, had een Javaanse grootmoeder en hij wilde dat weten ook. In zijn eerste functies, op een plantage en in een fabriek, werd hij al snel ontslagen omdat hij te veel voor de koelies opkwam. Hij bleef een poosje in Zuid-Afrika – hij vocht mee in de Boerenoorlog – en op zijn vierentwintigste werd hij journalist bij het *Bataviaasch Nieuwsblad.*

Vermoedelijk begon hij in die jaren een aantal enthousiaste jonge Indiërs aan te sporen om iets te doen. In 1908 ontstond de vereniging Boedi Oetomo (Verheven Streven), die kort daarop een eerste congres hield. De ongeveer driehonderd aanwezigen – lagere bestuursambtenaren, onderwijzers, een enkele arts – vroegen bij die gelegenheid het gouvernement verlof om eigen desascholen, eigen tehuizen voor bedelaars en eigen volksbibliotheken te stichten. Het was de eerste uiting van een Indische elite die niet dacht volgens de oude feodale lijnen, maar die zich richtte op de modernisering van het land.

Douwes Dekker was de beweging al gauw niet radicaal genoeg. Met een aantal medestanders stichtte hij in 1912 een echte politieke partij, de Indische Partij, die 'op grondslag van gelijkstelling' Indië wilde voorbereiden op 'een onafhankelijk volksbestaan'. Douwes Dekker, die openlijk het einde van het kolonialisme predikte, ontwikkelde zich als een soort Indische Ferdinand Domela Nieuwenhuis. Er werden demonstraties georganiseerd waar Indo-Europeanen en Indiërs samen optrokken met vaandels en muziekkorpsen, taferelen die men in Indië nog nooit had meegemaakt. Hij werd op handen gedragen, met name door de armere Indo's. Sommige Indiërs zagen in hem zelfs een reïncarnatie van Mohammed.

Nog geen jaar na de oprichting werd de Indische Partij door de 'ethische' gouverneur-generaal Idenburg verboden, Douwes Dekker en twee andere leiders werden gearresteerd en korte tijd later 'verbannen' naar Nederland. Hier verzeilde hij in de Eerste Wereldoorlog – ik ontleen dit hele verhaal aan De Jong –, hij werkte voor de Duitse geheime dienst, hielp met een wapensmokkel van San Francisco naar Singapore, werd door de Engelsen gearresteerd en in 1918 mocht hij uiteindelijk weer naar Batavia terugkeren. Hij werd er weer journalist, maar twee jaar later werd hij opnieuw opgepakt. Na zijn vrijlating richtte hij in Bandoeng een gemeenschap op van maar liefst negen scholen. De politiek hield hij verder voor gezien. Een van de leraren die hij in dienst nam was een jonge ingenieur, een zekere Soekarno.

Intussen was er onder de islamitische Indonesiërs een nieuwe beweging ontstaan, de Sarekat Islam, die honderdduizenden aanhangers trok. Ook begonnen, mede door het pionierswerk van de Nederlandse propagandist Henk Sneevliet, het socialisme en het communisme in de archipel wortel te schieten. Al vrij snel wisten sommige communisten invloed te krijgen op de grote Sarekat Islam en andere oppositionele groepen. In deze sfeer ontstond in 1926 een reeks volksopstanden die echter al snel de kop werd ingedrukt. Op Sumatra hakten de Nederlandse marechaussees het hoofd van de gesneuvelde leider van de opstand af, schoven het op een stok en droegen het de kampongs rond. Veel dissidenten werden daarna opgesloten in een deportatiekamp aan de bovenloop van de Digoel, midden in de wildernis van Nieuw-Guinea. In 1930 zaten er ongeveer elfhonderd Indiërs vast, vergezeld van ongeveer duizend vrouwen en kinderen. Enkelen zaten er meer dan vijftien jaar. Het leven in Boven-Digoel was heet, klam en zeer zwaar – al moet gezegd worden dat de voedselvoorziening en de medische verzorging er redelijk waren. Vermoedelijk tientallen dissidenten overleefden het verblijf niet.

Een nieuwe impuls kwam van de jeugd, en met name van de studenten. In de jaren twintig waren de studiemogelijkheden voor Indische jongeren verruimd, en dat betekende dat permanent enkele honderden Indische studenten in Nederland zaten. Alle onderlinge verschillen in godsdienst en nationaliteit vielen aan de Noordzee weg; ze voelden meer dan ooit dat ze als Indonesiërs in hetzelfde schuitje zaten. In deze kringen dook voor het eerst het begrip 'Indonesia Merdeka' (Indonesië Vrij) op, als naam van hun studentenblad. Een van de belangrijkste leden was Mohammad Hatta.

In Indië zelf waren de meeste inheemse organisaties ineengeschrompeld of ingepakt door de elite, en veel jongeren wisten niet goed wat ze moesten doen. In deze situatie begon Soekarno met studieclubs. Overal trok hij door het land met zijn verhaal dat het verzet tegen het koloniale gezag één ideologie moest hebben: én islamitisch, én nationalistisch, én christelijk, én marxistisch. Enkele maanden na de mislukte communistische opstand van 1926 richtte hij de Partai Perserakatan Nasional Indonesia (PNI) op, de beweging die uiteindelijk kans zag om door te breken.

Met grote energie zetten Soekarno en de zijnen hun schouders onder de nationale zaak. Er kwamen 'wilde' scholen, een paar volksuniversiteiten, jeugdorganisaties. De inheemse arbeiders werden gestimuleerd om eigen vakbonden te vormen. Er kwam een soort volkslied, *Indonesia Raya* (Groot Indië). En er waren manifestaties, veel manifestaties, met tienduizenden deelnemers en duizenden rood-witte vlaggen.

Gouverneur-generaal De Graeff was een van de weinigen die aanvoelden dat deze beweging uiteindelijk niet te stuiten was. Toch werd hij eind 1929 min of meer gedwongen om Soekarno met nog enkele andere PNI-leiders te arresteren en voor de Landraad te dagen. Soekarno's verdedigingsrede – later in Nederland uitgegeven onder de titel *Indonesië klaagt aan!* – duurde maar liefst twee dagen. Ook nu nog is het een indrukwekkend stuk om te lezen, één lange getuigenis over het spoor van ellende dat de Nederlanders in de loop der eeuwen door de archipel hebben getrokken, hecht doortimmerd, met tal van verwijzingen naar theoretische verhandelingen over het imperialisme en het moderne kapitalisme. Aan de vele citaten is duidelijk te zien hoezeer Soekarno in die tijd beïnvloed was door Nederlandse sociaal-democraten als Pieter Jelles Troelstra (die hij maar liefst zes keer aanhaalt) en Henriette Roland Holst. 'Wij staan hier voor uw rechtbank, niet als Soekarno, niet als [mijn medebeklaagden] Gatot Mangkroepradja, niet als Maskoen of Soepriadinata, we staan hier als lichaam en ziel van het in ellende kreunende volk van Indië, als toegewijde en trouwe zonen van Moeder Indië,' zei Soekarno tot slot. 'De uitspraak van Uedelachtbaren over onze roeping zal een uitspraak zijn over de roeping van het Indische volk zelf, over de roeping van Moeder Indië zelf.'

Hij kreeg vier jaar, maar in 1931 liet De Graeff hem al vrij, twee weken voor het aantreden van zijn opvolger, de hardliner De Jonge. De Nederlandse regering was razend maar kon niets meer doen.

Soekarno maakte na zijn vrijlating een triomftocht. Bij elk station waar zijn trein stopte stonden grote menigten hem juichend op te wachten. Maar voor de blanken leek het alsof dit allemaal op een andere planeet gebeurde in plaats van pal voor hun neus. Men zag het niet, men wilde het niet zien, wellicht omdat de consequenties te groot waren, iets wat vaker voorkomt in de geschiedenis.

In mijn moeders brievenpak kwam ik welgeteld één alinea tegen over de Indische politiek, en die ging over het Indo-Europeesch Verbond, 'de enige politieke richting die wat betekent'. Hoewel Soekarno en de zijnen op dat moment – medio 1935 – al honderdduizenden aanhangers hadden, telde deze beweging voor haar blijkbaar niet. Haar grootste zorg was de opkomst van de Indo's, die met hun 'minderwaardigheidscomplex' en hun 'machtsbelustheid' de posities van de Europeanen begonnen te bedreigen. 'We hebben staaltjes gezien van Indo-kapiteins tegen de volbloed mindere, de manier waarop de volbloed wordt weggewerkt uit baantjes en de Indo ervoor in de plaats wordt geduwd.' Aan de communisten maakte ze geen woorden vuil: die waren gewoon 'niet honderd procent toerekeningsvatbaar of van de duivel bezeten'. Zij dienden gewoon 'een gevoelig pak slaag te krijgen'.

Ook in Nederland werd Soekarno gezien als een schreeuwlelijk, een agitator en weinig meer. Het is een propagandabeeld van de Nederlandse regering en de Hollandse nationalisten dat zo diep wortel schoot dat brede kringen er tot de dag van vandaag nog zo over denken. Dat de nationalistische beweging een typische emancipatiebeweging was, waar hard geploeterd en gestudeerd werd, is nooit erkend. En dat Soekarno in werkelijkheid, ondanks al zijn fouten, een zeer charismatisch leider, een groot dekolonisator en een buitengewoon gewiekst politicus was – hij maakte bijvoorbeeld al in een vroeg stadium de Amerikanen duidelijk dat hij geen communistische revolutie wilde, en verwierf zo hun steun –, daarvoor is Holland tot in eeuwigheid blind gebleven.

Binnen de Nederlandse politiek bevond zich in de jaren dertig nauwelijks een voorstander van een vrij Indië. De conservatieven en liberalen hadden vooral de economische belangen voor ogen, de confessionelen zagen het werk van hun zendelingen en missionarissen in het gedrang komen, en de sociaal-democraten meenden dat de Nederlandse arbeiders, in de woorden van SDAP-voorman J.W. Albarda, te veel voordelen aan de betrekkingen met Indië ontleenden om de kolonie te laten schieten: 'Men behoeft maar te denken aan de relaties van de textielindustrie met Indië, dat haar grote afzetgebied is. [...] Ook het belang van de haven-, magazijn- en transportarbeiders is met het bezit van Indië nauw verbonden.'

Mijn moeder, in februari 1934: 'Hier vreest men vooral Japan, dat zich overal probeert in te dringen met handelsrelaties. Singapore schijnt sterk bewapend te worden. Of men een uitbarsting in die richting vreest? Zopas kwamen Anna en Cas met hun rapporten thuis. Allebei goed.'

Toch bleef die andere werkelijkheid bestaan, een werkelijkheid zoals die in 1939 werd verwoord door de islamkenner en gouverneur van Oost-Java Van der Plas, namelijk 'dat de intellectuele Inlanders, bij alle zelfbedwang en nuchter inzicht in mogelijkheden, zonder uitzondering verlangen naar en dromen van zelfstandigheid, eigen baas in eigen land zijn, en soms nog meer'.

In 1936 werd namens de Volksraad, waarin alle Indische groeperingen vertegenwoordigd waren, een petitie aan de Nederlandse Staten-Generaal gestuurd. Hierin werd, in buitengewoon voorzichtige termen, gevraagd om een conferentie tussen Nederland en Nederlands-Indië, waarop een lijn zou moeten worden uitgestippeld om Indië geleidelijk – men dacht aan een termijn van tien jaar – een zekere zelfstandigheid te geven. De indieners van de petitie dachten niet zozeer aan onafhankelijkheid maar eerder aan een Britse 'dominion-status'.

Deze 'petitie Soetarjo' was een keerpunt. De Nederlandse regering wees namelijk zelfs dit verzoek af. De 'landskinderen' hadden, zo meende men, immers al genoeg 'deel in lands- en plaatselijk bestuur'. In Nederland kreeg de petitie alleen de steun van de sociaaldemocraten en de communisten. In Indië beseften nu ook de meest gematigde hervormers dat er een harde, eensgezinde strijd tegen de Hollanders nodig was. Dat de petitie Soetarjo de laatste kans was geweest op een vreedzaam vergelijk, zag slechts een enkeling.

In hetzelfde jaar kreeg Douwes Dekker een verbod om nog langer op te treden als leraar.

Mijn vader was in deze woelige periode op één front actief: hij pleitte ijverig voor de invoering van de zondagsrust op de plantages. Op de Indische ondernemingen kregen de employés en koelies maar twee vrije dagen per maand en alle kerken liepen daartegen te hoop.

Hij schreef daarover in *De Sumatra Post*, hij hield lezingen, hij schreef brieven aan Colijn en aan de leden van de Staten-Generaal, hij sprak voor de radio, kortom, hij sloofde zich uit als een echte actievoerder.

Hij dacht daarbij aan het lot van de honderdduizenden Indische koelies, die zo twee extra vrije dagen zouden kunnen krijgen, maar de nadruk lag daarop niet. Als ik de radiolezing van mijn vader over dit onderwerp doorneem – ik vond haar terug in een doos met oude preken –, is het duidelijk dat hij en zijn collega's zich vooral druk maakten om de zondagsrust van het Europese personeel. Dat zag door deze regeling namelijk steeds minder de kerk van binnen, en steeds vaker de sociëteit.

Veel later, toen hij zijn herinneringen opschreef, sprak mijn vader van een 'schuldige tijdgebondenheid'. Achteraf schaamde hij zich diep over deze periode. Ik maakte me, schreef hij, enkel druk over de handhaving van het sabbatsgebod. De andere negen geboden – 'Gij zult niet stelen. Gij zult niet begeren. Gij zult uw naaste liefhebben als uzelve' – leken niet te bestaan ten aanzien van de Indiërs. 'Hebben wij – de kerkeraad en onze gemeenteleden – ons solidair verklaard met hen, die vochten voor vrijmaking van onze koloniale overheersing? Ik moet eerlijk bekennen: nee, geen sprake van.' Bij excessen ergerde men zich, zeker, 'maar voor de rest hadden we met de maatschappelijke structuur geen moeite'. 'Was er bij ons enige pijnlijke gedachte of ongerustheid, dat wij ondanks de zegeningen van ons bewind, in feite hun overheersers waren en vaak hun uitbuiters? In het minst niet!' Vlak na de oorlog vonden bijna alle Nederlanders het nog vanzelfsprekend dat de oude posities zonder slag of stoot weer zouden worden ingenomen. 'Zelf was ik ook zo naïef.' Pas daarna zou hij wakker worden.

***

Mijn moeder bolde langzamerhand aan tot een gewone Hollands-Indische dame. De veelvuldige afwezigheid van mijn vader deed haar niet zoveel meer. In maart 1936 meldde ze zijn thuiskomst slechts in een halve regel, na een reis die toch bijna een maand duurde. 'Maar je went zoo aan dat reizen en trekken dat weggaan en thuiskomen niet zulke evenementen meer zijn,' legde ze een paar brieven verder uit. 'Vooral nu de kinderen wat grooter zijn en ik veel meer afleiding heb dan vroeger, toen ik zo erg aan huis gebonden was en niets anders kon doen dan de dagen tellen. Wat niet zeggen wil dat ik soms niet verlang naar een doodgewoon geregeld huishouden. Maar dat zal denk ik pas komen als we ergens ons pensioen gaan zitten verteren.'

Ze werd opnieuw zwanger, en in de brieven ontstond een discussie over de naamgeving. Mijn ouders hadden zich bij hun eerste kinderen altijd keurig aan de traditie gehouden. Ze hadden oude familienamen gebruikt, en het eerste kind was genoemd naar de moeder van mijn moeder, het volgende kind naar de vader van mijn vader, het derde kind naar de vader van mijn moeder. Bij het vierde kind begonnen ze de naam te moderniseren: Catharina werd Tineke. Het vijfde kreeg twee klassieke namen uit beide families: Jacobus Ludzer. Daarna braken ze los uit alle familieverbanden en volgden hun gevoel.

In 1937, nog voor het kind geboren was, stuurden ze aan Vlaardingen de tekst van de geboorteadvertentie die in de Hollandse kranten moest verschijnen. De Van der Molens reageerden boos: 'hun' Hattem was nu aan de beurt, en die was gepasseerd. Mijn ouders antwoordden dat ze nauwelijks iets met Hattem gemeen hadden en dat ze zo wel aan de gang konden blijven. 'Ik had nooit gedacht,' schreef mijn moeder pinnig, 'dat wij daar nog eens over en weer over zouden moeten corresponderen.' Zoiets was toch alleen iets voor families 'die niet boven een bepaalde kleinburgerlijkheid uitkwamen'? 'Lieve mensen,' schreef ze in een volgende brief, 'willen jullie nu één ding van me aannemen: laat dan je kinderen vrij hoe ze hún kinderen zullen noemen, en wees daarin niet kleinzielig.'

Wie weet heeft van de voorgeschiedenis, van de schuldgevoelens van mijn moeder en het verdwijnende portretje in het hoofd van mijn vader, die begrijpt waarom mijn ouders voet bij stuk hielden, zij het met een kleine concessie. Het werd Hans, voluit Johannes Hattum. Johannes: God is genadig.

Hans werd geboren op vrijdagochtend 5 maart 1937, een gebeurtenis die mijn vader nauwkeurig documenteerde in een lange brief aan beide families in Holland. Precies op die dag vierde Cas zijn tiende verjaardag. Hij kreeg een voetbal en een schaakbord en op school hoorde hij van meester Klevant dat hij ook nog een broertje had gekregen. 'Er was groot gejuich en hoera-geschreeuw in verschillende klassen, zodat in een ommezien van tijd heel Medan het wist. De Resident schreef een felicitatiebrief, meldende: ik hoorde het al van de kinderen van school komende. Anna zat met dikke tranen in de ogen.' Thuis zette mijn vader de twee kleinsten op zijn knie en probeerde het hun te vertellen, maar het leek niet echt tot hen door te dringen. 's Middags mochten de kinderen naar de dierentuin en daarna met Anna naar een melksalon. De bevalling was van een leien dakje gegaan. 'Een flink kereltje, model brievenbus-mond.' Mijn moeder was intens dankbaar en gelukkig.

Maar een maand later, toen mijn vader alweer voor weken op reis ging, klaagde ze voor het eerst sinds jaren weer over 'die dubbele verantwoordelijkheid, die me anders heus niet zo drukt', en over de 'vrijgezellen-neigingen' van haar man.

De kinderen werden groter. Anna ging zich, na een overdosis meisjesboeken, stoer en 'te jongensachtig' gedragen. Ze begon een nieuw jargon te hanteren, met woorden als 'reuze' en 'denderend'. Cas vertikte het nog langer een scheiding te nemen en kamde zijn haar achterover, 'geen gezicht'. Volgens zijn onderwijzer was hij vaak vervelend en onoplettend, omdat hij in drie minuten snapte waar ieder ander een kwartier over deed. Gjalt was bezeten van alles wat met muziek te maken had; enige tijd later zou hij beginnen met vioollessen. Tien had sproeten, en volgens mijn moeder was ze 'een echt kermiskind'. Ze wilde later niets worden, ze wilde alleen maar vrijen, 'eerst met mijn moeder, dan met mijn man, en dan met mijn kinderen'. Hansje was een tenger baby'tje met een scherp snuitje, donkere oogjes en een spits neusje. 'Ludzer beweert dat hij sprekend op dokter Cohen lijkt.'

In de zomer van 1937 werd besloten alle correspondentie voortaan per luchtpost te verzenden. 'Wat heerlijk dat we nu binnen vijf dagen alles van elkaar kunnen horen.' Vanaf het najaar werden er zelfs serieuze pogingen ondernomen om de Van der Molens voor een lange vakantie naar Indië te krijgen. Van alle kanten werd bijgedragen aan de reiskosten, zo'n tweeënhalfduizend gulden voor twee personen. Mijn grootvader nam een extra hypotheek op zijn huis en uiteindelijk kwamen ze op een novemberochtend aan op de rede van

Belawan. 's Middags stond mijn moeder snikkend aan het aanrecht en had ze de eerste aanvaring met haar immer beter wetende ouders alweer achter de rug.

Het werk denderde door. Mijn vader, in december 1937: 'Om zeven uur begon de trouwdienst en toen ik 's middags de preek nog wat instudeerde verscheen een man die zich diep in de schulden had gestoken en mij kwam vertellen dat hij zichzelf en zijn gezin van het leven zou berooven, omdat niemand hem hielp. Nu moet je daar niet zoo bang voor zijn, maar je moet toch zoo'n kerel te woord staan en hem een gezonde geestelijke opstopper geven, en dan maar weer verder met de preek: "Bruidspaar, gij zijt rijk..." Om halfdrie 's nachts lagen we in ons bed.'

In april 1938 begon Hansje los te lopen, eindeloos door huis en tuin. 'Hij ziet overal mogelijkheden,' schreef mijn moeder. ' "Mooi, mooi," zegt hij dan, en stevent erop af.'

Enkele maanden later, in september, viel voor het eerst de naam Hitler. Mijn moeder schreef dat op nationale feestdagen de hele stad vol vlaggen hing, Chinese, Engelse, Nederlandse en ook hakenkruisvlaggen. Er was niemand die daar problemen mee had. 'De Hitlervlag is toch immers de nationale Duitsche vlag?' Wel viel het haar op dat het doen en laten van de Duitsers door hun consulaten en ambassades nauwkeurig in de gaten werd gehouden. 'De druk die op hen wordt uitgeoefend, openlijk en in het geheim, is ongeloofelijk.'

In de correspondentie dook een nieuw probleem op: wat moest er met de oudste twee kinderen gebeuren? Moesten die hun hele jeugd in de tropen doorbrengen, of was het beter hen in Nederland te laten opgroeien? Mijn moeder was allergisch voor indolentie en gemakzucht, symptomen van het ergste dat Hollandse kinderen in haar ogen kon overkomen: 'verindischen'. Tineke herinnerde zich hoe ze als klein kind eens wat geld uit haar spaarpot had gehaald om een paar felbegeerde 'sterreknikkers' te kunnen kopen, en hoe razend mijn moeder was over deze 'stiekeme daad'. 'Ik heb zo gehuild, ik kon niet meer ophouden met snikken, want ik had toch gelijk, het was toch *mijn* geld. Nu denk ik dat er iets heel anders achter zat: ze vond dat Indische kinderen geniepig waren, en ze was als de dood dat wij ook die kant op zouden gaan.'

Zelf was mijn moeder heilig overtuigd van de kwaliteit van de Nederlandse samenleving. 'Wil je de kinderen tot honderd procent flinke menschen opvoeden, dan moeten ze terug naar Holland,' schreef ze al in de zomer van 1935. 'Als de kinderen eenmaal dertien, veertien jaar zijn, en "kritiek op thuis" krijgen, dan kun je er weinig meer aan doen, en dan wordt het tijd dat ze uit de Indische omgeving weg zijn.' Daarom wilde ze ook het liefst dat de hele familie, na het tweede verlof in 1939, in Nederland zou blijven.

Een paar maanden later dook voor het eerst het plan op om, als het niet anders kon, An en Cas in Nederland achter te laten, want 'ze moeten toch leren wat een normaal gezinsleven is'. De zorg van mijn moeder was heel gebruikelijk. In de Engelse koloniën werden de kinderen bijna allemaal teruggestuurd naar een kostschool in Engeland, en ook in Nederlands-Indië werd zo'n breuk tussen ouders en opgroeiende kinderen gezien als een vanzelfsprekende noodzaak. Mijn moeder was het dan ook absoluut niet eens met de in Indië toenemende neiging om de kinderen bij zich te houden. 'In de grond is het egoïsme, angst voor 't financieele offer, angst om het bezit van je kind. Je moet je kinderen tòch opvoeden om ze kwijt te raken.' Maar moeilijk vond ze het wel.

Gaandeweg werd het dilemma echter overgelaten aan de Heer. Mijn vader, in de zomer van 1937: 'Verlangen doen we niks naar het kerkelijk mistige Holland. Maar de kinderen... Wij zijn er zelf heel rustig onder. Zullen kalm ons volgende verlof afwachten. Krijg ik iets goeds in Holland, dan acht ik dat een vingerwijzing. Zo niet, dan is dat ook een teken.'

Het meest opvallend aan deze afweging is – achteraf gezien – de totale afwezigheid van argumenten buiten de privésfeer. De onrust in Europa, de agressieve taal van Duitsland, de militaire expansie van Japan, bij de besluitvorming van mijn ouders leek het allemaal geen enkele rol te spelen.

Voor mijn vader stond het samenpakkende onweer geheel los van zijn eigen toekomst. 'Het spookt wel wat in de wereld,' schreef hij soms, maar verder raakte het hem niet. 'Zo leven we voort, blij dat onze lieve Heer ons voor hel en waanzin bewaart.'

In werkelijkheid was, in die wereld waar het 'zo spookte', Japan al tien jaar lang in opmars. Het land was in 1931 Mantsjoerije binnengevallen, sinds 1937 was het in oorlog met China en sinds 1938 vocht het ook tegen de Sovjet-Unie in Mongolië.

In Europa was Hitlers leger in 1936, in strijd met alle verdragen, weer het Rijnland binnengetrokken. Twee jaar later, in maart 1938, wist de Führer de Anschluss van Oostenrijk bij het Groot-Duitse rijk te bewerkstelligen. Kort daarop begon hij herrie te maken over de 'onderdrukking' van de Duitse 'volksgenoten' in het Tsjecho-Slowaakse Sudetenland. Hij dreigde met een militaire invasie. De Britse premier Neville Chamberlain vertrok naar München om er, mede namens Frankrijk, te redden wat er te redden viel. Hij zette de Tsjecho-Slowaakse president onder zware druk en wist uiteindelijk diens handtekening te ontfutselen voor een verdrag waarbij Sudetenland werd prijsgegeven, in ruil voor bepaalde territoriale garanties. De filmbeelden uit september 1938 horen tot de meest klassieke van deze eeuw: Chamberlain die onder luide toejuichingen uit zijn vliegtuig stapt, zwaaiend met een velletje papier, 'Peace in our time'.*

Chamberlain is later altijd geassocieerd met slapte en verraad, maar zijn werkelijke probleem was dat van iedere doorsnee politicus: hij durfde niet tegen zijn kiezers in te gaan. Hij kende de Britse publieke opinie als geen ander, en die had de Eerste Wereldoorlog nog vers in het geheugen. En hij besefte dat er in Versailles een enorme fout was gemaakt, die hersteld moest worden voordat het te laat was.

Zo ontstond een fundamentele onevenwichtigheid in de onderhandelingen: Hitler vond oorlog iets louterends, en dat maakte dat hij zijn eisen eindeloos kon opschroeven. Engeland en Frankrijk zochten daarentegen almaar naar compromissen om zo'n oorlog te voorkomen. Bovendien had in 1938 vrijwel geen Engelsman zin om een oorlog te beginnen, enkel om te beletten dat Duitsland zich zou herenigen met, in hun ogen, een ander stuk van Duitsland. Er was dus veel hoerageroep en weinig protest.

Ook in Nederland was iedereen jubelend: de oorlog was afgewend. Huis aan huis werd gevlagd – een tafereel dat vakkundig uit het nationale geheugen is weggeretoucheerd. Slechts een enkeling besefte direct dat omwille van een vage belofte Tsjecho-Slowakije was verkocht en verraden. Engeland had, zo meende het Lagerhuislid Winston Churchill, de keuze 'tussen schande of oorlog'. 'We kozen voor de schande, en we zullen de oorlog krijgen.' In *De Groene*

Amsterdammer schreef Menno ter Braak over 'het verraad der vlaggen': 'Eén mijner zegslieden zei mij: "De vrede is uitgebroken." Hij had gelijk: de verraden Tsjechen zullen het dezer dagen merken.'*

Binnen zes maanden waren de troepen van Hitler niet alleen Sudetenland binnengetrokken, maar ook Praag.

Mijn ouders maakten zich vooral druk over München en Praag omdat daardoor mogelijkerwijs hun tweede verlof in het water zou kunnen vallen. 'Al zijn de heren weer aan 't redeneren en confereren, je kunt toch nooit weten wanneer ze met hun mooie kanonnetjes willen gaan schieten,' schreef mijn moeder olijk. Helemaal gerust was ze niet. 'Je krijgt het gevoel van brommende honden die elkaar toch wel eens naar de keel kunnen vliegen.'

Voor anderen was de intocht in Praag op 15 maart 1939 een keerpunt. Konden voorgaande acties van Hitler nog gezien worden als een herstel van het Duitse rijk, als een correctie op Versailles zo men wil, het oprukken van de Duitse troepen in deze soevereine, florerende democratie was een regelrechte invasie. In Wenen haalde een jubelende menigte de Duitsers binnen, in Praag heerste er bij de niet-Duitsgezinde bevolking slechts een somber zwijgen. Hier werd, voor wie niet helemaal blind was, alles duidelijk: Duitsland was er eenvoudig op uit om zoveel mogelijk van Europa te veroveren, en ieder land kon het volgende slachtoffer zijn.

Zo voer de familie in juni 1939 opnieuw naar Europa. Het werd een feestelijke reis. Het schip was niet groot, het was eerder een vrachtschip waarop ook wat passagiers meegingen, maar de matrozen deden alles om het de kinderen naar de zin te maken. In een leeg ruim maakten ze van zeildoeken een zwembad, ze lieten Gjalt en Tineke op de brug meevaren en Cas leerden ze zeepaardjes opzetten. Anna was veertien. Ze zat uren op de voorplecht naar de zee te kijken, naar de vliegende vissen, vol dromen van later, van Nederland, van een fijne school, van nieuwe vriendinnen en vrienden, van een ander leven, van het schuim dat met de boeggolf wegvloeide.

HOOFDSTUK VIII

De tussenoorlog

De Sumatr

Maandag 13 Mei 1940

Uitgave: N.V. Boekhandel en Drukkerij

Hoofdredacteur: A. P. A. A. BEENARD

DE TELEGRAMMEN VA

De oorlog in Nederland

De Duitschers niet verder dan de IJssellinie en de Peel

Ondanks intensieve valscherm-tactiek, is Nederland de situatie meester

Parijs, 12 Mei. (Aneta-Reuter). De Duitsche troepen in Nederland waren niet in staat verder te komen dan de IJssel-linie en de moerassen van de Peel.

Nadat Arnhem was bezet stootten de Duitschers naar het Westen door doch door den Nederlandschen weerstand werden zij tot staan gebracht.

Op andere gedeelte van het Nederlandsche front hadden slechts enkele infiltraties plaats.

Er wordt op gewezen, dat de Duitschers, (die niet in staat zijn heen te breken door een massalen frontaanval) trachten intensief gebruik te maken van valschermers.

Gisteren in den loop van den dag zonden zij achtereenvolgende golven van valschermers.

De eerste golf kwam in den morgen en landde na een hevig gevecht dat den geheelen middag voortduurde, doch bij het vallen van den avond losceerden de Duitschers een nieuwen aanval en het gevecht duurde den geheelen nacht voort.

Op sommige plaatsen slaagden de Duitschers erin detachementen van duizend man te vormen.

Bij het aanbreken van den dag echter hadden de Nederlanders den toestand goed in de hand en tegen tien uur werd gemeld dat zij meester waren van de situatie.

Telegrammen van de Koningin

DE POST IN HOLLAND

Schaamtelooze

Oor

Gro

West

Belge

DUIT

Brussel

Grote bewegingen in de geschiedenis worden meestal slechts vanaf de rand meebeleefd, in de marge van het dagelijks bestaan, en wie kan, gaat er met zijn rug naartoe zitten. De kranten melden keurig wat later in de geschiedenisboekjes komt te staan, de feiten lijken onontkoombaar, maar toch probeert iedereen er uit alle macht aan te ontsnappen, zoals de tuinman aan de Dood.

Zo is het ook bij deze familiegeschiedenis. Bij veel van wat ik schrijf, voel ik me een jongen die naar een toneelstuk zit te kijken en niet de verleiding kan weerstaan om tegen zijn helden te roepen: 'Kijk uit, achter je!' Op dat geroep zijn hele historische verhandelingen gebaseerd, en het geeft latere generaties altijd weer een goed gevoel.

In de officiële Nederlandse geschiedschrijving over de Tweede Wereldoorlog, twee boekenplanken met negenentwintig banden, ligt een goudmijn aan verhalen verscholen. Een van de meest onvergetelijke gaat over de nacht van 9 op 10 mei 1940, de nacht waarin het Duitse leger het neutrale Nederland zonder ultimatum of oorlogsverklaring binnenviel. De Nederlandse regering was niet helemaal onvoorbereid: er waren eerder serieuze aanwijzingen geweest voor een mogelijke aanval en die avond kwamen vanaf alle grensgebieden berichten binnen over ongekende activiteiten aan de Duitse kant. De ministers van Buitenlandse Zaken en van Defensie bleven met een aantal ambtenaren tot diep in de nacht op. Omdat de radio niet was ingeschakeld – wat viel er immers midden in de nacht uit te zenden – wist niemand dat het Centraal Luchtwachtbureau al vanaf halftwee 's nachts onafgebroken melding maakte van 'vreemde vliegtuigen die van oost naar west vlogen'. Het waren, zo bleek later, Duitse toestellen die boven de Noordzee een draai maakten om vervolgens hun aanvalsvlucht op de Randstad te beginnen.

Uiteindelijk waren de mannen gaan slapen, de meeste in hun werkkamer, de kleren aan. In het holst van de nacht werd de minister van Defensie door zijn collega van Buitenlandse Zaken opgebeld met de vraag of zijn luchtwachtdienst alsjeblieft wilde ophouden met al die alarmerende radioberichten. De Belgen werden er ongelooflijk zenuwachtig van en het zou de Nederlandse neutraliteit maar kunnen schaden. Dat leek de minister een redelijk verzoek, en hij liet zich doorverbinden met de dienstdoende officier op het Centraal Luchtwachtbureau. 'Zou het niet verstandiger zijn deze neutraliteitsschendingen niet zo van de daken te schreeuwen?' zo begon hij. Op dat moment begon een andere telefoon te rinkelen. Een adjudant nam hem van de haak, en wat hij hoorde, deed het protest van de minister verstommen: de vliegvelden Waalhaven en Bergen werden zwaar gebombardeerd. De grote Europese oorlog was uiteindelijk ook voor Nederland begonnen.

Lang heb ik me verbaasd over de argeloosheid waarmee mijn ouders in februari 1940 met achterlating van twee kinderen uit Europa vertrokken, menend dat ze het gezin een paar jaar later weer in alle rust zouden kunnen verenigen. Was dat enkel een kwestie van nationale oogkleppen of van een immens godsgeloof? Ze lazen toch hun kranten, het waren toch normale, redelijk goed geïnformeerde kinderen van hun tijd?

Nu, meer dan een halve eeuw na dato, kunnen we het toneel van '39-'40 redelijk overzien, en dat maakt onze positie uiterst comfortabel. Daarom spreken we tegenwoordig slechts in meewarige termen over de halsstarrige naïviteit van de Nederlandse regering en de meerderheid van de bevolking. En groots en meeslepend was het inderdaad niet. Alleen: in die tijd, en met de kennis en ervaring die men toen had, waren hun opvattingen toch minder vreemd dan ze nu lijken.

Tijdens de Eerste Wereldoorlog was de neutraliteit van Nederland voor alle strijdende partijen van belang geweest. Voor de Engelsen bleek ons land onmisbaar als verzamelcentrum voor hun uitvoerige inlichtingennetwerk, en de Duitsers hadden onnoemelijk veel baat gehad bij de smokkeldoorvoer via Nederland. Alle reden, kortom, om bij een volgende oorlog weer te hopen op zo'n neutrale status.

Bovendien had Nederland geen alternatief. Als het land een bondgenootschap was aangegaan met Engeland of Frankrijk, dan was een Duitse bezetting vrijwel onvermijdelijk geweest. Nu bestond er tenminste nog een theoretische mogelijkheid dat het land de dans zou kunnen ontspringen. Wie zo'n wankele balans wilde handhaven, moest echter wel voortdurend op zijn hoede zijn voor valse informatie en andere provocaties die het land in partijdig vaarwater zouden kunnen brengen.

Daarbij kwam nog een punt: voor veel Nederlanders was de neutraliteitsgedachte de enige manier om gewoon door te kunnen leven. Iedere andere mogelijkheid zou hun wereld totaal op haar kop zetten. Een overweldigende drang naar normaliteit en een blindheid voor dreigende catastrofes waarvan de consequenties té groot zijn komen in de geschiedenis altijd weer voor, en ze speelden zeker aan het eind van de jaren dertig. Slechts een klein aantal nuchtere en dappere mensen had de kracht om de gemeenschappelijke mythe te doorbreken. Een Amsterdamse joodse advocaat, een zekere Gans, die in 1938 rustig zijn zaken afwikkelde en met zijn familie naar Amerika emigreerde, werd door iedereen voor gek verklaard. Nog altijd teerde men op de schijnvrede van München.

Oorlog en Nederland, het bleef voor de meerderheid van de bevolking een ondenkbare combinatie. In Frankrijk, België, Engeland, Duitsland, Oostenrijk en Italië stonden op elk dorpsplein de oorlogsmonumenten met tien, twintig, dertig namen, en iedereen kon zich de gezichten nog voor de geest halen. De gemiddelde Nederlander had al eeuwenlang geen enkele ervaring met het verschijnsel oorlog, anders dan van ver weg, lang geleden, en horen zeggen uit de tiende hand. Nederland had in zekere zin nog iets onschuldigs. Alles, alles wat men op dit vlak deed en besloot, was voor het eerst.

***

Dat gezegd hebbende, blijft toch de verbazing. Half Nederland leek, achteraf gezien, in 1939 bevangen door een magisch denken, dat steeds verder zweefde van de beklemmende werkelijkheid die de kranten het dagelijks voorschotelden. De Nederlander was doortrokken van een gevoel dat hem niets kon gebeuren. In diezelfde maanden schiep de schilder Carel Willink zijn magisch-realistische meesterwerk Simon de Pilaarheilige, een onheilspellend en brandend landschap met daarin een magere man die op een zuil zit, en die de dreiging de rug toekeert.

Dit schilderij typeert de levenshouding van die tijd, ook die van mijn ouders. Op de heenreis hadden ze zich eerst getrakteerd op een paar weken vakantie in Zwitserland. Het was voorlopig de laatste keer dat het hele gezin bij elkaar zou zijn, want Anna en Cas zouden, zo was nu definitief besloten, bij een Nederlands pleeggezin achterblijven. Het was prachtig weer, de kinderen lieten zich vanaf de heuvels door het gras rollen en de hele dag speelden ze in een beekje zonder enge beesten, een ongekend genot voor Indische kinderen. Daarna waren er de logeerpartijen en visites in Schiedam en in Vlaardingen, in de geuren van teer en van ontbijtkoek. En vervolgens trok de familie zich terug in een Zeists pension.

Datzelfde voorjaar rinkelden overal in Europa de alarmsignalen. Alle grote machten waren bezig om zich in ijltempo opnieuw te bewapenen. Een halfjaar na München was de euforie vergeten: in maart 1939 waren, ondanks alle beloften, de Duitse troepen ook de rest van Tsjecho-Slowakije binnengetrokken. Twee weken daarna herriep Hitler het niet-aanvalsverdrag met Polen. De Engelsen hadden echter een politieke ommezwaai gemaakt: ze waren nu vastbesloten om Duitsland te stoppen. Tot verrassing van Hitler stelden ze zich garant voor Polens onafhankelijkheid. Op 7 april, op Goede Vrijdag, trok het Italiaanse leger Albanië binnen. Eigenlijk was het continent toen al in oorlog.

Duitsland was op dat moment in het bezit van een oorlogsmachine die alles sloeg wat er verder in Europa op dit vlak bestond. De militaire uitgaven waren er al jarenlang tweemaal zo groot geweest als die van de andere Europese mogendheden. Bovendien besefte Hitler als eerste dat de kracht van een modern, mobiel leger op het land lag en niet meer op zee, en zijn troepen waren wat dit betreft voorzien van de nieuwste snufjes. Als Hitler en Stalin hun krachten zouden bundelen, en Amerika zou zich afzijdig houden, dan zou het Westen nergens zijn.

Dat was dan ook precies de kille rekensom achter een van de meest onverwachte bondgenootschappen in die periode: het Molotov-von Ribbentroppact, de plotselinge deal tussen de twee gezworen vijanden Hitler en Stalin. Voor beide partijen was het een unieke mogelijkheid: Hitler kon alle aandacht richten op de verovering van Frankrijk en een reeks andere West-Europese landen, terwijl Stalin de handen vrij had om de Oost-Europese staten te bezetten. Angst voor het tweede front hoefde Duitsland ditmaal niet te hebben. Later bleek aan het verdrag nog een geheim protocol te zijn gehecht, waarin Hitler en Stalin Oost-Europa nauwkeurig opsplitsten in invloedssferen. Het enige probleemgebied, Polen, zouden beiden onderling verdelen.

Het verdrag zette het politieke toneel van Europa compleet op zijn kop.* 'Het Duits-Sovjetpact is vaak beschreven als Hitlers groene licht voor oorlog,' schreef Norman Davies. 'Dat is waar, maar het is maar het halve verhaal: het pact was net zo goed Stalins groene licht voor oorlog. Vanaf het moment dat de inkt droog was, had elk van de ondertekenaars de vrije hand om zijn buren aan te vallen, zonder last te krijgen van de ander.' En dat was ook exact wat zij deden. Tussen 1939 en 1941 trokken de legers van beide partijen met minder of meer succes rond in hun invloedssferen. Stalin viel zes landen binnen: Polen (gedeeltelijk), Finland (dat min of meer onafhankelijk bleef), Estland, Letland, Litouwen en Bessarabië (dat toen deel uitmaakte van Roemenië). Hitler veroverde er acht: Denemarken, Noorwegen, Nederland, België, Frankrijk, Joegoslavië, Griekenland. Pas in 1941 raakten beide machten onderling slaags over het lot van heel Europa.

De zomer van 1939 was lang en warm, en in het Zeister pension van mijn ouders drongen al deze ontwikkelingen slechts fragmentarisch door. Begin augustus werd de Nijmeegse Vierdaagse gehouden. 'Met welk een hartelijke eenvoud hebben de buitenlanders elkaar begroet!' schreef het christelijke blad *De Stuwdam*. 'De Duitse Hitlerjeugd, overal hadden zij vrienden en de andere nationaliteiten, de Belgen, Engelsen en Fransen waren enthousiast over het lopen van onze Oostelijke naburen. Politiek – men dacht er eenvoudig niet aan.'

De propagandamachine van de nazi's was met een nieuwe campagne gestart, nu tegen de Polen, die Duitse ingezetenen zouden mishandelen. De beschuldigingen – onder andere over het 'castreren' van 'volksgenoten' – werden zonder commentaar overgenomen in de Nederlandse pers. Hitler eiste dat de Vrijstad Danzig zou terugkeren tot het Duitse rijk. Engeland en Frankrijk stonden garant voor de Poolse onafhankelijkheid, maar konden en wilden het land niet militair steunen, met name omdat ze hun eigen defensie nog helemaal niet op orde hadden.

Eind augustus begonnen de kranten crisiskoppen te vertonen. *De Standaard* van maandag 28 augustus 1939: 'Alle Britsche schepen terug', 'Het spoorwegverkeer met Duitschland onderbroken', 'Grensincidenten nemen in ernst toe', 'Britsche parlement morgenmiddag bijeen', 'België mobiliseert', 'Duitschland verzekert onschendbaarheid van Nederlandsch grondgebied': 'Het Duitsche Rijk zal de onaantastbaarheid en integriteit van Nederland onder geen enkele omstandigheid schenden en het Nederlandsche grondgebied te allen tijde eerbiedigen.'

Op diezelfde maandag was mijn vader in Sneek, waar de gereformeerde kerken hun achttiende synode hielden. Na een bidstond luisterde iedereen via in het kerkgebouw opgehangen luidsprekers naar een radiotoespraak van koningin Wilhelmina: de mobilisatie werd aangekondigd. Op straat verdrongen de mensen zich voor de opgeplakte nieuwsbulletins. De volgende dag opende de voorzitter de bijeenkomst met een bijna apocalyptische toespraak: 'Temidden van vuur en rook staat hoog opgericht het groote afgodsbeeld van de staatsalmacht, en de Gestapo staat gereed ieder die daarvoor niet buigen wil, te verwijzen naar de vurige oven.'

Op de Nederlandse grensstations was het nog zo rustig 'als een genoegelijk vacantieplaatsje', zo meldde het christelijke maandblad *Op den Uitkijk*. Alleen wanneer een trein uit Duitsland binnenkwam, ontstond er enige drukte. De verslaggever zag hoe de marechaussees onder andere een heel joods gezin 'retourneerden'. 's Middags moest hij zich zelf ook legitimeren, maar hij kwam gelukkig, zoals hij schreef, 'door het examen ras-zuiver Hollandsch burger. [...] "Mijnheer," lichtte een der met mij opwandelende commiezen nader in, "dat is vanwege uw niet-zuiver-Arisch uiterlijk."' [...] 'Wees blij,' mijmerde onze journalist, 'dat je nog ruim ademt in een vrij land en dat onze ambtenaren aan de grenzen paraat zijn.'

Op vrijdag 1 september berichtte de voorpagina van *De Standaard* uitvoerig over het Duitse ultimatum aan de Poolse regering. De

Duitsers waren, zo schreef de krant, bereid een gevolmachtigde te ontvangen om een nieuw verdrag te sluiten. Maar de rest van de pagina was blijkbaar op het laatste nippertje opengegooid en meldde grensoverschrijdingen, gevechten en Duitse bombardementen. De dagorder van Hitler tot de Wehrmacht werd letterlijk afgedrukt: 'De Poolsche staat heeft de vreedzame regeling van de nabuurbetrekkingen, waarnaar ik gestreefd heb, afgewezen. [...] De Duitschers in Polen worden met bloedige terreur vervolgd, van huis en hof verdreven. [...] Om aan dit waanzinnige optreden een einde te maken, blijft mij geen ander middel dan van nu af aan geweld tegenover geweld te plaatsen.'

De nazi's hadden de aanleiding vakkundig in scène gezet. Ze hadden een groep veroordeelde soldaten Poolse uniformen aangetrokken, hen een Duitse radiostudio vlak bij de Poolse grens laten bestormen en de soldaten vervolgens afgemaakt. De lijken werden aan de pers getoond, als voorbeeld van Poolse agressie in Duitsland. Even later trokken de Duitse troepen overal de grens over.

De koppen op zaterdag 2 september: 'Ultimata van Londen aan Berlijn', 'Onmiddellijke terugtrekking troepen uit Polen', 'Voorlopige neutraliteit van Italië', 'Mussolini wil verzoeningsconferentie'. Het baatte allemaal niet meer. De volgende dag was heel Europa in oorlog. De Polen vochten als tijgers, maar toen op 17 september het Rode Leger vanaf de oostelijke kant het land ook binnenstroomde, hadden ze geen enkele kans. Twee weken later hielden de Duitsers en de sovjets in Brest-Litovsk hun gezamenlijke overwinningsparade.

In Zeist gingen de kinderen gewoon naar school. Dat er iets aan de hand was, merkten ze alleen omdat het pension dicht bij het Nederlandse commandocentrum bleek te liggen. Van de ene dag op de andere stonden alle straten vol met militaire auto's. 'Maar wij vonden kastanjes zoeken interessanter,' zei Tineke. 'En het feit dat het almaar kouder werd, dat hadden we ook nog nooit meegemaakt. Ik moest opeens dikke kleren dragen, en we hadden iets van: wat gebeurt ons nou? Op school moest ik haken leren, een manteltje voor een pop die ik nooit wilde hebben. En toen werd het nog kouder, en ik kreeg lange wollen kousen en wantjes aan, het was vreselijk allemaal. Ik vond Nederland een idioot land, hoe haalde je het in je hoofd om daarheen te gaan!'

Het werd de koudste januarimaand uit de geschiedenis. Na nieuwjaar raasde er een hevige sneeuwstorm, waarbij zelfs treinen vastliepen en dorpen werden afgesloten. *De Standaard* stond er vol over, en daarnaast werden de kleine luyden gelokt met pagina's vol auto- en kledingadvertenties – de laatste toonde een rok net boven de knie, iets wat tien jaar eerder nog ondenkbaar was.

Het waren de maanden van de *phoney war*, zoals men deze 'nep-oorlog' in het Westen wel noemde, het dreigende wachten tussen de formele oorlogsverklaring in september 1939 en het feitelijk begin van de vijandelijkheden in mei 1940. Op zee waren de Engelsen begonnen met een blokkade, de Nederlandse havens werden stil en leeg, begin oktober was, als eerste, de suiker op de bon gegaan, en alles lag klaar voor meer. In november was voor bepaalde gedeelten van het land – onder andere Zeist – de staat van beleg afgekondigd, de post kon er gecensureerd worden en voor sommige vergaderingen was toestemming nodig. Voor steden als Utrecht werden gedetailleerde evacuatieplannen opgesteld.

Ogenschijnlijk bleef het dat najaar rustig in West-Europa. Tekenend voor de sfeer waren de borden die op sommige plekken aan het Franse front waren opgesteld: 'Niet schieten a.u.b., wij schieten niet', waartegenover de Duitsers een bord hadden staan: 'Als u niet schiet, schieten wij ook niet.'

In Oost-Europa was de Tweede Wereldoorlog op dat moment allang niet meer 'phoney'. De Finnen werden overvallen door de sovjets, maar wisten keer op keer het Rode Leger bloedig terug te slaan, met, letterlijk, de moed der wanhoop. Onder druk van Engeland kwam het uiteindelijk tot een vredesverdrag waarbij – ten koste van een stuk grondgebied bij Leningrad – de onafhankelijkheid en neutraliteit van Finland werden gegarandeerd.

De Polen waren er veel ernstiger aan toe. Hitler beschouwde hen als een lager ras, 'meer dieren dan menselijke wezens'. Het westelijke stuk van Polen werd 'verduitst', wat inhield dat de Poolse bevolking van hele dorpen en steden werd verdreven en vervangen werd door Duitsers: een etnische zuivering zoals die in Europa sinds eeuwen niet meer vertoond was. De rest van Polen werd een soort Gestapo-land, waar de SS kon doen en laten wat hij wilde. Instellingen voor bejaarden en gehandicapten werden leeggehaald, intellectuelen en priesters werden bij duizenden vermoord, joden werden in getto's geconcentreerd, tallozen verdwenen in concentratiekampen, anderen zwierven dakloos rond, honderdduizenden gewone burgers kwamen om van honger en gebrek, vele anderen werden vermoord. In totaal zouden tussen de zes en zeven miljoen Polen de oorlog niet overleven: drie miljoen joden, drie à vier miljoen niet-joden.

De Tweede Wereldoorlog werd zo al snel een voortzetting van de Europese zelfvernietiging die in 1914 begonnen was. Op de landkaart zag het er na 1941 weer vrijwel hetzelfde uit als in de Eerste Wereldoorlog: een strijd tussen het centrum van Europa en Rusland aan de ene kant en Engeland en Frankrijk aan de andere. Blijkbaar moest er nog het nodige vergeldings- en destructiewerk worden voltooid.

Voor een deel had dit te maken met een vrede die geen vrede was. Het vredesverdag van Versailles had in 1919 de Europese machtsbalans zo fundamenteel uit evenwicht gebracht dat een terugslag vroeger of later onvermijdelijk was. Bovendien waren uit de hel en de chaos van de Eerste Wereldoorlog twee revolutionaire bewegingen voortgekomen, het communisme en het nationaal-socialisme, waarmee de Europeanen op een of andere manier in het reine moesten zien te komen. Daardoor waren de tegenstellingen in de Tweede Wereldoorlog veel meer ideologisch getint. Meer dan in 1914-1918 kon men spreken van een strijd tussen het 'goede' en het 'kwade'.

In deze algehele catastrofe was de Nederlandse afzijdigheid vooralsnog meer geluk dan wijsheid. Toch wilden mijn ouders dolgraag in Europa blijven. Mijn vader preekte overal rond, in de hoop van een of andere gemeente een beroep te krijgen. Maar het zat hem tegen, wellicht ook vanwege zijn oecumenische en Oxford-sympathieën. Eén kerk wilde hem graag hebben, Leeuwarden, maar toen was het te laat: de vijftien koffers van de familie waren al onderweg met de mailboot, terug naar Indië.

Terwijl mijn moeder in Zeist eindelijk weer met de kinderen in de herfstbladeren speelde, vocht de Nederlandse regering achter de schermen een eigen 'phoney war'. Hitler wilde eigenlijk dat najaar België en Nederland al overvallen, om een mogelijke bezetting door de geallieerden voor te zijn. In oktober 1939 waren minutieuze plannen gemaakt – codeaanduiding: Fall Gelb – en een datum voor de aanval was ook al vastgesteld: zondag 12 november. In verband met mist en regen werd de actie vervolgens telkens uitgesteld en ten slotte over de winter 'heen getild' tot het voorjaar. De definitieve aanvalsdatum is in totaal negentien maal vastgesteld en achttien maal opgeschoven. Tot 10 mei 1940.

Mijn ouders hebben, zoals de meeste Nederlanders, hiervan weinig of niets gemerkt. De nieuwsvoorziening had nog lang niet de intensiteit die we nu kennen, veel gezinnen hadden slechts radiodistributie – een telefoonlijn met een grote bruine schakelaar waarmee men de keuze had tussen twee Nederlandse en twee buitenlandse zenders – en de indringende aanwezigheid van het verschijnsel televisie was nog verre toekomst. Het gros van de mensen had weinig oog voor wat er buiten de grenzen gebeurde.

Slechts een enkele keer sijpelde er iets door van de Duitse oorlogsvoorbereidingen. Op vrijdag 10 november meldde *De Standaard* bijvoorbeeld dat alle militaire verloven plotseling waren ingetrokken. De Nederlandse regering, die getipt was dat er rond de daaropvolgende zondag iets op til was, kwam met het vage motief dat zij 'het gewenscht acht, de weermacht thans niet te verzwakken'. Het bericht leidde tot de nodige opschudding in de laantjes van Zeist en tot grote drukte op de stations: rond de veertigduizend verlofgangers haastten zich naar hun onderdelen. Tegelijkertijd werden Zuid-Beveland en de Grebbe- en Betuwelinie ontruimd en onder water gezet. In totaal moesten zo'n tweeduizend mensen hun huizen verlaten. De Nederlandsche Bank liet uit voorzorg voor 166 miljoen gulden aan goud in kistjes pakken. Uit Zuid-Limburg kwam een kleine vluchtelingenstroom op gang. Hier en daar werden versperringen aangelegd van omgekiepte boerenkarren, houten staken met prikkeldraad en daaroverheen wat stenen en zand.

Al dit nieuws werd echter al snel overschaduwd door het bericht dat Hitler diezelfde week ternauwernood was ontsnapt aan een bomaanslag in de Bürgerbräukeller in München, een eenmansactie van de dappere meubelmaker Johann Georg Elser. *De Standaard* sprak van een 'laffe moordaanslag'. Koningin Wilhelmina stuurde Hitler een gelukstelegram.

De daaropvolgende maandag zaten mijn ouders braaf bij de radio, luisterend naar de rede van minister-president Dirk-Jan de Geer. Er was geen enkele reden tot onrust, zo verzekerde hij de Nederlanders, en hij citeerde daarbij het oud gedichtje: 'Een mens lijdt dikwijls het meest/ Door 't lijden dat hij vreest,/ Doch dat nooit op zal dagen./ Zo heeft hij meer te dragen/ Dan God te dragen geeft.' Zorgen maken, zo zei de CHU-politicus, was dus eigenlijk 'ook ondankbaar tegenover God'. Zijn voorganger Colijn mopperde die avond tegen *De Telegraaf* over alle 'onnodige ongerustheid' terwijl 'er geen vuiltje aan de lucht was geweest', volgens hem een bewijs 'dat het met onze zenuwen nog niet in orde was'. Nee, hij had dat anders aangepakt.

Hitler had ondertussen alweer een nieuwe aanvalsdatum vastgesteld: woensdag 22 november.

Maar kon de Nederlandse regering eigenlijk wel iets anders doen dan het hoofd in het zand steken? Hitler had, zo schreef Sebastian Haffner, niet zozeer succes vanwege zijn kracht, maar eerder vanwege zijn zevende zintuig voor zwakke tegenstanders. 'Of hij de Republiek van Weimar of het Verdrag van Versailles de doodsteek gaf, of hij de Duitse conservatieven of Frankrijk onder de voet liep; altijd gooide hij alleen om wat al viel, vermoordde hij alleen wat al stervende was.' In dit rijtje paste ook wonderwel het Koninkrijk der Nederlanden.

Het Nederlandse leger bezat, om maar een voorbeeld te geven, in die jaren geen enkele tank.* De kanonnen werden bijna allemaal nog door paarden getrokken. Het uniform was zwaar en goedkoop en beperkte de beweeglijkheid. De gemiddelde soldaat was uitgerust met een zwaar Oostenrijks geweer van een halve eeuw oud. De verbindingen waren primitief en gebrekkig. De luchtmacht had een allegaartje van merendeels verouderde toestellen. Nederland was een typisch koopmansland, de affiniteit met het leger was gering en een militaire traditie bestond er, in tegenstelling tot Duitsland, Engeland en Frankrijk, al helemaal niet.

Dat begon eind dertig te veranderen, maar toen was het al te laat. In 1939 waren er bijvoorbeeld vijftien moderne Douglas-bommenwerpers aangekocht, maar de bommen daarvoor ontbraken nog. Men verwachtte dat de Engelsen en Fransen bij een aanval te hulp zouden schieten, maar niemand had onderzocht hoe groot – of beter: hoe beperkt – die hulp in feite zou kunnen zijn. Niemand had ook nagedacht over de technische consequenties daarvan: zo bleek samenwerking met de Britse luchtmacht vrijwel onmogelijk doordat de benzineleidingen op de Nederlandse vliegvelden niet gekoppeld konden worden aan de Britse vliegtuigtanks. Men dacht na over een mogelijke strijd, men besefte dat het Nederlandse leger niet lang zou kunnen standhouden, maar bijna niemand anticipeerde op wat er daarna zou komen: een Duitse bezetting. Nooit is men zelfs maar begonnen aan het meest voor de hand liggende: de opbouw van een verbindingsnetwerk tussen een mogelijke regering in ballingschap en een bezet Nederland. Kenmerkend voor het moreel van de Nederlandse troepen is de bijna klassieke zin uit een gevechtsbericht tijdens de meidagen van 1940: 'Toen werd het levensgevaarlijk en trokken wij terug.'

Bij de grote Nederlandse bedrijven heerste een andere mentaliteit. Over het algemeen hielden de concerndirecties sterk rekening met een nieuwe wereldoorlog, en ook met het feit dat Nederland ditmaal niet ontzien zou worden. Philips had bijvoorbeeld al vanaf 1935 een speciaal Bureau Interne Voorbereiding Oorlog en alle fabrieksgeheimen waren in 1939 naar Engeland en Amerika overgebracht. In de top van Unilever twijfelde men niet aan een toekomstige Duitse aanval op Nederland: in noodgevallen kon men met een paar handtekeningen het hoofdkantoor in Rotterdam 'loskoppelen' van de eigendommen van het concern elders in de wereld. De Nederlandsche Bank had vanaf 1938 in alle rust het grootste gedeelte van de goudvoorraad naar Londen en New York verscheept.

Binnen de organisatiekunde kent men het begrip 'klokkenluider': iemand die, als er iets misgaat, tevergeefs waarschuwing op waarschuwing stapelt. Bijna altijd loopt het slecht af met klokkenluiders: hun dwarse loyaliteit wordt meestal venijnig afgestraft door meer behoudende chefs en collega's.

In de schemertoestand van 1939-1940 was er ook zo'n klokkenluider, die nu de klok voor het hele land luidde. Het was de militair attaché in Berlijn, majoor G.J. Sas, een man die uitstekende relaties onderhield met het hoofd van de Zentralabteilung van de Abwehr, de Duitse inlichtingendienst, Hans Oster. Deze topspion, een domineeszoon en een zeer principieel officier, zag met Hitler niets dan ellende over Duitsland en Europa komen. Hij informeerde Sas voortdurend over de Duitse plannen ten aanzien van Nederland. Maar de waarschuwingen die Sas doorgaf werden met hoon begroet. Toen hij bijvoorbeeld in mei 1939 rapporteerde dat de befaamde Hollandse Waterlinie niets waard was, omdat de Duitsers sterke eenheden parachutisten en luchtlandingstroepen zouden inzetten (en precies zo is het gegaan), lachten ze hem in Den Haag vierkant uit: 'Die vangen we wel met hooivorken op!'

Op den duur werden de berichten van Sas in de geheime overzichten van de Nederlandse inlichtingendienst enigszins belachelijk gemaakt en van uitroeptekens voorzien. Alleen zijn tip over een mogelijke aanval op 12 november 1939 werd serieus genomen, maar dat had alles te maken met het feit dat de Engelsen met dezelfde informatie kwamen. Toen de aanval wegens de weersomstandigheden niet doorging, daalde de status van Sas nog verder. Slechts enkelen, onder wie koningin Wilhelmina, geloofden zijn alarmverhalen. De rest zag hem als een paniekzaaier en zijn geheime informant Oster als iemand die erop uit was om de Nederlandse neutraliteit uit balans te brengen. Dat idee werd nog versterkt doordat Hitler de ene aanvalsdatum na de andere vaststelde en weer annuleerde, data die Sas braaf doorgaf aan Den Haag, maar die daar vooral gezien werden als onderdeel van een Duitse zenuwenoorlog.

De historische datum werd uiteindelijk 10 mei 1940, maar het had bijvoorbeeld ook heel goed woensdag 17 januari kunnen zijn, een kwartier voor zonsopgang. Het waren ijskoude weken, niemand rekende ergens op, en daarvan wilde Hitler juist gebruik maken: zijn troepen konden nu immers zo over de Hollandse Waterlinie wandelen. Een week voor de aanval vielen echter grote delen van het plan Fall Gelb toevallig in handen van de Belgische regering. Een Duits vliegtuigje had een noodlanding moeten maken en aan boord was een slordige officier, een zekere majoor Helmuth Reinberger, met het hele aanvalsplan in zijn tas. De Nederlandse regering sloeg slechts beperkt alarm omdat zij zich niet voor kon stellen dat Duitsers zo nonchalant met hun aanvalsplannen omsprongen. Het waren allemaal provocaties, zo meende ze.

Hitler zelf was echter diep geschokt. Hij voelde zich gedwongen om alles opnieuw uit te stellen: veel van zijn oude plannen waren nu immers waardeloos geworden. Enkel door dit toeval konden mijn ouders een maand later nog rustig vertrekken; zonder Helmuth Reinberger zou hun leven een geheel andere loop genomen hebben.

In hun lijfblad *De Standaard* werd over dergelijke zaken met geen woord gerept. Alleen meldde de krant rond half januari opeens dat bepaalde verloven niet meer werden verleend en dat een aantal bruggen 's nachts waren afgesloten. Verder bevatte de krant regelmatig berichten over vreemde vliegtuigen die werden verdreven, onverklaarbare lichtsignalen die werden gezien en schepen die op een mijn voeren, soms met twintig, dertig doden.

In een brief, eind februari, maakte Cas opgewonden melding van een schietpartij boven Zeist. 'Het was een schitterend gezicht, vijf à zes zoeklichten, bij heldere hemel, en al die waarschuwingskogels en echte granaten die in het kruispunt der lichten ontploften.' Er was, zo schreef hij, ook 'een groot spionagecomplot ontdekt', waarbij men deze vliegtuigen vanuit Zeist geholpen had met 'lichtseinen'. Zo zoemde het land van de geruchten over een 'Vijfde Colonne', complotten van Duitsers en Nederlandse verraders die op het moment suprême het Nederlandse leger in de rug zouden aanvallen.

Opnieuw werd er gewaarschuwd: al die zenuwen konden de neutraliteit in gevaar brengen. Op 22 april 1940 schreef mijn moeder, net terug in Indië, aan haar ouders: 'Jullie trokken van leer tegen onze Oostelijke buren. Zouden we niet dezelfde afspraak maken als met de kinderen, en in onze brieven niet dan neutraal over oorlog en politiek spreken? Als je als volk neutraal wilt zijn, moet je toch ook bij jezelf beginnen en niet de neutraliteit aan de regering overlaten en zelf in je uitingen maar raak doen.'

Het was de laatste brief die Nederland normaal bereikte.

***

Op 19 februari 1940 vertrok de familie opnieuw uit het Rotterdamse Maasstation naar Genua, om van daaruit terug te varen naar Indië. De trein was, vanwege de oorlogstoestand, zwaar geblindeerd. Voor Anna en Cas was in Zeist een pleegfamilie gevonden bij een zendingsarts en zijn vrouw. Volgens mijn moeder was het een gezin met een goede sfeer, dat voelde je zo. Zij leek wat stug, schreef ze, maar eigenlijk was ze heel geestig, en hij was 'een fijne man die geestelijk door zijn dokterswerk niet is afgestompt maar eerder verdiept'.

Ik weet niet of mijn ouders op de valreep nog geaarzeld hebben over hun beslissing. Vermoedelijk hadden ze de houding van mensen die een knoop hebben doorgehakt en zich vervolgens aan dat besluit vastklampen, wat er ook gebeurt. Zelfs mijn oom Koos zei, toen mijn vader afscheid kwam nemen: 'Joh, zou je dat nou wel doen, die kinderen?' 'Ach,' zei mijn vader. 'het valt best mee. Wij blijven neutraal.' De angst voor het verindischen van de kinderen was blijkbaar groter dan de angst voor Hitler.

Dramatisch was het afscheid niet. 'Onze moeder was vooral bezig met kleren en cadeaus,' vertelde Anna, 'maar vader vond het toch wel erg naar. Hij wilde erbij zijn als zijn kinderen groot werden. Maar ja, we dachten allemaal dat we elkaar zo weer zouden zien, als dat nodig was.'

In Rotterdam stond iedereen op het perron. De trein was stampvol mensen die terug naar Indië wilden, overal hing oorlog in de lucht. Anna: 'Onze vader was zo zenuwachtig dat hij de kleine Hans enorm begon te knuffelen, terwijl die toch gewoon meeging en wij achterbleven. We zwaaiden tot we ze niet meer zagen. Onze nieuwe pleegmoeder was er ook, in een grote bruine jas van paardenvel.'

'Toen de trein wegreed, werd het in onze coupé opeens heel stil, heel bedrukt,' vertelde Tineke. 'In mijn eentje ben ik toen maar hard gaan zingen: "Van je hela, hola, houd er de moed maar in, houd er de moed maar in..." Toen glimlachten ze maar een beetje.'

Ruim anderhalve maand later werden Denemarken en Noorwegen overvallen. Weer een maand later, in de nacht van donderdag 9 op vrijdag 10 mei 1940, trokken rond drie uur in de ochtend de eerste Duitse stoottroepen het slapende Limburg in om een aantal Maasbruggen te bezetten. Tegelijkertijd vlogen grote aantallen vliegtuigen het Nederlandse luchtruim binnen. Rond kwart over drie werd in het Zuid-Limburgse Waubach een Nederlandse grenspatrouille gevangengenomen. Ongeveer op hetzelfde moment vond het eerste gevecht plaats: in Groningen werd de wacht van het grensstation Nieuweschans overvallen om de weg vrij te maken voor een Duitse pantsertrein richting Groningen. Even na vieren schrok ook iedereen aan het Schiedamse Hoofd wakker: rond het vliegveld Waalhaven, daar vlakbij, werd hevig gevochten. En toen de Makken naar buiten renden, zagen ze parachutisten neerkomen, honderden en honderden, langs de hele Nieuwe Waterweg. Dit was het dus. Oorlog.

In Medan was men vrijwel direct op de hoogte van de Duitse inval. *De Sumatra Post* van vrijdagmiddag 10 mei bevatte nog het gewone nieuws: *'Chamberlain's aftreden zeker geacht. Wordt Churchill premier?', 'Luchtmacht beter dan slagkruisers? De les van Noorwegen vraagt beraad voor Indië', 'De NSB in Indië onder controle. Geen openbare vergaderingen', 'Hollandsche pers ziet geen reden tot ongerustheid. Het buitenland kan aan Nederland's wil niet meer twijfelen.'*

Opvallend was echter één berichtje boven aan de voorpagina, vermoedelijk op het allerlaatst ertussen gestoken: 'De Hoofdcommissaris van Politie te Medan deed [...] omroepen: Alle mannelijke Duitschers en Oostenrijkers van boven de zestien jaar te Medan moeten zich vóór hedenmiddag twee uur melden op het hoofdbureau van politie te Medan [...] met handbagage en toiletbenodigdheden.'

Kort nadat de krant was bezorgd, wist men al meer. De voorgalerij van mijn ouders zat vol ernstig pratende mensen, herinnerde Tineke zich. Ondertussen maakten Gjalt en zij in de tuin grote forten van zand en water en bombardeerden die vervolgens. 'Dat vonden we opeens prachtig, dat oorlogje spelen bracht een grote wellust in ons.'

De Sumatra Post die de volgende dag bij mijn ouders werd aangereikt, was één en al strijdbaarheid. *'Proclamatie van de Koningin: Den Vaderlandt ghetrouwe, Blyf ick tot in den doet!', 'Meer dan 100 Duitsche vliegtuigen neergehaald', 'Frankrijk heeft het zwaard getrokken!', 'De Duitschers in Rotterdam. Zij kwamen, in schepen verscholen', 'Indië betuigt zijn trouw'*. 'Te Wapen!' schreef de hoofdredacteur. 'Geen omslag voor deze lieden. De deur uit!'

Op maandag 13 mei was de krant nog steeds optimistisch: *'Duitschers niet verder dan IJssellinie en de Peel. Ondanks intensieve valscherm-tactiek is Nederland de situatie meester.'*

Dinsdag 14 mei: *'Ons veldleger veilig achter de Grebbelinie', 'Actie tegen de NSB', 'Het herstel van Rotterdam'*.

Woensdag 15 mei: *'De beker der beproeving', 'Proclamatie van H.M. de Koningin'* [...] 'moest het harde, maar noodzakelijke besluit genomen worden, de zetel der regering te verplaatsen naar het buitenland voor zolang als onvermijdelijk is...'; *'Nederland staakte de strijd'* [...] 'vijandelijke troepen waren er in grooten getale in geslaagd de Moerdijkbruggen over te steken en Rotterdam te herooveren, dat tevoren zwaar werd gebombardeerd. Dientengevolge lag het hart van het land open voor de vijand, en het Nederlandsche leger achter de waterlinie werd bedreigd door een onmiddellijke vijandelijke aanval in de achterhoede... dat het bieden van verdere weerstand nutteloos was geworden, en dat derhalve de strijd moest worden gestaakt.'

Donderdag 16 mei: *'Radio-toespraak van de opperbevelhebber'* '... Rotterdam is zwaar geteisterd. Utrecht en andere steden zouden hetzelfde lot hebben ondergaan...', 'Nederland blijft in oorlog' '... In Azië waait de Nederlandse vlag nog steeds, evenals in West-Indië. Wij hebben geen reden te geloven, dat de rust aldaar zal worden verstoord...'

Een klein bericht op de binnenpagina meldt dat de postvliegtuigen Oehoe en Buizerd zijn teruggeroepen en dat de post van deze toestellen aan de afzenders wordt geretourneerd. Vanaf dat moment waren de rechtstreekse verbindingen met Nederland verbroken. Nieuws kwam nog slechts mondjesmaat binnen via Amerika.* Via kennissen in Zwitserland en het Rode Kruis werd zo nu en dan nog een levensteken met Anna en Cas uitgewisseld, maar veel was het niet. In de correspondentiemap van mijn uiterst nauwkeurige grootvader zit na die laatste brief van 22 april niets meer. Het werd één groot zwart gat, vijf jaar lang.

Anna en Cas zaten op de ochtend van die 10de mei direct in het oorlogsgeweld. Ze woonden vrijwel naast het vliegveld Soesterberg en overal om hen heen werd geschoten. 'In die dagen bloeide overal de Japanse kers, schitterend weer was het,' vertelde Anna. 'We meenden dat het zo weer afgelopen zou zijn, want Colijn had dat immers keer op keer gezegd. Ik had ook geen idee dat hiermee alle contact met mijn ouders verbroken was. Over een paar dagen krijg ik wel weer een brief, dat dacht ik.'

Ook de familie in Schiedam zat vlak bij het strijdtoneel. Vrijwel voor hun neus werd een Nederlandse torpedoboot gebombardeerd terwijl tegelijk het leven voortging. De stad stond te schudden van het artillerievuur en mijn grootmoeder liet een nieuwe hoed bezorgen voor de kerkdienst van de volgende dag.

'Elken keer van die zware Deutsche vliegmachines boven je hoofd en bang dat ze er bommen uit zouden gooien,' schreef ze naderhand in een brief die via Italië in Medan belandde. 'Velen zijn gevallen, maar ons heeft de Heere bewaard. Waarom? Wij zijn toch niet beter dan al die mensen die gevallen zijn.' Maar ze had met de radiowijding meegezongen, een lied van Johannes de Heer, 'en toen keek ik zoo naar jullie portret, en het was net, of jullie allen me toelachten'.

De rest van de brief was door de censuur weggeknipt.

De dinsdag daarop ging om twee uur het luchtalarm af en toen begon het bombardement op Rotterdam. 'Vanaf het Hoofd hoorden we het dreunen,' vertelde mijn neef Catrinus me later. 'We zagen enorm veel rook en vreselijke branden, en al gauw hoorden we wat er aan de hand was. 's Avonds kwam het bericht dat Nederland zich had overgegeven. En toen zagen we ook de eerste vluchtelingen uit Rotterdam.'

Het Duitse bombardement veroorzaakte een brand die binnen drie uur de hele binnenstad in puin legde. Negenhonderd Rotterdammers kwamen om, tienduizenden raakten dakloos. Er gingen vijfentwintigduizend woningen verloren, ruim tweeduizend winkels en zo'n tweeduizend fabrieken en werkplaatsen. Twee dagen later gingen Catrinus, zijn broer Arie en zijn vader Koos naar Rotterdam, op zoek naar hun klanten. 'Het waren een soort condoléancebezoeken die we brachten, aan onze relaties en collega's, want al die zaken lagen in puin. Maar toch stonden die mannen met hun voltallige personeel naast die halfsmeulende panden, de plekken waar ze vaak jaren en jaren hadden gewerkt.' Wat Catrinus zich vooral van de tocht herinnerde, waren de geuren, de combinaties van teer, touw, koffie en andere bedrijfsluchtjes, vermengd met de wat zoetige lijklucht die hier en daar tussen de puinhopen opsteeg.

In Zeist marcheerden de Duitse troepen binnen, stram, stroblond, voorzien van het modernste materieel. Anna en Cas waren gaan kijken. 'Iedereen stond er bedrukt bij,' herinnerde Anna zich. 'Rotterdam brandde immers nog. Er was één man die met zijn arm schuin omhoog stond. Ik wist niet wat ik zag. Het was nota bene mijn eigen pleegvader. Hij was niet eens een NSB'er of zo, hij vond het gewoon prachtig, die orde, dat strakke moderne. Toen ben ik weggegaan. Ik weet nog hoe ik in de serre zat te huilen, buiten stond alles in bloei, en ik dacht: hoe bestaat het.'

***

In Medan braken maanden aan waarin, zoals Tineke het uitdrukte, 'een grauwsluier over het leven hing'. Uit Nederland kwam taal noch teken en rondom mijn ouders voelde ze een stemming van verdriet en toenemende onrust. Mijn moeder was veel ziek, op school ging het minder goed, vertrouwd speelgoed was tijdens het verlof zoekgeraakt en ze kon opeens minder goed zien en rennen. Ze kreeg een brilletje, en dat betekende een nieuwe beklemming. Hans herinnerde zich dat hij in die tijd eindeloos bij de bedienden speelde: een duidelijk teken dat het hoofd van mijn moeder er niet bij was. De lucht klaarde wat op toen het Rode Kruis meldde dat alles goed was met de familie.

In het kleine Medanse wereldje begon een soort haatcampagne tegen de Duitsers. Iedereen met de Duitse nationaliteit werd zonder aanzien des persoons opgepakt: nazi's, anti-nazi's, gevluchte joden, zendelingen, artsen, verpleegsters en zelfs Indische jongens met vage Germaanse vaders die geen woord Duits spraken. Alleen al in Deli werden zo binnen een paar dagen ruim tweehonderd Duitsers geïnterneerd, onder wie vijfenzeventig zendelingen en artsen van de Rheinische Mission. De aardige Duitse directeur van het gemeenteziekenhuis werd ontslagen en mijn oom Ludz nam zijn plaats in. De inboedel van Duitse firma's werd in beslag genomen, de bezittingen van geïnterneerde Duitsers werden geveild en zo kreeg Gjalt opeens een droomcollectie grammofoonplaten in handen. Ongekend wereldse operaklanken galmden door de gereformeerde pastorie. De Duitse consul in Medan pleegde zelfmoord.

Voor het overige hield Indië zich rustig. Net als Nederland was ook de Indische archipel jarenlang het centrum van een wankele machtsbalans. Aan de ene kant zou Japan nooit een overname van Indië door de Engelsen en de Amerikanen toestaan, omdat het land de rijke Indische hulpbronnen veel te hard nodig had, aan de andere kant zouden de Engelsen en de Amerikanen nooit tolereren dat die hulpbronnen exclusief richting Japan zouden vloeien. De Duitse staatssecetaris van Buitenlandse Zaken, Ernst von Weizsäcker, vergeleek Indië in mei 1940 'met het oog van een tyfoon, waar, zoals bekend, een windstilte heerst omdat de met elkaar strijdende windstromen zich daar opheffen'.

Door de expansiedrift van Japan kwam dat oog echter toch in beweging. Aan het eind van de jaren twintig waren in Japan groeperingen opgekomen die in de verte deden denken aan de fascistische beweging in Italië: een combinatie van gefrustreerde officieren en boze arbeiders die zich de dupe voelden van het kapitalistische systeem. En net als in Italië zag men in een nationale verheffing en expansie de oplossing van alle problemen.

Onder invloed van deze beweging begon Japan na 1927 leger en vloot te moderniseren en uit te breiden. In 1931 wist een rebelse legerafdeling op eigen initiatief het Chinese Mantsjoerije te bezetten, begin 1932 werd Shanghai door het Japanse leger gebombardeerd, men maakte zich los uit internationale verbanden, gematigde politici werden vermoord en regeringen afgezet, en zo kregen de agressieve officieren gaandeweg greep op het buitenlandse beleid.

Oorlog betekende voor hen, net als voor de nazi's en de fascisten, een heilige nationale loutering. Of, zoals de Japanse minister van Oorlog begin 1940 in zijn 'Voorschriften voor het Slagveld' schreef: 'Het slagveld is de plaats waar zich het goddelijke innerlijk van de Keizerlijke weermacht op grond van de Keizerlijke bevelen ontplooit; waar bij de aanval alleen terrein veroverd, bij het gevecht alleen gewonnen mag worden; waar de Keizerlijke Weg allerwegen aanschouwelijk wordt gemaakt en waar aan de vijand, die dit met eerbied aanschouwt, de waarde van de goddelijke deugden van de Keizer wordt ingeprent.'

Voor deze Keizerlijke Weermacht werd Nederlands-Indië langzamerhand een hapklare prooi. Het vooroorlogse Indië stond er, ook zonder Japanners, beroerd voor. De ondernemingen hadden zich nog altijd niet hersteld van de grote economische crisis. Geld voor de beloofde 'ethische' projecten was er al jaren niet meer. De onafhankelijkheidsbeweging had reeds in de jaren dertig een groot deel van de bevolking achter zich gekregen. Van enig contact tussen deze nationalistische massabeweging en het Nederlandse bestuur was geen sprake. In december 1939 was in Batavia het eerste Indonesische Volkscongres georganiseerd; er waren zoveel enthousiaste deelnemers dat bestuursambtenaar A. Alberts later zou schrijven dat hij zijn 'prinsgemalengevoel' daarna voorgoed kwijt was.

Terwijl de Indische samenleving meeging met de moderne tijd, hield de regering vast aan de oude feodale en koloniale structuren, zonder ook maar bereid te zijn tot enige noemenswaardige concessie. Door dit alles, schrijft de Indonesië-historicus Van den Doel terecht, was Nederlands-Indië al voor het begin van de oorlog 'weinig meer dan een reus op lemen voeten'.

En de blanken voelden dat, ook mijn ouders. Op school leerden Tineke en Gjalt meer nationalistische liederen dan ooit: 'Eens komt de dag dat Neêrland zal herrijzen! Eens slaat het uur dat Neêrland weer zal staan!' Eindeloos spaarden ze zilverpapier voor het Spitfirefonds. Omdat alle aanvoer van lectuur uit Nederland was gestaakt, begon men van alles zelf te maken. Mijn vader waagde zich onder het pseudoniem Cas Molenaar zelfs aan een kinderboekje over een klein dik olifantje in de dierentuin, dat zó alleen was... Vooral voor Hans was het nog jaren een geliefd voorleesboek.

Tineke herinnerde zich eindeloos gepraat over de oorlog. 'Dan hoorde je voor de radio de geluiden van Hitler, dan weer de plechtige stem van de gouverneur-generaal.' Eén keer werd er in Medan een parade gehouden. 'Ik was dol op uniformen, dus ik rende erheen om te kijken. Ik stond daar aan de kant, en ik zag dikke mannen met buikjes marcheren met een geweer op de schouder, ik was tien, maar ik dacht toen al: is dát nou een leger?'

Hun laatste Indische vakantie brachten mijn ouders ergens in de bergen door, in een oud huisje voor doortrekkende ambtenaren, in het najaar van 1941. Het waren de laatste maanden in vrede en welvaart: pas na een kwarteeuw, aan het eind van de jaren zestig, zouden mijn ouders weer ongeveer terug zijn op het welstandsniveau van toen. Het huisje had geen elektriciteit, 's avonds leefde de familie bij kaarslicht. 'We speelden eindeloos met auto's op wegen die we in de aarden wand van een tennisbaan hadden aangelegd,' vertelde Tineke. 'Met mijn vader hield ik een schaaktoernooi, elke dag een partij. En ik had almaar het gevoel: dit is de laatste vakantie. Dat had niemand me gezegd, maar dat wist ik. Ik kreeg in die tijd ook een broche van hem, in de vorm van een V. Al na twee weken verloor ik die, bij een verjaarspartijtje. Toen heb ik uren gehuild, ik was niet tot bedaren te brengen, want ik wist ook: dit is het laatste dat ik van hem gekregen heb.'

Maar mijn vader was er nog, al duurde dat niet lang meer. Tineke herinnerde zich hoe ze in die maanden vaak samen naar het zwembad fietsten, en hoe hij haar over de hoge brug duwde. 'Stel je voor dat ik met Truitje uit de vijfde klas was getrouwd,' zei hij. 'Jij zou er dan niet geweest zijn.' En ze zeiden tegen elkaar hoe goed het was, dat zij en hij er waren, en mijn moeder en Gjalt en Hans en Anna en Cas, hoe goed alles nu in orde was.

Hans

'Mijn eerste herinneringen hebben te maken met de grote kamer, waar de hele familie zat en waar ook het bezoek ontvangen werd. In de hoek stond de grammofoon, een wonderbaarlijk apparaat. Daartegenover lag de eetkamer. Ik zie mezelf op ooghoogte met de tafel, reikend naar mijn melkbeker, mijn prachtige eigen beker, met een oor in de vorm van een mannetje dat in de beker probeert te klimmen. Nog voordat iedereen begonnen was met eten, had ik die beker al leeg.

Even verderop lag de keuken. Daar stond ook de ijskast. Iedere ochtend kwam een pezige inlander met een dweil op zijn schouders een groot blok ijs brengen, vers uit de ijsfabriek.

Dan kreeg je de kaki lima, de open galerij waar meestal de buitenbaboe in de weer was met wasemmers, stijfsel en een tuiltje blauw. Vervolgens kreeg je de vertrekken van de bedienden, en helemaal daarachter was een alang-alangveld en de boeddhistische tempel, de klingentempel. Ik weet nog dat het stukje grond tussen het huis en de kerk een keer was omgespit, en hoe heerlijk het toen was om uit het huis te rennen, op de aarde te dansen en die kluiten aan je voeten te voelen.

Aan dat stukje grond bewaar ik een andere vroege herinnering. Op een dag waren mijn ouders om een of andere reden zeer geëmotioneerd, en ze deden vervolgens iets heel vreemds. We hadden platen van Wagner en voor het Japanse filmnieuws werd die muziek altijd als achtergrond gebruikt. Of het dat is geweest of iets anders, maar op de plaats waar we vroeger op de kluiten gedanst hadden, smeten mijn ouders nu al die Wagnerplaten stuk en daarna trapten ze alles tot scherven. Ze waren op een of andere manier vol machteloze woede. Ik moet toen een jaar of drie geweest zijn.

Een nog eerdere herinnering heeft te maken met mijn oudste zuster Anna. Eigenlijk is het geen concrete herinnering, maar meer een algemeen gevoel van leukheid met Anna, en het sterke gemis van die aanwezigheid toen ze weg was.

Van mijn vader heb ik weinig vroege beelden. Hij was veel op reis om gemeenteleden te bezoeken. Singapore, dat woord viel altijd. Op een gegeven moment werd hij soldaat. We hadden een auto met een spitse neus, dat noemden ze "stroomlijn", dat leerde ik van mijn broer Gjalt. Zo'n neus heette ook wel "modern". Ik vroeg mijn moeder: "Wat is modern?" Ik vond dat zo'n bijzonder woord, ik vroeg aan iedereen wat dat was. Die moderne stroomlijn-auto was op een dag groen gespoten, en daarna heb ik mijn vader nooit meer gezien. Met die groene auto verdween mijn vader.

Mijn moeder was altijd aanwezig. Ze speelde viool en als er luchtalarm dreigde, was ze opeens heel streng. Dan kreeg ik voor het minste op mijn donder, terwijl ik anders toch altijd mijn gang kon gaan. Ik speelde veel bij de bedienden. Een meisje heeft me daar een heel ingewikkeld knikkerspel geleerd, waarvan ik later nog veel plezier heb gehad. Verder had ik een blokkendoos, met mooie lange blokken, en een klein gietertje dat mijn vader speciaal bij de blikslager had laten maken. Daar heb ik ook heel veel mee gespeeld.

Ik probeerde van alles. Ik dacht bijvoorbeeld lang na over de vraag hoe je geluid kon bewaren in een sigarendoosje. Waarom kon dat toch niet in een doosje bewaard worden, dat snapte ik maar niet.

Ik besef het, het zijn allemaal heel kleine herinneringen, maar het leven was klein.

In 1939 gingen we met verlof naar Nederland. Eerst hielden we een paar weken vakantie in Zwitserland. Ik herinner me een bepaald boerendansje dat we daar zagen, met leren broeken en veel gejodel, iets wat diepe indruk op me maakte. Verder weet ik niet veel van die periode, behalve de terugreis. Dat was ook weer zo'n emotioneel ogenblik, dat de boot wegvoer van Genua, in februari 1940, terwijl de nieuwe wereldoorlog al aan de gang was. Die geladen sfeer waarin zo'n vol passagiersschip weggleed van de kade, van Europa, rustig, stil, maar je voelde: dit is een bijzonder moment. Ik zie het nog voor me, dat grijzige weer, dat rooiige van de haven, de paar mensen die op de kade stonden, veel soldaten overal, en dan die afstand die steeds groter werd. Daarna was het eindeloos varen en naar de dolfijnen kijken, vliegtuigjes van het voor- naar het achterdek laten waaien, zo'n schip is voor kleine jongetjes eindeloos leuk.

Al gauw nadat we weer thuis waren, begon er een nieuwe stemming in de lucht te hangen, vol zenuwachtig contact tussen vader en moeder en oom Ludz en tante Mien, en almaar viel een nieuwe term: oorlog. We mochten geen chocoladepapiertjes meer laten slingeren, dat was allemaal voor het Spitfirefonds.

Ik kan de sfeer niet goed beschrijven, soms komen kunstenaars er heel dicht bij. Ooit zag ik een film over een Pools dorpje aan de grens, vlak voor de Duitse invasie. Dat was precies de stemming in het toenmalige

Medan. Dat was echt niet de mentaliteit van From Here to Eternity, *de sfeer van mannenmoed en heldendom, vergeet dat maar. Het was veel raarder, het was een vreemde geagiteerdheid, zoiets.*

Toen gingen er dingen gebeuren die ik begon te registreren. Ik hoorde voor het eerst het woord "capitulatie". Dat betekende dat je moest doen wat de Jappen zeiden, en dat we papieren vlaggen moesten maken. Dat lukte niet goed, en moeder zei toen: "Vraag maar aan iemand op straat of die er een sirihpruim op spuugt, dan hebben we een mooie rode stip."

Voor de rest probeerde ik mijn moeder en mijn zusje Tineke vooral te ontwijken. Ze mochten me niet op straat zien, dat wist ik wel, dus ik glipte overal langs en doorheen. Een keer werd ik door een Indiër thuisgebracht: "Zomaar rondzwerven was niet goed voor een Hollands jongetje."

Al snel was het afgelopen met die halve vrijheid. We werden naar een ommuurd terrein gebracht, niet ver van Medan. Dat was ons eerste kamp, Gloegoer. Alle grote mensen praatten alleen maar over de oorlog, altijd opgewonden. Ze dachten dat die wel snel voorbij zou zijn. Ik moest maar erg mijn best doen, zeiden ze, en als beloning voor een paar karweitjes kreeg ik zelfs een autootje. We zaten vlak bij het emplacement van de Deli-spoorweg, en door een gat in de muur kon je prachtig naar de rangerende treinen kijken. Op een dag verscheen plotseling in dat gat onze eigen baboe Mina. Ze heeft toen een poos met mijn moeder gepraat, maar of ze iets gedaan heeft, weet ik verder niet.

Gjalt groeide hier uit tot de man in huis. Hij bleek opeens van alles te kunnen. Hij fabriceerde zelfs kleine kookplaatjes van klei en een spiraaltje van koperdraad. Blijkbaar kon het elektriciteitsnet wel wat hebben, want hij maakte een heel stel van die dingen, voor iedereen.

Zo nu en dan kwam er een wagen met broden. Het verbaasde me dat de Japanners het dan leuk vonden om de achterkant van zo'n brood eraf te kappen en het helemaal leeg te eten, zodat er niets meer voor ons overbleef. Ook begonnen toen de eindeloze appèls. En ik leerde buigen.

HOOFDSTUK IX

Parelhaven

Op zondagochtend 7 december 1941 overviel Japan de Parelhaven, beter bekend als Pearl Harbor, een enorme Amerikaanse marinebasis op het bij Hawaï behorende eiland Oahu. Vrijwel op hetzelfde ogenblik landde het Japanse leger in Thailand en op de noordoostkust van Malakka met de bedoeling om Singapore te veroveren en vervolgens door te stoten naar Sumatra. Vijf uur later verklaarde gouverneur-generaal A.W.L. Tjarda van Starkenborgh Stachouwer namens de Nederlandse regering in Londen de oorlog aan Japan. De Tweede Wereldoorlog was ten slotte ook overgeslagen naar de Pacific, naar Indië en naar het veilige Medan.

'Singapore màg noch zàl vallen' stond met dikke koppen in *De Sumatra Post* van 17 december, en terecht, want als het 'onneembare' Singapore viel, lag ook Sumatra open voor de Japanners. Op de binnenpagina's werd uitgelegd wat de signalen van het luchtalarm betekenden en wat iedereen moest doen om 'gezin en huis' te beschermen. 'Waar ben ik veilig voor luchtaanvallen? Plat op de grond!' In de feature-hoek had de krant een portret afgedrukt van Anton Mussert, 'een lichamelijk en psychologisch minderwaardig man'.

Drie weken na Pearl Harbor werd Medan voor het eerst rechtstreeks met de oorlog geconfronteerd: op zondagmiddag 28 december doken, totaal onverwacht, opeens een paar Japanse bommenwerpers op het vliegveld, lieten hun last vallen en verdwenen weer. Er vielen ruim dertig doden.

Daarna was er bijna iedere dag wel een keer luchtalarm omdat een Japans verkenningsvliegtuig met de regelmaat van de klok boven de stad een rondje draaide. 'Wij spraken op den duur met vertedering over het verkennertje,' vertelde Tineke. 'Ik mocht het verkennertje wel, op school hoefden we dan geen tafels te leren of een dictee op te nemen, we doken gezellig in de loopgraaf.'

In een van de bewaard gebleven nummers van *De Sumatra Post* stuitte ik bij toeval op een bespiegeling die mijn vader schreef op oudejaarsdag 1941. Deze oorlog was, zo meende hij, een oproep van God om Zijn zijde te kiezen, 'de overwinnaar van dood en duivel'. 'Heeft 1941 ons niets geleerd? Hoe armzalig als we in deze tijd nog suffen en aan de groote gebeurtenissen, aan God zelf voorbij leven. Indien we alleen maar bang zijn voor de strijd en aan onszelf denken.'

Hij betrok de woorden duidelijk ook op zichzelf. Veertien dagen later stond de kerk hem af aan het KNIL, om er als legerpredikant te gaan werken. De KNIL-troepen vormden op Noord-Sumatra een legertje van zo'n drieduizend man, waarvan een kleine kern uit beroepsmilitairen bestond en het overgrote deel was samengeraapt uit ambtenaren, zakenlieden, planters, onderwijzers en andere ongeoefende burgers. Maar, zoals mijn vader later regelmatig benadrukte, laf waren ze niet.

Of het allemaal veel uitmaakte, daarover hadden ze zelf weinig illusies. Strategisch gezien had Nederlands-Indië slechts een kans als er krachtige hulp kwam van een bevriende zeemacht. Omdat de Amerikaanse Pacific-vloot in Pearl Harbor grotendeels was vernietigd en drie dagen later bij Singapore ook de meeste Britse schepen in de grond waren geboord, was de situatie dus eigenlijk al vanaf het begin rampzalig.

Het ging snel: Guam viel op 10 december, Hongkong op 25 december, op 11 januari was het de beurt aan Menado op Celebes en het olie-eiland Tarakan bij Borneo en op 16 januari werd het Medanse vliegveld opnieuw gebombardeerd.

Veel vrouwen raakten ondertussen bezeten van het idee om weg te vluchten, waarheen ook maar. 'We maakten elkaar een beetje dol,' vond mijn tante Mien achteraf. 'Ze heeft ons allemaal een beetje dol gemaakt. We maakten allerlei plannen om met de kinderen naar Java te vluchten, maar uiteindelijk ben alleen ik gegaan. Je moeder niet. Ze bedacht dat ze als vrouw van een predikant bij haar gemeenteleden moest blijven. Ik vind trouwens dat ze daar goed aan gedaan heeft.'

Mijn tante Mien zou, na een barre tocht in treinen vol gewonde soldaten, met haar kinderen inderdaad op Java terechtkomen. Daar zou ze de rest van de oorlog in een interneringskamp bij Semarang doorbrengen. Haar man, mijn oom Ludz, zou al die jaren buiten de kampen blijven werken als arts, improviserend met zelfgemaakte instrumenten en geneesmiddelen, door de bevolking betaald met rijst, groente en soms een kip. 'Mijn oorlog was eenzaamheid,' schreef hij nadien aan Anna en Cas. 'Ik heb anderhalf jaar stik-alleen in een plantage-hospitaaltje gezeten. Mijn gezelschap bestond uit een hond, een kat zonder staart en een geit.' 'We hebben elkaar na de oorlog weer teruggevonden,' zei mijn tante Mien. 'Laten we het daar maar op houden.'

Ondertussen waren de Engelsen en de Amerikanen te hulp geschoten bij de verdediging van de archipel. Op 24 januari werd Balikpapan door de Japanners veroverd: de immense olie-installaties werden nog net op tijd opgeblazen. 'Nieuwe klappen voor de vloot der Jappen,' trompetterde *De Sumatra Post* op 2 februari. Op de volgende pagina werden de lezers voorgelicht over de mogelijkheden om 'groenten in eigen tuin' te verbouwen: 'Er is verscheidenheid te over.' Op 15 februari kwamen de olie-installaties van Palembang ongeschonden in Japanse handen en op die dag viel ook Singapore. Nu wisten de geallieerden dat Java niet meer te redden was. Ze trokken zich terug op Australië en lieten Nederlands-Indië aan zijn lot over. Het laatste exemplaar van *De Sumatra Post* dat ik terug kon vinden, dat van 7 februari, sprak van een 'eindstrijd' om Singapore. In de bijlage werd 'de charme van een mooien hals' bezongen, en de allerlaatste pagina behandelde een reeks 'gerechten voor een vuurvasten schotel'. Daarna was het blijkbaar uit en voorbij met de verzending van *De Sumatra Post*.

De Nederlandse regering in Londen had inmiddels, ondanks de hopeloze toestand, opdracht gegeven om door te vechten. Ze was bang anders de kolonie voorgoed te verliezen. De laatste Nederlandse marineschepen werden daarom de Javazee opgestuurd, in een wanhoopspoging om de Japanse invasievloot te onderscheppen. Op 27 februari kwam het tot een finaal treffen. Schout-bij-nacht Karel Doorman gaf enkele seinen, waaronder 'All ships follow me' (later bekend geworden als 'Ik val aan: volg mij'), waarna het eskader, inclusief Doormans vlaggenschip de kruiser De Ruyter, door de Japanners de grond in werd geboord. De Japanse troepen konden vervolgens vrijwel probleemloos op Java en Sumatra landen. De volgende zondag vond op Java de officiële capitulatie plaats. De dag daarop vluchtte een aantal hooggeplaatste Nederlanders naar Australië. De gouverneur-generaal bleef dapper op zijn post. Op Sumatra vocht het planterslegertje nog gewoon door.

Mijn vader was donderdagochtend 5 maart opnieuw naar het front vertrokken, zoals bij elke reis uitgezwaaid door mijn moeder. In Medan zelf was van de gevechten niets te merken. 'De oorlog was ergens anders, waar onze vader was,' herinnerde Tineke zich. Het was eerder opvallend stil in de stad. Maar op een morgen, ruim een week later, toen de kinderen stonden te kijken naar een stel net uitgekomen kuikens, werd er opeens geroepen: de Jappen, de Jappen! 'En daar kwam een colonne rare gekleurde mannetjes aanfietsen. Ze stopten bij het politiebureau tegenover ons huis, liepen er naar binnen en zo begon de Japanse bezetting van Medan. En weer dacht ik: is dát nou een leger?'

Wat Tineke gezien had, op die 13de maart 1941, was een bataljon wielrijders uit de voorhoede van de gevechtsgroep Yoshia van het 25ste Keizerlijke Japanse Leger. Zelf schreven deze troepen in hun verslag over de bezetting van Medan: 'Zowel de inheemse als de Indo-Chinese bevolkingsgroepen begroetten de Japanse soldaten met "Banzai"-juichkreten. Het paleis van de sultan, de luxueuze woningen van de Nederlanders, de kantoorgebouwen, winkels en restaurants, alles in de mooie stad was nog perfect in orde.' Deze observatie was pijnlijk voor de Nederlanders, maar wel waar: veel Indiërs, waarschijnlijk zelfs de meerderheid, haalden de Japanners aanvankelijk als Aziatische bevrijders binnen.

'Onze moeder zat natuurlijk de halve dag aan de telefoon,' vertelde Tineke. 'Wij, blanken, waren onmiddellijk onze vrijheid kwijt. We moesten op ons erf blijven, en ieder erf moest een Japanse vlag hebben. Voor ons was dat een kussensloop met een ronde vlek van rode lippenstift. Voor de zekerheid goot mijn moeder de meeste drank door de gootsteen, je wist het maar nooit met dronken soldaten.'

Opeens begonnen de immer zwijgende bedienden te spreken. Van hen hoorde mijn moeder dat het buurhuis bezet was door Japanse officieren. Ze gaven haar de hint om hun een fles sherry aan te bieden, 'dan komen ze niet bij u', wat ze inderdaad goed aanvoelden.

Gjalt en Tineke besloten om in het verzet te gaan. De nieuwe Japanse buren hadden de hele dag de radio aan met keihard Japans gebrul, maar Gjalt – toen elf – had een apparaatje gemaakt waarmee je, al wrikkend in een stopcontact, de radio van de buren aardig kon storen. 'Het was voor ons een dure plicht om dat één of twee keer per dag te doen,' vertelde Tineke. 'Dat was ons verzet.' Ze herinnerde zich ook nog dat de dominee van de Indische kerk langskwam om zijn hulp aan te bieden. 'Ik zie hem nog staan. Onze moeder zei: "Nu zijn we onze vrijheid kwijt." En hij zei: "Die hebben wij nooit gehad." '

Mijn moeder was verbluft – ze zou het verhaal later vaak vertellen. Zo had ze haar wereld nog nooit bekeken.

Mijn vader had zich inmiddels met de resten van de KNIL-troepen teruggetrokken tot in Atjeh, in de Alasvallei. De officieren koesterden de vage hoop om van daaruit een guerrilla te beginnen, maar al snel beseften de manschappen dat ze door de Japanners compleet werden ingemaakt. Zo nu en dan werd een legertruck door een granaat geraakt, lichaamsdelen vlogen door de lucht, creperende soldaten rolden over de grond. Dit was oorlog, een kleine, bloedige, hopeloze oorlog.

Het moreel werd op den duur zo slecht dat aan serieuze gevechten niet meer viel te denken. Versterkingen konden de troepen niet langer bereiken omdat in Atjeh een opstand tegen de Nederlanders was uitgebroken. De terugtrekkende soldaten 'luchtten hun gemoed door wild gezang en gevloek, of zaten lusteloos en stil in de auto's,' schreef de bevelhebber in een naoorlogs rapport. Veel anderen hadden echter geen idee van wat hun te wachten zou kunnen staan. 'Steeds luider klonk de roep dat het nu maar afgelopen moest zijn. Iedereen wilde terug naar zijn onderneming, school of kantoor, waar zij de Nederlandse cultuur onder de Jappen hoog zouden kunnen houden.'

In de middag van 26 maart gaf hij zich ten slotte met zijn troepen over aan overste Kitayama. De legerafdeling van mijn vader capituleerde op de afgelegen militaire post Blangkedjeren. 'Met een witte vlag was men de snel naderende troepen tegemoet gegaan, een uur later werd ons kamp door vechtlustige Japanners overstroomd,' schreef hij naderhand. Het meest onvergetelijk was de persoonlijke vernedering, het feit 'dat vreemde lieden plotseling aan je lijf komen, je koppelriem van je uniform wegrukken en met klappen en schoppen tonen dat zij je overheersers zijn en jij niks meer te vertellen hebt'. De Japanners zelf maakten aan de operatie weinig woorden vuil. De vijandelijke tegenstand in deze streken beschouwden ze in hun rapporten als 'licht tot totaal afwezig'. Sumatra was in hun ogen niet meer dan een routineklus.

Mijn ouders zouden elkaar niet meer zien.

Mijn vader werd met de andere krijgsgevangenen op een vrachtwagen gezet en naar Belawan gereden. Hier moesten ze in een stel koelie-quarantaineloodsen wachten op verder transport over zee, bestemming onbekend. Op 15 mei 1942, de dag van vertrek, kregen hij en de pastoor opeens van een Japanse tolk een ontslagbrief uitgereikt: als geestelijken mochten ze het kamp verlaten, naar huis. De tolk voegde eraan toe dat het ook goed was als ze met hun kameraden zouden meegaan. 'We keken elkaar aan,' schreef mijn vader later, 'borgen het briefje met voor ons onvertaalbare hiëroglyfen en stempels in onze jaszak en zeiden op hetzelfde moment: "Vertel de commandant dat we meegaan." Deze keuze was voor ons zo vanzelfsprekend dat we er geen seconde over hoefden te piekeren.'

De pastoor en hij werden met duizenden krijgsgevangenen in de Kyokaisei Maru geperst, een troepenschip met nauwelijks ruimte om te liggen en met een paar buitenboord hangende planken en touwen als latrine. Zo voeren ze dagenlang door, met een toekomst waarvan niemand enige hoogte had, al deden vage geruchten de ronde dat ze zouden moeten meewerken aan de aanleg van een nieuwe spoorweg ergens bij Thailand. Later zouden meerdere van dit soort transportschepen naar de kelder worden gejaagd.

Was het een kwestie van moed dat mijn vader op dat ene ondeelbare moment een beslissing nam die bepalend zou zijn voor zijn leven, enkel om bij zijn kameraden te blijven? Ik denk dat het een mengeling was van optimisme – mijn vader had geen idee wat hem boven het hoofd hing –, van solidariteit – één keer, in de zaak-Geelkerken, had hij kameraden in de steek gelaten, het zou hem geen tweede keer gebeuren –, van discipline en plicht, van zijn bekende zorgeloosheid en van godsvertrouwen. Zo werd hij voor een keuze gesteld die binnen zijn eigen normenstelsel niet eens een keuze was omdat niet-meegaan simpelweg een onmogelijkheid was.

'Stel dat ik toch naar huis zou zijn gegaan,' schreef hij achteraf. 'Bij elke ontmoeting met een oud-Birma gevangene had ik me moeten wegschamen.' Maar vooral was hij er zeker van dat mijn moeder hem bij zijn thuiskomst koeltjes zou hebben gevraagd: 'Wat kom jij hier doen? Ik dacht dat je legerpredikant was.'*

Op de regenachtige ochtend van 25 mei 1942 kwam hij met vijftienhonderd lotgenoten aan bij de Birmese haven Tavoy. Drie dagen later werd iedereen met stokslagen van boord gejaagd naar het eerste werkproject: de aanleg van een vliegveld.

Ik citeer maar wat uit zijn eerste dagboeknotities die hij tussen de bedrijven door neerkrabbelde:

28 mei 1942: Afreis 's morgens vroeg, snel, slagen. Niet mogen zitten. Allen vol verwachting. Vaarwel rotschuit met je buitengalerij. Stokslagen. Aankomst in een soort veekraal. Drek van dysenterie-patiënten. Hun tocht vier uur. Afschuwelijk.

29 mei 1942: G. 11 uur overleden. 3 u reeds begraven. In een hoek samengejaagd. Gelukkig zon. Sommigen moeten werken, hard, slagen. Hospitaaltjes bezocht. Overal gelezen, gebeden. Slecht eten. Blikjes opengemaakt. In kaf geslapen in een rijstpellerij.

5 juni 1942: Vannacht krampen. God geve dat ik gezond blijf. Nog voor morgen 116 man corvee optrommelen. Werken aan een brug 30 meter hoog. 51 kilometer ver. Voedsel goed. Ligging goed. Werk zwaar.

26 juni 1942: De menschen sterven volkomen onverwachts. Weer nieuw verschijnsel, waar komt 't vandaan? Dikke voeten, opgezette gezichten, wonden die niet genezen. De klok van je maag loopt uren op die van de keuken voor.

***

Ook in Medan en de rest van Deli werden de Europeanen vrij snel van hun vrijheid beroofd. Al na een week of twee kregen ze het bevel om zich klaar te maken voor het vertrek naar de interneringskampen. Opeens kwam er een einde aan de ordelijke wereld van mijn ouders, waarin om halfzeven ontbeten werd en om halfeen het eten op tafel stond, waarin de buitenbaboe de was deed en de boy de maaltijd opdiende en mijn moeder het centrum was van het heelal. Nu was ze de hele dag druk in de weer met het opruimen van het huis, het opslaan van de meubels, het oprollen van matrassen en het inpakken van die ene grote koffer die ze mee mocht nemen, met kleren, beddengoed, een voorraadje eten en een zilveren krokettang om in geval van nood te ruilen. 'Het enige dat ik deed, was een lucifersdoosje vullen met zand uit de tuin, want ik dacht: dit zien we in geen jaren meer terug,' vertelde Tineke. 'Wat ook zo was. Ik heb het doosje ook jaren bewaard. Net als mijn poëziealbum.'

Op 13 april was het zover. Door alle Europese straten van Medan liepen blanke gezinnen met koffers, de kinderen met teddyberen en ander speelgoed in de hand, naar het hart van de stad. Ze hadden geen idee waar ze heen zouden gaan, sommigen sleepten zelfs karren met hele hutkoffers mee.

De blanken werden in één klap met de nieuwe verhoudingen geconfronteerd. Op de Esplanade werden de mannen gescheiden van de vrouwen en kinderen. De Japanners hadden de matrassen en de grootste stukken bagage van de huizen opgehaald en op een grote hoop neergesmeten, en vervolgens begonnen ze de menigte vrouwen en kinderen op te jagen. Het plein was sinds de mobilisatie doorsneden met loopgraven. Het was een geraffineerde vernedering: alle vrouwen waren gedwongen om hun spullen bij elkaar te graaien en zwetend en zwoegend onder koffers en matrassen al die loopgraven over te steken naar het station, diezelfde Esplanade waar drie jaar eerder de hele Europese elite van het stadje nog had rondgehost op de tonen van het *Wien Neêrlands bloed*.

Het plein was omringd door Indonesiërs. Sommigen konden het niet aanzien, sprongen in de geulen en hielpen met het overtillen van koffers en kleine kinderen. Anderen keken zwijgend toe bij deze blanke afgang. Niemand van hen zou het tafereel ooit vergeten.

Het treinreisje duurde maar kort. Mijn moeder, Gjalt, Hans en Tineke kwamen terecht in het naburige Gloegoer, een voormalig quarantainestation van de Deli-Spoorwegmaatschappij, lange barakken vol wandluizen met dikke tralies in de ramen en zware muren met glasscherven daarbovenop. 'O,' zei mijn moeder toen ze uit de trein stapte, 'dit zijn koelieloodsen!'

Tijdens de eerste fase hielden de meeste Europeanen zich overeind met het idee dat het allemaal maar tijdelijk was. 'Die koelieloodsen hoorden bij koelies, en niet bij ons, dat was de houding,' vertelde Tineke over die periode. 'Dit hele leven hoorde niet bij ons. Dit was allemaal maar voor even, en over een paar maanden was alles weer normaal.'

Mijn moeder moet het in die maanden zwaar hebben gehad, misschien wel zwaarder dan mijn vader. Ze was al die vooroorlogse jaren een mevrouw geweest zoals er zoveel waren in Nederland en Indië, iemand die haar ijzeren meningen trouw kon blijven omdat ze veel kanten van het leven nooit persoonlijk had meegemaakt. Nu werd haar hele waardensysteem op zijn kop gezet. Maar ze hield zich flink, al had ze, zoals mensen die zich met geweld overeind moeten houden, van tijd tot tijd een inzinking. Tineke: 'Dan huilde ze, en dan huilde ze maar, en dan was het weer over.'

De vrouwen die een man hadden in een 'gewoon' mannenkamp, konden in de eerste tijd nog weleens een briefje naar hun echtgenoot laten smokkelen. Er waren vrouwen die de helft van die kostbare tekst aan een soort huishoudboekje besteedden, in een poging om tot de laatste snik aan hun mannen rekening en verantwoording af te leggen.

Mijn moeder kreeg nog één briefje van mijn vader – ze heeft het altijd bewaard –, een minuscuul groen papiertje, met haastige potloodletters geschreven, op de valreep nog door het prikkeldraad gesmokkeld:

> *Liefste, Het is vliegensvlug aantreden voor vertrek. Niemand weet waarheen. Wees sterk, ook als we ver weg gaan. Weet dat ik je zou willen danken voor al je liefde. Liefste, God zorgt en zal zorgen. Het wordt alles goed. Een hartelijke zoen voor jou en de kinderen. C.*

Hierna was er geen contact meer.

Ruim een maand later verhuisde het gezin naar een naburig kamp, Poelau Brayan, een reeks huizen en loodsen op een emplacement van de Deli-Spoorwegmaatschappij. Het hele complex kende vijf eenheden: blok A, B en C bestonden uit voormalige woningen van inheems spoorwegpersoneel en een paar afgekeurde koeliebarakken, blok D bestond uit een aantal woningen voor Europees personeel en blok E werd gevormd door een stel loodsen. Er woonden ruim drieëntwintighonderd vrouwen en kinderen. Poelau Brayan was het grootste interneringskamp van Sumatra en ook een van de slechtste. De watervoorziening en het sanitair waren zo abominabel dat blok A zelfs door de Japanse gezondheidsdienst werd afgekeurd.

Het kamp lag aan de weg naar Belawan, en aanvankelijk kwamen er nog regelmatig transporten met krijgsgevangenen langsrijden, op weg naar de haven en verder overzee, in veel gevallen naar Birma. Ik citeer uit de notities van een jonge ambtenaarsvrouw, een van de kampdagboeken die door de Stichting Noord Sumatra Documentatie zijn verzameld:

> *Poelau Brayan D, 13 augustus 1942. De krijgsgevangenen zijn weer in twee vrachtauto's vol langs geweest. De ene man riep tegen de andere: 'Jij schoffie, doe je broek dicht.' Ze degenereren volkomen. Mevrouw Gommerts is door dokter Van Einthoven onderzocht. Terwijl Loes de Groot een ei zat te bakken had Gommerts het over vocht uitlopen. Mevrouw Fiorani ging ziekeneten halen en vertelde dat ze pijn aan haar aars had. Reuze deining over suiker en groenten, vanochtend vergadering gehad. Mevrouw Mak zei: als echte Nederlanders hoeven wij in dit kamp niet te verduisteren en kunnen leven aan de rand van sabotage.*

De communicatie met de buitenwereld was ondertussen steeds moeilijker geworden, en om nog iets te weten te komen behielpen de vrouwen zich met waarzegsters en kaartlegsters. 'Naast ons woonde ook zo'n vrouw,' vertelde Tineke. 'Het had wel iets gezelligs, dat gebrom door de muur: Ik zie, ik zie...'

De beste drug in de kampen was echter het optimistische gerucht, 'een reukloos gas', aldus een oud-kampbewoner, 'hoopgever, verlosser, voortkomend uit de combinatie van isolement van wanhoop en hoop; zonder kritiek opgeslurpt'. Zo werd in Poelau Brayan al op 14 juni 1942 rondverteld dat de Engelsen op de Nederlandse kust waren geland. 'Men zegt dat Den Haag bezet is en dat ze in Holland aan het vechten zijn,' aldus een dagboekschrijfster.

Ook in de notities van mijn vader uit Birma kom ik soms deze verdoving tegen. 27 oktober 1942: 'Churchill: voor 1 januari stort Duitsland in! Als alles zeer gunstig gaat zijn we 1 april thuis!' Vaak blijkt hij echter redelijk geïnformeerd te zijn. Men wist in de Birmese kampen iets over de harde gevechten in Rusland en over de Amerikaanse landingen in Noord-Afrika, al had men van de hieraan voorafgegane slag bij El Alamein nooit gehoord.

Zo'n mengeling van onzin en waarheid bestond ook binnen de Sumatraanse kampen. In een enkel kamp was zelfs een clandestiene radio. Verder glipte nogal wat nieuws binnen via oude kranten die als verpakkingsmateriaal werden gebruikt – zelfs al werden die door de Japanners gecensureerd. De notities van de ambtenaarsvrouw laten bijvoorbeeld duidelijk zien hoe de zeeslag bij de Midway eilanden, de eerste grote nederlaag van de Japanners, 'doorkwam' achter het prikkeldraad van Poelau Brayan. De slag vond op 3-6 juni 1942 plaats, en vier dagen later maakte ze al melding van een grote slag bij Honolulu, met twee gezonken Japanse vliegkampschepen (in werkelijkheid waren het er trouwens vier).

Op 17 augustus noteerde ze:

> *Het lopen in shorts op de openbare weg is verboden. De krijgsgevangenen zijn weer in twee vrachtauto's voorbijgegaan, het is zo een inzielig gezicht, net of ze zo van de vrachtwagens willen afspringen. De tranen springen mij altijd in de ogen. Je ziet ze kijken, mannen en vrouwen van allebei de kanten, maar ze kunnen zo ineens niet alles herkennen. De ene auto reed in een bocht over de weg heen en de andere reed langzaam en met luid gejuich werden er allerlei blikjes enzovoorts ingegooid. Die dankbare toejuichingen. De auto's met Aussi's riepen: 'Midway!' en staken toen hun duim in de lucht.*

Voor de kinderen waren de eerste maanden vooral één groot avontuur. Met wat extra geld kon je eten bijkopen, en op feestdagen bakten ze koeken van gesmokkelde bananen en kokos. Met mijn moeder ging het minder goed. Ze belandde al vrij snel een tijdje in het ziekenhuis. De kinderen redden zichzelf. 'Ik dacht: nu moet ik Hans opvoeden,' vertelde Tineke. 'Ik sloeg hem dus zo nu en dan om zijn oren, want ik dacht dat opvoeden daaruit bestond. Maar ik herinner me ook heerlijke momenten, de avonden dat we achter onze barak zaten en maar naar de sterren keken, naar die ruimte, die oneindige grootsheid.'

De honger kwam pas geleidelijk.

'In Poelau Brayan heb ik vooral fijn gespeeld. Ik weet nog dat ik aan mijn kampvriendjes dat Zwitserse dansje probeerde te leren, het dansje met gespring en gejodel. Maar het lukte van geen kant, en dat stelde me diep teleur.

Voor de rest was het genieten. Het was er nooit koud, je kon er alles, al was het soms ook gevaarlijk. Er waren slangen en in het heldere water kon je enorme bellen van bloedzuigers zien zitten. Als er een stortbui was en alle paden in kleine beekjes veranderden, dan jakkerde ik met mijn blote voeten op een oud stuk hout door het stromende water alsof het een surfplank was. Verrukkelijk.

Ik begon wat meer te letten op het gedrag van de grote mensen. Ze gingen kongsies vormen, deden van alles samen. Soms zag ik ze in groepen uitgelaten door de barakken lopen, zingend en roepend, dat vond ik gek, een beetje angstig ook. Maar ik leerde ook de nonnetjes kennen. Die waren direct aan het werk gegaan: onderwijs geven aan al die loslopende kinderen.

Na een paar maanden werden we weer overgeplaatst, nu binnen het kamp zelf, naar een paar koeliewoningen van de Deli-maatschappij. Daar begon Gjalt heel gevaarlijke dingen te doen. Hij ontsnapte, ging op onderzoek uit in de omgeving en probeerde overal eten weg te slepen. Eén keer kwam hij 's avonds trillend en drijfnat thuis. Hij was naar buiten geslopen, bij een vriendje in een ander kamp op verjaarsbezoek geweest, en op de terugtocht was hij in het pikkedonker in een lemen waterput gevallen. Met moeite had hij zich kunnen redden door met zijn handen, en misschien een zakmes, treden in de putwand te maken. Ik geloof trouwens niet dat mijn moeder ooit beseft heeft hoe riskant dat allemaal was.

Mijn vader miste ik niet erg. Om heel eerlijk te zijn: ik vond het veel belangrijker om net zo goed te leren fluiten als Gjalt dan dat ik me afvroeg hoe het met mijn vader was. Een enkele keer mochten we hem een brief schrijven; dat gaf altijd een hevige opwinding. Na de bevrijding hoorden we alleen via via dat hij nog in leven was.

Wat mijn moeder betreft, haar houding kan ik het best beschrijven aan de hand van de verschillende fasen van de kamptijd. In de eerste fase gingen de meeste Hollanders ervan uit dat hun gevangenschap maar kort zou duren. Ze dachten dat de Japanners hen even van de straat wilden hebben en dat ze dan hun vroegere bestaan weer min of meer konden oppakken. Vandaar dat de meesten al kamperend hun gewone gedoe zoveel mogelijk probeerden voort te zetten. Het oude Indische leventje bleef de norm, al hield mijn moeder vanaf het begin een paar blikken knäckebröd met grote strengheid apart, "voor het geval we écht in grote nood komen".

Veel ellende was er toen nog niet. Het leefniveau in Gloegoer was, zeker de eerste tijd, te vergelijken met een hedendaags, redelijk goed georganiseerd vluchtelingenkamp. In het volgende kamp, Poelau Brayan, werd dat anders. De Japanners begonnen alles van waarde in te pikken, contact met de buitenwereld was bijna niet meer mogelijk, baboe Mina kon niet meer komen babbelen, er ontstond gebrek aan van alles en nog wat en smokkelen werd een zaak van levensbelang.

In deze tweede fase begon iedereen zich in te stellen op een langer verblijf. Mijn moeder liet Gjalt bijvoorbeeld een mooie afvoer maken voor het waswater, zodat ze niet langer met allerlei emmers hoefde te zeulen. Ze ging een tuintje aanleggen, met uien, knoflook en vitaminerijke tjabé [Spaanse peper], en ook een lelie voor haar plezier. Leraressen begonnen voor de oudere jeugd een soort middelbare school op te zetten. Tineke schreef haar oude poëziealbum vol met Franse en Duitse zinnetjes, en daarna gomde ze die weer uit. Voor ons als kinderen vormde dat allemaal een duidelijk signaal: dit is niet direct over, dit kan weleens een tijd gaan duren.

De vrouwen begonnen in deze fase het ambt van hun man over te nemen. Mijn moeder begon bijvoorbeeld, samen met mevrouw De Vreede, de andere domineesvrouw, bijeenkomsten te organiseren waar vrome woorden werden gesproken, een soort kerkdiensten. Ik vond het maar zozo. Ik was een vreselijke vrijbuiter, maar mijn moeder stond erop dat ik kwam. Ik vond de zondagsschool veel leuker.

En dan was er de school van de nonnetjes. Ik had van twee plankjes eigenhandig een soort melkkrukje gemaakt, en zo leerde ik bij de nonnen schrijven, in een open schuurtje. Later kregen we les onder een dennenboom. We zongen liedjes: "Daar komt de ijscoman, Jongens komt dat zien, Hij heeft er van drie, hij heeft er van vijf, hij heeft er zelfs van tien."

Toen het papier opraakte, schreven we gewoon in het zand. Zuster Francine trok met een puntig houtje dubbele lijnen, en daar moesten we op schrijven. Ik zie mezelf nog op mijn knietjes de A en de M leren. Eén lerares kon rustig twee uur zitten voorlezen. Dat was onze televisie, zal ik maar zeggen.

Ik was erg gelukkig in dat kamp. Ik liep van huis naar school en terug, ik zong liedjes over Amerikanen die Japanners afmaakten en één keer kreeg ik van een mevrouw zelfs een koekje omdat ze dat zo leuk vond. Ik herinner me dat ik fluitdienst had, je moest dan mensen optrommelen voor het eten, en hoe heerlijk het dan was om met je blote voeten door de modder te lopen. Eigenlijk vond ik alles heerlijk in die tijd.'

HOOFDSTUK X

Honeymoon

"OPEN LUCHT PREEK
2

Diezelfde zomer van 1942 zat Anna als een keurig Hollands schoolmeisje in de vierde klas van het gymnasium in Zeist. Alles in haar leven draaide min of meer normaal door, afgezien van het feit dat haar school voor de helft gevorderd was door het Duitse leger en ze vanuit haar klas de hele dag uitkeek op halfnaakte soldaten die achter het gebouw hun trainingsrondjes liepen.

Heimwee naar hun ouders had Anna noch Cas. Cas liet zich ooit ontvallen dat hij de oorlog zo'n prettige tijd gevonden had omdat hij toen lekker zijn eigen gang kon gaan. Wel droomde hij een paar keer, zo schreef hij later, dat hij per luchtballon weer in de Indische tuin naast de kerk terechtkwam. 'Een zoete droom, maar het ging meer om de tuin dan om het huis.' Nederland en de Nederlandse mensen bleven hem lang vreemd. 'Niet alleen was de zon daar zoiets als de Chinese keizer en hier een ziekelijke ambtenaar, daar kon je tawarren [afdingen] om een mondharmonica, hier was een handel met vastgestelde prijzen. Daar waren de mensen woest, hier waren ze zuur.'

Bij hun pleegouders beleefden Anna en Cas weinig geluk. 'We waren er geïnterneerd,' vond Cas. De eerste botsing kwam al direct na het vertrek van mijn ouders. Anna vatte een kleine sympathie op voor de zoon des huizes, en hij voor haar. Op hoge poten werd de affaire naar Medan overgebriefd. 'Anna is veel te jong om daaraan te denken, en we hebben beiden dan ook nadrukkelijk aan het verstand gebracht dat van dergelijke verhoudingen geen sprake kan zijn.' Bij elkaar op de kamer komen was voortaan taboe. Elkaar helpen bij het huiswerk – Anna had nog zoiets geopperd – was alleen toegestaan in de huiskamer, onder toezicht. 'Geen enkele zoen' was meer toegestaan, 'dat is voorlopig contrabande'.

Daarna kwam de zomer. Met het pleeggezin was afgesproken dat Anna en Cas de vakanties elders zouden doorbrengen, en ondanks de bijzondere omstandigheden hield men zich daar strak aan. Per 1 juli moesten ze weg, en ouders of niet, ze moesten zichzelf maar zien te redden. In de oude familiemappen kwam ik nog de bedelbriefjes tegen waarmee Anna bij grootouders, ooms en tantes voor een week of wat onderdak vroeg.*

En dan was er ook nog eens de politiek: in het pleeggezin bleek men buitengewoon pro-Duits te zijn, of, beter gezegd, anti-Engels. 'Mijn pleegvader was geen landverrader of zo,' zei Anna later. 'Hij was een goede, trouwe dokter. Hij was gewoon bang en in de war, en hij hield van orde. Eigenlijk was het een heel gevoelige man, ik had vaak met hem te doen. Hij was ook zeer op mij gesteld.'

In de kalme, zware periode na de bezetting was de school voor Cas en Anna een tweede thuis geworden. 'We trokken veel met onze medescholieren op, want de klassen waren klein,' vertelde Anna. 'En daarbij kwam dat je ook verder bijna niks meer móćht, je mocht geen clubs meer hebben, geen vergaderingen, niks, dus je klas bleef over. We maakten samen huiswerk, we overhoorden elkaar en toen ik een paar weken ziek was, kreeg ik elke dag briefjes van de klas. Zo was het. Dat je een hekel aan school kon hebben, dat was voor mij een raadsel. Het was eigenlijk een knusse tijd.'

De eerste oorlogsmaanden in Nederland zouden historici later aanduiden als de periode van accommodatie, de maanden waarin de gemiddelde Nederlander zich zo goed mogelijk in de nieuwe omstandigheden had proberen te redden.* Het was een tijd van verwarring, van op je tenen lopen, van aftasten. Bijna alles was erop gericht om het gewone bestaan zo goed mogelijk voort te zetten en, als dat niet lukte, er met zo min mogelijk schade vanaf te komen.

Voor een deel vloeide die houding voort uit opportunisme; nogal wat mensen hadden hun vertrouwen in de politiek tijdens de crisis toch al verloren, en het kon hen weinig schelen of de wind nu uit de ene hoek woei of uit de andere. Uit dergelijke kringen kwamen veel nieuwe leden van de NSB: na mei 1940 was het ledental van dertigduizend naar tachtigduizend gestegen. Daarnaast hielden talloze Nederlanders – vooral in de betere burgerij – nog lang vast aan de afstandelijke, vooroorlogse houding van 'neutralisme'. Weer anderen zochten het, met erkenning van de nieuwe orde, in een soort nationaal reveil.

Hoe omvangrijk laatstgenoemde groep was, blijkt uit het enorme succes van de Nederlandsche Unie, een organisatie die in juli 1940 werd opgericht en die uit de schok van de nederlaag een nieuwe, 'organisch geordende' nationale samenleving wilde opbouwen. In haar korte bestaan – de Unie werd al snel verboden – werden bijna achthonderdduizend leden geregistreerd, in verhouding meer dan de ANWB nu.

Er was vrijwel direct al sprake van verzet en van kleine illegale blaadjes, maar het aantal illegale werkers was, zeker in het begin, minimaal. Het standaardwerk van Lou de Jong spreekt tot 1942 over enkele honderden 'illegaal levenden', mensen die het grootste deel van hun tijd met verzetsactiviteiten in de weer waren. In 1943 waren er een paar duizend en in september 1944 schat hij de totale illegaliteit op zo'n vijfentwintigduizend verzetsmensen.* Tegelijk vochten ongeveer evenveel Nederlandse SS'ers aan het Oostfront mee met de Duitsers. Beide uitersten tonen aan dat het hart van de Nederlanders ergens anders lag: bij een braaf en rustig leven, onder leiding van een soort politieke Wegenwacht.

Dat was de realiteit van de eerste oorlogsjaren, en daar viel weinig heldhaftigs aan te beleven. Natuurlijk, ieder mens heeft de neiging om wat er in het verleden is gebeurd te bekijken in het licht van latere ontwikkelingen, en met name de geschiedschrijving van de oorlogsjaren is hierdoor getekend. De periode 1940-1945 heeft men, juist omdat het allemaal zo pijnlijk en gecompliceerd lag en ligt, altijd in schema's willen persen: in de jaren vijftig in de nationalistische symbolen van hakenkruis en rood-wit-blauw, in de jaren zestig door de politieke tegenstelling collaboratie-verzet, in latere decennia vooral door het morele probleem van de passieve 'medeschuld' van de Nederlanders aan de Grote Moord. Men zag het liefst helden en, als het niet anders kon, anti-helden.

In de werkelijkheid van die dagen lag het allemaal veel minder duidelijk. 'Wij dreigen te vergeten dat in het eerste jaar zoveel geneigdheid was om toe te geven, om het verleden te verloochenen, om zich aan te passen en nieuwe liederen mee te zingen, dat men soms zijn hart vasthield,' schreef Hendrik Algra – die zelf later zou uitgroeien tot een van de voorlieden in het Friese verzet – in zijn memoires.

Ook bij de anders zo principiële anti-revolutionairen heerste aanvankelijk grote verwarring. Veel kleine luyden waren diep teleurgesteld in hun Oranjevorstin, die, toen de nood aan de man kwam, als eerste de benen had genomen. In *De Standaard* schreef Colijn direct na de capitulatie in felle bewoordingen over 'de smaadelijke vlucht van de Regeering [...], terwijl onze mannen bij honderden en duizenden werden neergeworpen'. Hij besloot zijn hoofdartikel met de oproep om de feiten 'ferm in het aangezicht te zien. [...] Wanneer men mét een leger die Duitschers niet kan weerstaan, kan men het zonder leger zeker niet. Alle verzet is dus uitgesloten. Het dient tot niets en verergert slechts den toestand.'

Toen een vriend een paar dagen later bij hem op bezoek kwam, barstte de grote voorman in tranen uit. Eind juni 1940 liet hij een brochure het licht zien onder de titel *Op de grens van twee werelden*. Vergeet het maar, schreef hij aan zijn volgelingen, dat H.M. de Koningin en haar ministers op een goede dag in Hoek van Holland weer aan wal zullen stappen en de zaken op de oude voet zullen voortzetten. 'Tenzij er werkelijk wonderen gebeuren [zal] het vasteland van Europa in de toekomst geleid worden door Duitschland. Het is gezonde en dus geoorloofde Reaalpolitik om de feiten te aanvaarden zoals zij voor ons liggen.' Engeland zou volgens hem, ook al werd het zelf niet overwonnen, niet veel invloed meer op het lot van Europa kunnen uitoefenen. Wel verwachtte hij dat Nederland zijn 'nationale volksbestaan' bij een vredesverdrag 'ongerept zou terugkrijgen' en dat deze situatie wellicht het begin zou kunnen zijn van een nieuw soort Europees handelssysteem.

Colijn stond niet alleen in die opvatting. In Denemarken liet de sociaal-democratische premier Th.A.M. Stauning soortgelijke geluiden horen, in België schreef de socialistische voorman Hendrik de Man in een manifest dat de ineenstorting van deze verrotte wereld geen ramp was maar een bevrijding, en in Boekarest noteerde de Amerikaanse journaliste Rosie G. Waldeck in haar dagboek: 'De val van Frankrijk vormde de klimax van twintig jaar democratisch falen. [...] Hitler, zo voelde Europa het, was een slimme jongen – onaangenaam, maar slim. Hij was ver gekomen in het krachtig maken van zijn eigen land. Waarom zouden we het niet op zijn manier proberen?'

Later is Colijns brochure altijd met hoon bejegend, als voorbeeld van verderfelijk defaitisme. Dapper en principieel was zijn verhaal inderdaad allerminst, en van het vertrouwen op 'de leiding Gods' was ook weinig meer over. Hij hield bijvoorbeeld op geen enkele manier rekening met de mogelijkheid dat Amerika weleens in de strijd zou kunnen stappen, een ontwikkeling die ook medio 1940 niet helemaal irreëel was. Maar voor het overige valt er, eerlijk gezegd, weinig af te dingen op Colijns analyse. Duitsland was op dat moment inderdaad oppermachtig, Frankrijk was compleet verslagen en Engeland was teruggebracht tot een kleine verlichte enclave voor de kust van Europa. Hitler had een unieke kans om het grootste deel van West-Europa een mild vredesdictaat op te leggen en de diverse landen vervolgens te verenigen tot een door Duitsland geleide Europese Unie avant la lettre. Engeland zou in die situatie nauwelijks nog mogelijkheden hebben gehad om de oorlog voort te zetten. In de woorden van Colijn: 'Politiek gesproken is een werkelijke vrede in Europa noodzakelijk. Het gaat niet om een verdrag. Het gaat om "vrede" in Europa.'[A]

De grote vergissing van Colijn lag op een ander vlak: hij bleef Hitler als een normale staatsman zien, iemand die min of meer redeneerde zoals hijzelf. Hij wilde niet erkennen dat Hitler een andersoortig fenomeen was, een Europees leider, inderdaad, maar ook een machthebber vol gekte en grootheidswaan met wie normale afspraken en verhoudingen niet mogelijk waren. Colijn weigerde bovendien nog een andere karaktereigenschap van Hitler onder ogen te zien: zijn grenzeloze lust tot oorlog en moord.

Hitler de Waanzinnige liet in de zomer van 1940 een unieke kans schieten. Hij deed geen enkele moeite om zijn nieuwe imperium te consolideren tot een 'nieuwe orde', hij sloot geen vrede met de door hem bezette landen, hij bedacht geen oplossing voor de door hem nooit gewilde en geplande oorlog met Engeland, hij dacht al helemaal niet aan een oorlog met de Verenigde Staten, hij richtte zich slechts op één ding: de mythe van de Lebensraum die Duitsland nodig had, en die Lebensraum lag in het oosten. Voor de strijd om die levensruimte te verwerven begon hij vanaf diezelfde zomer zijn voorbereidingen te treffen.

Door de anti-revolutionairen werden Colijns woorden beleefd aangehoord, maar velen waren er allerminst gelukkig mee. De gereformeerden geloofden namelijk wél in wonderen. De vroegere voorlieden, die altijd volle zalen bestookten met hun geboden en beginselen, hielden zich nu opvallend rustig. De Duitse overheid is nu onze wettige overheid, schreef *De Standaard* keer op keer. 'Martelaarschap hoeft niet te worden gezocht. Men mag het zelfs niet doen.'

De principiële geluiden kwamen nu uit een andere hoek, en al heel snel. De Kampense hoogleraar Klaas Schilder geselde in zijn blad *De Reformatie* week na week 'de kruiperige mentaliteit' die 'ons volk vergiftigt, zijn kracht ondermijnt en vriend en vijand doet meesmuilen over zooveel machteloosheid'. 'De schuilkelder uit, de uniform aan,' riep hij op 21 juni 1940. 'Gevaarlijk? Och ja – maar als 't nu eens van God geboden is?'

In het *Friesch Dagblad* ging Hendrik Algra – inmiddels tot hoofdredacteur benoemd – evenmin zachtzinnig tekeer. De hel brandt allereerst voor de bangeriken, schreef hij eind augustus 1940. 'De bangerds staan boven aan het lijstje. Het geldt de lafaards, die hun God verloochenen uit vrees. Zij hebben zichzelf het liefst. Zij kruipen weg, als het gevaar komt. Christus kan op hen niet rekenen.' En Schilder weer: 'Het bloed der martelaren, maar niet het angstzweet der martelaren ten halve, is het zaad der kerk.' Eind augustus 1940 zat hij al in Duitse gevangenschap. Hij had een artikel laten eindigen met de zin: 'Kom, Here Oogster, ja, kom haastiglijk, kom over het Kanaal en over de Brennerpas, kom via Malta en Japan, ja, kom van de einden der aarde, en breng Uw snoeimes mee en wees genadig aan Uw volk.'

Tegen het eind van het jaar werd Schilder weer vrijgelaten, maar *De Reformatie* bleef verboden. Het *Friesch Dagblad* verscheen tot eind mei 1941, waarna de krant zichzelf ophief omdat ze niet wilde werken onder perscensuur. Lezer Colijn stuurde de directie een briefje met de complimenten voor dit principiële standpunt. Hendrik Algra werd kort daarna opgepakt.

Ondertussen waren ook anderen in beweging gekomen. Eind oktober werd in de meeste kerken een protest voorgelezen tegen het benoemingsverbod voor joodse ambtenaren – een sensatie onder het gezagsgetrouwe kerkvolk –, maar toen de overheid van alle Nederlanders in het onderwijs en in overheidsdienst een ariërverklaring eiste, zodat men precies kon zien wie jood was en wie niet, adviseerden de christelijke onderwijsorganisaties om gewoon te tekenen, net als de meeste leden van de Hoge Raad en andere gezagdragers.

J. Koopmans, secretaris van de NCSV, reageerde woedend en liet een brochure drukken, *Bijna te laat*, waarvan vijftigduizend exemplaren verspreid werden. Ik citeer: 'Wanneer als één man, allen, die het formulier moesten onderteekenen, de onderteekening hadden geweigerd, was het de Duitschers eenvoudig onmogelijk geweest hun practijken hier te importeren. Wij moeten eerlijk bekennen: daarvoor is het nu te laat.' In datzelfde najaar begon een groepje antirevolutionaire jongeren, boos omdat ze niet meer met hun blad *Hou en Trou* mochten colporteren, met een eigen illegaal blaadje, *Vrij Nederland* genaamd.

Zo ontstond er langzamerhand een klein mirakel: juist bij die kleine luyden, die meer dan wie ook een hekel hadden aan de goddeloze bolsjewieken, die in meerderheid niets moesten hebben van pacifisten, Engelsen, moderne kunst, joodse schrijvers en andere zedenbedervende zaken, juist bij deze mannenbroeders die een grote liefde hadden voor orde en gezag, ontstonden al in een vroeg stadium allerlei verzetskernen. De gereformeerden hadden van binnen iets hards, iets principieel onbuigzaams, een kern van ongenadig gelijk, vreselijk als het ging om hartstocht, schoonheid, ontroering, maar je kon er wel bij onderduiken.

Aan Anna en Cas ging dit alles min of meer voorbij. Ze waren, zoals dat gaat bij opgroeiende kinderen, geheel vervuld van andere zaken. Wel werd Anna in de vierde klas hevig gegrepen door *Im Westen nichts Neues*. 'Ik werd me toch somber. Ik schreef in die tijd een opstel dat blijkbaar zo treurig was dat de leraar zei: "Je hebt een prima cijfer, maar we moeten wel eens praten." Zo waren de scholen toen nog.'

Erg dramatisch vond ze haar leven trouwens niet. 'Op mijn school zaten nogal wat kinderen in dezelfde situatie als ik. We waren met zijn vijven, eentje was een zendingskind, twee anderen hadden geen vader meer, eentje was helemaal wees, en ik dus. We waren dikke vriendinnen.'

De vakanties brachten Anna en Cas grotendeels door in de warme boezem van de Makken aan het Hoofd, waar altijd nog wel een gast aan de grote tafel kon aanschuiven en waar het altijd lachen was. Of ze zaten bij hun grootouders in Vlaardingen, waar een stille, vriendelijke Duitse officier was ingekwartierd met wie ze voorzichtig kerstfeest vierden.

In het voorjaar van 1943 hoorden Anna en Cas van het Rode Kruis dat mijn vader als krijgsgevangene in Thailand zat. Van de rest van de familie wisten ze helemaal niets. 'Wij maken het heel goed,' schreef Anna terug aan mijn vader. 'We wonen nog altijd in dezelfde plaatsen en huizen als vroeger. Cas zit nu in de vierde klas hbs B. en ik in de vijfde klas Gym. A. Volgend jaar doen we allebei eindexamen. Cas is erg veranderd, ik niet zo bijzonder. Cas schiet op het moment de hoogte in, en hij heeft écht de baard in zijn keel.'

Ze postte de brief in een gewone brievenbus, met een vaag Japans adres erop. Wat moest ze anders? Ik zie een foto voor me van Anna uit die tijd, een meisje met warrig haar. Haar schoolklas in 1940, de jongens in bolle blouses, open gezichten, bijna kinderen nog. Dezelfde klas in 1944, iedereen in grotemensenkleren, volwassen, maar ook meer gesloten. 'Ja, wat wil je,' zei Anna, 'al die jongens moesten in die tijd voortdurend onderduiken.'

De brief uit Zeist kwam, op wonderbaarlijke wijze, na een paar maanden inderdaad in de rimboe aan.

Zo putte een groot deel van de Nederlanders zich aanvankelijk uit in aanpassing en compromis. Voor een paar groepen waren die uitwegen echter al vanaf het begin afgesloten: de werklozen en de joden.

Het Duitse bestuur in Nederland had in grote lijnen twee doeleinden voor ogen. In de eerste plaats moest de Nederlandse economie geheel dienstbaar gemaakt worden aan de Duitse oorlogvoering. En in de tweede plaats moest het Nederlandse broedervolk worden ingelijfd in het Groot-Germaanse denken, waarvoor men Neêrlands bloed uiteraard moest reinigen van 'vreemde smetten'.

Het eerste lukte in vergaande mate. Nederland werd geëxploiteerd als een puur wingewest. Veel takken van het bedrijfsleven werden direct ingezet voor de Duitse oorlogsindustrie, en ze lieten zich ook inzetten. De vliegtuigfabriek Fokker had in 1942 een veelvoud van het vooroorlogse aantal werknemers in dienst. Ook aan het Hoofd was de drang tot economisch zelfbehoud sterker dan alle anti-Duitse sentimenten bij elkaar. Er werden onder andere lijkenzakken genaaid, voor de Kriegsmarine. 'Ze kwamen met een bebloed voorbeeld de zaak binnen,' vertelde Catrinus. 'Ze hadden er heel wat nodig.'

Naarmate de bezetting vorderde, werden ook steeds meer boter, kaas, graan en andere landbouwproducten naar Duitsland weggesleept. Onder de oudere generatie gold jegens Duitsers nog jarenlang de kreet: 'Breng eerst mijn fiets maar eens terug.' De twee miljoen gepikte fietsen stonden symbool voor veel meer. Talloze fabrieksinstallaties werden weggevoerd, bij de Hoogovens zelfs hele plaatwalserijen. Bij de PTT werden tweeënzeventig telefooncentrales leeggeroofd. Complete stukken spoorweg werden, met bielzen, spoorstaven, wissels en bovenleiding, naar het oosten verplaatst. Tienduizenden Nederlandse arbeiders werden in Duitsland tewerkgesteld: aanvankelijk alleen de werklozen, later was geen volwassen man meer veilig voor de Duitse razzia's. Nederland werd op den duur één groot plundergebied.

Met de toenemende terreur kwam de tweede Duitse doelstelling, de geestelijke verovering van dit Germaanse broedervolk, danig in het gedrang. Alleen de uitstoting van de Nederlandse joden lukte. En hun uitroeiing verliep hier bijna net zo efficiënt als in Duitsland zelf.

De cijfers zijn en blijven voor de Nederlanders buitengewoon pijnlijk.* In België werden van de ruim zestigduizend joden ongeveer vijfentwintigduizend vermoord: 40 procent. In het vanouds tamelijk anti-semitische Frankrijk kwamen tachtigduizend van de driehonderdvijftigduizend joden om: bijna 25 procent. In het fascistische Italië vijfenzeventighonderd van de vijfenveertigduizend: 16 procent. In Noorwegen overleefden achthonderd van de achttienhonderd joden de oorlog niet: ongeveer 40 procent. Van de zesenhalfduizend Deense joden stierven er ruim honderd: nog geen 2 procent. In Nederland werden van de ongeveer honderdveertigduizend joden ruim honderdduizend vermoord: ongeveer 75 procent. Daarmee is het dodenpercentage in Nederland alleen te vergelijken met dat van Polen en enkele andere Midden- en Oost-Europese landen met een sterk anti-semitische traditie.

Dit opvallend hoge percentage in dit tolerante land wordt onder historici wel aangeduid als de 'Nederlandse paradox'. Er zijn veel verklaringen voor bedacht. Eén ervan is heel simpel: Nederland had geen grenzen meer waarover men snel en veilig weg kon komen, het was omsloten door het Duitse rijk. Smokkelacties als in Denemarken en in de Frans-Spaanse Pyreneeën waren er onmogelijk. Ontoegankelijke, bosrijke bergen waren er evenmin. Bij deze verklaring hoort wel een vervelende vraag: hoe komt het dan dat in datzelfde land wél vele tienduizenden niet-joodse onderduikers met succes konden wegschuilen?

Een andere verklaring zoekt het bij de gezagsgetrouwheid van de Nederlanders. Mijn grootvader Van der Molen leverde, toen hem daartoe het bevel werd gegeven, keurig zijn radio, zijn huisbel en al het andere kopergoed in. Met toenemende ergernis sloegen Anna en Cas zijn tomeloze braafheid gade. Niemand deed hij te kort, de paar extraatjes deelde hij altijd met anderen, hij werd steeds magerder, en nooit zou hij een regel overtreden. Zijn hondje had hij zo gedresseerd dat het geen worstvelletje wilde aannemen als je zei: 'Het komt van Hitler.' Dat was zijn voornaamste verzetsdaad.

Het gedrag van mijn grootvader was voor Nederlandse begrippen niet uitzonderlijk. Als er één land is dat de betekenis van het woord 'verzet' opnieuw heeft moeten leren, dan is het wel Nederland. Het fundamentele wantrouwen van, bijvoorbeeld, een Italiaan, een Spanjaard of een Rus tegen de staat is de Nederlander totaal onbekend. Het land werd eeuwenlang bestuurd door bedaagde, redelijk professionele regenten met een typische burgermentaliteit. In de loop der jaren had dat regenteske gezag eigen kwaliteiten en een eigen bestuursmoraal ontwikkeld, en na de eeuwwisseling werd die bestuursstijl bijna ongemerkt overgenomen door de elites van de zuilen.

Het overheidsgezag had daardoor iets vanzelfsprekends. Men onderwierp zich zonder dat daarvoor veel discipline of uiterlijk machtsvertoon noodzakelijk was. Binnen enkele maanden waren in dit land dan ook, zonder veel protest, alle joden geregistreerd en alle joodse professoren, leraren, onderwijzers, gemeenteraadsleden, wethouders, rechters en ambtenaren uit hun functie gezet. Probleemloos kon hun uitstoting beginnen.

Ook veel joodse Nederlanders waren aanvankelijk tamelijk argeloos. Terwijl in België en Frankrijk het percentage overlevenden onder de autochtone joden hoger was dan onder de joden die voor de nazi's uit Duitsland waren gevlucht, was in Nederland precies het omgekeerde het geval. Vermoedelijk alleen omdat de buitenlandse joden alerter waren dan de Nederlandse. Algemeen was de houding er een van: 'Ik heb niets gedaan, dus waarom zou ik onderduiken?' –

de letterlijke woorden van een overigens Duitse jodin. Of, zoals de joodse historicus Jacob Presser naderhand schreef: 'Men miste de energie, de relaties, het geld, onderschatte de gevaren der wegvoering, overschatte die van het onderduiken; men was bang, verschrikkelijk bang; men wantrouwde de eigen kracht.'

Deze houding werd nog eens versterkt door het geraffineerde zwijgen rondom de genocide waarin het wegvoeren der joden uitmondde, zowel in Duitsland als in de bezette gebieden. De joden werd niets bespaard, maar de rest van de bevolking kreeg alle mogelijkheden om de andere kant op te kijken. Wie niet wilde weten, hoefde ook niet te weten. En toen de periode van accommodatie eindelijk voorbij was en de verzetsgeest wakker werd, waren de meeste joden al weggevoerd en vermoord.

Een derde oorzaak van het opvallend hoge aantal holocaustslachtoffers in Nederland wordt wel gezocht bij de aard van de Duitse machten die Nederland feitelijk bezet hielden. Nederland en Noorwegen hadden, als Germaanse broedervolken, een burgerlijk bestuur gekregen in plaats van een militair. De afwezigheid van een Wehrmacht-gezag maakte het leven voor de Nederlanders in sommige opzichten gemakkelijker, maar tegelijk ontbrak daardoor binnen het Duitse bestuur een stevige tegenkracht. In Frankrijk werden de joden vervolgd door Wehrmacht-officieren die absoluut geen zin hadden om daar veel energie in te steken. In Nederland kregen fanatieke organisaties als de SS en de Gestapo daarentegen alle ruimte.

Dat neemt niet weg dat er, wat betreft de aantallen overlevenden, grote plaatselijke verschillen bestaan. Historici kunnen die nog steeds niet goed verklaren. In Aalten en Sneek overleefde bijvoorbeeld bijna zestig procent van de joodse gemeenschap, in Utrecht en in het Groningse Oude en Nieuwe Pekela was dat minder dan tien procent. Van de joodse gemeenschap in Assen, ruim vierhonderd mannen, vrouwen en kinderen, waren na de oorlog nog welgeteld drie in leven, minder dan één procent. Dit onderscheid kan niet verklaard worden uit de plaatselijke aanhang van de NSB, uit het feit of er een 'goede' of een 'foute' burgemeester of politiecommissaris zat, en zelfs niet uit de activiteiten van het verzet. In Friesland vonden bijvoorbeeld veel Amsterdamse joden een goed onderduikadres, maar tegelijk zijn de meeste Friese joden zelf weggevoerd. Heeft dit iets te maken met het feit dat de Friese joden – in tegenstelling tot de joden in andere kleine gemeenten – meer op zichzelf leefden en minder geïntegreerd waren? Heeft het te maken met de starre scheiding van mensen en geesten in het verzuilde Nederland? Het is nog altijd weinig helder.

Uit dit soort onderzoek blijkt één ding echter wel: de factor antisemitisme speelde in Nederland geen duidelijke rol. Het afgesloten gettobestaan was voor de Nederlandse joden allang verleden tijd. Het integratie- en assimilatieproces van de joden was er in volle gang en vaak was het al voltooid. Er waren nog altijd Nederlanders die vonden dat de joden weleens een toontje lager mochten zingen, en in confessionele kring zag men joden pas voor vol aan als ze waren bekeerd en gedoopt, maar een dergelijk anti-semitisme stond in geen verhouding tot de moorddadige Oost-Europese jodenhaat waarop Hitler voortbouwde, een anti-semitisme dat niet gericht was op aanpassing van de joden, maar op hun totale verdwijning.

Zelfs de Nederlandse nazi's beseften dit verschil. Voor het eerste partijprogramma van de NSB schreef hun leider Mussert het gedachtegoed van de grote Duitse zusterpartij grotendeels over, behalve de anti-semitische passages. Die zouden op de Nederlandse kiezers maar een slechte indruk maken, en bovendien had hij zelf helemaal niets tegen joden.* Een van de vroegste Nederlandse fascisten, Jan Baars, stuurde in 1933 aan Hitler zelfs een protesttelegram vanwege de jodenvervolgingen. (Later, in de bezettingstijd, zou Van Baars trouwens verdienstelijk illegaal werk doen.) Een andere vroege fascist, Bertus Smit, oprichter, hoofdredacteur en colporteur van het blaadje *Het Hakenkruis*, schrok zich lam toen hij in 1936 van een communistische vluchteling hoorde wat er werkelijk gaande was in Duitsland. Hij liet een brochure drukken onder de titel *Führung, de doden klagen u aan* en werd vervolgens opgepakt door de Haagse politie wegens belediging van een bevriend staatshoofd.

Men kan, kortom, voor Nederland onmogelijk spreken van een fel, levend anti-semitisme. Wel zijn veel joden het slachtoffer geweest van een passief anti-semitisme, van gemakzucht en angst voor het vreemde, van onliefde zo men wil.

Tekenend voor het passieve anti-semitisme is de houding van de Nederlandse regering in Londen. Het is buiten kijf dat koningin Wilhelmina via Radio Oranje een uiterst belangrijke rol speelde bij het hooghouden van de verzetsgeest van de Nederlanders. Daarom is het des te verbazingwekkender dat de koningin – de historica Nanda van der Zee heeft dat vakkundig nageplozen – in haar befaamde radioredes nauwelijks aandacht schonk aan het lot van de bevolkingsgroep die veruit het meest onder de Duitse terreur gebukt ging. Terwijl één op de tien inwoners van haar hoofdstad werd gedeporteerd en ze daarvan uitstekend op de hoogte was – op 17 oktober 1942 sprak ze al expliciet over 'het stelselmatig uitroeien van de joden' –, wijdde het staatshoofd al die jaren slechts driemaal een enkel woord aan de jodenvervolging.

Deze desinteresse kenmerkte de hele Londense regering. Op de bureaus van de Nederlandse regering in ballingschap was tot begin 1944 niemand speciaal belast met de vervolgde joden. Tot juni 1944 is er vanuit Londen niets concreets voor hen gedaan: het onderwerp kwam zelfs geen enkele keer voor in de notulen van de ministerraad.* En dat terwijl de Nederlandse illegale pers week na week waarschuwde en opriep tot hulp en verzet. 'Nederlandse politiemannen van het oude slag, denk aan Uw menselijke en waarachtige beroepsplicht: neemt geen joden gevangen, of voer de gegeven opdrachten slechts in schijn uit. Laat hen ontvluchten en zich verbergen,' luidde een van die noodkreten aan het Nederlandse volk. 'Spoorwegpersoneel, machinisten, bedenkt dat iedere trein die geladen met slaven door u vervoerd wordt, ter slachtbank gaat!'

Waarom hebben de Nederlanders die indrukwekkende stem voor Radio Oranje, die door tallozen als Gods woord werd ingedronken en die duizenden mensen tijdig had kunnen mobiliseren, nooit zoiets horen zeggen? In Denemarken reed koning Christiaan x – althans volgens de legende – op zijn paard door de straten van Kopenhagen met een jodenster op. Voor de Nederlandse joden kwam er vanuit het veilige Londen taal noch teken.

Het probleem van de Grote Moord roept om schuld, straf en moraal, zowel voor de Duitsers als de Nederlanders. Het is echter de vraag of dat, zowel in het licht van het verleden als van de toekomst, de meest realistische benadering is.

Historici worstelen tot op de dag van vandaag met het nationaalsocialisme, het Duitse anti-semitisme en vooral met het fenomeen

Hitler. Want was het wel allemaal een lang tevoren opgezet plan? Veel hedendaagse historici hebben dat idee zo langzamerhand losgelaten. Zij zien de holocaust eerder als een opeenstapeling van losse initiatieven van ambitieuze partijbazen en ambtelijke apparaten die in de gunst van Hitler wilden blijven, hun macht wilden behouden en uitbreiden, en daarom tot steeds radicalere acties overgingen. Zo bekeken was de moord eerder het gevolg van de anarchie en de door niets geremde machtswellust in de top van het Derde Rijk dan het resultaat van een jaren eerder vastgelegd plan.

Maar tegelijk, en dat maakt deze miljoenenmoord zo moeilijk te vatten, was de holocaust ook een product van een staatsbureaucratie, zij het een totaal ontremde staatsbureaucratie. Tekenend is het hoge overlevingspercentage in Italië, 84 procent. De Italianen, ook de meeste fascisten, vonden de jodenvervolging immoreel en saboteerden die waar ze konden, op hun eigen, niet-bureaucratische wijze. Zonder een goed functionerende bureaucratie ging het duidelijk niet.

Volgens de Pools-Britse socioloog Zygmunt Bauman ligt de verklaring voor de massale moord op de joden en de zigeuners van West-Europa dan ook niet alleen in de machtsdrift en het middeleeuwse anti-semitisme van de leiders en uitvoerders. Als de omgang van de nazi's met de joden enkel uit anti-semitische uitbarstingen als de Kristallnacht had bestaan, zo redeneert Bauman, dan was er alleen maar een hoofdstuk toegevoegd aan de lange geschiedenis van emotionele gewelddadigheden tegen de joden, dan waren er wellicht ook vele duizenden slachtoffers gevallen, maar nooit zes miljoen.

De Grote Moord was, alleen al in zijn grootschaligheid, een gebeurtenis zonder precedent. De geschiedenis van de holocaust zit onder de vingerafdrukken van de moderniteit, van de maakbare maatschappij, van de perfecte bureaucratie, schrijft Bauman. Alleen een twintigste-eeuws bureaucratisch apparaat kon een enorme logistieke operatie als de Endlösung aan. Alleen met moderne, rationele principes als efficiency, arbeidsdeling en kostencalculatie was deze industriële vernietiging van mensenlevens mogelijk. En de geestdrift waarmee deze machinerie werd aangedreven was uiteindelijk niet alleen die van de ideologisch bevlogen anti-semiet, maar ook die van de nauwkeurige, zorgvuldige bureaucraat, die zich totaal van morele en godsdienstige remmingen had vervreemd.

Deze benadering werpt een ander licht op de Nederlandse situatie. Nederlanders en Duitsers waren immers beiden gedegen, gedisciplineerd en gezagsgetrouw. Terwijl in Frankrijk en België de streefgetallen dankzij een onwillige bureaucratie al snel moesten worden teruggebracht, verliepen in Nederland de transporten zo vlekkeloos dat het, in de woorden van oppervervolger Adolf Eichmann, 'een lust was om naar te kijken'. Aan sabotage dacht slechts een enkeling.

De bevolkingsadministratie was perfect en men stelde er een eer in om dat zo te houden. Het Nederlandse persoonsbewijs was het beste van alle bezette gebieden, het was bijna niet te vervalsen, het trotse vakwerk van een al even trotse Nederlandse ambtenaar. In Leeuwarden werden 547 van de 665 joden gedeporteerd zonder dat de Duitsers een vinger hoefden uit te steken. Alles werd geregeld en verzorgd door het stadhuispersoneel en de gemeentepolitie. Van die 547 zouden er zeven levend terugkomen. De Amsterdamse bevolkingsadministratie leverde binnen enkele dagen een zogenaamde stippenkaart met daarop exact de concentraties van joodse medeburgers binnen de stad. Grote aantallen joden werden gearresteerd door gewone Amsterdamse dienders, zonder enig toezicht van Duitse gezagdragers. De Amsterdamse trams voerden 's nachts punctueel de mannen, vrouwen en kinderen af naar het station. Het rustige raderwerk van de Nederlandse Spoorwegen voerde hen daarna veilig verder, naar het onbekende oosten.

De gedachtegang van Bauman is in wezen veel verontrustender dan de verklaringen van anderen die simpelweg van de toenmalige Duitsers halve duivels maken: het kan namelijk morgen weer gebeuren. In Duitsland en Nederland is de moderne cultuur in de oorlog niet voor enkele jaren door het barbarendom weggewist, zoals men algemeen veronderstelt, nee, de holocaust is in zijn visie juist in vergaande mate door diezelfde rationele maatschappij voortgebracht. Of, in het beeld dat Bauman zelf hanteert: de holocaust is geen afgesloten periode, geen op zichzelf staand schilderij, maar een raam, een raam dat een uniek uitzicht biedt op onderstromen in onze westerse beschaving die anders onzichtbaar blijven. 'Hoe deprimerend dat uitzicht ook is, het is van het grootste belang om te kijken,' zo concludeert Bauman. 'Niet alleen voor de daders, slachtoffers en getuigen van deze misdaad, maar voor iedereen die vandaag leeft en morgen hoopt te leven.'*

***

Eind februari 1941 kwam het in Amsterdam en de Zaanstreek tot een spontane en kortstondige proteststaking. Al maanden heerste er onder scheeps- en fabrieksarbeiders onrust, omdat men vreesde naar Duitsland gestuurd te worden. Toen de Duitsers in het joodse getto met wrede razzia's begonnen, sloeg – aangeblazen door de illegale communistische partij – de vlam in de pan. Binnen een dag lag het Amsterdamse openbare leven grotendeels plat. Het tramsysteem, het uurwerk van de stad, bewoog niet meer. De straten waren vol juichende en protesterende arbeiders. Twaalf uur later was het allemaal alweer grotendeels voorbij. Twee SS-Totenkopf-infanterieregimenten rukten de stad binnen, er werd spertijd ingesteld en binnen de kortste keren was de stad vol Duitse politie.

Achteraf gezien markeerde deze Februaristaking het einde van de min of meer vreedzame 'honeymoon'-periode tussen de Duitsers en de meerderheid van de Nederlanders. De bezetters gingen rustig door met hun plannen, al beseften ze dat ze bij volgende deportaties omzichtiger te werk moesten gaan. Bij veel Nederlanders begonnen de ogen echter open te gaan.

Toen de oorlogskansen voor de Duitsers verslechterden, nam de druk op de bevolking verder toe. Er werden steeds meer verboden uitgevaardigd. Overal werden radio's, fietsen, treinen en machines in beslag genomen. Mensen werden opgepakt, het leven werd vreemder en geheimzinniger en iedere maand verhardden de methoden.

'Er zijn maar twee mogelijkheden om illegaal tegen een bezetter op te treden,' schreef Hendrik Algra later. 'Het moet een organisatie zijn met een rigoureuze geheimhouding als in sommige spionagediensten, óf een illegaliteit die nauwelijks een grens heeft met het solidaire volk.' Beide organisatievormen zijn in het Nederlandse verzet aanwezig geweest, hoewel de laatste de overhand had, vooral bij het gereformeerde volksdeel.

Zeker na 1942 kon de illegaliteit in Nederland redelijk functioneren. De waterscheidingen tussen de diverse groepen waren toen wel duidelijk. Er waren onverschilligen, die er alleen op uit waren om hun eigen hachje te redden. Er waren boeven, die probeerden een slaatje te slaan uit de ellende van anderen. Er waren enkele honderdduizenden die, soms op ideologische gronden, vaak uit opportunisme, de kant hadden gekozen van de bezetters. Er was een groeiend aantal illegalen dat van alles opknapte, een leger dat tegen het eind van de oorlog in de tienduizenden liep. En er waren tallozen die aan de goede kant stonden, als een muur om de illegaliteit heen, die veel wisten en veel zagen, die niets verrieden en die vaak kleine hand- en spandiensten verrichtten. In de meeste dorpen wist men bijvoorbeeld precies wie onderduikers had – en toch zijn de meesten niet verraden. En aan de Amsterdamse Prinsengracht kon de joodse familie Frank jarenlang ondergedoken zitten in een achterhuis; uiteindelijk werden ze verraden, maar níet door een buurtgenoot.

Ook Anna en Cas hoorden tot zo'n omgeving. Anna was in 1942 lid geworden van een literaire schoolclub, waar ze bij iemand thuis allerlei boeken bespraken. Officieel was zelfs dat verboden, maar ze waren maar met zijn achten. Op een avond meldde zich een nieuw lid, een wat oudere jongen. Hij speelde viool en studeerde al een paar jaar. Anna werd op slag verliefd, zo verliefd als ze nog nooit geweest was. Met Kerstmis 1943 verloofden ze zich.

Op deze wijze kwam Anna midden in een bijzondere familie terecht. 'Ik zat in de vijfde klas, ik had al tijden geleefd zonder ouderlijk huis, en dit was meteen thuis. Mijn verloofde was de jongste, er waren verder nog een zus en twee oudere broers, en die zaten alledrie tot hun nek in het verzet. Ik leerde dus al heel gauw dat er allerlei dingen waren waar je maar beter over kon zwijgen, of die ik maar beter niet kon zien.'

De vader des huizes was een sigarenfabrikant, een bekende naam in gereformeerde kringen waar een stevige bolknak altijd werd gewaardeerd. De broers stonden in nauw contact met de oprichter van de Landelijke Organisatie voor hulp aan onderduikers, de predikant F. Slomp, beter bekend als Frits de Zwerver. Een van de jongens was actief binnen de gewapende arm van het verzet, de Landelijke Knokploegen, die onder andere overvallen pleegden om aan bonnen, identiteitskaarten en andere papieren te komen. Zijn zus bracht joodse kinderen onderdak, ook al in gereformeerd verband.

Anna werd vrij snel in dit alles betrokken: ze mocht bonnen en geld rondbrengen op allerlei onderduikadressen. 'Ik was in die jaren erg met mezelf bezig,' vertelde ze. 'Met mijn verliefdheid, met literatuur op school, oorlog, verzet, ik vond alles even geweldig.'

Alle kinderen van haar klas leidden een dubbelleven. Eén meisje, een heel aardig kind, was van de NSB. Toen er op een dag sneeuw was gevallen, begon de hele school sneeuwballen naar haar te gooien. 'Ze liep voor me uit, en dat kind liep daar zo alleen, met haar schooltas. Toen ben ik naast haar gaan lopen, en toen hield het op.'

Maar over dat soort dingen praten, dat gebeurde nooit. Als er een transport met joodse kinderen was geweest, hoorde Anna alleen dat het gelukt was, meer wist ze niet. Ze vond een keer een heel pak bonnen in de pantoffels van de oudste broer van haar verloofde, duidelijk afkomstig van een of andere overval. 'Daarover zei je niets, je deed net of je niets zag.' Van een vriendin wist ze dat er bij haar thuis joodse onderduikers zaten, maar daarvan liet ze nooit iets merken. 'Die mensen zijn trouwens verraden, de joden zijn opgepakt en die vader ook. Net als onze fietsenmaker, die zat er ook tot zijn nek in, ook weggevoerd en nooit meer teruggekomen.'

Eigenlijk was het, in het licht van de vooroorlogse verhoudingen, buitengewoon merkwaardig wat er gebeurde: degenen die het meeste durfden, die de meeste onderduikers hielpen en het meeste presteerden, waren de communisten en de gereformeerden, uiterst links en uiterst rechts, vaak in broederlijke samenwerking. De Gestapochef van Delfzijl betitelde de Gereformeerde kerken ooit als de grootste illegale organisatie van Nederland. Dat compliment was niet zozeer te danken aan de leiding van die kerk, maar vooral aan de talloze gewone gemeenteleden die actief waren in het verzet.

Hoewel de gereformeerden maar een klein deel van de bevolking uitmaakten, zo'n 7 procent, hebben ze vermoedelijk meer dan een kwart van de joodse onderduikers geherbergd. In vergelijking met andere kerkgenootschappen was het aantal verzetsslachtoffers er tweemaal zo hoog. De illegale pers werd voor een belangrijk deel beheerst door gereformeerden: zowel *Vrij Nederland* als *Trouw* kwam uit die hoek voort. Een verzetsman in nood kon vrijwel altijd veilig aanbellen bij een gereformeerde pastorie. Zelfs de stijve Colijn liet zijn afstandelijke en berustende houding los, riep op tot verzet en zou uiteindelijk in ballingschap overlijden.

'Ik dacht dat iedereen zo bezig was,' vertelde Anna naderhand. 'Ik haalde bij mensen maandgeld op voor het verzet, bij één fabrikant het enorme bedrag van honderd gulden, bij anderen tien of vijfentwintig gulden. Dat geld bracht ik bij een dominee, die zelf zeven kinderen had, plus nog een handvol joodse pleegkinderen. Hij was zelf zo blond als wat, en die joodse kinderen liet hij eens per maand blonderen om ze niet op te laten vallen. Heel dappere mensen, want links en rechts van hem woonden Duitsers. Voor mijn gevoel was iedereen in mijn omgeving goed en actief, maar later bleek dat helemaal niet waar te zijn.'

De nazi's hebben absoluut hun best gedaan om de gereformeerden mee te krijgen. Oppervlakkig gezien, ik schreef het al, leken ze ideale bondgenoten. Toch vormde de groepering al snel een kristallisatiepunt van vroeg verzet. Hoe was dat mogelijk?

In de eerste plaats vormden de gereformeerde aartsvaders rondom Abraham Kuyper niet alleen een religieuze, maar ook een nationalistische beweging. Het was niet zonder reden dat men bijvoorbeeld sprak van 'christelijk-nationaal' onderwijs. Kuyper en zijn navolgers propageerden – overigens voornamelijk in theorie – een soort nationalisme dat dwingend voorschreef hoe Nederland er eigenlijk uit zou moeten zien: zeventiende-eeuws calvinistisch, onder Oranje, maar met respect voor vreemdelingen en minderheden. Wat er na 1940 gebeurde, vloekte met deze uitgangspunten.

Er zijn door gereformeerden pogingen gedaan om joden te bekeren, soms werd er zelfs op onbehoorlijke wijze druk op onderduikers uitgeoefend, maar nergens blijkt dat bekeringsijver een belangrijk motief was om joden te helpen. Ondanks het wantrouwen jegens de joodse 'vreemdelingen' voelde men het bijna als een godsdienstige plicht om naast het oude volk van Abraham, Isaak en Jakob te staan in deze tijden van uiterste nood. 'De prestaties van de gereformeerden steken met kop en schouders uit boven die van andere en grotere kerkgenootschappen,' concludeerde ook de Britse holocaust-historicus Bob Moore. 'Dit komt misschien omdat de beste plaatsen om onder te duiken in gebieden lagen waar veel gereformeerden woonden. Het lijkt er echter meer op dat de gereformeerden bereid waren te helpen omdat ze in het lot van de joden hun eigen zelfbeeld van het vervolgde volk Gods herkenden.'

Daarbij kwam een tweede aspect: als één bevolkingsgroep volstrekt allergisch was voor staatsbemoeienis en ingrijpen van hogerhand, dan waren het wel de gereformeerden. Ze hadden niet voor niets de veilige staatskerk verlaten om overal eigen gemeenten te stichten, en datzelfde gold voor de eigen scholen, de eigen kranten en de andere eigen organisaties die ze ten koste van grote offers in het leven hadden geroepen. Het totalitaire nazi-systeem tastte die autonomie al snel op ruwe wijze aan, en ook daarop reageerden ze buitengewoon fel. Bovendien waren de gereformeerden – en hierin leken ze sterk op de communisten – uitstekend georganiseerd, gedisciplineerd en offervaardig. Hun zuil was niet al te groot, ons kende ons, en zo kon het netwerk van predikanten – die altijd een alibi hadden om te reizen – in de Landelijke Organisatie een vitale rol spelen.

Al deze vormen van verzet raakten in een stroomversnelling toen de Duitse bezetter in het voorjaar van 1943 de voormalige Nederlandse militairen alsnog naar Duitsland wilde voeren. Men hoopte met deze krijgsgevangenen in één klap een groot aantal arbeidskrachten binnen te halen, die de plaatsen konden innemen van de Duitse mannen die naar het front waren gestuurd. Ook van het Schiedamse Hoofd moesten er mannen mee. Mijn neef Catrinus werd bijvoorbeeld naar de omgeving van Dresden gestuurd, naar een fabriek waar pantservuisten (zware, tegen tanks gerichte projectielen) werden gemaakt. 'De Makken waren aardig, maar vreselijk voorzichtig, op het bangige af,' zou hij naderhand zeggen.

De meeste Nederlanders waren na drie jaar bezetting al een stuk minder gezagsgetrouw. Overal in het land braken wilde stakingen uit, overal werden oproepen verspreid om zich aan deze Arbeitseinsatz te onttrekken. Anna zag met eigen ogen hoe een stoet jonge mannen door Hilversum trok. 'Ik zag hoe een jonge vrouw rustig naast een van de jongens ging lopen, deed alsof ze hem een pakje wilde meegeven, hem een stevige arm gaf en zo met hem uit de rij wandelde. Niemand zag het of wilde het zien.'

Het aantal onderduikers zou op den duur uitgroeien tot ruim driehonderdduizend, en voor hun voeding en onderdak moesten grote illegale organisaties in het leven worden geroepen, met vele duizenden medewerkers. De belangrijkste daarvan werd de Landelijke Organisatie. Daarmee was de periode van accommodatie voorgoed voorbij. Braaf blijven werd riskanter dan onderduiken en zelfs verzet. Dat prikkelde de Duitsers op hun beurt tot nieuwe repressie, en zo escaleerde alles verder, totdat de samenleving in het laatste bezettingsjaar compleet ontregeld was.

Midden in die chaos deed Anna eindexamen. Ik vond het telegram terug dat ze op 4 juni 1944 aan mijn grootouders stuurde: 'Al wat in boeken staat is in dit hoofd gevaren. Geslaagd.'

***

Er rest, na dit alles, nog één allesbepalende vraag: wat wisten de Nederlanders van het uiteindelijke lot van de joden? Of, beter gezegd, wat kon men weten en wat wilde men weten?

Anna, toen een schoolmeisje van een jaar of achttien, zei dat in haar omgeving niemand wist waar de joden heen gingen. 'Er werd gezegd: ze worden weggevoerd om te werken. Dat namen we dan maar aan. We hadden een NSB-kind in de klas, ik weet zeker dat zij ook niet meer wist. Mijn ogen zijn pas opengegaan toen ik na de oorlog foto's zag van Bergen-Belsen. Je kon niet geloven dat het waar was.'

Ook onder groeperingen die met levensgevaar joodse kinderen van het ene onderduikadres naar het andere smokkelden, en die van de Duitsers niets dan kwaads verwachtten, bleek men vaak van niets te weten. 'Dat er iets mis was, wisten ze wel,' vertelde een neef van Anna's verloofde me, 'maar wat er werkelijk allemaal gebeurde, die vergassingen, daar wisten zij ook niets van.'

Toch hadden ze vrijwel zeker de eerder genoemde brochure *Bijna te laat* gelezen, waarin J. Koopmans al in november 1940 over de joden schreef: 'Ze gaan eruit en ze gaan eraan.' Over het beruchte kamp Mauthausen en over 'moorden in Duitse nazikampen' berichtte de verzetskrant *Het Parool* medio 1941. Op 9 oktober 1942 schreef een ondergedoken meisje als Anne Frank: 'We nemen aan dat de meesten vermoord worden. De Engelse radio spreekt van vergassing. Misschien is dat wel de vlugste sterfmethode.' Acht dagen later noteerde Victor Klemperer, een joodse hoogleraar filologie in Dresden, dat twee gearresteerde vrouwen naar Auschwitz getransporteerd waren, een kamp 'dat een snel werkend slachthuis schijnt te zijn'.* 'Na 1943 wisten de meeste Duitsers genoeg om zeker te weten dat ze niet meer wilden weten,' hoorde ik ooit een Duitse televisiecommentator zeggen, en dat gold ook voor nogal wat Nederlanders.

De BBC en Radio Oranje maakten vanaf de zomer van 1942 zo nu en dan melding van geruchten over Duitse vernietigingskampen.

Radio Oranje sprak al op 29 juli 1942 van 'joodse Polen' die bij duizenden in gaskamers werden afgemaakt en waarschuwde dat het 'onze joodse medeburgers' even slecht zou vergaan. Op 17 december 1942 werd zelfs een speciale verklaring van de geallieerden uitgezonden, waarin gewag gemaakt werd van massale deportaties, kampen in Polen en massa-executies. 'Van hen die weggevoerd worden, wordt later taal noch teken vernomen.'

Uit recent vrijgegeven materiaal blijkt dat de Britse inlichtingendienst, die Duitse codeberichten had weten te ontcijferen, vrijwel vanaf het begin exact op de hoogte was van de aard, de omvang en het doel van de massatransporten. Slechts een kleine groep ingewijden werd op de hoogte gesteld: niemand mocht weten dat de Engelsen de sleutel voor de Duitse codes in handen hadden. Bovendien ontbrak de wil om in te grijpen. In bombardementen van de gaskamers zag de Britse luchtmacht niets: men wilde geen energie verspillen aan 'deze zeurende joden', zoals een Engelse ambtenaar zich liet ontvallen. Luchtfoto's van Auschwitz II, waarop duidelijk gaskamers en gevangenen zichtbaar waren, werden pas dertig jaar later ontwikkeld: de toenmalige militairen hadden alleen oog gehad voor de chemische installaties enkele kilometers verderop.

We dienen bij het achteraf beoordelen van dit alles permanent voor ogen te houden dat deze massale, industriële uitroeiing uniek is in het bestaan van de mensheid. Als er in de geschiedenis één voorbeeld is geweest van een 'credibility-gap', dan was het wel de holocaust. Voor veel journalisten in die dagen waren de eerste berichten over de vernietigingskampen zo ongeloofwaardig dat ze die beschouwden als wat al te grove oorlogspropaganda. *The New York Times* bracht bijvoorbeeld het nieuws wel, maar plaatste het binnen in de krant, en weinig prominent.

Ook de Nederlandse illegale pers ging uiterst voorzichtig met dit soort berichten om, niet in de laatste plaats omdat men bang was voor al te grote paniek bij de ondergedoken joden. Pas op 27 september 1943 maakte *Het Parool* voor het eerst melding van het bestaan van gaskamers. 'Zo'n gaskamer maakt de indruk een badlokaal te zijn.' Het verslag kwam uit de eerste hand, van een Poolse gevangene die er zelf bij was geweest. De redactie van *Het Parool* bleef echter twijfelen aan de juistheid van het verhaal, en uiteindelijk werd gekozen voor hetzelfde compromis als *The New York Times*: wel melden, maar binnenin.

Daartegenover stond de naakte intuïtie van sommige betrokkenen. Al in de meidagen van 1940 pleegden tientallen joden zelfmoord omdat ze voelden wat er ging gebeuren. In Amsterdam-Zuid, waar veel joden woonden, hingen in de zomer van 1942 twee jonge meisjes uit de ramen en riepen over de stille binnentuinen: 'Ga niet! Duik onder! Dit wordt onze ondergang!' In de Joodse Raad brak een volslagen paniek uit toen de employés in 1943 ook zichzelf en hun familieleden uit de kaartenbakken moesten halen. In Westerbork, het Nederlandse tussenstation, hing telkens weer een doemdreiging als er een trein vertrok. Men wist, en tegelijk wilde men niet weten, uit puur lijfsbehoud.

De familie van Anna's verloofde hoorde tot de uitzonderingen. Ze voelden dat ze iets moesten doen, en ze deden het. Anna zei 'moeder' tegen zijn moeder, en in 1944 trok ze bij het gezin in. Ze zag het warme, open huis nog voor zich. 'Pinksteren 1944, het hele gezin was voor de gelegenheid bij elkaar, een prachtig voorjaarsweekend, de oudste broer speelde piano, uit de *Matthäuspassion*.

Mein Jesus schweigt zu falschen Lüge stille,
Um uns damit zu zeigen,
Dass sein erbarmensvoller Wille
Für uns zum Leiden sei geneigt,
Und dass wir in dergleichen Pein
Ihm sollen ähnlich sein,
Und in Verfolgung stille schweigen.

Een paar dagen later werd diezelfde broer verraden, opgepakt en in kamp Amersfoort opgesloten. Zijn zus dook onmiddellijk onder. Anna en haar verloofde zijn daar toen nog heen gefietst, maar het lukte hun niet meer om contact met hem te krijgen. Daarna verdween hij.

'Ik weet nog dat het bericht van zijn arrestatie kwam,' vertelde Anna. 'Zijn moeder deed een middagdutje. Zijn vader ging naar de slaapkamer om het haar te vertellen. En toen wij naar boven gingen om erover te praten, lag hij naast haar, met zijn jas nog aan. Ze hadden altijd geweten dat dit kon gebeuren.'

'Op haar tweeënveertigste verjaardag, op 24 mei 1943, kreeg onze moeder als verjaarscadeau een ei, een paar weken tevoren besteld bij een mevrouw die nog een kip had, en betaald met zuur gespaarde dubbeltjes. Moeders tuintje stond er prima bij, met papajabomen en een soort aardappelplanten waar je koeken van kon maken. 's Avonds zaten we er soms wat te praten, want donker was het al vroeg. We hadden een redelijke slaapruimte, afgescheiden van de rest, al zag je wel de ratten over de balken lopen.

Op een ochtend bleek ons hele tuintje door een dief te zijn leeggehaald, alles was weg, in één nacht. Dat was een grote slag voor ons gezin. In diezelfde tijd viel er nog een schaduw: Gjalt moest weg. Er werd aangekondigd dat alle jongens van boven de tien naar het mannenkamp moesten, en dat gebeurde. Ze werden in een grote vrachtauto geladen, een vrachtauto vol jongetjes die zich vasthielden aan de zijkanten. Ze hadden geleerd om groot te zijn, ze hielden zich dus groot, ook tegen hun vriendjes. Gjalt was erg onbevangen. Ik herinner me nog zijn ogen toen, vragend, groot en bruin. We hebben daarna niets meer van hem gehoord.

Eén mevrouw liet zich gaan, ik hoor dat mens nog blèren, maar onze moeder was alleen maar stil, heel stil, en toen Gjalt weg was, kroop ze urenlang in bed.

Ik ben toen maar Gjalts vlieger gaan oplaten, de prachtige rode vlieger die hijzelf gemaakt had, dat was zijn erfstuk, die had hij achter moeten laten en dat was wel weer mooi. Daarna ben ik gaan vissen, op diezelfde middag, en ik ving een meerval die ik in een klein blikje deed. De volgende dag was het dier weg, ontsnapt, wat jammer was, maar ook wel een klein wonder.

Zo leefde je als kampkind van de ene dag in de andere. Nu was dus Gjalt weg. Morgen was er weer wat anders. Soms joegen de emoties door het kamp. Op een dag kwam er een zak klapper binnen die was verpakt in een paar bladzijden uit een boek. Een van de mevrouwen herkende de bladen, ze kwamen uit een belangrijk boek van de bibliotheek, en ze werd helemaal wild. "Wat is dit voor barbaarsheid?" Mijn moeder zei alleen maar: "Nou, de bibliotheek zal binnenkort ook wel fungeren als theeverpakking, als ze al niet aan tabakszakjes is opgegaan."

Op een andere dag werd er opeens een kindertehuis van het Heilsleger in het kamp gedumpt, compleet met heilsoldaten en een draagbaar har-

monium. Die hadden een heel eigen regime, met eigen muziek, eigen liedjes en al die vrolijkheid trok als een magneet.

Sluipenderwijs begon in deze fase een voedselprobleem te ontstaan. Eerst aten we altijd rijst, maar nu begon die langzamerhand vervangen te worden door maïs. Pure maïs is slecht te verteren, maar sommigen hadden een vleesmolentje meegenomen en maakten daar weer een handeltje van. Ik bood dan aan om zo'n molentje te draaien, en zo kregen wij onze maïs gratis gemalen.

Daarna kregen we ook sojabonen – ook heel slecht te verteren – en roembia, boombastpap, spul dat zelfs ik niet te eten vond. Maar altijd hadden we wel wat taugé, trasi en palmolie. Ik begon zelf vuurtjes te stoken, en al snel ging ik ook koken. Zo leerde ik met minimale middelen om toch iets eetbaars te maken. Ik heb bijvoorbeeld wel slakkentaart gemaakt, van zelf gevangen slakken. Het recept was simpel: je stooft slakken in een blikje op een laag vuurtje, er ontstaat dan langzamerhand op de bodem een koek van taai slakkenvlees, en dat kit je aan elkaar met wat restjes rijst en maïs. Samen was dat best te eten, vond ik.

Van een heel aardige mevrouw kreeg ik op een dag de bovenkant van een oude blocnote, zo'n pak waar de nietjes doorheen zitten. Wat ik daar wel niet van gemaakt heb, van die papiertjes: muizentrapjes, huisjes, van alles. Ik lijmde alles met rijst, want met rijst kun je prima plakken, dat ontdekte ik toen ook.

In de eerste fase werden er in het kamp nog kinderen geboren, maar nu begonnen er ook mensen te overlijden. De eerste doden waren de kleinsten. Aanvankelijk keek men daar niet zo van op, want ook buiten het kamp stierven in Indië nogal wat kleine kinderen. Daarna gingen ook steeds meer grote mensen dood. Ze kregen beriberi, malaria, dysenterie of indigestie vanwege het slechte eten, en ze gingen, in alle soorten en leeftijden. We hadden nog het geluk dat we een uitstekende dokter hadden, mevrouw Van der Molen, een kittig vrouwtje dat een redelijke entree had bij de Japanners. Waarschijnlijk had ze hen een paar keer in een noodgeval geholpen, en daardoor had ze een vrij grote invloed op het menu. Zij zorgde ervoor dat we naast de maaltijden uit de gaarkeuken altijd een persoonlijk rantsoentje katjang idoe, trasi, maïsolie of klapper kregen, altijd iets waar nog wat gezondheid in zat.

Zo om de twee weken hadden jongetjes als ik fluitdienst. Dan moest je omroepen dat het eten klaar was voor Hong Drie, of voor Hong Acht, want de gaarkeuken schepte voor de diverse groepen op verschillende tijden op. En je mocht ook de namen afroepen van de mensen die iets extra mochten halen. Bijvoorbeeld krá, aanbaksel uit de rijstpan, een grote vreugde als je dat kreeg. Soms kreeg je visgraten, daar kon je ook veel mee doen. Ik hoopte altijd op roggraten, die hadden kraakbeentjes, die kon je opeten. En dan kon je ook nog altijd proberen gewoon wat te bietsen. Daar had ik zo langzamerhand aardig slag van gekregen.

Wat ik helemaal niet kon, dat was vliegen vangen. De Jap had de gewoonte om op de idiootste momenten dagen van vliegenvangerij af te kondigen. Wie de meeste vliegen gevangen had, kreeg een enorme oebi-knol of een andere prijs. Ik had grote verwachtingen, ik had een leeg aspirinebuisje voor al mijn dode vliegen, maar hoe ik ook sloeg, het was altijd ernaast en te laat. Na dagen zwoegen had ik ten slotte driehonderd vliegen. Toen ik ze kwam afleveren, zag ik jongens met duizend en zelfs met vijftienhonderd vliegen. En ik zag ze weglopen, met grote knollen onder hun arm. Maar hoe gek het ook klinkt, die vliegenvangdagen waren wel een probaat middel. Want als je zo'n zwerm kinderen loslaat op alle vliegen, ben je ze de eerste tijd wel mooi kwijt.

Uit al deze verhalen valt op te maken dat we zo langzamerhand honger kregen, en flink ook. Maar het gevoel zelf kan ik me niet herinneren. Honger is een abstractie, en als kind neem je de zaken nu eenmaal zoals je ze meemaakt. Ik herinner me honger enkele keren als "een erge behoefte aan eten". En verder kan ik de honger achteraf alleen maar uit andere dingen reconstrueren. Er woonden bijvoorbeeld vlak naast ons twee vrouwen, die elke avond alleen nog maar over recepten zaten te praten. "Kalfsoesters! Kalfsoesters!" riep de ene dan. En de andere kraaide: "En dan doperwtjes erbij, ó zálig." Die zaten elkaar gewoon klaar te maken met eten, die zaten hele fantasiediners op te dissen. Als jongetje wist ik niet eens waar ze het over hadden, ik herinner me alleen hun gekir en gekakel. Maar het was wel het eerste teken van honger in het kamp.*

Voor mijzelf was, achteraf, de kinderbijbel van Van de Hulst een signaal. We sleepten die door alle kampen mee, en eindeloos bekeken we de plaatjes. Eentje, "De Wijzen uit het Oosten", was er door Anna uit gescheurd omdat we die allemaal te eng vonden, maar voor de rest was alles nog intact. Waar we echter steeds meer naar bleven kijken, waren plaatjes waarbij eten op tafel stond. "De bruiloft te Kana", daar konden we heel lang naar kijken, dat werd een soort pornografie voor ons.

Er was ook een boekje van Bruintje Beer, en in dat boekje begon ik te kleuren wat op tafel stond. Dat was niet gering. Er bleek in die boekjes heel wat eetbaars te staan. Ik kan achteraf mijn honger natuurlijk ook afleiden uit het feit dat ik slakkentaart maakte én opat, en dat ik iedere boom kende waaraan muizenoren – eetbare paddestoelen – groeiden.

Echte honger, honger die ik me herinner als honger, heb ik maar twee dagen gehad. Eén keer was nadat we dagen alleen maar roembia gehad hadden, dat zoutige kippenvoer dat echt niet te vreten was. En de andere keer was toen de Jap bij wijze van straf voor het een of ander besloten had dat er niet gegeten mocht worden. Maar er moest, als een soort tantaluskwelling, wél gekookt worden. Dat was heel erg. We stonden maar naar die dampende rijst in de verte te kijken, en we vielen zowat om van de honger. Toen heeft mijn moeder voor het eerst haar voorraad knäckebröd aangesproken. We kregen elk één stukje, "maar heel langzaam kauwen, hoor!".

Uiteindelijk was onze straf over, maar eerst moesten we wel de oude rijst opeten voordat we nieuwe kregen. Iedereen verwachtte dat die in de hitte helemaal zou zijn verzuurd, niet te eten dus. Maar alleen onderin bleek de rijst wat bedorven te zijn, de rest was goed, en we kregen de krá en daar konden we ook nog lekkere koeken van bakken. En mijn moeder zei: "Het is een wonder van de Heer, dat die rijst niet bedorven is, een echt wonder."

Een paar keer zijn we beschoten door geallieerde vliegtuigen. Die piloten zagen ons kamp blijkbaar aan voor kazernes; vandaar dat de Jap ons instructie gaf om vooral veel was aan de lijn te hangen. Ik vond het voornamelijk spannend. Maar dat hele gedoe was voor de Jap wel aanleiding om ons ergens anders te interneren, in een verlaten rubberplantage midden in het bos, Aek Paminke. En toen kwam fase drie.

HOOFDSTUK XI

‘Gewoon tabee en wegwezen’

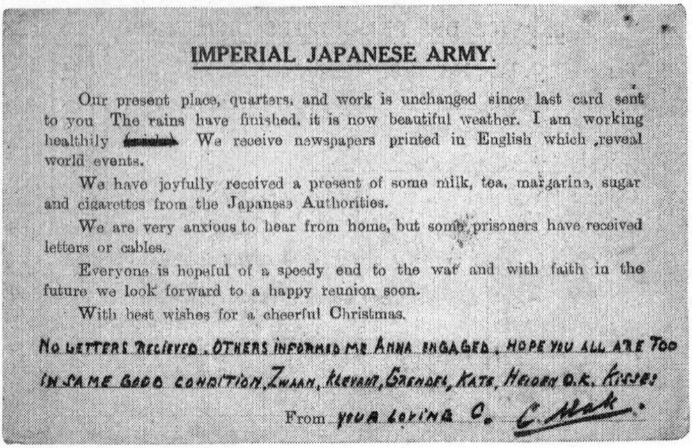

IMPERIAL JAPANESE ARMY.

Our present place, quarters, and work is unchanged since last card sent to you The rains have finished, it is now beautiful weather. I am working healthily [redacted] We receive newspapers printed in English which ,reveal world events.

We have joyfully received a present of some milk, tea, margarine, sugar and cigarettes from the Japanese Authorities.

We are very anxious to hear from home, but some prisoners have received letters or cables.

Everyone is hopeful of a speedy end to the war and with faith in the future we look forward to a happy reunion soon.

With best wishes for a cheerful Christmas.

NO LETTERS RECIEVED. OTHERS INFORMED ME ANNA ENGAGED. HOPE YOU ALL ARE TOO IN SAME GOOD CONDITION, ZWAAN, KLEVANT, GRENDEL, KATE, HEIDEN O.K. KISSES

From YOUR LOVING C. C. Mak.

Tot het eind van haar leven zou mijn moeder iedere ochtend een ficus begieten die in een aluminium pannetje stond, met op de rand tientallen vreemde plaatsnamen: Thanbuyzayat, Retpu, Chepauk, Nike, Kanchanaburi. Het was het oude etenspannetje dat mijn vader al die jaren meegezeuld had en dat nu beland was op de vensterbank van een bejaardenflat in Drachten.

Ergens in zijn bureau lagen nog steeds de gele velletjes dichtbeschreven papier, aan de randen verpulverd, met in potlood de reeksen namen van overleden krijgsgevangenen, de datum, de bijbeltekst bij hun begrafenis, de ziekte waaraan ze bezweken waren, afgekort met D. (dysenterie), M. (malaria), B. (beriberi) en een enkele keer met: 'doodgeschoten'. Ook waren er stukken dagboek, vlekkerige papieren met notities als:

> *3 januari 1943: begraven L., T., en V. 's Avonds gepreekt. Vier diensten. 6 januari: vanmorgen begraven D. met drie anderen.*
> *8 januari: begraven M.B. 'Met God heb ik alles in orde gemaakt.' 9 januari: nachten ijskoud. Voor troost speelt het cabaret met Wim Kan vlak naast het hospitaal. 11 januari: A.O. 'Onthoud maar de naam Gezien.' 12 januari: A.O. begraven. 14 januari: LvdB: 'Groeten aan vrouw en kind. Dank voor alle liefde.' 15 januari: VdB begraven.*

In een hoekje van diezelfde bureaula lag een halsketting met een aluminium plaatje met twee keer de tekst *'N.I. BLG.A.B. 1899 Mak Catrinus Gereformeerd'* en daartussen een perforatie, zodat bij zijn eigen dood de ene helft bij het lijk kon blijven en de andere helft een wandeling door de administratie van het Rode Kruis kon beginnen. Het was nog altijd heel.

De Birmalijn is vermoedelijk de vlugst aangelegde en weer afgebroken spoorlijn uit de wereldgeschiedenis. In oktober 1942 begon men met de bouw, precies een jaar later liepen de eerste, op hout gestookte locomotieven puffend en steunend door de vierhonderd kilometer jungle tussen Bangkok en Rangoon, en direct na de oorlog was het alweer afgelopen.

Dat ijltempo was voor de Japanners van levensbelang. Hun legers waren tijdens de eerste oorlogsmaanden zeer snel doorgestoten, eigenlijk te snel, en vooral aan het Birmese front kampten de Japanse militairen met grote bevoorradingsproblemen. Om de havens van Birma te bereiken moesten hun transportschepen via Singapore zo'n tweeduizend mijl omvaren, en vooral het laatste traject was buitengewoon riskant. Ten slotte werden ze in zulke hoeveelheden getorpedeerd dat de Japanse werven daar niet tegenop konden bouwen. De enige oplossing was om een nieuwe aanvoerlijn over land te scheppen, een rechtstreekse spoorlijn vanaf Bangkok naar Birma.

In Tokio werd de beslissing om de lijn aan te leggen pas medio juni officieel genomen, maar al eerder was de Japanse genie begonnen met een massale werving van arbeidskrachten. Het moest een enkele smalspoorlijn worden met vijftig wisselplaatsen, er moest meer dan vier miljoen kubieke meter aarde en drie miljoen kubieke meter rots verzet worden en er waren enkele honderden bruggen nodig, bijna allemaal van hout. Voor dit enorme project had Japan nauwelijks machines ter beschikking: doorgravingen, egaliseringen, viaducten, alles kon alleen tot stand komen door het werk van honderdduizenden handen.

Zo was dus ook mijn vader in het kader van deze haastklus richting Birma getransporteerd, samen met ruim zestigduizend Nederlandse, Engelse, Amerikaanse en Australische krijgsgevangenen. Daarbij kwamen nog eens ongeveer tweehonderdduizend Indiërs en Tamils, zogeheten romusha's, vrijwilligers die met mooie beloften waren gepaaid.

Al deze werkers werden ondergebracht in kampen langs het geplande spoorwegtracé, de eerste nog redelijk in de bewoonde wereld, de verdere kampen in de jungle, steeds moeilijker bereikbaar, steeds slechter bevoorraad. Bijna al het grondwerk moest met de hand worden gedaan, het gereedschap was slecht, de voeding was volstrekt onvoldoende en het vochtige klimaat sloopte kleding en lichaam in gelijke mate. 'De Delianen werken vandaag als koelies,' schreef mijn vader op zondag 13 september 1942. 'Nu zijn de rollen omgekeerd. God spot ermee.'

Ruim een maand later noteerde hij: 'Te memoreren: beesten: slangen, schorpioenen, kalibloedzuigers, wandluizen, platluizen, klabangs – Japanners. Gebrek aan zeep. Een majoor sprokkelt hout. Miljarden maden in de latrines. Regens met donder en bliksem en koude bergwind 's avonds, terwijl je in een lekkende barak toch knus onder een deken ligt.'

Naarmate er meer werkers uitvielen, werden de overgeblevenen nog zwaarder belast. Bovendien hadden nogal wat Europeanen een kantoorbestaan gehad, ze hadden veel gedronken en gefeest, en voor dit soort werk hadden ze geen enkele conditie. Een aantal van hen overleed al vrij snel, maar anderen, die in hun eerdere bestaan leden aan maagklachten, stress, overgewicht en andere welvaartsziekten, werden in de eerste fase van de kamptijd juist heel fit.

De Indische Nederlanders konden zich in de kampen het best aanpassen. 'Wat nemen Indische jongens wat wij ontberingen noemen veel gemakkelijker dan wij,' schreef een gevangene na een halfjaar kamp. 'Het is net of ze haast allemaal het rimboeleven gewend zijn; allemaal kunnen ze koken, weten ze wat je eten kunt; ze vinden in het bos wortels, knollen en bladen enzovoorts, die ze koken en tot iets verwerken, in de rivier ontdekken ze dadelijk oesters bij het duiken op de bodem, en die worden de eerste avond al gekookt en opgegeten.' Juist datgene waarvoor mijn moeder altijd zo bang geweest was, het verindischen van haar kinderen en haar man, werd nu een zaak van levensbelang.

Het waren ook de 'Indische jongens' die de meeste geslaagde ontvluchtingspogingen deden. Rondom de junglekampen zat meestal geen afrastering, de geïnterneerden konden nergens heen, maar desondanks waagden sommigen het erop. Eén krijgsgevangene vond, slechts gekleed in een uit planten gevlochten broekje, hulp bij een kluizenaar. Daarna woonde hij tot aan de bevrijding compleet alleen in het oerwoud, dat toen voor hem 'net zo vertrouwd was als de huiskamer met de schemerlamp'.

De meeste vluchtelingen verging het minder goed. 'Acht ontvluchte Aussies doodgeschoten,' noteerde mijn vader op 8 juni 1942. Op 25 november 1942: 'Vrije dag. Vier man ontvlucht, 's namiddags ontdekt. Tachtig mensen in de houding gestaan – velen vielen flauw. Afgrijselijke straf voor de naastliggende hongbewoners. Zij stonden er 's morgens nog. Met vele slagen.' De volgende dag: '4 u.30 namiddag. Onze mensen staan nog in de houding! Sinds gisteren met slagen, schoppen enzovoorts. Eén is als dood weggedragen.' Nog een dag later: 'Gisteren 9 u 45, na zevenentwintig uur, zijn de mensen losgelaten.' Op 1 december: 'Geruchten dat drie ontvluchte officieren gevat zijn. Dat wordt doodvonnis.' Op zaterdag 12 december: 'Vandaag no duty. Plotseling naar pastoor Vergeest en mij gevraagd. De drie ontvluchte officieren zouden gefusilleerd zijn. Met veel moeite toch nog naar [het hoofdkamp] Thanbuyzayat gegaan.' Die zondag: 'Aldaar drie officieren begraven. 's Morgens ruwweg doodgeschoten, liggende op het kerkhof. Pastoor sprak voor Harterink, ik voor De Rochemont en Hermans.'

***

Een van de manieren om te overleven was het vormen van kongsies. Overal in de Birmese en Indische kampen vormden buren en oude vrienden kleine groepjes en sleepten elkaar zo door de tijd. In deze extreme omstandigheden ontstond zo'n vorm van intensief wederzijds hulpbetoon op bijna natuurlijke wijze, alsof er een oerinstinct begon te spreken. En dat instinct klopte: natuurlijk heeft een mens aanzienlijk meer overlevingskansen in een groep dan wanneer hij er alleen voor staat.

Zo'n kongsie sloot mijn vader met veldaalmoezenier Ezechiël Vergeest, een man die, ondanks de verschillen in geloof, al snel een van de beste vrienden uit zijn leven zou worden. Vergeest was, in de woorden van mijn vader, 'een fidele kerel, nuchter, hartelijk vol humor, iemand die voor iedereen klaarstond'. Samen besloten ze om vrijwillig de troepen te volgen, samen scholen ze bij beschietingen en bombardementen in de loopgraven, samen deelden ze sigarettenpapiertjes uit als de nood hoog was – mijn vader scheurde ze uit zijn preekboekjes, Vergeest gebruikte zijn brevier –, en samen sjouwden ze langs de spoorweg, Vergeests veldaltaar met de priestergewaden en andere attributen broederlijk tussen hen in.

Pastoor Vergeest liep altijd rond in een pij, gedroeg zich in alles als een echte priester, maar bleek ondertussen een voortreffelijk handwerksman te zijn. Als het gereformeerd-katholieke duo in een nieuwgebouwd kamp kwam, had hij binnen twee dagen voor beiden een goede ligplaats, een bank en een boekenkastje in elkaar gefabriekt. Eénmaal troostte hij een diepbedroefde Indische jongen, die zijn gitaar was kwijtgeraakt, met de belofte om een nieuwe te maken. En inderdaad, dat lukte hem, midden in de rimboe.

Mijn vader werd uiteraard aangetrokken door Vergeests hartelijkheid en handigheid – zelf kon hij nauwelijks een spijker vasthouden –, maar daarnaast was het vooral diens vurig geloof, diens innige christelijke overtuiging, die de kloof tussen Rome en Reformatie al snel deed wegvallen. 'Da Costa! strijdgenoot! mijn vriend en vijand tevens!' dichtte de katholieke J.A. Alberdingk Thijm over zijn protestantse vriend, de bekeerde jood Isaäc da Costa, en zo lagen de verhoudingen ook tussen de twee pastores aan de Birmaspoorweg. 'Ik dacht wel eens,' schreef mijn vader naderhand, 'stel dat de Heer ons beiden hier kwam bezoeken. Dan zouden we toch als vrienden van de grote Vriend naast Hem mogen gaan, ter rechter- en ter linkerzijde, dat was voor ons om het even.'

Op hoogtijdagen hielden ze gezamenlijke kerkdiensten, op normale zondagen losten ze elkaar af. Meestal vonden die diensten plaats in de openlucht, vaak op een vrijgekapt stukje jungle, soms aan een weg, soms op de wijde vlakte van een vliegveld, soms in een kantine, soms in een schuur terwijl de regen op de daken raasde. Het kon gebeuren dat tijdens de dienst opeens een koppel koeien door de luisterende gemeente liep. In één kamp hadden priester en predikant uitzicht op de latrines, waarboven permanent een rij mannen zat te schijten en van wie een deel rustig bleef zitten omdat men kennelijk meeluisterde. Werd het 's avonds vroeg donker, dan werden grote vuren aangelegd, zodat priester, predikant en gemeente alleen verlicht werden door het rosse licht van fel oplaaiende vlammen. Soms was er alleen de maan.

Voor de Australiërs en de Engelsen preekte mijn vader uiteindelijk net zo vlot als voor de Hollanders. Hij was daarbij echter afhankelijk van een geleend Engels zakbijbeltje, waaruit de eigenaar ook blaadjes scheurde voor zijn handeltje in sigarettenvloeitjes. Vaak hield hij zijn adem in als hij het almaar slinkende bijbeltje opensloeg: zou die tekst uit Exodus er nog in staan? En bestond het bijbelboek Jesaja vandaag nog?

Al deze kerkdiensten trokken veel publiek. Soms zaten de mensen tweemaal per week bij honderdtallen op een kaal vliegveld te luisteren naar een uitleg van het evangelie van Marcus. Maar, zo schreef mijn vader later in een rapport aan zijn broodheren, toen men zich enigszins verzoend had met de omstandigheden, verdween die belangstelling weer. Bovendien: 'een dienst met driehonderdvijftig mensen lijkt indrukwekkend, maar als het kamp tweeduizend man telt, dan is het indrukwekkend weinig'. Volgens hem kon een grafiek gemaakt worden van de hoogte van de nood aan de hand van het kerkbezoek, want beide liepen altijd parallel.

Opvallend was wel dat bij de Engelsen en de Australiërs de christelijke traditie veel sterker bleek dan bij de Nederlanders. In de geallieerde hospitalen werden het onzevader en de apostolische geloofsbelijdenis nog door vrijwel iedereen hardop meegepreveld, zo constateerde mijn vader. Bij de Hollanders hoefde je daar niet meer om te komen. Daar was in 1943 de secularisering al aardig ver voortgeschreden.

Zoals te verwachten viel, kregen mijn vader en Vergeest binnen enkele maanden handenvol werk aan de vele zieken. Vanaf eind 1942 staan de notities vol doodsberichten en begrafenissen. 'Wat een aanblik is het toch, dat stel gore, verziekte, in lompen geklede mensen, uitgeputte wezens, skeletachtig mager of dik en opgezwollen door oedeem,' verzuchtte mijn vader in zijn dagboek. Sommigen verloren door vitaminegebrek hun gezichtsvermogen, bij anderen groeiden kleine wondjes uit tot de ellendigste tropenzweren. Het bedervende vlees werd met een scherp geslepen lepel weggehaald, vaak tot op het bot. Sommigen lieten de wond leegpeuzelen door vleesetende visjes in de rivier, maar vaak was amputatie de enige manier om iemand het leven te redden. De artsen werkten niet zelden met zeventiende-eeuwse methoden. Soms was er geen andere verdoving dan de patiënt buiten westen slaan, en dan was het vasthouden, afzagen en het gebrul van de patiënt dempen met een flinke prop katoen.

Een andere ellendige kwaal droeg de naam Changi-balls. Het scrotum van de patiënt zwol daarbij op tot dat van een olifant, waarbij men uiteindelijk alleen nog maar wijdbeens kon liggen en meestal onder hevige pijnen stierf. Daarnaast waren er voortdurend epidemieën van dysenterie, malaria en cholera.

Was dit alles het gevolg van opzettelijke verwaarlozing? Hardheid, wreedheid zo men wil, speelde zeker een rol, maar het was niet het enige.

De Japanse militairen waren doordrenkt van samoerai-codes. Voor soldaten die zich levend overgaven aan de vijand, hadden ze geen enkel respect. Zelf vochten ze zich liever dood dan dat ze capituleerden, en de burgerbevolking en de krijgsgevangenen sleepten ze daarin mee. In de zeeslag bij Midway vochten Japanse jachtvliegers die wisten dat ze nooit meer terug zouden keren omdat ze in hun tanks alleen voldoende brandstof hadden voor de heenreis en het gevecht. Uit een Japanse legerorder van 16 december 1942: 'Voorkomen moet worden dat een te groot percentage van de geallieerde krijgsgevangenen tijdens het transport overlijdt. Meer dan vijftien procent is niet te verantwoorden.' Bij de bouw van het viaduct van Wanpo aan de Birmalijn vielen eenendertig krijgsgevangenen te pletter en negentwintig werden er doodgeslagen. Bij de slag voor de Golf van Leyte in oktober 1944 sneuvelden vijftigduizend Japanse soldaten, terwijl er minder dan vijfhonderd krijgsgevangen werden gemaakt.

Ook de eigen soldaten kregen veel slaag en weinig eten. Rekruten moesten zich door de meest inspannende oefeningen worstelen, vernederende situaties waren aan de orde van de dag, de straffen waren niet zelden draconisch. Het slaan voor kleine tekortkomingen gold als een lichte vermaning. 'Iedereen die het drie maanden lang bij de sergeant kon uithouden,' schreef een Japanse militair naderhand, 'zou nooit voor een vijand op de loop gaan.' De situatie in veel krijgsgevangenkampen was dan ook in Japanse ogen niet meer dan normaal. In het licht van de glorieuze overwinning telden mensenlevens nauwelijks.

Het grote aantal slachtoffers van de Birmaspoorweg is echter niet alleen daaruit te verklaren. Aanvankelijk werd er wel hard gewerkt, maar er waren ook allerlei rustdagen en mogelijkheden om weer op krachten te komen. Toen de bouwers in tijdnood kwamen, nam het 'speedo, speedo, koerah, bagero!' echter steeds meer toe. Naarmate er meer zieken en doden vielen, werden de gezonden almaar zwaarder belast, en ten slotte bezweken ook de sterksten. Er zijn in de laatste fase groepen geweest waarbij binnen vier maanden meer dan een kwart overleed.

Uit deze periode dateren de notities van mijn vader over een ziekentransport uit een van de junglekampen naar een verderop gelegen hospitaalkamp. Eerst werden de patiënten op ossenwagens, getrokken door de sterkste mannen, door de regen en modder gezeuld, daarna ging het al hotsend verder per truck. 'Voor de patiënten is dit holderdebolder verschrikkelijk,' noteerde mijn vader. 'Ze liggen op draagbaren of zitten krom en kreunend en onpasselijk boven op elkaar, soms in ruwe vloeken uitbarstende tegen de dysenterie-lijders, die het maar laten lopen en ondragelijke stank en viezigheid veroorzaken.'

Het nieuwe kamp was nog erger dan het oude. Er was een schreeuwend gebrek aan medicijnen, en de keuken was in handen van 'een stel halfzieke en roofzuchtige Australiërs' die van koken totaal geen verstand hadden. 'Nu reeds draagt het kamp de naam van "in de dodenvallei",' schreef hij een paar dagen later. 'In dit kamp sterven de mensen aan pellagra, beriberi, dysenterie, hardnekkige junglekoortsen, doch vooral aan malaria, waarvan een niet gering gedeelte aan hersenmalaria. Deze zieken worden vrij plotseling bewusteloos en sterven na een of twee dagen zonder bij kennis gekomen te zijn. Het kamp draait slechts drie weken en er liggen bij onze aankomst al negenendertig doden op het kerkhof.'

Bijna elke dag zat mijn vader bij een, twee, soms drie sterfbedden. Soms begonnen de mannen in hun laatste uren te schreeuwen en te roepen om hun vrouw en kinderen. Maar vaker viel het hem op, zo schreef hij naderhand in zijn rapportage, hoe weinig men nog te zeggen had. Meestal bleef het bij: 'Doe ze de groeten.'

Vreemd was ook dat zelfs de meest uitgeteerde zieken tegen beter weten aan beterschap bleven geloven. 'We zagen ook hier hoe er een mysterieus verband is tussen lichaam en ziel,' merkte mijn vader op. 'Er waren er die tegen ziekte en dood moedig bleven vechten, hetgeen hun de overwinning bracht of het sterven wekenlang vertraagde. Anderzijds waren er gevallen, waarbij de inzinking van het moreel alle hoop op beterschap wegvaagde, ja – in enkele gevallen gaf men zich aan de dood over als aan een welkome gast, die men liever eerder dan later ontving.'

Van andere voormalige krijgsgevangenen hoorde ik soortgelijke verhalen: mooie laatste woorden, zoals in een film, ze kwamen zelden of nooit voor. 'Het was eigenlijk verrekt gemakkelijk om dood te gaan,' vertelde een Birma-verpleger jaren later voor de televisie. 'Het was gewoon tabee en wegwezen.'

Van de krijgsgevangenen in Japanse handen is ongeveer een kwart overleden. Alleen al tien procent kwam om doordat hun transportschepen werden getorpedeerd.

Van de ongeveer zestigduizend krijgsgevangenen aan de Birmaspoorweg zijn ruim vijftienduizend omgekomen. Van de zeventienduizend Nederlanders bezweken er ruim drieduizend, negentien procent. Onder de Engelsen en de Australiërs lag het sterftepercentage bijna tien procent hoger.* Het grootste aantal slachtoffers viel echter onder de Aziatische arbeiders, die niet de discipline, de hygiëne en de onderlinge steun van een legeronderdeel kenden: naar schatting tachtig à negentig procent van deze romusha's is ergens langs de spoorlijn gecrepeerd, ongeveer honderdtachtigduizend mannen en jongens. Uiteindelijk heeft de bouw van de spoorlijn vermoedelijk zo'n tweehonderdduizend mensenlevens gekost, letterlijk voor elke twee bielzen een dode.

***

Er bestaat een groot onderscheid tussen een lijdensweg ondergaan of daarbinnen een actieve rol spelen in het verminderen van dat lijden. Mijn vader had als officier een bevoorrechte positie: hij hoefde niet mee te doen aan het zware en riskante ploeterwerk aan de spoorlijn zelf. Bovendien kon hij zijn gewone werk blijven doen, net als de artsen. Hij had het gevoel dat het voor hem uiterst nuttige jaren waren, en dat alleen al maakte alle verschil van de wereld.

Zijn geloof maakte hem aanvankelijk driftig, later wijzer. 'Er zijn mensen die het nooit leren!' noteerde hij na een paar maanden gevangenschap nijdig. Wim Kan, die in maart 1943 in een ziekenbarak belandde, maakte in zijn dagboek melding van 'een vervelende koekenbakker die de bijbel als een soort dagblad beschouwt, vol van gemengd nieuws, toepasselijk op elke gebeurtenis'.* Dat was vrijwel zeker mijn vader in actie, toen nog vol gereformeerde zekerheid en bekeringsijver.

Naarmate de tijd verstreek, werd hij wijzer en milder. Hij werd een deel van de soldatenwereld, en die soldatenwereld werd een deel van hem, totdat hij er bijna niet meer van kon loskomen. Hij deed zijn werk zoals de dokter en Wim Kan hun werk deden, sommigen sleepte hij erdoor, veel anderen bracht hij over de grens van de dood, en tussen etter, stront en gekreun wandelde hij op zijn manier voor het aangezicht Gods. Geloofde hij in een hemel? Zeker. Maar in die jaren, zo schreef hij later aan zijn oudste dochter, groeide ook zijn overtuiging dat er een hel bestond. Want éénmaal moest er toch gerechtigheid zijn? Eénmaal moesten de tranen toch worden afgewist?

Natuurlijk waren er diepe dalen van heimwee en verlangen naar zijn vrouw en kinderen. 'Deze week een depressie beleefd die niet mooi meer was,' noteerde hij bijvoorbeeld op zaterdag 14 november 1942. 'Moe van de mensen, van de vloeken, de kletserij, moe van al het geduvel (ook hier geroddel), moe van al de gevaren en benauwdheden. In 't duister gehuild als de kleine Hans het zou doen bij zijn moeder – in tranen aan God gezegd dat het nu welletjes was. Wel gaf dat een opluchting. Daarna gelachen om mezelf.'

Van mijn moeder en de kinderen op Sumatra hoorde hij de hele oorlog taal noch teken. Uit een brief die een kampgenoot gekregen had en waarin toevallig melding werd gemaakt van 'de zoon van onze buurman, die zojuist verloofd is met een dochter van een dominee uit Medan', kon hij opmaken dat Anna een vrijer had.

Later schreef hij op verjaardagen en bij andere bijzondere gelegenheden brieven aan zijn vrouw en kinderen. Hij droeg ze de hele oorlog bij zich, want versturen kon hij ze niet. 'Ik heb vannacht, wakker van de kou, aan jou en onze jarenlange liefde liggen denken,' schreef hij mijn moeder in december 1944. Vijfentwintig jaar eerder vierden ze hun verloving. 'Ik zag de sterren heus als van goud, als ik 's avonds door 't Sterrebos naar huis terugfietste. En ik herinner me nog precies je zomermantel en je winter dito, en hoe je er uitzag, zondags bij 't koffieschenken.'

Naderhand beschreef hij een droom uit diezelfde kampperiode. Hij werd in zijn slaap ontboden bij zijn leermeester, de VU-hoogleraar Grosheide, en hij liep weer langs de Amsterdamse Amstel. De professor ontving hem heel vriendelijk, vond dat hij het er daar in Birma niet slecht van afbracht, maar wilde hem op één ding wijzen: 'Je bidt tegenwoordig zo krampachtig. Zelfs als je het Onze Vader uitspreekt, doe je dat met een soort handenwringen. Alsof je iets van God denkt af te dwingen. Een kind praat toch ook vertrouwelijk met zijn vader? Doe maar gewoon.' Direct daarna werd hem een boek in handen gegeven, een commentaar op Psalm 23, een psalm van David, zo wonderschoon als hij nooit had gelezen. 'De Heer is mijn herder, mij zal niets ontbreken...' Daarna werd hij wakker, vol vreemd geluk.

In deze periode kwamen de verschillen in achtergrond tussen mijn ouders sterker dan ooit naar voren. Mijn moeder miste mijn vader vreselijk, ze had een intens gevoel van eenzaamheid. 'Ik was soms net als 't kleine olifantje in de dierentuin, dat zei: "Ik ben zo alleen",' schreef ze hem naderhand. Mijn vader voelde zich daarentegen tussen de Nederlandse, Engelse en Australische soldaten als een vis in het water, zelfs in de moeilijkste omstandigheden. Hij viel weer terug op de praktische, dicht-bij-de-grondse houding van de Makken aan het Hoofd, en in de omgangsvormen tussen de soldaten herkende hij zonder moeite de gewone Schiedamse jeugd waartoe hijzelf ooit behoorde.

'In de kali gebaad en gezwommen, als jongens met vacantie,' schreef hij in het begin van de kamptijd, en dergelijke opmerkingen komen voortdurend in zijn notities terug. 'Voor de kerkdienst zegge één slang door de hoorders doodgeslagen, zonder enig gerucht.' 'We krijgen uitbetaling, we gaan er goed van eten.' En in de brieven van zijn kampgenoten, vlak na de oorlog, klinken nog hun grappen door: 'Ja ouwe medestrompelaar, internationaal preekmannetje, collega van de blubberkerk, broeder-kaptein, daar ben ik weer.'

Maar dan werden er op een eerste kerstdag opeens drie ontvluchte krijgsgevangenen in het kamp teruggebracht. 'Troep aangetreden. Op een briefje zeggen of je ze herkende. Ellendige spanning. Ik kende ze niet. Door ongeveer honderd man herkend was het doodvonnis zeker. 's Middags muziek van de Aussies. Behalve kerstmelodieën ook hoera-muziek, terwijl drie mensen aan de paal stonden, ter dood veroordeeld!'

Daarna was er weer het gewone kampbestaan. 'Gepreekt 4 keer. 1 Aussie begrafenis geleid. 1 Aussie prayer-service.' 'Begraven L. van Java.' 'Anderhalf uur aan sterfbed gezeten.' 'B. plotseling overleden. 's Avonds Wim Kan c.s. Daarna om elf uur met flambouwen naar begrafenis van B.' 'We houden lezingen in kleine stafkring 's avonds over de Franse Revolutie, de negentiende eeuw en de evolutie. Zeer interessant.' 'Nu al zevenhonderd zieken in het hospitaal. Het is zo langzamerhand grof werk geworden.' 'Er is elke dag veel te doen, avondwijdingen, gesprekken, stervenden, begrafenissen. 's Avonds laten we deskundigen optreden die over de problemen spreken. Hoe het staatsbestel straks? Hoe het leger? Hoe de economische opbouw?'

Het was een leven waaraan nooit meer een einde leek te komen. Zijn eerste verjaardag in gevangenschap vierde mijn vader op zijn eigen manier: hij nam de tijd om de foto's van mijn moeder en de kinderen nog eens rustig te bekijken 'om te zien hoe rijk ik ben', en hij trakteerde de pastoor en zichzelf op echte koffie na het eten. Maar een jaar later was hij zich niet eens meer bewust van zijn verjaardag, totdat de pastoor hem feliciteerde. 'We zijn al dertien dagen op reis langs de kampen. Zeer veel ellende. Ik zit momenteel met [onleesbaar] lui op een open wagen, op weg naar kamp 132 kilometer in Thailand,' noteerde hij op zijn vierenveertigste verjaardag. Drie maanden later: 'In Belawan, Tavoy, waren we nog zeer optimistisch, dus zeer naïef. Nu ben ik rustig, maar ook datumloos. Ja, nu hopelijk zeker volgend jaar Kerstmis thuis!!'

De wetenschap dat het pas op 18 augustus 1945 afgelopen zou zijn, is van later. Het knagende gevoel van toen, van onbestendigheid, van toekomstloosheid, geen herinnering kan dat terugroepen.

HANS

'In het bijbelboek Openbaring wordt gesproken over een tijd, en nog een tijd, en dan nog een halve tijd, en zo was het ook met ons. Eerst denk je: dit gaat zo over. Dan denk je: dit gaat nooit meer over. En dan is het opeens over.

Op een middag werden we op de trein gezet, in gewone personenwagons met houten banken, dezelfde waarmee ik een halve eeuw later als toerist nog door het land reed. De trein werd getrokken door een stoomlocomotief die met hout werd gestookt. Het werd donker, we reden langs allemaal stations met brandende lampen en op het laatst wisten we niet meer waar we waren.

Ik vond het fantastisch, die nachtelijke reis, feestelijk ook omdat mijn moeder opnieuw een greep deed in dat blik met knäckebröd. De bagage hadden we moeten inleveren, en toen we eindelijk uitstapten, vonden we onze bultzakken terug op een grote, natte hoop, bijna een mestvaalt. De Japanners hadden de boel maar neergesmeten, en vervolgens waren er een paar van die tropische hoosbuien overheen gegaan. Daarna moesten we een groot deel van de bagage van het station naar het kamp sjouwen, acht kilometer langs een modderpad. Maar een mooie wandeling was het wel! Tineke heeft het bestaan om nog een keer terug te lopen en een houten tafel die acht kilometer naar het kamp te sjouwen, op haar hoofd. Dat vond iedereen een geweldige prestatie.

Het kamp was heel eenvoudig. Het bestond uit schuren, hongs, met wanden van gevlochten bamboe en een dak van palmbladeren dat bij iedere storm opwoei. Er was geen afscheiding of niks, iedereen kreeg zeventig centimeter toegewezen op zijn brits; wij hadden, ik weet het nog, samen twee meter tien.

Dat dit andere koek was dan die eerdere kampen, hadden we snel in de gaten. Er gingen nu echt veel mensen dood, drie, twee per dag, als er een goeie dag was maar één. En we wisten dat er maar tweeduizend mensen in het kamp zaten, dus we konden wel uitrekenen hoe lang het nog met ons zou duren.

Als kind krijg je zo een rare verhouding met de dood. Je hoorde bijvoorbeeld dat de moeder van een vriendje was overleden, maar hoe erg dat was, dat drong niet tot je door. Andere dingen werden veel belangrijker. Bijvoorbeeld: hoe kom ik aan hout? Waar eet ik vanavond? Hoe kan ik een vuurtje stoken?

Uit deze periode herinner ik me niets van schoolgaan. Ik had twee goede vriendjes: Jan Westra en een Indisch meisje met mooie zwarte vlechten. Ik was toen zeven, bijna acht, en ik herinner me het rondsnuffelen in dat woud, de eetbare paddestoelen die we er soms vonden, de reusachtige slangen die er waren en de kuil die diende als plee, en die al snel bestond uit één golvende massa van krioelende maden.

Dat er veel mensen in het hospitaal belandden of doodgingen, merkten we aan onze ruimte op de brits. De twee meter tien uit het begin was aan het eind uitgebreid tot een meter of drie, dus je kunt wel nagaan. Het Leger des Heils zat naast ons, en 's avonds hoorde je hun klaagzangen, begeleid door het harmonium dat ze overal mee naartoe sleepten: "Als ge in nood gezeten, geen uitkomst ziet..." Ook van die Heilsclub gingen er dood, terwijl ik altijd gedacht had dat de Heer hén toch wel zou sparen.

Ik weet nog altijd niet of het de bedoeling van de Jap was om ons daar in Aek Paminke langzaam te laten creperen. De mensen hadden het er wel over. Ze praatten over de bevrijding, maar ze zeiden ook tegen elkaar: "Als het te lang duurt, wordt dit ons einde." Maar het zou een uitstervend einde zijn, geen gewelddadig einde. Rudy Kousbroek heeft hierin volkomen gelijk: ondanks alle ellende waren het niet, zoals de Duitse kampen, bewust opgezette vernietigingskampen. Zo was het niet.

Ook ons gezinnetje van drie werd almaar zwakker. Naarmate de maanden voortschreden, moest ik meer zelf opknappen. Tineke kreeg steeds vaker malaria-aanvallen en mijn moeder was eigenlijk permanent ziek. Ze had pleuritis, en later kreeg ze daar nog van alles bij. Wat mijn moeder betreft begon ik, ook al was ik een kind, door te krijgen dat die het niet meer lang zou volhouden. Toen ze vele, vele jaren later pas werkelijk overleed, dacht ik: wanneer heb ik dat eerder meegemaakt? En ik besefte opeens dat ik datzelfde gevoel had toen ik acht was. Toen had ik van haar al afstand gedaan.

Mijn moeder trok zich steeds meer terug op die langzaam uitdijende brits van twee meter tien. De activiteiten die ze in de eerste kampen nog organiseerde, daar kwam nu niets meer van terecht. Ze was niet veel meer. Alleen in de avondschemer kwam ze weleens even naar buiten. Eten kon ze bijna niet meer verdragen.

Wel maakte ze nog steeds iets van de maaltijden. Ze waakte er permanent voor dat we niet zouden wegzakken in lethargie. Altijd moesten we ons hoekje vegen, altijd rolden we 's ochtends de matrassen netjes op, altijd werd er iets van een tafel gedekt, altijd hield ze vast aan kleine rituelen. En altijd probeerde ze ervoor te zorgen dat Tineke en ik meer eten kregen dan zij.

Tineke deed wat ze kon. Ze was erg handig, organiseerde de boel zo'n beetje, maar eens in de zoveel tijd was ze compleet geveld. Uit arren moede schoof ik dan maar aan bij het Leger des Heils. Eerlijk gezegd deed alles me niet zoveel. Ik dacht voornamelijk aan wat ik de volgende dag zou doen. Ik ging volledig mijn eigen gang, ik zocht paddestoelen, ik bouwde vuurtjes, ik hielp moeder. Maar één ding wist ik zeker: met Tineke zou ik op den duur verder moeten, niet met haar.

Zelf ben ik in die hele kamptijd maar één keer ziek geweest, maar toen was ik ook zo ziek dat ik mijn hoofd niet meer kon optillen. Dat noemden ze de Japanse griep. Na twee dagen was ik weer beter.

Van de Japanners hadden we weinig last. Zij waren hoog en ver weg. Zo nu en dan hoorde je in de stille avondschemering het geluid van slagen en geschreeuw: "Toean! Toean!" Dan werd er iemand mishandeld. Zelf heb ik niet meer dan één klap gehad. Maar ik heb wel eens voor mijn leven gerend, toen ik betrapt werd op verboden terrein, ik poepte letterlijk in mijn broek van angst, ik was zo bang als een dier.

Degenen die het feitelijke bewakingswerk deden, waren Indiërs, zogenaamde heiho's. Van hen kwam ook het eerste signaal dat de oorlog voorbij was, op 15 augustus 1945. Ik heb horen vertellen dat er al op diezelfde dag heiho's rondliepen met het rood-witte strikje van de nationalisten, maar zelf merkte ik pas eind augustus dat er iets veranderd was. Toen werd op een dag de Nederlandse vlag gehesen – waar dat ding al die jaren verstopt was gebleven mag Joost weten – terwijl de Japanners erbij stonden. Iedereen zei toen: "Het is over."

Mijn moeder woog op dat moment zevenendertig kilo.'

HOOFDSTUK XII

Poederdoosje

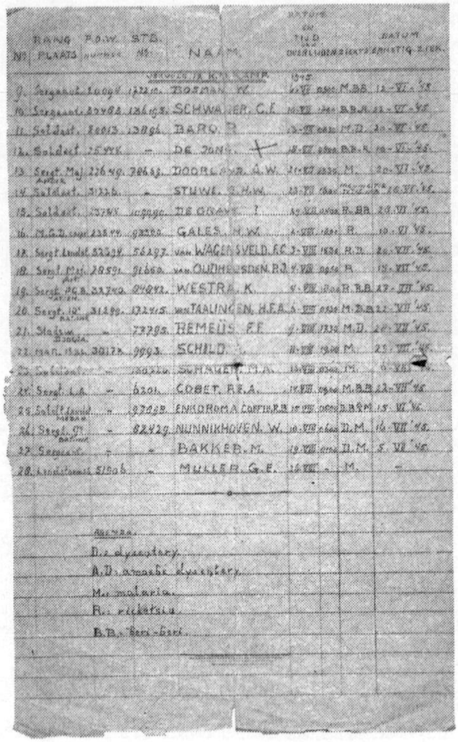

No.	Rang plaats	P.O.W. nummer	Std. No.	Naam	Datum en tijd van overlijden	Ziekte	Datum ernstig ziek
				[illegible]	1945		
9.	Sergeant	10094	132210	BOSMAN, W.	6-VII 0900	M.BB	12-VI-'45
10.	Sergeant	20482	136195	SCHWA[illegible]ER, C.F.	10-VII [illegible]	B.B.A.	22-VI-'45
11.	Soldaat	20013	138961	BARO, R.	13-VII 0815	M.D.	20-VI-'45
12.	Soldaat	15445	–	DE JONG	18-VII 0500	B.B.-R	10-VI-'45
13.	Sergt. Maj. Apoth.	22649	78683	DOORLAAR, A.W.	21-VII 2230	M.	20-VI-'45
14.	Soldaat	31226	–	STUWE, [illegible] H.W.	23-VII [illegible]	[illegible]	26-VI-'45
15.	Soldaat	23784	109990	DE GRAVE [illegible]	29-VII 0900	R. BB	28-VI-'45
16.	M.C.D. corpl.	23844	93550	GALES, H.W.	2-VIII 1800	R.	10-VI-'45
17.	Sergt. Landst.	52238	56293	van WAGENSVELD, F.C.	3-VIII 1830	R.D.	20-VII-'45
18.	Sergt. Maj. Art.	28591	91660	van OUDHEUSDEN, P.J.	4-VIII 0950	R.	15-VII-'45
19.	Sergt. [illegible]	33740	040492	WESTRA, K.	4-VIII 1200	R. B.B.	27-VII-'45
20.	Sergt. 12e Bataljon	31288	132415	van TAALINGEN, H.F.A.	5-VIII 0830	M.D.B.	22-VII-'45
21.	Stadsw. Bandoeng	–	73795	HEMEÜS, F.F.	9-VIII 1330	M.D.	20-VII-'45
22.	Mar. [illegible]	30178	9993	SCHILD	11-VIII 1900	M.	25-VII-'45
23.	[illegible]	–	[illegible]	SCHAGEN, M.A.	13-VIII 0500	M.	6-VIII-'45
24.	Sergt. L.A.	–	6301	COBET, R.E.A.	14-VIII 0900	M.B.B.	22-VII-'45
25.	Soldt. Landst. Medan	–	97028	ENKDROMA COFFIN, R.B.	15-VIII 0900	D.B.&M.	15-VI-'45
26.	Sergt. 0e Bataljon	–	82429	NUNNIKHOVEN, W.	16-VIII [illegible]	D.M.	16-VII-'45
27.	Sergeant	–	–	BAKKER, M.	19-VIII 0700	D.M.	5-VII-'45
28.	Landstormer	51906	–	MULLER, G.F.	26-VIII –	M.	–

[illegible]

D.: dysentery.

A.D.: amoebe dysentery.

M.: malaria.

R.: ricketsia.

B.B.: beri-beri.

In september 1943, na een jaar gevangenschap, schreef mijn vader: 'We leven hier elke dag aan de grenzen van de eeuwigheid. Van de dysenterie-zieken zullen tientallen het leven redden, zo de bevrijding snel komt.'

Het zou nog bijna twee eeuwigheden duren.

Al die jaren leek de vrijheid onder handbereik. De eerste acht maanden van 1942 behaalden Duitsland en Japan nog het ene succes na het andere, maar in het najaar was het tij omgeslagen: in de Pacific werd de Japanse opmars bij Guadalcanal gestopt, bij Stalingrad werd het Duitse Zesde Leger door de Russen omsingeld en in Noord-Afrika werd veldmaarschalk Rommel bij El Alamein door de Engelsen verslagen. Vanaf november 1942 leden de as-mogendheden eigenlijk alleen nog maar nederlagen, onderbroken door een enkel wanhoopsoffensief.

Met de zwakheden van het Japanse systeem werden mijn vader en zijn kameraden dagelijks geconfronteerd. Bijna intuïtief beseften ze dat de slechte bevoorrading, de conflicten tussen de legerclans en het totale gebrek aan coördinatie onvermijdelijk moesten leiden tot de Japanse nederlaag. Zeker, de Japanners waren harde vechters en uitstekende technici. Het bekende ZERO-jachtvliegtuig was het meest geavanceerde van die tijd en geen Hurricane kon daar tegenop. Ook het ontwerp van de Birmaspoorweg was een knap staaltje van Japanse ingenieurskunst, wat films als *The Bridge on the River Kwai* ook mogen suggereren. Maar dat alles werd gecombineerd met veel simpele mankracht, grof geweld en grote primitiviteit.

Neem bijvoorbeeld het gammele, houten viaduct langs de Kwai-rivier bij Wan-Po, dat door duizenden dwangarbeiders zo'n beetje met de hand aan elkaar was gesjord, en vergelijk dat eens met de manier waarop de Amerikanen in no time overal hun transportsystemen opbouwden en in twee, drie maanden tijd vliegvelden, wegen, opslagplaatsen en halve steden voor tienduizend of meer soldaten uit de grond stampten. Zo'n strakke, centraal geregisseerde oorlogsinspanning was in Japan onmogelijk. Daarvoor waren de clans van families, bedrijven en legeronderdelen veel te machtig.

Bovendien hadden de Japanse krijgsheren zich, net als Hitler, enkel voorbereid op een korte blitzkrieg en niet op een langdurige strijd. Van de enorme kracht van hun tegenstander hadden ze al helemaal geen idee. Toen de Amerikaanse oorlogsindustrie eenmaal draaide, was de staalproductie dertien maal groter dan die van de Japanners, er werden vier maal meer vliegtuigen gebouwd, twintig maal meer tanks, zes maal meer torpedojagers, en de kwaliteit van dat alles was ook nog eens stukken beter. Japan moest bijna alle olie importeren, waardoor zijn luchtmacht al vrij snel te kampen kreeg met grote brandstoftekorten. Daarom was het al vanaf begin juni 1942, na de zeeslag bij Midway, duidelijk dat Japan deze oorlog verliezen zou. De vraag was alleen hoe lang het zou duren, en ten koste van hoeveel verliezen.

In 1943 begon mijn vader in zijn notities melding te maken van geallieerde bombardementen op de Birmaspoorweg. Met Pinksteren kreeg zijn krijgsgevangenkamp voor het eerst de volle laag van een zestal enorme Liberators. 's Middags konden hij en de pastoor zo'n dertig doden begraven. 'Het was tot nu toe de meest directe oorlogservaring,' noteerde hij. 'Diep in een loopgraaf, gedonder der ontploffingen, wel een uur lang nijdig gemitrailleer, waarbij de kogels om ons heen floten. De aanblik der gewonden en verminkten is onbeschrijfelijk.'

Toch duurde het jaren voordat de bevrijders hen werkelijk bereikten. De strijd in de Birmese wouden en moerassen was tekenend voor het oorlogsverloop in de hele Pacific: langdurig en moeizaam, ondanks het overwicht aan materieel, techniek en manschappen, ondanks de zekere overwinning. Eiland na eiland moest veroverd worden, vaak in lange en bloedige gevechten, honderden D-days in het klein.

In de gevangenkampen nam het moreel zienderogen af. Een dagboekaantekening van mijn vader, uit het najaar van 1944: ''s Morgens vroeg heb ik al ruzie moeten maken, omdat ze de in een zak of matje ingenaaide gestorvene niet degelijk en niet goed weten te identificeren. We hebben hier namelijk niet eens een lijkenhuisje en de doden worden zo maar buiten op het smalle bospad naar de hut gelegd. Je moet er in de loop van de dag als het aantal vermeerdert telkens langs en overheen stappen. Alles went, maar je maakt je boos als ze de overledenen niet meer nauwkeurig weten te benoemen en je het bevel moet geven om de omhulde gezichten weer bloot te leggen.

Daarna ben je op de weg getuige van een handgemeen tussen twee scharminkels van kerels. Het gaat over een paar knollen, die van een ossenwagen zijn gevallen en waarop zij gierig hebben gewacht. Als de wagen met de Jap doorrijdt, schieten ze toe. Eén is sneller en pikt ze alledrie in. Geen sprake van eerlijke verdeling van de schamele buit, nee, het wordt vechten, slaan en schelden, en dat met de dood reeds in de schoenen.

Kom je boven in de hutten, dan hoor je klacht op klacht dat het eten niet eerlijk verdeeld wordt. In de grote hut beneden heersen helemaal roofzucht en verwildering. Daar is niemand voor zijn boeltje veilig. Overdag al loeren de hyena's op hun slachtoffers. Wie zijn er vandaag alweer zwakker, wie ligt er bewusteloos? Vreselijk om wakker te worden van de kou en te merken dat je deken is weggehaald. Kerels heb ik zien huilen van woede, omdat hun kostbare ei of een laatste restant van even kostbare tabak gegapt was.'

Pas in mei 1945 gaven de Japanners hun weerstand in Birma op. Ze trokken zich terug op Thailand, en vanaf dat moment werd de Birmaspoorweg nauwelijks meer bereden. De krijgsgevangenen moeten daar iets van gemerkt hebben. In zijn dagboek uit die periode beschrijft mijn vader een merkwaardig incident. Tijdens een tocht verschenen uit de morgennevels plotseling zes of zeven haveloze Japanse frontsoldaten, die moeizaam de helling af sjouwden en verschrikt in de houding sprongen voor de officier die de krijgsgevangenen begeleidde. Ze hadden waarschijnlijk nog honderden kilometers jungle voor de boeg en al honderden, misschien wel duizenden kilometers te voet afgelegd. Er bleek echter iets niet in de haak te zijn. 'Onze netgeklede, weldoorvoede krijgsgevangenen-officier vaart op heftige wijze tegen de frontsoldaten uit: hij raast, hij windt zich op en geeft ten slotte zijn broeders-godenzonen felle vuistslagen in het gezicht. Onwillekeurig hebben wij allemaal de pas vertraagd. Er zijn momenten dat men medelijden heeft met zijn ergste vijanden.'

Toch waren de krijgsgevangenen blijkbaar te murw om ook maar ergens nog een conclusie aan te verbinden. Men wist niets meer, en men geloofde ook niets meer.

Ook in Europa werd de oorlog uiteindelijk beslecht dankzij de hulpbronnen van de Amerikanen. Een belangrijke bijdrage leverde echter ook de Führer zelf. Met een paar fatale beslissingen en misrekeningen wist hij tussen het voorjaar van 1940 en het najaar van 1941 een vrijwel volledige overwinning om te zetten in een vrijwel zekere nederlaag.

Het enorme succes van de veldtocht in het westen – de verovering van Frankrijk kostte in plaats van zes maanden nog geen zes weken – had de Duitsers in een euforische stemming gebracht. Al in juli 1940, nog voordat de slag om Engeland goed en wel was begonnen, vertelde Hitler zijn generaals dat hij zijn aanvalsplannen verlegde naar de Sovjet-Unie, het laatste mogelijke steunpunt voor de Engelsen op het continent. De veroverde gebieden moesten de koloniën worden van zijn Derde Rijk, de olievelden in de Kaukasus zouden leger en bedrijfsleven voorgoed van alle brandstofproblemen bevrijden. Bovendien was Hitler ervan overtuigd dat de Russen vroeger of later Duitsland zouden aanvallen, en hij wilde hen voor zijn. En hij had haast, want sinds de winter van 1937-1938 was hij er op een of andere manier van overtuigd niet lang meer te zullen leven.

Zodra hij had begrepen dat een invasie in Engeland een onmogelijke zaak was – en dat was al voordat de slag om Engeland beslecht was –, begon hij zijn troepen te verplaatsen naar het oosten. Van Rusland meende hij zeker te weten dat, zoals hij het uitdrukte, 'het reusachtige rijk in het oosten rijp was voor de ineenstorting'. Hij was hierin nog eens bevestigd door de klungelige oorlog van het Rode Leger tegen de Finnen in 1939. Hitler vertrouwde nog sterker op zijn 'intuïtie' dan voorheen, en zorgde daarom niet eens voor een goede winteruitrusting voor zijn troepen: als de bladeren vielen, zou het voorbij zijn.

De Duitse veldtocht door Rusland, die eind juni 1941 begon, was vanaf het begin een idiote en onmogelijke opgave.

Idioot omdat Duitsland helemaal niet zat te wachten op een dergelijke oorlog, en het land bovendien op afzienbare termijn alle troepen in het westen nodig zou hebben om een te verwachten tegenaanval van Engeland (met daarachter de Verenigde Staten) te weerstaan. Onmogelijk omdat, al zou het Duitse leger alle veldslagen winnen, er toch ergens in dat onmetelijke land een grens moest komen te liggen. Dat zou een frontlijn worden die alleen al door de lengte en door de afstand van het thuisfront bijna niet te bevoorraden en te handhaven was. Maar blijkbaar had niemand in de naaste omgeving van Hitler een duidelijke voorstelling van het einddoel van de oorlog. In de nazigedachtewereld ging het vooral om de strijd zelf.

Bij het beeld van Hitler als kwaadaardig genie past het idee dat hij ook de hele oorlog volgens een duivels schema bedacht had en dat plan vervolgens keurig uitvoerde. De uiterlijke orde, discipline en regeldrift van het Derde Rijk waren echter volstrekt misleidend. In werkelijkheid was Hitlers besluitvorming, daar zijn de meeste historici het wel over eens, tamelijk chaotisch en impulsief. Hitler maakte zich als het ware los van het alledaagse bestuur om zo de rol van ieders vaderlijke Führer te kunnen spelen. Binnen de nazi-top heerste dan ook geen ambtelijke of managementcultuur, maar eerder de sfeer van een hofhouding. Dat betekende dat in de wat lagere regionen opvallend veel werd gerommeld en geïmproviseerd.

Iedere ploert, idioot, anti-semiet of bureaucraat die de zegen van de Führer had, kon in vergaande mate zijn eigen gang gaan – daarbij geholpen door leger, ambtenarij en andere organisaties die wél modern en bureaucratisch waren georganiseerd. En iedere top-nazi probeerde die zegen te verwerven, in felle concurrentie met andere machthebbers en andere machtsapparaten. Zo ontstond de innerlijke tegenstelling die het nazi-systeem uiteindelijk naar de afgrond zou leiden: het bestuur leek de ordelijkheid zelve, maar in wezen verstoorde het alle evenwichten binnen een normaal staatsapparaat.

Dit alles kan nooit los gezien worden van Hitlers merkwaardige persoonlijkheid, en dat maakt een Duitse geschiedenis zonder Hitler nagenoeg ondenkbaar. In zijn meesterlijke psychologische portret van Hitler maakt de journalist/historicus Sebastian Haffner een vergelijking tussen Hitler en Napoleon, en daarbij springt één verschil direct in het oog: de Franse keizer blijkt, ondanks zijn mislukte veldtochten, onnoemelijk veel te hebben nagelaten: zijn wetgeving, zijn onderwijssysteem en niet in de laatste plaats zijn strakke staatsopbouw met departementen en prefecten. Hitler heeft daarentegen, schrijft Haffner, 'geen staatsvorm ontworpen en zijn prestaties, die de Duitsers tien jaar lang overdonderden en waarvoor de wereld haar adem inhield, zijn kortstondig en spoorloos gebleven – niet alleen omdat ze in een catastrofe eindigden, maar omdat ze nooit op bestendigheid gericht waren'.

Napoleon was, zo meende Haffner, een staatsman, zoals Hitler dat niet was. En dat had alles te maken met het feit dat Hitler niet in staat was om over de grenzen van zijn eigen leven te kijken. Hij zorgde niet voor opvolgers, hij maakte zijn politieke tijdschema ondergeschikt aan zijn levensverwachting en zelfs maakte hij het vermogen van de Duitse staat om normaal te functioneren bewust kapot, ten gunste van zijn persoonlijke almacht en onvervangbaarheid.

Als we de Tweede Wereldoorlog in dit licht bekijken, dan ligt de waterscheiding van de strijd niet op D-day, maar tweeënhalf jaar eerder, in het weekend van 6 en 7 december 1941.

Op zaterdag 6 december werden de Duitse legers, die zover in Rusland waren doorgestoten dat ze de torens van het Kremlin door hun verrekijkers konden zien, voor het eerst door Siberische troepen teruggeslagen.* Hitler reageerde woedend, eiste van zijn soldaten 'fanatiek verzet', weigerde akkoord te gaan met iedere vorm van terugtrekking, benoemde zichzelf tot opperbevelhebber en zette zijn generaals min of meer buitenspel. De volgende dag, zondag, werd Amerika de oorlog ingetrokken door de Japanse aanval op Pearl Harbor. De donderdag daarop maakte Duitsland een fout die fataal zou zijn: Ook Hitler verklaarde de Verenigde Staten de oorlog. Hitlers oorlogsverklaring aan Amerika was – ik volg nogmaals Sebastian Haffner – de meest onbegrijpelijke van al zijn beslissingen. Duitsland was Japan helemaal niets verplicht. Duitsland, Italië en Japan hadden alleen afspraken gemaakt voor het geval een van hen zou worden aangevallen, en daar was in dit geval geen sprake van. Als Hitler zich rustig had gehouden, zou de Amerikaans-Japanse oorlog hem zelfs van een boel zorgen hebben bevrijd.* Bovendien: wat moest Duitsland, zonder voldoende macht over de zeeën, zonder intercontinentale raketten – want die bestonden nog niet –, met een vijand die het zelfs niet kon bereiken?

Voor de Amerikaanse president Roosevelt kwam de Duitse oorlogsverklaring echter als een geschenk uit de hemel: nu had hij tegenover zijn onwillige publieke opinie hét argument om ook in Europa tegen 'het kwaad' ten strijde te trekken. Zonder Hitlers oorlogsverklaring had hij dat heel moeilijk aan de Amerikanen kunnen verkopen. Vermoedelijk zou dan al hun oorlogsinspanning zijn gericht tegen Japan.

Waarom handelde Hitler zo duidelijk in strijd met zijn eigen belangen? Haffner heeft voor deze zelfdestructie slechts één verklaring: hij was na de nederlaag bij Moskou zo teleurgesteld dat de dromen over 'zijn' Herrenvolk omsloegen in een pathologische vernietigingsdrift. Daarom vocht hij door. Hij had immers nog een ander doel, eveneens nauwkeurig omschreven in *Mein Kampf*: de totale uitroeiing van de joden en de zigeuners. Daarvoor zette hij nu al zijn krachten in. Ruim een maand na de Moskouse nederlaag werd in een villa aan de Wannsee bij Berlijn de beslissing genomen tot de 'Endlösung der Judenfrage', ofwel het op modern-industriële wijze vermoorden van mensen op een wijze en op een schaal die de geschiedenis nog nimmer had gekend.

De massamoord op de joden en de zigeuners moet voor Hitler en de zijnen minstens zo belangrijk geweest zijn als de oorlogvoering zelf, – en wellicht zelfs belangrijker. Tot het laatst toe werden meerdere divisies van de hardste SS'ers ervoor vrijgemaakt, de vele deportatietreinen ontnamen het leger broodnodige vervoerscapaciteit en bovendien werd, toen de systematische moordpartijen uitlekten, iedere kans op een fatsoenlijke vrede onmogelijk. Zo'n duivelse tegenstander diende op leven en dood bevochten te worden, tot de onvoorwaardelijke capitulatie.

Tegen het eind van de oorlog openbaarde de waanzin van Hitler zich nog op een andere wijze. Ook in zijn ondergang kon hij zijn persoonlijke leven niet losmaken van het verloop van de geschiedenis. Steeds meer leek het erop dat hij in zijn val de rest van Europa wilde meenemen, en vooral Duitsland zelf. Zodra het de Duitse generaals, aan het einde van de Eerste Wereldoorlog in september 1918, duidelijk werd dat de strijd verloren was, begonnen ze zich voor te bereiden op een wapenstilstand om verder bloedvergieten te voorkomen.

Aan het eind van de Tweede Wereldoorlog deed Hitler echter het tegendeel. In september 1944, na zijn grote verliezen bij Stalingrad en Koersk en na de invasie van de geallieerde legermassa's in Normandië en hun onstuitbare opmars door Frankrijk en België, gooide hij er nog een schepje bovenop.

Wir wollen weiter marschieren
Bis alles in Scherben fällt,
Denn heute gehört uns Deutschland
Und morgen die ganze Welt!

zo zongen de Duitse soldaten, en toen het laatste niet lukte, richtte Hitler al zijn energie op het eerste. Rond Kerstmis 1944 organiseerde hij een laatste uitbraakpoging in de Ardennen, een slag die zijn troepen alleen maar verder verzwakte. Veel Duitse steden werden nu stelselmatig door de geallieerden in puin gelegd. Tegelijkertijd drongen de Russische troepen met grote sprongen uit het oosten op. Het eerste Duitse dorp dat het sovjetleger veroverde, werd uitgemoord. De nazi-propaganda joeg vervolgens de bevolking in paniek met foto's van Duitse boerenvrouwen, gekruisigd op de deuren van hun schuur. En de opmars van het Russische leger was inderdaad ongekend gruwelijk, vol plundering, moord en verkrachting, alleen geevenaard door de veldtocht van de Duitsers in Polen en in Rusland zelf.

Mijn neef Catrinus, de zeilmaker die van het Hoofd naar Duitsland was gesleept, maakte een deel van die chaos mee. Vanuit de verte zag hij in februari 1945 Dresden in een vuurstorm ten onder gaan – er zouden in die ene nacht tienduizenden burgers levend verbranden of kreperen onder het puin, talloze ongenoemde en ongetelde doden omdat de stad vol vluchtelingen zat. Zijn broer Piet verhuisde in de stad zelf, maar bracht het er levend af. Daarna wisten ze zich te mengen tussen de vluchtelingenstromen die in het vroege voorjaar van 1945 door Duitsland trokken. 'Alles werd in die winter geëvacueerd,' vertelde Catrinus. 'We zagen zelfs hele concentratiekampen verplaatst worden, broodmagere gevangenen, met Duitsers in uniform ernaast.' Op een dorpsplein zag hij dat twee groepen krijgsgevangenen elkaar tegenkwamen, de één richting west, de andere richting oost. De bewakers van beide groepen wezen met de vinger naar het hoofd.

Het waren niet alleen de geallieerde bombardementen die Duitsland te gronde richtten. In die laatste oorlogsmaanden gaf Hitler bevel om ook Duitsland zelf te herscheppen tot dorre aarde, fabrieken te verwoesten en honderdduizenden Duitsers van huis en haard te 'evacueren'. Deze laatste order, die niets wilde weten van een leven na de oorlog, ging zelfs de meeste nazi-leiders te ver. Ze legden het bevel naast zich neer.

***

Zo werd de oorlog in Europa door de waanzin van Hitler nog bijna driekwart jaar nodeloos gerekt. In Nederland brak begin september 1944 de laatste fase van de bezetting aan toen het zuiden grotendeels door de geallieerden was bevrijd en elders in het land de NSB'ers in paniek op de vlucht sloegen, inclusief leider Mussert, met zijn tante annex echtgenote en zijn achternichtje annex minnares. Ook de Duitse buren van grootvader Van der Molen vertrokken; mijn onkreukbare grootvader kreeg de sleutel en paste die hele barre winter op het huis, zonder ooit iets aan te raken.

Na deze Dolle Dinsdag stond voor iedereen vast dat de Duitsers zouden verliezen. De weerstand onder de Nederlanders was nu vrijwel algemeen. Het was alleen de vraag hoe lang het allemaal nog zou duren. Een Britse poging om via luchtlandingen bij Arnhem de grote rivieren over te trekken mislukte. Daarna lieten de geallieerde troepen de rest van Nederland voorlopig liggen om al hun aandacht te concentreren op de aanval op Duitsland zelf.

In de daaropvolgende maanden verloren de bezetters alle omzichtigheid. Het land werd ongegeneerd leeggeroofd. Overal werden arbeiders van de straat geplukt om in Duitsland te werken. Economisch was de Randstad nagenoeg dood. Het transportsysteem was grotendeels lamgelegd na een oproep van de Londense regering, ironisch genoeg vrijwel direct na het vertrek van het laatste treintransport van Westerbork naar Auschwitz, met daarin onder anderen Anne Frank en haar familie. Het doel van de spoorwegstaking van 17 september was om de vijandelijke verbindingslijnen te verstoren. De verwachte snelle overwinning bleef echter uit, waardoor de staking zich voornamelijk tegen de eigen bevolking keerde. Wat er nog aan vrachtauto's, schepen en ander vervoer was, werd nu onverbiddelijk door de Duitsers opgeëist.

Met name in het westen van het land holde de voedselvoorziening achteruit. Terwijl het grootste deel van de oorlogsjaren in Nederland geen honger is geleden – het gemiddelde voedselrantsoen lag van augustus 1941 tot augustus 1944 tussen de 1800 en 1500 calorieën per dag –, viel het rantsoen in november 1944 opeens terug tot 1100 en in februari 1945 tot slechts 600 calorieën. Door de strenge winter was bovendien alle aanvoer per schip lamgelegd. Het leven in de grote steden werd totaal ontregeld, trams reden niet meer, gas en licht waren uitgevallen, brandstof was schaars of afwezig.

In hun villa aan de Schiedamseweg brachten de Van der Molens de winteravonden door bij een acculampje, zij breiend op het gevoel, hij voorlezend, en om zeven uur gingen ze maar weer naar bed. Anna en Cas hadden die zomer allebei eindexamen gedaan, ze hadden uitstekende cijfers, maar studeren konden ze niet omdat de chaos in het land te groot was. Anna was in een Hilversums verzorgingshuis gaan werken. Rondom het gebouw werd 's nachts de ene boom na de andere geroofd, en ook schuttingen en houten hekjes gingen ongenadig voor de bijl. 'De mensen zien er allemaal zo slecht uit,' schreef ze midden januari 1945. 'In geen weken hebben we boter gehad en ook vrijwel geen vet, en we krijgen ook veel minder brood en aardappels. Afgelopen zaterdag hebben we hevige razzia's gehad. Het is soms zo beangstigend. Wat moet er van ons worden over een paar maanden? Maar we zijn gezond, dat is de hoofdzaak.'

Cas was inmiddels verhuisd naar het gezin van een leraar met wie hij, zoals hij naderhand schreef, prachtige avonden beleefde. 'Hij vertelde bij een open haard over Dickens, Shakespeare, Pascal, Boyle, over toestanden van voor de oorlog, over zijn studiejaren. Of we gingen muziek maken, de kaarsen aan, bij het oude pijporgeltje met de mooie registers, in die kamer die helemaal empire was, met moeizaam op zwerftochten verzamelde meubels: achttiende-eeuwse Franse dansen, of muziek van Huygens. En die middagen in de tuin, waar de planten, bomen en bloemen zo zorgvuldig waren gekozen en gerangschikt, en waar ik moest stoeien met zijn kinderen op het grasveld – ik werd geplaagd met mijn stijfheid. Of ik zat op zijn studeerkamer, stil als hij werkte.'

Later verkoelde de verhouding om onduidelijke redenen – 'Hij beweerde dat ik niet veel om hem gaf' – en bovendien kreeg iedereen steeds meer honger. Uiteindelijk trok hij in december 1944 op zijn eentje, met lekkende schoenen, valse papieren en een fiets zonder banden, naar een bevriende domineesfamilie bij Dokkum. Daar werd hij liefderijk opgenomen. De organist van het dorp, die vanaf het orgel altijd neerkeek in de keuken van de pastorie, vertelde jaren later dat hij daar op een winterdag opeens een vreemde jongen aan tafel zag zitten. Hij likte een pan uit, 'met zo'n hartstocht, zo lang, zo uitvoerig, zoiets had ik nog nooit gezien'. Die jongen moet Cas zijn geweest.

Na ruim een halfjaar was Anna's zonnige pinksterweekend alleen nog maar een verre herinnering. Het familiehuis was door de Duitsers gevorderd, de vader was overleden, de rest zat in een pension, een thuis hadden ze niet meer. ''t Wordt nu bij ons al drie maanden dat de electriciteit uit is,' schreef Anna eind december 1944 aan haar broer. 'En het gas nu ook. We koken op een noodkacheltje. Ze branden goed, maar ik ben altijd doodmoe als ik de kookweek heb. Je moet er zo achtereen vliegen, want we stoken alleen met hout, en het is ook lastig om voor al die mensen het eten klaar te krijgen. Gisteren heb ik er heus bij staan huilen, maar dat was alleen maar een buitje.'

Die winter is ze nog een keer naar haar 'familie' gelopen, van Hilversum naar Zeist. Om twaalf uur ging ze weg, om acht uur 's avonds kwam ze er aan. In Lage Vuursche dronk ze een kop koffiesurrogaat. Door de bossen liepen verder alleen maar Duitse militairen en krijgsgevangenen. Het sneeuwde.

Half april was er in Rotterdam geen brood meer te krijgen, en half mei zouden ook de laatste aardappelen van het rantsoen moeten verdwijnen. In diezelfde tijd belandde er bij Anna plotseling een voddig briefje van mijn vader, gedateerd op 20 mei 1944, met grotendeels voorbedrukte mededelingen: *'My health is good, usual, poor* [de laatste twee waren doorgestreept]. *I am ill in hospital* [doorgestreept]. *I am not working* [doorgestreept]. *My best regards to you, Cas and friends. I am very happy with my work as a padre. Am very anxious to hear anything about mother. Heard from Klein Anna engaged, Congratulations. Fey, Klevant e.a. OK.'*

Wat haar vooral verbluftte, was het feit dat mijn vader in die Birmese rimboe van haar verloving bleek te weten.

En toen opeens was het voorbij. De bakkers kregen meel uit Zweden, er kwamen voedseldroppings, Hitler pleegde zelfmoord, het Duitse leger capituleerde. Rondom Hilversum zag Anna Duitsers gestolen vee terugvoeren omdat ze er nergens meer mee naartoe konden. Daarna zag ze Duitse krijgsgevangenen, nauwelijks meer kleren aan het lijf, de gewonden op gestolen handkarren. 'Ik voelde me niet triomfantelijk, helemaal niet, ik vond het vooral tragisch. We hadden toen nog niet van Bergen-Belsen gehoord.'

Op 11 mei 1945 bedroeg het gemiddelde voedselrantsoen precies 750 calorieën, maar Anna schreef: 'Nu lijkt het wel of de wereld voor ons opengaat.'

***

Ook in het Verre Oosten lagen er eindeloze maanden tussen het moment waarop de meeste Japanners inzagen dat de strijd hopeloos was en het ogenblik van capitulatie. Het land was, net als Duitsland, ten slotte zelf slagveld geworden. Steden als Tokio werden op een gruwelijke manier geteisterd door bommen en vuurstormen, waarbij honderdduizenden Japanse burgers het leven lieten. Op regeringsniveau werd een hevige strijd uitgevochten tussen gematigden en ultranationalisten. Deze laatsten hielden in het leger de touwtjes strak in handen onder het motto: 'Honderd miljoen sterven gezamenlijk.' Op Okinawa en andere eilanden wierpen sommige overlevenden van de strijd zich inderdaad in zee om de schande van de nederlaag niet onder ogen te hoeven zien.

In het voorjaar van 1945 was de Japanse economie verwoest. De vloot was tot zinken gebracht. De luchtmacht kon niet meer vliegen wegens brandstofgebrek, er was geen staal meer om schepen te bouwen, geen voedsel om de militairen en de bevolking te voeden. Het Japanse keizerrijk zonk ineen en de krijgsgevangenen en de kampbewoners zonken mee.

In de brieven en de dagboeknotities van mijn vader schemert die onttakeling door: in de sjofele Japanse uniformen, in de chaotische transporten, in de zelfmoord van een Japanse officier, nadat hij eerst nog wat krijgsgevangenen bij een etensstalletje had getrakteerd. In april werd mijn vader, door een administratief misverstand, met een ploeg van duizend man de jungle ingestuurd voor de aanleg van een weg. Na een treinrit van twee dagen in slagregens en in open wagons moesten ze lopend de bergen in, een tocht waarbij met name de zieken het zwaar te verduren hadden.

'Bij de Engelsen en Australiërs komen bij zulke gelegenheden eigenschappen naar voren, waar wij individualistische Hollanders van kunnen leren,' schreef mijn vader. 'Als één van hen gevaar loopt afgerammeld te worden, trekken zij zwijgend en dreigend een cordon om de Jap en zijn slachtoffer, waardoor de Jap meestal inbindt. Dreigt iemand onder zijn barang te bezwijken, dan wordt hij, al naar nodig is, voor kortere of langere tijd van zijn veldzak ontlast. In de middag zijn er genoeg vrijwilligers, die de meest ongelukkige strompelaars onder de armen steunende meeslepen, of met een haastig en handig in elkaar geslagen bamboe draagbaar meetorsen.'

Al na een paar weken meldt hij een onrustbarende toename van het aantal zieken.

'Behalve beri-beri en pellagra heersen dysenterie en vooral malaria, terwijl er geen kinine verstrekt wordt. Altijd en overal hebben de Jappen van de rantsoenen, medicijnen en Rode Kruis-artikelen van de krijgsgevangenen wreed en glashard gestolen. Na twee weken liggen er van de vierhonderd werkers tachtig ziek, na vier weken honderdvijftig.

Precies na een maand krijgen we in ons bivak onze eerste dode. Met acht man (vier dragers die elkaar afwisselen) dragen we hem naar het kerkhof, dat tien kilometer naar beneden ligt. Ondanks de droeve vracht vinden we het allemaal een fijne tocht. Onderweg slaan we wellustig slangen dood die voor onze voeten willen oversteken. Een dikke, van wel twee en een halve meter lengte, wordt als buit meegevoerd. Zo dragen we een tweede dode aan een stok in de stoet mee en we verheugen ons over deze buit meer dan we ons bedroeven over de dode op de baar.

In het Engelse kamp met het kerkhof worden we gastvrij ontvangen. Er is de gebruikelijke korte dienst: "A man born out of a woman has only a short time to live..." Allen bidden hardop het Onze Vader mee. Na afloop zegt een man: "Fijn dominee, dat u net in de buurt was, je wordt dan tenminste niet als een hond begraven." Bij thuiskomst krijg ik voor het avondeten een dikke moot gekookte en daarna gebakken slang. Slangevlees smaakt heerlijk, geeft herinnering aan gerookte paling. Mijn buren moeten meeproeven en hier en daar wordt al ruzie gemaakt over de vraag wie voor de volgende begrafenis in de stoet zal meegaan.'

Na drie maanden was al een kwart van de gevangenen overleden. Mijn vader schreef:

'Hier in de jungle zijn we totaal geïsoleerd en wij horen werkelijk niets over het wereldgebeuren. Iedereen hoopt dat onze dagen tot aan de bevrijding geteld zijn. Zo kan het niet lang duren, of we gaan allemaal ten onder.'

In Indië leed iedereen zwaar, zowel de geïnterneerden als de gewone bevolking. Vanaf het najaar van 1943 hadden de Japanners op het platteland duizenden boeren en arbeiders met mooie verhalen geworven als romusha's. Deze 'economische soldaten' werden in Birma en op tal van andere plekken tewerkgesteld, meestal onder barre omstandigheden. Volgens sommige schattingen hebben zo'n tien miljoen Javanen op die manier kortere of langere tijd voor de Japanners gewerkt, van wie tienduizenden stierven aan ondervoeding en uitputting. Oom Ludz schreef na de oorlog dat er op de plantage waar hij arts was, regelmatig een paar vrachtwagens kwamen om de sterkste koelies mee te nemen. 'Van de duizend koelies die onze plantage geleverd heeft, kwamen er honderdvijftig terug. De rest was dood of weggelopen, en die laatsten gingen meestal ook dood.'

Ook in andere opzichten kregen de Indonesiërs het steeds moeilijker. Iedereen moest een verplichte hoeveelheid rijst aan de Japanners leveren, en daardoor ontstonden in bepaalde streken steeds grotere tekorten. In Jogjakarta was het dagrantsoen uiteindelijk niet meer dan 75 gram. Hier en daar kwam het tot ernstige hongersnoden. In sommige Javaanse steden lagen in 1945 de lijken op straat.

Ook mijn moeder maakte in haar eerste naoorlogse brieven melding van crepeergevallen die ze in Medan op straat zag. 'Hier in en om het kamp komen drommen bedelaars, met niets anders aan dan een goeniezak of een lap boombast, die om de resten uit de keuken schooien. Rijst kost *f* 35,– per kilo, suiker *f* 75,–, en de koelielonen zijn niet verhoogd.' Naar schatting heeft het Japanse bestuur in de hele archipel zo'n tweeënhalf miljoen slachtoffers gekost, ongeveer vijf procent van de bevolking.

De voedselschaarste had uiteraard ook gevolgen voor de geïnterneerde Europeanen. Op Zuid-Sumatra en vooral op Java werd al gauw hevig honger geleden. Het dodental nam snel toe. Op Noord-Sumatra, waar mijn familie zat, was de situatie beter. Hier was het sterftepercentage gedurende de eerste twee jaar niet abnormaal hoog. De grote problemen begonnen er pas in het laatste jaar.

Toen de Japanners nederlaag op nederlaag leden, werd het kampregime verhard. Vanaf april 1944 waren de kampen rechtstreeks onder het commando van het Zestiende leger gesteld, en vanaf dit moment werden de regels strak gehandhaafd. Oom Ludz had de eerste jaren mijn moeder af en toe nog geld en voedsel kunnen toestoppen, maar deze kleine smokkelarij brak in 1944 abrupt af. Bij de Japanners groeide de angst dat de kampen zich zouden ontwikkelen tot verzetscentra en daarom werd ieder contact met de inheemse bevolking streng verboden. Vandaar dat Hans 'zo bang [was] als een dier' toen de Japanners hem betrapten bij een kleine expeditie buiten de poort.

Toen de kans op een geallieerde invasie toenam, werden de meeste Europeanen op Noord-Sumatra – zo'n zevenduizend in totaal – verplaatst naar een handvol oude plantages rondom het plaatsje Rantauprapat, ongeveer driehonderd kilometer ten zuiden van Medan. Zo kwamen mijn moeder, Hans en Tineke in het voorjaar van 1945 terecht in de sombere rubberbossen van Aek Pamienke, en Gjalt in Siringoringo, een verlaten rubberonderneming in een moerassige vallei waar vrijwel nooit een mens kwam.

In Siringoringo maakte Gjalt zich, zo jong als hij was, nuttig met duizend-en-één klussen. In zijn eerste naoorlogse brieven uit het kamp schreef hij voortdurend over reparaties en de verbouwing van een deel van het hospitaal tot varkensstal, 'want we hebben veertig varkens gekregen'. Maar hij had ook lijken de maat moeten nemen en doodskisten getimmerd. Met zijn kampvoogd, oom Kees, had hij ontzettend geboft. Oom Kees was een arbeider die zich met hard werken omhoog had geworsteld. Via hem leerde hij een hele andere wereld kennen, de wereld van werken met je handen, van ambachtelijkheid, van discipline, van zorg voor je gereedschap, en die wereld zou hem nooit meer loslaten.

Met de familie in het naburige Aek Pamienke ging het minder goed. 'Toen we er aankwamen, wist ik gelijk: dit is andere koek,' vertelde Tineke. 'Er was geen water, geen elektriciteit, en alles moest gebeuren in een klein riviertje. Ik kreeg regelmatig malaria, maar onze moeder kreeg, naast haar pleuritis, ook nog eens malaria én amoebedysenterie. Aan zo'n combinatie ga je op den duur dood, dat wist ik ook wel. Maar tegelijk wilde ik het niet weten.'

Mijn moeder is in de allereerste plaats gered door haar sterke geloof, daar ben ik van overtuigd. De nabijheid van God was voor haar een realiteit, en dat tilde haar uit boven ziekte en ontbering. Bovendien verbonden haar gebeden haar in de geest met haar man en de kinderen overzee, een spirituele band die wederzijds was.

Daarnaast speelden andere eigenschappen een rol. Zoals mijn vader staande bleef door zijn camaraderie, zo behield mijn moeder haar eigenwaarde dankzij haar standsbesef. Of, beter gezegd, het standsbesef zette een soort ijzeren ring om haar heen. Ze hield haar eigen standaard hoog, ook voor haar kinderen: altijd beleefd en behulpzaam blijven, nooit stelen, nooit ordinaire liedjes zingen. Tot het laatst toe bleef ze zieken bezoeken. Ze besefte heel goed dat haar kansen om de bevrijding te halen snel verminderden. Maar nooit zeurde ze, nooit klaagde ze, geen woord.

Tevreden over zichzelf was ze allerminst. In haar eerste naoorlogse brief aan mijn vader schreef ze, in dun-grijs potloodschrift: 'Ik ben helemaal geen flinke vrouw geweest, geen model domineesvrouw, 't tegendeel. Van het begin aan kon ik lichamelijk niet erg tegen het leven in de kampen. Of het aan de voeding, 't harde werken of het ongunstig klimaat lag weet ik niet, maar fraai was 't niet.'

In de drie kampen van Aek Pamienke leefden in totaal vierduizend vrouwen en kinderen. In een paar maanden waren hier veertig sterfgevallen. Siringoringo werd bevolkt door circa vijftienhonderd mannen en vijfhonderd jongens. Een maand voor de bevrijding waren er zeshonderdvijftig zieken. In de tien maanden dat het kamp draaide, kwamen zo'n honderdtwintig gevangenen om. In bijna alle kampen vlogen na april de sterftecijfers omhoog, tot het tienvoudige van de voorgaande periode. Volgens naoorlogse schattingen zou, als de internering nog een halfjaar langer geduurd had, vrijwel iedereen boven de vijftig jaar gestorven zijn, en de helft van degenen onder die leeftijd.

Mijn moeder hing altijd weer datzelfde, oude scheurkalenderblaadje op met de spreuk van de Japanse christen Toyohiko Kagawa: *'Weest niet bevreesd voor de dag van morgen, wij leven in het heden op dit ogenblik. Iedere minuut van mijn leven moet aan God gewijd zijn.'* In ieder kamp hing het weer aan een rekje, achter het lege suikerblik.

In zijn dagboek noteerde mijn vader: 'Gedroomd: "We moesten een lijk begraven onder een wit laken, maar 't was niet zo zwaar – want 't was zand. Later werd 't lijk levend en ging de zaak niet door." '

De kamptijd heeft een spoor door mijn familie getrokken, soms licht, soms diep. Mijn broers en zusjes veranderden binnen een paar jaar van gekoesterde burgerkinderen tot typische oorlogsjongeren, ruig, verwaarloosd, maar ook volwassen en sterk. Altijd zouden ze zichzelf kunnen redden, na dit zouden ze alles kunnen overleven, en dat maakte het leven zwaarder en lichter tegelijk. Honger zouden ze nooit meer hebben, maar ruim een halve eeuw na de oorlog werd in de familie nog altijd geen boterham weggegooid.

Er zijn in Nederland hevige discussies gevoerd over de gruwelijkheidsgraad van de Japanse kampen in Indië. De oud-hoofdredacteur van de *Deli Courant*, de voormalige gevangene Willem Klooster,* betitelde Siringoringo later bijvoorbeeld stelselmatig als 'het Bergen-Belsen van Azië', waar 'karkasjes van kinderen' zich tegen zijn benen aandrukten. Terecht schreef de publicist Rudy Kousbroek – ook een kind van Siringoringo – dat dergelijke vergelijkingen beter achterwege kunnen blijven. 'In Bergen-Belsen stierven per tweeduizend mensen geen honderdtwintig mensen, maar vijftienhonderd. De sterfte bij ons bedroeg zes procent, in Bergen-Belsen ruim zeventig.'

Ik kan over dit alles niet uit eigen ervaring meepraten. Ik moet het doen met cijfers, rapporten, dagboeken en verhalen achteraf. Wel weet ik dat mijn moeder er op een haar na het leven heeft gelaten, en dat binnen mijn familie vijfenvijftig jaar na dato nog altijd de sporen van de drie kampjaren zichtbaar zijn. Maar een vergelijking met de Duitse vernietigingskampen gaat in alle opzichten mank.

Ieder kamp heeft bij geïnterneerden individuele trauma's opgeleverd. Toch kun je moeilijk spreken over 'de' Indische kampen in zijn algemeenheid. Er wordt in dit verband vaak gegeneraliseerd omdat veel voormalige kampbewoners zich het begrip 'kamp' als het ware toeëigenen. 'Iedereen beschouwt zijn eigen kamp als "normaal", als "het" kamp,' schreef oud-geïnterneerde D. van Velden al in 1963 in haar standaardwerk over de Japanse burgerkampen. 'Hij is verbaasd en soms zelfs geërgerd als hij hoort dat het elders anders toeging; hij is ongeneeslijk bevooroordeeld tegenover alle andere kampen. Hij kan het slecht verdragen dat een ander kamp "erger" was, als hij uit een erkend slecht kamp komt.'

In werkelijkheid waren de verschillen tussen de kampen gigantisch. De Jong beschrijft één kamp, Kampili op Zuidoost-Celebes, dat een uitstekende Japanse kampcommandant had en waar bijna iedereen de kamptijd redelijk overleefde: het sterftepercentage kwam niet boven de anderhalve procent. Op Java lag het gemiddeld echter op 16 en op Zuid-Sumatra zelfs op 37 procent. Mijn familie had geluk: op Noord-Sumatra lag het sterftepercentage niet boven de 5 procent, één op twintig dus. (Ter vergelijking: op de plantages bij Medan was veertig jaar eerder het gemiddelde sterftecijfer onder de koelies over drie jaar tijd 20 procent: één op de vijf.)

Ook de leiding van de geïnterneerden zelf was van groot belang. Hans sprak later over een 'diep geworteld, natuurlijk organisatietalent' waarmee de vrouwen de kampen waarin hij zat bestuurden en dat 'heel goed samenviel met de Japanse eisen op het gebied van eten en hygiëne'. Hij vond dat hij, wat dat betreft, altijd had geboft.

Slechts weinig kampbewoners vroegen zich ooit af wat de Japanners van hén dachten. Een van degenen die zich daar wel in verdiepten, is de zojuist genoemde D. van Velden, die er een heel proefschrift aan wijdde. Zij merkte dat de Japanners voornamelijk stomverbaasd waren. Hoe kon het dat de westerlingen nog zoveel noten op hun zang hadden, zelfs nadat ze de oorlog verloren hadden? In Japan zelf was klagen over ongemak in strijd met de etiquette, maar hier gebeurde het dagelijks en volop. Het buigen – door de Europeanen als een grote vernedering beschouwd – was in Japanse ogen slechts een normale wijze van begroeten. Ook de straffen in de kampen verschilden over het algemeen niet van wat gebruikelijk was in het Japanse leger.

Van Velden wijst erop dat de Japanners aanvankelijk verwachtten dat de oorlog snel voorbij zou zijn. Daarmee zou ook het probleem van de Europese burger-gedetineerden in korte tijd weer uit de wereld zijn. Toen een wapenstilstand uitbleef, zat men opeens met grote groepen Nederlandse burgers die men moest onderbrengen en onderhouden. In die situatie kon men geen andere houding tegenover de geïnterneerden vinden dan die tegenover Japanners van de laagste rang – maar wel Japanners. Dit verklaart bijvoorbeeld de vanzelfsprekendheid waarmee men vond dat de gevangenen de Japanse keizer eer moesten bewijzen, zijn verjaardag mee moesten vieren en op alle Japanse feestdagen de vlag moesten uithangen.

Volgens Van Velden moeten met name de vrouwenkampen ook voor de 'betere' Japanse kampleiders irritant zijn geweest: 'Ze waren eraan gewoon dat een vrouw niet mocht klagen en gehoorzaam was; nu stonden ze aan het hoofd van een groep recalcitrante vrouwen, die hén verachtten en die ze niet aan mochten raken. En die ze toch onder discipline moesten houden.'

Tineke vertelde inderdaad over pesterijen en vernederingen en over een kampcommandant die altijd liep te inspecteren en te brullen. 'Onze kampleidster is een paar keer flink in puin geslagen. Toen is onze dokter, een heel klein mevrouwtje, daar nog tussen gesprongen, heel dapper. Maar als ik spitcorvee had en de Japanse chef zag hoe moe ik was, dan zei hij wat aardigs, wees op al die ribbetjes van me, en liet me rustig aan doen.'

Ook mijn moeder, sinds de oorlog beslist geen vriendin van het Japanse volk, benadrukte later altijd dat veruit de meeste Japanse soldaten zich gedisciplineerd en correct jegens de opgesloten vrouwen gedroegen. Gedwongen prostitutie en andere zedenmisdrijven zijn hier en daar voorgekomen, en ook is een aantal Nederlandse vrouwen en meisjes als 'troostmeisje' ingezet in Japanse bordelen. Voor zover ik het uit dagboeken en andere bronnen kan opmaken, gebeurde dit echter niet op grote schaal.

Er waren bepaalde kampen waar de commandant een regelrechte terreur uitoefende, of waar Koreaanse of Indische hulpbewakers gemakkelijk tot mishandelingen overgingen. In het kamp Gloegoer liep een Koreaan rond met de bijnaam Morgenstond (vanwege zijn gouden tanden) die berucht was om zijn slaagpartijen. 'Als je die zag, liep je wel een straatje om,' vertelde Tineke. Maar zelf heeft ze nooit één klap gehad.*

Eenvoudiger was het om deze massa Europese gevangenen eronder te houden door hen te verzwakken en hun geen voedsel en medicijnen te geven. Dat gebeurde dan ook. Natuurlijk hadden de voedselproblemen in de kampen allereerst te maken met de hongersnood in Indië als geheel. Het Japanse leger beschikte echter over grote voedselvoorraden. Als men gewild had, waren er overal in de archipel kampen als Kampili geweest in plaats van Aek Pamienkes, maar die wil was er duidelijk niet. Medicijnen werden vaak niet verstrekt, zelfs als ze aanwezig waren, en toen het Amerikaanse Rode Kruis hulpzendingen begon te sturen, werd het overgrote deel door de Japanners ingepikt.

Het moet de Japanse legertop, zo concludeert Van Velden op basis van Japanse regeringsdocumenten, 'niet onwelkom geweest zijn als [de gevangenen] steeds meer verzwakten en daardoor ongevaarlijk werden voor het geval van een vijandelijke inval'. De medicijnen die mijn moeder het leven redden, waren na de bevrijding onmiddellijk beschikbaar. Blijkbaar hadden ze al die tijd zowat om de hoek gestaan, maar de Japanners deden net of ze van niets wisten, en mijn moeder was aan dat stille uitsterven bijna mede ten onder gegaan.

Japanners en Nederlanders leefden in totaal verschillende werelden. De afstand was zo groot dat veel geïnterneerden achteraf niet eens haatgevoelens koesterden, maar slechts verachting en afkeer. 'Ik geloof dat we de Japanners met al hun wreedheid nooit voor vol konden aanzien,' schreef mijn moeder kort na de bevrijding. "t Waren zulke ongelukken met hun brillen en kromme benen, dat je, al deden ze je nog zoveel ellende aan, soms in je hart om ze lachen moest. Als je dan zo'n krompoot met een lange sleepsabel door 't kamp zag lopen boog je als een knipmes (anders kreeg je slaag), al buigende mompelde je in het Hollands enige vriendelijkheden, maar dieper dan spot gingen die gevoelens nooit.'

De Japanners voelden zich godenzonen, de Nederlanders waanden zich in hun koelieschuren nog altijd de baas, en beide partijen koesterden een hartgrondige minachting voor elkaar. Het was, los van alle vernederingen die de Nederlanders moesten ondergaan, een frontale botsing van culturen, van blind nationalisme tegenover even blind oriëntalisme.

***

Uiteindelijk waren er twee atoombommen nodig, eentje op Hiroshima, de ander op Nagasaki, om een capitulatie te forceren.

De Duitsers – hun atoomgeleerden ontdekten als eersten de kernsplitsing – hadden vanaf 1942 koortsachtig gewerkt aan de ontwikkeling van een atoombom, maar de Amerikanen waren de nazi's voor geweest. Deze voorsprong hadden ze niet in de laatste plaats te danken aan het feit dat veel verjaagde joodse geleerden een grote hoeveelheid kostbare kennis uit Duitsland hadden meegenomen naar de Nieuwe Wereld. Bovendien bestond er onder de Duitse geleerden een zekere onwil om voor Hitler een superbom te maken. Ze beperkten zich voornamelijk tot het ontwikkelen van een 'uraniummachine', zodat de Duitsers onder Hitler de eerste vreedzame atoomreactor bouwden, terwijl de Amerikanen en de Engelsen zich wierpen op de ontwikkeling van het gruwelijkste wapen aller tijden.

Zo viel uiteindelijk, op 6 augustus 1945, in het heldere ochtendlicht van kwart over acht, een atoombom op de Japanse stad Hiroshima. Tienduizenden mannen, vrouwen en kinderen waren in één flits dood. Tallozen doolden verbrand en verdwaasd door de puinhopen, verminkten sleepten zich meter voor meter voort naar ziekenhuizen die niet meer bestonden, vrouwen lagen kermend langs de weg, soms met de figuren van hun kimono in de huid gebrand, anderen dronken van het radioactieve water van de rivier de Ota, tienduizenden zouden langzaam wegcreperen. Drie dagen later gebeurde hetzelfde met de stad Nagasaki. Volgens de Amerikanen verloren een kleine honderdduizend mensen het leven, de Japanners schatten het aantal doden twee maal zo hoog. Op 15 augustus kondigde keizer Hirohito door de radio met zijn abnormaal hoge piepstem de Japanse capitulatie aan.

Niemand heeft zich daarna ooit op zijn gemak gevoeld over deze twee bommen. Ze gaven geen overwinningsroes, geen wilde feestvreugde. Iedereen wist dat er iets niet in de haak is met bommen die in één flits hele steden konden vernietigen, dat hier ongekende terreinen werden betreden van oorlog en vervreemding. Dat gevoel zou in de jaren daarna alleen maar sterker worden.

Er zijn nog altijd discussies over de vraag of Japan zich zonder deze bommen niet binnen enkele weken zou hebben overgegeven. Zeker is dat er sterke krachten in het leger waren die tot de laatste druppel bloed wilden doorvechten. Van begin tot eind speelde keizer Hirohito, zo menen de meeste historici nu, achter de schermen een centrale rol. Na de oorlog is dit gegeven door de Amerikanen echter weggemoffeld om de keizerlijke dynastie in stand te houden.

Vast staat ook dat de Pacific-oorlog zo traag verliep dat alles nog maanden had kunnen voortslepen, met vele tienduizenden extra slachtoffers, onder wie zeker mijn moeder op Sumatra en vrijwel zeker mijn vader in Thailand.

In het kamp van mijn vader waren de meesten op het moment van de capitulatie zo ziek dat er nauwelijks mensen over waren om te koken. Zelfs grafdelvers waren er niet meer. Iedere ochtend begonnen de dokter en mijn vader met het openscheppen van een paar kuilen voor de doden van die dag en na de begrafenisdienst, 's middags, gooiden ze die samen weer dicht. 'Was de oorlog eind oktober geëindigd, dan zouden we waarschijnlijk alle duizend gestorven zijn,' schreef hij kort na de bevrijding.

Mijn vader hoorde na drie dagen dat Japan gecapituleerd had, op zaterdagmiddag 18 augustus. Eerst was er onverwacht bezoek gekomen van een paar hoge Japanse officieren. Die hadden de kampstaf bij zich geroepen en tot ieders verbazing gevraagd: 'What do you want first?' De artsen riepen als één man: 'Medicijnen, vooral kinine!' Een soldaat liep op een draf weg en kwam even later terug met dozen pillen, die al die tijd in het kampmagazijn in voorraad hadden gelegen. 'En dat terwijl we voordien nooit één tablet kinine konden loskrijgen voor onze vele malaria-patiënten.'

Mijn vader had ook een vraag: hij wilde graag een klein kamp bezoeken dat een paar kilometer verder lag, overigens niet zozeer uit pastorale overwegingen, maar omdat het hem en zijn kameraden in het passeren was opgevallen dat de gevangenen er daar een stuk beter uitzagen dan in hun eigen kamp. 'Denk erom, allereerst medicijnen en... berichten,' fluisterden zijn barakgenoten, terwijl ze nog een extra tas om zijn nek hingen. Toen hij het kampje naderde, schoot een vrachtauto langs met een paar krijgsgevangenen die hem iets toeschreeuwden en enthousiast het V-teken maakten.

In het kamp zelf was iedereen in rep en roer: 'Weten jullie het nog niet, de oorlog is voorbij!' Mijn vader geloofde er niets van. Weer zo'n idioot gerucht natuurlijk. Pas toen alles begon te geuren naar de feestelijkste rijsttafel die hij ooit zou proeven, toen het hele kamp dreigde dat hij alleen droge rijst zou krijgen als hij geen knallende, daverende bevrijdingspreek hield, pas toen brak het besef bij hem door dat het echt voorbij was.

Voor vijftig juichende en dansende Engelsen, Hollanders en Australiërs preekte hij die namiddag zijn hart uit het lijf: 'Onze ziel is ontkomen als een vogel uit de strik van de vogelvangers; de strik is gebroken en wij zijn ontkomen! Onze hulp is in de naam van de Here, die hemel en aarde gemaakt heeft.'

In de burgerkampen op Sumatra hoorden de gevangenen het grote nieuws pas een week later. In Siringoringo stortregende het, die vrijdagmiddag 24 augustus. Opeens hoorden de gevangenen uit een van de schuren een luid 'hoera' van de kampleiding, en nog eens, en nog eens. De gevangenen stroomden samen: zouden de rantsoenen verhoogd worden, of was er misschien een karbouw binnengekomen voor de slacht? Opeens kwam een kampleider aanlopen, drijfnat, de broek hoog opgestroopt, blote voeten. 'Heren, de oorlog is voorbij,' schreeuwde hij – ik citeer nu uit een van de kampdagboeken. 'Een enorm gejoel en gejuich. "Voorlopig gaan er iedere dag honderd man naar Aek Paminke." Weer een gejoel. "Onze koningin is in Holland!" Een reuze gejoel en het Wilhelmus wordt ingezet. [...] Er worden handen geschud en gefeliciteerd, we zijn vrij! Buiten regent het nog hard. Voor mijn bed ligt een plas water.'

Voor Tineke, Hans en mijn moeder kwam de bevrijding diezelfde dag. 'Het is nu gauw vrede,' zei de kampleidster. De magere, haveloze menigte vrouwen en meisjes begreep gelijk dat het al vrede wás. 'Er werd een bibberig *Wilhelmus* aangeheven,' herinnerde Tineke zich later, 'en er kwamen onmiddellijk medicijnen: ik was zo van mijn malaria af. We mochten ook het kamp uit, het draad werd doorgeknipt en langs de weg ontstond direct een spontane markt.'

Ze wist nog hoe ze de 'bevrijdingskip' slachtte: 'Ik sloeg de kop eraf, maar het beest bleef maar doorlopen en rende zo de latrine in. Een ramp! Ik heb hem, zonder dat iemand het zag, uit de drek gehaald, goed afgespoeld, en daarna gewoon gebraden en aan de anderen voorgezet. Wat niet weet, wat niet deert, als je het maar goed kookt en bakt, dat had ik ook in het kamp geleerd.'

Daarna kwam er snel beter eten, er kwamen tankauto's met drinkwater – allemaal georganiseerd door de Japanners – en er verschenen blikjes met rantsoenen die geallieerde vliegtuigen boven het kamp neerlieten. Van het parachutedoek werd direct weer van alles gemaakt: blouses, rokjes, tassen, etuis, alle parachutes gingen schoon op. Het kamp bleef ondertussen bestaan zoals het was, de Japanners bleven op hun post, en dat was nodig ook: de opstand die zou leiden tot de Republiek Indonesië, was op dat moment al in volle gang, en soms was het voor Europeanen buiten het kamp behoorlijk gevaarlijk. Van het ene moment op het andere waren zo de rollen omgekeerd: de Japanners bewaakten de Nederlanders niet meer, maar beschermden hen, en dat deden ze in de eerste maanden over het algemeen correct.

Kort daarop werden namen bekendgemaakt van mensen die in andere kampen zaten. Gjalt verscheen al gauw in levenden lijve. Hans herinnerde zich hoe hij op een dag een donkere stem hoorde. 'Ik dacht: verdorie, er is een Jap op bezoek, wat zou er zijn? Maar het was mijn broer, die had een zware stem gekregen. Ademloos luisterde ik naar zijn verhalen, hoe ze daar bij de mannen zelf zeep gemaakt hadden, en nog veel meer.'

En toen kwamen de dagen dat de Rode-Kruisberichten uit Birma en de verder afgelegen kampen binnenstroomden. Tineke: 'Het was vreselijk. Wij zaten heel stil in een hoekje, want via via hadden we gehoord dat onze vader ergens in Thailand levend was gesignaleerd. Maar overal zaten mensen te huilen, er kwam letterlijk een geweeklaag over het kamp, uit alle schuren en barakken kwam gesnik en gejammer. Een mevrouw tegenover ons kreeg op dezelfde dag het bericht dat haar man was omgekomen in een Indisch kamp en haar zoon in Nederland. Ik dacht: dat kán niet. Maar tegelijk dacht ik: zoiets had ons ook kunnen overkomen. In het kamp dacht je nooit veel verder dan de volgende dag, als je die maar haalde. Toen voelde ik pas de volle zwaarte van wat er was gebeurd.'

De Tweede Wereldoorlog kostte een kleine 300 000 Nederlanders het leven. Van de 100 000 geïnterneerden in de Indische burgerkampen overleefden ruim 13 000 de gevangenschap niet.* Van de Nederlandse krijgsgevangenen aan de Birmaspoorweg overleden er ruim 3000.

Nederland zelf telde naar schatting 280 000 doden: 104 000 joden, 30 000 slachtoffers van de verplichte tewerkstelling in Duitsland, 22 500 niet-joodse kampslachtoffers (onder wie homo's, zigeuners en veel verzetsmensen), 20 400 burgerslachtoffers van het oorlogsgeweld, 18 000 sterfgevallen door honger en ondervoeding,

4570 militairen, 2800 gevallenen door Duitse executies, 3600 Nederlandse zeelieden en ongeveer 10 000 Nederlandse SS'ers die voornamelijk aan het Oostfront sneuvelden. En daarbij kwamen nog eens de 65 000 Nederlanders die indirect aan de gevolgen van de oorlog waren overleden, degenen die het leven zouden hebben behouden als de sterftecijfers in de oorlogsjaren dezelfde zouden zijn geweest als voor 1940 en na 1946.

Ook de oudste broer van Anna's verloofde, de verzetsman die op die mooie pinksterdag de *Matthäuspassion* speelde, kwam niet meer terug. Na maanden onzekerheid werd bericht dat hij waarschijnlijk al in december 1944 was overleden in het concentratiekamp Neuengamme. Droefheid en schuldgevoelens zijn er altijd gebleven. 'Want ik hield ontzettend veel van die jongen.'

***

De notities van mijn vader houden op bij de bevrijding. Dat is jammer, want de periode daarna was ook vol opmerkelijke gebeurtenissen. Al direct bleek dat de Nederlandse krijgsgevangenen in een bijzondere positie verkeerden. Formeel had Nederland wel met de geallieerden meegevochten, maar veel invloed had het land niet meer, en dat werd in de Thaise gevangenkampen al snel duidelijk.

Twee weken na de Japanse capitulatie waren alle Amerikaanse krijgsgevangenen op enkele plaatsen bijeengebracht. Bij een paar vliegvelden waren drie grote tenten voor hen neergezet, in de eerste gooiden ze al hun vodden uit, in de tweede werden ze gedesinfecteerd en door een dokter bekeken, in de derde werden ze in nieuwe spullen gestoken, en een paar uur later zaten ze in een vliegtuig naar huis. Half september 1945 waren vrijwel alle Amerikanen vertrokken en een paar weken later waren ook de meeste Britten en Australiërs weg.

Alleen de Hollanders – onder wie de pastoor en mijn vader – bleven achter. De Nederlandse regering had bedacht dat deze uitgemergelde militairen na een paar weken rust wel weer konden worden ingezet tegen de Indonesische rebellen, in afwachting van verse troepen uit Europa. Enkele tientallen ex-krijgsgevangenen zijn zodoende na de bevrijding alsnog gesneuveld.

Nu zat de regering ook in een lastig parket. Formeel heette Indië in augustus 1945 weer Nederlands-Indië, maar Nederland had er in werkelijkheid weinig meer te vertellen. Er was geen vloot en de paar duizend Nederlandse militairen waren letterlijk vel over been. Java en Sumatra vielen bovendien nog onder de Britse opperbevelhebber in Zuidoost-Azië, lord Louis Mountbatten. Toen de Nederlandse luitenant-gouverneur-generaal H.J. van Mook begin oktober in Batavia arriveerde om het bestuur weer op te pakken trof hij een toestand aan die, zoals hij schreef, 'iedere verbeeldingskracht te boven ging'. Overal wapperden de rood-witte vlaggen van de nationalisten, overal zag hij ook 'onvriendelijke opschriften die op meer of minder grove wijze duidelijk maakten, dat wij niet welkom waren'.

Ook internationaal was het met de Nederlandse macht slecht gesteld. De regering was aanvankelijk zelfs niet in staat om een aantal Nederlandse schepen uit de geallieerde 'pool' los te krijgen voor de broodnodige transporten van en naar het Verre Oosten. Het gevolg was dat veel krijgsgevangenen eindeloos in de kampen bleven hangen. Pas in oktober 1946, ruim een jaar na de Amerikanen, Britten en Australiërs, konden de laatste Nederlandse krijgsgevangenen uit de Thaise kampen vertrekken.

Wie zich een mening wil vormen over situaties en gebeurtenissen tijdens het eerste naoorlogse jaar, moet één gegeven voortdurend voor ogen houden: het was vrijwel overal een totale puinhoop.

In Nederland had het overgrote deel van de bevolking zich alleen in leven kunnen houden met rommelen en bietsen. Administraties waren een chaos. Eén op de acht gezinnen had geen eigen huis en moest ergens inwonen. Eén op de tien Nederlanders bezat niet meer kleren dan wat men aan het lijf droeg. In de arme stadswijken liep meer dan de helft van de kinderen op blote voeten.

Een kwart van het productieapparaat en de infrastructuur was vernietigd, zwaar beschadigd of verdwenen. Het duurde dagen om van het noorden naar het zuiden te reizen. Vier van de vijf locomotieven waren vernield of verdwenen. Van de ongeveer honderdduizend personenauto's die er in 1940 in Nederland rondreden, waren bijna zeventigduizend geroofd, van de ruim vijftigduizend vrachtauto's bijna veertigduizend.

Half Europa was op drift. De wegen en de grote stations waren vol mensen die uit militaire dienst, dwangarbeid, gevangenschap of onderduik naar huis trokken. Miljoenen waren voor de Russische opmars op de vlucht geslagen, honderdduizenden konden juist niet meer uit de nieuwe sovjetzones wegkomen. Overal in de Nederlandse kranten stonden in de zomer van 1945 kleine advertenties als: 'Wie kan iets mededelen over [...], laatst gesignaleerd in Neuengamme, februari 1945.' Meer dan een jaar na de bevrijding doken er nog overlevenden uit Auschwitz op, die, 'bevrijd' door de Russen, via Odessa terug hadden moeten reizen. Uit Tsjecho-Slowakije werden drie miljoen Sudeten-Duitsers verdreven (vijfentwintigduizend overleefden die etnische zuivering niet). Toen Anna in 1952 een tocht door Duitsland maakte, zag ze langs de wegen nog altijd groepjes ontheemden lopen.

In Nederlands-Indië heerste een machtsvacuüm. In het voorjaar 1942 hadden de Hollanders op de Esplanade in Medan hun gezicht verloren, voor eens en voor altijd. Zo was het overal in de archipel. Het was dan ook niet verbazingwekkend dat Japanse leuzen als 'Azië voor de Aziaten' aanvankelijk veel weerklank vonden bij de Indische bevolking. Na de botte afwijzing van de petitie Soetarjo in 1938 wist iedere ontwikkelde Indiër dat zelfs een beperkte vorm van autonomie er bij de Hollanders niet in zat. De Japanse bezetting opende die mogelijkheid wel, al verloren de Japanners zelf al snel alle goodwill door hun rampzalige bestuur, de hongersnoden die ze veroorzaakten en het ellendige lot van de romusha's. Zo raakte, onopgemerkt voor de geïnterneerde Nederlanders, de Indonesische vrijheidsbeweging tijdens de oorlogsjaren in een stroomversnelling.

Toen Japan capituleerde, grepen Soekarno en de zijnen hun kans. Twee dagen later werd de vrije Indonesische republiek uitgeroepen. Dat was het begin van de bersiap-tijd, genoemd naar Soekarno's oproep om bersiap, paraat, te zijn. Overal begonnen gewapende bendes Nederlanders, Chinese handelaren, al of niet vermeende collaborateurs en anderen aan te vallen. Ook werden veel leden van de oude inheemse elite afgezet of vermoord.

De meeste Nederlanders bleven voorlopig in hun kampen of ze werden – zoals mijn moeder, Tineke, Hans en Gjalt – overgebracht naar speciale stadswijken. Zo goed en zo kwaad als het ging werden ze beschermd door het verslagen Japanse leger en door snel overgebrachte Brits-Indische troepen. Met name op Java kwamen de geïnterneerden al snel in grote moeilijkheden. In West-Java werden Nederlandse vrouwen en kinderen uit een trein gehaald en afgemaakt. In november 1945 vond in Soerabaja een grote slag plaats tussen de Engelsen en fanatieke Indonesische jongeren. In Semarang schoten Japanners een groot aantal Indonesiërs dood als represaille voor de moord op een paar van hun medesoldaten.

'Van de Nederlanders die nog in de binnenlanden gevangenzitten, is weinig tot niets bekend,' schreef de Amerikaanse journaliste Martha Gellhorn in februari 1946. 'De lijken die door de kanalen drijven, zijn lijken van Nederlanders. [...] De Indonesiërs slaan of martelen of doden hun Nederlandse gevangenen niet; ze verwaarlozen ze gewoon tot de dood erop volgt. Dat gebeurt niet uit wreedheid, maar uit gebrek aan efficiëntie.' In totaal kwamen tijdens deze periode nog eens vijfendertighonderd Nederlanders om het leven. Het aantal vermoorde Chinezen was vermoedelijk veel groter.

In Holland zelf werd de Indische rebellie aanvankelijk beschouwd als een tijdelijke kwestie, een overgangssituatie die na een paar maanden wel weer zou zijn overgewaaid. 'Ik geloof, de narigheid daarginds loopt op zijn eind,' schreef grootvader Van der Molen op 27 oktober 1945 aan Cas. Hij leidde dat af uit het simpele feit dat er een week later voor het eerst weer een vliegtuig naar Batavia zou gaan 'met luchtpost voor álle plaatsen in Indië'.

Bijna niemand in Nederland besefte echter hoe sterk in de Indische cultuur iedere vorm van gezag berustte op respect en eerbewijzen. Bijna niemand besefte ook, omgekeerd, hoe desastreus de capitulatie, de vernederende optochten, de internering, het letterlijk buigen voor de Japanners, hoe desastreus die hele periode voor het Nederlandse gezag was geweest. Na de bevrijding bleek dat de Nederlandse overheid niet eens voor de eigen onderdanen kon zorgen, dat die zelfs de bescherming nodig hadden van Japanse soldaten. De afgang was compleet. Maar vrijwel niemand in Holland had daarvan iets in de gaten.

***

'Security: Think before you write!' staat voorgedrukt op veel familiebrieven uit deze periode, en ook de inhoud weerspiegelt deze tijd van vreugde, chaos en verwarring.

Ik vond bijvoorbeeld het eerste bericht van mijn vader aan mijn moeder terug, direct na de bevrijding, een minuscuul opgevouwen stukje papier met daarop in potlood vier woorden: 'Healthy. Love. Psalm 103. Catrinus.'

Uit de eerste brief van mijn moeder aan haar kinderen in Nederland, nog in Aek Paminke met potlood geschreven: ''t Stortregent; 't atapdak van de loods, waar we met tweehonderd vrouwen en kinderen zitten, lekt hier en daar; 't is zes uur 's avonds, maar door de bomen pikdonker; de enige verlichting bestaat uit eigengemaakte olielampjes die wapperen op de tocht omdat de wanden van bamboe zijn. Je zit op een verhoging ongeveer een meter boven de grond op je omgeslagen matras, als het regent. Als het droog is leef je buiten in het rubberbos.'

Gjalt, begin september 1945, uit Siringoringo aan mijn moeder: 'Ik heb het blik met kippeboutjes ontvangen. Het smaakte heerlijk. Er zijn nu net weer drie parachutisten geland en vanmiddag weer een stelletje pakketten. Het toestel vloog zo laag vanmiddag dat, toen de pakketten werden geworpen, de parachutes net open waren zodat de containers schuin de grond insloegen.'

Op zondag 7 oktober, in het kamp Kanchanabury, hoorde mijn vader dat mijn moeder nog leefde. Een vriend liet hem een brief zien van zijn vrouw waarin stond: 'Mevrouw Mak zit hier.' – vier woorden die hem op zijn benen deden wankelen: ''t Juicht almaar in mij: Geert leeft. 's Nachts meermalen wakker geworden om dat weer bewust te weten.'

Daarna volgden spoedig meer brieven, met steeds meer namen van vrienden en collega's die niet meer bleken te leven, de een na de ander, golf na golf.

Al snel probeerde mijn vader het gewone bestaan weer op te pakken, zo blijkt uit de correspondentie. Vanuit Thailand deed hij alles wat mogelijk was om van de eerste Sinterklaas na de oorlog een echt feest te maken. Voor Tineke kocht hij, in overleg met mijn moeder, een ceintuur van Thais smeedwerk 'wegens bewezen diensten'. Voor Gjalt liep hij stad en land af voor grammofoonnaalden en vioolsnaren. Voor Hans kocht hij in een impuls een broekje. 'Zou het passen?' schreef hij mijn moeder. 'Ik voel me zo onbeholpen als vader.'

Over de toekomst was hij overigens niet optimistisch: toen de opofferingen en de moed van de gewone jongens niet meer nodig waren, kropen onmiddellijk weer de bazen met rangen en lintjes uit hun schuilhoeken. 'Wat zijn er toch een hoop zakken, en dat in kringen waar leiding van moet uitgaan. Wat een verachtelijke karakterloosheid, telkens weer.' Maar met potlood staat boven aan de envelop nog net een juichkreet gekrabbeld: 'Zojuist eerste brief uit Holland ontvangen, van Maartje, Schiedam!'

In Nederland hadden Anna en Cas al jaren niets meer uit Medan gehoord. Anna vulde braaf het ene Rode-Kruisformulier na het andere in, een soort roepen over de wereld was het. 'We hopen dat jullie allen nog in leven zijn. Wij maken het allen goed en zijn bewaard gebleven, ondanks alle verdrukking. Ben nu bij mijn a.s. schoonmoeder in huis. We wachten vol spanning op enig teken van leven. Houd moed! Psalm 46. Anna.' Maar antwoord kwam er niet. Ze bleven leven, zoals Cas schreef, in 'een nare spanning'.

Na de bevrijding van Nederland werden hun zorgen nog groter omdat ieder Rode-Kruisbericht over het lot van mijn moeder en de andere kinderen uitbleef. Cas wilde dienst nemen om zo mee te helpen bij de 'bevrijding van Indië uit de klauwen van Japan'. De autoriteiten lieten weten dat ze al meer dan genoeg militairen hadden en dat het land voor de verdere toekomst meer had aan slimme, hard werkende studenten die over een paar jaar overal aan de slag zouden kunnen.

Anna hield niet van zulke 'verstandelijke overwegingen'. 'Ik snap eerlijk gezegd niet dat jij je niet direct spontaan meldt voor Indië,' schreef ze in juli 1945 aan haar broer. 'Als ik jou was had ik het allang gedaan. Je hebt hersens genoeg om later de schade weer in te halen. Dacht je heus dat ze jou niet konden gebruiken? Als je even bedenkt hoe er geleden wordt daar, meer ellende dan er hier ooit onder de Duitsers is geleden, dan zeg ik: allemaal melden, wie dan ook, en de regering zal wel uitmaken hoe, wie of wat.' Zelf dacht ze er ook over om een poos naar Indië te gaan; dat was ze, schreef ze, nu eenmaal 'verplicht aan mijn Nederland en mijn ouders'.

Eind september kregen de Van der Molens het eerste levensteken van mijn vader, een lange brief die hij op het Thaise vliegveld Kirigan had kunnen meegeven. 'Ik ben geloof ik in vijf jaar tijd niet zo blij geweest,' schreef Anna aan haar grootouders. 'Eerst was ik heel rustig, maar toen ik goed besefte wat het betekende heb ik heus een deuntje gehuild. Het is haast te mooi. Het was echt vader van vroeger, en dat na zoveel ellende.' Aan Cas: "t Wordt nu zo reëel dat je daar nog een vader hebt!' En aan mijn vader: "s Avonds voor het naar bed gaan lees ik uw brief en dan leg ik hem onder m'n kussen en ik ben de hele week verder doorgedanst.'

Ook grootmoeder Mak kon haar geluk niet op. Ze liep naar de Van der Molens in Vlaardingen en schreef de dag erna al aan mijn vader terug. 'U schoonmoeder was ook zoo gelukkig, wij beide schreiden uit dankbaarheid. Mijnheer Van der Molen vertelde, ik heb die en die gezien en verteld dat wij een brief van Catrinus gehad heb. U schoonmoeder zeide: "Had de omroeper maar besteld, dan was je gauwer klaar." Toen heeft u schoonvader de brief voorgelezen. Hoe heel erg en zwaar is u weg geweest, Catrinus, maar wat heb je God groot mogen maken en de Hoogste Majesteit zijn naam, zijn roem, zijne genade en barmhartigheid en vrede en verlossing in het dierbare bloed op Golgotha voor een arme verloren ziel mogen brengen en groot maken. Wat een heerlijk werk heb je mogen doen, tot eer van koning Jezus. Ik was zelf ook als mijnheer Van der Molen, overal verteld: mijn zoon Catrinus leeft nog. Hij heeft een brief geschreven. Hij maakt het goed!'

Ruim een week later kwam ook het eerste teken van leven uit Sumatra, een kort briefje van Gjalt: 'Van vader hebben we het laatst een brief van november 1944 ontvangen. Hij maakt het best en hij schreef ook dat Anna verloofd was. Hij keek er raar van op. Moeder denk ik ook.'

***

Intussen bleef de toestand in Indië onduidelijk. Op 11 oktober landden de eerste geallieerde troepen, Britse gurkha's, in Belawan. Onder leiding van luitenant Raymond P.P. Westerling, die kort tevoren per parachute was gedropt, werd Medan zonder slag of stoot door de Europeanen hernomen. De paar nationalisten die met speren de brug over de rivier bewaakten, presenteerden hun speer voor iedere officier, zelfs voor de Nederlanders. Maar na een paar dagen sloeg de onrust toe. Er werd geschoten, een Europeaan werd vermoord, en de overige blanken sloten zich op in huis.

Aanvankelijk namen mijn ouders de opstand niet zo serieus. De meeste Nederlandsers beseften dat de vooroorlogse verhoudingen niet op de oude voet konden worden voortgezet, maar ze hadden geen idee van de kracht van de onafhankelijkheidsbeweging en de zwakte van het Nederlandse gezag. Mijn vader leek het een 'rampokkersaffaire', maar helemaal op zijn gemak was hij niet. 'Safety first,' schreef hij in oktober aan mijn moeder. 'Als 't gevaarlijk wordt, neem dan elke gelegenheid waar om weg te komen. Ik kom wel na. Maar misschien ben je op dit moment al weg.' Zij zag echter geen grote problemen: 'Wat hier de toon aangeeft is een stel chauffeurs, brani's en weggelopen kwajongens die als vrijwilliger bij de Jap in dienst zijn geweest.' En in een volgende brief: 'Er wordt 's nachts wel eens geschoten, maar dat is alleen de bewaking, die schiet op alles wat beweegt.'

In december werd de toon van haar brieven zorgelijker. 'De roodwitten beginnen raar te doen. Schietpartijen overal, brandstichtingen, men spreekt zelfs van een officiële veldslag hier in de buurt.' Eind 1945 hakte ze de knoop door: ze zou niet op mijn vader blijven wachten, maar zich op de wachtlijst voor een schip naar Nederland laten zetten. Ze vond trouwens dat ook de jeugd nodig naar Holland moest. 'De kinderen lopen maar om,' schreef ze. 'Het is gewoon afschuwelijk zoals jongens van zestien, zeventien jaar, die net de lagere school hebben afgelopen, niets anders doen dan in de Beatrixschool omhangen, sigaretten roken en met meisjes achterop hun fiets rondkarren. Die moeten nodig weg.'

Uit het hele pak brieven die uit die periode bewaard zijn gebleven, blijkt één ding zonneklaar: de gezinsbanden waren opvallend hecht gebleven, ondanks tijd en afstand. 'Het is nu nog zo vaag – zoveel moet er overbrugd worden,' schreef mijn vader in zijn eerste brief aan Cas. 'Jij zal toch ook wel dat gevoel hebben – aan welke vader schrijf ik nu? Je kent mij reëel van toen je bijna veertien was, daarna moest het beeld almaar irreëeler worden.'

Op 3 januari 1946 kreeg hij de eerste brief van Anna. 'Ik ben niet zo meisjesachtig als jij om een brief onder mijn kussen te leggen, maar soortgelijke gevoelens hebben me toch wel bevangen,' schreef hij haar terug. 'Ja, al zijn we akelig lang en ver uit elkaar geslingerd, met zulke brieven kom je weer dicht bij elkaar en ik herken je, Anna, niet zonder ontroering en blijdschap, en met dank aan God.'

Na de eerste rechtstreekse contacten barst er in het brievenpak een enorm familiaal kabaal los. Iedereen moet wekelijks minstens een halve dag aan correspondentie met andere familieleden hebben besteed. Opvallend snel werd de oude draad weer opgepakt, en als een ritssluiting schoof de familie – ogenschijnlijk – weer in elkaar.

Anna, aan mijn vader: 'Ik ben zo verschrikkelijk zelfstandig. Ik doe alles naar eigen goeddunken. Ik wou zo graag eens ruzie met u hebben omdat ik de laatste weken te laat naar bed ging.'

Gjalt: 'Vioolstuderen doe ik de laatste paar dagen ook weer. Op Sinterklaas heb ik een paar snaren gekregen. Een jaar heb ik niet kunnen spelen. Maar 't verwondert mij geweldig hoe gauw ik de slag weer beet heb.'

Oom Ludz, aan Anna en Cas: 'We hebben jullie moeder vrij netjes opgeknapt. Vorige zondag zag ik nog maar een beetje oedeem bij haar. Gjalt en Tien zijn aardige kinderen, Gjalt ernstig en altijd bezig met technische grapjes. Hij maakte voor mijn verjaardag van een hoop oud roest een bruikbare leeslamp. Tien is lief, heeft een leuk sproetengezicht en een paar ondeugend glimmende oogjes achter een bril. Hans is net als Cas vroeger, spierslap met een overmaat aan fantasie.'

De oudere kinderen roerden al snel 'zware' onderwerpen aan. Cas schreef over het pessimisme van de jeugd, wilde de mening van mijn vader horen over allerlei semi-filosofische vragen. Anna bekende dat ze de Duitsers zo was gaan haten dat ze er zelf van schrok. 'Als ik 't woord Duitser hoor, wordt mijn hart een stuk ijs.' 'Die haatgevoelens vertroebelen ons hele leven.' Ze vond haar eigen reactie vooral zo griezelig omdat daaruit bleek dat 'in ons diepste innerlijk' diezelfde gevoelens leven 'die ook in de gemeenste Jappen of Moffen zaten'. Maar van de verzoeningsboodschap van de Duitse Evangelische Kirche, van Martin Niemöller en anderen, was ze diep onder de indruk. 'Die maakte me echt beschaamd. Zulke Duitsers zijn er ook nog.' 'Kind, ik kan het me zo voorstellen,' schreef mijn moeder terug.

Hans, begin december 1945: 'Lieve vader. Ik geloof niet meer in Sinterklaas.'

Gjalt, vijftien: 'We hebben erg veel plaatjes gedraaid, symfoniën van J.C. Bach, Variations Symphoniques van C. Franck en een of ander pianoconcert van Saint-Saëns. Wat ik van die componist heb gehoord vind ik erg mooi.'

Tien, veertien, aan haar studerende broer Cas: 'We hebben hier een kip en die heeft al twintig eieren gelegd. We hebben nu de smaak te pakken gekregen en willen de zaak in Holland voortzetten. Het is jammer dat die beesten in de winter niet leggen, anders zou ik je aanraden ook een kip te gaan houden, dan had je altijd een vers eitje bij het ontbijt.'

Hans, negen jaar: 'Vader vindt mij erg knap omdat ik met een vinger kan voelen of een kip een ei zal leggen, ja of nee. Maar dat is helemaal geen wonder. Ieder Indisch kind kan dat.'

Mijn moeder aan Cas: 'Het hele huis is min of meer opgewonden vanwege de gaande en de komende mensen. Van één mijnheer kwamen vrouw en twee hele dikke dochters aan, twee families gaan met de Noorddam mee, en wij waren in dubio. Net een mierenhoop waar ze met een vork in geroerd hadden.'

Mijn vader aan Anna: 'Alles in Medan kwijt, behalve m'n boeken, de grootste rijkdom, en de Friese klok. We zijn wel paupers geworden.'

De familie kwam in Medan terecht in een ruim huis dat gedeeld werd met twee andere gezinnen. Tineke en mijn moeder hadden er een eigen kamer, met een platje. 'Oom' Kees, Gjalts kampvoogd, regeerde zo'n beetje over het geheel. Omdat het hele land in rep en roer was vanwege de nationalistische opstand, stonden ze onder permanente bewaking van Ambonese soldaten – ze droegen prachtige padvindershoeden met omgeslagen randen – en van Brits-Indische gurkha's. Vooral Hans keek zijn ogen uit. 'Die gurkha's speelden doedelzak en daar exerceerden ze mee. Al die Indiërs met een Schots rokje en een doedelzak onder de arm, en dan maar marcheren, heen en weer op het plein van de Beatrixschool.'

Hoewel ze de Europese wijk eigenlijk helemaal niet uit mochten, snuffelden Gjalt en Hans overal rond. In sommige huizen vonden ze oude ijskasten en soms zagen ze in een garage zelfs nog een hoogbejaarde auto staan. Hans ving visjes in de sloot, speelde verstoppertje en reed eindeloos door Medan met de wagens die water rondbrachten in de stad. 'Als mijn moeder maar niet weet waar ik ben, dan is het goed. Dat was mijn motto.' Gjalt is stiekem nog een keer in het oude huis geweest en wist er een partij grammofoonplaten en een paar stoelen weg te halen. Voor de rest was alles leeggeplunderd.

In de mooie eetkamer van mijn moeder waren de muren volgetekend met Japanse pin-ups.

Oom Kees reed al direct rond in een grote Chevrolet, tot vreugde van de kinderen. Hans zag op het dashboard een ventilatortje van vreemd materiaal: bakeliet. 'Dat was een Amerikaanse auto, dat wist ik wel, maar erg onder de indruk van de Amerikanen waren we toen nog niet. Ze waren in mijn jongensogen wel goed, ze hadden goed gevochten in de oorlog, maar het was een land ver weg. Nee, de Engelsen, die droegen we op handen. Voor ons hadden zij de oorlog gewonnen. Alles wat Engels was maakte diepe indruk op ons.'

Gjalt was bezeten van muziek. Op een geleende opwindgrammofoon draaide hij de hele dag de klassieke platen die de Japanners hadden laten liggen, totdat de veer van de motor knapte. Met al zijn technische aanleg en vaardigheid haalde hij het ding uit elkaar, liep heel Medan af op zoek naar een andere veer, bedacht mogelijkheden om er een elektrische installatie in te monteren, vulde dagen met hoop, werk en teleurstelling.

Zo nu en dan werd er in de openlucht een film gedraaid. Oom Kees verbood Hans om te kijken, maar dat liet hij zich natuurlijk niet gezeggen. Hij sloop het huis uit, langs de heg, en in een droge sloot keek hij heimelijk mee. Vijftig jaar nadien kon hij de tune nog nazingen: *'Goodnight, I dream of you...'*

Het verbod van oom Kees was voor Hans de eerste confrontatie met het Hollandse gezag en met Hollandse vaders. 'Ik begreep totaal niet wat er mis was met die film. Ik vond het rare mensen, die vaders. Pas veel later begreep ik dat films voor veel mensen sowieso zonde waren, net als dansen en nog zo wat zaken. Ook seks, ik had in het kamp weleens een bewaker bezig gezien met een inlandse vrouw, zo gaat dat dus, dacht ik, net als bij de kippen. Ik nam alles zoals het was.'

Er kwamen noodklassen. Er was iemand die een soort padvinderij begon. Gjalt en Tineke leerden bij een pastoor een beetje Latijn. Hans ruilde de zijden onderjurk van zijn moeder tegen twee kippen en een handvol eieren. Gjalt had een baantje gevonden in een speelgoedwinkel, waar hij het magazijn moest leegruimen, het meest fantastische oord ter wereld. Hij was nu zestien, razend handig, maar met de hbs moest hij nog beginnen, en van Engels en aardrijkskunde wist hij bijna niets.

'Wij waren in het kamp echte derde-wereldkinderen geworden,' zei Hans een halve eeuw later. 'We scharrelden zelf ons eten bij elkaar, en alles wat we nodig hadden, keken we af van anderen. Dat jezelf redden gaf ons een enorme kick, dat moet je niet vergeten. Nu bestaat er allerhande schoonmaakspul, maar je kunt me nog steeds in de jungle zetten met een vies pannetje, dat heb ik zo schoon.'

Uit het wonderbaarlijke magazijn van Gjalt kwam ook het grote cadeau voor Hans' negende verjaardag: een echte gelijkstroomtrein die op een accu liep. De jongens hebben er nauwelijks mee gespeeld, want alles moest direct weer ingepakt worden voor de terugreis naar Nederland. Toen ze in Nederland de trein uit de doos haalden, was alles kapotgetrild en lag al het spuitgietwerk in diggels. De trein had te dicht bij de machinekamer gelegen.

In dit leven, in dit halve bestaan van herstellen, spelen en wachten, verscheen begin februari 1946 plotseling mijn vader. Hij had een paar weken verlof weten te regelen, in Singapore een lift gekregen van een Engelse bommenwerper, en zo stond hij opeens op het platje van het huis in Medan. Hans: 'Hij kwam binnen. Ik ontdekte: ja, dat is mijn vader. Maar veel belangrijker was het feit dat hij kapitein bleek te zijn. En de vaders van al die kinderen om me heen, die waren hooguit luitenant. Verder was het vreemd allemaal. Ik piekerde er niet over om bij hem op schoot te gaan zitten.'

Tineke: 'Ik riep "Pappie!" toen hij mij omhelsde, en tegelijk dacht ik: dit woord kan niet meer. Hij was een halfvreemde man en ik was niet meer dat kleine meisje. Ik geloof dat hij dat wel aanvoelde. Hij zei eens: "Jij bent poederdoosje, de nieuwe jongste dochter van Job na alle ellende." '

Mijn vader was nog altijd legerpredikant, maar in die tijd was hij vooral necroloog. Hij fungeerde in de kampen min of meer als ambtenaar van de burgerlijke stand. Zijn enige dossier was het minuscule boekje waarin hij alle sterfgevallen noteerde die hij had meegemaakt, compleet met datum, plaats, ziekte, berichten aan nabestaanden en de bijbeltekst die hij bij de begrafenis had gelezen. Hij was met die aantekeningen in september 1942 begonnen, toen hij besefte dat deze krijgsgevangenschap weleens lang kon gaan duren en dergelijke gegevens later van groot belang konden zijn. En dat waren ze. De plaatsen waren interessant voor de militaire gravendienst, de data konden soms van nut zijn voor de nabestaanden in verband met juridische kwesties, en de bijbelteksten gaven vaak emotioneel wat steun.

Zo reisde mijn vader het eerste naoorlogse jaar door heel Indië, liftend met legertrucks, soldatentreinen, vliegtuigen, troepenschepen, overal prekend en pratend, en tegelijk op zoek naar nabestaanden. Hetzelfde gebeurde later in Nederland. Hij deed dat deels in opdracht van het KNIL, deels als ad-hoc ambtenaar van de burgerlijke stand, deels uit plichtsgevoel tegenover zijn oude kameraden, christelijk of niet.

Hij schreef vele tientallen brieven aan nabestaanden. Slechts een handvol reageerde. Een jonge weduwe schreef hem terug dat hij haar niets nieuws vertelde. 'Ik wist allang dat hij niet terug zou komen. De laatste twee maanden, als ik 's avonds zat te lezen of te naaien, had ik altijd het idee dat iemand naar me zat te kijken. En als ik dan opkeek verwachtte ik hem te zien. En het zou me niets verbaasd hebben als ik hem inderdaad had gezien. Het verwonderde me zelfs dat ik hem niet zag.'

Mijn moeder wilde zo langzamerhand maar één ding: weg. De toestand bleef onrustig. Christelijke Bataks werden door de revolutionaire guerrilla's afgemaakt. De wachtlijsten voor de boten waren lang. Mijn moeder had echter het twijfelachtige geluk van een zwak gestel, en dus een hoge prioriteit.

Op de ochtend van 6 maart 1946 was het zover. Mijn vader bracht zijn vrouw en kinderen tot de treeplank van de trucks die hen naar de rede van Belawan zouden rijden. 'Ik werd er beroerd van,' schreef hij diezelfde ochtend aan Anna. 'Brits-Indiërs als chauffeur, op elke wagen gewapende soldaten, dan weer mitrailleurs, Rode-Kruisauto's, een echt oorlogsconvooi. Een stel landverhuizers waren we geworden, erger, gedwongen evacuées die hier geen thuis meer hebben.'

Zelf moest hij blijven, en ik vermoed dat die verlengde dienstplicht hem emotioneel ook niet slecht uitkwam. In theorie vond hij het heerlijk bij zijn gezin, maar vaak denk ik dat de enige plek waar hij zich toen werkelijk 'thuis' en 'begrepen' voelde, onder zijn kameraden was, en onder zijn medelotgenoten van de Birmalijn. In een van zijn brieven liet hij zich zelfs ontvallen dat hij dit werk nog lange tijd hoopte te mogen doen. Later heeft hij zonder noemenswaardige problemen de drempel naar het normale leven overschreden, maar op dat moment zou het hem zwaar zijn gevallen.

Al snel vertrok hij weer uit Medan. Hij was blij de onttakelde stad te verlaten. Voorgoed, maar dat wist hij nog niet. Zijn werkterrein lag nu bij de Nederlandse troepen die op Bali, Makassar en Lombok de nationalistische opstand moesten bedwingen en de orde moesten handhaven.

Dat ging niet met zachte hand. Volgens sommigen waren zelfs oud-SS'ers met de troepen meegekomen, die zo de kans kregen om zich te 'rehabiliteren'. De reden lag voor de hand: het Nederlandse leger kon op deze manier snel beschikken over grote aantallen ervaren en goed getrainde soldaten. Er zijn inderdaad plannen in die richting geweest, maar ze zijn nooit uitgevoerd. In de praktijk is het bij een incidenteel geval gebleven.*

Wel had de Nederlandse regering op sommige plaatsen besloten tot de strategie van de zogenaamde contraterreur. De Indonesische revolutionairen vermoordden soms op gruwelijke wijze hun landgenoten die ervan verdacht werden met de Nederlanders te heulen. Om deze terreur met gelijke munt terug te betalen werd een Depot Speciale Troepen naar Celebes gestuurd met een blanco volmacht. De aanvoerder was de nu tot kapitein bevorderde Raymond Westerling. Wanneer hij bij een kampong kwam, dreef hij alle bewoners bij elkaar, dwong een tiental doodsbange mensen de tien 'extremisten' in het dorp aan te wijzen en schoot deze – vaak willekeurig aangewezen – personen ter plekke neer. Dit herhaalde hij enkele malen, zodat er na een bezoek van Westerling enkele tientallen dode dorpelingen lagen, schuldig of onschuldig, dat deed er niet toe. Er werd gemarteld, gevangenen werden zonder vorm van proces uit een gevangenis gehaald en doodgeschoten en soms liet Westerling verdachte 'terroristen' twee aan twee worstelen. De verliezer kreeg de kogel.

De Nederlandse overheid was aanvankelijk zeer tevreden over de effecten. De officier van justitie in Makassar schreef op 20 december 1945 aan zijn superieuren dat het te betreuren was dat deze methode 'soms aanleiding kon geven tot bloedbaden' maar dat het 'absoluut noodzakelijk was voor het herstel van de verstoorde rust en orde'. De hoofdambtenaar die het rapport beoordeelde, achtte Westerlings werkwijze 'formeel niet anders dan moord', maar vond haar 'moreel, namelijk als enig overgebleven middel tot wezenlijke bescherming van de bevolking, geheel verdedigbaar'. De top van de Nederlands-Indische regering deelde die opvatting. Volgens Nederlandse cijfers kostte de Nederlandse veldtocht op Celebes 3856 Indonesiërs het leven, van wie 388 door Westerling persoonlijk waren vermoord. Indonesische schattingen komen tot tienduizend en meer.

Later werden ook op Java zuiveringsacties gehouden die sterk op de contraterreur leken, maar die, in tegenstelling tot de acties in Celebes, niet officieel waren goedgekeurd. Ten slotte kwam over het slagerswerk van de Speciale Troepen te veel naar buiten. De Nederlandse regering, bang dat deze methoden 'voor het wereldforum bekend zouden worden', onthief Westerling uit zijn functie. Het Depot – later Korps – Speciale Troepen bleef echter actief.

Ik weet niet in hoeverre mijn vader van dit alles iets gemerkt heeft. De mogelijkheid is reëel dat hij van sommige misdrijven op de hoogte was; hij fungeerde per slot voor de militairen als een soort biechtvader. Hij kan dat compleet hebben verdrongen, ook dat is een mogelijkheid. Daartegenover staat weer dat hij nooit met een woord over dergelijke zaken heeft gerept, ook niet toen hij aan het eind van zijn leven in alle eerlijkheid een balans probeerde op te maken. Ik kan dus alleen maar afgaan op wat uit zijn toenmalige brieven naar voren komt.

Aanvankelijk beschouwde hij, net als de meeste Nederlanders, de nationalistische opstand voornamelijk als een chaotische moord- en plunderpartij die zo snel mogelijk de kop moest worden ingedrukt. Al snel komt echter uit zijn brieven een sterk gevoel van onbehagen naar voren over de manier waarop Nederland de oude orde probeerde te herstellen. Hij ergerde zich groen en geel aan de 'klungelige troepen' die vers uit Holland waren aangekomen en die in alle opzichten de professionaliteit misten van de Engelsen, Nederlanders en Australiërs met wie hij drie jaar had opgetrokken.

Belangrijker was de verandering van zijn politieke standpunt. Een maand na het vertrek van mijn moeder hielden de Gereformeerde Kerken in Indië hun eerste synode in Batavia, en bij die gelegenheid logeerde hij bij zijn vriend en collega Jo Verkuyl. Verkuyl was goed bevriend met een aantal nationalistische voorlieden, onder wie de minister-president van de voorlopige Indonesische regering, Sutan Sjahrir. Voor het eerst hoorde mijn vader nu allerlei verhalen 'van binnenuit'. Gaandeweg werd hij overtuigd van de principiële rechtvaardigheid van de nationalistische zaak, al bleef hij grote moeite hebben met het geweld waarmee sommigen dat gelijk bevochten.

'Hoe kunnen we met de vuist op tafel slaan om ons gezag te herstellen,' schreef hij twee weken later aan Cas, 'als we dat gezag hebben verslingerd in de laffe vijf-dagen oorlog op Java tegen de Japanner? En hoe onmachtig waren we op 15 augustus 1945 om dat gezag weer van de Jap over te nemen? Als wij "historisch gezag" over Indië hebben gekregen, dan heeft de historie dat recht op gezag weer aan Holland ontnomen.'

Tekenend voor dit keerpunt was de artikelenserie over de Indische kwestie die hij schreef voor *Herrijzend Nederland*, een kerkelijk blad in Holland. De reeks brak hij halverwege af, toen hij besefte dat zijn standpunt sinds de eerste aflevering sterk was veranderd. Een slotwoord, waarin hij zijn ommezwaai verantwoordde, werd door de redactie van het blad geweigerd. In christelijk Nederland had men op dat moment weinig behoefte aan een visie die buiten de gangbare opvattingen lag.

'Hier op Bali wordt met geweld orde en rust gehandhaafd,' schreef hij kort daarop aan Anna en haar verloofde. 'Ik moet jullie bekennen dat dit optreden en de wijze waarop mij niet aanstaat. Mijns inziens is de Anti-Revolutionnaire Partij hierin wel sterkschijnend en gezag-handhavend, maar toch fout.' Hij vreesde dat de mannenbroeders in Nederland zich weer 'voor het kapitalistische wagentje van de oud-koloniale politiek' zouden laten spannen, zoals ze dat onder Colijn altijd al hadden gedaan. En langzamerhand kwam bij hem de vraag op of hij bij het leger – 'dat wil zeggen: dit klungelleger' – nog wel langer wilde werken.

In augustus 1946 kreeg mijn vader officieel toestemming voor een Nederlands verlof, compleet met een vliegticket Batavia-Schiphol. In het Indische leger voelde hij zich niet meer thuis, maar hij had ook niet veel zin om terug te gaan naar het doffe, gereformeerde Nederland. Uit zijn brieven blijkt dat hij in die laatste weken zo'n beetje tussen de twee werelden in hing. 'Ik stel me van Holland niet te veel voor,' schreef hij mijn moeder. 'Niet veel van de mist, nog minder van de kerkelijke sfeer. Liefste, laten we het in de intimiteit van ons eigen gezin goed hebben, hopelijk in een eigen huis ergens.'

Tot de laatste dag twijfelde hij. 'Als ik vergeten was hoe je haar geurde, zou ik hier blijven,' schreef hij haar op de valreep. 'Maar ik ben het niet vergeten. Dus tot omarmens in Holland.'

***

Bijna vijftig jaar later zouden Hans, Tineke en Anna elk nog eens terugreizen naar het land van hun jeugd. De pastorie in Medan stond er onveranderd bij, wit en stralend. Op de vloer lagen nog altijd de tegels van toen, die herkenden ze onmiddellijk. Hans zag tot zijn vreugde dezelfde visjes in dezelfde sloot waar hij als negenjarige speelde.

De kamphuisjes in Gloegoer en Poelau Brayan werden nu bewoond door Indonesische gezinnen. 'Toen ik in Gloegoer stond, zag ik het direct,' vertelde Tineke. 'Dezelfde hoge muur met glasscherven erop was er nog. En daar stond het Jappenhuis, daar was de centrale keuken. Alleen de bomen waren weg en de loodsen waren verbouwd tot aparte woninkjes.'

Ze had er een primitief soort triomf gevoeld. 'Alles wat we gepresteerd hadden, kwam weer boven, het eten, het overleven, het feit dat we het gered hadden.' Maar later verdween die vreugde, op de deinende grond van een rubberbos dat haar aan Aek Paminke deed denken. 'Dat voelde alleen maar rot, unheimisch, angstaanjagend, dood en verderf.'

Aek Paminke en Siringoringo waren toen al verslonden door het groen. In Siringoringo herinnerden alleen de resten van de keukenovens, de trap naar de rivier en één verroeste kiepwagen nog aan het kamp. In het midden van de jaren zeventig meldde pastoor Vergeest, die er nog altijd vlakbij woonde, dat de boeren met allerlei verroeste blikjes en scherven bij hem kwamen: 'Pastoor, daar moeten vroeger mensen gewoond hebben.' Het kamp was al weggezakt uit de plaatselijke herinnering.

Dat gold ook voor de Birmaspoorweg die tweehonderdduizend mensenlevens kostte en waaraan mijn vader bijna crepeerde. Hoewel het in principe een goede verbinding was, werd ze direct na de oorlog gesloten omdat niemand er belang bij had. Birma zocht het isolement, de Engelsen vonden de lijn een gevaarlijke concurrent voor Singapore en alleen Thailand bleef er een gedeelte van gebruiken: de eerste honderddertig kilometer van Thonburi – een voorstad van Bangkok – tot het plaatsje Nam Tok. Voor de rest heeft de bevolking de lijn nooit als iets van haarzelf beschouwd, het was een raar overblijfsel van de Japanse bezetting en verder niets. Toen ik ruim veertig jaar na de oorlog een poging deed om de voetsporen van mijn vader in Birma en Thailand na te reizen, was het eerste stuk van de dodenlijn inmiddels omgesmeed tot een toeristische attractie. In Bangkok adverteerden de touroperators: *'Board the original Death Railway Train, for a one hour journey to Nam Tok. Don't hesitate! Join our Death Railway Tour!'*

Na Nam Tok bleek het spoor tot de laatste spijker te zijn gesloopt, voornamelijk door de bevolking zelf. Van de bielzen waren huizen en terrassen gebouwd, de rails waren als oud ijzer verkocht, de jungle had de rest genomen.

In het bos was hier en daar het oude tracé nog herkenbaar aan een doorgraving, een oude emmer of een hoop sintels, maar daar bleef het bij. In Kanchaburi – hier zat mijn vader een groot deel van 1944 en 1945 gevangen – herinnerde niemand zich zelfs meer dat er een krijgsgevangenkamp was geweest. Na veel gezoek kon een oude man nog de plek wijzen: nu lag er het busstation.

Bij het voormalige kamp Hin Dat – Hot Springs – stroomden nog altijd de warme bronnen die de gevangenen tijdens de spooraanleg hadden gevonden. De badmeester was een van de weinigen die iets van die tijd wisten. 'Die blanken waren sterk en werkten goed.' Hij liet een kuil in het bos zien met menselijke resten, daags tevoren aangetroffen bij graafwerkzaamheden, vol botten en witte schedels. Maar verder dacht niemand meer aan de oorlog. Thaise schoolkinderen in de trein meenden, toen ik hun ernaar vroeg, dat de spoorlijn was aangelegd voor toeristen die de naburige watervallen wilden zien. De film *The Deer Hunter* die daar in de buurt was opgenomen, ja, daar hadden ze het nog steeds over.

Tegen de Birmese grens verliep het tracé van de spoorlijn in een later aangelegd stuwmeer. Onder het water lagen, zo vertelde mijn metgezel, de resten van een complete trein die ooit van een brug geraasd was, en ook een paar vergeten graven van krijgsgevangenen, jarenlang keurig onderhouden door een naburige boer.

Bij de beroemde brug over de Kwai-rivier werden bordjes en kopjes met nuttige spreuken verkocht: 'Souvenir Kwai Bridge. Self done is soon done.' Even verderop stond het gedenkteken dat het Keizerlijke Japanse Leger in 1944 'grootmoedig' had aangeboden ter nagedachtenis aan allen die stierven tijdens de bouw van de Birmaspoorweg, Engelsen, Australiërs, Nederlanders, Tamils en Indonesiërs. Het momument bestond uit een betonblok, hekwerk en een paar marmerplaten, oude tafelbladen die in Thaise cafés waren geconfisqueerd.

Het was eveneens door krijgsgevangenen gebouwd, onder hetzelfde gejaag en geschreeuw als de spoorlijn zelf. 'Het lijkt een monument van sjofelheid te gaan worden,' schreef de Engelse sergeant Baynes in januari 1944 in zijn dagboek. Veertig jaar later kon ik dat alleen maar bevestigen: het hek was verroest, het beton verweerd en de gestolen tafelbladen zaten vol gaten en onder het mos.

HOOFDSTUK XIII

'Erger dan dood kan toch niet'

Mijn moeder was, toen ze de Indonesische kust voor de laatste maal in haar leven zag wegglijden, vervuld van een mengeling van zorg en geluk. Nederland betekende voor haar een onzekere toekomst, maar ook rust, en vooral veiligheid. 'Het is hier voor het eerst een stukje normale samenleving, midden in de oceaan,' schreef ze mijn vader. ''t Is net of er van al de mensen een soort druk is afgenomen: we zijn vrij!'

Zodra ze aan boord was gestapt van de Tjisadane, het schip dat haar naar huis zou varen, was er een loden last van haar schouders gevallen. Het kon haar weinig schelen dat ze met een gevorderde vrachtschuit voer, dat de hangmatten in het ruim tot vijfhoog waren opgehangen en dat ze met de kinderen op de dekken moest leven, onder de zeilen tegen de zon, als Italiaanse emigranten op weg naar Amerika.

Driemaal per dag was er eten: kipragout, eieren, vlees, ongekende heerlijkheden. Er werd zelfs een echte Nederlandse krant verspreid, de *Kroniek*, speciaal gemaakt voor de Indische repatrianten. Hierin las ze over allerlei belangwekkende zaken: dat in Utrecht weer glazen telefooncellen in gebruik waren genomen, dat de autosnelweg Nijmegen-Arnhem deze zomer gereed zou zijn en dat de heer H.P.J. Ketwich Verschuur, directeur-generaal van het Nederlandse Rode Kruis, was benoemd tot hoofdkwartier-commissaris voor het buitenland van de Nederlandse Padvinders. Dolfijnen voor het schip, haaien achter het schip. Nee, tot de rede van Akaba was mijn moeder gelukkig.

Voor de kleine Hans kreeg de reis halverwege een andere wending. Hij werd ziek, letterlijk doodziek. Niet ver van Port Said werd iedereen aan boord in Europese kleren gestoken. De kinderen kregen speelgoed en poppen, allemaal afkomstig van Canadese en Amerikaanse hulporganisaties. De meeste repatrianten liepen nog altijd rond in blouses van parachutegoed en broeken en rokjes van meelzakken, dus dat was een heel feest. Hans herinnerde zich hoe er voor hem een plusfour van visgraatstof werd uitgezocht, een zogenaamde drollenvanger, en verder een jasje, een hemd en een overjas. 'Het was een grote tenthal, iedereen kreeg koffie en gebak zoveel als hij lustte, en al die Indische mensen gilden en juichten. Er speelde een band van Duitse krijgsgevangenen en de mensen zeiden: "Dat zijn nou moffen." Het was een band die ze waarschijnlijk hadden overgenomen uit de boedel van generaal Rommel, en ik was er niet bij weg te slaan. Ik had een idee dat "moffen" niet zo erg waren. Het waren in ieder geval geen Jappen.'

Diezelfde dag werd hij ziek. 'Hansje voelt zich wat misselijk,' schreef mijn moeder, 'maar het heeft niets om hakken.' Het bleek een ernstige nierontsteking te zijn. Hans: 'Ik weet nog dat ik al kotsend een groot standbeeld voorbij zag glijden. Ik had geen besef meer van tijd, van dag en van nacht, soms zag ik mijn moeder af- en aanglijden, maar eigenlijk was ik alleen maar ziek. In de ziekenboeg lag nog een andere jongen, en ik herinner me maar één gesprek, over een tijdschrift waarin een foto stond van een vliegtuig zonder propellers. Wij vroegen ons af of dat wel kon. Daarna waren we weer stil en ziek.'

In Nederland werd Hans direct van het schip naar het Vlaardingse ziekenhuis gereden. 'Gelukkig belandde ik op de bovenste brancard. Daardoor kon ik door een klein ventilatieruitje nog iets van Holland zien. Ik keek mijn ogen uit. De straten waren rood van de bakstenen, en de huizen waren ook allemaal rood, zoiets zag je in Medan nergens. Een van de broeders zat bij ons, en ik vroeg hem van alles over Nederland. "Ja," zei die man, "er is hier vreselijk honger geleden. Maar nu kan het je alweer overkomen dat je een half brood op straat ziet liggen." Nou, dacht ik, niet gek, een half brood.'

Op de kinderzaal van het ziekenhuis werd hij binnengehaald als een fenomeen. 'Kom je echt uit Indië?' 'Je bent helemaal niet bruin?' 'Heb je geen apie meegenomen?' Hier leerde hij het echte Nederland voor het eerst kennen, via die kinderen en die verpleegsters. 'Wat vond ik die mensen gek! Dat gevoel zou ik nooit helemaal kwijtraken. Toen ik na bijna een halve eeuw weer door een Indische kampong liep, kwam het nog weer terug, dat gevoel. Toen wist ik weer wat normaal was.'

***

Het roodstratige Holland dat Hans door dat ambulanceraampje zag, kende alweer een zekere orde en organisatie. Er reden weer treinen, de meeste fabrieken en kantoren draaiden, 's avonds stond er bij iedereen weer een maaltijd op tafel, maar daar was het dan ook mee gezegd.

De binnenstad van Rotterdam was nog altijd een ruïne. Mijn moeder was verbijsterd toen ze op het Centraal Station uitstapte en over één grote puinvlakte keek, tot aan de Maas toe. De economie krabbelde met moeite overeind, maar door de rebellie in Indië was er een groot tekort aan grondstoffen. Deviezen om die elders te kopen had het land evenmin.

Wie enkel en alleen naar de statistieken van deze eeuw zou kijken, zou de jaren 1940-1945 er onmiddellijk uitlichten als zeer exceptioneel. De grafieken van deze vijf jaren vliegen omhoog en omlaag, de geboortecijfers dansen – op negen maanden afstand – mee met de Duitse verliezen en de geallieerde overwinningen, de productie, de welvaart en de gezondheid dalen tot ongekende dieptepunten. In 1946 was het herstel nog maar net begonnen.

Alleen het geldwezen was dankzij een eenmalige, ingrijpende operatie al redelijk gesaneerd. Op een dinsdag in september 1945 waren alle bank- en girorekeningen geblokkeerd en had iedere Nederlander een nieuw tientje gekregen. Daarmee was al het contante geld van zwarthandelaars en andere oorlogsprofiteurs in één klap waardeloos geworden. Alle bedragen die op bankrekeningen stonden, moest men eerst verantwoorden voordat ze werden vrijgegeven. Pas aan het eind van de week waren de eerste weeklonen uitbetaald in het nieuwe geld. Het was een typisch Nederlandse operatie geweest, dat naar de minister van Financiën genoemde 'tientje van Lieftinck', een schoolvoorbeeld van het vertrouwen dat Nederlanders in hun overheid kunnen hebben, in andere landen en in andere tijden ondenkbaar.

Armoede en gebrek waren aan de orde van de dag in de eerste naoorlogse jaren. Dat blijkt onder andere uit de vroegste onderzoeken van het in 1945 opgerichte Nederlands Instituut voor de Publieke Opinie (NIPO). In de koude januarimaand van 1947 verklaarde bijna een derde van de ondervraagden geen kolen meer in huis te hebben. Eind 1947 zei één op de zes dat het eigen gezin het afgelopen jaar weleens onvoldoende te eten had gehad. En nog in december 1948 verklaarde één op de drie ondervraagden niet voldoende kleding te hebben om de winter redelijk door te komen.

In 1914 was Europa wereldleider, zoals Amerika dat nu is. De macht van de Europese landen werd door niemand betwist, via hun koloniale rijken beheersten ze de wereldhandel en op bijna alle terreinen – economie, techniek, cultuur – liepen ze voorop. In 1945, na dertig jaar zelfvernietiging, was dat allemaal voorbij. De Sovjet-Unie en vooral de Verenigde Staten hadden de hegemonie overgenomen, het vooroorlogse zelfvertrouwen was verdwenen, het prestige was uiteengespat.

Uit de enquêtes blijkt dan ook dat veel Nederlanders geen toekomst meer zagen in Europa. Een kwart tot een derde van de ondervraagden zou het liefst willen emigreren: in april 1948 daalde het percentage antwoorden 'blijft liever in Nederland' zelfs tot het historische dieptepunt van 56,5 procent. Het opvallende was echter dat de meeste mensen zich wel gelukkig voelden: in het voorjaar van 1947 zei 65 procent 'ja' op zo'n vraag, in december 1948 zelfs 87 procent. Plezier in hun werk hadden de meesten ook: slechts 12 procent had er ronduit de pest in.

In april 1946 waren Nederland en de jonge Republiek Indonesië op de Hoge Veluwe hun onderhandelingen begonnen. Pas bijna een jaar later werd een verdrag ondertekend. De Overeenkomst van Linggadjati van 25 maart 1947 erkende de soevereiniteit van de Republiek Indonesië over Java, Madoera en Sumatra. Voor 1 januari 1949 zouden de soevereine Verenigde Staten van Indonesië gevormd worden, die het hele grondgebied van het voormalige Nederlands-Indië, inclusief Nieuw-Guinea, zouden omvatten. Tegelijk zou er een Nederlands-Indonesische Unie opgericht worden, met aan het hoofd de Nederlandse koningin, een soort constructie dus als de Britse Commonwealth.

Had men deze lijn metterdaad gevolgd, dan was Nederland op

een redelijk fatsoenlijke manier uit de problemen gekomen. Velen – met name onder degenen die geen idee hadden van de situatie in Indonesië – weigerden echter deze realiteit te zien. Het Nationaal Comité Handhaving Rijkseenheid verzamelde driehonderdduizend handtekeningen tegen het opbreken van het Nederlandse imperium. Met name de katholieke voorlieden verzetten zich fel tegen ieder akkoord.

Uiteindelijk gaf de Nederlandse regering een nieuwe draai aan Linggadjati: de Unie zou als een aparte staat beschouwd worden, en van een soevereine Verenigde Staten van Indonesië zou geen sprake zijn. Daarmee was het idee van een geleidelijke dekolonisatie weer van de baan. Bovendien werd op deze manier geen enkel recht gedaan aan de noodzaak tot een sterk centraal gezag in het gefragmenteerde Indonesië. Zonder zo'n gezag zou het eilandenrijk maar al te gauw ondergaan in onderlinge ruzies, een gemakkelijke prooi voor buren als Maleisië en de Filippijnen.

In Holland had men hiervoor geen oog. Voor de meeste mensen was de situatie in Indonesië eenvoudig te herleiden tot het Nederlandse goed-foutmodel: de Japanners waren de Duitsers van de Oost, Soekarno had met hen samengewerkt en was dus een Indische Mussert, Hatta was een soort Rost van Tonningen, kortom, de 'bevrijding' van Indië lag volledig in het verlengde van de bevrijding van Nederland. Of, zoals een oppositiegroep uitriep: 'Wilt Gij Hitler terug? Wilt Gij Mussert terug? Waarom zoudt Ge dan 70.000.000 Indonesiërs aan Soekarno uitleveren?'

Ondanks dit alles begon het Nederlandse beleid zich ook op andere zaken te richten. De aandacht verschoof langzamerhand van het koloniale rijk in de verte naar de nabije buren in Europa. De oude neutraliteitspolitiek werd zonder noemenswaardige discussie losgelaten: voortaan zou Nederland een trouw lid zijn van het nieuwe Atlantische bondgenootschap en een overtuigd aanhanger van de Europese eenwording. Na het 'missen' van de Eerste Wereldoorlog was Nederland nu in één klap bij de les.

Tegelijk gebeurde er echter ook iets anders: Nederland draaide zich als het ware om. Tot in de jaren dertig was het land niet alleen economisch, maar ook politiek en cultureel sterk op Duitsland gericht. Nu keerde het deze grote buurman finaal de rug toe. Tussen 1948 en 1950 kreeg Nederland zo'n zeven procent van het nationaal inkomen aan Amerikaanse ontwikkelingshulp. Dankzij deze hulp – genoemd naar de Amerikaanse minister van Buitenlandse Zaken George Marshall – werd de wederopbouw van de West-Europese landen aanmerkelijk versneld. De Nederlanders wendden de blik naar de Atlantische Oceaan en de jonge, rijke wereld die daar aan de overkant lag.

Innerlijk bleef Nederland het kleine, conservatieve land dat het altijd geweest was. De industrialisatie kwam er relatief traag op gang; in 1947 werkte twee derde van de bevolking nog als vanouds in de landbouw, de visserij en de dienstensector. Het overheidsbeleid werd grotendeels gedicteerd door de praktijk. Het was iedereen duidelijk dat het land alleen met succes weer kon worden opgebouwd als de overheid daarbij de touwtjes strak in handen nam, en in dat licht smolten alle theoretische bezwaren als sneeuw voor de zon. Colijns 'nachtwakerstaat', die alleen het hoogstnoodzakelijke deed, was voorgoed verleden tijd. De staat was nu overal actief: in de economie, in de woningbouw, in het aan banden leggen van lonen en prijzen.

Met de parlementaire controle op dit alles was het echter droevig gesteld. Het Militair Gezag regeerde, bemoeide zich met kranten, trachtte in te grijpen bij burgemeestersbenoemingen en stelde de verkiezingen eindeloos uit. Telkens weer beriep het zich op het gevaar van een revolutionaire machtsgreep, waarvan overigens nooit een spoor van bewijs is gevonden.

Wel leefden er in de politieke wereld allerlei vernieuwingsplannen, rijp en groen door elkaar. In kringen rond koningin Wilhelmina en prins Bernhard dacht men aan een strak, autoritair geregeerd Nederland, waarbij de invloed van de oude politieke partijen zou worden teruggedrongen. Anderen hoopten het vroegere zuilenpatroon te doorbreken met een nieuwe politiek, gebaseerd op een persoonlijke verantwoordelijkheid voor de gemeenschap, gedreven door een geestelijke of sociale inspiratiebron, ongeveer hetzelfde dus als het gedachtegoed van de Oxfordbeweging, waarmee mijn ouders tien jaar eerder bezig waren.

Met deze 'doorbraakgedachte' in het achterhoofd werd een opvolger van de oude SDAP geschapen, de 'progressieve' PvdA. Ook binnen de nieuwe liberale Partij van de Vrijheid – de latere VVD – speelde dit denken een zekere rol. Enkele protestanten en katholieken stapten inderdaad over de muren van hun zuilen en werden lid van de nieuwe partijen. De sociaal-democraten werden niet langer door de katholieken buiten de regering gehouden: van 1945 tot 1958 zou de landspolitiek beheerst worden door rooms-rode coalities, meestal onder leiding van de vaderlijke sociaal-democraat Willem Drees. Voor een werkelijke doorbraak voelden de confessionele zuilen evenwel niets.

Zo bleef uiteindelijk alles grotendeels bij het oude: de PvdA nam weer de rol op zich van leider van de rode zuil, de VVD regeerde min of meer de neutralen en in de confessionele wereld was er – uiterlijk – al helemaal geen verandering te bespeuren. Zelfs het idee om de ARP te laten fuseren met de CHU tot één protestants-christelijke partij was de anti-revolutionairen een gruwel.

Ook de namen bleven dezelfde. Drees, Vorrink, Oud, Schouten, Algra, Tilanus, Romme, Kortenhorst, het waren mannen die voor de oorlog al sleutelposities innamen en die zonder oorlog eveneens naar de top zouden zijn opgeschoven. De oude machten in de samenleving bleken, juist in de chaos van de eerste naoorlogse jaren, veel taaier te zijn dan de jongere generatie dacht. Binnen korte tijd hadden ze hun oude organisaties weer op de been, ze kregen de communicatiekanalen in handen, en daarmee hadden ze de Nederlanders opnieuw in het gareel. 'Noch de vernietigende werking van de oorlog,' schrijft de historicus Blom in dit verband, 'noch de onmiskenbaar opgeroepen nationale gevoelens, eenheidsdenkbeelden en vernieuwingswil, noch de radicalisering van delen van de arbeidersbevolking, noch de democratiserende en doorbrekende werking van de oorlogscontacten en gezamenlijk geleden gebrek, noch ook het falen van het systeem in 1940 en van een deel van de leiders in de oorlog, slaagde erin dit systeem te breken.'

De eerste groep die de macht van de oude orde weer voelde, was de jeugd. Al snel na de bevrijding ontstond onder de ouderen een regelrechte morele paniek. 'De jeugd, die al die jaren niets heeft gehad, denkt alleen nog aan dansen en roken,' schreef tante Ans in haar eerste brief aan mijn moeder. 'Soms ben je blij dat je geen dochters hebt.' En inderdaad, wat moest dat met onze zoons, die in de hongerwinter gewend waren geraakt aan 'stelen, liegen en bedriegen', met onze dochters, die met onze bevrijders dansten en deden 'volgens primitief zinnelijke impulsen'.

'De oorlog,' schreef A. Bouman in het *Maandblad Geestelijke Volksgezondheid*, 'heeft op geweldgadige wijze sluimerende seksuele instincten wakker gemaakt en op drift doen slaan. Als een roekeloze ijsbreker scheurde hij door het ijsvlak van onze sexuele moraal heen, en nu kreunen de dijken onder het kruiend ijs.'

Ook in Indië maakte men zich zorgen, al waren daar geen Canadezen en Amerikanen om de beest mee uit te hangen. Al vanuit Medan had mijn moeder naar haar kinderen in Nederland vermanende brieven gestuurd. Ze was geschokt, schreef ze, 'zoals hier de Gereformeerde jonge mensen, die zich ook erg opmaken, zonder kennis des onderscheids naar alle films gaan, met Engelsen flirten, dansen als ze de kans maar krijgen. Ik ben helemaal niet stijf, maar ik vind het zo stijlloos. En zo lijkt het me ook vaak aan de VU. Jongelui die thuis "niets mochten" worden losgelaten, en onder de naam van "artistiek" mag dan ineens alles. Waarom organiseren ze zelf geen kamermuziekavonden?'

Bij de overtocht naar Holland, waarbij ze een paar weken lang met honderden verschillende mensen op een kluitje moest leven, werd de zorg nog sterker. Half maart 1946 schreef ze mijn vader: 'De moeilijkheid aan boord is dat de rijpere jeugd zich min of meer verveelt, te veel flirt en cigaretten rookt, en weinig interesse heeft voor lezingen, muziek en schaakwedstrijden.'

Op de Tjisadane zat men inderdaad allesbehalve aan het schaakbord. De meiden en de oorlogsweduwen dansten alles van zich af, en volgens Tineke lag er in iedere sloep wel een vrijend paartje. De naoorlogse geboortegolf, zoals men het later zou noemen, is ook gemáákt. Het is een nog altijd zichtbare herinnering aan een ongekende uitbarsting van seksuele activiteit na de lange oorlogsjaren. Een drift die sterker was dan alle leer en moraal, en die ook stevig werd uitgeleefd, binnen, buiten, voor en achter het huwelijk.

Dat de normen verschoven laten ook de statistieken duidelijk zien: het aantal echtscheidingen verdubbelde bijvoorbeeld van zestien per duizend inwoners (1940) tot meer dan dertig (1945-1950), een piek die pas weer in de 'wilde' jaren zestig opnieuw bereikt zou worden. Het was alsof opeens alle knoppen met opschriften als 'plicht' en 'discipline' waren omgeklikt, juist de waarden waarmee de vorige generatie redelijk succesvol door het leven was gekomen.

De morele paniek was echter vooral een probleem van de ouderen, van het establisment zelf. De Amerikaanse essayiste Barbara Ehrenreich noemde 'de angst om te vallen' ooit de meest fundamentele drijfveer van de middenklasse. In haar opvatting bestaat de diepe onzekerheid van deze brede bevolkingslaag niet alleen uit de eeuwige vrees voor een neerwaartse gang, maar ook uit een 'angst voor innerlijke zwakte, voor slapte, voor tekortschieten, voor verlies van discipline en wilskracht'.

Het was precies die onzekerheid, diezelfde angst als in de jaren twintig, die de zuilen na hun geslaagde emancipatie tot in hun zenuwen voelden, en die ze zo snel mogelijk de kop indrukten. Naar de jongeren zelf werd uiteraard niet of nauwelijks geluisterd. Zo bleef het land tot in de jaren zestig verzuild en verdeeld, net zoals het voor de oorlog ook was geweest. In politiek en maatschappelijk opzicht betekende de oorlog voor Nederland vooralsnog geen wezenlijke breuk. Het oude leven zette zich gewoon weer voort.

***

Tekenend voor het opnieuw in zichzelf verzinken van de zuilen was de nieuwe kerkscheuring bij de gereformeerden. Mijn vader rolde direct midden in de perikelen. Toen hij in september 1946 eindelijk weer een Nederlandse preekstoel beklom, was het eerste dat de ouderlingen hem vroegen: 'Bent u voor Schilder of voor de synode?' Bij niemand kwam het op dat hij wel wat anders aan het hoofd had gehad. Iedereen in de gereformeerde wereld was van niets anders vervuld.

De ruzie draaide in wezen om een oud probleem dat nooit helemaal was opgelost. Tussen de twee voormalige bewegingen binnen de Gereformeerde Kerk, de afgescheidenen en de dolerenden, was altijd een aantal theologische verschillen blijven bestaan, met name rond de doop en de zogeheten uitverkiezing. Want wat betekent de doop precies? Is het een garantie dat je in de hemel komt of niet? Of moet God je, in Zijn almachtige wijsheid, al voor je geboorte uitverkoren hebben?

De katholieken kennen het probleem niet, omdat bij hen de rituelen van doop, biecht en communie een verzekering van genade bieden. Maar bij de protestanten is dat veel minder duidelijk. Je kunt daar over de doop een pessimistische vooronderstelling hebben – 'De doop zegt nog niets, pas als je "wedergeboren" bent, weet je dat je uitverkoren bent, maar o wee, als je dat niet voelt...' – of een optimistische – 'De doop is een bezegeling van de belofte van God dat je "uitverkoren" bent, je hoort daarmee tot zijn "verbond", en als je in Hem gelooft, komt het wel goed.'

In wezen waren de tobberijen van mijn grootmoeder Mak op dit theologische vraagstuk gebaseerd, en het was voor haar en talloze anderen allesbehalve een theoretisch probleem. Hemel en hel waren in hun ogen even concreet als de kerk om de hoek, en dat maakte iedere discussie buitengewoon emotioneel.

Zo spookt dit geschilpunt tussen de 'volle doop' en de 'holle doop' al eeuwen door de protestantse wereld. Het markeert grofweg de grens tussen de 'zware' en 'bevindelijke' Kerken – zoals de Gereformeerde Bond binnen de Hervormde Kerk – en de 'lichte', zoals de 'gewone' Gereformeerde en Hervormde Kerken. De breuklijn lag ook ergens tussen de afgescheidenen en de dolerenden. Abraham Kuyper had bij de fusie van beide groepen het verschil tussen de pessimisten en de optimisten zo zorgvuldig mogelijk weggemetseld, maar altijd was de kwestie blijven tikken als een tijdbom.

Een halve eeuw later, in het voorjaar van 1944 kwam de plotselinge ontploffing. Hadden de gereformeerde kerkvorsten voorheen de keuze voor pessimisme of optimisme aan het geweten van gewone kerkleden overgelaten, nu besloten ze tot één visie, de pessimistische, en die werd opgelegd aan de hele Kerk. De voornaamste dissident – de eerder genoemde Kampense hoogleraar Klaas Schilder – werd afgezet. Een aantal andere prominente theologen volgde. Zo werd het pessimisme de optimisten als het ware door de strot gedrongen.

De reactie was fel. Tal van gereformeerden stapten uit de kerk omdat ze het met de visie van de kerkleiding niet eens waren, maar er waren er ook die om een andere reden woedend waren: welk recht heeft een synode om aan de plaatselijke kerken zo dwingend een bepaalde visie op te leggen? Waar blijft de zelfstandigheid van de gemeente zelf?

Het ging bij deze scheuring dus eigenlijk niet om één, maar om twee principes: om een bepaalde theologische visie, maar ook om de democratie binnen de kerk, om het recht van een gemeente om er eigen opvattingen op na te houden.

Op de achtergrond speelde ook de rivaliteit tussen de twee gereformeerde theologische opleidingen een rol, Kampen en de VU Daarnaast was er de oorlogssituatie: de luiken zaten dicht, men zag, zoals een mannenbroeder later zei, 'elk pluisje op elkaars jas', en door de vernederende bezettingsjaren waren veel gereformeerden extra allergisch voor ingrijpen van bovenaf. Bovendien was daar die felle Klaas Schilder, die nu al zijn energie stak in de strijd tegen zijn medegereformeerden en die de hele wereld had ingedeeld in 'valse' en 'ware' Kerken; alleen hij en de zijnen hoorden tot die laatste categorie.

Schilder, zou de VU-hoogleraar Jan Veenhof later betogen, was een typische vernieuwer – zij het een rechtse vernieuwer – met een eigen, enthousiaste aanhang. En in wezen ging het hele conflict ook daarom. 'Wie zou in de komende tijd in de Gereformeerde kerken de dienst uit maken? Het kerkelijke establishment, gedragen door leerlingen van Kuyper [...] of de vernieuwers, met als meest markante woordvoerder K. Schilder?'

Vervolgens voltrok zich in grote lijnen een soortgelijk drama als rond de kwestie-Geelkerken, maar dit keer op veel grotere schaal. In discussies en polemieken werden woorden opgestapeld zoals vroeger Italiaanse dorpsfamilies torens bouwden, broedergevechten op leven en dood. In de Schiedamse kerk van mijn grootmoeder en mijn tante Maart werd hun geliefde predikant het slachtoffer van de ketterjacht. Een van de zoons van Maart beschreef me later hoe hij voor zijn ogen de plaatselijke kerk zag scheuren. 'Op een zondag, ik was een jaar of tien, verscheen er opeens een vreemde dominee op de preekstoel. Die begon met het voorlezen van een verklaring, waarin stond dat onze dominee van de Gereformeerde Kerk zijn ambt niet meer mocht uitoefenen. Plotseling stonden toen overal mensen op, daar een man, daar een echtpaar, daar een heel gezin, het was een geschuifel en een geklap van banken, alles in doodse stilte. Iemand liep nog terug, maar dat was alleen om een vergeten bijbeltje te pakken. Toen viel de deur dicht. Zo zag een kerkscheuring er dus uit.'

Daarna waren er de talloze drama's binnenskamers. Vriendschappen werden verbroken, verkeringen raakten uit, middenstanders verloren de helft van hun klantenkring, boeren emigreerden, families werden uiteengescheurd. Zo'n zestigduizend gereformeerden scheidden zich af tot de Vrijgemaakte Gereformeerde Kerken in Nederland. Ze stichtten een eigen zuil, met, opnieuw, een eigen krant (*Het Nederlands Dagblad*) en een eigen weekblad (*De Reformatie*), een eigen theologische opleiding en een eigen politieke partij, het Gereformeerd Politiek Verbond.

In Schiedam volgde mijn tante Maart haar geliefde dominee. Een paar Makken gingen ook mee, een aantal anderen bleef. Grote ruzies gaf dit niet – dat was niet de stijl van de familie –, maar er ontstond wel zoveel wrijving dat men elkaar enige tijd meed. Grootmoeder Mak durfde na al die jaren de overstap niet meer aan. Beide partijen praatten op haar in, zodat ze uiteindelijk helemaal niet meer wist wat te kiezen. Haar oudste zoon Koos, die als lid van de Hervormde Kerk 'neutraal' was, heeft nog weleens geprobeerd te bemiddelen. Tevergeefs. Voor de eerste keer in haar leven zat mijn grootmoeder alleen in de kerk.

Mijn vader was voornamelijk woedend. Een van de eerste brieven die hij uit Nederland kreeg, was afkomstig van zijn oude vriend Scheps, dé journalist van de gereformeerde wereld. In nog geen twee kantjes praatte hij hem volledig bij:

'Wij hebben wel geen ratten en slangen gegeten, maar wat honger is hebben we toch wel geweten. En de bevrijding kwam toen het wel heel hoog tijd was. Niet dat nu alles koek en ei is. Het kabinet-Schermerhorn dat we hebben is rose-rood. De radio-verenigingen mogen nog niet optreden, de perszuivering verloopt allerbelabberdst, de berechting van alles wat NSB-er is duurt mijl op zeven en velen zitten maar in voorarrest, waaronder onschuldigen, en dat zijn dingen die in een rechtsstaat niet mogen voorkomen.

In de Gereformeerde Kerken is het hommeles zoals we nooit tevoren gekend hebben. Het schisma Schilder heeft ingevreten op een stevige manier. Het aantal predikanten in de vrijgemaakt Gereformeerde Kerken bedraagt momenteel 118. We hebben in Kampen twee Theologische Hogescholen. Die van Schilder heeft zeventig studenten, die van de Gereformeerde Kerken telt er vijftig. De binding aan de synodale uitspraak heeft veel herrie in de hut gebracht. Het heeft brochures en pamfletten geregend over deze zaak. *De Reformatie* slaat een taal uit waar we ons over bedroeven moeten. Je ziet, het is geen schisma van geringe omvang. Zodra je in Holland bent kun je bij me onderduiken in alle schrifturen over de pret.'

Mijn vader snapte er aanvankelijk niet alles van. Maar het was genoeg om te begrijpen dat de gereformeerden het in hun dogmatische koppen hadden gehaald om uitgerekend op het dieptepunt van een wereldoorlog een nieuwe kerkscheuring te organiseren. 'Het kàn wel eens gebeuren dat ik deze heibel-kerken vaarwel zeg,' schreef hij aan Anna en Cas.

Zijn grootste ontgoocheling lag echter op een ander vlak. Tijdens de oorlog had hij altijd voor een omvangrijk gehoor gepreekt. Na de bevrijding kwam bijna niemand meer.

***

'Kom vanavond met verhalen...' Maar zo was het natuurlijk niet. Er werd weinig verteld, er werd al helemaal niet geluisterd, en de meeste tranen werden vergoten in eenzaamheid.

Bijna iedereen had vlak na de oorlog zoveel praktische kwesties aan het hoofd dat voor contemplatie nauwelijks ruimte was. Woorden als 'trauma' en 'slachtofferhulp' konden pas na de wederopbouwjaren worden uitgevonden. Toen mijn neef Catrinus twee dagen thuis was, na een barre tocht vanaf Dresden, kreeg hij alweer zijn eerste werkopdracht. In het Passage-theater zou de bevrijdingsrevue *'t Zit erop!* worden vertoond. Aan het eind van de show zouden parachutisten naar beneden komen, en daar moest hij een constructie voor maken van zeildoek en touw. 't Zit erop! 'Maar het zat er bij mij nog helemaal niet op. Ik liep nog met die hele geschiedenis in mijn hoofd. We hadden ontzettend veel gezien en meegemaakt. Mijn vader had ook mensen zien neervallen van de honger. Maar onze verhalen konden we niet kwijt.'

Voor de joodse gedeporteerden brak een 'kleine shoah' aan, vol onliefde en gesjacher met pleegkinderen. Die situatie duurde nog jaren voort. In het gedenkboek van het Nationaal 5 mei-comité uit 1955, *Herrezen Nederland*, tref ik pagina's lange beschouwingen over het verzet, over de ontwikkeling van de middenstand na 1945, over de naoorlogse successen van bedrijfsleven, verkeer, waterstaat en onze eigenste KLM, en dat alles na een mooi voorwoord van prins Bernhard. Over de joden en de jodenvervolging bevat het boek, ik heb het nageteld, precies twintig regels.

Het besef van de aard en de omvang van de holocaust drong pas heel langzaam door, zoals het besef van een ramp of een gruwelijk verlies slechts stap voor stap doordringt, alsof de onschuld en de vrede zich tot het laatst verzetten: het gebeurt niet, het kan niet gebeurd zijn, het is niet gebeurd. Het woord jood werd gevreesd en vermeden, en dat werd zelfs sterker naarmate de oorlog verder weg kwam te liggen. Jodenkoeken werden omgedoopt tot Jodelaars en het liedje uit de jaren dertig 'Ach, kleine Jodenjongen' werd omgezongen tot 'Ach, kleine Jodeljongen'.

Op de scholen in de jaren vijftig werd opvallend weinig aandacht besteed aan de jodenvervolging. Verzetsstrijders, onderduikers, moffen, prins Bernhard en de Canadezen waren de voornaamste ingrediënten van het verhaal dat aan Hans en mij op de Koningin Wilhelminaschool te Leeuwarden werd verteld. Joden speelden hierin een marginale rol. Ze werden naar Westerbork gesleept, en het liep vaak niet goed met ze af. Maar vooral fungeerden ze als slachtoffers, waarin de heldenmoed van de verzetsman zich kon spiegelen.

De ervaringen van mijn ouders en de andere Indische gedetineerden waren daarmee enigszins vergelijkbaar. Men wilde niet horen en zien, schreef Henk Leffelaar, ook een kind van Siringoringo, naderhand, 'zoals men bij voorkeur niet naar deerlijk gewonde mensen kijkt, of zelfs maar naar de film van een operatie. Het komt te dichtbij.'

Wellicht had deze houding te maken met het feit dat er in het vredige Nederland geen enkele traditie was opgebouwd in de omgang met de nasleep van een oorlog. Veteranen – in andere landen in hoge mate geëerd – werden hier al snel aan hun lot overgelaten. Mijn vader had onmiddellijk grote financiële problemen, omdat hij als predikant vrijwillig bij de troepen gebleven was. Het was trouwens de vraag of de oud-krijgsgevangenen over al die jaren überhaupt wel salaris zouden krijgen. Met de anderen die de dood in de ogen hadden gezien, wist men evenmin raad.

'Zand erover!' schreef grootvader Van der Molen regelmatig in zijn brieven als een bepaalde kwestie zijn levensorde wat al te pijnlijk dreigde te verstoren. Dat waren soms hele bergen zand, want verdringing was toen nog dé methode.

Hervatting van het gewone leven had ook voor mijn familie de hoogste prioriteit. De hereniging was prozaïsch en emotioneel tegelijk geweest. Omdat repatrianten niet mochten worden afgehaald, had in Amsterdam geen mens op de kade gestaan. Cas had op een pont staan zwaaien toen de Tjisadane het IJ opvoer, maar niemand had hem herkend. En toen reed er aan de Vlaardingse Schiedamseweg opeens een taxi voor, en daar waren ze.

'Het was heel vreemd om ze uit die auto te zien stappen,' schreef Cas de volgende dag aan mijn vader. 'Gjalt sjouwde barang en gaf sigaretten aan de chauffeur. En iedereen deed gewoon, zo doodgewoon dat de roes die over me lag nadat ik de Tjisadane op de pont voorbij had zien gaan nog meer "droom" werd.'

Het eerste dat Anna opviel, was dat Tineke en Gjalt zo groot waren geworden. Haar moeder vond ze erg veranderd, taniger, magerder. 'Ze waren wel allemaal zichzelf gebleven. Alleen was voor ons in Nederland de wereld allang weer normaal, terwijl zij nog altijd in het kamp leken te leven. En ze vonden op hun beurt allerlei dingen gewoon die wij helemaal niet gewoon vonden. Ze deden alles zelf, ze verzonnen overal wat op. Ze waren buitengewoon handig en actief geworden.'

Er werd veel gepraat, iedereen overschreeuwde elkaar. Anna was vrij klein gebleven, Cas was lang en schraal en praatte een beetje geaffecteerd. 'Maar na een poosje was alles heel gewoon, net alsof we niet weg geweest waren,' meende Tineke. Hans vond het vooral heerlijk om Anna weer te zien, 'als een jonge hond die jarenlang zijn baas heeft gemist'.

Gjalt en Cas waren die eerste dagen onafscheidelijk. 'Ze kletsen de hele dag over muziek en atoomenergie,' schreef mijn moeder. Samen gingen ze naar Amsterdam, een vreemde wereld die Gjalt met zijn eigen nuchterheid bekeek. 'We eten op een krant,' meldde hij aan mijn vader. 'Zo nu en dan komt er een heel stelletje vrienden aanwaaien waarvan sommigen volgens Cas erg scherp zijn. Ik kan daar natuurlijk niet over oordelen, omdat ik geen jota snap van wat ze beweren.' Cas sleepte zijn broer mee naar het Rijksmuseum, kocht reproducties voor hem, opende nieuwe vergezichten, totdat mijn moeder verdere Amsterdamse reisjes verbood omdat ze bang was dat Gjalt net zo zou 'verwilderen' als de rest van de jeugd.

De familie bleef uiteindelijk vijf maanden bij de Van der Molens ingekwartierd en kreeg toen een eigen huis. Het was niet de gemakkelijkste tijd, vooral niet toen het gezin van oom Ludz er ook nog bij introk. Omwille van mijn moeder en tante Mien kwam grootvader Van der Molen tot een ongekende stap: hij ontsloot het door hem zo braaf bewaakte huis van de Duitse buren, deed een greep in de rijkvoorziene kleerkast en pakte er voor beiden een prachtige jurk uit. *Bleyle* stond er volgens Anna in. 'Die van moeder was kaneelbruin, hij stond haar erg goed en ze was toen opeens geen kampmens meer.'

Hier heb ik de foto's: Anna kijkt kordaat in de lens, Cas heeft iets van een dromerige student, Gjalt staat te lachen vanonder zijn dikke kuif, Tineke is vooral bril geworden, Hansje is wat dikkig, mijn vader lijkt mager en vrolijk, mijn moeder kijkt schuin naar beneden, vermoeid.

We kijken nog eens goed. Henk Leffelaar ontdekte, toen hij jaren later de familiefoto's van vlak na de kamptijd bekeek, iets merkwaardigs: er was wat aan de hand met de ogen van iedereen. Sommige foto's hadden op een gewone sportdag genomen kunnen zijn, maar je zag direct dat er iets was. De ogen. Het waren ogen van mensen, kinderen, die erg veel gezien hadden, tot de dood toe.

Had mijn familie in 1946 Leffelaar-ogen? Anna en Cas niet, mijn moeder en Hans zeker, Gjalt niet, bij Tineke en mijn vader twijfel ik.

Twee zaken zetten het beginnende gezinsleven direct weer op zijn kop: de ziekte van Hans en de onverwachte zwangerschap van mijn moeder.

Ook mijn moeder bleek tot haar schrik een van de vele moeders-van-de-geboortegolf te zijn. Ze was zwanger geraakt tijdens het korte verlof van mijn vader, maar ze besefte dat pas toen ze bijna vijf maanden in verwachting was. Omdat de menstruatie van vrijwel alle kampvrouwen volkomen ontregeld was, had ze al die tijd niets in de gaten gehad. Alleen mijn vader was iets opgevallen. Toen mijn moeder hem eind juni 1946 een paar foto's stuurde, schreef hij terug: 'Wat ben je dik geworden. Ik snap niet voor honderd procent dat jij het bent. Er is iets ongekends aan je.'

Ik heb me vaak afgevraagd hoe mijn ouders hebben gereageerd op deze tijding. Ze liepen tegen de middelbare leeftijd, vijf- en zesenveertig jaar. Van mijn moeder weet ik dat haar eerste reactie was: 'Lieve hemel, ook nog een baby, dat moest er nog bij komen!' Tot haar eigen verbazing werd ze gaandeweg echter bevangen door de vreugde van de late bloei: voor het laatst zwanger, voor het laatst dat gevoel van lichaam tot lichaam, voor het laatst de borst. Ze besloot ervan te gaan genieten, en dat deed ze.

Mijn vader erkende in de brieven aan zijn twee oudste kinderen dat deze zwangerschap verre van gewenst of gewild was. Aan Anna schreef hij: 'Het gaf mij een schok (er zijn vele bezwaren, objectief), maar diep in mijn hart grote dank en blijdschap. Je weet hoe dol ik ben op kleine kinderen en mij met Hans van negen jaar alleen hier echt oud ging voelen. Maar dit is wonderlijk en God, die 't alles ook heden zo goed maakte, zal verder wel zegenen.'

Mijn broers en zusjes beschouwden mijn komst, geloof ik, vooral als een symbool van Herrijzend Nederland in het algemeen, en van deze herrijzende familie in het bijzonder. Hans had zich die zomer nogal zorgen gemaakt over mijn moeder. 'Ze kreeg zo'n bolle buik, zou ze weer beriberi of iets dergelijks hebben opgelopen? Op een dag vroeg ik het haar rechtstreeks. Ze zei: je krijgt een broertje of een zusje.' Hij vond het prachtig.

Zo kwam ik begin december 1946 ter wereld, als een onbehoorlijk gezond kind uit een afgetobde moeder, een nieuwkomer in een gezin dat al een intens leven achter de rug had. Hans had in zijn ziekbed een trekpop voor me gemaakt, om in de wieg te hangen, en eigenlijk dacht hij dat ik daar wel direct vrolijk mee zou gaan spelen. Het verbaasde hem dat ik dat niet deed.

Anna gaf haar baan op en kwam naar Vlaardingen om voor de familie te zorgen. Haar verloofde zag ze minder: forenzen tussen Utrecht en Vlaardingen was toen nog ondenkbaar, en zelfs voor een weekendrelatie was de afstand vaak te groot. Ze correspondeerden, zagen elkaar zo nu en dan. Op een dag kwam het bericht dat hij de verloving had verbroken. Anna was als verdoofd. 'Ik dacht: dit is geweest, ik heb prachtige jaren gehad, ik moet ze in een kistje sluiten en ze wegbergen, diep in mijn ziel.' En zo ging het.

Ruim twintig jaar later zag ze hem in Amsterdam opeens voor een etalage staan. Ze zag zijn rug en herkende hem direct. Ze hebben toen nog één keer gepraat. Kort daarna was hij dood.

Hans was al die maanden ziek gebleven. Soms ging het iets beter, soms was het weer ernstig. Holland had hij voornamelijk via het ziekenhuis leren kennen. Hij droomde van Indië, dag en nacht, van zon en buiten spelen, hij bestierf het van de heimwee, en toen hij er een keer even uit mocht, probeerde hij direct een gat in de omheining van het ziekenhuis te vinden.

In de zomer was hij zover opgeknapt dat hij een paar maanden naar huis kon, maar tegen het najaar was het weer helemaal mis. In die tijd begon de wedloop tegen de dood die Hans' leven verder zou bepalen.

Eind september schreef mijn vader: 'Met Hansje is het helaas nog altijd hetzelfde. Hij is rustig en prettig. Oom Ludz noemt het een "kwaadwillend geval".' De daaropvolgende maanden herinnerde Hans zich nauwelijks – 'Ik moet enorm ziek geweest zijn' – maar met een reeks prikken met het nieuwe middel penicilline – 'm'n billen waren net een zeef' – sleepten de artsen hem erdoorheen.

Met de kerst mocht hij weer naar huis. Het was de tot dan toe koudste winter van de eeuw. Op de dekens van de bedden lag 's ochtends ijs. De kolenmijnen moesten op zondag doorwerken en halverwege februari werden scholen, bioscopen en dergelijke uitgesloten van verdere kolenleveranties: alle brandstof werd gereserveerd voor bedrijven en particuliere huishoudens.

Uit deze periode dateert een snel, onrustig kladbriefje van mijn vader aan Cas: 'Hierbij je broodbonnen. Hans maakt het de laatste dagen niet zo best. We zijn bezig om hem in observatie te geven in Amsterdam. Trouwens, hij mag deze week nog niet vervoerd worden. Geert Ludzer groeit en is rustig 's nachts en wordt iets guller met zijn lachen. Vader.'

Vanwege de patiënt had de familie extra brandstofbonnen gekregen, en daarom mocht in het kamertje van Hans een straalkachel branden. Iedereen klitte er samen. De nieuwe baby lag er, Gjalt maakte er zijn huiswerk, mijn vader maakte er een klompscheepje, het was de enige warme plek in huis en het was er heel gezellig.

Eind februari werd Hans overgebracht naar het Binnengasthuis in Amsterdam. 'Ze reden me er met een taxi heen, overal lag sneeuw en ijs, het hele land was wit, zoiets had ik nog nooit gezien.' Het transport was zijn redding: het dieet dat men in Vlaardingen bedacht had om zijn nieren te sparen, bevatte namelijk geen gram eiwit, zodat hij bijna was bezweken aan een totaal eiwitgebrek. De Amsterdamse artsen brachten weer evenwicht tussen de eiwitten die hij gebruikte en die hij binnenkreeg, een inzicht dat men nog maar recent verworven had. 'Zo at ik dus braaf hangop, want daarmee konden ze de eiwitten mooi doseren, plus de kalk die van het ziekenhuisplafond viel. Op een mooie dag in mei 1947 mocht ik naar huis. De iepen aan de grachten waren lichtgroen. Het was de eerste keer dat ik dat zag.' Het duurde nog bijna een jaar voordat hij weer – voor halve dagen – naar school mocht. Pas in oktober 1948 was hij min of meer hersteld.

Helemaal gezond zou Hans nooit meer worden, daarvoor waren zijn nieren te zwaar beschadigd. Maar lange tijd had hij een belangrijke bondgenoot: de vooruitgang van de medische wetenschap, die altijd net een stap voor was op het verloop van zijn ziekte.

Dankzij de uitvinding van de penicilline waren longontstekingen en andere infecties na de Tweede Wereldoorlog niet meer levensbedreigend. Het wondermiddel redde ook Hans. In de jaren zestig werd de techniek van de nierdialyse ontwikkeld, waarbij de patiënt overdag gewoon kon blijven werken en zijn bloed tweemaal in de week 's nachts werd doorgespoeld. Voor Hans zou het net op tijd komen. En in de jaren zeventig, toen ook de dialyse te veel bijverschijnselen opriep, was de techniek om organen te transplanteren voldoende ver om nieren met succes over te brengen. Hans zou er een krijgen van een levende persoon. Zijn eigen broer Cas.

***

In de warme zomer van 1947 verhuisde de familie naar Leeuwarden. Mijn vader was daar beroepen als ziekenhuis- en evangelisatiepredikant, hij ging erheen om kennis te maken, alle kinderen waren erg opgewonden, en toen gingen ze zelf ook.

De reis was als volgt georganiseerd: Gjalt zou met de verhuiswagen meegaan, en mijn moeder, Tineke, Hans en ik zouden met een auto naar Schiphol rijden en dan met een Dakota het IJsselmeer overvliegen naar Leeuwarden. Op een zonnige augustusmorgen reed de verhuisauto voor van de firma Jan de Jong uit Leeuwarden. Het was eigenlijk een oude legertruck, een trekker met oplegger, lichtblauw geverfd, met een enorme laadwagen erachter. Gjalt beweerde dat hij daarbovenop mocht zitten als hij naar Leeuwarden reed – dat was de manier waarop hij in Indië gewend was te reizen –, maar daar kwam niets van in, hij moest in de cabine zitten.

Voor Tineke en Hans was de vliegtocht één groot feest. Ze vlogen over de Wieringermeer, het blauwe IJsselmeer, ze zagen vrachtwagens over de Afsluitdijk rijden met grote gele pakken stro, in Leeuwarden stonden de Friese familieleden, oom Petrus en tante Maai, hen op te wachten, en toen was er dat grote, nieuwe huis aan de Westersingel. Daar troffen ze mijn vader, trots op de nieuwe Phoenixfiets die hij net had gekocht, het eerste dat hij liet zien.

De Westersingel was een brede weg aan de stadsgracht, met riante trottoirs, grasperkjes met ruisende populieren en aan de overkant een lange rij uitgewoonde tjalken. In een ervan woonden schipper Vaartjes en zijn vrouw, twee bruingeteerde mensen die dagelijks in de naburige steeg een emmer water kwamen tappen. Met de andere schippers hadden we geen contact. Ze waren arm en vuil, ze dronken en vloekten. Later moest ik er op zondagochtenden weleens langs met de *Elisabethbode*, stichtelijke evangelisatielectuur waarin veel over zonde en genade werd geschreven. Met zakken vol snoep kwam ik altijd terug.

Onze buren behoorden tot de betere stand van Leeuwarden. Rechts van ons woonde de weduwe van een rijke herenboer die al eeuwenlang honderd was, daarboven woonde een wethouder en even verderop een leuk, jong veeartsengezin. Links woonden de procureur-generaal en zijn vrouw, deftige maar vriendelijke mensen. Daarnaast hadden we op de singel twee hervormde predikanten. De een was aardig, de ander kon als vrijzinnig predikant slechts neerkijken op ons gereformeerde domineesgezin, maar dat was meer een kwestie van stands- dan van godsdienstverschil. Dan was er de voorzitter van de Kamer van Koophandel, wiens twee zonen samen met Hans de kinderen uit het achterafstraatje van 'onze' gracht wegsloegen. Vervolgens had je een keurige accountant, een aardappelmagnaat en een rijk alcoholisch echtpaar dat in de veehandel zat. En op de hoek woonde 'rijke Jan', een zakenman met een stel weelderige dochters, van wie er één later nog een centrale rol zou vervullen in Jan Wolkers' zedenroman *Turks fruit*.

Het werd een prachtige zomer. Hans had vanuit zijn ziekbed de 'Harroes Genietsalon' bedacht, met massages en muziek voor mensen die vermoeid waren, en aardigheidjes en snoepjes. Gjalt droomde van een elektrische grammofoon, Hans rommelde met een oude gietijzeren luidspreker, maar mijn vader bracht de doorbraak. Hij wist via een Philips-kameraad uit de krijgsgevangenschap een prachtige radio op de kop te tikken, van glanzend bakeliet, met een glazen afstemschaal die liep van Beromünster tot Trondheim.

Die radio was het centrale centrum van vermaak. Zeer geliefd was het programma *De Wigwam* van de KRO. De VARA had *Ome Keesje*, maar daar mocht van mijn moeder niet naar geluisterd worden omdat het op zondag was, en bovendien ordinair. Hans loste dat gemis op door veel programmaonderdelen precies na te doen, via een stofzuigerslang die aan de oude luidspreker verbonden was.

Voortaan viel het christelijk-nationale *Friesch Dagblad* van de oud-verzetsman Hendrik Algra op de mat. In de eerste dagen na de verhuizing, eind augustus 1947, berichtte de krant over 'een stof die in zeer kleine hoeveelheden werkzaam is, maar van groot belang is voor het bestrijden van ziektes: de zogenaamde vitamine'. Veel aandacht was er voor de nieuwe Noodwet Ouderdomsvoorziening, die per 1 oktober 1947 in werking zou treden en waarbij ieder bejaard echtpaar elke maand ruim honderd gulden op het postkantoor kon ophalen. Zomaar, van minister van Sociale Zaken Willem Drees. In München waren de schoonouders van Hitler voor het gerecht gedaagd: 'De oude heer Fritz Braun, die de zeventig jaren nadert, is na de val van zijn schoonzoon afgedaald tot hulparbeider in een meubelmagazijn. Ze beweren echter ook tijdens de oorlog nooit enig voordeel te hebben gehad van de relatie van hun dochter Eva.' In de Friese hoofdstad roerde zich het tribunaal voor collaborateurs: 'Johanna H., 21 jaar en zonder beroep te Leeuwarden, behoort tot de meisjes tegen wie de tenlastelegging luidt: vertrouwelijke omgang met de Duitsers, minder eufemistisch dus: een moffenmeid. De straf in eerste instantie – 1 jaar en 11 maanden – werd echter te hoog gevonden.' Met de turven voor de winter zat het al prima: 'De verveners hebben een prachtige zomer voor hun produkt gehad. De turven zijn heerlijk gedroogd.' In de advertentiepagina's werd het verlies gemeld van 'een sandaal tussen Leeuwarden, Warga en Garijp'. 'Er bieden zich aan: drie hooiers en een jongen.'

Het commentaar van het *Friesch Dagblad* behandelde de plannen om een groot aantal joden uit Oost-Europa over te brengen naar Suriname. Hoofdredacteur Algra vond dat een goed idee, met één belangrijke kanttekening: 'Zij zullen joden blijven en zich nationaal één voelen, niet met ons, maar met hun broeders in Palestina. Een assimilatieproces als in Nederland, waar verreweg de meeste joden zich voor honderd procent Nederlanders voelen, kan men in Suriname niet verwachten.' Hij waarschuwde dat zich onder de joden in

Palestina elementen bevonden die voor de gruwelijkste terreur niet terugdeinsden. 'Zij hangen gijzelaars op. En... zij hebben hun relaties ver buiten Palestina.' Aan de regering om in de toekomst die 'ongezonde en ondergrondse activiteit' te beletten. Of om er maar beter helemaal niet aan te beginnen.*

Boeiend zijn ook de termen waarin de ARP-gezinde krant de kwestie-Indonesië benaderde. 'Mannentaal!' riep het blad toen de Nederlandse regering van de Indonesiërs in juni 1947 de vorming van een Voorlopig Federaal Bestuur eiste en daarmee een totaal nieuwe versie gaf van de Overeenkomst van Linggadjati. 'Er zit in dit alles een goed stuk Hollandse fermiteit. Hier is Van Mook aan het woord, die het spel moe is geworden. En nu, met zijn staf, de stijl hervond van de onderhandelingen met Japan. Toen ons land reeds bezet was heeft Van Mook met de Jappen onderhandeld die dreigend en veeleisend waren. Maar Van Mook was koen, vermetel, hard. Het slappe gepraat heeft een einde genomen. Wij horen weer de stem van Nederlandse leiders, die de Indische volken niet willen opofferen aan sabotage, terreur en valse ideologie.'

In werkelijkheid was deze 'mannentaal' niets anders dan de opmaat voor wat later de eerste politionele actie zou heten. In Nederland was de neiging steeds groter geworden om de republikeinse 'extremisten' met een korte militaire actie een lesje te leren. Er was veel geld gestoken in de wederopbouw, er lag een troepenmacht van honderdduizend man, maar vanwege alle chaos leverde de kolonie nog altijd geen cent op.

De econoom Jan Tinbergen had uitgerekend dat Indië in het laatste normale jaar, 1938, zo'n 14 procent had bijgedragen aan de Nederlandse economie. Na de oorlog werd dat cijfer gretig uitgebuit. Wat betekent het verlies van Indië voor de Nederlandse arbeider, vroeg de katholieke politicus en ex-minister van Koloniën Welter zich af. Zijn antwoord: 'Voor de kleine man betekenen die veertien procent zijn bioscoopje, zijn biertje, een nieuwe fiets, een nieuwe mantel voor zijn vrouw. Alles wat het leven waard maakt geleefd te worden, zit juist in die veertien procent.'

Indië speelde in het wereldbeeld van de Nederlanders ook emotioneel een belangrijke rol. Er was geen kerk waar niet regelmatig een zendeling of een missiepater op de preekstoel verscheen, geen vereniging die niet contact onderhield met een ziekenhuis of een schooltje ergens in de Oost. In alle schoolklassen hingen kaarten van de archipel, en ieder kind kon de namen van de eilanden opdreunen en de belangrijkste steden aanwijzen. Er bestond, kortom, naast alle imperialisme en oriëntalisme, ook een hoeveelheid oprechte betrokkenheid.

Vandaar dat eind juli 1947 onder algemeen gejuich operatieplan 'Product' van start ging, een 'beperkte' 'politionele actie', omdat de regering er de nadruk op wilde leggen dat het ging om het herstel van het rechtmatige gezag. Minstens zo belangrijk was echter het product: de herovering van de gebieden waar de voor Nederland belangrijke economische centra lagen, zoals de olievelden op Zuid-Sumatra, de plantages van Deli, de ondernemingen op het noordelijke deel van Java. 'Beperkt' was de actie evenmin: er deden honderdduizend militairen aan mee, waarvan de meeste uit Nederland waren overgebracht. Zo maakten talloze Nederlandse jongens nog kennis met Indië, zij het op de valreep en op een wat eenzijdige wijze.

Militair gezien ging alles voorspoedig. De actie bracht echter zo'n golf van internationale verontwaardiging teweeg dat de Nederlanders hun opmars na ruim een maand staakten. Het voornaamste resultaat was dat binnen de Indonesische top de harde anti-Nederlandse lijn de overhand kreeg. Vervolgens begonnen de Verenigde Naties zich met het conflict te bemoeien. Een commissie van goede diensten wist beide partijen opnieuw tot een akkoord te brengen en in januari 1948 werd de Renville-overeenkomst getekend. Het 'redelijke' Indonesië won er veel prestige mee en Nederland raakte internationaal steeds meer geïsoleerd. Het land was echter zo zelfvoldaan dat slechts enkelen dat in de gaten hadden.

Aan de Leeuwarder Westersingel heerste ten aanzien van Indonesië een grote tweeslachtigheid. Elke dag kwam het nationalistische *Friesch Dagblad* over de vloer, maar iedere week spelden mijn vader en Cas ook de radicaal-linkse *Groene Amsterdammer*. Bij mijn moeder ging het bovenal om een standsgevoel, een verschil in status tussen haar en 'die Aziaten', tussen de Hollanders en 'die schoffies van Soekarno', de man die had gecollaboreerd met de Jappen.

Bij mijn vader lag dat anders. In de gereformeerde kringen waarin hij verkeerde, overheerste het simpele standpunt dat de kolonie koste wat het kost behouden moest worden. Dat vond hij absoluut niet, en wat dat betreft was hij een van de meest progressieve figuren. Bij hem ging het vooral om rechtvaardigheid. Aan de ene kant zei dat gevoel hem dat zo'n land na al die jaren vanzelfsprekend recht had op onafhankelijkheid. Maar aan de andere kant kon hij niet anders dan loyaal zijn aan 'zijn' mensen. Ook dit was een kwestie van rechtvaardigheid: de enorme inspanning van al die goedwillende 'gewone' werkers in Indië moest ook beloond worden.

Op den duur is het accent bij hem steeds meer op het eerste aspect komen te liggen, en mijn moeder is daarin meegegaan. Een belangrijke rol speelden hierbij de brieven van Ezechiël Vergeest, de vroegere kampvriend van mijn vader, die als missionaris in Indonesië was gebleven (en later de Indonesische nationaliteit aannam). De twee zijn altijd blijven corresponderen, en als er dan zo'n brief kwam, laaide aan de huiskamertafel de discussie weer op over wat er moest worden van de Indonesische republiek. In later jaren heeft mijn vader de Indonesische onafhankelijkheid volmondig gesteund en dit standpunt ook op allerlei manieren uitgedragen.

In 1947 en 1948 waren de meningen echter nog niet uitgekristalliseerd. Mijn broers en zusjes luisterden naar de krakende radiocorrespondenten uit New York en Batavia als voetbalsupporters, en als er een troepensucces gemeld werd, barstte iedereen uit in luid gejuich. De overheersende gedachte bij de familie was dat die plunderbenden tot de orde geroepen moesten worden en dat de politionele acties een onvermijdelijke zaak waren. 'We zijn wel voor een proces tot zelfstandigheid, maar alles wat we in Indië hebben opgebouwd, laten we niet verpesten door een stel idioten en rampokkers,' daar kwam deze houding ongeveer op neer. Maar nooit werd er over 'ploppers' gesproken. Altijd waren het 'nationalisten', altijd was er een soort respect.

Uiteindelijk werd de strijd beslecht op een heel ander front: de driehoeksrelatie tussen de Verenigde Staten, Nederland en Indonesië.

Aanvankelijk kampte de regering in Washington met een dilemma. Vanouds koesterden de Verenigde Staten een grote sympathie voor iedere anti-koloniale beweging, en het anti-kolonialisme vormde – en vormt – een permanente onderstroom in de Amerikaanse buitenlandse politiek. De Amerikanen wilden echter tegelijk een sterk Europa opbouwen, als tegenwicht tegen de Sovjet-Unie. Koloniën waren daarvoor onontbeerlijk. Bovendien hadden de Amerikanen veilige militaire steunpunten rondom de Stille Oceaan nodig. In het State Department was er dan ook sinds 1945 een voortdurende strijd gaande tussen de 'Europeanen' en de anti-kolonialistische 'Aziaten'. Vandaar dat bij de Nederlanders de gedachte kon postvatten dat ze, ondanks de houding van de Amerikaanse pers, op de stilzwijgende steun van Washington konden rekenen. Dit idee werd nog versterkt toen de Amerikanen bij de eerste politionele actie geen openlijke kritiek op Nederland uitten.

Toen de regering van de Indonesische republiek met succes een communistische opstand onderdrukte, steeg het prestige van Indonesië echter met sprongen. 'Het mag worden opgemerkt dat de republikeinse regering de enige regering in het hele Verre Oosten is die met een volledig communistisch offensief is geconfronteerd en daarmee korte metten heeft gemaakt,' merkte het State Department op. Voor de Amerikaanse beleidsmakers, 'Aziaten' én 'Europeanen', werd langzamerhand duidelijk dat Nederland de archipel nooit meer fatsoenlijk onder controle zou kunnen krijgen.

In Den Haag had men echter weinig gevoel voor deze nuances. De voorlieden van de KVP wisten het Indonesië-beleid helemaal over te nemen. Ze wilden niets meer te maken hebben met de republiek en streefden nu naar een federatie van Indonesische eilanden onder Nederlands gezag. Het was een totaal onverantwoorde politiek, onder leiding van mannen die slechts van één ding verstand hadden: Haagse macht. Ze praatten en beslisten over Indië en oorlog, twee zaken waarvan ze in geen enkel opzicht de realiteit kenden. De Indonesiërs en de Nederlandse soldaten die ze dit zinloze gevecht instuurden, werden de dupe.

Rudy Kousbroek stelt zich in een van zijn essays voor hoe een tijdreiziger terugkeert naar het Indië van het jaar 1916 en daar probeert de mensen te overtuigen dat het binnen vijfentwintig jaar afgelopen is met hun koloniale leventje. Het heeft geen zin: die handenwringende schim uit de toekomst die hun aandacht probeert te trekken, zien ze niet. 'Maar,' zo schrijft hij, 'niet omdat hij een schim is. Als hij zich wel kon laten horen zou hij precies even machteloos zijn. Die mensen – die officieren, die kolonisten, die kortgeknipte koppen met hun grote bek: die waren niet te overtuigen.'

Datzelfde kan gezegd worden voor de paar schimmen uit de zending en de linkse beweging, die tussen 1946 en 1948 handenwringend aan de kant stonden. Ze werden door de politieke voorlieden, de verzuilde pers en het gezonde volksgevoel belachelijk gemaakt, als ze al niet werden beschuldigd van landverraad.

In december 1948 begon een tweede politionele actie op Java en Sumatra, waarbij onder anderen Soekarno, Hatta en enkele andere leden van de republikeinse regering gevangen werden genomen. Het Korps Speciale Troepen, de voormalige garde van Raymond Westerling, maakte zich verdienstelijk door de secretaris-generaal van het Indonesische ministerie van Onderwijs zonder vorm van proces af te maken. Ook een lid van Hatta's persoonlijke staf werd doodgeschoten, een Indonesiër die in Utrecht had gestudeerd en tijdens de oorlog actief was geweest in de Nederlandse illegaliteit. Andere Nederlandse militairen vermoordden de Indonesische minister van Justitie.

De actie werkte als een boemerang: de Veiligheidsraad, geleid door een woedend Amerika, eiste een onmiddellijk staakt-het-vuren en de vrijlating van de Indonesische regeringsleden. Bovendien begonnen de 'Europeanen' binnen het State Department zich zorgen te maken over het effect van de Indonesische kwestie op de broze Nederlandse economie. Begin 1949 meldde *The New York Times* dat Nederland bijna net zoveel uitgaf aan het leger in Indonesië als het land ontving aan Marshallhulp. Dat maakte de Amerikaanse greep op Nederland nog sterker, want van die Marshallhulp kon het land geen cent missen.

In Indonesië liep het gedrag van sommige Nederlandse troepen steeds meer uit de hand. Voor een deel was dat een reactie op de terreur van de republikeinse guerrilla's. Indonesiërs en Nederlanders die in hun handen vielen, werden soms vermoord teruggevonden, met afgesneden geslachtsdelen in de mond of anderszins gruwelijk verminkt. De honderdduizend Nederlandse militairen hadden tijdens hun opleiding vaak niet meer dan een keer of drie geschoten en vervolgens werden ze midden in een guerrillaoorlog neergezet. De meeste politici en de bevelhebbers deden net alsof ze nooit van Nederlandse excessen gehoord hadden, en dat wilden ze graag zo houden. Iedere verantwoordelijkheid werd afgeschoven op de militairen die het vuile werk opknapten.

Zo begon Westerling school te maken. Op West-Java, bij Soekaboemi, werden eind januari 1949 in twee kampongs honderdzestien bewoners – onder wie oude boeren en kinderen – doodgeschoten omdat ze 'geen van allen gevolg hadden gegeven aan oproepen om halt te houden'. Op Midden-Java werden, na een aanval op een Nederlandse vrachtauto, eenentwintig Indonesische gevangenen bij wijze van represaille geëxecuteerd in aanwezigheid van de brigadecommandant.

De hoogste legerleider, luitenant-generaal S.H. Spoor, zag zich in april 1949 gedwongen om alle commandanten op Sumatra en Java een telegram te sturen waarin hij zware disciplinaire maatregelen aankondigde 'wanneer ondercommandanten en manschappen niet kunnen begrijpen dat wreedheden en verkrachtingen, diefstal en plunderingen een militair onwaardig zijn'.

Gemarteld werd er vrij systematisch. Jaren later zou de sociaal onderzoeker W.J. Hendrix, samen met de socioloog J.A.A. van Doorn, minutieus zo'n sessie beschrijven: 'Het tafereel deed denken aan oude prenten met tortuur als onderwerp: de beulen ruw en volks, de inquisiteur met enige deftigheid toeschouwer. De verhoren begonnen meestal vriendelijk en welwillend. [...] Het werkelijke third degree-verhoor begon pas als de gevangene uitgeput raakte; men bracht de stroomdraden dan over naar de genitaliën. Sommigen verloren dan het bewustzijn. Bij de electro-tortuur raakt de verhoorde vaak urine of ontlasting kwijt en springt vreemd op, wat achter zijn rug tot onderdrukt gelach leidt.'

Hendrix' compagnie hield tussen januari 1948 en augustus 1949 een gebied op Java onder controle, zo groot als de provincie Utrecht. Hendrix heeft in die periode exact genoteerd wat er in dat gebied aan terreur en contraterreur plaatsvond. De republikeinse terreur bestond uit het vermoorden van twee inlichtingenmensen en het afbranden van twee scholen en een tiental huizen, plus bij een latere actie nog eens een 'onbekend aantal' huizen op een verlaten buitenpost.

De Nederlandse contraterreur bestond uit het bij wijze van represaille afbranden van 443 Indonesische huizen, er werden minstens vier- à vijfhonderd Indonesiërs gearresteerd en aan een boven beschreven verhoor onderworpen, waarbij vierentwintig gevangenen werden omgebracht. Voorts werden er tijdens 'zuiveringsacties' tientallen – volgens sommigen honderden – Indonesiërs gedood.

De auteurs relativeren hun onderzoek echter op twee punten. Het is, menen ze, 'lang niet onwaarschijnlijk dat de betreffende compagnie boven de gemiddelde score ligt'. En bovendien benadrukken ze dat het in andere dekolonisatieoorlogen – Frankrijk in Vietnam en Algerije, Portugal in Angola, België in de Congo – vaak nog veel bloediger toeging. Wie daarvan kennisneemt, zo schrijven ze, 'zal moeten vaststellen dat Nederland in alle opzichten verhoudingsgewijs minder hardhandig is opgetreden'.

Het Nederlandse probleem ligt in deze kwestie echter op een ander vlak: de eindeloze ontkenning, het verdringen van de herinnering, de weigering om de historische realiteit onder ogen te zien. Altijd hebben de Nederlanders, die in later jaren zo verontwaardigd waren over soortgelijk gedrag van de Amerikanen in Vietnam en de Serviërs in Bosnië en Kosovo, hun eigen My Lais en Oradours zorgvuldig afgedekt. Vandaar dat er – op het onderzoek van Hendrix en de rapporten over Celebes na – vrijwel geen nauwkeurig materiaal bewaard is gebleven. Tekenend is de gebruikte terminologie. Men blijft slechts spreken van 'excessen', tot de dag van vandaag. Nederlanders plegen geen oorlogsmisdaden, nooit.

Uiteindelijk werd begin mei 1949, onder zware druk van de Verenigde Staten, besloten tot een rondetafelconferentie tussen Nederland, Indonesië en de niet bij de republiek aangesloten deelstaten. Hier werd enkele maanden later overeengekomen om toch uit te gaan van twee soevereine staten en van de Unie niet meer dan een los samenwerkingsverband te maken. Alleen over het woeste Nieuw-Guinea weigerde Nederland, in strijd met de Overeenkomst van Lingadjatti, afspraken te maken; men wilde dat achter de hand houden als mogelijke vluchtplaats voor Indo-Europese migranten. Op 27 december 1949 werd in het Paleis op de Dam de soevereiniteit overgedragen.

'In feite heeft Amerika Nederland uit het Indonesische moeras gered,' concludeert de hoogleraar Indonesische geschiedenis Cees Fasseur terecht. 'Het Indische avontuur was tot op grote hoogte een nationaal afreageren van de frustraties en vernederingen van vijf lange oorlogsjaren. Dat sommige van deze gevoelens een lang leven hadden, bewees de Nieuw-Guineakwestie.'

Het gevolg van dit alles was dat een min of meer natuurlijke werkrelatie tussen twee zelfstandige staten – zoals bijvoorbeeld wel ontstond tussen Groot-Brittannië en India – nooit tussen Nederland en Indonesië is gegroeid. De vele mogelijkheden daartoe zijn vakkundig afgesneden door provinciale politici van alle Nederlandse partijen. Een enorme hoeveelheid aan ervaring, kapitaal en kennis werd daarmee vernietigd.

Wat ook werd vernietigd, waren de vrede en de onschuld van talloze gewone jongens die naar de Oost werden uitgezonden. De mythe van de 'reddende' Nederlanders was in de werkelijkheid van de desa's vaak niet vol te houden. En toen de militairen daarachter kwamen, bleef onduidelijk wat de regering in Den Haag dan wel van hen verlangde. Waarvoor vochten ze eigenlijk? Waarvoor sneuvelden hun kameraden? Dat was toen al de vraag, en achteraf helemaal.

Nederland heeft zoals gezegd lange tijd geweigerd om dit deel van zijn verleden onder ogen te zien en ermee in het reine te komen. Blijkbaar had men grote moeite met het besef dat de historische identiteit van het 'onschuldige' Holland ook pikzwarte bladzijden kent, dat 'het kwade' niet alleen achter onze oostgrenzen gewoond heeft, maar ook in onszelf.

Bijna alle Nederlandse literatuur over het voormalige Nederlands-Indië is geschreven in de nostalgische sfeer van tempo doeloe, de goede oude koloniale tijd. Voor de andere kant, zoals beschreven in het Rhemrev-rapport, is de aandacht altijd gering geweest. Toen de Indonesië-kenner Jan Breman het rapport in 1987 opnieuw afdrukte bij zijn eigen onderzoek, werd er door sommigen vijandig op gereageerd. Soortgelijke kritiek trof volksgeschiedschrijver Lou de Jong toen die een aantal pijnlijke feiten publiceerde over het oude Indië en het gedrag van Nederlandse militairen ten tijde van de politionele acties. Er werd zelfs een Comité Geschiedkundig Eerherstel Nederlands-Indië opgericht, dat via de rechter een meer comfortabele geschiedschrijving wilde afdwingen.

Nog in 1995, een halve eeuw na de onafhankelijkheidsverklaring van Indonesië, weigerde de Nederlandse regering om koningin Beatrix deel te laten nemen aan de festiviteiten. De regering in Jakarta had, als gebaar van verzoening, de vorstin nadrukkelijk uitgenodigd om met de Indonesiërs de vijftig jaren van onafhankelijkheid te vieren. Maar de Nederlanders vonden dat Indonesië pas in 1949 onafhankelijk was geworden, bij de soevereiniteitsoverdracht, en de koningin kwam pas vier dagen na het feest. Dat was niet alleen een gebaar van ongekende lompheid. Het was meer. Nog altijd wilde Nederland de rebellie niet erkennen. Nog altijd wilde Den Haag niet begrijpen waar het om ging.

***

In een sigarendoosje vind ik de Distributie Stamkaarten terug, en meteen zie ik het hele gezin voor me, zoals dat, gehavend maar herenigd, aan de Westersingel in Leeuwarden woonde.

Op Cas na zijn ze allemaal ingeschreven op 20 augustus 1947. Mijn vader – geboren op 28 september 1899. Gjalt – 16 april 1930. Tien – 15 november 1931. Moeder – 24 mei 1901. Hans – 5 maart 1937. Geert – 4 december 1946. De dienstbode, Aukje Swart, geboren op 2 januari 1927, afkomstig uit Sint Annaparochie en vanaf 14 juni 1948 ingeschreven aan de Westersingel. En ten slotte de oude, al versleten stamkaart van Cas, die er immers al jaren in Nederland op had zitten. Geboren 5 maart 1927. Op 6 mei 1946 verhuisd naar de Marnixstraat in Amsterdam. Maar op 27 april 1949, zo zie ik aan zijn kaart, was hij weer terug in Leeuwarden. Anna had haar werk als verpleegster weer opgepakt, in Amsterdam.

Cas had besloten om zijn studie natuur- en scheikunde af te breken. Hij vond het allemaal te oppervlakkig. Theologie, dat moest het worden. Met nog een paar vrienden wilde hij de kerk van binnenuit veranderen. Hij kwam naar Leeuwarden, en twee jaar lang verschool hij zich in een erkerkamertje om aan zijn staatsexamen te werken. Zijn studie verliep uiterst traag, tot grote ergernis van mijn moeder. Hij haalde allerlei nieuwe mensen in huis, was altijd vol wilde plannen en gedachten, droeg gedichten voor en voedde zijn jongste broertjes op in de dingen die híj de moeite waard vond. Mij leerde hij op kleuterleeftijd Lucebert voordragen:

ik bericht, dat de dichters van fluweel
schuw en humanisties dood gaan
voortaan zal de hete ijzeren keel
der ontroerde beulen muzikaal opengaan

nog ik, die in deze bundel woon
als een rat in de val, snak naar het riool
der revolutie en roep: rijmratten, hoon,
hoon nog deze veel te schone poëzieschool.

Als een kleine handgranaat stuurde hij me daarmee naar mijn christelijk-nationale bovenmeester.

Achteraf denk ik dat Cas zijn in de oorlog verloren speeltijd alsnog inhaalde. Hij liet zich door alles afleiden, maakte met Hans prachtige bruggen en hijskranen van meccano, dagen waren ze ermee in de weer. Ook in de gereformeerde jeugdclubs van Leeuwarden viel hij direct op. Hij bracht overal nieuwe gedachten binnen, bijvoorbeeld dat er andere wetenschappen waren dan theologie – psychologie, sociologie – en dat je de wereld ook vanuit die optiek zou kunnen bekijken. Voor de elite aan de VU was dat allemaal niet zo nieuw, voor de zoekende Leeuwarder jeugd was het soms een openbaring.

Al snel merkte hij hoe eenzaam en beperkt de theologische studie was. 'Mijn meest christelijke tijd was de periode waarin ik scheikunde studeerde,' zou hij later weleens verzuchten. Daar werd tenminste over ethische problemen nagedacht, over de grenzen van de menselijke keuzevrijheid, over de atoombom. Wat hij meemaakte bij de scheikundigen, dat discussiëren en doordenken, dat verwachtte hij in nog sterkere mate bij de theologen. Wat hij aantrof, waren starheid, rechtlijnigheid en geborneerdheid. Toen hij uiteindelijk zijn kerkelijk examen deed voor de Friese predikanten, werd hem verweten dat hij 'te veel heer' was. Hij moest 'meer boer worden'. Iedereen lachte. Ook mijn vader.

Mijn vader heeft vermoedelijk nooit enig idee gehad van de problemen waarmee zijn oudste zoon worstelde, en ik vrees dat hij het ook niet wilde weten. Eén keer, vlak na de oorlog, stuurde hij hem een lange brief, een biecht bijna, over zijn eigen 'klungelkwaal', zoals hij het noemde. 'Door de praktijk heb ik langzamerhand geleerd om te organiseren en met discipline te leven en te arbeiden,' schreef hij. 'Ieder mens heeft moeilijkheden in zijn leven te overwinnen. Als hij ze neemt, die hindernis, dan krijgt hij een plus aan zelfgevoel. Maar iedereen komt ook tegenover hindernissen die hij, om welke reden ook, niet overwint. Fout is dan om te doen alsof ze er niet waren. Maar zie ik de oorzaken rustig aan, dan ga ik met open ogen erlangs en eromheen.'

Verder praatte hij er niet met hem over. De studie van Cas was voor hem waarschijnlijk ook zo'n moeilijkheid waar je maar beter omheen kon gaan.

Hij was in die tijd weinig thuis, maar als hij er was, dan was het heel gezellig en plezierig. Verhaaltjes vertellen was er niet meer zo bij, maar je zag hem genieten van zijn kinderen, van de radio, van zijn pijp, van het gelach aan tafel, en zelf zat hij altijd vol van wat hij had meegemaakt.

In feite had hij het gewoon laaiend druk. Hij moest alle ziekenhuizen aflopen en er de gereformeerde patiënten bezoeken, en bovendien werd hij geacht in en rondom Leeuwarden het evangelisatiewerk op te zetten. Op zichzelf was hij daar uitstekend geschikt voor, want in Birma had hij geleerd om met Jan en alleman contact te maken. Soms reed hij met de luidsprekerwagen van broeder Lodema door de dorpen, soms hield hij straatpreken aan de Nieuwestad, de winkelstraat van Leeuwarden, dan weer was er een kermisactie, waarbij de gereformeerde jeugd pamfletten uitdeelde over andere vreugden die er voor de mens bestonden.

Er moest iedere zondag twee tot vier maal gepreekt worden, hij bemoeide zich met allerlei clubs – variërend van de figuurzaagclubs voor de achterbuurtjongeren tot het deftige Comité Levensvragen – en daarnaast waren er nog eens alle vergaderingen met dominees en kerkenraden. Ook was hij bestuurslid van de stichting voor hulp aan ongehuwde moeders Raad en Daad, bij ons thuis steevast Raad na Daad geheten. Het kantoortje was gevestigd bij ons op zolder, waar iedere vrijdagmiddag een maatschappelijk werkster spreekuur hield. In de hal stonden ze dan al te wachten, de woedende moeders met de gevallen dochters. Als ik met mijn elektrische treintjes speelde, werd het geraas van de locomotieven en het geklik van de wissels regelmatig overstemd door gesnik en kijvende verwijten.

En dan waren er de vele begrafenissen. Zoals een dokter telkens moet uitrukken voor bevallingen, zo doorkruisen begrafenissen in het leven van een zielzorger voortdurend plannen en afspraken. Een fietstocht kan niet doorgaan: nee, er moet opeens begraven worden. Een verjaarspartijtje? Ik zie mijn vader nog halverwege wegijlen met een hoge hoed en een zwarte jas, een begrafenispreek uit de la gegrist. Net voor het eind was hij dan weer terug om het beloofde verhaal aan de kinderschaar te kunnen vertellen. In de tussentijd had hij een preek gehouden, met de familie gepraat en had hij aan het hoofd van de stoet drie maal om de kerk gelopen, want ook bij de gereformeerde Friezen sleten de oude gebruiken maar langzaam.

Zijn uiterlijk veranderde slechts langzaam. Zijn haar werd wat dunner, hij kreeg wat meer rimpels, maar hij had nog altijd dezelfde stevige pas als voorheen. In de stad viel hij op doordat hij 'als een gewoon mens' fietste, niet als een stijve dominee. 'Het was duidelijk dat hij veel had meegemaakt,' vertelde iemand uit die tijd. 'Hij was niet veroordelend, hij kon allerlei onverwachte verbanden leggen.' Zijn preken waren degelijk. Hij liep, vooral later, soms wat al te kritiekloos achter progressieve theologen en politici aan, maar hij probeerde werkelijk te leven volgens de leer die hij uitdroeg. Vooral de jongeren mochten hem graag. Wel vonden ze dat hij iets verstrooids had. Vaak leken zijn gedachten heel ergens anders te zijn.

Rond de kerst was er altijd 'de tiendaagse veldtocht', een vreselijke periode waarin hij elke avond weg was voor het kerstfeest van een evangelisatieclub, een vrouwenclub met chocolademelk en een sinaasappel, een kerstnachtdienst... Eén keer had hij daartussendoor ook nog een kerstboekje in elkaar gedraaid, onder de titel *En nochtans blijdschap*. Toen hij op tweede kerstdag eindelijk een paar uur tijd had om met zijn eigen gezin Kerstmis te vieren, dodelijk uitgeput, kon mijn moeder het niet laten om die drie woorden, met een ironisch lachje, nog eens te laten vallen.

Mijn vader was altijd voor drie dingen bang: te laat komen, zijn preek vergeten en het 'dierbaren'. Vooral rond de jaarwisseling was een enkel stichtelijk woord over de 'dierbare overledenen' vaak voldoende om bij veel kerkgangers de zakdoek te voorschijn te krijgen. De gemeenteleden stelden dit 'dierbaren' buitengewoon op prijs, maar in professionele predikantenkring gold het als een goedkoop en smakeloos succesje. Eén keer bracht mijn vader op oudejaarsavond de hele kerk van Spannum in tranen. Ik herinner me nog de kilte waarmee mijn moeder hem ontving.

Voor haar was het leven na de oorlog ingrijpend veranderd. Mijn vader accepteerde de dingen zoals ze waren, maar mijn moeder had daar de grootste moeite mee. Haar gezicht was strak geworden. Door de kamptijd en de daaropvolgende zwangerschap had ze in één klap alle jeugdigheid verloren. 'Het was niet een kwestie van meer wíllen dan ik kon,' schreef ze later in een bui van openhartigheid aan Cas. 'Ik moést meer dan ik kon.' Wel had ze in de oorlogsjaren veel geleerd. Ze bekende dat ze in Medan nooit had kunnen wennen aan het parvenuachtige gedrag van haar kennissenkring, en dat ze daar vaak ook krampachtig 'anders dan anders' had willen zijn. In de kamptijd had ze echter de werkelijke waarde van vriendschap ervaren, omdat iedereen toen zo helemaal van alle uiterlijkheden ontdaan was. Ze had er geleerd wat de grootste waarden waren in het leven, en, belangrijker nog, om zich te geven zoals ze was.

'Na de oorlog had ik heel sterk het gevoel: als we weer allemaal samen zijn moeten we sober en gedisciplineerd leven, zonder franje, en open oog en oor voor elkaar en de omgeving. Wat daarvan terechtgekomen is moet je zelf maar beoordelen. Voor mijzelf was het allermoeilijkste dat vader op de bevrijding volkomen anders reageerde dan ik. Ik was misschien te ongedurig met de "wederopbouw", wilde zo graag alles weer "normaal" hebben, een huis met een eigen sfeer, misschien omdat ik zelf zo ontzettend naar rust verlangde. Vaders reactie was waarschijnlijk de meest natuurlijke: geen soesa, goed eten en de rest komt straks wel. We hebben dat pas later van onszelf onderkend, ik mijn krampachtigheid, vader zijn oppervlakkigheid. Maar je begrijpt wel dat we elkaar toen onbewust meer tegenwerkten dan steunden.'

Het waren echter niet alleen de oorlog en de nasleep daarvan. Ook het feit dat mijn vader een 'specialistische' dominee was geworden moet voor mijn moeder grote consequenties hebben gehad. Haar positie was in Den Briel en in Medan altijd te vergelijken geweest met de vrouw van een dorpsarts. Opeens was dat gezamenlijke bedrijfje weg, en daarmee was ook haar levensdoel sterk versmald: ze was nu alleen nog maar de moeder van een paar opgroeiende kinderen en de vrouw van een man die er nooit was. Voor zo'n intelligente en veelzijdige vrouw moet dat een zware wissel zijn geweest.

Ook hiervoor had mijn vader weinig oog. Hij had geen idee wat ze allemaal voor hem opzij zette, en hoe heerlijk ze het vond als hij op een zondag een keer gewoon mee kon eten. Zo bezeten was hij: ik moet het evangelie prediken. Andere mensen vermaande hij om niet slaaf te worden van hun werk. Dominees vielen daar blijkbaar buiten.

Ook Gjalt en Tineke hadden het niet gemakkelijk. Uiterlijk pasten ze zich wel enigszins aan, maar innerlijk bleven het Indische kampkinderen. In de Vlaardingse tijd hadden ze in Schiedam op het gymnasium gezeten, een school met een vriendelijke, open sfeer, waar ze zich thuisvoelden. In Leeuwarden vonden ze het vreselijk.

De onzin die sommige leraren uitkraamden, thuis aan tafel konden ze er niet over uit. De meningen van die mannen over de wereld, over de geschiedenis, over de politiek, over wat er in de bijbel stond, hun grappen, ze vonden het allemaal even gruwelijk. Er was een leraar die voortdurend riep: 'Als Indië verloren is, is al verloren.' Ze waren werkelijk diep geschokt over de opvattingen die ze er aantroffen, al hadden ze voor een paar leraren en de rector wel enige achting. Maar het waren misschien niet eens de mensen, het was vooral de atmosfeer die hen beklemde, die wereld die helemaal met kranten zat dichtgeplakt.

Mijn vader schreef in een van zijn eerste naoorlogse brieven: 'De jeugd leert van deze jaren, en wordt erdoor gelouterd.' Zo simpel ging het niet. De Leffelaar-ogen waren bij vrijwel alle oud-kampbewoners verdwenen, maar wel moesten ze op een of andere manier met hun kampverleden in het reine zien te komen. Bijvoorbeeld door extreem hard te werken, of door rondom zich een korst van beheersing en beschaving te scheppen, waaronder de chaos woedde, of door bij hevige problemen een soort emotioneel filter te hanteren. En allemaal hadden ze een sterk gevoel voor onafhankelijkheid ontwikkeld, of, anders gezegd, een grote angst voor afhankelijkheid.

Bij ons thuis heerste nog jaren een bepaalde vorm van stoerigheid. 'Erger dan dood kan toch niet,' zei Gjalt als hij weer in een griezelig hoge boom klom. Tineke vertelde later dat ze na de oorlog geen enkel respect meer had voor volwassenen. 'We hadden in het kamp volwassenen zulke domme, kinderlijke en gemene dingen zien doen, we hadden deftige dames melk zien uitdelen, we hadden met eigen ogen gezien hoe ze de boel belazerden, al dat soort mensen hadden bij ons geen enkel gezag meer. Maar daardoor dachten we ook ontzettend vrij.'

Daarbij kwam nog een gevoel dat dieper zat en dat alle oud-kampbewoners gemeen hadden: namelijk dat je zeker wist dat wanneer de oorlog maar lang genoeg zou duren, je het niet zou overleven. Dat je dood zou gaan, hoe dan ook. En het opvallende was, zo schreef Henk

Leffelaar, dat dit gevoel met de bevrijding niet verdween. 'Niemand in goede gezondheid verwacht, denkt of houdt rekening met de mogelijkheid dat het morgen, over een week, een jaar afgelopen kan zijn. De dood is voor levenden het grote taboe. Maar in de oorlogskampen was het voor de levenden geen taboe meer, maar een realiteit.' Vandaar dat zo veel ex-gevangenen hun leven lang het gevoel houden op geleende tijd te leven, in de woorden van Leffelaar 'als gasten die van de hun geboden gastvrijheid misbruik hebben gemaakt'.

De volwassenen leken hiervoor echter nauwelijks oog te hebben. Uit de brieven van mijn ouders en grootouders spreekt een enorme betrokkenheid, maar één gegeven wordt stelselmatig genegeerd: dat deze kinderen en kleinkinderen in sommige opzichten tijdens hun tien, twintig levensjaren al meer hadden meegemaakt dan hun grootvader in al zijn eerbiedwaardige tachtig jaren bij elkaar. Gjalt werd geprezen als was hij een schoolkind van vijftien, terwijl hij ondertussen al honderd doden had overleefd. Anna werd betutteld als een jong meisje, terwijl ze zich met verve in haar eentje door vijf oorlogsjaren heen had geslagen. Tineke kreeg het, tot haar stomme verbazing, opeens met mijn moeder aan de stok omdat ze na een volksdansweekend pas om twaalf uur 's nachts thuiskwam: dezelfde totaal afhankelijke vrouw uit het kamp ontpopte zich opeens weer als fervent bewaakster van Hollands kleine zeden. Over Hans schreef mijn grootvader: 'veel lezen, goede lectuur dan, is echt ontwikkelend voor kinderen', terwijl dit 'kind' al ettelijke malen langs de poorten van de dood was gewandeld.

'Hij staat weer op de grond, de jonge man,' schreef mijn grootvader in het voorjaar van 1948 over Cas, en dat was het enige waar het om draaide. 'De maatschappij heeft behoefte aan jonge kerels, stevig op d'r benen staande!' Het vreemde is: als ik de brieven van Cas lees, en ook die van Anna, zie ik juist een zeer vroege volwassenheid. Anna van zeventien, die zich als een moeder zorgen maakt over Cas. Cas, die mijn moeder waarschuwt voor bepaalde gezinsproblemen op de toon van een oudere broer, een man van in de veertig. Met een schok realiseer ik me dat hij op dat moment nog geen vijfentwintig was. Maar gezien werd het zelden of nooit in die tijd, laat staan erkend.

***

Na de oorlog leefden zo twee soorten jongeren min of meer langs elkaar heen: degenen die veel te veel hadden meegemaakt, en degenen die bijna niets hadden beleefd. Een tussenvorm leek er niet te zijn. En intussen deed iedereen alsof er niets was gebeurd, alsof het allemaal één pot nat was.

Voor Tineke, Gjalt en Hans was het moeilijk om nieuwe vrienden en vriendinnen te vinden. Er zaten heel aardige mensen bij hen op school, ze gingen ook wel samen uit, maar daar bleef het bij. Er was immers geen gezamenlijke voorgeschiedenis om op terug te vallen. De meeste van hun medescholieren kwamen uit dorpen waar nooit iets was gebeurd, zelfs niet in de oorlog. Die afstand was bijna niet te overbruggen.

De eerste inleiding van Tineke voor de meisjesvereniging ging over dansen en lichaamstaal. 'Weten jullie dat dominee Hagen danst?' was haar beginzin, en aan het slot deed ze een paar uiterst keurige volksdansjes voor. Het leverde de presidente een berisping van de dominees op: dat dergelijke dingen op een gereformeerde meisjesclub werden gezegd en gedaan.

Hans kreeg in Leeuwarden een nieuwe golf van gek-vinden. 'Hij komt minstens twee maal per week met strafwerk thuis vanwege zingen of hardop praten,' meldde mijn moeder in het najaar van 1948. Zelf vertelde hij hoe boven de deur van alle klaslokalen een spreuk stond. 'Ik zat in "Bidt en Werkt", in een schoolbank met zo'n inktpotje in het midden. Ik had nog nooit zo'n inktpotje gezien. Bij mijn allereerste "gewone" schrijfles zei mijn buurman: "Voordat je gaat schrijven moet je er wel even in blazen." Dat deed ik dus, met alle gevolgen van dien. De klas lag dubbel, maar het gekke was dat ik dat helemaal niet erg vond. Die mensen hadden geen idee wat ik wist, en wat ik niet wist. Hetzelfde had ik bij mijn nieuwe Leeuwarder vriendjes. Ik kon vuurtjes stoken als geen ander, ik bakte regenwormen op hete stukken blik en at ze desnoods nog op ook. Al die jongens keken ernaar alsof ik van een andere planeet kwam. Maar die verwondering was wederzijds.'

Zo begon het op die school, met een schoolplein met hekken en tegels, en spelend met de broertjes Kaufmann, vermoedelijk een joodse familie, maar daar werd natuurlijk ook niet over gepraat.

Mijn moeder werd opnieuw bedlegerig. Haar oude kampkwaal, pleuritis, speelde weer op. Anna werd met grote vanzelfsprekendheid weer uit haar opleiding en haar werk gehaald om voor het huishouden te zorgen. Cas kreeg een vriendin, een vrolijke Friese meid. ''t Meisje lijkt me erg aardig,' rapporteerde mijn moeder begin september 1949 aan de Van der Molens. 'Ze is intelligent, nuchter, sportief en beslist niet kunstzinnig, maar wel gevoelig. 'k Hoop dat de aanwinst blijvend is.' Dat werd het inderdaad.

Gjalt bleef gefascineerd door muziek. Soms kon hij, als hij een muziekstuk had gehoord, de hele dag niets meer doen, zo zong het allemaal door in zijn hoofd, zo raakte hij daardoor innerlijk in beroering. Tineke en Cas speelden fluit, Anna piano en mij brachten ze aan het huilen met droevige kerstliedjes. Hans vaderde eindeloos over me, vertelde fantastische verhalen, en vaak fietsten we samen door Leeuwarden: hij trappend, ik sturend, zittend op de stang. Eén ding schokte hem wel een beetje: toen hij zag dat ik op mijn derde hetzelfde bloesje aanhad dat hij nog op zijn achtste in het kamp droeg.

Er heerste aan de Westersingel eeuwig geldgebrek. Mijn moeder schreef in januari 1949: 'In Medan kon ik met mijn huishoudgeld ook nog de gasrekening, aanvullingen voor het servies, kleding en schoenen betalen. Nu heb ik meer huishoudgeld dan toen, en ik kan alleen de noodzakelijkste uitgaven doen, en dan moet ik nog zuinig zijn. Roomboter, eieren, varkensvlees en peulvruchten zijn volkomen luxe. Veel mensen, en heus niet alleen de arbeiders, kunnen zich geen zondags koekje meer veroorloven. We moeten echt, wat ons particuliere leven betreft, de klok terug zetten en aan den lijve gaan voelen dat we een arm land zijn.'

Uit zuinigheidsoverwegingen werd de telefoon bijna niet gebruikt. Aan de Westersingel hing het toestel – een zwart apparaat van bakeliet – in de gang, net als in veel andere woningen. Het was een communicatiemiddel voor bestellingen en korte mededelingen. Interlokale gesprekken waren een zeldzaamheid. Alles ging per brief, en in het schriftelijk uiten van gedachten en gevoelens was de hele familie dan ook buitengewoon bedreven. Toen mijn Vlaardingse grootmoeder in december 1948 haar laatste, tachtigste, verjaardag vierde, gold het als een grote bijzonderheid dat bij de koffie – 'met een vooroorlogs gebakje', zoals mijn grootvader schreef – de telefoon naar boven werd gehaald. 'En hoe écht jullie allemaal even hier te horen!!' En toen ze een paar dagen later ernstig ziek werd, stelde mijn grootvader zijn kinderen niet per telefoon op de hoogte, maar met een kort briefje. Aan de andere kant: als deze generatie toen al met de vluchtigheid van telefoon, fax en internet was vergroeid, had dit boek nooit geschreven kunnen worden.

De familie overleefde op zijn Russisch: van het land. Gjalt teelde zelf snijbieten. Er werden pannen vol bramenjam gekookt en Anna en Tineke maakten eindeloos boontjes in. De zolder en de kelder waren echte voorraadschuren, vol appels, aardappels, jams, weckflessen en enorme bussen Australische honing, die mijn vader via een kampvriendje betrok. Met losse kerkdiensten verdiende hij er nog wat bij, maar veel was het niet. 'Catrinus lijkt wel een preekautomaat,' schreef grootvader Van der Molen in februari 1948. 'Maar een tientje per keer is te weinig. Dat gaat onder de markt!'

Uit de correspondentie valt op te maken dat er tussen de familieleden voortdurend geld en distributiebonnen werden uitgewisseld: voor opa extra lekkers, voor Leeuwarden 1600 gram brood. 'Denk eraan dat 't voor zaterdag wordt gekocht, anders verloopt 't.' Het systeem van bodediensten werkte nog voortreffelijk. Keer op keer kom ik in de brieven voorbeelden tegen van de meest merkwaardige zaken die per vrachtrijder tussen Vlaardingen, Leeuwarden en Eindhoven heen en weer werden gestuurd: vaatjes haring, kleren, kerstkalkoenen en in het najaar van 1948 zelfs een drietal kachels. Over transportkosten werd nooit gerept, dus veel moet dat niet gekost hebben.

Op 14 oktober 1948 handelt de wekelijkse brief van mijn grootvader grotendeels over zuinig stoken. 'Prachtig, die cokes en turf. Of je 't keukenfornuis daarmee aanhoudt in de nacht betwijfel ik. Maar 't is een beste stokerij met wat antraciet erdoor.' Een brief later: 'Trouwens, cokes en eierkolen samen zal je ook bevallen.'

Op de enveloppen en in de marge van brieven stuit ik regelmatig op rekensommetjes en ingewikkelde coderingen van al dan niet uitgegeven bonnen, sporen van eindeloos gereken, gepuzzel en gesappel. Nu ik ze na zoveel jaren weer in handen heb, bekruipt me een bijna onbedwingbare neiging om een cheque te sturen aan al die dierbaren van toen, dwars door ruimte en tijd, naar Westersingel 38 te Leeuwarden, naar 5 december 1949.

***

Mijn moeder werd almaar zieker. Op 18 maart 1948 kon ze al niet naar de verjaardag van haar vader. Toen grootmoeder Van der Molen vlak voor kerst 1948 overleed, kon ze daar – voor zover ik kan nagaan – evenmin bij zijn. Een van de laatste brieven van mijn grootmoeder, met grote halen geschreven, stamt uit het voorjaar van 1948: 'Ben je al aan het schoonmaken, Geert? 't Is nog wel wat koud. Ons huis is beneden schoon. Mijn krachten zijn uitgeput, ik kan de pen niet vasthouden, een zoen van Moeder.'

Al die tijd lag mijn moeder voornamelijk boven in bed, tot ze ten slotte in het najaar van 1949 met een hospitaaltrein naar het kuuroord Davos in de Zwitserse bergen werd vervoerd. Daar is ze gebleven tot het voorjaar van 1950, en toen was ze weer redelijk op de been.

Ze stuurde me een paar kaarten die me zo treurig maakten dat ik ze nog steeds niet kan bekijken zonder een wee gevoel in mijn buik. Ik vond ze terug in haar verzameling: een hongerige eekhoorn, een koud dorp, een snikkend jongetje in de sneeuw. 'Moeder zag laatst ook een klein jongetje dat huilde, want zijn ski was stuk,' was aan de achterkant geschreven.

Anna deed ondertussen de huishouding op haar eigen manier. Ze had in het gezin een natuurlijk gezag, iedereen deed wat ze zei, ze deelde haar werk nauwkeurig in, en eigenlijk ging alles heel goed. Alleen mijn moeder vond het een 'zigeunerbende'. Het begon wat te wringen tussen die twee, en dat werd gaandeweg erger.

Toen mijn moeder terugkwam, vertrok Anna dan ook snel. Ze werd weer gewoon leerling-verpleegster voor tachtig gulden in de maand, dat deed ze met plezier, en dat moest het dan maar zijn. 'Je dacht er ook verder niet over na, je deed het gewoon,' zei ze later.

Ik zie ons voor me, zoals we toen waren, en zoals mijn moeder ons beschrijft in haar brieven uit die zomers van 1949 en 1950. Hans luistert bij de radio naar *De Wigwam*. Ik speel alles na wat ik zie. Mijn moeder: 'Dan weer is hij ijsman en verkoopt ijsjes, informeert belangstellend of ze "lekker koud" zijn, of hij is een poes, of een koe of een varken dat luid schreeuwend in een denkbeeldige vee-auto moet.'

Mijn vader gaat met Tineke en Gjalt tien dagen op trektocht door Brabant en Limburg. Er komen logés, de halve familie trekt een dag met de fiets naar de bossen om bramen te plukken, een emmer achterop. De oogst: twaalf potten jam. Gjalt heeft een vakantiebaantje bij een boer. Hij neemt twee Italiaanse jongens mee die door hun geld heen zijn. 'Aan tafel is het een Babylonische spraakverwarring. Er wordt Hollands, Frans, Engels, Italiaans en als het niet meer gaat klassiek Latijn gesproken.'

In de brieven kom ik nieuwe woorden tegen: 'beroerd geval' wordt 'belabberde toestand', het begrip 'organiseren' wordt nu te pas en te onpas gebruikt, net als 'mieters'.

Na die twee zomers gingen de kinderen steeds meer hun eigen weg. Gjalt koos voor het werken met zijn handen, liet het gymnasium voor wat het was en schreef zich in bij de tuinbouwschool in Frederiksoord. Daarna werd hij onderwijzer met een sterke belangstelling voor landbouw, net als zijn grootvader. Cas ging in Amsterdam theologie studeren. Tineke begon niet lang daarna met klassieke talen, ook in Amsterdam, met een beurs van elfhonderd gulden per jaar. Mijn vader werkte dag en nacht.

Een enkele keer hadden mijn ouders een moment samen, op zondagmiddag bijvoorbeeld, als mijn vader toevallig vroeg klaar was met een preekbeurt, de kinderen naar een andere kerk waren en ze samen in de serre zaten te schrijven en te lezen, mijn moeder in een leunstoel, de teddybeer van de familie aan het voeteneind, de beer die alle kampen had overleefd.

HOOFDSTUK XIV

De snelheid van leven

DREESMANN

In de nacht van zaterdag op zondag 1 februari 1953 gebeurde datgene waar Nederlanders altijd bang voor zijn: het water kwam. Een ongekend zware noordwesterstorm, in combinatie met een springvloed, joeg de zee in de gaten van Zuid-Holland en Zeeland zo hoog op dat op veel plaatsen de dijken braken. Friesland ontsnapte ternauwernood aan een ramp. Het lage Zuid-Holland werd enkel gered doordat een schipper zijn schuit opofferde: met de zwaai van zijn leven draaide hij het schip precies voor het gat in de dijk van de Hollandse IJssel en stopte zo de vloed.

Aan het Schiedamse Hoofd waren ze vanouds gewend aan hoog water. Zo nu en dan stuwde de zee de Nieuwe Waterweg in, met een kanonschot werden de dijkwachters opgeroepen, de buren werden uit bed getrommeld om voor de ramen en de deuren ijlings planken te plaatsen, en na een dag was het leed weer geleden. 'Gehurkt zit je dan klei te duwen, tot je benen er zeer van doen,' schreef mijn vader als zeventienjarige over zo'n nachtelijk klusje. 'Achter je hielen komt het water aanzetten, met strootjes en kroos voorop, soms heel dichtbij, dan weer teruglopend. Boven je doet de wind de takken van de bomen akelig ruisend over elkaar schuren en hoor je telkens het aanstormen van een nieuwe windvlaag.'

Ditmaal verliep het anders. Het eerste alarmerende verschijnsel deed zich al aan het begin van die zaterdagavond voor: het water liep niet terug, hoewel het eb was. Door het springtij bleef het hoog. Bij de Stormvloedwaarschuwingsdienst in De Bilt hadden de weerkundigen 's middags al een zeer zware storm en een 'enorme waterberg' zien aankomen. Ze besloten de zeldzame waarschuwing 'gevaarlijk hoogwater' uit te geven, maar het telegram bereikte slechts een enkeling. Vrijwel niemand had enige voorzorgsmaatregel getroffen.

In Leeuwarden woei het tegen de avond zo hard dat Hans en ik op de Verlaatsbrug van onze gezamenlijke fiets werden geblazen. In Schiedam begonnen al snel de vloedplanken te lekken. Eerst probeerden de Makken het probleem nog met emmertjes op te lossen, maar rond middernacht kwam het water opeens met volle kracht over de planken het huis in, en even later ook vanaf de achterkant. Catrinus pakte nog razendsnel de boekhouding uit het kantoortje, greep de telefoon om de politie te bellen – het Hoofd lag in een verre uithoek – en brak toen af: 'Ik moet nu ophangen, want ik sta tot mijn middel in het water.'

De familie verzamelde zich in de mooie kamer, die wat hoger lag, rond de haard. 'Opeens ging die sissend uit. Toen moesten we opnieuw maken dat we wegkwamen.' Op de bovenste verdieping heeft iedereen daarna zitten wachten hoe hoog het water verder nog zou komen. Oom Koos rekende uit: tot vier uur zou het blijven rijzen, dan moest het stoppen. Dat klopte. 'Ondertussen hoorde je alles. Je hoorde de vaatjes met snijbonen in de kelder bonken, het dressoir van mijn moeder sloeg op drift, de rinkelende glazen, de stoelen, het hele huis hoorde je onder je dobberen.'

Die zondagochtend vroeg – mijn vader maakte zich op voor een preekbeurt – sprak de radio over 'een noodtoestand door abnormaal hoge waterstand'. Het ANP-nieuws meldde een paar dijkbreuken en versperde spoorwegen in Brabant, maar van de omvang van de ramp had niemand toen enig idee. Dat veranderde pas toen Zeeuwse burgemeesters en politiemensen het ANP gingen bellen, de enige instantie die op zondagochtend bereikbaar was.

Het *Friesch Dagblad* had die maandag als kop: 'Waarschijnlijk meer dan 300 slachtoffers'. Het werden er uiteindelijk meer dan achttienhonderd.

Een ongekende solidariteit golfde over het land. In 1953 moesten de Nederlanders het nog in de eerste plaats van elkaar hebben, van het 'Nederlandse volk', en niet van de overheid. De lijst met de opbrengsten van dorpscollectes die na twee dagen in het *Friesch Dagblad* werd afgedrukt, is ronduit indrukwekkend, zeker in het licht van de toenmalige schaarste: Ferwoude *f* 2765,55 plus *f* 28,05 uit de spaarpotten van de schoolkinderen, Murmerwoude *f* 677,95 en een kalf, Tzum *f* 29 652,50 (wat neerkwam op *f* 105,– per gezin).

Bedrijven boden hun vrachtauto's aan, chauffeurs hun mankracht, aannemers hun draglines, boeren hun veevoeder. Geld speelde even geen rol. Er was sprake van een soort nationale burenhulp. Mijn grootvader schreef: 'Ook wij hebben gisteren samen, Mien, de meisjes en ik, alle kleren die we missen konden en alle meubelen en dekens bij elkaar gezocht. Gisteren is het opgehaald.'

In de kerk van Tineke preekte de dominee over de zonden van dit volk, die nu bestraft werden.

Zo snel als de gewone Nederlanders in Murmerwoude en Tzum reageerden, zo star en traag opereerden de meeste autoriteiten. De nauwkeurige reconstructie van de ramp die de journalist Kees Slager maakte is wat dat betreft buitengewoon onthullend. In het plaatsje Kortgene werd het gezag na de ramp bijvoorbeeld geheel waargenomen door een groep uit de bevolking omdat burgemeester en wethouders de wijk hadden genomen naar het naburige en droge Colijnsplaat. De burgemeester van Stellendam, die tijdens de meest rampzalige uren weinig ruggengraat had getoond, muntte uit in resoluutheid zodra het gevaar geweken was. Hij liet de politie onverbiddelijk optreden tegen dorpsbewoners die een paar spulletjes uit hun huizen wilden halen. Op veel plaatsen werden de polderwerkers – oersterke mannen die als geen ander verstand hadden van dijken en zandzakken – geëvacueerd en vervangen door militairen die nog nooit een schep in de hand hadden gehad. Wel was de marine direct in actie gekomen.

Ook tijdens de rampnacht zelf hadden veel autoriteiten het laten afweten. Waarschuwingen van sluismeesters, dijkwerkers en ander ondergeschikt volk werden in de wind geslagen. Al die bestuurders waren nog kinderen van een klassiek, hiërarchisch en juridisch georiënteerd ambtelijk apparaat. Toen die kaders letterlijk weggespoeld waren, bleek dat het leeuwendeel van de organisatie tijdens en vlak na de rampnacht neerkwam op informele leiders van allerlei pluimage: een brandweercommandant, een predikant, een paar boeren, een oudere arbeider. Op deze regel was één grote uitzondering: de burgemeesters die hun post te danken hadden aan hun activiteiten tijdens het verzet. Die hadden geleerd om te improviseren en hadden ook de moed om ambtelijke kaders te doorbreken.

De watersnoodramp onthulde zo, behalve de zwakke dijken, voor het eerst ook een ander sluimerend probleem in het naoorlogse Nederland: autoriteiten die hun positie te danken hadden aan hun club en hun geloof, maar niet aan hun kwaliteiten, machthebbers die geen gezag meer hadden, structuren die, als het erop aankwam, niet meer functioneerden.

Voorlopig bloeiden de zuilen nog. Aan de Westersingel lazen we voornamelijk gereformeerde kranten, Hans en ik gingen naar een gereformeerde school met gereformeerde meesters en juffen, Tineke en Cas studeerden aan een gereformeerde universiteit, de groenteboer was gereformeerd, de kruidenier was gereformeerd, ons brood was gereformeerd, de padvinderij was gereformeerd, mijn ouders stemden op gereformeerde partijen. De hele wereld was gereformeerd, zelfs de hekjes van de huizen en de bladeren van de bomen.

Behalve mijn oom Petrus en tante Maai. Met hen was iets bijzonders aan de hand, iets wat ik als jongetje niet helemaal kon thuisbrengen. Het waren mijn eigen lieve oom en tante: we gingen er om de andere zondag op koffievisite. Ze vormden een onverbrekelijk deel van de familie, maar tegelijk woonden ze in een ander land.

Ze hadden in het voorjaar een affiche van de openbare school voor het raam hangen, ze gingen niet naar de kerk, ze lazen een vreemde krant, ze schrokken van een glaasje wijn, ze kochten hun brood en hun taartjes bij de Coöperatie in plaats van bij een normale bakker, en dat merkwaardige gedrag bereikte een hoogtepunt op de dag na koninginnedag.

Eénmaal zag ik het met eigen ogen. Ik liep met mijn moeder door de binnenstad, opeens konden we niet verder, aan de hand van mijn moeder op mijn schouder voelde ik dat er iets onrustbarends op til was, en daar kwam een optocht aan: tamboers, vlaggen, een kar met daarop een stilstaand toneelstuk over een dronken man met bange openbare kinderen, weer trommels en mensen, opnieuw een kar, nu met blijde oude mensen en een enorme gulden erop, nog een muziekkorps, een rij sterke mannen met enorme vaandels, en daarachter liep, stram en fier, oom Petrus, mijn eigen oom Petrus. 'Oom Petrus!' riep ik, maar hij keek niet. Ik voelde de hand van mijn moeder verstrakken. Ze wist er, geloof ik, niet goed raad mee.

Maar kort daarop was alles weer goed, toen mijn revolutionaire oom en tante een eervolle vermelding kregen bij de wedstrijd 'goed onderhouden voortuinen' aan de P.J. Troelstraweg te Leeuwarden.

Voor mijn familie was de intense verzuiling een nieuwe ervaring. In Indië hadden de verschillen in geloof en denkrichting nooit zo gespeeld, en bovendien waren mijn ouders zelf van een te gevarieerde afkomst om zich er erg druk over te maken. Maar in Leeuwarden rolden ze er middenin, met alle regels, verboden en achterbaksheden die erbij hoorden. Op verjaarsvisites werd de Westersingel bevolkt door de top van het kleine gereformeerde universum. De plechtige stemmen van de twee oudste dominees, de donderende lach van dominee van Oost, het geschater van zijn collega, het gegrinnik van de dunne dominee van de Emmakade, het gierende uithalen van zijn vrouw, het klonk door de marmeren gangen omhoog tot het bed waarin ik sliep.

Een enkele keer werd de grens tussen ons en de anderen hard en scherp getrokken als een broeder of zuster wegens 'verharding in zijn of haar zonde' werd uitgesloten van de Gemeenschap des Heeren – dat waren wij dus. Dat gebeurde door het voorlezen van een in drie fasen opgebouwd formulier, dat achter in het psalmboek stond. De opsteller van deze tekst moet een goede dramaregisseur zijn geweest. De eerste maal werd de gemeente alleen gemeld dat er zich een zondaar/zondares in haar midden bevond, de tweede zondag werd de naam van de betrokkene genoemd, de derde zondag werd ook de aard van de zonde gemeld – meestal overspel, soms homoseksualiteit, soms, maar dat was voor mijn tijd, chronisch socialisme – en werd de afsnijding voltrokken.

Wat er buiten onze wereld gebeurde, bleef schimmig en niet echt. Alleen Cas, zijn vriendin en een paar van hun vrienden waren nieuwsgierig. Hun gereformeerde jeugdclub begon zeiltochtjes met jonge communisten te organiseren, en van de sociaal-democratische AJC'ers leerden ze volksdansen. De AJC'ers vonden deze doorbraakjes ook wel interessant en zeiden: 'Dan gaan we dus 's ochtends naar jullie kerk, en dan zien we 's middags bij ons een film over Hiroshima.' Maar toen de dominees er lucht van kregen, wilden die dat de gezamenlijke jongerenbijeenkomsten met gebed geopend werden, en daar moesten de jonge sociaal-democraten niets van hebben. Cas en zijn vrienden konden alleen maar grommen.

De samengebakkenheid van de zuilen had aan het eind van de jaren veertig een nieuwe impuls gekregen. Er verscheen een vijand van buiten, een vijand die in gewetenloosheid en antichristelijkheid de nazi's naar de kroon stak: de Rus, de communist.

De grote winnaars van de Tweede Wereldoorlog, de Sovjet-Unie, Engeland en Amerika, kregen al vrij snel onenigheid over de afwikkeling van de oorlog. Wat moest er van Polen worden? Moest Duitsland een gedeelde staat blijven? Mocht het Westen al die Russische vazalstaten in het oosten wel toestaan? Kon de Sovjet-Unie de intense bemoeienis van de Verenigde Staten met Europa – bijvoorbeeld via de Marshallhulp en de oprichting van de NAVO – nog wel accepteren?

De sfeer werd grimmig – ook in Nederland – toen eind februari 1948 de regering van Tsjecho-Slowakije via een communistische coup ten val werd gebracht en de minister van Buitenlandse Zaken Jan Masaryk uit het raam van zijn kantoor 'werd gesprongen'. Een maand later volgde de eerste directe confrontatie tussen de machtsblokken: alle verkeer van en naar West-Berlijn werd geblokkeerd. Westelijke vliegtuigen vlogen af en aan om het beleg te breken, er volgden maanden vol dramatiek, totdat het Oostblok inbond. Nog een jaar later had ook de Sovjet-Unie een eigen atoombom.

Vanaf een afstand gezien waren deze confrontaties tussen de grootmacht van het Oost-Europese vasteland en het jonge bondgenootschap aan de Atlantische Oceaan bijna onvermijdelijk. Er moest een nieuw evenwicht worden gevonden en dat kostte tijd. Bij nogal wat conflicten ging het dan ook, ondanks alle ideologische verhalen, in de kern om gewone nationale en territoriale belangen, die ook zonder een Koude Oorlog hadden gebotst.

Men kende elkaars wereld niet, dat zeker, en daarom speelden angst en misverstanden een grotere rol dan gewoonlijk. De Russische leider Stalin was er bijvoorbeeld zeker van dat de Amerikanen alles deden om zijn heerschappij over Oost-Europa te ondermijnen. De Amerikanen waren er op hun beurt van overtuigd dat de Russen het communisme, na de overname van Oost-Europa, ook aan het Westen wilden opleggen. Ook in Nederland was de vrees voor een Russische inval groot. Mijn moeder schreef in 1948: 'Het is maar de vraag of we de Russen of de Amerikanen niet op ons dak krijgen. Het is wel een toer om over al deze werkelijkheden heen te kijken.'

Voor veel mensen was de angst voor 'de Rus' een belangrijk motief om naar Australië, Zuid-Afrika of Canada te emigreren. 'Denk eraan,' zeiden de propagandisten van de christelijke emigratiecentrale, 'de Duitsers, dat waren nog christenen. Maar de Russen, die zijn helemaal van God los.'

Aan het Hoofd hadden de Makken een goede klandizie aan zogeheten vluchtschepen: rijke Nederlanders die permanent een schip hadden klaarliggen voor het geval de Russen zouden komen. In totaal tuigden ze in de jaren vijftig zo'n twintig van dit soort schepen op.

In de volgende jaren nam deze Koude Oorlog bezit van de hele wereld. Of het nu ging om de ontwikkelingen in China, de zelfstandigheid van Indonesië, de dekolonisatie van Afrika, de revoluties in Zuid-Amerika en Azië, alles werd in het schema westers-communistisch geduwd, ook al ging het om heel andere achtergronden.

De propagandaslagen die beide partijen voerden, waren zo fel dat ze op den duur averechts werkten, met name ten opzichte van de jongeren. De verhalen over de terreur en de grote zuiveringen van Stalin werden bijvoorbeeld lange tijd overdreven geacht. Net als bij de jodenvervolging bestond er een geloofwaardigheidsprobleem: de sovjetmisdrijven en de geschatte aantallen slachtoffers waren bijna niet te bevatten. Toen in de jaren tachtig de archieven opengingen, bleek de werkelijkheid – 17 miljoen Goelag-slachtoffers, 37 miljoen slachtoffers van hongersnoden en andere vervolgingen – erger te zijn dan zelfs de grootste communistenvreters uit de Koude Oorlog ooit hadden durven verkondigen.

Aan het eind van de jaren vijftig bezaten beide partijen voldoende kernwapens en transportmiddelen om elkaars belangrijkste steden te bereiken en te vernietigen. Enkele malen ontstonden er hevige spanningen, en dat waren zenuwslopende dagen. Ik herinner me hoe mijn vader tijdens de Cuba-crisis aan de radio gekluisterd zat, ieder uur moest hij luisteren, een totaal andere houding dan zijn betrekkelijke desinteresse in de jaren dertig. De kernwapens brachten de oorlog dichtbij, en maakten het gevaar permanent, nu ook voor de gewone burgerbevolking.

Uiteindelijk leidde de Koude Oorlog tot een riskante maar tegelijk comfortabele status-quo. De communistische tweelinghelft van Duitsland, de Duitse Democratische Republiek (DDR), heeft bijvoorbeeld uiteindelijk slechts veertig jaar bestaan. In de toenmalige beleving was het echter alsof dat land er al eeuwig stond en tot in lengte van dagen zou blijven. De Koude Oorlog was een soort oorlog, maar tegelijk leek het alsof Europa een nieuwe eeuw van zekerheden was ingegaan.

***

Binnenslands werden de jaren vijftig gekenmerkt door zwijgen.

Journalisten van het *Haags Dagblad* ontdekten na zorgvuldig onderzoek dat de Haagse burgemeester mr. F.M.A. Schokking, eerder burgemeester van het dorp Hazerswoude, in 1942 had meegewerkt aan de arrestatie van een joodse familie. Niet de burgemeester maar de journalisten werden in de beklaagdenbank gezet: ze waren leugenaars, opportunisten, lasteraars en dieven van dossiers. Het was alleen wel waar. Korte tijd later hield Schokking de eer aan zichzelf en trad af.

Nog zo'n doofpotzaak: de kwestie Hofmans. In het begin van de jaren vijftig kwam koningin Juliana sterk onder de invloed van de gebedsgenezeres Greet Hofmans. Dat werd merkbaar op een staatsbezoek naar Amerika, toen de koningin in haar redevoeringen buiten de toenmalige politieke orde trad en – midden in de Koude Oorlog – begon te praten over ontwapening en begrip tussen de volkeren. Ze zei mooie, hoogstaande en zelfs verstandige dingen, maar met het beleid van de regering hadden haar verhalen niets meer van doen. Alleen *Het Parool* voelde nattigheid en vroeg zich af of 'de geest van Savonarola of van Israëls profeten' wellicht in onze regering gevaren was. 'Hoort men in Den Haag nu ook al stemmen en wordt men misschien geplaagd door visioenen?' Opnieuw kregen de boodschappers het zwaar te verduren.

Achter de schermen heersten inderdaad grote problemen. De vorstin blokkeerde enkele burgemeestersbenoemingen en weigerde nog langer mee te werken aan de doodvonnissen van oorlogsmisdadigers. Er dreigde een ernstige constitutionele crisis, zonder dat de bevolking van iets wist. Begin juni 1956, vlak voor de verkiezingen, kwam het Duitse weekblad *Der Spiegel* met het hele verhaal. De minister van Buitenlandse Zaken riep daarop de hoofdredacteuren van de Nederlandse kranten bij elkaar en verzocht ze voorlopig niets te publiceren. Dat deden ze braaf. *Der Spiegel* werd in Nederland niet verkocht. De hele wereld wist ervan, maar Nederland kon nog éénmaal een afgesloten eiland zijn.

Ook ten aanzien van de verhouding met Indonesië overheerste de geslotenheid. De slepende kwestie rond Nieuw-Guinea – een deel van voormalig Indië dat nog bij Nederland hoorde maar dat de regering in Jakarta wenste te annexeren – leidde bijna tot een oorlog omdat minister van Buitenlandse Zaken Joseph Luns beweerde dat zijn politiek de volledige steun had van de Verenigde Staten. De enige journalist* die later de moeite nam om dit bij hoge ambtenaren van het State Department te verifiëren – het tegendeel bleek het geval –, werd daarna jarenlang het werken vrijwel onmogelijk gemaakt. Een groep ondernemers voorzag toenemende gevaren voor de vijftigduizend Nederlandse onderdanen, de vijfhonderd Nederlandse bedrijven en de vijf miljard gulden aan Nederlands kapitaal in Indonesië – en het zou inderdaad uitlopen op een overhaaste uittocht. Tussen 1951 en 1963 deden ze, in het diepste geheim, hun uiterste best om de dialoog tussen Nederland en Indonesië weer op gang te krijgen. Toen hun bemiddeling in de openbaarheid kwam, werden ze door half Nederland voor landverraders uitgemaakt.

In het voorjaar van 1962 stond Nederland zo op het punt een laatste grote koloniale oorlog te beginnen, om een stuk wildernis aan de andere kant van de wereld. Er werden troepen en oorlogsschepen naar Nieuw-Guinea gestuurd, en de eerste schermutselingen begonnen. Het merkwaardige was dat Nederland geen enkel aantoonbaar belang had bij deze strijd: het ging puur om principes, om de drift de papoea's te helpen en te verheffen, het was een laatste eruptie van oriëntalisme, ethische idealen en beschaafd imperialisme.

Uiteindelijk werden regering en parlement door de nieuw gekozen Amerikaanse president John F. Kennedy ruw uit hun droom wakkergeschud: hij weigerde de Nederlandse vloot alle Amerikaanse havenfaciliteiten. In de zomer van 1962 acepteerdeDen Haag met tegenzin een Amerikaans vredesplan. Op 31 december, om 12 uur 's nachts, werd in het gebouw van de voormalige Nieuw-Guinearaad in het voormalige Hollandia de Nederlandse vlag voorgoed neergehaald.

In dezelfde sfeer werd de nasleep van de politionele acties afgewikkeld. De oorlogsmisdadiger Raymond Westerling kon hier een rustige oude dag genieten. Na tal van vragen was uiteindelijk toch een onderzoek ingesteld naar het optreden van het Korps Speciale Troepen.

De resultaten daarvan bleken uiterst pijnlijk te zijn, en niet alleen voor Westerling. Op grond daarvan wilde men een strafzaak tegen hem en vier van zijn officieren beginnen. De ministerraad wees dit idee echter af. De anti-Indonesische stemming was zodanig dat een proces tegen Westerling wellicht niet in goede aarde zou vallen. 'We nemen aan,' zo concludeert Lou de Jong, 'dat de ministers zich er bovendien bewust van waren dat, als het tot een proces kwam, blijken zou dat de ambtelijke en de militaire top in Batavia en Makassar ten nauwste bij de contra-terreur betrokken waren geweest. Westerling en de zijnen waren niet meer geweest dan een werktuig.'

De schrik van Celebes leefde intussen ongestoord in Friesland, waar hij een nieuw bestaan probeerde op te bouwen als operazanger. Gjalt, die toen in het dorpje Warns voor de klas stond, was enige tijd in de kost bij Westerlings moeder. Zelf heb ik Westerling daar ook wel getroffen, toen ik er als jongetje toevallig logeerde, een man vol ingehouden kracht in dat kleine bedoeninkje aan de dorpsstraat. Een Indische jongen ook, die alles kon en deed. Voor mij was Raymond Westerling jarenlang vooral de man die het waagde om de inhoud van een overvolle poepton over te hevelen naar een kuil achter in de tuin en die de slang met het bruine vocht aanzoog alsof het leidingwater was. We beleefden een verbijsterende middag.

***

Degenen die protesteerden tegen de ingeklonken geest van de jaren vijftig, protesteerden vooral met hun voeten. Veel jongeren hadden tijdens en vlak na de oorlog aan een andere wereld geroken, een aantal was tijdens de politionele acties in Indië geweest, en toen de regelmaat weer terugkeerde, viel het geordende, verzuilde, provinciale Nederland als een loden last op hun schouders. In sommige Friese dorpen vertrok de halve dorpsjeugd, in een koorts van pessimisme over hier en van optimisme over daar.

Medio februari 1951 ging mijn vader als zielzorger mee met een transport, op de Volendam naar Canada. Toevallig was bij dit vertrek een verslaggever van het *Friesch Dagblad* aanwezig. Hij vroeg een paar van de vijftienhonderd emigranten naar hun motieven. Slager Schurer uit Heerenveen zei: 'De slagerij ging best. Maar wie garandeert dat het over tien jaar nog zo is in Nederland, waar de moeilijkheden voor de middenstand steeds groter worden?' Tuinder Malda zag evenmin veel heil meer in de Nederlandse tuinbouw. Arbeider Rozema, uit Lioessens: 'Nou ja, je weet dat je weg moet. Je jongens kunnen het hier op den duur niet bolwerken. Zelf red je het als zuivelarbeider misschien wel. Maar een van de jongens is tweeëntwintig en de jongste is veertien. Zij moeten het in Bromville (Canada) gaan proberen.'

Ze gingen een zwaar bestaan tegemoet. Materieel zou het de meesten op den duur goed gaan, maar diep in hun hart zouden ze altijd ergens tussen Lioessens en Bromville blijven hangen. En het meest tragische was dat deze massale exodus, met alle heimwee en ellende die daarmee samenhing, voor velen achteraf niet nodig was geweest: vijftien jaar later had Nederland nagenoeg hetzelfde welvaartsniveau als Canada, Nieuw-Zeeland en Australië. In 1951 realiseerde zich vrijwel niemand dat ook hier de grote welvaart om de hoek lag.

Bij zijn terugkeer bracht mijn vader enkele vruchten mee uit het verre paradijs. Voor Anna en Tineke had hij Amerikaanse nylons: een onbetaalbare weelde in Nederland. Voor mij was er een rode brandweerauto, gemaakt van het nieuwe materiaal dat men 'plastic' noemde, roder dan bakeliet, zachter dan ijzer, en het rook ook anders. De auto had bovendien een niet eerder waargenomen aandrijfmechanisme – een vliegwiel –, dat ook nog het geluid van sirenes nabootste en een vuursteentje liet vonken onder een rood zwaailicht. Twee mysterieuze woorden stonden erop: FIRE DEPT.

Zo leefden we in halve armoede met een verguld randje. Mijn moeder wrong zich in alle bochten om iets van het eten te maken. Ze bakte plakjes selderijknol, die ze serveerde met een toefje peterselie, een chic voorafje voor één cent per persoon. Op zondag kreeg de familie een halve beschuit met suiker bij het ontbijt, zo nu en dan stond er vlees op tafel, op vrijdag hadden we schelvis van de markt en verder was het erwtensoep, rode kool, bietjes en stijve boekweit met stroop. Vruchten als bananen waren, net als later in het Oostblok, zeldzame symbolen van de nieuwe tijden die zouden komen. Limonade werd alleen bij speciale gelegenheden gedronken, chips en borrelhapjes bestonden niet, koek was iets voor de zondag, snoep was een gebeurtenis op zich: een lolly bij een bruiloft, een reep van mijn oom Arie, een chocolade auto van een buurvrouw. Hans vertelde dat er op de markt iets nieuws te koop was, patat, maar ik geloofde niet dat mensen zo gek zouden zijn om een kwartje neer te leggen voor een handvol gebakken aardappelstaafjes in een zakje.

In het huis aan de Westersingel was het dermate koud dat Tineke altijd hunkerde naar het einde van de kerstvakantie, want dan kon ze tenminste weer in een warme studiezaal zitten. Er werd veel geknutseld. Cas en zijn vriendin gingen kamperen met luchtbedden, zelfgemaakt van oude fietsbanden. Gjalt maakte radio's, Hans en ik droomden van een soort houten ligfiets die we in een hobbyboek hadden zien staan, een tweepersoons geval waarmee de makers al door heel Nederland waren gefietst. Wat we verzonnen, deed soms denken aan de slimme constructies die je nu nog in Afrika of op Cuba tegenkomt en die het gat vulden tussen de welvaart die ons voorgespiegeld werd, en de gebrekkige middelen waarover we in werkelijkheid beschikten.

Eind april 1952 vertrouwde mijn vader Cas toe dat het leven hem 'uitermate duur' viel. Hij had schulden vanwege de aanschaf van boeken en betaalde ze af door weer andere boeken te verkopen. 'Doordat ik niet elke zondag een preek heb, lopen de inkomsten ook gestaag achteruit,' schreef hij. 'Ik tracht dit te compenseren door schrijfwerk, wat gedeeltelijk slechts lukt.' Hij voegde eraan toe dat dit niet als klaagzang was bedoeld, maar dat Cas wel alle 'luxe-uitgaven zoveel mogelijk diende te beperken'. Aan de rand van de stad had de familie inmiddels een volkstuin aangelegd, en Gjalt en Hans logeerden veel bij familie, 'alles liftende'.

Het 'schrijfwerk' waar mijn vader het over had, bestond onder andere uit het produceren van reeksen korte stichtelijke teksten, die gebruikt werden voor de voorkant van de dagelijkse blaadjes van de evangelisatiekalender *Zaadkorrels*. De achterkant bestond meestal uit een vroom vervolgverhaal waarin iemand vele afleveringen lang op smakelijke wijze zondigde om vervolgens op de valreep gered te worden. We kenden hele passages uit het hoofd en droegen ze op ongepaste gelegenheden voor: 'Het laatste wat de ziekenzaal van omoetje Schievink hoorde, was: "Op Uw genade wacht ik, Heere!" Het laatste wat de zaal van Anna Sierksma zag, was een vuist die zich samenkrampte... of balde?'

Hans verdiende in een zomervakantie een zakcentje als broodventer. Dag in dag uit reed hij met de bakkerskar door de warmgestoofde armoebuurten van Leeuwarden. Midden in die zomer waren bij sommige huizen plotseling de gordijnen dicht, buurvrouwen kwamen betraand bij de kar, het woord 'kinderverlamming' werd fluisterend uitgesproken. Er was al een meisje overleden – ze had een week eerder nog bij Hans op de kar meegereden – en er volgde nog een reeks slachtoffertjes. Ze stierven, of bleven zwaar gehandicapt. Het was waarschijnlijk de laatste gevaarlijke epidemie die de stad teisterde. Kort daarna kwam er ook tegen kinderverlamming een vaccin op de markt.

Onder de schippers aan de overkant heerste de diepste armoede. Op een winterdag verdronk er een schipperskind, de vader kon het net niet meer grijpen. Ik hoor nog het geschreeuw van de schippersvrouw. De man hing de hele vriesnacht met zijn hand buiten boord. Een van de schippersvrouwen stak zo nu en dan de weg over, hief haar vuist en vloekte dat het schalde tegen de hoge nette huizen. Op den duur deed ze dat vijf keer per dag. Toen was ze opeens verdwenen. Na een maand of wat dook ze weer op, zachtaardig, vriendelijk, en ze groette beleefd. 'Ze is behandeld,' werd er gezegd.

Er hing in die jaren vijftig een sfeer van stille tevredenheid. Het ging beter, het ging zelfs snel beter, en bijna niemand had zin in revolutie of haastige veranderingen. Wie de baas was, mocht nog wel even de baas blijven.

De beleidsmakers van het bedrijfsleven, de werknemers, werkgevers, de overheid en de politieke partijen hadden een vast onderonsje ten huize van de ARP-minister van Economische Zaken, Jelle Zijlstra, in de Amsterdamse Jan Luijkenstraat. Eigenlijk werd hier het economische beleid bepaald. 'We waren het in wezen altijd eens,' vertelde Zijlstra vele jaren later. 'Als Tinbergen van het Centraal Planbureau en Holtrop van De Nederlandsche Bank zeiden dat we het beste een bepaalde richting op konden gaan, dan gebeurde dat ook. Dan verkochten de leiders van de werkgevers en de werknemers dat aan hun achterban. Er bestond een grote harmonie tussen de belangrijkste hoofdrolspelers in het economische veld, en dat moest ook, anders kwamen we er nooit bovenop. Die situatie was volstrekt uniek.'

Wat deze pioniers van de verzorgingsstaat voor ogen stond, waren degelijke, maar sobere sociale regelingen. In de eerste plaats moest er een werkloosheidsuitkering komen, plus een oudedagsvoorziening, de latere AOW. Dan moest de Armenwet omgebouwd worden tot een Bijstandswet, met als belangrijkste uitgangspunt dat een uitkering een recht zou worden in plaats van een gunst. 'Maar hoe dat moest, wisten we op dat moment nog absoluut niet.' De diverse Ongevallenwetten moesten vervangen worden door een nieuwe Arbeidsongeschiktheidswet – 'Daarover hadden we alleen maar wat vage ideeën. Verder ging onze horizon absoluut niet,' zei Zijlstra. 'We dachten dat als dit allemaal gerealiseerd zou worden, dat we dan een sociaal paradijs zouden hebben.'

De echte wederopbouw, de periode van de broekriem aansjorren, de geldzuivering, de distributie, de Marshallhulp en een stevige loon- en prijsbeheersing was toen al voorbij. Rond 1950 was in vrijwel alle opzichten de vooroorlogse welvaart weer bereikt. Eind december 1950 schreef mijn grootvader: 'Zaterdagavond hebben we bij 'n alleraardigst kerstboompje gezeten en onder meer geluisterd naar 't Kerstfeest bij de Koningin thuis met de kinderen. 't Hele gezin kwam per radio bij ons binnen door middel van een prachttoestel waarmee Ludz zijn Mien had verrast.' Bij het kerstdiner was alweer een hele kalkoen.

Ook in Schiedam ging het goed. Voor de troepentransporten van en naar Indië en Nieuw-Guinea moesten er zonne- en regententen worden gemaakt, en zelfs hele zwembaden van zeildoek. In de jaren vijftig kwamen er steeds meer particuliere klanten. De mensen begonnen te kamperen en de vraag naar tenten steeg. Bij de maaltijd was je er welkom als vanouds, en het eten had er weer de oude kwaliteit: vlees, aardappels, veel jus, en grote puddingen toe.

Grootvader Van der Molen was in goeden doen geraakt. Uit terloopse opmerkingen in zijn brieven valt op te maken dat hij jarenlang druk bezig was om zijn oudedagsvoorziening bij elkaar te sprokkelen, iets wat voor de komst van de AOW letterlijk van levensbelang was. Toen in het najaar van 1947 de 'Noodwet Drees' kwam – genoemd naar de minister van Sociale Zaken Willem Drees –, was dat voor hem een prettig extraatje.

Voor de meeste ouderen was deze voorloper van de AOW echter een geschenk uit de hemel. Het maximum was achttien gulden per week. 'Hij trekt van Drees,' werd er gezegd, en sommige bejaarden verkeerden in de veronderstelling dat het geld inderdaad op een of andere manier van 'vadertje Drees' persoonlijk afkomstig was. Een enkel socialistisch echtpaar stuurde hem zelfs een paar gulden terug: die hadden ze niet nodig gehad. In de familie Mak discussieerde men over de vraag of oma wel geld mocht aannemen van deze 'rode' meneer. Zelf vond ze het maar niks.

Als het heel slecht ging, zei mijn moeder altijd: wacht maar tot het schip met geld komt. Eerst zag ik dat helemaal voor me, hoe er een tjalk, geladen met geld, door de Verlaatsbrug geboomd zou worden, hoe die dan voor ons huis aan de Westersingel zou afmeren en hoe we dan van alle zorgen zouden zijn bevrijd. Daarna begreep ik dat mijn moeder dat niet zo letterlijk bedoelde, dat het alleen maar een gezegde was. Nog veel later drong het tot me door dat er wel degelijk een 'schip met geld' had bestaan. Als ze zoiets riep, doelde mijn moeder namelijk op het salaris dat mijn vader nog van de Nederlandse staat te goed had over de jaren die hij in krijgsgevangenschap had doorgebracht.

Deze achterstallige salarissen werden almaar niet uitbetaald. Eerst gebeurde dat uit ambtelijke traagheid, later omdat de Nederlandse regering bij de soevereiniteitsoverdracht alle baten, lasten, vorderingen en schulden van het voormalige KNIL in één klap had overgedragen aan de nieuwe Indonesische republiek. Daarna konden de voormalige KNIL-militairen het verder wel vergeten. De Indonesische regering stond niet te trappelen om nog eens de salarissen van de voormalige onderdrukkers te gaan betalen.

De ploeteraars in de jungle hebben dus nooit een cent gezien, maar volgens de Haagse normen was het allemaal prima in orde. Een hoge ambtenaar zei dat uitbetaling ook niet nodig was, omdat 'de geïnterneerden in die tijd niet voor hun eigen kost [hadden] hoeven te zorgen, geen huur betaald, geen personeel te onderhouden enzovoort. Ze hadden ook geen belasting betaald.'*

Het vervulde mijn vader dan ook met grote bitterheid toen enkele jaren later de film *The Bridge on the River Kwai* veel aandacht trok. Wel sentimenteel doen over die paar volgevreten figuranten, maar de echte ex-krijgsgevangenen totaal in de kou laten staan en ze zelfs bestelen van het weinige salaris waar ze recht op hadden, dat was de Haagse houding ten voeten uit.

Pas zesendertig jaar later, in 1981, na eindeloos zeuren en procederen, ontvingen mijn vader en zijn oorlogskameraden alsnog een genoegdoening van precies *f* 7500,–. Mijn moeder besteedde het bedrag grotendeels aan taxiritten naar het ziekenhuis, waar mijn toen bijna-stervende vader lag.

***

Kort na de Canadese reis van mijn vader werd de bruiloft van Anna gevierd. Dat ging eigenlijk heel snel en onverwacht. Toen ze in Groningen als verpleegster werkte, had ze een jonge, zeer intelligente theologiestudent ontmoet. Er ontstond een correspondentie, die al snel uitliep op meer. 'Je hebt zeker wel door dat 't erg serieus is tussen ons,' schreef Anna in maart 1951 aan haar oudste broer. 'Soms snap ik er zelf niets van. 't Is allemaal zo plotseling en zo volkomen buiten alle plannen om. Toch heb ik me nog nooit zo rustig gevoeld als onder deze situatie. In elk geval, bereid je maar voor op een trouwerij.'

Bij beiden speelde, naast verliefdheid en andere zaken, een mengeling aan motieven. Bij hem waren het de ouders, die graag een vrouw in de toekomstige pastorie zagen. Bij haar waren het eveneens de ouders, die haar bij ziekte en ongemak telkens weer lieten opdraven. 'Ik moest zorgen dat ik een eigen huis had,' zei ze later. 'En ik had er erg veel fiducie in, in hem en mij. Want een pastorie runnen, dat kon ik, dat wist ik.'

Nu waren de tijden voorbij dat ouders voor hun kinderen een partner zochten. Het 'vragen om verkering' – een goedkeuring vooraf die in de jeugd van mijn ouders nog in zwang was – was in de jaren vijftig al in onbruik geraakt. Uit de correspondentie valt echter op te maken dat Anna nog wel een soort instemming vroeg om verder met deze jongen te mogen omgaan. In een brief aan haar ouders – 1 januari 1951 – schreef ze: 'Ik ben zo blij dat jullie hem zo ontvangen hebben, want ik had hem aardig zitten knijpen, eerlijk gezegd.'

De nieuwe vriend van Anna werd door de andere kinderen met open armen binnengehaald, maar niet door mijn moeder. Zij had gehoopt op een Wiersinga of een Bavinck als schoonzoon, zei ze eerlijk, of een andere naam uit de gereformeerde Gotha-almanak. Zo waren de rangen en standen nog wel, ook na de oorlog. Maar toen bleek dat hij een veelbelovend theoloog was en enkele maanden later zou promoveren, wellicht cum laude, draaide ze om als een blad aan de boom. Ze moesten maar gauw verloven, vond ze, dan kwamen er ook geen praatjes.

Ik heb de foto van de promotie voor me liggen. Mijn ouders zitten vooraan, naast zijn ouders en grootouders. Anna's verloofde zit in het midden, mager en witgewerkt. Anna zelf kijkt recht in de lens, ernstig en vastberaden.

De bruiloft was een grote zenuwpartij. Er was geen geld, maar het moest wel deftig. Mijn vader preekte over de bruiloft van Kana, vanwege de kosten werden receptie en diner thuis gehouden en er waren precies twee dozen met bruidssuikers waarvan iedereen er één mocht hebben. Tante Mien kookte, maar kreeg migraine. Alleen de grootvaders van het bruidspaar hadden samen verschrikkelijk veel plezier.

Ik herinner me dat ik een matrozenpakje droeg en dat mijn oom Arie me opstookte om in het stadhuis op het bijbehorende fluitje te blazen als het echtpaar 'ja' zei. 'Anders kan het huwelijk niet doorgaan, jôh!' Ik had sterk het gevoel dat we allemaal buitenstaanders waren, dat dit niet echt gebeurde.

Het pasgetrouwde paar verhuisde naar een dorp in de Haarlemmermeer. Van Cas hadden ze de bekende reproductie van Chagalls liefdespaar-te-paard gekregen, maar die durfden ze niet in de pastorie op te hangen omdat de vrouw twee zichtbare borsten had. Het land was leeg en grijs. Een dorpsjongetje speelde in een modderige plas, waadde erdoorheen en riep: 'Ik ben Jezus!'

***

Ik probeer me de huiskamer aan de Westersingel voor de geest te halen, op een najaarsavond in 1952. Het is stil, op het getik van de kolenkachel na, de enige kachel in huis die brandt. Het licht van de lamp valt op de bruineiken tafel, op de bollige stoelen daaromheen, op het dressoir daarachter, op de rest van de kamer. Alles draait om die lamp en die tafel.

Er klinkt geluid op de stoep, en in de brievenbus valt iets ongekend kleurigs en glimmends: een stripblad. Het is de eerste *Donald Duck*, in half Nederland gratis huis-aan-huis bezorgd. De afbeeldingen binnenin zijn grotendeels in zwart-wit, maar desalniettemin maken ze diepe indruk. De eend Donald Duck als schoolmeester! En dan de neefjes die, als hij klaagt over hoofdpijn, zomaar een ijsje op zijn hoofd uitdrukken! Ongehoorde brutaliteiten waren dat, zich afspelend in een vaag bekende wereld vol auto's, ijskasten en televisies. Een wereld die bovendien noch gereformeerd was noch katholiek, openbaar of neutraal, die simpelweg aan geen zuil meer toebehoorde. Ook dat was ongekend.

Leeuwarden was in die jaren een stille, wat vervallen stad onder leiding van een schrale sociaal-democratische burgemeester die op een zwart herenrijwiel door de stad reed en door de inwoners vanwege zijn vegetarische beginselen meestal werd aangeduid als Adriaan de Grasvreter. Over de Westersingel voer nog hetzelfde, via een kabel voortgetrokken pontje als in 1910, en voor hetzelfde tarief: drie cent. Onze kruidenier bestond ook al een eeuw: een altijd warm en vol winkeltje, overladen met kruidenierswaren, emmers, borstels, bezems, touwen, kabels, petroleumvaten en andere schippersbenodigdheden. Er was één kruispunt met stoplichten waar altijd een agent naast stond, ter controle. Zo nu en dan kwam er een auto voorbij, maar we konden rustig op straat spelen. Er reden nog paardenkarren rond, grote ratelende wagens met twee enorme Belgen ervoor, hun stallen, schuin aan de overkant van onze gracht, roken wild en gevaarlijk.

Wel begonnen er dingen te veranderen. Zo werden bijvoorbeeld langzamerhand de reistijden korter, en daarmee werden ook de afstanden kleiner. Mijn broers en zusjes hadden meestal van en naar Amsterdam gereisd via het IJsselmeer, met de lijnboot Amsterdam-Lemmer. Dat was het goedkoopste, maar het kostte je een volle dag. In december 1950 beschrijft mijn grootvader zijn reisplan van Vlaardingen naar Friesland. Het kostte hem bijna zes uur: 's ochtends om kwart voor elf weg, dan naar Amsterdam, vervolgens van Enkhuizen met de boot naar Stavoren, aankomst om halfvijf in Leeuwarden.

Op 18 mei 1952 reed de eerste elektrische trein vanuit Amsterdam naar Leeuwarden: vier wagons getrokken door een vierkante, zeegroene locomotief van Franse makelij. Honderden mensen verdrongen zich op het Leeuwarder station. Er was feest op de paardenbaan en sterke jonge mannen droegen onder luid gejuich een model van de locomotief op de schouders rond. De reisduur Amsterdam-

Leeuwarden was met meer dan een halfuur verkort.

In datzelfde jaar kwam Gjalt thuis met een bromfiets, dat wil zeggen een oude damesfiets waarop hij een eivormig hulpmotortje had laten monteren en waarmee hij de hele provincie rondreed. Hij was er vroeg bij: de bromfiets werd hét vervoermiddel van de jaren vijftig, het symbool van de nieuw verworven ruimte. In 1949 waren er in heel Nederland vierduizend, tien jaar later een miljoen, in 1965 anderhalf miljoen.

Ook op andere terreinen schoten de grafieken omhoog. In vergelijking met de jaren dertig was de productie van de Nederlandse industrie in de eerste helft van de jaren vijftig anderhalf keer zo groot, de productiviteit per arbeider was met de helft toegenomen, de landbouw moderniseerde in hoog tempo, hele stadswijken werden in minder dan geen tijd uit de grond gestampt, het land leefde op het ritme van dreunende heipalen. Op eerste pinksterdag 1955 ontstond de eerste file, bij 's lands enige verkeersknooppunt, Oudenrijn, omdat de Nederlandse zondagsrijders naar de Veluwe wilden en de Duitse kinderen van het Wirtschaftswunder naar de bollenvelden.

De snelheid van leven nam toe, sterker nog, snelheid begon een onmisbaar onderdeel te vormen van het bestaan. 'Onze tijd is bezeten door een enorme haast,' schreef de jonge journalist H.J.A. Hofland in 1955. 'Wij rennen als windhonden achter een kunsthaas aan.' Hij maakte dat onder andere op uit de manier waarop de moderne mens zijn vakantie doorbracht, waarbij men soms niet langer dan twee dagen op dezelfde plaats bleef. 'Een vakantiereis van tweeduizend kilometer is geen zeldzaamheid meer, en het wekt geen verbazing dat het hotelpersoneel thans heeft kennisgemaakt met een nieuw verschijnsel: dat van de overspannen toerist.' Ook de auto, de telefoon – 'dikwijls is men trots op zijn "routine in het telefoneren" ' – en het vliegtuig hebben de mogelijkheden tot communicatie zo vergroot dat moderne mensen tot steeds meer afspraken worden verleid. 'Alle voordeeltjes samen zijn in één zeer groot nadeel veranderd. Maar ze zitten eraan vast, ze moeten voort, en pas veel later zullen ze zich van (hun) ballast kunnen ontdoen, moe en geprikkeld.'

De meeste familiebrieven uit deze periode ademen nog de oude kalmte – zodra iemand zich ziek meldde, was het bedrust, een warme kruik en zeker een week niet naar buiten –, maar hier en daar begint een zeker onbehagen merkbaar te worden, met name bij mijn grootvader. Met de moderne leefwijze van zijn oudste zoon Hattem en zijn vrouw had hij bijvoorbeeld duidelijk moeite. 'Hun brief liep weer over van "business" – heet dat niet zo?' noteerde hij al in 1949. Oom Hattem was iets hoogs bij Philips, zijn vrouw was gemeenteraadslid in Eindhoven voor de PvdA, en hun huis was, in de ogen van mijn negentiende-eeuwse grootvader, 'vol beweeg en getelefoneer'.

In een van zijn brieven las ik het verslag van een bezoek dat zijn zoon hem in Vlaardingen bracht, samen met een Philips-collega. 'Hij rookt een sigaar, gebruikt twee kopjes koffie en een sneetje koek, en vertrekt weer, om elders te dineren.' Mijn grootvader schreef het met enige verontwaardiging, want samen eten was voor hem een belangrijk ritueel.

Zelfs op een gezamenlijke vakantie, in de zomer van 1949, bleek het echtpaar tot zijn verbazing nog te werken. 'De kruik gaat zo lang te water tot ze breekt,' schreef hij, maar hij voegde eraan toe dat zo'n waarschuwing waarschijnlijk weinig zou helpen. Daarvoor was hun beider streven te intens.

Ook met een ander aspect van het moderne leven had hij steeds meer problemen: de toenemende vervuiling. Medio februari 1951 beschreef hij een wandelingetje langs de haven. 'Het vuil lag met dikke vlokken op het water, zoals ik het nog nooit gezien had. Het leek wel room.'

Hij liep graag door de polders die achter Vlaardingen lagen, een welvarend, klassiek Hollands landschap met sappige weidegronden, stukjes tarwe en bieten daartussendoor, en aan de horizon de torens van Delft en de spoorlijn naar Schiedam. Het was plat, open land, waar in de zomer overal boeren met paard en wagen aan het hooien waren en dat werd doorsneden met een paar oude vaarten en vlieten. Dit was het gebied waar hij altijd gewerkt had, waar hij iedere boer kende, en hij hield ervan.

In 1953 besloot de gemeente Rotterdam grote delen van dit landschap te bestemmen voor de berging van baggerslib. Dat betekende dat alle boeren moesten vertrekken, en dat de polders vervolgens zouden worden opgespoten met een meters dikke laag modder. Dit alles zou plaatsvinden onder auspiciën van de Stichting Landverbetering Zuid-Holland, een overheidsinstelling waarvan zelfs de naam een leugen was.

Mijn grootvader wist als geen ander dat deze poldergrond van uitstekende kwaliteit was, dat het met dat havenslib alleen maar minder zou worden en dat hier iets heel anders achter zat: de gemeente wilde de havenbagger gewoon zo goedkoop mogelijk kwijt. Hij was razend, liet op zijn oude dag alle gezagsgetrouwheid varen en begon in zijn eentje een oorlog tegen 'de blubber' die Vlaardingen op zijn grondvesten deed schudden. Week na week geselde hij de autoriteiten in de kolommen van de *Vlaardingse Courant*, en hij begon zelfs een echte protestactie. ''t Wordt tijd dat diegenen die beseffen wat voor raars hier te gebeuren staat, niet te lang meer wachten met d'r stem te laten horen,' schreef hij. 'Waar nu het malse groen van de sappige weiden u van alle kanten tegenlacht, zal slechts een doodse eentonige grauwheid overschieten, waar elk teken van leven en elk spoor van natuurschoon is weggevaagd, bedolven onder een dikke blubberlaag. Een plaats om zo spoedig mogelijk te ontvluchten.'

Zijn milieu-actie was een kwarteeuw te vroeg: hij kreeg geen voet aan de grond. Hij bleef vasthouden aan zijn gelijk, maar toen hij het niet kreeg, legde hij de zaak manmoedig naast zich neer. Hij praatte er verder niet over, maar hij vond het wel erg.

Toen er decennia later – de opgespoten polder was inmiddels herschapen in een recreatiegebied – een schandaal losbarstte over havenslib en zwaar vergiftigde grond, besefte ik dat het waarschijnlijk om hetzelfde soort blubber ging waartegen mijn keurige grootvader al in 1953 zijn eenzame oorlog had gevoerd.

***

De tiende verjaardag van de bevrijding werd gevierd. Dakota's bromden over Leeuwarden, ze speelden de voedseldroppings van 1945 na, maar nu waren het kleine kleurige parachuutjes met snoep en pakjes Miss Blanche. Eentje kwam in een van de populieren van de Westersingel terecht, een schippersjongen waagde zijn hachje, zo'n plak chocola uit de hemel liet je niet lopen.

Cas maakte in die tijd een cabaretliedje met een volmaakte samenvatting van de toenmalige idealen: 'Een eigen home, een eigen lieve Mientje, ach als het maar zover komt...'

De mensen waren perplex over het feit dat er steeds meer geld kwam, dat de lonen elk jaar weer een stuk hoger waren, en iedereen praatte voortdurend over nieuwe aankopen: een moderne radio, een rotan bankstel, een ijzeren Tomado-boekenkast, een centrifuge, een geiser voor warm water, een bromfiets of een scooter, soms zelfs een autootje. Voor grootse, edele en hoogstaande zaken liep men niet erg warm.

Uiterlijk leek het Nederland van de jaren vijftig nog vroom en gezagsgetrouw, maar achter de schermen was er een stille afvalligheid gaande. Er was nog nauwelijks televisie – de communicatie verliep via massale toogdagen, toespraken en volle zalen – maar veel mensen hadden wel radio. Daarop hoorden ze van alles wat niet paste in het kader van de oude zuilen en dat, zoals het heette, in goede banen geleid moest worden. Bovendien kwam er meer vrije tijd. Net als in de jaren twintig begonnen de kranten te klagen over het lanterfanten, het café- en bioscoopbezoek, het níet naar beschaafde muziek luisteren, en al die andere vormen van 'onnutte' vrijetijdsbesteding. Met name de jongeren begonnen de georganiseerde verbanden van de zuilen te verlaten, en hun eigen weg te zoeken.

Aanvankelijk werd de 'losheid' van de jeugd door de gereformeerden vooral als een probleem gezien van de Roden – logisch, met hun godloosheid – en de Roomsen – die dansten en ook anderszins slap van zeden waren. Toen sloeg het probleem ook toe bij de protestanten. In de Hervormde Kerk zag in de jaren vijftig al twee derde van de officiële leden zelden of nooit meer een kerk van binnen. Bij de gereformeerden deed men, om de jongeren binnenboord te houden, voor het eerst concessies aan de moderne tijd. De feestelijke jaarvergadering van voor de oorlog werd vervangen door een echt feest, zij het met een inleiding door een christelijke spreker van naam. Dansen was nog altijd taboe, maar volksdansen werd wel oogluikend toegestaan, net als 'ritmische gymnastiek'.

Het zondige toneel werd ook niet meer gemeden. De stijve tableaux vivants, waarbij een stilzittende groep een bepaald tafereel uitbeeldde, waren voor de oorlog al vervangen door samenspraken, waarbij wel een rol gespeeld werd, maar waarbij men zich niet verkleedde. In de jaren vijftig sloeg het hek van de dam: de samenspraken werden vervangen door echt toneel, en daaraan werd ook nog muziek toegevoegd. De gereformeerde jeugd was er verzot op. Er waren uiteraard niet zoveel christelijke toneelstukken, maar niet-christelijk toneel was ook prima, als je de vloeken maar schrapte.

Ook de omroepen moesten zich meer inspannen. Iedereen wilde de sterren van de radioshows weleens in werkelijkheid zien, en die werden door het hele land gestuurd. Ze schitterden in de Leeuwarder Harmonie en elders en bonden zo de mensen aan 'hun' omroep.

Hans herinnerde zich hoe de NCRV rond 1952 naar de Friese hoofdstad kwam met een tentoonstelling over de toekomst van de elektronica. Hij liep er in grote verbazing rond: je kon er grote telexen zien werken, en studio's met mengpanelen, er waren taperecorders, er was iets dat werd aangeduid met Hi-fi, een ongehoord betere geluidskwaliteit, en zelfs was er een begin van stereofonie. Een enkele keer werd hier in de jaren vijftig al mee geëxperimenteerd; op een zondag luisterde de hele familie met twee radio's naar de *Matthäuspassion*, eentje afgestemd op Hilversum 1, de andere op Hilversum 2: de eerste stereo-uitzending die we hoorden.

Over het algemeen was er een enorme druk om meer kwaliteit te leveren, nu de vanzelfsprekendheden begonnen te verdwijnen. De zalen waarin de gereformeerden bijeenkwamen, werden almaar groter. Er ontstonden zelfs een soort shows, een fenomeen dat via geëmigreerde familieleden uit Amerika en Canada was overgewaaid. De mensen hadden steeds meer gezien en gehoord, die waren niet zomaar tevreden. Tegelijk deden ze zelf minder: ze werden meer consument dan producent. En steeds vaker rees de vraag: hoe gaat dit verder? Wat gebeurt er nu er steeds meer subsidies, secretariaten en beroepskrachten komen? Zullen de mensen die nu actief zijn, nog vervangen kunnen worden door anderen, die de fakkel kunnen overnemen?

Voor al deze nieuwe problemen hadden de gereformeerde voorlieden nauwelijks oog. Ze reageerden er slechts losjes op, ze gingen er bijna nooit op in, ze zagen absoluut niet dat deze kwesties de toekomst van hun hele beweging raakten. Het gevolg was dat er vooral bij de jeugd een zwijgend non-respect ontstond voor degenen die de leiding hadden.

Er werden, zo vertelde Hans, over hen grappen gemaakt die een paar jaar eerder ondenkbaar waren. 'De leidslieden zelf gingen er vanzelfsprekend van uit dat wij tegen hen opzagen, maar wij zagen helemaal niet meer tegen hen op. Alleen zweeg onze generatie nog. Pas de volgende generatie zou overgaan tot openlijk protest.'

***

Er zijn van die jaartallen in een eeuw waarin alles samenvloeit. 1948 was zo'n jaar, 1968, 1989 ook, 1956 helemaal. 1956 was het jaar van het emotionele hoogtepunt van de Koude Oorlog. Het was ook het jaar waarin het oude Europese kolonialisme zich voor het laatst roerde, al was het maar voor even, want het werd onmiddellijk afgestraft. En het was het jaar waarin voor het eerst iets waarneembaar was van de eigenzinnige jeugdbeweging die een decennium later Nederland voor korte tijd op zijn kop zou zetten.

In Midden- en Oost-Europa was de sovjetmacht allesoverheersend. Toch hadden de satellietstaten een zekere vrijheid om een 'eigen weg naar het socialisme' te vinden, passend bij de aard van het land. De Sovjet-Unie hield zich echter het recht voor om in te grijpen zodra 'de verworvenheden van het socialisme' – lees de belangen van het sovjetimperium – in gevaar kwamen. In Polen had men zo geruisloos een aantal vrijheden ingevoerd – onder andere was de gehate landbouwcollectivisatie stopgezet – en dat gold in nog sterkere mate voor Joegoslavië.

In 1956 werd dat 'nationale communisme' echter grondig verstoord door Stalins opvolger Chroesjtsjov. Voor het twintigste congres van zijn partij hield hij een historische redevoering, waarin hij een boekje opendeed over de gruwelen van de Stalintijd. De communistische partijen in Oost-Europa raakten in rep en roer. Wat moesten de Poolse communisten bijvoorbeeld denken van het feit dat Stalin voor de oorlog hun hele kader had laten vermoorden? De partijleiders kregen het dat najaar zwaar te verduren van de hervormers. In Polen kon Chroesjtsjov nog tot een vergelijk komen – een gewapend conflict met zijn meest strijdbare bondgenoot was weinig aantrekkelijk – maar in Hongarije kwam de bevolking in opstand tegen het bewind. De in oktober aangetreden premier Imre Nagy brak het communistische regeringsmonopolie en accepteerde een aantal niet-communisten in zijn kabinet. Bovendien kondigde hij aan dat Hongarije zou terugtreden uit het Warschaupact, het door Moskou geleide militaire bondgenootschap. Dat zou het begin betekenen van een totale onttakeling van het Oostblok. Op de ochtend van de 4de november rolden de sovjettanks Boedapest binnen, tien dagen lang vocht de Hongaarse jeugd met de blote handen, er vielen duizenden doden en gewonden en zo'n tweehonderdduizend mensen ontvluchtten het land. De opstand werd neergeslagen, tallozen werden opgepakt, Nagy en vierhonderd anderen werden gefusilleerd.

Het Westen keek machteloos toe. Het ijzeren gordijn was inderdaad van ijzer, Hongarije lag nu eenmaal aan de foute kant, en het Westen wilde daarvoor geen kernoorlog riskeren.

De Nederlanders reageerden ongekend fel op de gebeurtenissen in Boedapest. De laatste oproepen van de vrije Hongaarse zender werden keer op keer herhaald en iedereen dacht weer aan de Duitse bezettingsjaren. De dominees preekten tegen 'de begeerte van het hamsteren', maar toch waren de schappen in de winkels binnen de kortste keren leeg. De herinnering aan de oorlog was nog vers. In alle scholen, kantines en werkplaatsen werd omwille van Hongarije een minuut stilte in acht genomen. Alleen de communisten werkten door.

Voor het gebouw Felix Meritis in Amsterdam, het hoofdkantoor van de CPN ontstond een enorme volksoploop. Hans, die toen net was gaan studeren, stond er met zijn neus bovenop. Veel demonstranten wilden dat Nederland de Hongaren te hulp kwam en eisten militair ingrijpen van de NAVO. De chef buitenland van het *Algemeen Handelsblad*, Anton Constandse, reageerde onder de kop: 'Het Westen is geen zelfmoordbrigade'. Vervolgens zag hij zich gedwongen om een lid van de toenmalige hoofdredactie lijfelijk buiten de deur te zetten.

Zelfs in de Leeuwarder huiskamer van mijn oom Petrus en tante Maai, waar anders alleen het getik van de koekoeksklok te horen was, liepen de emoties hoog op. Sinds mensenheugenis dronken ze elke zondag samen koffie met de zuster van tante Maai en haar man, Broersma, net zo'n rode onderwijzer als oom Petrus. Maar op die eerste novemberzondag kregen ze woorden over de internationale politiek, zo erg zelfs dat Broersma met slaande deuren het bejaardenwoninkje van oom Petrus verliet, de vrouwen jammerend tussen beide mannen. 'Broersma zat natuurlijk zonder enige bewogenheid te theoretiseren,' schreef mijn moeder, 'terwijl oom Pé een en al bewogenheid was. Totdat het hem te veel werd.'

Ik heb me lang afgevraagd wat die twee tot zo'n waanzinnige ruzie bracht, en ik vermoed zo langzamerhand dat het níet om Hongarije ging. Er was in die weken rond eind oktober, begin november 1956 namelijk sprake van twee historische gebeurtenissen. De eerste gebeurtenis was Hongarije, maar de tweede, een paar dagen later, was minstens zo ingrijpend. De Egyptische regering wilde het Suezkanaal nationaliseren en de doorvaart aan eigen regels onderwerpen. Israël reageerde met een militaire actie tegen Egypte. Direct daarop volgde een snelle, harde militaire interventie van de Britten en de Fransen, zogenaamd alleen om de doorvaart veilig te stellen. In werkelijkheid was de hele actie een ordinaire negentiende-eeuwse koloniale strafexpeditie, in nauwe samenwerking met de Israëli's.

De Suezcrisis was voor mensen die hun geschiedenis kenden, zoals deze twee oude onderwijzers, een minstens zo emotionele zaak als Hongarije. De crisis had namelijk alles in zich om heel snel tot een wereldbrand te escaleren: olie, de onafhankelijkheid van Egypte, Arabieren, Israël, dekolonisatie, het ontwakend Azië, alles zat erin. Bovendien leefde de wereld in de beginperiode van de atoom- en waterstofbommen. De erkenning dat de wapenwedloop een probleem was en het wankele machtsevenwicht dat daar ten slotte uit zou voortvloeien, het bestond allemaal nog niet.

Uiteindelijk werden de Britten en de Fransen tot de orde geroepen door de werkelijke mogendheden van de twintigste eeuw, de Amerikanen en de Russen. Het geheel was één grote afgang voor Europa.

Nog geen tien jaar later had de techniek het Suezprobleem opgelost: via mammoettankers en pijpleidingen kon de olie buiten het Suezkanaal om worden getransporteerd. Het bloedige neerslaan van de Hongaarse opstand had een veel langere nasleep. De Koude Oorlog werd er sterk door aangewakkerd, en in de meeste westelijke landen kregen de communistische partijen na november 1956 geen voet meer aan de grond. In Nederland barstte naar aanleiding van Hongarije een onvoorstelbare haat en nijd los tussen communisten en anti-communisten, waarbij vrienden en collega's elkaar meden als gold het een kerkscheuring.

Toch was november 1956 in zekere zin ook een keerpunt. Een jonge, nieuwe generatie communistische leiders wist sindsdien zeker dat het op deze manier níet moest. Twaalf jaar later zouden ze nog éénmaal iets dergelijks moeten tolereren in Praag, maar daarna niet meer. Er zijn historici die beweren dat de Hongaarse opstand en de fouten die toen werden gemaakt, bepalend zijn geweest voor het latere beleid van de toenmalige Russische ambassadeur in Boedapest,

Joeri Andropov, de voorganger en geestelijke vader van Michail Gorbatsjov. Hongarije leerde hun hoe gevaarlijk een impopulaire, in zichzelf gekeerde partijhiërarchie kon zijn. Er loopt 'een rode draad van de succesvolle architect van de sovjetonderdrukking van de Hongaarse democratie in 1956 naar de man die ruim dertig jaar later de parlementaire democratie in Hongarije mogelijk maakte en de laatste sovjettroepen daar terugtrok', meent bijvoorbeeld de Amerikaans-Hongaarse historicus John Lukacs. 'God schrijft in rechte lijnen in kronkelend schrift.'

Van de Hongaarse vluchtelingen kwamen zo'n drieduizend naar Nederland. Asielzoekerscentra bestonden er nauwelijks, het was allemaal privé-opvang en persoonlijke hulp, en dat ging uitstekend. Twee van hen belandden in een zolderkamertje bij ons aan de Westersingel. Op een decemberdag stonden ze voor de deur: hij in een grote leren jas, zij klein en tenger, en met een gratie die we in Leeuwarden zelden zagen. Al snel rook het op onze bovenverdieping naar ongekende gerechten, scherp en vreemd, heel anders dan onze sudderlapjes. Hij las eindeloos strips om Nederlands te leren, vond al snel een baan als etaleur, kocht van zijn eerste geld een motorfiets en toerde daarmee eindeloos in het rond, opgesloten in het natte, platte Friese land.

***

1956 was ook het eerste jaar van de jeugd.

De generatie van mijn oudere broers en zusters, opgegroeid tijdens de oorlog, was voornamelijk bezig geweest om weer een weg te vinden in het gewone leven. Het waren jonge realisten die bereid waren de schouders eronder te zetten, samen met de ouderen. 'De jongeren rebelleren actief noch passief, ze betonen zich geen slampampers en geen oproerkraaiers,' constateerde de socioloog J. Goudsblom in 1959 na een uitvoerige enquête onder de Nederlandse jeugd. 'Het lijdend loochenen van maatschappelijke normen keuren ze af, de voorbeeldige levenshouding van wereldhervormers kan hen weinig bekoren. Ze sputteren wat, ze klagen wat, maar ze houden zich aan de regels. Typerend is de wijze waarop zij de idealen van dertig jaar her oprakelen. Sommigen doen daar heel smalend over, en geven te kennen dat zij van zulke naïviteiten niet meer gediend zijn. Maar vaker gaat het met een lichtelijk klagelijk air, in de trant van: wij zijn diep gedesillusioneerd.'

De psychologische terugslag van de Tweede Wereldoorlog moet in dit verband niet onderschat worden. Na de Eerste Wereldoorlog moest ook een nieuwe generatie haar weg vinden, maar het 'nooit-meer-oorlog'-gevoel was toen toch veel optimistischer. Dat heeft wellicht te maken met het feit dat de schaal van alle gebeurtenissen in de Tweede Wereldoorlog zoveel groter was dat regelmatig de grens van het bevatbare werd overschreden. Van het 'vernietigen' – men spreekt niet meer van het individuele 'doden' – van zes miljoen mensen is geen voorstelling meer te maken, net zo min als van het in één flits wegvagen van steden als Hiroshima en Nagasaki. En dat onoverzienbare liet een diepe verwarring achter.

Er heerste bij veel jongeren een zwaarmoedig, onbestemd levensgevoel. Bij de meesten werd dat overvleugeld door de materiële weldaden van de jaren vijftig: een bromfiets, een heldere, zonnige flat, een grammofoon met jazz en Franse chansons die niet werden voorgekauwd door de verzuilde radio.

De door Goudsblom ondervraagde jongeren verborgen onder hun voorzichtigheid echter ook een fikse portie maatschappelijke gedrevenheid: als het ging tussen materialisme of idealisme kozen ze zonder hoofdbrekens voor het laatste. Zij waren de jeugd van de opkomende vloed en dat wisten ze. Banen lagen voor het oprapen, de welvaart groeide, elk jaar bood nieuwe mogelijkheden. Hun drijfveer was expansie, want dat de wereld van iedereen was, dat was vanzelfsprekend.

Enkele middelbare scholieren, studenten en kunstenaars kozen voor een openlijke rebellie. Ze gingen zich te buiten aan zwarte truien, sigaretten, Juliette Gréco, Sartre en iets wat men existentialisme noemde. Schrijvers als W.F. Hermans en Gerard van het Reve, dichters als Lucebert, ze brandden met hun zwavelzuur door de oppervlakkige gelijkmoedigheid. J.B. Charles geselde de KVP-premier Jan de Quay, Colijn en andere autoriteiten met feiten over hun oorlogsverleden in zijn essaybundel *Van het kleine koude front*, en zo waren er nog een paar enkelingen.

Van een geheel andere aard was het verzet onder sommige jongeren. Op de Amsterdamse Nieuwendijk begonnen jongens en meisjes zich in taal en kleding – smalle broekspijpen, pettycoats – te onderscheiden, er waren wat vechtpartijtjes met andere groepen, en een nieuw jeugdprobleem was geboren.

Deze 'nozems' met hun vetkuiven hadden de merkwaardige gewoonte uit de jazzwereld overgenomen om niet stijf zittend naar muziek te luisteren. Ze bewogen met het ritme mee, trommelden met hun handen, stonden zelfs op, half in trance, schuddend en wiegend met boven- en onderlichaam. Dat liep voor het eerst uit de hand bij een concert van de vibrafonist Lionel Hampton in 1954, en daarna had de Dutch Swing College Band ook voortdurend problemen. De geruchten die hierover de Leeuwarder Westersingel bereikten werden met verbazing en een zekere afschuw aangehoord, maar verder ging het niet.

Dat werd anders toen uit de zwarte muziek een nieuw fenomeen opbloeide, een muziekgenre dat in ritme en stijl aansloot bij de gevoelens van een veel bredere groep jongeren: de rock-'n-roll. 1956 vormde wat dat betreft een breekpunt: de naam van Elvis Presley werd opeens overal genoemd, zijn *Heartbreak Hotel* stond boven aan de hitlijsten, en de jeugd kon niet genoeg krijgen van de scherpe elektrische gitaren, het sterke drumritme en zijn manier van zingen, inclusief gegil, gehik en gestotter. De ouderen gruwden, vooral toen ze op filmpjes zagen hoe Elvis tijdens zijn optredens ook nog op choquerende wijze met zijn bekken draaide en aldus honderden meisjes tot gillende hysterie bracht.

In dat najaar draaide overal in Nederland de muziekfilm *Rock around the Clock*. De filmrecensent van het *Algemeen Handelsblad*, Jan Blokker, schreef op 1 september wat zurig over 'de heer Bill Haley, iemand uit de Verenigde Staten die een geheel nieuwe muziek heeft uitgevonden welke hij en zijn aanhangers rock en roll noemen'.

In onze ogen is *Rock around the Clock* een frisse, vrolijk swingende, maar weinig schokkende rockfilm. Toch was het een mijlpaal. De jaren-vijftigjeugd, die zoiets nog nooit gehoord en gezien had, raakte tijdens de voorstelling in totale opwinding. De jongens en meisjes verlieten de bioscoop vol gevoelens en verlangens waarmee ze absoluut geen raad wisten. Voor de Leeuwarder bioscoop kwam het in september 1956 regelmatig tot opstootjes, net als elders in het land, en ten slotte besloot de Leeuwarder burgervader de film te verbieden.

De kranten stonden vol zorgelijke beschouwingen. 'Rock-'n-roll is even primitief als een stier in paringstijd, maar tegelijk even geraffineerd als een minnaar die de Kamasutra vanbuiten heeft geleerd,' schreef *De Groene Amsterdammer.* Het weekblad vergeleek 'de lust die rock-'n-roll aan de danser verschaft' met het 'wilde gekrijs van Sieg Heil' van de Hitlerjongens, en waarschuwde dat door de voortdurende herhaling, het gehik en geschreeuw elk schaamtegevoel verloren ging. Volgens *De Groene* was rock-'n-roll 'de apotheose van de zinloosheid: het is in zijn monotonie de tot muziek geworden verveling en landerigheid, het nare bijproduct van 128 uren "vrije tijd" waarover de moderne mens per week beschikt.' En in het *Maandblad voor de Geestelijke Volksgezondheid* analyseerde de arts N.W. de Smit de bij de rock-'n-roll behorende 'danspatronen', waarbij 'de figuren naar elkaar toe [komen], om elkander daarna weer af te stoten, daarmee de onmacht communicerend om een blijvende benadering tot stand te brengen'.

Geen van deze deftige muziekrecensenten en levensbeschouwers had in de gaten dat ze getuige waren van de geboorte van een van de belangrijkste muzikale stromingen van deze tijd.

***

In diezelfde periode verdween de negentiende eeuw voorgoed uit ons leven. Wat zijn uiterlijk betreft was mijn grootvader Van der Molen ergens in de jaren dertig stil blijven staan, en in de jaren vijftig was hij nog altijd een waardige en levendige man die, ondanks zijn meer dan tachtig jaar, door de meesten niet ouder werd geschat dan begin zeventig.

'Alles in 't leven bekomt mij nog even goed,' schreef hij in maart 1952 naar aanleiding van zijn drieëntachtigste verjaardag. 'Ik hoop nog maar wat te mogen blijven. Wat heb ik vandaag weer genoten van de tuin. Van onze witte en blauwe crocussen, de scilla's, de pereboom vol bot.'

Rond 1955 mocht ik met hem mee toen hij – voor het laatst – zijn geboortedorp opzocht, de Drachtster Compagnie. We dronken koffie met een stokoude, magere man, een vroegere schoolkameraad, en de hele middag haalden die twee herinneringen op: hoe ze zingend achter de kar meeliepen naar de broodfabriek in Leeuwarden, hoe daar de Beurs gebouwd werd, zo'n hoog gebouw dat ze zich afvroegen of de arbeiders op het dak geen duizelingen kregen, hoe zijn kameraad een hele rijksdaalder in de mestvaalt vond, een fortuin, heden ja, dat waren tijden!

Mijn grootvader was een vrijzinnige liberaal, maar uit zijn brieven kwam tegelijkertijd een braaf, rustig christendom naar voren, het oude, nog niet verzuilde geloof uit de negentiende eeuw. Bij het opstaan las hij graag even in zijn nieuwe testamentje, dat hij dan opsloeg 'op de gok'. En als hij iets van plan was, schreef hij soms: 'Mits God 't belieft, dacht ik. Doch wat is Diens believen voor ons mensen niet vaak volkomen onbegrijpelijk?'

Hij kon gruwelijk belerend zijn, wist alles beter, leefde nog met zekerheden van 1900 en de rotsvaste meningen van Meester Pennewip, maar tegelijk waren zijn brieven doortrokken van een zeldzame zorg en innigheid. 'M'n lieve mensen,' schreef hij dan, en het kwam recht uit zijn grote Friese hart. En iedere verjaardag was het: 'Welgefeliciteerd, m'n jongen. En hier is een knaak van je grootvader.'

Eind oktober 1957 kreeg hij een hartaanval, op weg naar Leeuwarden, bij het station.

Nu ik zijn laatste brieven achter elkaar overlees, valt me iets merkwaardigs op: hoewel er ogenschijnlijk niets aan de hand was, leek hij zijn einde te voorvoelen. Hij begon opeens allerlei dingen te regelen, brieven te schrijven, zaken af te maken. Begin oktober 1957 stopte hij, na vijfenveertig jaar, met zijn rentmeesterschap van een boerenhoeve in Lunteren. 'Laten we dankbaar zijn,' schreef hij de boer, 'dat we elkaar op ons pad hebben mogen ontmoeten.'

Een week later meldde hij het overlijden van de zoveelste bekende. 'Alweer eentje die ik mee hoop helpen begraven. Het is almaar "mourir un peu" en een klaar maken voor het echte "mourir". Wat ik zo nu en dan inderdaad doe. Zoals het afscheid nemen van mijn rentmeestersbaantje. Maar dat wil allerminst zeggen dat ik levensmoe begin te worden.'

Het was zijn laatste grote brief. Hij schreef: 'Wat genoot ik vanmorgen in het plantsoen van de duizenden en nog eens duizenden druppeltjes dauw aan de even zovele grasprietjes en die elk op een eigen wijs de zon weerkaatsten. Wat daar een veelkleurige schittering in het leven riep, onmogelijk te beschrijven. En wat een kleine wezentjes zag ik daarboven door de zuivere lucht vliegen. Op eigen wieken, zomaar!'

Met grootmoeder Mak ging het weer anders. Bij haar was het meer een uitdoven, in de laatste dagen van de jaren vijftig. Alle Makken kwamen op de begrafenis, en ze vonden het zo leuk elkaar weer eens te zien dat mijn tantes herhaaldelijk tot kalmte moesten manen: 'Jongens, jongens, ze staat nog boven de aarde.' De begrafenisondernemer droeg sterk aan de opgewekte stemming bij omdat hij telkens riep: 'Wil de diepbedroefde familie nu in deze volgauto stappen?'

Maar de familie was helemaal niet zo diepbedroefd. Grootmoeder Mak had een gezegende leeftijd bereikt, het was een lieve vrouw geweest, en ze had een godvruchtig leven geleid. Ze mocht zelf vaak over haar zielenheil hebben getobd, wij waren er allemaal van overtuigd dat ze in de hemel was, en op een net plekje ook.

Wat ze daarvandaan zag, moet haar tevreden hebben gestemd. In de zeilmakerij hadden ze hun handen vol aan de snel groeiende Rotterdamse haven: de bedekkingen van lieren en reddingssloepen, de dekzeilen, de apparatuur van de eerste boortorens, alles op zee werd met zeildoek afgedekt. Werk en eten was er genoeg, en daar ging het toch maar om.

Ook haar andere kinderen waren gezegend met gezondheid en welvaart. In Leeuwarden deed mijn vader iedere morgen ochtendgymnastiek bij de radio, begeleid door Ab Goubitz en de kwieke pianoklanken van Arie Snoek. Hij begon meer te verdienen, hoefde wat minder hard te werken. Ik vond een briefje terug met de verjaarscadeaus voor zijn achtenvijftigste verjaardag: een grijze stalen bureaulamp en een boek van Schulte Nordholt 'over het Amerikaanse negerprobleem'. Er was weer een grammofoon in huis, eentje waarop nu ook de nieuwe langspeelplaten gedraaid konden worden, het geschenk bij hun vijfendertigjarig huwelijk in mei 1959. En er waren zelfs kleinkinderen.

Wel was het opeens stil geworden aan de Westersingel. Anna had gelukkige jaren beleefd in Zuid-Frankrijk, waar haar man aan een kleine universiteit theologie doceerde. Nu was hij hoogleraar aan de VU geworden, ze hadden nu drie kinderen en ze woonden in een nette straat in Amsterdam-Zuid.

Cas was, na acht jaar verloving, eindelijk getrouwd. Hij was dominee geworden in een Utrechts plaatsje dat zwaarmoedig tegen de rivierdijk lag en waar ze wat raar tegen hem aankeken omdat hij zo knap preekte, op tweede paasdag de tuin omspitte en zeer bevriend was met de pastoor.

Hans studeerde sociale geografie en was ondertussen ook getrouwd. Tineke werkte als lerares. Gjalt leidde een afwisselend bestaan. Dan stond hij voor de klas, dan werkte hij weer bij een boer, altijd speelde hij viool.

Zo waren alle kinderen uitgewaaierd, behalve ik. Mijn ouders hielden hun grote en kleine zorgen, maar er kwam iets van rust over hen, vooral bij mijn moeder. Het eindeloze opwaartse streven, ooit door mijn grootvader ingezet om aan de armoede te ontsnappen en door zijn dochter overgenomen om een zekere stand te behouden, die wedloop leek opeens niet meer zo belangrijk.

Ik zie nog ons drieën, mijn vader, mijn moeder en ik, op een donkere ochtend ergens in november 1957. Iedereen was vol van de eerste door mensen gebouwde maan, de Russische Spoetnik, een ijzeren voetbal die piepend rond de aarde cirkelde en die je als een lichtpunt kon zien overvliegen als je vroeg opstond. Zo stonden we daar, op het koude plat van de Westersingel, mijn ouders in hun pyjama met hun jassen daaroverheen, omhoog kijkend, wijzend, zoekend tussen de sterren.

HOOFDSTUK XV

Harroes genietsalon

Leeuwarden, Verlaatsbrug
PIET HEIN

In het najaar van 1957 kreeg Hans een studentenbaantje dat diepe indruk maakte. Op Schiphol werd een grote nationale tentoonstelling gehouden, Het Atoom. Allerlei stands schetsten een beeld van de toekomst die ons te wachten stond, en waarin kernenergie een grote rol zou spelen. Hans was er rondleider.

Het was fantastisch om met hem mee te gaan. Je kon er spelen met een instrument waarmee je tot op tien meter nauwkeurig je positie op de aarde kon bepalen, een ding zo groot als een dressoir. Er was een apparaat waarmee je op afstand een lucifer kon afstrijken, via een soort robotarmen. Er was zelfs een nagemaakte reactor, een griezelput met veel glas en eng gekleurd licht, dat feller werd naarmate je de staven in het midden verder liet zakken. Maar het hoogtepunt was de Keuken van de Toekomst. Hier lag de gerealiseerde droom, dit zou de toekomstige mens thuis allemaal kunnen. Achteraf is het aardig uitgekomen: we konden ons vergapen aan een elektrische grill, een mixer annex groentesnijder, een vrieskast met een ijsblokjesmachine en nog veel meer. Het summum was een vroeg soort magnetron, of een snelkookplaat, in elk geval een ding waarmee je binnen een paar seconden een beker chocolademelk gloeiend heet kon krijgen. Altijd mocht één jongen uit het publiek eerst een slok koude chocolademelk proeven en daarna mocht hij die hele beker hete melk opdrinken. Iedereen keek zijn ogen uit.

De boodschap was duidelijk: dit was het aangename leven dat ons allen toelachte.

Bij de opening van de Parijse wereldtentoonstelling van 1900 werd de bezoekers gevraagd hoe zij hun stad zagen in het jaar 2000. De beelden beperkten zich meestal tot grote ijzeren viaducten, zweeftreinen en handige luchttaxi's, bevolkt door dames met parasols en heren met hoge hoeden. Eén inzender viel op door praktische zin: in zijn visie waren de straten van de toekomst voorzien van fantastische veegmachines voor het wegruimen van de tonnen paardenmest die dan dagelijks zouden worden geproduceerd.

Toekomstvoorspellingen, hoe verschillend ook, hebben bijna altijd één zelfde kenmerk: ze trekken de lijnen door van wat een samenleving op dat moment als het meest moderne ziet, zowel in positieve als in negatieve zin. De voorspelde toekomst kent geen onverwachte breuken, geen fantasie. Ze zegt meestal meer over de eigen tijd dan over de komende. En ze toont zonder uitzondering een grote zelfverzekerdheid.

In de jaren vijftig en zestig was men hevig met die toekomst bezig, en dat lag ook voor de hand. De periode van wederopbouw was voorbij en nu brak de tijd aan waarin men de vruchten ging plukken van de snel groeiende welvaart, de voortschrijdende techniek, de grotere sociale zekerheid en de almaar toenemende vrije tijd. Wat voor samenleving zou dat wel niet opleveren, binnen een jaar of tien, twintig?

De futurologen zagen binnensteden voor zich, doorkruist met viaducten en snelwegen. Na de landing van de twee eerste mensen op de maan in de zomer van 1969 verwachtte men binnen afzienbare tijd menselijke nederzettingen op nabijgelegen planeten. Er werd serieus gepraat over kunstmatige levensvormen, het sturen van regenbuien en andere weersverschijnselen en het exploiteren van de zee voor de wereldvoedselproductie. Overal hoopte men op de verdere ontwikkeling van de kernenergie, ook in de vorm van kleine motoren.

In Nederland was de verzorgingsstaat in volle opbouw, met als hoogtepunt de nieuwe Wet op de Arbeidsongeschiktheidsverzekering (WAO), waardoor naar schatting zo'n tweehonderdduizend zieke en gehandicapte burgers voortaan een goed bestaan zouden kunnen leiden.

Over de gevaren van de televisie werd hevig gespeculeerd. De staatssecretaris van Onderwijs, Kunsten en Wetenschappen, J.M.L.Th. Cals, begon de allereerste uitzending van de Nederlandse televisie op 2 oktober 1951 al met de onheilspellende zin: 'Na de massa-arbeid is het de massa-recreatie die de menselijke persoonlijkheid belaagt [...], die elke eigen inspanning op geestelijk en cultureel gebied dreigt te doen plaatsmaken voor passiviteit en grauwe vervlakking.' De toon was daarmee gezet. Decennialang maakten dominees en pastoors zich zorgen over kijkverslaving, erotiek, gewelddadigheid en andere ongewenste invloeden van de buis. Nog in 1963 mocht Jasperina de Jongs liedje *Callgirl* niet op de VARA-televisie gezongen worden: '*Ik ben geen snol-girl,/ maar ik ben een call-girl,/ zo'n kleine, fijne porceleinen baby-doll-girl...*'

De VPRO durfde de uitzending alleen aan met een inleidend woord van voorzitter dominee E.D. Spelberg: 'De jonge vrouw belt in haar radeloze eenzaamheid de brandweer, het nummer van het weerbericht, de tijdmelding [...] Hier past menselijk mededogen.'

Alle toekomstvoorspellers van toen hadden absoluut geen oog voor de elektronische revolutie, de massale opkomst van de computer en het ontstaan van de cyberspace. Er waren enkele honderden computers – de grootste systemen stonden bij de universiteit van Groningen en de Technische Hogeschool in Delft, de Telefunken TR4, enorme machines die in 1964 drie miljoen gulden kostten en die een fractie van het vermogen van een hedendaagse laptop bezaten. Maar alleen specialisten konden met deze vage, nieuwe technieken overweg, hogepriesters in witte jassen.

Wat sommigen wel voorzagen, was datgene wat men later zou aanduiden met 'globalisering'. In 1964 schreef de Canadese mediafilosoof Marshall McLuhan dat de mensheid aan het begin stond van een nieuw tijdperk, net als in de zestiende eeuw, toen de uitvinding van de boekdrukkunst alles op zijn kop zette. Hij voorspelde dat door de nieuwe media de mensen steeds dichter bij elkaar zouden gaan leven, maar dat ze daar geestelijk nog niet aan toe waren. De intellectuelen verweet hij alleen maar oog te hebben voor het geschreven woord en geen idee te hebben van de kracht en de mogelijkheden van film, radio en vooral televisie.

Dat zou snel veranderen. In diezelfde tijd brak de Vietnamoorlog uit, de eerste oorlog die in alle gruwelijkheid over de hele wereld door de televisie werd gevolgd, en die de gevechten letterlijk tot in de huiskamer bracht. Niemand wist goed raad met dat nieuwe gevoel van afstand en pijnlijke nabijheid ineen, van betrokkenheid zonder enige mogelijkheid om in te grijpen bij de gebeurtenissen die zich voor je ogen afspeelden. Hierbij vergeleken waren verzet en burenhulp tijdens de bezettingsjaren, hoe riskant ook, van een jaloersmakende concreetheid. Overal ter wereld trok de jeugd massaal de straat op, Amerikaanse studenten verbrandden hun oproepen voor militaire dienst en uiteindelijk groeiden de protesten uit tot een koor dat geen politicus kon negeren. Maar de gevoelens van machteloosheid zouden blijven en steeds sterker worden.

In 1964 probeerde de eerder genoemde cultuurhistoricus Bouman om een cultuurgeschiedenis te schrijven tot en met zijn eigen tijd. Dat leverde een scherpzinnige analyse van de jaren vijftig en zestig op, maar een paar ontwikkelingen zag hij volledig over het hoofd: de introductie van de anticonceptiepil, de opkomst van een nieuwe vrouwenbeweging en de stormachtige verspreiding van het verschijnsel popmuziek. Veel verder dan de constatering dat 'de rijpere jeugd meer belangstelling voor muziek dan voor literatuur of schilderkunst' blijkt te hebben kwam hij niet. Ten aanzien van West-Europa trok hij een vergelijking met het West-Romeinse Rijk in zijn nadagen – een geliefde theorie in de jaren zestig – maar hij geloofde niet dat de 'barbaren uit het oosten' binnenkort Europa zouden overnemen. Het gebied zou 'te weerbarstig zijn' voor een sovjetoverheersing.

Opvallend is dat hij wel voorzag dat de komende generatie sovjetbestuurders een andere koers zou gaan varen. Hij verwachtte veel van de jonge Russen die de revolutie nog slechts van horen zeggen kenden, en die toch, 'over twintig, dertig jaar, als mannen en vrouwen van middelbare leeftijd, vele sleutelposities in het maatschappelijk bestel zouden bezetten'.

De werkelijkheid pakte uiteraard toch weer anders uit. Ik schrijf deze regels toevallig op doorreis in het voormalige Leningrad – nu weer Sint-Petersburg – zo'n vijfendertig jaar later. Communistische eremedailles worden op straat verkocht als grappige souvenirs. Het embleem van de Sovjet-Unie ligt in het voormalige Museum van de Oktoberrevolutie, nu herdoopt in Museum voor Politieke Geschiedenis. Voor elke bank, voor elk hotel, in iedere betere winkel of restaurant staan bewapende 'beschermers' in diverse onduidelijke uniformen. De dollar is het populairste betaalmiddel.

Ik zie hoe het Amerikaanse leger de Russen helpt om het gigantische digitale probleem rond de overgang naar het jaar 2000 op te lossen. In de Balkan begint opnieuw een oorlog. Het nieuws meldt dat Polen, Tsjechië, Hongarije en Slovenië tot de NAVO zullen toetreden. Ik zie de Russische regering vergaderen: alle ministers hebben een flesje Coca-Cola voor hun neus.

Wat een goedkoop verhaal, zou iedereen toen gezegd hebben, uitgekauwde Koude-Oorlogspropaganda. Maar zo is de toekomst nu eenmaal vaak: een slappe Amerikaanse B-film.

***

De radio beleefde de laatste gloriejaren. 'Mr. G.B.J. Hiltermann, hoofdredacteur van de wereld, bespreekt de toestand bij de *Haagse Post*,' grapte Wim Kan, en iedereen zat aan het toestel gekluisterd. Toen hij op oudejaarsavond 1966 – premier Jelle Zijlstra probeerde net zijn kabinet te redden – het lied inzette: 'Waar we heen gaan, Jelle zal wel zien, Jelle zal wel zien', hoste het hele land mee.

'Waar we heen gaan, Jelle zal wel zien.' Over heel Europa had de Tweede Wereldoorlog gefungeerd als een grote gelijkmaker. Het leven was in de jaren vijftig meer ontspannen geworden, de strijd om het bestaan werd met minder felheid gevoerd en de welvaart werd evenwichtiger verdeeld. Nog steeds bestonden er rangen en standen, maar goede kleding, auto's en andere materiële statussymbolen werden voor steeds meer mensen bereikbaar.

Nederland kreeg bovendien in 1960 een geweldige meevaller: onder Groningen werd een van de grootste aardgasvelden ter wereld aangetroffen. Later werd nog meer gevonden onder de Noordzee. Jarenlang zouden van deze aardgasbaten allerlei extra's gefinancierd kunnen worden. Zo werd de infrastructuur van het land in de jaren zestig en zeventig grondig opgeknapt en uitgebreid. Er werden talloze nieuwe wegen aangelegd, in Zeeland werden enorme Deltawerken gebouwd om een herhaling van de ramp van februari 1953 te voorkomen en overal werden monumentale binnensteden en verwaarloosde volkswijken gerestaureerd en vertimmerd. Aan het eind van deze periode was vrijwel geen steen op de andere gebleven.

Voor de Nederlanders zelf kwam er steeds meer geld en vrije tijd. Vanaf 1961 hoefde er meestal niet meer op zaterdag gewerkt te worden. Na de sobere jaren vijftig barstten de loonsverhogingen los, de ene golf na de andere. Tussen 1963 en 1965 stegen de lonen gemiddeld met een derde.

De luxe werd nu snel gedemocratiseerd. Tussen 1958 en 1966 kwamen er vier maal zoveel personenauto's. Mijn vader kocht zijn eerste auto sinds twintig jaar in 1960, een tweedehands Volkswagen. Mijn moeder bezweek voor de verleiding van een kleine centrifuge, waardoor haar het zwaarste waswerk, het wringen, uit handen werd genomen. Het was, na de stofzuiger, de eerste huishoudelijke machine aan de Westersingel. Ook ijskasten en wasmachines – in de jaren vijftig nog een zeldzaamheid – doken opeens massaal in de Nederlandse huishoudens op.

In Schiedam ging de zeilmakerij met de tijd mee. Catrinus had in 1959 een tweede zeilmakerij Mak geopend, een moderne winkel in het centrum van de stad, met nieuwigheden waarnaar steeds meer vraag kwam: tenten, campingspullen, watersportartikelen en andere zaken die met de toenemende vrije tijd te maken hadden. Ook aan het Hoofd richtte men zich steeds meer op het maken van jachtzeilen, vlaggen, tenten, zonweringen en dergelijke. 'We hadden een allround bedrijf, en we hadden daarvoor ook een allround opleiding van onze vader en grootvader gehad,' zei Catrinus. 'Soms naaiden we 's avond nog aan een jachtzeiltje met een fijne naald, en de volgende ochtend stonden we alweer aan zo'n enorme tros te werken voor de marine.'

In 1964 ging het hele bedrijf naar het centrum. De Makken verlieten, na zeker zeven generaties, het Hoofd voorgoed. De oude zeilmakerij werd gesloten en een paar jaar later gesloopt. Er kwam een verkeersdijk en een reeks flats. De werkplaats, het kleine kantoortje, de mooie kamer boven, ze verdwenen van de aardbodem.

Het was de tijd waarin Nederland in ijltempo werd volgeplempt met hectares van glas en beton, flatwijken die in alles op elkaar leken, een massabouw die gekenmerkt werd door zuinigheid en hoge nood. In de oorlogsjaren waren nogal wat woningen verwoest, er was in die tijd vrijwel niets gebouwd, en bovendien ontstond er na de bevrijding een soort inhaalvraag naar huizen: veel mensen besloten nu eindelijk eens het ouderlijk huis te verlaten, te trouwen of kinderen te krijgen. Dit alles leidde tot een groot tekort aan woningen, met name in de grote steden. Het kwam regelmatig voor dat gezinnen met vijf, zes kinderen op een tweekamerwoning bivakkeerden. Jonge echtparen werden soms gedwongen om jarenlang bij een van de ouders in te wonen, met alle spanningen van dien.

De flat met zijn grote ramen en zijn lichte kamers, zijn aparte keuken, zijn eigen douche, het was het symbool van de nieuwe welvaart. Wie in een flat woonde, was modern. Zelfs de 'flatneurose' – een nieuwe term voor 'overspannenheid' – had iets chics.

Mijn ouders volgden op hun manier de vooruitgang. In december 1961 verruilden ze het oude, tochtige huis aan de Westersingel voor een splinternieuwe 'doorzonwoning' in Hardegarijp, een forensendorp vlak bij Leeuwarden. Mijn vader reisde naar zijn werk met de trein. Het vroor hard die winter, en in het stationnetje zat iedereen om een grote kachel te wachten terwijl de sneeuw tegen de ramen stoof. Zo nu en dan gooide een van de passagiers een schep kolen op het vuur, dan ratelde er een bel voor de eerste trein. Die bestond uit een goederenlocomotief met daarachter een lange sliert afgetrapte internationale wagons voor de pendelende arbeiders. Even later kwam de tweede trein voor normale burgers als mijn vader. Als hij te laat was, werd er even gewacht. 'De dominee moet nog komen.'

Er vonden drie revolutionaire veranderingen plaats in Hardegarijp. Mijn moeder verschoof het traditionele tijdstip van de warme maaltijd van halfeen 's middags naar zes uur 's avonds. De telefoon werd verplaatst naar de huiskamer. Het werd meer dan enkel een apparaat voor mededelingen. Er werd gepraat. Vanaf dit moment beginnen ook de brieven op te drogen. (Voor allerlei huiselijke details moest ik daarom vanaf nu ook meer uit mijn geheugen putten.) En ten slotte kwam er in de winter van 1964 een televisietoestel in huis.

Met dit laatste fenomeen ging het in Nederland als een sneeuwbal. Na de introductie bleef het wonder aanvankelijk beperkt tot een kleine groep. Het was vrij normaal om bij de buren naar bepaalde programma's te kijken, en bij een voetbalwedstrijd stonden hier en daar drommen mannen voor een etalage. In 1958 waren er in Nederland een half miljoen toestellen. Tien jaar later waren er zes maal zoveel. In tachtig procent van de woningen stond toen een televisie.

De snelle toename van het aantal toestellen zorgde voor een kleine revolutie in de binnenkamers, zo concludeerden de sociologen Jos van der Lans en Herman Vuijsje uit de foto's die Philips in de jaren zestig maakte van honderden Hollandse huiskamers.

Uit de beelden uit 1964 blijkt dat toen vrijwel overal de tafel nog pontificaal in het midden stond. Er was wel een zithoek, met vier stevige leunstoelen rond een salontafel, maar bankstellen ontbraken. Hoewel het technisch simpel was om in een kamer meer lichtpunten aan te brengen, bleef het gezinsleven zich afspelen rondom de huiskamertafel en die ene lamp daarboven. Ondanks alle mogelijke 'lichtspreidingsacties' van Philips waren de Nederlanders niet van hun familietafel weg te branden, alsof ze nog met gaslicht leefden.

In geen enkele huiskamer stond een telefoon – die hing nog steevast in de gang. Wel zag men hier en daar een televisietoestel, meestal in een hoekje, achter een leunstoel. Televisiekijken was een gebeurtenis waarbij eerst met meubels moest worden geschoven, net als bij het draaien van een eigengemaakt filmpje.

Op de foto's uit het eind van de jaren zestig blijkt de televisie in de meeste interieurs te zijn uitgegroeid tot het centrale punt van de huishouding, het oog waarom de hele wereld draaide. 'In een paar jaar tijd presteerde het apparaat wat woningvoorlichters en -ontwerpers in decennia niet voor elkaar hadden gekregen: de centrale huiskamertafel werd definitief aan de kant geschoven,' constateerden Van der Lans en Vuijsje. Alles wat nog in het blikveld van het televisietoestel stond was verdwenen, en iedereen had een bankstel aangeschaft om gezamenlijk te kunnen kijken. Het hele interieur was ondergeschikt gemaakt aan de televisie.

Bij mijn ouders, en bij veel van hun generatiegenoten, ging dat niet zover. Ze hadden vrijwel alle avonden van hun veertigjarig huwelijk doorgebracht zonder televisie, en toen het toestel er eenmaal stond, bepaalde dat hun leven slechts op een beperkte manier. Ze bleven hun avonden meestal lezend doorbrengen, ze gingen naar concerten, ontvingen bezoek, draaiden een grammofoonplaat van Mozart of Debussy. Ze keken alleen naar het *Journaal* en naar bepaalde programma's die ze van tevoren hadden uitgezocht. Ze behandelden de televisie eigenlijk als een soort elektronisch huistheater, een schouwburg waar je soms heen ging en soms niet, en dat bleven ze doen.

***

Mijn broers en zusjes hadden die hele verhuizing naar Hardegarijp eigenlijk maar een rare manoeuvre gevonden. Ze vreesden dat vooral mijn moeder in een enorm isolement zou belanden. De gordijntjes van Hardegarijp, dat was toch niets voor haar? Het tegendeel was het geval.

Het vertrek uit Leeuwarden bleek tot ieders verbazing voor mijn moeder een bevrijding te zijn. De dorpse hartelijkheid en burenhulp waren voor haar een verademing. Het was alsof ze op een bepaalde manier thuiskwam in dat dorp, alsof ze haar verre wortels uit Drachtster Compagnie weer oppakte. Ze kon eindelijk het standsverschil en de ambitie loslaten.

'Ze bleven altijd even aardig en eenvoudig,' zei een toenmalige buurman over mijn ouders. 'Het waren heel ontwikkelde mensen die veel meegemaakt hadden, dat merkte je wel. Maar nooit liepen ze daarmee te koop.'

Ergens in een herfstvakantie in 1963 of 1964 had ik een paar vrienden te logeren. Ik herinner me dat ikzelf naar school moest en dat ik, toen ik om twaalf uur thuiskwam, mijn moeder nog in haar kamerjas aantrof, voor de kachel, omringd door zeventienjarigen, discussiërend over het leven en de wereld. Ik heb haar meegemaakt als een heel andere vrouw dan mijn oudere broers en zusjes, veel losser en vrijer.

Als de jaren zestig aan iemand de ruimte hebben gegeven, dan was het, merkwaardig genoeg, mijn moeder. De welvaart, het feit dat haar kinderen min of meer terecht waren gekomen, de orde in haar bestaan, het gaf haar de rust om haar oude wereld van zekerheden in een ander licht te zien. Ik denk dat het overlijden van mijn grootvader Van der Molen daarbij ook een belangrijke rol heeft gespeeld. De vriendelijke, maar altijd opgeheven vinger, de permanente schaduw van de negentiende eeuw, ze waren voorbij.

Ze werd vrijer, minder bang. Toen een hospita haar opbelde – ik studeerde toen al – en woedend meldde dat er een meisje bij mij had overnacht, zei ze alleen maar: 'Ach, als ik nu jong geweest was, zou ik dat soort dingen waarschijnlijk ook gedaan hebben.' Ze stond pal achter mij en achter de jeugd in het algemeen, wat we ook uithaalden.

Mijn vader hield ik steeds vaker gezelschap bij zijn zondagse preekbeurten. We reden dan 's ochtends vroeg door het doodstille Friese land, naar Woudsend of Raard, naar Metslawier of Paesens-Moddergat, kleine stukjes bewoning in die vergeten ruimte boven Dokkum. In de zomer rook het naar gras en hooi, in de winter was er die eindeloze bevroren vlakte, met hier en daar een boerderij of een kerktorentje, waar elk geluid uit de verte klonk als glas.

Als we naar een vreemd dorp moesten, was het soms even zoeken. Terwijl de rest van Gods natuur nog op één oor lag, zag je door de uitgestorvenheid van de zondagochtend overal kleine stroompjes vromen naar hun diverse kerken trekken. Mijn vader had in de loop der jaren een feilloos instinct ontwikkeld om aan de ernst van de gezichten en de snit van de zondagskleding het juiste kerkgenootschap af te lezen. 'Nee, nee, dit zijn hervormden, daar moeten we niet achteraan rijden. Die ook niet, dat is duidelijk een rooms jongetje. Wat? Dat zie je toch, dat zijn vrijgemaakten! Ha, een synodaal gereformeerde op een fiets!' En dan liep mijn vader op een holletje een zijdeur binnen, en even later zag ik een dominee in een zwarte toga op de kansel staan.

In de gereformeerde kerkjes in de dorpen – vaak niet meer dan grote schuren met kerkramen, een kleine houten toren, een orgeltje en minuscule, marmer geverfde pilaartjes – werd de God van Israël aanbeden, totdat de gereformeerden zelf 'kinderkens Israëls' geworden waren en je de velden van Efrata achter Birdaard kon zien liggen. In die dorpen werd veel en hard gezongen, vooral als er op hoogtijdagen ook nog een jongen met een trompet naast het orgel stond. Uit de grote Pelikaankerk in Leeuwarden, waar de aardappelmagnaten zaten en de directeur van de landbouwmachinefabriek, klonk altijd een weldoorvoed psalmgezang. De sombere Noorderkerk, vol bejaarden, sommige nog met oude Friese oorijzers, knikkend bij elk woord dat de dominee sprak, hing smekend en tanend achter elke noot. De enorme Koepelkerk, waar de jeugd naar toe ging om te kunnen rotzooien achter in de grote gaanderijen, kon prachtig galmen. 'Heer, aai maak mij Uwe wegen,' en de ruiten rinkelden. Daar hadden de hervormden niet van terug.

***

Op een regenachtige herfstavond in 1964 ging ik samen met mijn ouders naar de nieuwe generatie kijken. Kees Brusse had een film gemaakt waarin doorsnee jongeren met ongekende openhartigheid werden ondervraagd over hun leven, hun gedachten en hun toekomstverwachtingen. Het resultaat was ingeslagen als een bom, en de kranten stonden vol.

Het was mijn eigen generatie die daar tentoongesteld werd, maar ik had later alleen nog maar flarden herinnering aan de film: aan de jongen die in de gevangenis had gezeten en het al echt met meisjes deed, aan het meisje met een pluizig truitje waar ik wel een beetje op viel, aan de homo wiens gezicht onherkenbaar was gemaakt, en vooral ook aan de heuse hoer die erin optrad. Vol opwinding verliet iedereen de zaal.

Ruim dertig jaar later zag ik door een toeval de film terug, en overal in mijn geheugen gingen de luiken weer open. De kapsels die toen in de mode waren, de gereformeerde brillen van de jongens, de Dave Brubeck-achtige jazzmuziek waardoor het geheel een uiterst modern tintje kreeg, de ruwe studiosetting die absolute eerlijkheid suggereerde. Maar ik was vergeten hoe onze taal klonk, het in onze oren uiterst beschaafde en geaffecteerde Nederlands dat iedereen toen sprak; alleen de gevangenisjongen praatte voor onze huidige oren normaal. En wat ik helemaal verdrongen had, was de bijbehorende braafheid, de intense braafheid die het gezelschap uitstraalde.

'Ik kan me voorstellen dat verloofde studenten die nog heel lang moeten studeren, dat die dus voor die tijd, eh, hoe noemde u dat ook alweer?' zei het trui-meisje. De eerste zinnen van de homo-jongen luidden letterlijk: 'Ik heb dus geen meisje. Het is dus zo, ik ben, ik vind het een heel naar woord om te zeggen... ik heb dus een vriend.' En zelfs de hoer, die ons toen diep schokte, bleek nu een inkeurige vrouw te zijn: 'Het is raar hoor, om voor zo'n vreemde kerel in je blootje te moeten staan!'

De levensloop van mijn ouders is doortrokken van drie grote processen van maatschappelijke verandering: de democratisering van de samenleving in welvaart, kennis en ontplooiingsmogelijkheden; het verdwijnen van de standenmaatschappij en de daarbij horende hokjes en vakjes – ook ten aanzien van de rolverschillen tussen man en vrouw; het langzaam oplossen van waarden als discipline en ascese en van burgerlijke preutsheid – een proces dat onder andere gekenmerkt werd door talloze schermutselingen over vleeskleurige kousen, de pil en minirokken.

Al deze processen kwamen aan het eind van de jaren zestig tegelijkertijd tot een hoogtepunt.

Voor de beroering in de jaren zestig bestaat een eenvoudige verklaring: de naoorlogse geboortegolf werd volwassen en trok en bloc de maatschappij in. 'Als een groot ei, door een slang naar binnen gewerkt – zo trekt demografisch gezien de geboortegolf door de samenleving,' schreef de historicus P. de Rooy ooit, en zo was het.

Tussen 1946 en 1949 waren er bijna een miljoen Nederlanders geboren. De enige ervaring van al deze jongeren bestond uit een almaar toenemende welvaart. Dat was alles. Tijd en gelegenheid speelden bij deze revolutie ook een belangrijke rol. De harde werkers van de jaren vijftig wilden maximale opleidingsmogelijkheden voor hun kinderen, en die kregen ze. Dankzij het beurzenstelsel was het aantal studenten in de jaren zestig opeens explosief toegenomen. In 1955 waren er nog geen dertigduizend studenten in Nederland, in 1969 was het totaal de honderdduizend gepasseerd en werden de tentamens in sporthallen afgenomen.

De overgang van de klassieke, elitaire studentenwereld naar de nieuwe massastudies lag ergens in het midden van de jaren zestig. Toen ikzelf in 1965 aan de Vrije Universiteit ging studeren, werden we door de oude pedel nog persoonlijk ingeschreven in het grote boek van VU-studenten. 'Ah, Mak,' zei hij tegen mij. 'Ja, ja, een goed nest.' Er waren een kleine tweehonderd rechtenstudenten, wat al veel was, maar allemaal werden we bij onze professoren op de thee genodigd, en het tentamen was een ernstig gesprek waarbij kennis en kunde op de proef werden gesteld.

Ik werd, net als mijn broers Cas en Hans, lid van hetzelfde Demosthenes dat mijn vader in 1919 had opgenomen. In diezelfde maanden verschenen er op de sigarettenaffiches van Caballero, Miss Blanche en Dr Dushkind voor het eerst leuzen als 'Kanker' en 'Gnot'. In de stad gingen verhalen over het Witte Fietsenplan van de provo's. Ik hoorde voor het eerst termen als 'klootjesvolk' en 'verslaafde consument'. Op de Ceintuurbaan zag ik een jongen fietsen met haar tot op zijn schouders. Iedereen keek hem na.

Ik denk dat het een vergissing is om te spreken over 'de' beweging van de jaren zestig. In werkelijkheid waren er minstens vijf bewegingen tegelijk aan de gang, maar je kunt er zonder problemen ook tien van maken, die allemaal door en langs elkaar heen liepen. 'De essentie van de jaren zestig is het ontstaan van grote aantallen subculturen, die zich vervolgens uitbreidden en op elkaar reageerden en die zo de snel groeiende vloed vormden, die het tijdperk kenmerkt,' schreef de Amerikaanse cultuurhistoricus Arthur Marwick, en dat gold ook voor Nederland. Ik doe maar een greep.

- In de eerste plaats waren er de politieke rebellen. Een aantal jonge, ambitieuze politici had de oudere generatie lang genoeg op het kussen zien zitten en dacht: nu wij! Binnen de PvdA wist de beweging van Nieuw Links al snel sleutelposities te bezetten. Binnen de Anti-Revolutionaire Partij stond een groep zogeheten Spijtstemmers op: ze verklaarden openlijk spijt te hebben van hun stem op de oude voorlieden. Alles moest voortaan anders.

  Spoedig ontstonden er contacten met gelijkgezinde KVP'ers, en er dreigde een samensmelting te ontstaan van de progressieve vleugels van de confessionele partijen. Uiteindelijk vertrokken de vernieuwers naar een eigen partij, de Politieke Partij Radikalen (PPR), die later zou opgaan in GroenLinks. Daarmee gaven ze onbedoeld alle ruimte aan de meer behoudende groepen binnen de confessionelen om op hún condities een fusie te formeren, het latere Christen-Democratisch Appèl (CDA).
- In de tweede plaats waren er de politieke vernieuwers. Zij richtten zich vooral op een vernieuwing van de vorm van de parlementaire democratie, waarna volgens hen de inhoudelijke vernieuwing vanzelf zou volgen. Uit deze beweging is onder andere D'66 voortgekomen.
- Dan waren er de studenten en kunstenaars die zich afzetten tegen de burgerlijke eenheidscultuur van de jaren vijftig. Zij verzamelden zich rondom provo en soortgelijke groepen.
- Vervolgens waren er de marxisten. Zij reageerden op de ideologische en religieuze leegte die na de ontzuiling was ontstaan en probeerden dat te compenseren door de oude marxistische ideologie nieuw leven in te blazen. Velen meldden zich aan bij de communisten van de CPN en zetten daar vervolgens de boel op zijn kop.
- Dwars door al deze groepen heen waren de eerste tekenen zichtbaar van de tweede feministische golf. De provo's hadden een Witte Wijvenplan met vrijwel dezelfde strijdpunten die later door

de vrouwenbeweging massaal zouden worden omhelsd: vrije abortus, de pil in het ziekenfondspakket, crèches. Ook ontstond er een speelse vrouwengroep die ageerde voor 'openbaar plasrecht' en 'baas in eigen buik', de Dolle Mina's – waaraan trouwens aanvankelijk ook mannen deelnamen.

– Ten slotte was er de hippiebeweging, een conglomeraat van groepen die zich overgaven aan spiritualiteit, communeleven, macrobiotische landbouw, wierook, softdrugs, seks en andere zachte krachten. Het was, met provo, wellicht de meest vernieuwende groep. Hun 'leef-nu'-ethiek stond werkelijk haaks op het waardepatroon van de jaren vijftig, in tegenstelling tot het machtsdenken van de meeste andere groepen. Velen trokken zich echter al snel terug in een isolement.

En overal zwierven dan nog eens de talloze avonturiers rond, de zweverikken, ijdeltuiten, baasjes, goeroes, gieren, klimgeiten, gekken en idioten die rondom revoluties altijd in groten getale aangetroffen worden.

De groepsfoto van de jaren zestig bevatte, kortom, een zeer gevarieerd gezelschap, van Han Lammers, Hans van Mierlo en André van der Louw tot en met de honderden meisjes in Indiase bloemetjesjurken die toentertijd de straten en parken bevolkten. Een gezelschap ook waarvan het vernieuwende karakter – achteraf gezien – soms maar betrekkelijk was. Maar tegelijk vormden al die groepen samen een beweging die een geweldig elan had, die zich één voelde met talloze generatiegenoten in Amerika, Engeland en elders, en die in korte tijd een explosie van maatschappelijke energie en creativiteit veroorzaakte.

Wat al die babyboomers samenbond, was een afkeer van autoriteiten en een walgen van de terreur die Amerika aanrichtte in Vietnam en de leugens waarmee dat voortdurend werd rechtgepraat. Nog sterker was echter de gemeenschappelijke euforie, het politieke lentegevoel, de opwekkende dreun van de eigen muziek, de tinteling in de lucht. De verbeelding was werkelijk even aan de macht.

Of mijn vader dat ook zo beleefde, is maar de vraag. Bij mijn theorieën en beschouwingen gromde hij soms de woorden van Prediker: 'Antwoordt een zot niet naar zijn dwaasheid.' Hij maakte zich wat zorgen toen ik, als mederedacteur van het VU-studentenblad *Phanetra*, werd veroordeeld wegens belediging van een bevriend staatshoofd. We hadden een affiche afgedrukt met de tekst 'Johnson moordenaar', en de complete oplage werd door de Amsterdamse politie in beslag genomen en vernietigd. Hij was overigens wel tegen het Amerikaanse optreden in Vietnam, hij steunde de Spijtstemmers binnen zijn ARP, en verder had hij zijn hoofd bij andere zaken.

In november 1967 was het studentendispuut Demosthenes tachtig jaar oud. Het bestuur was op de onzalige gedachte gekomen om het lustrum voor de afwisseling in Felix Meritis te vieren, het Amsterdamse zalencentrum dat nog steeds eigendom was van de CPN. Mijn vader was er speciaal voor uit Friesland overgekomen, hij had er een van zijn betere pakken voor aangetrokken en in zijn binnenzak zaten zijn beste sigaren.

Wat onhandig wandelden we die avond samen over de Keizersgracht. Veel wisten we niet tegen elkaar te zeggen. We liepen om: mijn vader wilde het oude VU-gebouw nog eens zien waar hij met zijn vrienden Buskes en Smelik gestudeerd had en waar de waardige professoren Grosheide en Van Gelderen hun het vak hadden geleerd. Het stond er leeg en verlaten bij. Het VU-embleem was van de voordeur gehaald. De universiteit was met alles erop en eraan naar een reeks kantoren verhuisd, ergens in een buitenwijk van de stad. Door een raam zagen we niets dan holle, uitgewoonde zalen.

Op het feest bleek hij een van de oudste dispuutleden te zijn, hij werd geëerd en gefêteerd, ik zag dat hij zeer eenzaam was, maar hij zei er niets over.

Heel Demosthenes zat aan tafels te schreeuwen en ruzie te maken, terwijl chagrijnige vrouwen een kruimige aardappel serveerden en onze glazen vulden met een duistere wijn uit communistenland. Op de zolders van het complex vond die avond toevallig een van de eerste Provadya?-shows plaats, de voorloper van de latere muziektempel Paradiso, met helse muziek, gele en groene lichten en beschilderde blote meisjes. Voortdurend werd de maaltijd onderbroken door oudere reünisten die naar boven trokken om er een kijkje te nemen en in grote staat van opwinding terugkeerden.

De dispuutleden uit de jaren dertig begonnen, zoals altijd, hun harde studentenliederen te zingen, klappend en stampvoetend, nog boven het gedreun van Provadya? uit. Wij, tweede- en derdejaars, schreeuwden daar weer overheen. Daarna klom een chirurg uit Zwolle op een stoel en begon iets te roepen over het lange haar van een jong dispuutlid, over de werkschuwheid van de jeugd en over Amerikaanse bevrijders. Vervolgens brak een ongekend tumult los, wat des te merkwaardiger was omdat de meeste aanwezigen elkaar slechts oppervlakkig kenden. Het ging duidelijk om wat anders.

Provo was de eerste uiting van de nieuwe geest van de jaren zestig. Men organiseerde manifestaties, demonstreerde met een wit spandoek – de politie begon er direct op los te slaan – en zette het gezag voortdurend in zijn hemd.

De provo's hadden opvallend veel succes. Dat had voor een deel te maken met de stilzwijgende sympathie die de jaren-zestigrebellen ook bij het meer liberale deel van het establishment genoten. Het was een periode van conflicten en polarisatie, maar de breuklijnen liepen vaak dwars door generaties heen.

Intuïtief raakten de provo's twee uiterst gevoelige plekken in de Nederlandse samenleving. Aan de ene kant wezen ze er voortdurend op dat de preutse, zuinige moraal van de oudere generatie op geen enkele manier meer paste bij de almaar groeiende welvaart. Maar tegelijk staken ze ook de draak met het toenemende materialisme, met de auto's, met de roomkloppers, met alles wat 'de verslaafde consument' begeerde. Daarmee grepen ze onbedoeld terug op de oude Hollandse onderstromen van soberheid en behoud.

Bovendien hadden de provo's een feilloos gevoel voor beelden en theater, en de opkomende televisie maakte daar dankbaar gebruik van. Zo kon een klein clubje jongeren het land behoorlijk op stelten zetten.

Toch heeft de groep amper twee jaar bestaan. In juli 1965 verscheen het eerste nummer van het blad *Provo* en half mei 1967 werd de beweging onder fluitspel begraven in het Vondelpark.

De fakkel werd overgenomen door een veel strakkere beweging. In mei 1968 brak in Parijs een grote opstand uit van studenten en scholieren. Voor de Nederlandse studenten was dat uiteraard een bron van inspiratie, omdat ook hier nogal wat universitaire misstanden bestonden: willekeur van hoogleraren, achterhaalde studiestof, vriendjespolitiek, censuur op studentenbladen en meer van dat soort zaken. Een jaar na Parijs sloeg ook hier de vlam in de pan. Eind april 1969 werd de Tilburgse Hogeschool bezet, begin mei volgden het Leidse Academiegebouw en de Nijmeegse aula, medio mei werd het Amsterdamse Maagdenhuis bezet, en werd de Universiteit van Amsterdam herdoopt in Domela Nieuwenhuis Universiteit. Ook elders vloog de geest uit de fles. Een paar dagen later werd het Maagdenhuis alweer ontruimd, de zeshonderd bezetters werden in een snelrechtprocedure veroordeeld, de bezettingen van de andere universiteiten verliepen ook, en toen brak de vakantie aan.

In die jaren ging ik nog weleens op bezoek bij mijn oude, broze, rode tante Maai – oom Petrus was al overleden. Ze had haar twijfels bij de sociaal-democratische voorman Den Uyl. 'Ûs Pieter Jelles zei het toch mooier.' Maar onze linkse gedachten vond ze helemaal te ver gaan. 'Waar wij ophielden, beginnen jullie,' zei ze soms, en dat bedoelde ze niet als compliment.

Na de zomer van 1969 leken de meeste studenten hun revolutie te zijn vergeten. Ze gingen rustig aan het werk, tevreden met de beloofde herziening van het universiteitsbestuur. Een enkele hoogleraar had de moed om zich te verzetten tegen de soms bizarre democratische constructies die daaruit voortvloeiden, de meerderheid legde zich er bij neer.

Van de actievoerders wilde een kleine kern nog veel verder gaan en de universiteiten ombouwen tot centra van revolutie en structurele verandering. Opvallend genoeg grepen ze vooral terug op het typisch negentiende-eeuwse gedachtegoed van Karl Marx. Met name ex-gereformeerden en ex-katholieken omarmden dat als een nieuw geloof. Aan de hand van deze theorieën gingen ze het eind van de twintigste eeuw te lijf, alsof ze een computer met een beitel wilden repareren. Hun drijfveren waren echter vaak eerlijk en oprecht: ze zochten naar een samenleving waar werkelijk gerechtigheid heerste.

Toch hadden de marxisten een groot probleem: waar was de oude geest van de arbeidersrevolutie? In Oost-Groningen leefden nog strokartonarbeiders die als gaaf voorbeeld konden dienen van Marx' onderdrukking van het proletariaat, maar voldoende was dat allerminst. De meeste werkers genoten een ongekende welvaart, zaten tevreden achter hun nieuwe televisietoestellen en hadden geen oren naar welke klassestrijd ook. Een oplossing bood de zeer populaire filosoof Herbert Marcuse. Hij verklaarde de passiviteit uit de 'repressieve tolerantie', de verdraagzaamheid van het liberale gezag die in zijn visie niets anders was dan een slimme manier om de massa eronder te houden.

De nieuwe marxisten hadden het met dit alles zo druk dat ze absoluut geen oog hadden voor de werkelijke revolutie die pal voor hun neus plaatsvond: de enorme veranderingen op het gebied van gezin, geloof, moraal, onderwijs, democratisering, vervoer en consumptie, zaken die iedereen raakten.

Om een voorbeeld te geven: in 1950 moesten negen van de tien Nederlandse vrouwen niets hebben van 'geslachtsgemeenschap voor het huwelijk'. In 1965 was dat nog maar één op de vier. De seksrevolutie kwam helemaal op gang na de introductie van de anticonceptiepil, rond 1964. Voor het eerst in de geschiedenis konden seksualiteit en voortplanting volledig van elkaar losgekoppeld worden, en dat betekende het begin van een zoektocht naar een nieuwe moraal.

De statistieken laten zien hoe snel dat ging. In 1965 vond ruim 41 procent van de Nederlanders dat een meisje eigenlijk als maagd het huwelijk in hoorde te gaan. In 1970 was dat nog maar 17 procent. In 1965 had 82 procent bezwaar tegen het buitenshuis werken van moeders met kinderen. In 1970 was dat percentage bijna gehalveerd. In 1965 was de meerderheid van de Nederlanders er nog tegen dat kinderen hun ouders met 'jij' aanspraken. In 1970 was dat minder dan een derde.

De belangrijkste massabeweging die voortkwam uit de jaren zestig lag ook op dit terrein. In 1967 publiceerde het tijdschrift *De Gids* een opzienbarend artikel van Joke Kool-Smit, getiteld 'Het onbehagen bij de vrouw'. In dit stuk betoogde ze dat de problemen met werk, huishouding en kinderopvoeding geen kwesties waren voor de vrouwen alleen, maar dat ze symptomatisch waren voor een fundamentele ongelijkheid tussen mannen en vrouwen.

Het artikel van Joke Kool-Smit wordt algemeen gezien als het startschot van de tweede feministische golf. Want al waren bijna alle formele barrières geslecht, in de dagelijkse praktijk was de ongelijkheid nog groot. Films uit de jaren zestig – een eclatant voorbeeld is

Blow-up van Antonioni – laten een omgang tussen de seksen zien die eerder kan worden getypeerd als 'gebruik', door de mannen wel te verstaan. De introductie van de pil vergrootte die machtsongelijkheid nog: vrouwen hadden nu immers, in de ogen van veel mannen, geen excuus meer om seksuele avances af te wijzen. De seksuele vrijheid van de jaren zestig was aanvankelijk dan ook vooral een seksuele vrijheid van mannen.

In het begin concentreerden de vrouwenacties zich vooral op de herovering van het eigen lichaam. Een belangrijk strijdpunt was het 'baas in eigen buik', het recht om zelf te beslissen over het al of niet laten verrichten van een abortus. Vanaf 1970 functioneerden overal in het land abortusklinieken, maar voortdurend werden ze bedreigd met sluiting. Pas in 1981 werd de bestaande liberale abortuspraktijk gelegaliseerd.

In de loop van de jaren zeventig verbreedde de beweging zich. Steeds meer vrouwen bleven werken, ook als ze een gezin hadden. Door de betere anticonceptie kwamen er minder kinderen, de moderne woningen waren veel gemakkelijker schoon te maken, wasmachines en andere apparaten namen veel huishoudelijk werk uit handen, en ook ontstonden er steeds meer banen die flexibel waren en desnoods met een ander gedeeld konden worden. De vrouw van Hans was bijvoorbeeld altijd blijven werken, de vrouw van Cas kreeg een baan als maatschappelijk werkster, en Anna pakte in die tijd haar oude vak van doktersassistent weer op.

De groep van – vaak hoog opgeleide – werkende vrouwen stuitte echter in toenemende mate op een glazen plafond: door seksediscriminatie, maar soms ook door innerlijke remmingen bij henzelf, maakten ze dikwijls niet dezelfde carrière als de mannen waarmee ze gelijk begonnen waren. De statistieken waren onweerlegbaar: in de meeste arbeidssituaties bleven mannen de baas.

In die periode ontstonden er overal netwerken van actie- en praatgroepen, waar talloze vrouwen zich beraadden op hun werk en privéleven. Er kwamen vrouwenhuizen, vrouwenkranten, Blijf van Mijn Lijf-huizen, vrouwengezondheidscentra, vrouwenstudies, wettelijke anti-discriminatiebepalingen, ombudsvrouwen.

Ook binnenshuis werden talloze kleine oorlogen gevoerd. Voor veel mannen was het een uiterst verwarde periode: ze kregen opeens alle misdragingen van generaties 'man' over zich heen. Er was een hoop zin en onzin, waarheid en dwaasheid, problemen waarbinnen iedereen zijn eigen weg moest zoeken omdat niemand hierin was voorgegaan.

Tussen mijn ouders lagen, na meer dan veertig huwelijksjaren, de verhoudingen vast. Bovendien was mijn moeder nooit een feministe geweest, en ze zou het ook nooit worden. Ze had na de oorlog het leven van haar dochters – voor zover dat althans in haar vermogen lag – gestuurd volgens klassieke rolpatronen. Cas, Gjalt en Hans mochten knutselen wat ze wilden, Anna en Tineke moesten eindeloos koken en plinten soppen ter voorbereiding van hun taak als huisvrouw. Hun studie werd vooral gezien als een extra ondersteuning voor de toekomstige echtgenoot en het eventuele gezin, en als een soort verzekering om in noodgevallen de eigen kost te kunnen verdienen.

Haar dochters en schoondochters lieten echter zien dat het ook anders kon, dat werk en gezin wel degelijk te combineren waren, hoewel de last van de huishouding grotendeels op de vrouwen bleef rusten. En langzamerhand begon ook mijn moeder toe te geven dat ze graag had willen doorstuderen, zelf een baan had willen hebben, iets doen met dat hoofd vol slimheid. 'Als ik nu een jong meisje was geweest, ja, dan waren de dingen zeker anders gegaan,' zei ze regelmatig.

Nogal wat vrouwen kozen ten slotte voor zelfstandigheid, een stap die dankzij de ruimere bijstandswet althans financieel een stuk gemakkelijker was geworden. Het aantal echtscheidingen vloog omhoog. Anderen lieten alle rolpatronen los, ook uiterlijk. Meer en meer werden vrienden- en vriendinnenparen als doodnormaal geaccepteerd, ook binnen de familie. Niemand hoefde meer een halfverborgen leven te leiden. Dat was een van de grootste verworvenheden van de jaren zestig.

***

Iedere revolutie is vol romantiek, en je kunt je vaak afvragen wat sterker is, de revolutie of de romantiek. Twintig jaar nadien zou de grijze jurist H. Drion de roerige jaren zestig betitelen als 'één lange golfstroom van romantisch levensgevoel, voor Nederland misschien wel het meest zuivere voorbeeld van een romantische beweging, [...] zuiverder dan de beweging van de tachtigers'. Hij vergeleek in zijn betoog de held van de jaren zestig met de 'intellectual hero' uit de negentiende-eeuwse romantische literatuur, 'de jonge man of vrouw die het trotse gevoel heeft te leven buiten de maatschappij, maar die wel intens meevoelt met de onderdrukten; die afgunstig is op mannen van de daad; die opstandigheid cultiveert; die bijna obsessief bang is om betrapt te worden aan de kant van het onrecht; die een heimwee naar de gewone massa combineert met het complex van het bourgeoiskind dat zich ervoor schaamt tot de bevoorrechte klasse te behoren.' Zo zag de negentiende-eeuwse boekenheld eruit, maar zo liepen ze ook rond op het Amsterdamse Spui, en in Tilburg en Nijmegen, en in het Maagdenhuis. Zo waren we allemaal wel een beetje.

We leefden in die jaren vaak in een roes, een lichte hoogmoedswaanzin. Het ging allemaal net iets te gemakkelijk, het 'omverhalen van gevestigde structuren', zoals dat in het toenmalige mistige jargon heette. Zelfs het kwaad was een 'probleem' dat 'met andere structuren' 'opgelost' kon worden, en in die zin waren de jaren zestig weinig minder optimistisch dan de jaren vijftig. De Amerikaanse filosoof Theodore Roszak introduceerde het begrip 'tegencultuur', een beweging die, zo schreef hij zonder een flintertje twijfel, 'binnen de volgende vier generaties deze gedesoriënteerde samenleving van ons zal veranderen in iets waarin ieder menselijk wezen zich thuis zal voelen'.

Sommigen deden ook de oorlogsjaren nog eens dunnetjes over: in geschriften krioelde het van de verwijzingen naar '40-'45, knuppelende agenten werden regelmatig begroet met 'Sieg Heil' en iets waarmee we het oneens waren, heette al snel 'fascistisch'. Het was alsof de meest traumatische ervaring van de oudere generatie nog eens teruggedraaid moest worden, en daarna opnieuw nagespeeld, om alles nu van een happy end te kunnen voorzien.

Toch werd tussen 1956 en 1973 wel degelijk een wissel omgezet. De jaren zestig waren onmiskenbaar een periode van groot historisch belang, waarin de rollen van gezinnen, gezagdragers, geloof, geld en goed sterk veranderden. In de jaren vijftig werden de mensen nog geacht zich volledig aan te passen aan de maatschappij. In de jaren zestig werd dat op zijn kop gezet: de jongeren eisten dat de maatschappij zich aan hen aanpaste, en gedeeltelijk gebeurde dat ook. En al werd veel daarvan in de jaren zeventig en tachtig weer teruggedraaid, het wurgende conformisme dat vroeger talloze levens neerdrukte – vooral bij vrouwen – kwam niet meer terug. 'Grotere ontplooiingsmogelijkheden', het klonk als een slogan, maar het was wel degelijk een bevrijdende realiteit.

'De jaren zestig zetten de culturele en sociale agenda voor de rest van deze eeuw,' schreef Arthur Marwick in zijn internationale onderzoek van dit tijdperk. En het ging daarbij juist niet om kleine elitegroepen, maar om enorme aantallen heel gewone mensen: kleine Italiaanse boeren die eindelijk goede wegen en sanitair kregen, Amerikaanse zwarte kinderen die voor het eerst normaal onderwijs genoten, Franse, Engelse, Duitse, Nederlandse en Amerikaanse arbeiders die met de ene loonsverhoging na de andere werden overstelpt, jongeren in suffe provinciestadjes die zich vergaapten in nieuwe boetieks, koffieshops, disco's, galeries en boekenzaken, vrouwen die eindelijk de kans kregen op een eigen rol buiten het gezin. Tegelijk begonnen de eerste immigratiestromen van zogenaamde 'gastarbeiders' Noordwest-Europa binnen te trekken: het begin van de multiculturele samenlevingen die daar op den duur zouden ontstaan.

De jongeren konden door de langere studietijd 'forever young' blijven en zich opbergen in een zelfgemaakte cultuur vol eigen symbolen, verhalen en muziek. Van de puriteinse, vooroorlogse truttigheid moesten ze uiteraard helemaal niets hebben, en daarom kreeg hun cultuur duidelijk het karakter van 'Harroes Genietsalon'.

De botsingen tijdens de jaren zestig hadden echter ook te maken met de innerlijke spanningen binnen de oudere, reeds gevestigde generaties. De werkschuwe nozem of provo stond voor een angst die diep leefde binnen de burgerij: de vrees dat na de moeizame klimpartij op de maatschappelijke ladder de jeugd in één klap weer terug zou vallen op het oude niveau, uit pure verwendheid. En dat was niet het enige: ze legden ook nog eens de vinger op de tegenstrijdige houding van de ouderen zelf, die matigheid preekten en steeds meer welvaart najoegen, verslaafde consumenten als ze waren. Wat de burgerij zag in de jeugd – of, beter gezegd, projecteerde in de jeugd –, was niet zelden het beangstigende effect van de welvaart op de burgers zelf. En alles had te maken met maatschappelijke veranderingen die zo hard gingen dat ze iedereen de adem benamen.

Mijn eigen trouwerij was zo'n typische familierel uit de jaren zestig, die iedereen weer snel met de mantel der liefde bedekte. In het voorjaar van 1969 besloten mijn toenmalige vriendin en ik ons samenwonen om te zetten in een huwelijk 'om van het gezeur af te zijn'. Samenwonen, in mijn zuster Anna's tijd ondenkbaar, was overigens toen al aardig geaccepteerd. We wilden een gezellige trouwerij zonder veel poespas. Toch ontstonden er al snel twee kwesties die de emoties hoog opjoegen: de kerk en de jurk.

We wilden niet in de kerk trouwen; we vonden dat schijnheilig als je toch zo'n beetje van het geloof gevallen was. En mijn geliefde had geen zin om in het wit te trouwen. In plaats daarvan hadden we van ons weinige geld voor haar een schitterend broekpak gekocht van oranjegele zijde, vlammend in de zon.

Mijn ouders vonden vooral de kerk vreselijk. Een huwelijk zonder goddelijke zegen was bijna ondenkbaar. Mijn aanstaande schoonouders hadden daar minder moeite mee. Zij maakten zich druk om dat oranje trouwpak. Dat was in hun ogen iets dat streed met alle vormen van traditie en fatsoen, dat kón absoluut niet. Mijn ouders dachten daar weer heel anders over; zij vonden dat pak prachtig en steunden ons volledig in dit hooglopende conflict.

Als ik aan deze tumultueuze dagen terugdenk, herinner ik me vooral een gevoel van tomeloze verbazing. We waren in de verste verte niet van plan om onze ouders te provoceren, we wilden het allemaal rustig en vriendelijk houden, we vonden alleen dat het ónze bruiloft was. We waren oprecht verbluft over de agressie en emotie die onze vormen en ideeën opriepen.

Uiteindelijk hielden we stand op het kledingfront en capituleerden we wat de kerk betreft. En zo trok mijn vader ons op een junidag in 1969 op de knielbank van de Gereformeerde kerk van Badhoevedorp, hij hield een prachtige preek over wereld, kerk en huwelijk 'in deze revolutionaire tijd', en tegelijkertijd kon iedereen de gaten in mijn schoenzolen bewonderen.

Het vaste geloof was in een crisis terechtgekomen. In 1964 was binnen de Vrije Universiteit grote beroering ontstaan naar aanleiding van het 'Afvalnummer' van het studentenblad *Pharetra*. De distributie werd door de universitaire autoriteiten geblokkeerd, de redacteuren werden berispt en dat alles omdat in het blad een aantal interviews was gepubliceerd met mensen die op een of andere manier met de gereformeerde zuil hadden gebroken. 'Het geloof raakt mij niet meer,' zei de een. Een ander: 'Mensen die geloven vormen de achterhoede van de tijd.' Een derde was afgeknapt op de achterbaksheid van het gereformeerde wereldje. Een vierde werd gewoon katholiek: 'Ik ben altijd fundamentalist geweest.'

Het waren de eerste rukwinden van de storm die kort daarop zou losbarsten. De kleinere Kerken, de vrijgemaakten en de christelijke gereformeerden, bleven stevig overeind, en rond de nieuw opgerichte Evangelische Omroep ontstond zelfs een soort twintigste-eeuwse reveilbeweging. Maar onder de katholieken en hervormden nam tussen 1968 en 1976 het aantal vaste kerkgangers af met bijna de helft, bij de 'gewone' gereformeerden daalde het kerkbezoek in de jaren zeventig van 95 naar 60 procent; de jeugd begon massaal te deserteren, en de verwarring nam toe.

'Men zit nog met de ogen te knipperen,' zo schetste de christelijke auteur D. van der Stoep de toestand van de mannenbroeders in het midden van de jaren zestig. 'Men weet het niet meer en men heeft ook geen voormannen en leiders meer die het wel weten. Gereformeerde theologen en andere wetenschapsmensen zijn, op een enkele flapuit na, voorzichtige mannen geworden die voorzichtige dingen schrijven in voorzichtige kranten. Het Procrustesbed van de aloude en beproefde beginselen ligt bij het oud-roest. Men is bezig, teneinde God vast te kunnen houden, een heleboel dingen los te laten.'

Bepaalde 'verontruste' groepen probeerden koste wat kost het gedachtegoed van de Afscheiding en van Abraham Kuyper overeind te houden, maar de meerderheid van de kleine luyden zag weinig in dergelijke achterhoedegevechten. Integendeel. Veel jongere gereformeerden schaamden zich diep over het vroegere fundamentalisme van hun kerk en met name over de bizarre affaire-Geelkerken. Ruim veertig jaar na dato werden de besluiten van de synode van Assen uit 1926 officieel herroepen, met een verzoeningsdienst, geleid door de oude Jan Buskes.

Het ging zoals de grote theoloog en verzetsstrijder Dietrich Bonhoeffer in 1945, vlak voor zijn executie, voorspeld had. De Kerken hadden zoveel jaren alleen gevochten voor hun zelfbehoud als instituut dat ze niet meer in staat waren om het verzoenende en verlossende woord aan de mensen te brengen. 'De tijd dat je mensen alles kon zeggen met woorden – theologische of vrome woorden – is voorbij en ook de tijd van innerlijk en geweten, kortom, de tijd van de religie.' Uiteindelijk verwachtte hij dat er weer een taal gevonden zou worden van 'een nieuwe rechtvaardigheid en waarheid, een taal die de vrede verkondigt tussen God en de mensen en de nabijheid van zijn Rijk'. Maar voorlopig, zo voorzag hij, zouden de Europeanen een tijd zonder enige godsdienst tegemoetgaan. 'Ons christen-zijn zal in deze tijd bestaan uit slechts twee elementen: bidden en onder de mensen het goede doen.'

Mijn vader bleef redelijk zichzelf. Hij was een theoloog zoals mijn grootvader zeilmaker was: serieus, ambachtelijk, met respect voor het vak. Hij was buitengewoon geïnteresseerd in vernieuwing en in alles wat achter de horizon lag – en in deze oprechte, niet-modieuze progressiviteit verschilde hij wél van mijn grootvader. Hij was ook bespiegelend. Maar hij was geen filosoof.

Het geloof was bij hem, als je in zijn hart keek, niet een kwestie van ratio. Het was ten diepste een spirituele zaak, een niet te beredeneren emotie. Het was religie in de meest letterlijke zin: een gevoel van diepe verbondenheid met God en mensen. Zweverig was hij allerminst – daarvoor had hij in Schiedam te veel 'gezemel' meegemaakt, daarvoor was hij ook te zeer een kind van de Verlichting – maar wel was hij ervan doordrongen dat er aan alle theologische constructies een einde kwam, en dat geloven ten slotte vooral een kwestie van geloven was.

De dwingende, gelijkhebberige preker in hem was verdwenen. Hij legde zijn geloof niet meer op. Het viel hem zwaar dat sommige van zijn kinderen andere wegen gingen, maar nooit probeerde hij ons terug te dwingen. Het geloof was voor hem een individuele zaak geworden, zelfs binnen de familie. En daarbij had hij een groot vertrouwen in ons, en een nog groter vertrouwen in Gods wijsheid. 'En dan kunnen wij in vreugde zeggen: Abba, Vader.' Zulke zinnen kwamen telkens weer terug in zijn preken. Zo was het ook met zijn geloof, dat de lichtheid had van een kind, dat iets patriarchaals had tevens, maar zonder de straffende Vader die het leven van mijn grootmoeder zo lang verzuurd had.

***

Op donderdagochtend 7 december 1972 kreeg mijn vader een hersenbloeding. Op dat moment was het, binnen een ogenblik, met zijn werkzame leven gedaan. Toen ik bij zijn bed stond, zei hij moeizaam: 'De eik is gevallen. Maar de stam, de stam loopt weer uit.'

Hij herstelde inderdaad enigszins, maar zijn rechterarm bleef verlamd, goed lopen kon hij niet meer, het preken was voorbij en zelfs zijn naam moest hij opnieuw leren schrijven. Opeens reed hij mij niet meer naar huis, maar ik hem. Een paar maanden later verkocht hij zijn auto, het had toch geen zin meer, ik zag hoe hij hem nakeek.

Hij zette zich aan het schrijven van zijn memoires, die hij moeizaam met zijn linkerhand optikte, letter voor letter. Fysiek werd zijn leven veel moeizamer, maar materieel had hij weinig zorgen. Drie jaar eerder was hij bij het ziekenhuis met pensioen gegaan. Er werd bij die gelegenheid een afscheidsreceptie gehouden, zijn oude opponent Hendrik Algra had een gloedvolle toespraak gehouden en hij had een gouache van de Friese kunstenaar Gerrit Benner cadeau gekregen. Op de foto die het *Friesch Dagblad* op die 30ste september 1969 afdrukte, staat mijn vader in zijn mooie pak te stralen. Het haar van mijn moeder is nu helemaal grijs, maar haar rok gaat tot boven de knie. Beiden zien er gelukkig uit.

Het was herfstachtig weer, lees ik in diezelfde krant. Willy Brandt werd getipt als nieuwe Duitse bondskanselier, het dagblad schreef over de 'studentenprofeet' Herbert Marcuse, Kooistra's warenhuis in Murmerwoude kondigde aan voor de jongelui een 'boetiek' te hebben geopend en het Bureau Voorlichting Levensverzekeringen waagde zich aan een voorspelling voor het jaar 2000: 'Hebt u straks geld genoeg voor de duizend nu nog onbekende maar straks heel gewone dingen? Voor even een paar dagen supersoon naar de kinderen in Australië bijvoorbeeld? Of voor de nieuwe wandkrant thuis? Of voor de zak-computer?'

In het begin van de jaren zeventig was de Keuken van de Toekomst, met zijn ijskasten en wasmachines, voor de meeste Nederlandse gezinnen realiteit geworden. In alle West-Europese landen was iets als een verzorgingsstaat ontstaan. Voor het eerst in de geschiedenis hoefde de gemiddelde burger niet meer te vrezen voor de financiële gevolgen van ziekte, ouderdom en andere levensrisico's. In Groot-Brittannië stond de National Health Service symbool voor nieuwe vrijheid en veiligheid, West-Duitsland en Frankrijk hadden fantastische pensioensystemen, Nederland kende riante regelingen bij werkloosheid en invaliditeit, Frankrijk en Nederland staken veel energie in omvangrijke projecten op het gebied van volkshuisvesting en stadsvernieuwing, en zo legde elk land zijn eigen accenten.

De nationale samenlevingen werden opener, de grenzen soepeler. Toen mijn ouders in 1961 in Hardegarijp gingen wonen, was nergens in het dorp ook maar een teen knoflook te koop. Druiven en perziken waren duur en zeldzaam, en dat gold ook voor de wat betere wijn. Voor een stukje camembert kon je alleen terecht in een speciaalzaak in Leeuwarden. Toen ze bijna twintig jaar later verhuisden, kon de dorpswinkel al deze exotica zonder problemen leveren, en nog veel meer.

In 1950 waren de West-Europese staten – deels als reactie op de sovjetdreiging – begonnen met een paar vormen van samenwerking, onder andere op het gebied van de kolen- en staalindustrie. Ook circuleerde er een plan voor een gemeenschappelijke defensie en een hele reeks andere instituten, die uiteindelijk zouden moeten leiden tot een Verenigde Staten van Europa. De motieven achter dit project waren zonder meer idealistisch: alleen een Verenigd Europa zou de gruwelijke oorlogen, die het continent verscheurd hadden, voorgoed kunnen uitbannen.

Later, toen de Duitse wederopbouw de bedrijvigheid in Europa steeds meer aanjoeg, gingen economische motieven de boventoon voeren. In 1957 werd de Europese Economische Gemeenschap opgericht, het begin van een gemeenschappelijke markt waar arbeid, kapitaal en ondernemingen over de grenzen ongehinderd konden opereren. Er kwam een gemeenschappelijke landbouwpolitiek, met enorme subsidies voor de boeren. Achtergebleven regio's kregen geld, belastingen en andere regelingen werden gelijkgetrokken en de economieën van de lidstaten bloeiden. Steeds meer landen wilden meedoen, en ondertussen groeide in Brussel de Europese bureaucratie.

Burgers veranderden in onderdanen, en werkers in consumenten. Zo begon de periode die Norman Davies in zijn Europese geschiedschrijving treffend aanduidt met de tijd van het 'consumentisme'. Dat consumentisme joeg ongetwijfeld de economie verder aan, maar het maakte materiële vooruitgang tot een doel op zich en geen middel tot geluk voor allen, nu en in de toekomst. Het consumentisme, aldus Davies, 'dreigde de politiek te reduceren tot een debat over de voorziening van goederen, en het leerde de jeugd dat bezittingen alleen voldoende waren voor een goede levensvervulling'.

Omdat het consumentisme bovendien een duizelingwekkende voorraad aantrekkelijke goederen voor ieders ogen uitstalde, was het een fantastische propaganda voor het Westen, waar alle staatsproducten en -diensten van het Oostblok nooit tegenop konden. Lang hadden politici beweerd dat mettertijd de kloof tussen Oost- en West-Europa minder diep zou worden. Op militair gebied was er inderdaad een zekere ontspanning ontstaan, maar op economisch en cultureel gebied werd de afstand ieder jaar van welvaart groter.

Parallel aan het consumentisme veranderde de manier waarop mensen met elkaar omgingen. Het haastige, verbrokkelde bestaan waar mijn grootvader Van der Molen in de jaren vijftig al moeite mee had, werd steeds normaler. Veel mensen begonnen in meerdere werelden te leven, in werelden van werk, familie, vrienden – dubbele en drievoudige levens.

Tegelijkertijd wijzigde hun kompas. Het verdwijnen van de standenmaatschappij en de democratisering van vrijwel alle terreinen van de samenleving hadden, zo leek het, ook een ander soort mensen voortgebracht. Vroegere generaties hadden zich altijd gevoegd naar de normen van buren en geloofsgenoten, maar uiteindelijk luisterden ze toch vooral naar hun innerlijke principes, of die nu rood, christelijk of anderszins getint waren. Zij werden nu opgevolgd door generaties die vooral naar buiten gericht waren, die zich meer richtten naar de gedachten en wensen van anderen.

De innerlijke normen van godsdienst, geweten en traditie werden zo langzaam aan vervangen door de normen van de groep, de samenleving, de televisie, de heersende mode. Later had men het over de 'individualisering' van de samenleving, maar het was de vraag hoe diep die ging. De jongere generaties maakten meer eigen keuzes, maar tegelijk waren ze in andere opzichten conformistischer en minder eigenzinnig dan hun ouders en grootouders.

De gereformeerden, de volgelingen bij uitstek van de innerlijke stem der vaad'ren, werden pas geleidelijk door deze veranderde levenshouding aangetast. Het aandeel van de katholieken en hervormden onder de bevolking daalde tussen 1966 en 1996 met ongeveer een derde, terwijl het aantal gereformeerden aanvankelijk redelijk stabiel bleef. De onderlinge band bleef sterk.

De voorzichtige toenadering tussen de kerken, de oecumene, begon na een hoopgevende start te haperen. Waar de kerken nog niet aan toe waren, lukte echter wel binnen de politiek. De verzuiling was in de jaren zeventig sterk afgenomen. Mijn ouders, die hun leven lang ARP hadden gestemd, stapten op hun oude dag over naar de PPR en een enkele keer stemden ze zelfs op de Pacifistisch-Socialistische Partij (PSP). Voelde in 1966 nog 40 procent van de Nederlanders zich aangetrokken tot een confessionele partij, in 1979 was dat gedaald tot 30, en in 1996 tot 14 procent. De vanzelfsprekendheid was voorbij. De KVP, CHU en ARP konden niet meer rekenen op hun trouwe, vaste aanhang. Ze moesten nieuwe vormen vinden om kiezers te trekken.

In 1980 fuseerden de drie partijen tot het CDA. De anti-revolutionairen hadden de meeste invloed op het programma, maar uiteindelijk verloren ze, omdat de katholieken de meeste invloed hadden op het machtscentrum. Wel kwam de eerste fractievoorzitter van het CDA, Willem Aantjes, uit de ARP-gelederen. Hij probeerde het eigenzinnige van de ARP binnen het CDA te introduceren, hij hield een paar prachtige beginselvaste redevoeringen, maar toen hij zich uitsprak tegen een nieuwe fase in de wapenwedloop, de invoering van de neutronenbom, werd hij al snel gewipt.

Als jongen bleek hij zich in een onbewaakt ogenblik bij de Germaansche SS – iets anders dan de Waffen-SS – gemeld te hebben om aan de arbeidsinzet te ontkomen. Hij had verder geen vlieg kwaad gedaan, maar altijd wel in het openbaar over deze misstap gezwegen. Het feit was al jaren in kleine kring bekend. Blijkbaar vonden zijn tegenstanders nu de tijd rijp om het breeduit in de publiciteit te brengen.

De kwestie-Aantjes was, achteraf gezien, een coup en een karaktermoord ineen, ongekend in de Nederlandse verhoudingen. In de jaren vijftig kon de KVP'er Jan de Quay, een van de leiders van de Nederlandsche Unie die zich in 1940 wilde neerleggen bij een Duits Europa, zonder problemen minister-president worden. In de jaren zeventig was Aantjes' jeugdzonde voldoende om een ongelooflijke rel te veroorzaken. De kwestie raakte alle zenuwen van de afkalvende ARP: principes, eerlijkheid, oorlog, SS. Het was de nekslag voor de oude politieke organisatie van de mannenbroeders.

Bijna onmerkbaar begon nu ook de manier van denken en geloven te veranderen. De benadering van de bijbelteksten via onveranderlijke dogma's werd langzamerhand vervangen door een oplettend lezen van hele bijbelboeken, en door een benadering van teksten in hun samenhang met de rest. De grote meerderheid van de gereformeerden bleef God zien als een hogere macht die zich met ieder mens persoonlijk bezighoudt. Maar de twijfel begon sterker te worden. In de gedachtewereld van steeds meer kerkleden werd het traditionele christelijke geloof met een hemel en een hel vervangen door het gevoel van 'een hogere macht die het leven beheerst'. Ook werd het idee sterker dat God niets anders was dan het waardevolle in de mens, dat God niet in de wolken leefde, maar in de harten van de mensen. Dat betekende dat mensen zelf zin moesten geven aan hun leven, dat God hen niet bij de hand hield, en dat de dood een natuurlijk eindpunt van het leven was.

Tegenwoordig onderschrijft ruim 40 procent van de gereformeerden deze innerlijke geloofsopvatting. In de orthodoxe leer van de bijbel geloofden in 1966 nog bijna alle gereformeerden, in 1979 ruim driekwart, in 1996 slechts een derde. Vandaag gelooft nog maar de helft in de hemel, nog maar vijf procent in de hel.*

Vanaf de jaren zestig begon het maatschappelijk kompas van de kerken eveneens te verschuiven. Er ontstonden her en der discussies over de wapenwedloop en vooral over het gebruik van kernwapens. En de altijd al aanwezige belangstelling voor zending en missie werd omgesmeed tot een bredere interesse in de derde wereld en in ontwikkelingshulp. Het accent verschoof van zieltjeswinnerij tot een dialoog met andere godsdiensten en kerkgenootschappen.

Mijn vader volgde, voor zover hij kon, dit alles met grote aandacht. Er werden dingen gezegd en gedaan die hij altijd al zo gevoeld had, en ik weet vrijwel zeker dat hij zich meer thuis voelde in de veranderende kerk aan het einde van zijn loopbaan dan in het starre instituut waarbinnen hij begonnen was. Wel had hij regelmatig aanvaringen. In een theologisch blad in zijn archief vond ik een hele discussie met een van de gereformeerde kerkvorsten uit Kampen. De kerkvorst had beweerd – hij scheen daarvan uitstekend op de hoogte te zijn – dat via 'goede werken' alleen gelovigen in Christus in de hemel konden komen. Mijn vader vond dat te gek voor woorden: 'Aan de Birma-spoorweg waren er doodgoede, eenvoudige, boeddistische vrouwen, die ons, smerige sloebers, eten en drinken gaven. Die zouden dus niet door Christus' genade gered zijn?' Zo'n geloof was zijn geloof niet.

Mijn broer Cas had het moeilijker. Na een periode als legerpredikant werd hij dominee in een Gronings dorp, waar hij moest laveren tussen zijn persoonlijke opvattingen en die van zijn nuchtere, behoudende gemeente. Vastgeklemd in de wijde Groningse vlakte maakten hij en zijn vrouw – hij had inmiddels vier kinderen – 'overlevingsplannen': een abonnement op een reeks concerten, eenmaal in de zoveel tijd naar Amsterdam, op die manier probeerden ze het dorpsbestaan vol te houden. 'U hebt een aantrekkelijke man,' zei ooit een gemeentelid tegen mijn schoonzus. Ze bedoelde: uw man trekt zich de dingen sterk aan. 'Er is een warwinkel van duizenden verlangens door elkaar, allemaal uit het Evangelie losgemaakt en allemaal zo weinig gebonden aan de weg en de toekomst van de Heer,' schreef Cas in 1974. 'Met kleine groepen of met enkele mensen moeten we zorgvuldig in het schemerduister volgende stappen zetten. Grote bezielende zaken zijn er amper voor mijn gevoel. Het wordt benauwd en donker.'

***

Op 1 mei 1974, een halve eeuw na de trouwfoto in de tuindeuren, vierden mijn ouders hun vijftigjarig huwelijksfeest. Ze hielden een receptie in Schiedam en daarna kwamen we allemaal bij elkaar in een bungalowpark, alle zes kinderen en elf kleinkinderen.

Onze bezigheden liepen sterk uiteen. Anna had vier opgroeiende kinderen, met eigen vreugden en zorgen. Gjalt was op een voorjaarsdag op een motorfiets geklommen, naar het zuiden gereden en bij een boer in de Elzas beland. Hij had er als arbeider gewerkt, had er zijn conservatoriumdiploma gehaald, was – na veel omzwervingen – muziekleraar geworden, en was voorgoed in Frankrijk gebleven. Tineke was actief lid van de PSP, net als ik. Cas was nog vol van zijn tijd als legerpredikant. Ik had een snor, een Afghaanse bontjas en haar dat slapjes langs mijn schouders streek. Hans was personeelsmanager bij Hoogovens en had inmiddels drie kinderen.

We waren uiteengegroeid, politieke geschillen werden hoog opgespeeld, en dit alles werd tijdens het weekend scherp voelbaar. Echt goed werd de sfeer niet, iedereen was moe en geprikkeld, en alleen mijn ouders wandelden argeloos door alle spanningen heen.

Een paar kleinkinderen speelden bij de maaltijd een schetsje waarbij ze, argeloos, de Jesus People nabootsten, een uit de Verenigde Staten overgewaaide beweging vol liefdevolle zweverigheid die toen het Vondelpark onveilig maakte. Sommigen dachten echter dat ze mijn ouders nadeden en liepen woedend van tafel.

In datzelfde voorjaar zag mijn vader nog eenmaal het huis waar hij geboren was. Het was op een avond. Bij de haven waren ze bezig aartsvijand water de laatste slag toe te brengen. De kade, de bomen en veel oude huizen waren al opgeruimd om ruimte te maken voor een grote bakstenen dijk met bovenop een betonnen wandelpad en een enkel bankje van waaibomenhout. De werkplaats van de zeilmakerij was dichtgetimmerd en op de voordeur had iemand 'KUT' geschreven.

Ik reed met hem voor de allerlaatste keer langs het stadje, met honderdtien kilometer per uur over de A13, langs Zestienhoven, wentelend over de betonnen serpentines voor Rotterdam, dan de A20 op, vaart minderen bij afslag Schiedam, het gaspedaal loslaten bij Kethel, erin bij Vlaardingen. Zijn ogen, dezelfde, zagen hoe het silhouet van de oude stad voorbijgleed, de huizen, de branderijen en daarbovenuit de kerkebak van mijn grootvader en het priegelige torentje van mijn grootmoeder. 'Een klein uur lopen,' zei hij, en het was vreemd dat het zo snel was gegaan.

Niet lang daarna schreef mijn vader twee brieven aan zijn oude vrienden Jan Buskes en Evert Smelik, brieven die hem een halve eeuw op de maag gelegen hadden. Smelik schreef hem onmiddellijk terug, dankbaar 'dat de rimpels in onze verhouding' waren weggestreken. 'Het is niet geraden om op onze leeftijd dingen uit te stellen. We staan dicht voor de poort.'

Jan Buskes antwoordde dat hij mijn vader 'ondanks alles altijd als een vriend was blijven beschouwen. Je raakt elkaar alleen kwijt, en dat was niet nodig geweest.' Met hem ontstond zelfs weer een kleine briefwisseling, en ze schreven elkaar als jonge studenten over het leven dat ze geleid hadden.

Buskes trok nog eens stevig van leer tegen de vrome lichthartigheid van mijn vader. 'Pas na de wereldoorlog begon je te begrijpen wat kolonialisme betekende. Dat is voor mij onbegrijpelijk. Hoe komt het toch, dat ik al in de jaren twintig een felle brochure tegen het kolonialisme van Colijn schreef en jij pas na de wereldoorlog deze dingen ging verstaan? Ik zie het zo: de gereformeerden zijn vrijwel altijd van het bestaande geweest, van de bestaande orde die in feite wanorde was.'

Gaandeweg werden de brieven korte briefkaarten. 'Ik leef bij de dag, als een grensbewoner,' schreef Buskes in het voorjaar 1979. 'Vanaf november 1978 ben ik patiënt. Het officiële kerkendom doet mij niet veel meer. Het is te veel uit op zelfhandhaving en leeft te weinig uit de verwachting van het Rijk Gods. Ik hoop dat de kerk meer gemeente van Christus wordt.'

En een laatste krabbel uit de zomer van dat jaar: 'Met mij gaat het wel goed, maar ik ben heel zwak. Wees gezegend.'

Mijn vader las de krant, de pagina's zo'n beetje geklemd onder zijn verlamde rechterarm, die hij dan met een handige zwaai van de linkerarm omsloeg. Hij zag prins Bernhard van zijn troon vallen nadat die in de Lockheed-affaire beschuldigd was van het aannemen van steekpenningen, hij volgde ademloos de Molukse gijzelingsacties in Drenthe en Amsterdam, de terreuracties van de Rote Armee Fraktion en de Duitse herfst die daarna kwam, die hele vreemde periode rond 1976 die roerde en gistte, alsof twee tijdvakken onder grote druk tegen elkaar schoven.

Zijn gezicht was wat meer ingevallen, hij praatte moeilijker dan voorheen, maar zijn ogen waren vol leven en hij volgde haarscherp wat er in de wereld gebeurde. Toen ik in 1975 redacteur werd van *De Groene Amsterdammer*, hield hij mijn schrijfsels nauwkeurig in de gaten. Hij wilde het graag met me eens zijn, voelde dat er soms ook halve en hele onzin tussen stond, maar kon daar niet goed over praten. De moderne tijd was voor hem glad ijs, waar hij slechts voorzichtig over durfde lopen.

In het voorjaar van 1973 was het progressieve kabinet van de PvdA-voorman Joop den Uyl ontstaan, een ongekende coalitie van PvdA, D'66, PPR en een paar hervormingsgezinden uit de KVP en ARP. Het was eindelijk de doorbraak waarop zovelen vlak na de oorlog gehoopt hadden. Het was een echt mannenbroederskabinet: minister-president Den Uyl, De Gaay Fortman van Binnenlandse Zaken, Vredeling van Defensie, Pronk van Ontwikkelingssamenwerking, Boersma van Sociale Zaken, en zo waren er nog een paar. Nog één keer werd de toon gezet door gereformeerden, al of niet uit het nest gevallen.

Mijn vader was er apart voor gaan zitten om de regeringsverklaring aan te horen. Het klonk hem als muziek in zijn domineesoren: 'De mentaliteit van onze industriële samenleving is wel gekenmerkt als die van een schraperige maatschappij, waarin hebben belangrijker is dan zijn, vertoon van bezit meer opgeld doet dan het verwerven van innerlijke waarden. Het is niet aan de regering alleen – en in sommige opzichten zelfs niet in de eerste plaats – gegeven om fundamentele mentaliteitsveranderingen te bewerkstelligen. Zij kan echter wel voorbeeldgevend en stimulerend optreden. [...] Belemmeringen die leiden tot een opeenhoping van kennis en cultuurgoederen bij weinigen, dienen te worden weggenomen. Democratisering van het onderwijs [...], alsook een gestage uitbreiding van de voorzieningen ten behoeve van het maatschappelijk en cultureel welzijn, zijn voorwaarden voor het vrijmaken van de burgers in hun werksituatie, evengoed als in hun vrije tijd.'

Den Uyl had met één ding geen rekening gehouden: Nederland lag niet op een geïsoleerd eiland in de Stille Zuidzee. Kort nadat hij deze prachtige principes had uitgesproken, brak er opnieuw een oorlog uit tussen Israël en Egypte. De Arabieren begonnen de olietoevoer naar enkele Israëlische bondgenoten af te snijden. Ruim een halfjaar later was de oliecrisis een feit en vertelde diezelfde Den Uyl ons 'dat het nooit meer zo zou worden als het was'.

***

Volgens de meeste historici kwam er overal ter wereld rond 1973 een einde aan de culturele revolutie van de jaren zestig. Daarmee werd een veel langer tijdvak afgesloten. De Fransen spreken over 'les trente glorieuses', de glorieuze drie decennia tussen 1944 en 1974. De Engelse historicus Eric Hobsbawm verdeelt zijn geschiedenis van de twintigste eeuw in drie periodes: 'The Age of Catastrophe' van 1914 tot 1945, 'The Golden Age' van 1945 tot 1973, en na de oliecrisis 'The Landslide', de aardverschuiving, van 1973 tot 1991. 'De geschiedenis van de twintig jaar na 1973 is die van een wereld die van zijn ankers lossloeg en weggleed in instabiliteit en crisis,' schrijft hij. 'Toch was het tot in de jaren tachtig niet duidelijk hoe onherstelbaar de fundamenten van de Gouden Tijd waren verkruimeld.'

In 1972 werd de toon gezet: de Club van Rome, een internationaal gezelschap van prominente wetenschappers, politici en industriëlen, kwam met een alarmerende analyse over de toenemende vervuiling van het milieu, de exploderende groei van de wereldbevolking en het snel opraken van de hulpbronnen op aarde. Minder dan een derde van de wereldbevolking bleek ongeveer tachtig procent van de belangrijkste grondstoffen te consumeren. De twee derde van de mensheid in arme landen moest het doen met de resterende twintig procent.

Het rapport voorspelde dat er vermoedelijk eerst een aantal lokale crises en rampen zou plaatsvinden, vervolgens zouden veel naties inderhaast verbeterende maatregelen treffen en zich terugtrekken in een zeker isolement, maar de wereld als geheel zou daardoor eerder nog verslechteren dan verbeteren. 'Het wereldsysteem heeft gewoonweg niet de ruimte en de overvloed om nog langer een dergelijk egocentrisch en tot-botsingen-leidend gedrag van zijn bewoners toe te laten,' schreven de samenstellers. In één klap werd zo de prijs van de overvloed op de politieke agenda geplaatst, en die is daar nooit meer uit verdwenen.

In West-Europa werden al snel de grote steden onder druk gezet door een onverwacht massale toestroom van immigranten. De eerste naoorlogse immigratiegolf, een gevolg van de dekolonisatie, was over het algemeen nog gemakkelijk in de diverse samenlevingen opgenomen. In Nederland belandden zo tussen 1946 en 1966 ongeveer driehonderdduizend Indische Nederlanders.

De tweede stroom immigranten kwam in het midden van de jaren vijftig op gang. In Griekenland, Italië, Joegoslavië en Spanje, later ook in Marokko en Turkije, werden honderdduizenden laag opgeleide mannen geworven voor handwerk waar de Noordwest-Europeanen te hooggeschoold voor waren geworden. Toen Tineke en ik in 1965 een reis door Griekenland maakten, troffen we dorpen aan waarvan de hele mannelijke bevolking vertrokken was. Een vrouw die ons logies gaf, liet ons al haar dekens zien, die van haar man en van haar vijf zonen, allemaal weg, allemaal al jaren ongebruikt.

Een derde immigratiegolf vond in Nederland plaats in het midden van de jaren zeventig, toen in korte tijd zo'n tweehonderdduizend Surinamers overkwamen, vlak voor de onafhankelijkheidsverklaring van deze kolonie. Omdat ze formeel de Nederlandse nationaliteit hadden, werden ze niet als immigranten beschouwd, hoewel ze dat in feite wel waren, met alle overgangsproblemen die daarbij hoorden.

Het merkwaardige was dat deze laatste volksverhuizingen jarenlang door alle betrokkenen min of meer werden ontkend. Die illusie werd mogelijk gemaakt door het gevoel van korte afstand die het vliegverkeer en de nieuwe communicatiemiddelen gaven. Voor Marokko, Turkije en zelfs Suriname was Nederland geen ver oord meer, waarheen je alleen trok als je je leven een fundamentele wending wilde geven – iets wat enkel voor de meest moedigen was weggelegd. Nu kon je vertrekken met de gedachte dat je morgen kon opbellen en volgend jaar weer terug kon komen. Je kon dus weggaan zonder te emigreren en de Nederlandse overheid versterkte die illusie op allerlei manieren.

Surinamers kwamen hier aanvankelijk als 'studenten', mediterrane immigranten als 'gastarbeiders', vluchtelingen als 'asylzoekers'. Voor zowel de overheid als voor veel immigranten behield hun verblijf zo het karakter van een almaar uitgesteld vertrek – waardoor bijvoorbeeld aan taallessen en andere vormen van inburgering aanvankelijk weinig aandacht werd geschonken. Pas in het najaar van 1998 erkende de regering dat Nederland de facto een immigratieland was, met alle nadelen en voordelen die daaraan vastzitten. Ondertussen waren twintig jaren verspild met struisvogelpolitiek.

Op politiek terrein werd de stemmingswisseling van de jaren zeventig duidelijk voelbaar rond de kwestie Dennendal, een conflict rond een experimentele zwakzinnigeninrichting in Den Dolder dat vier jaar lang telkens weer de voorpagina's haalde en als een kleine Dreyfus-affaire het land verdeelde. De rel bevatte vrijwel alle elementen waar het in de jaren zestig om ging: zelfontplooiing tegenover orde en rust, ouderlijk gezag tegenover nieuwe, zelfgekozen relatievormen, seksuele vrijheid tegenover taboe; moderne vernieuwers tegenover klassieke gezagsdragers, jong tegenover oud, hasj en Indiase tapijtjes tegenover lysol en betegelde gangen.

Uiteindelijk besloot het kabinet Den Uyl een deel van Nieuw Dennendal met geweld te ontruimen. Op woensdag 3 juli 1974 werden de zwakzinnigen met 12 overvalwagens, 120 politieagenten, een waterkanon en een rijdende apotheek afgevoerd. Voor vernieuwingsgezind Nederland – inclusief sommige leden van het kabinet Den Uyl – was het een traumatische ervaring. Voor het eerst werd met harde hand een streep getrokken: tot hier en niet verder. Overigens zouden de vernieuwingen van Nieuw Dennendal binnen een decennium gemeen goed zijn in de Nederlandse zwakzinnigenzorg.

Kort daarop werden de eerste scheuren in de Nederlandse verzorgingsstaat zichtbaar. Het stelsel van sociale voorzieningen was bedacht met de samenleving uit de jaren vijftig voor ogen. Het was een stelsel dat gebaseerd was op een economie waarin de arbeid centraal stond, op gezinnen met de man als kostwinner en de vrouw thuis, en op mensen met vaste banen, een ordelijke levensloop en een afscheidsreceptie plus pensioen op hun vijfenzestigste.

In de jaren zeventig was deze manier van leven niet meer zo normaal. Met alle echtscheidingen nam het aantal gezinnen zonder kostwinner snel toe, het regelmatig wisselen van baan werd regel in plaats van uitzondering, en bovenal: de factor arbeid, waaraan het hele systeem gekoppeld was, verloor aan belang. De automatisering rukte op, steeds meer functies werden overbodig, ouderen en minder handige mensen konden het tempo niet meer bijbenen en grote groepen werden voorgoed uit het arbeidsproces gestoten.

De sociale voorzieningen, ooit opgezet om de gevolgen van ongevallen, tijdelijke werkloosheid en soortgelijke calamiteiten op te vangen, werden nu opeens gebruikt om de sociale gevolgen van de echtscheidings- en automatiseringsgolf af te kopen. Hoewel de Nederlanders rijker en gezonder waren dan ooit, deden ze bij honderdduizenden een beroep op de uitkeringen van de Bijstandswet en de WAO. En niet tijdelijk, maar permanent.

Op een stille zomerse middag in 1975 kwam het eerste signaal dat de Nederlandse economie slagzij maakte. Willem Duisenberg, de minister van Financiën, was ergens in Friesland aan het zeilen toen op zijn departement de nieuwe economische voorspellingen van de Organisatie voor Economische Samenwerking en Ontwikkeling (OESO) binnenkwamen. Een uur later kraakte de marifoon van de minister. Hij kon maar beter even aan de wal gaan liggen om een beerenburgje te pakken. In een café hoorde Duisenberg wat er aan de hand was: de prognoses waren onverwacht slecht, en zijn hele financiële beleid lag aan diggelen. Er moest inderhaast een compleet nieuwe miljoenennota geschreven worden. Het stuk zou de geschiedenis ingaan als de 'éénprocentsoperatie van 1975'.

Iedereen dacht toen nog dat de Nederlandse economie, met die goudschat aan aardgasbaten, alle moeilijkheden gemakkelijk aan zou kunnen. Slechts een enkeling had zich al zorgen gemaakt. Rond 1973 – er waren toen zo'n driehonderdduizend WAO'ers – was Jelle Zijlstra, inmiddels president van De Nederlandsche Bank, begonnen om in interne briefings de WAO ter discussie te stellen. De wet was zo open en flexibel dat er geen enkele manier was om de toevloed te stoppen. Maar niemand luisterde en de aantallen WAO'ers en werklozen bleven omhooggaan. Miljarden guldens verdwenen uit de staatskas naar de sociale verzekeringen. Mijn vader las in zijn krant over de 'franje' die van de sociale zekerheid af moest. Achter de schermen wist men dat het om heel wat meer ging.

Omstreeks 1980 keerde uiteindelijk de wal het schip. Het Koninkrijk der Nederlanden stond aan de rand van een faillissement, de economie aan de rand van de afgrond. Elke maand kwamen er tien- tot vijftienduizend werklozen bij. Met harde hand werd in de jaren tachtig het 'poldermodel' tot stand gebracht. De ene bezuinigingsronde volgde op de andere, de uitkeringen werden verlaagd, de drempels werden verhoogd, maar de oude pioniers van de sociale zekerheid zaten soms met tranen in de ogen bij de ambtelijke vergaderingen.

De publieke opinie had ondertussen twee zondebokken gevonden: de buitenlanders en de uitkeringsgerechtigden. Er werd veel gesproken over 'fraude', 'profiteurs' en 'harde maatregelen', zonder dat men besefte dat het probleem in de eerste plaats lag bij de organisatie van de sociale zekerheid, en bij het blinde optimisme van de jaren vijftig en zestig.

***

In het voorjaar van 1979 begonnen mijn ouders over een verzorgingshuis na te denken. Enorme sneeuwstormen hadden over Friesland geraasd en mijn moeder had de hele winter met haar gezondheid gesukkeld. In het najaar van 1980 vonden ze een plaats in een bejaardenflat in Drachten. Op de dag dat ze verhuisden, stormde en regende het. De meeste meubels hadden ze weggedaan. Mijn vader had zijn studeerkamer ontruimd en het grootste deel van zijn boeken verkocht. Mijn moeder had uit haar weelderige tuin nog een paar planten gehaald, ze had ze in een doos gestopt voor, misschien, een bloembak op het minibalkonnetje op achthoog.

Een handvol kinderen en kleinkinderen liep met stoelen en dozen door de kale gangen. De jongste – zestien – werd er slechts met moeite van weerhouden om met zijn spuitbus in de lift 'No Future' te sprayen. Toen mijn ouders geïnstalleerd waren, merkte ik dat ze uitkeken op dezelfde dorpen, bossen en boomwallen waaraan mijn grootvader Van der Molen zich een eeuw eerder met zoveel kracht ontworsteld had.

Zoals dat gaat bij oude mensen, werd het langzaam stiller om hen heen. Iedere week zat er wel een rouwkaart tussen de post.

De Schiedamse zeilmakerij ging dicht. De schepen begonnen steeds meer met kunststoffen te werken, een paar grote klanten vielen weg en vakbekwame zeilmakers waren bijna niet meer te krijgen. Bovendien was er geen Mak meer die zeilmaker wilde worden. 'Nu gaat alles met mij het graf in, alles wat wij als Makken wisten,' zei Catrinus.

Van de studievrienden van mijn vader was, na de dood van Jan Buskes in 1980, alleen Evert Smelik nog in leven. Behalve mijn moeder wist niemand in zijn omgeving nog iets van dat verleden, van *Woord en Geest*, van *De Heraut*, van Katoentje en H.H. Kuyper.

Mijn oom Koos overleed. Hij maakte al zeilen toen de wind nog het belangrijkste voortstuwingsmiddel was, en aan het eind van zijn leven vlogen er mensen naar de maan. Mijn oom Ludz stierf. Mijn Schiedamse ooms en tantes gingen, de een na de ander. De broodgoeie oom Arie. 'Kom ik nou wel naar de hemel, met al die satellieten?' vroeg een tante angstig op haar sterfbed.

Begin 1979 schreef de oude pastoor Ezechiël Vergeest, nog altijd van 's ochtends vijf tot 's avonds tien 'on duty': 'We voelen allen dat onze dagen geteld zijn. We weten niet wanneer we onze tenten moeten oprollen, als het dan maar is voor een tocht naar een beter leven.' Een paar maanden later droomde mijn vader dat zijn vriend was overleden. 's Middags kwam het bericht.

In het begin van de jaren tachtig heerste er een merkwaardige schemering in het land, een doemdenken dat slechts kortdurend was, maar wel hevig. In Amsterdam woedde een stadsoorlog tussen de politie en enkele duizenden jongeren om kraakpanden, om de binnenstad, om een eigen stijl van leven die ze desnoods met geweld verdedigden. Er liep een duidelijke lijn van deze kraakbeweging naar de provo's, maar de krakers hadden het optimisme uit de jaren zestig verloren. In de democratie zagen ze geen enkel heil meer. Dit was geen vooruitgangsjeugd meer, maar bezuinigingsjeugd.

In het najaar van 1981 demonstreerden een half miljoen Nederlanders op en rond het Amsterdamse Museumplein tegen de plaatsing van kruisraketten op Nederlands grondgebied. Het was de cumulatie van talloze debatten die al jaren gevoerd waren, niet in de laatste plaats binnen de kerken, over de veiligheid in de wereld en immense risico's die verbonden waren aan de nieuwe SS-20-raketten van de Sovjet-Unie en de Pershing II van de Amerikanen. Het was een wanhopig burgerprotest tegen de nieuwe generatie massavernietigingswapens die met onverstoorbare onverbiddelijkheid zou komen. 'Dag vogels, dag bloemen, dag kinderen.'*

De stadsgevechten en de demonstraties waren een voorlopig hoogtepunt van de grote beweging van twijfel die in de jaren zeventig in Europa was ontstaan. Er heerste een algemeen gevoel van crisis en onthechting. De Europese bureaucratie onttrok steeds meer beslissingsmacht aan de nationale democratieën. Veel Nederlanders kregen langzamerhand het gevoel zelfs op punten van leven en dood – zoals de kernwapens – geen enkel vat meer te hebben op de sturing van de maatschappij.

De oude idealen waren uitgewerkt. Een van de dierbaarste illusies van de jaren zestig was het kinderlijke idee dat men niet meer hoefde te kiezen, dat alles tegelijk kwam. Nu begon de generatie van de geboortegolf te beseffen dat veiligheid, welvaart en groei een prijs hadden. Wat men dacht bereikt te hebben als integraal onderdeel van onze cultuur – solidariteit, tolerantie, een verzorgingsstaat, een steeds bredere spreiding van kennis, macht en inkomens –, bleek een bouwwerk dat al bij de eerste herfststormen begon te scheuren.

De doemdenkgolf was een laatste rouwen over de dromen van voorheen. En tegelijk was het de eerste uiting van machteloosheid die bij velen zou leiden tot de na-ons-de-zondvloedstemming van het fin de siècle.

De weg van mijn ouders ging op hun oude dag nog door donkere dalen. Sommige overleden vrienden en familieleden waren hun zeer dierbaar, en ze misten hen. Ze hadden hun zorgen over hun kinderen en kleinkinderen. Ik scheidde – de eerste echtscheiding in de familie – en dat deed pijn. Het ergste was de onrechtvaardige dood van mijn broer Cas. Aan het eind van de jaren zeventig had hij eindelijk zijn draai gevonden. Hij had een poosje in een Zuid-Hollands dorp gestaan, maar toen kon hij ziekenhuispredikant worden, en dat vond hij fantastisch. Een enkele keer zwierf hij met me door Amsterdam en hij vond alles even prachtig, alsof het weer 1946 was. 'Hier gaan we later wonen,' zei hij tegen zijn vrouw.

In 1979 werd bij hem kanker geconstateerd. Hij zei weinig over zijn ziekte, alleen in zijn preken sprak hij zich soms uit, op zijn eigen manier. Op nieuwjaarsdag van 1980 – zijn laatste levensjaar – hoorde de gemeente hem preken over 'God, die als verscheurende leeuw op de weg staat, terwijl je zelf geen kant uit kunt'.

Hij stierf in dat voorjaar.

Mijn ouders waren kapot, het was hartbrekend om hen onder dit verdriet te zien wankelen. Ik at met ze, die avond, mijn vader sprak over een fles wijn die ze nog voor hem hadden achtergehouden. 'Die drinkt hij nu aan de tafel des Heren,' zei hij, en hij barstte weer in snikken uit.

Na de dood van Cas ging het met mijn vader langzaam bergafwaarts. Hij werd zwakker, lag wekenlang in het ziekenhuis, krabbelde weer overeind en gaandeweg drong het tot hem door dat hij nooit meer beter zou worden.

In de nazomer van 1982 werd hij bedlegerig. Hij begon plotseling over zijn tweelingzus Catrien, was opeens erg bezig met zijn kameraden aan de Birmaspoorweg, en mijn moeder hoorde hem in zijn dromen weer praten in Australisch legerjargon.

Daarna werd hij helder, rustig, sliep veel, genoot van alle oude vrienden en bekenden die langskwamen om afscheid te nemen. Hij regelde de begrafenis, zocht teksten en liederen voor de rouwdienst bij elkaar, bedankte de verpleegsters en zegende als een patriarch zijn kinderen en kleinkinderen. Vervolgens gebeurde er niets.

'Goedemorgen,' zei hij iedere ochtend met toenemende verbazing in zijn stem. Hij was angstwekkend mager en soms vroeg hij ook: 'Ben ik nog niet gestorven?'

'Nee,' zei mijn moeder dan, 'maar je bent niet ver meer.'

'Gelukkig.'

Over alles tussen leven en dood is, zoals de apostel Paulus schreef, 'ons kennen onvolkomen'.

'Want nu zien wij nog als door een spiegel, in raadselen, doch straks van aangezicht tot aangezicht.'

Het was ook de begrafenistekst die mijn vader voor zichzelf bedacht had, en hij was zich zeer bewust van de raadselen. Dat nam niet weg dat hij zo zijn eigen voorstellingen koesterde over het hiernamaals. Hij zou er zijn geliefden terugzien, in de eerste plaats Cas, hij zou er met zijn oude studievrienden zitten 'aan de tafel des Heren', zoals hij het uitdrukte, en hij zou eindeloze wandelingen maken met pastoor Vergeest, zijn 'vriend en vijand tevens', discussiërend over alle zaken des geloofs, en als ze er niet uit kwamen konden ze het onze Lieve Heer zelf vragen, dat leek hem ook wel wat.

Toch heb ik nooit iemand meegemaakt die zo categorisch weigerde om dood te gaan als mijn vader. Sterker nog, na een paar weken leek het erop dat de Franse krachtbouillons van Gjalt en de geuren van speculaas en kerstkransjes van de bakker hem nieuw leven inbliezen. Hij ging weer rechtop zitten, begon te eten en toen de dokter hem voorzichtig waarschuwde dat hij toch wel in de trein naar het einde zat, fluisterde hij met zijn scheve mond: 'Maar dan wel in de restauratiewagen!'

Het werd een lang afscheid, voor mijn moeder bijna te lang. Ik maakte een keer mee dat ze ruzie hadden: ze gaven elkaar kleine boze klapjes op de hand. In die weken zat ik regelmatig naast mijn vader in bed, ik moest hem alles uit de krant voorlezen, soms nipten we samen aan één glas cognac, soms rookten we één sigaar, trekje na trekje. Soms sukkelde hij weg, dagenlang, maar dan sloeg hij opeens weer zijn ogen open en zei met heldere stem: 'Ik wil een boterham met komijnekaas.' Soms ook luisterden we samen naar de vogels, 's ochtends vroeg, want het werd alweer lente.

Op de warme zondagmiddag van 3 juli 1983 was hij onrustiger dan gewoonlijk. Voortdurend probeerde hij zich op te trekken aan de handgreep boven zijn bed.

'Waarom doe je dat zo?' vroeg mijn moeder.

'Anders val ik dood,' zei hij.

'Maar dat wil je toch, sterven?'

'Ja,' zei hij toen.

En hij liet los, zakte achterover, en zo viel hij, en hij werd door engelen gedragen.

Mijn moeder rouwde als een duif. Dapper probeerde ze de draad weer op te pakken, maar altijd was ze omringd door een floers van droefheid. *'Egidius, waer bestu bleven?'* citeerde ze soms. *'Mi lanct na di, gheselle mijn./Du cors die doot, du liets mi 't leven...'*

Na een paar jaar gaf ze de moed op. In het voorjaar van 1987 ging ze in bed liggen, en eigenlijk was ze nauwelijks meer te benaderen. 'Waar denk je aan?' vroeg ik haar weleens.

'Ach, ik droom maar wat weg,' zei ze dan.

'Over vroeger?'

'Ja, veel over vroeger.' Verder praatte ze niet veel.

Ze miste mijn vader vreselijk, maar dat was het niet alleen. Het was ook de tijd die haar eenzaam maakte. Het leek alsof de geschiedenis zich niet meer geleidelijk ontwikkelde, maar de laatste jaren met onnavolgbare sprongen veranderde. Als mijn overgrootvader Mak de werkplaats van mijn oom Koos was binnengestapt, dan had hij daar binnen een kwartier zijn draai weer gevonden. Mijn grootvader Van der Molen had al meer moeite om de wereld van zijn kinderen bij te benen. Het zakenleven van mijn oom Hattem, de literatuur van Anna en Cas, het was hem totaal vreemd. En voor de generatie van mijn ouders, nog opgegroeid in Victoriaanse tijden, was de kloof nog veel moeilijker te overbruggen. Al waren ze nog zo flexibel en bij de tijd, wat voor relatie lag er nog tussen hun wereld en mijn Rolling Stones en Jefferson Airplane, om maar te zwijgen van de rest?

De aarde had zich tijdens hun leven om- en omgekeerd, de herinneringen werden steeds levender, de huidige tijden steeds oneigenlijker.

Mijn moeder lag met haar heldere blauwe ogen naar het plafond van de bejaardenflat in Drachten te kijken, en zo leefde ze haar leven terug. Mijn vader die lezend aan zijn pijp trekt. De vrede in Hardegarijp. Cas. Een mooi concert. Een wandeling door Siena, dat soort dingen zullen het geweest zijn.

Ze zal teruggedacht hebben aan het warme chaotische huis aan de Westersingel. Een tuin in Zuid-Frankrijk, de kleinkinderen roepen. Mijn grootvader steekt een sigaar op. De geluiden van een lome avond op de waranda in Medan. De middagen op het strand bij Rockanje, met de kleine Anna. Misschien die wandeling over de hei met mijn vader – ze is nu net achttien.

Ten slotte lag ze alleen maar te wachten, in volkomen overgave, de armen wijd langs haar lichaam.

Een dag voor haar dood stond ze opeens in de zitkamer, ging tussen haar twee dochters voor het raam zitten, greep hen bij de hand en zei alleen maar: 'Nog eens naar de wolken kijken.'

Toen ze stierf had ze een ongekende lichtheid.

HOOFDSTUK XVI

Epiloog

Het laatste schoolopstel dat ik van mijn vader terugvond, dateert uit het voorjaar van 1917. Het is een verslag van een kleine expeditie buiten de muren van zijn geboortestad: met de fiets op visite bij een oom van een vriend in een naburig plaatsje, in tien minuten de bezienswaardigheden bekeken, een heel krentenbrood met officierenboter opgegeten, een tochtje met een motorboot, in één dag uit en thuis. Op de terugweg hadden de jongens een soort fietszeil geconstrueerd van een groot bord hout, dat ze achter hun zadels hadden gesjord. Zijn vriend zou halverwege zelfs de benen op het stuur leggen: 'Trappen hoefden we niet meer, met een flinke vaart reden we het kanaal langs, met de beenen op de voorvork, één rechte weg. Donkere wolken pakten achter ons samen, het stof dwarrelde voor ons uit.'

Zo lieten ze zich voortjagen op de vlagen van de storm, als koningen van een nieuwe tijd.

De eeuw van mijn vader begon in de tinten bruin en zwart, in de geuren van hout en teer, in zweet, ijzer en aarde. Maar daarachter scheen een stralend optimisme, een geloof in vooruitgang, techniek en de nieuwe mens die zou komen. De voorafgaande eeuwen werden beschouwd als duister, onze voorouders waren dood en ver weg, maar de nieuwe arbeider, de verlichte onderwijzer, de democratische politicus, de wetenschapper en de predikant die de dogma's achter zich gelaten had, zij zeilden naar een tijd die anders zou zijn dan al het voorgaande.

Nu, na honderd jaar van bloed en idealen, weten we meer. Het is tijd om onze historische arrogantie los te laten, om bruggen te slaan door de tijd, om naast de voorgaande generaties te gaan staan.

De betere mens, dat zijn we niet geworden. Onze grootouders en overgrootouders waren anders, maar niet slechter of minder. Dat besef maakt de historie gecompliceerder. Het maakt de vraag knellender: 'Wat zouden wij gedaan hebben, als we in hun schoenen stonden, met hun achtergrond en met wat ze op dat moment wisten?' Maar tegelijk maakt het de nabijheid groter, en doorbreekt het onze eenzaamheid in de geschiedenis.

Ik schrijf deze laatste alinea's in de zonnige voorjaarsmaand waarin Europa in een nieuwe oorlog verzeild raakte, een morele oorlog waarbij oude barrières van soevereiniteit en realpolitik opzij werden geschoven om een moordenaar in de Balkan tot staan te brengen – en uiteindelijk omwille van de waarden van het nieuwe Europa.

Het is de eerste echte oorlog in het vijftigjarig bestaan van de sterke maar logge NAVO. Alle negentien NAVO-leden moeten instemmen met bijna elke nieuwe stap, en al die regeringen voelen de hete adem van hun oppositie in de nek. Deze oorlog moet daarom, in aanzet, een televisieoorlog worden, een strijd van machines tegen machines en van elektronica tegen elektronica, een oorlog waarbij geen bloed mag vloeien, en zeker geen Amerikaans of West-Europees bloed.

Het is een weinig heldhaftige oorlog. De dubbelzinnigheid is groot: aan de ene kant gaat het om bevrijding en gerechtigheid, om de idealen van het nieuwe Europa, aan de andere kant is er een verdere stap gezet in de ontmenselijking van conflicten.

De westerse democratieën willen blijkbaar alleen nog maar vechten voor 'Europa' en 'vrijheid' als er geen enkel risico bij zit. Dat zegt iets over het toegenomen individualisme van de Europeanen, die niet zo snel meer achter Vaandels, Leiders en Hoge Idealen aanmarcheren. Tegelijkertijd zijn ze echter in dezelfde positie terechtgekomen als de Franse, Engelse en Duitse generaals tijdens de Eerste Wereldoorlog: wel het bevel geven tot oorlog en vernietiging, maar nergens zelf de consequenties voelen.

De geallieerden voeren zo een oorlog waarbij ze voor een dubbeltje op de eerste rij zitten. Het prijsverschil wordt betaald door de burgers die ze willen beschermen, want op de grond gaan de moordpartijen en de etnische zuiveringen gewoon door. Zo wordt oorlog nu gereduceerd tot geflits op het scherm van een speelautomaat – zij het een speelautomaat met hoge materiële en politieke kosten. Het is een nieuwe soort vervreemding die net zo'n gevoel van onwerkelijkheid geeft als dertig jaar eerder de Vietnamoorlog op de televisie, en die bijna net zo misleidend is als de opgeklopte romantiek in het begin van de Eerste Wereldoorlog.

De Balkanoorlogen vormen ook in andere opzichten een passend eind voor deze eeuw, die van Europa jarenlang één groot 'killing field' maakte. Ik heb de cijfers er nog eens op nageslagen. In totaal zijn in de afgelopen honderd jaar zo'n 115 miljoen Europeanen door politiek geweld om het leven gekomen: 13,5 miljoen in de Eerste Wereldoorlog, 41,3 miljoen in de Tweede Wereldoorlog, 54 miljoen in de Sovjet-Unie tijdens vervolgingen en hongersnoden tussen 1917 en 1953.* Daarbij komen nog eens de vele miljoenen die van huis en haard werden verdreven bij deportaties en etnische zuiveringen. En over de immense materiële schade praat ik niet eens, de verwoeste steden als Warschau, Dresden, Rotterdam, Coventry, Ieper, het culturele erfgoed van vele generaties dat voorgoed verloren ging.

De historische bewegingen binnen Europa vallen in zekere zin te vergelijken met een geologisch proces, een systeem van lagen en gesteenten, met als kernen de opkomende grootmacht Duitsland in het centrum en de instortende imperia van de Russen in het oosten en de Turken in het zuiden.

Het Duitse rijk was in het begin van deze eeuw nog geen drie decennia oud. Het was tot 1871 een optelsom van een reeks antieke vorstendommetjes, en rond 1900 was het opeens een moderne natie. De opkomst van deze nieuwe grootmacht leidde tot twee grote oorlogen en, tot twee maal toe, grootscheeps ingrijpen van de Verenigde Staten. De fricties zouden pas halverwege deze eeuw gedempt worden door het ontstaan van het verenigde Europa. Er valt veel negatiefs te zeggen over de hieruit voortgekomen Europese Unie, maar één pluspunt is buiten kijf: de EU heeft een ongekende vrede en stabiliteit gebracht aan de roerige westzijde van het continent.

In Azië gebeurde iets soortgelijks. Ook hier kwam rond de eeuwwisseling opeens een moderne grootmacht opzetten, Japan, die de positie van de oude machten – China, de koloniale imperia van

Engeland, Frankrijk en Nederland – dreigde over te nemen. Pas na een wereldoorlog ontstond – ook hier onder invloed van de Verenigde Staten – een zekere stabiliteit.

Het ijzeren gordijn dat Europa na de Tweede Wereldoorlog in twee helften deelde, deed vergeten dat de werkelijke politiek-geografische breuklijn in het continent meer naar het oosten ligt. Het is de lijn die loopt tussen de westelijke christelijke cultuur en de oostelijke, een breuk die zestien eeuwen teruggaat, tot de opsplitsing van het Romeinse imperium in een oostelijk en een westelijk rijk. De grens tussen deze twee stukken Europa loopt ruwweg van Finland, langs Sint-Petersburg en de Oostzeestaten, dwars door Oekraïne, Roemenië, Servië en Bosnië, en eindigt in Montenegro aan de Adriatische Zee.

Aan de westelijke kant van deze lijn vieren de mensen Kerstmis op 25 december, hebben ze de Renaissance en de Verlichting meegemaakt, drinken ze koffie met slagroom en zijn ze, althans volgens sommige theoretici,* geschikt voor de westerse democratie. Aan de oostelijke kant drinken de mensen koffie met drab, luisteren ze naar de pope of de imam en missen ze in veel gevallen de tradities van rechtsstaat en democratie zoals wij die kennen. Er bestaan allerlei uitzonderingen op deze regels, de scheidslijn is voortdurend in beweging en bovendien is het de vraag of we ons zo fatalistisch bij zo'n scherpe indeling moeten neerleggen. Maar dat zo'n breuklijn bestaat, en dat die een nieuwe actualiteit heeft, is evident.

Miljoenen Europanen hebben geleefd als mijn ouders. Ze probeerden om hun persoonlijke bestaan tussen al die breukvlakken door te loodsen. Ze vielen, stonden weer op, maakten hun keuzes tussen goed en kwaad, lieten altijd maar weer meningen en idealen op elkaar los in de onuitblusbare hoop dat het er iets toe zou doen. Miljoenen anderen leefden zomaar een eindje weg, wat konden ze anders dan leven bij de dag, ze hadden een vader, een moeder, misschien een grootvader, en een oude kerk achter de dijk, dat was alle geschiedenis die ze hadden. En daarnaast waren er nog eens de tallozen die de krankzinnigste bewegingen aanhingen en de raarste uniformen aantrokken enkel omwille van een handvol zekerheden en een brokje eten.

Gezamenlijk vormden ze een ongekend nieuwe kracht in deze eeuw: de massa, die oorlogen voedde, revoluties aanjoeg, machthebbers maakte en brak.

De historicus John Lukacs heeft de gedachte geopperd dat deze bloedige eeuw misschien de eindfase is van vijf eeuwen burgerlijke beschaving. Die beschaving begon bij de Renaissance en liep via de Verlichting door tot in onze tijd. Het communisme en het nationaal-socialisme waren twee fundamentele aanvallen op deze verlichte Europese cultuur, en beide heeft men met moeite weten te keren. Dat wil niet zeggen dat de liberaal-burgerlijke beschaving het eeuwige leven heeft, integendeel zelfs. Maar misschien heeft Europa die rampen en bedreigingen ook wel nodig, meer dan een muntunie, om werkelijk één te worden.

De val van de Sovjet-Unie in 1989 deed in veel opzichten denken aan de val van het tsarenrijk en het keizerlijke Duitsland in 1917 en 1918: het was bovenal een implosie van het systeem zelf, dat geheel verstrikt was geraakt in zijn eigen starheid en tegenstrijdigheden.

De mislukking van het socialistische experiment was een gigantisch drama; het was het einde van de hoop op een meer rechtvaardige wereld, waarvoor tallozen zich deze eeuw met hart en ziel hadden ingezet. In het Westen werd de ineenstorting van het communisme echter vooral gezien als de definitieve overwinning van het kapitalisme en de vrije markt. Er heerste zo'n triomfstemming dat de Amerikaanse publicist Francis Fukuyama zelfs faam verwierf met de stelling dat de wereld nu 'het einde van de geschiedenis had bereikt'. De daarop volgende gebeurtenissen leken hem ogenschijnlijk in het ongelijk te stellen: Europa zou in de tien jaar daarna meer veranderen dan in de zeventig jaar daarvoor, het continent zou van crisis naar crisis worden gejaagd, oude grenzen zouden vervagen, nieuwe grenzen zouden worden geboren.

In diezelfde triomfstemming kwam overal ter wereld een nieuw conservatisme tot bloei. In wezen was hier sprake van soort ontdemocratisering, zowel in macht als in welvaart en ontplooiingsmogelijkheden. Signalen uit de maatschappij, minderheidsstandpunten, ze werden steeds vaker opzij geschoven. In West-Europa werd de betrekkelijke democratie van de nationale parlementen meer en meer uitgehold door de bureaucratie van de Europese Unie. De economische politiek werd steeds vaker gericht op het aanbod van het bedrijfsleven, en niet op de vraag van de mensen zelf.

Onder opinie- en beleidsmakers begon de gedachte post te vatten dat dit een natuurlijke ontwikkeling was. Men meende dat de wereldheerschappij van de vrije markt onvermijdelijk was, nu de communicatietechniek zover was dat banken en investeerders de aarde konden omvatten als de beursvloer in hun eigen stad. Bovendien, zo verwachtte men, zou vrije concurrentie over de hele wereld uiteindelijk van voordeel zijn voor alle nationale economieën. Na het marxisme was de nieuwe ideologie die van de vrije markt. Maar het bleef een geloof, met alle blindheid die erbij hoorde.

De beloften van de vrijemarktprofeten bleken al snel van weinig waarde. In Rusland – en ook elders – leidde hun ideologie voornamelijk tot een ongekende roof- en plunderpartij van de schaarse zaken die het land nog bezat. In het Westen werden tal van publieke diensten aan het marktmechanisme overgeleverd, wat in de meeste gevallen tot prijsverhogingen en kwaliteitsverlagingen leidde. Op alles moest opeens geld verdiend worden. De inhoud van het werk telde minder en minder. Een aantal mensen werd zeer rijk, de armen betaalden.

In 1969 werd met veel tamtam de opera *Reconstructie* opgevoerd. Dit was een collectief werkstuk, op tekst van Harry Mulisch en Hugo Claus, een soort credo van de toenmalige revolutie. De tekst van het slotkoor luidde:

Nooit meer, nooit meer, nooit meer, – NOOIT MEER
Nooit meer binnenskamers, – NOOIT MEER
Nooit meer haalbare kaart, – NOOIT MEER
Nooit meer geestelijk eigendom, – NOOIT MEER
Nooit meer eeuwigheid, – NOOIT MEER
Nooit meer sales promotion, – NOOIT MEER
Nooit meer fauteuil de balcon, – NOOIT MEER
Nooit meer goede smaak, – NOOIT MEER
Nooit meer toegangsprijzen, – NOOIT MEER
Nooit meer medezeggenschap, – NOOIT MEER
Altijd zeggenschap, – ALTIJD

Dertig jaar later was precies het omgekeerde gerealiseerd: nooit meer was altijd geworden, en altijd nooit.

***

Ik moet denken aan de oudejaarsviering in 1911, zoals mijn tante Maart die beschreef. De hele familie die zwoegt om haastig een zeil af te maken voor een logger, die nog voor oudjaar van wal moet steken. De kachel die extra opgestookt wordt – een grote luxe – om oliebollen te bakken. De kinderen die in de lege werkplaats mogen knikkeren. De grote olielamp die nog even aan mag blijven. De genoegens 's avonds: kerkbezoek, chocolademelk, gerookte paling, een zondagsschoolboekje met een gekleurd plaatje voorop. Het gezamenlijke gebed om gezondheid en zegen in het nieuwe jaar. Twaalf uur: 'De klokken van de toren galmen en ergens vliegt een pijl in de lucht. Maar verder gebeurt er niets.'

Bij het begin van 1999 zag de lucht bij de penthouses aan het Schiedamse Hoofd rood van de vuurpijlen, de een nog ingenieuzer dan de andere. De Nederlandse families zaten voor de televisie en beleefden de jaarwisseling half thuis, half ergens met hun sterren in een droomstudio. Zalm uit Canada, witte wijn uit Australië, en ook wat geld en gezondheid betreft hadden de meesten geen zorgen. Op straat vochten Nederlandse en Marokkaanse jongeren. Slechts een minderheid van de gezinnen bestond nog uit man, vrouw en kinderen. Een komiek preekte hen het oude jaar uit.

Ook voor een gemiddelde familie als de mijne was dit een eeuw van ingrijpende veranderingen, ingrijpender dan welke voorgaande eeuw ook. De komst van de elektriciteit bracht licht en energie in huizen en werkplaatsen. Onze statistische levensverwachting is gestegen van ruim vijftig in 1900 tot boven de vijfenzeventig in 1999 dankzij de betere voeding, hygiëne en medische zorg. Zo hebben we er eigenlijk een derde leven bij gekregen, een nieuwe levensfase met alle vreugden en lasten, niet in de laatste plaats maatschappelijk, want ook de geboortegolf wordt bejaard. Het aantal Nederlanders is in deze eeuw verdrievoudigd: de vijf miljoen uit het geboortejaar van mijn vader zijn er nu ruim vijftien miljoen. Nederland is een druk landje geworden, en ook Europa en de wereld worden voller en voller van die ene mensensoort.

De ongekend massale en langdurige welvaart heeft oude levenspatronen op zijn kop gezet. Vergeleken met de kapotgewerkte mannen en de hoestende kinderen in het Zwarte Nazareth van 1899 leven de Nederlanders nu als koningen. De nadruk is zelfs grotendeels verschoven van het produceren naar het consumeren. De achterkleinkinderen van mijn ouders ontlenen hun status op het schoolplein niet meer aan wat ze presteren maar aan de manier waarop ze consumeren: het gaat om het merk schoenen, om het *image* van de producten die ze gebruiken, om de uitstraling van hun kleding. En voor de kleinkinderen vormen de uitkeringen van de verzorgingsstaat geen laatste vangnet meer maar een gewone vorm van inkomen.

Binnen Europa is Nederland een wat vreemde eend in de bijt gebleven, een oude juffrouw die veilig vanuit de erker op het raam tikt als er iets misgaat op straat. Maar die rol vloeit niet meer voort uit neutraliteit, maar uit de eenzame positie van Nederland in het Europese krachtenveld: te groot voor de kleintjes, te klein om bij de groten te horen.

Alles bij elkaar hebben de Nederlanders meer controle over hun eigen bestaan dan ooit. Rampen als werkloosheid en ziekte zijn ingedamd tot hanteerbare problemen. Afhankelijk van hogere of onbekende krachten voelen de meesten zich niet meer, en zeker niet van instituten als de Kerk. En zo heeft tijdens de tweede helft van deze eeuw nog een beweging plaatsgevonden: een ongekende uittocht uit de vaste wereld van de kerken.

Het leven van mijn vader werd bepaald door zijn ambt als 'dienaar van Gods Woord'. Zo zag hij het zelf tenminste. Niet voor niets gaf hij zijn levensverhaal de titel *Een halve eeuw dienst*. Toen hij zijn werk begon, stonden de kerken en de daaraan verbonden zuilen in volle bloei. De confessionele partijen waren almachtig. Het was de glorietijd van de mannenbroeders en het rijke roomse leven.

In de jaren vijftig zag hij de eerste barsten in die wereld ontstaan, aanvankelijk bij andere kerken, later ook bij zijn eigen. Een paar van zijn kinderen zouden zich nog met hart en ziel inzetten voor de vernieuwing van de kerkelijke gemeenschap, maar toch zouden ze in hun leven vooral het verval meemaken. Van zijn kleinkinderen haakten de meesten af of zochten hun heil in eigen vormen van religie.

Tot het midden van de twintigste eeuw hoorde het christendom tot het wezen van Nederland en Europa. Nu is dat niet meer zo, sterker, in veel Zuid-Amerikaanse en Afrikaanse landen leeft het christendom meer dan in de Lage Landen. Nog in 1958 waren van de tien Nederlanders bijna acht bij een kerkgenootschap aangesloten. Aan het eind van de eeuw zijn het er nauwelijks vier.

De godsdienstigheid van de mensen is echter niet verminderd. De laatste EO-jongerendag in de Amsterdamse ArenA trok vijftigduizend bezoekers, een massa die geen enkele politieke beweging op dit moment op de been kan brengen. Twee derde van de Nederlanders beschouwt zich op dit moment nog als gelovig, en dat geloof betekent ook iets voor hen. Wel is dit geloof meestal individueel en persoonlijk gericht, heel anders dan het gemeenschappelijk geloven van mijn vaders afscheidingskerkje in Brielle en het bulderend samen zingen in de Friese dorpsgemeenten. Een kerk heeft men niet meer nodig: de meesten scharrelen hun eigen potje godsdienst wel bij elkaar.

Politiek braken de kerkelijke zuilen in 1967, toen de confessionele partijen na meer dan veertig jaar hun absolute meerderheid voorgoed verloren. In 1994 raakten ze ook hun regeringsmacht kwijt, toen hun zeteltal in de Tweede Kamer in één klap terugviel van 54 naar 34. Slechts één geloofsovertuiging groeide sterk: de islam. In 1971 waren er zo'n vijftigduizend moslims in Nederland, in het midden van de jaren negentig ongeveer een half miljoen.

Ook de Gereformeerde Kerk, waarvoor mijn vader zich zijn leven lang inzette, verliest nu ieder jaar duizenden leden. De typisch gereformeerde cultuur is grotendeels verdwenen. Van de eindeloze stoet verenigingen op gereformeerde grondslag is weinig meer over. Er wordt tussen de Hervormde Kerk, de Gereformeerde Kerken en de Evangelisch-Lutherse Kerk intensief gesproken over een fusie, het Samen Op Weg-proces. Plaatselijk werken de Kerken vaak al jaren samen, en dikwijls weet men al niet meer uit welke Kerk iemand oorspronkelijk komt.

In geloofszaken bestaat er een duizelingwekkende verscheidenheid aan opvattingen. Allang hebben de ooit zo orthodoxe gereformeerden de veel 'vrijere' hervormden in theologische moderniteit gepasseerd en achter zich gelaten. Tussen 1979 en 1996 is volgens het onderzoek *God in Nederland* de traditionele geloofsaanhang bij de gereformeerden met ruim een derde afgenomen. Slechts de helft leest nog regelmatig de bijbel.

Waar men zeventig jaar eerder nog discussieerde over de vraag of de slang in het paradijs al of niet letterlijk had gesproken, hoor ik nu binnen de gereformeerde wereld opvattingen waarover zelfs de grootste nieuwlichters van toen het hoofd zouden schudden. De vier evangeliën worden door velen niet meer beschouwd als feitelijke verhalen, maar als vier verhandelingen die elk een eigen beeld scheppen van Christus en het christendom, vier 'verpakkingen' van het geloof, zoals de gereformeerde theoloog H.M. Kuitert het uitdrukt. De maagdelijke geboorte wordt gezien als een fictie, de leer van de drieeenheid Vader, Zoon en Heilige Geest geldt als achterhaald en ook aan de goddelijkheid van Jezus zelf wordt door sommige gereformeerde theologen nu openlijk getwijfeld.

Wel is er binnen de Gereformeerde kerken veel actief volk overgebleven. In vrijwel alle idealistische groepen kom je ze tegen, of het nu gaat om de politiek, de vredesbeweging, de plaatselijke Wereldwinkel, Amnesty International of het vrijwilligerswerk onder daklozen en vluchtelingen. Dat geldt trouwens ook voor andere kerken: hun publieke rol is sterk toegenomen, en ze worden daarom vaak meer gewaardeerd dan vroeger.

In 1933 begroef mijn vader zijn kleine Koosje met een preek over Pasen, in de volmaakte zekerheid dat hij zijn zoontje 'veilig in Jezus' armen' achterliet. Die zekerheid hebben veel gelovigen niet meer.

In 1998 schreef Kuitert dat het 'leven voor Gods aangezicht' weinig hemelbestormends meer heeft. Gelovigen hebben geleerd realistisch te zijn. 'Miljarden mensen zijn naamloos onze wereld binnengekomen om er naamloos weer uit te vertrekken, omdat anderen dat zo wilden; de wereld om ons heen is bij tijden afgrijselijk onbarmhartig, en wijzelf niet minder.' Zo hebben de gereformeerden, de gelovigen van het Woord bij uitstek, uiteindelijk het Woord zo doorspit dat er weinig te geloven overbleef. Het mysterie verdween, de hel vervaagde, en zelfs de hemel. Toch blijven ze in dat Woord zoeken – tot de dag van vandaag.

***

De welvaart heeft Nederland vooral rust gebracht – althans ogenschijnlijk. Het politieke leven is aan het eind van de eeuw bladstil. Er is geen kracht en geen tegenkracht, het land dobbert rijk en roerloos op een spiegelgladde zee.

Uit het laatste onderzoek van het Sociaal en Cultureel Planbureau blijkt dat de meeste Nederlanders buitengewoon tevreden zijn over hun bestaan: vijf zesde ziet het leven wel zitten, een percentage dat sinds de jaren vijftig nauwelijks veranderd is. De welvaart heeft de tevredenheid dus niet vergroot. Wel zijn de Nederlanders in de loop der jaren steeds meer gaan tobben. Hoewel het land rijker is dan ooit, maakten in 1995 bijna twee maal zoveel Nederlanders zich zorgen over geld en gezin als in 1958. Op de vraag of men zich zorgen maakte over de toekomst, antwoordde in 1958 slechts 12 procent met 'ja', in 1995 was dat gestegen tot bijna de helft.

Een aantal veranderingen uit de jaren zestig en zeventig lijkt weer te zijn overgewaaid. 'Een enkel buitenechtelijk slippertje kan geen kwaad,' vond 60 procent van de Nederlanders in 1970. In 1980 onderschreef nog bijna de helft die stelling, in 1998 was dat minder dan een kwart. De aids-epidemie heeft veel vrolijke vrijheid overschaduwd.

Ooit populaire termen als 'maatschappijkritisch' en 'zelfverwerkelijking' zijn in onbruik geraakt, en bij nogal wat babyboomers is de slinger zelfs volledig doorgeslagen naar de andere kant: ze begonnen aandelen te kopen, richtten zich op het conventionele en betamelijke en vermaakten zich in grand-cafés die roken naar Franse bourgeoisie en Duitse Sittlichkeit. Ondanks alle waarschuwingen van de Club van Rome is het aantal auto's in Nederland gestegen van twee miljoen in 1970 tot zes miljoen in 1999. Ondertussen bleven we de aarde plunderen, hoopten gif en afval zich op, werden dieren afgeslacht en plantensoorten uitgeroeid, en hield de wereldwijde reclame- en propaganda-industrie ons in slaap.

De grootste en meest blijvende omwenteling is de emancipatie van de vrouw geweest. In 1970 werkte minder dan een kwart van de Nederlandse vrouwen buitenshuis, in de jaren negentig had meer dan zestig procent een baan. Hoewel het zwaartepunt van de huishouding nog steeds bij de vrouw lag, werd het in steeds bredere kring normaal geacht dat mannen én vrouwen in deeltijd werkten en samen voor de kinderen zorgden. Het begon voor te komen dat mensen voor hoge posten bedankten 'vanwege hun gezin', en toen een minister een belangrijk overleg met het parlement opschortte vanwege de verjaardag van zijn dochtertje, bestond daarvoor alom begrip.

Tegelijk zijn de gezinsbanden losser geworden. In een willekeurige schoolklas heeft de meerderheid van de kinderen op zijn twaalfde al een echtscheiding doorstaan; in de jaren vijftig waren dat nog buitenbeentjes. Die ene gezinstafel met die ene lamp, die tijden zijn allang voorbij, maar nu is zelfs het tv-kijken in gezinsverband bezig te verdwijnen. Uit een onderzoek van *de Volkskrant* blijkt dat anno 1999 de meerderheid van de vijftienjarigen beschikt over een eigen televisie op de eigen kamer. Over de meeste zaken wordt tegenwoordig binnen de gezinnen onderhandeld, opgelegd wordt er aan opgroeiende kinderen weinig meer.*

Op zulke gezinssituaties hebben zuilen geen greep meer. Nog slechts kleine groepen hebben boodschap aan godsdienstige en ideologische beschouwingen. Toen premier Ruud Lubbers in het najaar van 1990 zijn eigen land voor 'ziek' verklaarde, werd hij weggehoond als een moralist. Toch had hij in letterlijke zin geen ongelijk. Ondanks alle maatregelen in de jaren tachtig liep het aantal invaliditeitsuitkeringen op dat moment naar het miljoen. Op iedere werkende Nederlander was er bijna één uitkeringstrekker.

Een extra complicatie vormde de binnenkomst van vele tienduizenden nieuwe immigranten. Door vervolging, hongersnoden en oorlogsgeweld in Afrika, het Midden-Oosten en het voormalige Joegoslavië waren miljoenen mannen, vrouwen en kinderen op drift geraakt, en dankzij de intensivering van het vliegverkeer belandden ze nu met hun problemen rechtstreeks op de stoep van het veilige en welvarende Nederland.

Al met al is de groep immigranten tussen 1971 en 1997 gegroeid van zo'n tweehonderdduizend tot anderhalf miljoen, ofwel van ongeveer 1,5 procent van de bevolking tot bijna 10 procent. Er is een nieuwe, snel groeiende categorie mensen ontstaan, degenen die nooit meer naar hun wortels terugkeren omdat er geen huis, dorp of familie meer bestaat om naar terug te keren: de wereldburgers – tegen-wil-en-dank, niet zelden moedige, intelligente en creatieve mensen, die binnen het gezeten Europa voornamelijk werden beschouwd als lastpakken en zorgenkinderen.

Zo staan we rondom het fin de siècle eerder aan het begin van grote veranderingen dan aan het einde. Onder de bedaagde, welvarende samenleving groeien de tegenstellingen. Er is een nieuwe, zeer hard werkende, professionele middenklasse, die innerlijk echter een nog grotere onzekerheid kent dan de opkomende middenklasse uit het begin van deze eeuw waaruit mijn moeder voortkwam. 'Als dit al een elite is, dan is het een onzekere en diep-angstige elite,' schreef Barbara Ehrenreich in 1989 over de toen opkomende Young Urban Professional (YUP). 'Of de middenklasse nu neerkijkt naar de wereld van "minder", of omhoogkijkt naar de wereld van "meer", altijd is er de angst om te vallen.'

De rijkdom van deze toenemende groep snelle geldverdieners staat in schrille tegenstelling tot de uiterst beperkte middelen van veel immigranten, zieken en ouderen en is bovendien een permanente provocatie voor de jongeren in de onderklasse. De meeste scholen uit de tijd van mijn oom Petrus, waar iedereen elkaar kende, zijn na eindeloze fusies en reorganisaties opgeheven en vervangen door anonieme massa-instituten, met geuniformeerde portiers, plastic pasjes en metaaldetectoren tegen ongewenst wapenbezit. Daarbij komt nog eens de nieuwe sociale stoorzender: het verschijnsel harddrugs. Niet de roes zelf is daarbij het grootste probleem – het alcoholisme was in het begin van deze eeuw een minstens zo omvangrijk vraagstuk –, maar de illegaliteit van de middelen en de hoge kosten die een verslaving met zich meebrengt. Rondom de drugs zijn in de jaren tachtig en negentig talloze criminele en zwarte circuits ontstaan, een verschijnsel waaraan het relatief brave Nederland nog altijd niet gewend is.

De onzekerheid van deze samenleving-in-overgang uit zich onder andere in de toename van allerlei gevoelens van onveiligheid. Er wordt, net als vlak na de oorlog, veel geschreven over ontworteling en andere morele rampen, met name ook bij de allochtone jeugd. Een deel van deze criminaliteit heeft duidelijk met de toename van het druggebruik te maken, maar een andere oorzaak is veel trivialer: er valt in de huidige welvaarts- en verzorgingsstaat gewoon veel meer te stelen en te frauderen dan ooit in de geschiedenis.

Er groeit zo een nieuwe escalatie. Welvarende burgers concentreren zich steeds meer op veiligheid en zelfbescherming, probleembuurten tobben met jeugdcriminaliteit en de neergang van het onderwijs, de democratie lijkt meer en meer op de terugtocht – bij de Europese verkiezingen in juni 1999 kwam slechts een derde van het electoraat opdagen –, de ongelijkheid neemt op allerlei terreinen weer toe. Politiek en bestuur proberen controle te houden over een samenleving die op een of andere manier uit de hand loopt, zonder dat zij greep kunnen krijgen op het hoe en waarom. De SDAP-leuze van mijn oom Petrus 'Bouw scholen en u kunt uw gevangenissen sluiten' wordt daarbij door de huidige sociaal-democraten vrijwel omgekeerd.

Ondertussen vindt rond deze eeuwwisseling een Europees experiment plaats dat uniek is in de geschiedenis: steeds meer landen zijn bereid hun soevereiniteit grotendeels in te leveren ten bate van één grote, Europese, supranationale macht. Hiermee wordt het systeem van nationale staten dat drie eeuwen lang orde en oorlogen bracht, opzij geschoven voor een flexibel stelsel van onderling afhankelijke naties.

Op dit moment ontstaat zo een geheel nieuwe internationale organisatievorm, die ondanks alle onderlinge verschillen grote macht en rijkdom blijkt te kunnen ontwikkelen en waar steeds meer staten aan willen meedoen. Ook hun burgers overschrijden steeds gemakkelijker de nationale grenzen, hetzij als toerist, arbeider of zakenman, hetzij virtueel via internet. Het ziet ernaar uit dat het systeem van nationale staten, dat in alle opzichten zijn stempel op dit tijdvak zette, althans in Europa zijn langste tijd gehad heeft.

Het is eigenlijk vreemd, bedenk ik, dat één geloof overeind is gebleven: we voelen ons nog altijd Nederlanders. We zijn bijna geen Nederlanders meer, maar we voelen ons wel zo. We voelen ons deelgenoot aan de geschiedenis van dit land, we hebben het – ongrijpbare – idee dat we met al die andere Nederlanders een gezamenlijk lot dragen, door tijden en veranderingen heen.

Wat bindt deze moderne natie nog samen, nu de godsdienstige en ideologische zuilen zijn weggezonken en het oude rood-wit-blauw meestal in het gelid van een reeks andere nationale vlaggen wappert?

Ik denk dat die band vooral te maken heeft met wat sommigen aanduiden met 'civic religion': een grotendeels onuitgesproken mengelmoes van opvattingen, waarden, idealen en gezamenlijke herinneringen. Die 'civic religion' werd vroeger uitgedragen door school en kerk en vormt tegenwoordig de permanente ondertoon in de opinies van kranten, de debatten in de Kamer, de nieuwsselectie van het *NOS-Journaal*, de opstelling van het nationale elftal, de borden van de ANWB, de etalages van de HEMA en de duizend andere signalen die dagelijks op de burger afkomen en die hem vertellen: dit is Nederland.

In Nederland is deze 'civic religion', ondanks alle ontkerkelijking, nog steeds doortrokken van calvinisme. Meer dan al het andere is dat vermoedelijk de diepste achtergrond van ons verbod op fierheid, onze nationale zendingsdrift, onze gelijkheidsmanie en de blinde vlekken voor onze eigen geschiedenis. Altijd wordt de norm hoog gesteld; in feite is het calvinistische ideaal de 'imitatio Christi', de navolging van Christus. Maar met de tegenkant, het falen, de 'zonde', heeft het calvinisme nooit leren omgaan.

Het is de vraag hoe lang dat nog zal duren. Er is in snel tempo een nieuw Nederland in opkomst, een Nederland waar andere culturen steeds meer een stempel zetten op de 'civic religion', nog los van de toenemende globalisering van media, muziek, modes en andere trends. Dit betekent niet alleen dat ons bestaan en onze omgang veranderen, maar ook dat onze gezamenlijke herinneringen opnieuw zullen worden beschouwd.

***

Kort geleden was mijn broer Gjalt jarig. Toen ik hem belde, hadden we het voornamelijk over zijn eenden. Hij krijgt er te veel dit jaar, vreesde hij, en ik moest maar langskomen om ze te helpen opeten. Hij is tegenwoordig met pensioen, woont als een Franciscus tussen zijn dieren in de Franse natuur, leeft in grote onafhankelijkheid en speelt nog steeds de halve dag viool.

Hans is overleden. Hij had altijd hard gewerkt, te hard. Dat 'woekeren met je talenten' zat in de familie, in het calvinisme, maar bij Hans had het vermoedelijk ook te maken met zijn kwetsbaarheid als eeuwige patiënt. Drie maanden na zijn pensionering bleek hij ongeneeslijk ziek. Hij beëindigde de projecten waar hij mee bezig was – hij werkte de laatste jaren als organisatieadviseur –, genoot nog een jaar van zijn kleinkinderen en maakte zijn leven af in vrede.

Ik moet er aan denken hoe we allemaal nog bij elkaar zaten, in de dagen rond de begrafenis van mijn moeder, en hoe we in haar kleine flat in eendracht de ene lade na de andere opentrokken.

De Friese klok tikt nu in Amsterdam-Zuid, in het huis van Anna. De meeste meubels gingen naar Gjalt, want hij had een groot huis te vullen. Ik kreeg de huiskamertafel en het servies, Tineke de kraantjeskan. Zij verdeelt tegenwoordig haar tijd tussen kerkwerk, vredesgroepen, berenklauwen en stokrozen. Ze houdt nog altijd kippen. Ikzelf liep op het Maastrichtse carnaval een studerende moeder met twee kinderen tegen het lijf, waarmee ik onverwacht gelukkig werd.

Het was wat ontluisterend, zoals we die flat in een paar dagen onttakelden van het laatste dat mijn ouders in deze wereld bezaten, de laatste kleren, de laatste boeken, de laatste sieraden – een paar oorbellen – die mijn vader mijn moeder gaf.

De zes tienen en zes negens op de hbs-examenlijst van mijn moeder hebben de familie lang getekend. Mijn overgrootvader ging failliet als bakker, mijn grootvader dacht: dat zal mij nooit gebeuren, en die krachtige ambitie woekerde voort via mijn moeder. Pas de huidige generatie heeft het opwaartse streven losgelaten.

De kleinkinderen van mijn ouders ontwikkelden zich in zeer verschillende richtingen. Eentje is ingenieur geworden, een ander verkoopt op de markt honing en geitenkaas. Een werd econometrist, een ander pianist, weer een ander spiritueel masseur. De ene kleinzoon werd moslim en korandocent in Indonesië, de andere werd huisarts in Zeeland. Er was een kleindochter die promoveerde op mannelijke vrouwen in de negentiende eeuw. Een kleinzoon werd bouwvakker in Californië en volgt nu een architectenopleiding. Een kleindochter werd directeur van een importfirma van new wave- en hardrock-cd's. Een ander werd koster van een kerk in Amsterdam. Een achterkleinkind werd deels Algerijns, deels Maleis, deels Hollands opgevoed.

Een enkele keer komen ze nog bij elkaar, een mooi gevarieerd gezelschap, al hadden mijn ouders waarschijnlijk een andersoortig nageslacht voor ogen toen ze zich in 1924 samen op dat trapje lieten fotograferen, vol verwachting, tussen de varens en de hortensia's.

In mijn herinnering is het gezicht van mijn vader al wat vervaagd, en zijn stem hoor ik helemaal niet meer. Maar altijd zie ik nog zijn handen voor me. De handen waarmee hij in de laatste jaren de deur opendeed en je uitzwaaide. De ene vinger, waarmee hij moeizaam maar gestaag de brieven typte aan zijn kinderen en oude bekenden. De handen waarmee hij een nieuw boek opensloeg. De zekere, rustige handen van 1899. Gevlekt en geaderd als een landschap, met vreemde plekjes en wondjes, doorleefd, sterfelijk en nabij tegelijk.

Voorjaar 1999

AANTEKENINGEN

(p. 12) Tot in de Tweede Wereldoorlog zou Nederland de zogeheten 'tijd van de Westertoren' aanhouden, een tijdrekening die op geen enkele manier aansloot bij die van onze buurlanden. Het tijdsverschil met Duitsland bedroeg bijvoorbeeld veertig minuten. Pas de Duitse bezetters zouden aan dit tijdsisolement een einde maken.
(p. 34) Deze 'bevindelijke' gelovigen stichtten eigen gemeenten, eigen jeugd- en zendingsorganisaties, een eigen krant en zelfs een eigen politieke partij, de SGP. Maar altijd bleef men binnen de Nederlandse staatskerk, de planting van God zelf op de Nederlandse bodem, die opgericht moest worden 'uit haar diepen val'.
(p. 35) Abraham Kuyper was, zacht gezegd, als theoloog niet op zijn best. Pas Herman Bavinck, de eerste grote godsdienstwetenschapper uit deze kring, introduceerde de geschriften van Calvijn bij de mannenbroeders. Hij 'herontdekte' voor de gereformeerden ook de katholieke kerkvader Augustinus.
(p. 57) De Franse soldatenopstand van 1917 bij Verdun was zo ernstig dat het leger maandenlang tot vrijwel niets in staat was. De aanvoerders werden uiteindelijk gefusilleerd, sommige rebelse troepen werden naar een rustig deel van het front gestuurd en vervolgens door de eigen Franse artillerie tot moes geschoten. Ondanks hun uitstekende spionagenetwerk hebben de Duitse generaals nooit geweten hoe ernstig de toestand bij de Fransen was, want anders hadden ze daar zeker gebruik van gemaakt. Het Franse leger is deze muiterij nooit helemaal te boven gekomen. De Engelsen namen grote delen van het Franse front over, en uiteindelijk deed de komst van de Amerikanen de balans definitief in het voordeel van de geallieerden omslaan. Chrisje Brant, in: *De Oorlogsdagboeken van Louis Barthas*, p. 19 e.v.

(p. 68) Hendrik Algra en zijn broer zouden eveneens schoolmeester worden, en samen zouden ze later een derde broer ook tot onderwijzer 'bijspijkeren'. Het is een doorbraak van een arbeidersgezin zoals die in die jaren vaker plaatsvond. Later werd Algra hoofdredacteur van het *Friesch Dagblad*, leraar aan het gymnasium en lid van de Eerste Kamer voor de ARP.
(p. 75) Zweig (p. 86) vertelt in dit verband het prachtige verhaal van een tante, die in haar huwelijksnacht om één uur plotseling weer in haar ouderlijke woning verscheen en als een razende tekeerging: ze wilde die afschuwelijke man aan wie ze haar hadden uitgehuwelijkt nooit meer zien, hij was een waanzinnig monster, want hij had in alle ernst geprobeerd haar uit te kleden. Ze had zich maar met moeite kunnen redden van die man met zijn onmiskenbaar zieke verlangens.
(p. 82) De rechtlijnigheid van Kuyper leidde al spoedig tot een eerste breuk. De aristocraat mr. A.F. de Savornin Lohman maakte zich los van de beweging en werd voorman van de Vrije Anti-Revolutionairen, een groepering waartoe niet alleen gereformeerden maar ook hervormden behoorden. In 1908 ontstond daaruit, na een fusie met de hervormde Christelijk Historische groepering, de Christelijk-Historische Unie (CHU).
(p. 119) De opvatting om de bijbel te zien als één organisme van teksten en overleveringen – en dus niet als een literair werk dat eindeloos doorgeanalyseerd kan worden – is overigens tegenwoordig ook weer gangbaar.
(p. 127) In 1907 beschreef een oudgediende in het Haagse dagblad *Avondpost* Van Daalens martelmethodes: 'Voorzover ik zulks bijwoonde en hoorde bestaat dit martelen uit het slaan met den rotan; met de nerf van een klapperblad op het vlakke gezicht tot het bloed uit de mond en neus loopt; het ophangen aan de met touwen gebonden polsen, zoodat de teentoppen even de grond raken; het aanleggen van een vuur waarop de onwillige langzaam geroosterd wordt e.d.' Tegenstanders die zich overgaven werden consequent doodgeschoten: gevangenen vond men te lastig. Hierover uitvoerig, met alle rapporten en verslagen: Van 't Veer, *De Atjeh-oorlog*.
(p. 134) De aanklacht van Van den Brandt is, net als het daaropvolgende Rhemrev-rapport, compleet herdrukt als bijlage bij het onderzoek van Jan Breman, *Koelies, planters en koloniale politiek*.

(p. 141) Uit een vraaggesprek met ir. Mussert in *De Sumatra Post* van 29 augustus 1935.

(p. 142)'Status en maatschappelijke rangorde waren binnen de Europese gemeenschap in Indië zeer belangrijke zaken,' zo voegt Van den Doel in *Het Rijk Insulinde* (p. 181) hieraan toe. 'De vragen wie er bij recepties en officiële plechtigheden vooraan mochten staan, wie er het eerst wie diende te groeten of welke personen belangrijk genoeg waren om een hoge hoed te mogen dragen, konden elk leiden tot langdurige conflicten of vetes.'

(p. 146) Zie het essay hierover in Martin Reints' bundel *Nacht- en dagwerk*. Reints ging onder andere na hoeveel auto's er in 1934 over die brug gingen: ongeveer één per tien minuten, per jaar dus minder dan er nu in één dag passeren.

(p. 149) Het is opvallend hoeveel milder mijn grootouders zich in hun brieven uitlaten over sociale kwesties. Wellicht heeft dat mede te maken met het feit dat ze door werk (de Makken) of afkomst (de Van der Molens) nog vrij dicht bij gewone arbeiders stonden, terwijl mijn moeder zich daaraan met alle kracht wilde onttrekken.

(p. 185) 'Het jodenjongetje' heeft nog tot 1957 in dit veelgebruikte katholieke leesboekje gestaan. In 1952 werden er over deze kwestie vragen in de Tweede Kamer gesteld. De uitgever van het boekje, Malmberg, nam het verhaal echter daarna nog in vijf achtereenvolgende drukken op. Pas een interventie van de schrijver Godfried Bomans, gevolgd door de aankondiging van de minister van Justitie dat het boekje uit de verkoop zou worden genomen, deed de samenstellers van mening veranderen. Het Jodenjongetje werd vervangen door een verhaal over een oneerlijk boerenknechtje. Marije Groos, 'Bomans en het Jodenjongetje', in: *Nieuw Letterkundig Magazijn*, mei 1997.

(p. 186) Van Kaam, *Parade der Mannenbroeders*, p. 274: 'Mijn indruk is dat vele van Colijns volgelingen in het begin van de dertiger jaren een ernstiger fascistische besmetting hadden opgelopen dan de nuchtere, internationaal georiënteerde en aan de christelijke partijgedachte trouwe Colijn zelf.'

(p. 188) Van Vree wijst er in *De Nederlandse Pers en Duitsland* (p. 351) op dat niet-confessionele groepen in *De Standaard* het recht ontzegd werd om te protesteren tegen de toestanden in Duitsland. Dat gold zelfs voor progressieve christenen als Karl Barth.

(p. 188) De Nederlandse pers was overigens ten aanzien van de nazi's nog aanmerkelijk kritisch in vergelijking met veel buitenlandse kranten, aldus Van Vree (p. 353). Door de meeste Engelse kranten werd Hitler tot 1938 bijvoorbeeld afgeschilderd als een respectabel staatsman. 'Op analytisch niveau was de *NRC* radicaler dan de meeste liberale en conservatieve bladen in Engeland. Zelfs *De Maasbode* kwam in 1936 al met analyses die pas in 1938 gemeengoed werden in de Britse pers.'
(p. 189) Over de plannen om een joods vluchtelingenkamp op twaalf kilometer afstand van paleis Het Loo te bouwen schreef Wilhelmina op 14 maart 1939 aan minister van Binnenlandse Zaken Van Boeyen letterlijk: '... dat Hoogstderzelve bepaald betreurt, dat de keuze van een plaats voor het vluchtelingenkamp gevallen is op een terrein dat zo dicht bij het zomerverblijf van Hare Majesteit gelegen is en dat het Hoogstderzelve aangenamer ware geweest indien dat terrein, eenmaal de keus op de Veluwe gevallen zijnde, veel verder van Het Loo had gelegen. Hare Majesteit zou het dan ook op prijs stellen, indien laatst bedoeld terrein, hetwelk overigens aan alle daaraan te stellen eisen natuurlijk zoude moeten voldoen, alsnog gevonden zoude kunnen worden.' Uit: C.K. Berghuis, *Joodse vluchtelingen in Nederland. Documenten betreffende toelating, uitleiding en kampopname*, Kampen 1990, p. 99, geciteerd bij: Van der Zee, *Om erger te voorkomen*, p. 35.
(p. 201) De Oxfordgroep huldigde onder andere de gedachte van het 'geestelijk Oslo-front', gelanceerd op een manifestatie in Utrecht in mei 1937. Volgens deze opvatting zou God de kleine landen van Europa kunnen gebruiken om het verbroken evenwicht tussen de grote staten te herstellen. Zie Van Roon, *Protestants Nederland en Duitsland*, p. 267.
(p. 216) De Franse premier Daladier walgde na het akkoord met Hitler in München zo van zichzelf dat hij, toen een Parijse menigte hem bij zijn terugkeer opwachtte, meende dat men klaarstond om hem uit te jouwen. 'Die mensen zijn gek,' zei hij tegen zijn minister van Buitenlandse Zaken toen hij merkte dat iedereen juichte en jubelde.
(p. 217) Ter Braak, in hetzelfde artikel (*De Groene Amsterdammer*, 8 oktober 1938): 'Eigenlijk overkomt het mij maar zelden, dat ik iets werkelijk veracht; daarvoor ben ik waarschijnlijk te veel democraat,

of anders gezegd: ik heb onmiddellijk het gevoel dat ikzelf in iets gewijzigde omstandigheden, tot analoge verachtelijkheden in staat zou zijn. [...] Maar deze vriendelijke, kleurige vlaggen op de dag van het verraad heb ik uit den grond van mijn hart veracht, in de wetenschap dat ik tot deze handeling niet in staat zou zijn geweest. Men moet, om een vlag uit te steken, diverse manipulaties verrichten die iemand tijd geven om te bedenken wat hij doet; hij moet naar de zolder lopen, het vlaggedoek wegzeulen, de trap weer aflopen, enzovoorts enzovoorts; in die tijd heeft hij, dunkt mij, ruimschoots gelegenheid om van zijn opluchting te bekomen en in één helder ogenblik tot bezinning te geraken, te constateren dat hém geen gevaar meer dreigt, maar dat het gevaar pas begint in de streken waar men voor de democratie iets anders gedaan heeft dan Olba-blikjes collectioneren. Het wil mij voorkomen dat iemand, die zichzelf respecteert, na dit eene heldere ogenblik ijlings de vlag strijkt.'

(p. 225) Later zou het Molotov-von Ribbentroppact in communistische en linkse kringen goedgepraat worden omdat het, zo zei men, de Sovjet-Unie de kans gaf om haar defensie op poten te zetten. Maar ook dat is een vorm van teruglezen van de geschiedenis. In augustus 1939 verwachtte men – met de loopgraven van 1914 in gedachten – een lange strijd in het westen. Niemand hield het voor mogelijk dat Duitsland binnen afzienbare tijd de Sovjet-Unie zou binnenvallen. Bovendien bleek later dat Stalins leger zich vanaf 1939 absoluut niet voorbereidde op de verdedigingsoorlog die het later tegen Hitler moest voeren. Integendeel, alle energie was gericht op 'de revolutionaire aanval', en op de verovering van Finland, Polen en de kleine Oostzeestaten. Toen Hitler in juni 1941 de aanval op de Sovjet-Unie opende, was Stalin zo verbijsterd dat hij dagenlang wachtte met een verklaring. Als het verdrag al aan iemand een adempauze heeft gegeven, dan was dat aan Hitler, en niet aan Stalin. Zie over het pact: Erik van Ree, *Bloedbroeders. Stalin, Hitler en het pact*, dat ook de oorspronkelijke Duitse tekst van het niet-aanvalsverdrag bevat.

(p. 231) Meer gedetailleerd hierover: De Jong, 2 p. 324 ev. Zijn conclusie over de chronisch slechte uitrusting van het leger: 'De strijd die men in de meidagen van '40 te voeren kreeg, is in de jaren '20 en '30 verloren.' Ook waren veel zaken niet erg handig georganiseerd. De belangrijkste telefoonverbinding tussen de territoriale bevelhebber van het noorden en het algemeen hoofdkwartier liep bijvoor-

beeld over de IJsselbrug bij Zwolle. Bij een Duitse inval moest die brug evenwel direct worden opgeblazen, waarmee deze vitale verbinding bij het begin van een oorlog dus direct verloren zou gaan.
(p. 237) Over verbroken verbindingen gesproken: in *De Sumatra Post* van 4 februari 1942 trof ik, bijna een jaar na dato, nog een verslag van de Februaristaking van 1941. Uit het verhaal van naar Engeland ontsnapte ooggetuigen bleek, aldus de redactie, dat deze volksbeweging toch veel omvangrijker was geweest dan men in Medan vermoedde.
(p. 253) In werkelijkheid was mijn moeder overigens niet zo heroïsch. Als er later door sommigen weleens wat dweperig gesproken werd over de beslissing van mijn vader om vrijwillig met de krijgsgevangenen mee te gaan, zei ze altijd: 'Nou, nou, het is anders niet met mij overlegd.'
(p. 264) De financiering van de studie en het levensonderhoud voor Anna en Cas was tijdens de oorlogsjaren natuurlijk een probleem, omdat elk geldverkeer tussen Indië en Nederland was gestaakt. In die blokkade zat echter eveneens de oplossing verscholen: de salarissen voor zendingsmensen en anderen konden ook niet meer vanuit Nederland worden overgemaakt, en zo ontstond een fonds waaruit het levensonderhoud van achtergebleven verwanten kon worden gefinancierd. Op dezelfde wijze werden er ook fondsen gevormd voor, bijvoorbeeld, de achtergebleven gezinnen van zeelieden, marinemensen en Engelandvaarders.
(p. 264) Het begrip 'accommodatie' werd geïntroduceerd door E.H. Kossmann in de *Winkler Prins Geschiedenis der Nederlanden* III, en is later vrij algemeen overgenomen. Uitvoerig hierover Blom, *Crisis, bezetting en herstel*, p. 56 e.v.
(p. 265) Na het voorjaar van 1943 groeide de illegaliteit sterk uit, tot zo'n 25 000 illegale werkers in september 1944. Over de hele bezettingstijd gerekend schat De Jong het aantal op vijfenveertigduizend. De Jong, deel 10b, p. 716; Blom, p. 88.
(p. 267) Colijn, *Op de grenzen van twee werelden* (p. 22 e.v. en p. 45 e.v.) Het is overigens opvallend hoe sterk de verguisde visie van de staatsman Colijn uit 1940 overeenstemt met de opvattingen van de alom bejubelde historicus Haffner bijna veertig jaar later. Zie Haffner, *Het Duitse onvermogen*, p. 129 e.v.
(p. 271) In Nederland leefde slechts een handvol zigeuners. In de

opsommingen van nazi-moordpartijen blijft de genocide op deze groep vaak onderbelicht. Vanaf 1941 werden de vele zigeuners die in Oost-Europa rondtrokken echter even systematisch uitgeroeid als de joden. Deze massamoord voltrok zich grotendeels in stilte en er bestaat nauwelijks documentatie over. Schattingen van het aantal vermoorde zigeuners lopen op tot een half miljoen.
(p. 274) Mussert richtte in april 1931 in een hoofdartikel in het NSB-weekblad *Volk en Vaderland* zelfs nog een woord van bemoediging 'tot onze Joodsche leden': de NSB was 'principieel niet antisemitisch'. De Jong, deel I, p. 296.
(p. 275) Uit het verslag van het verhoor van topambtenaar G.F. Ferwerda door de naoorlogse Parlementaire Enquêtecommissie:

'De voorzitter: "Eind 1943, begin 1944 was er volgens u niemand, die zich bij de Regering in Londen bemoeide met de noden van de gedeporteerden en de gevangenen in de concentratiekampen?"

Antwoord: "Laat ik het zo zeggen, dat ik niemand heb kunnen ontdekken." ' Geciteerd bij Presser, II, p. 139.
(p. 277) Volgens Zygmunt Bauman haalt de benadering van de holocaust als een typisch Duitse aberratie – de laatste jaren weer gepropageerd door de Amerikaan Goldhagen – juist de angel uit de herinnering aan de holocaust. Arnold Heumakers in *NRC Handelsblad*: 'Goldhagen richt een muur op tussen de "demonische" Duitsers en de beschaafde rest van de moderne wereld, terwijl Bauman, door de nadruk te leggen op de bureaucratie, juist tracht aan te tonen dat de holocaust niet in elk opzicht een typisch Duitse aangelegenheid is geweest.' Zie Bauman, *De moderne tijd en de holocaust*, p. 134 e.v.
(p. 283) Klemperer, *Tot het bittere einde* dl II, 17 oktober 1942, p. 170. Op 27 februari 1943 (p. 221) acht hij het niet meer aannemelijk dat nog iemand levend uit Polen terugkomt. 'Overigens wordt al heel lang verteld dat veel evacués niet eens levend in Polen aankomen.'
(p. 288) In het kamp waar Gjalt uiteindelijk terechtkwam, zat zelfs een man die een hele droomhandel had opgezet. Hij beweerde relaties met een bekende Belgische delicatessenfirma te onderhouden en nam uitgebreide bestellingen op van de fijnste blikjes met de meeste exquise gerechten. Die zouden, zo verzekerde hij, onmiddellijk na de bevrijding geleverd worden. Hij zou daartoe direct na de komst van de Amerikanen per vliegtuig naar België reizen, en voor de bestelling zou een extra schip gecharterd worden. Volgens Wil-

lem Klooster, van wie het verhaal afkomstig is, belandde de man uiteindelijk onder een houten kruis in het moeras. Brandt, p. 193.
(p. 301) Dat het overlevingspercentage onder de Nederlanders aan de Birmaspoorweg opvallend hoger lag dan dat onder de Engelsen en Australiërs, wordt algemeen toegeschreven aan de kwaliteit van de Nederlandse artsen. 'Gelukkig had ik een Hollandse arts en geen Engelsman,' schrijft mijn vader in een van zijn dagboeknotities. 'Die doen tenminste iets.' De Nederlandse artsen wisten duidelijk meer van tropische ziekten dan de Engelse en Australische. Het aantal geamputeerde armen en benen kwam bij de Hollanders veel minder voor. Ook bleven de Nederlandse militairen zelfs in de meest extreme omstandigheden redelijk gedisciplineerd functioneren. Met name de Australiërs lieten hun tucht daarentegen vrij gemakkelijk los.

Dwars door al deze verschillen liep ook nog eens het onderscheid in rangen en standen. Terwijl bij de Engelse en Australische manschappen het dodental opliep tot meer dan een derde, lag dat bij hun officieren nauwelijks op een zesde. In het Nederlandse leger waren de aantallen echter vrijwel gelijk. Interessant is een staatje over het gewichtsverlies van een bepaalde controlegroep: de manschappen en de onderofficieren bleken tijdens de interneringsjaren bijna twee maal zoveel gewicht te hebben verloren als de officieren. Zie ook: Leffelaar en Van Witsen (1982), p. 377.
(p. 301) Wim Kan: 'Hij bad gisteren: "en bescherm onze soldaten, onze zeelui en onze vliegers van welke rang zij ook zijn!!! Dit laatste was zeker nodig opdat Onze Lieve Heer niet zou denken dat alleen de officieren beschermd moesten worden! [...] Aan mijn sterfbed geen dominee. Ik ga het eens met de pastoor proberen.' Later verbeterde de relatie tussen de twee overigens aanzienlijk. Wim Kan, *Burma dagboek* p. 128.
(p. 316) Maandenlang verkeerde de Japanse leiding in een dilemma: zou het eerst de Sovjet-Unie aanvallen, of zou het zich direct richten op de Pacific en op de Verenigde Staten? Vandaar dat Stalin grote legereenheden moest vasthouden in het verre oosten. In oktober kon hij echter deze Siberische troepen vrijmaken, nadat zijn inlichtingendienst erachter was gekomen dat Japan eerst de Verenigde Staten zou aanvallen. Had de Japanse leiding een andere keuze gemaakt, dan was de Tweede Wereldoorlog waarschijnlijk heel anders verlopen.

(p. 316) Japan had met de Sovet-Unie zelfs een neutraliteitsverdrag gesloten, waardoor Stalin de troepen kon vrijmaken die hij nodig had om de Duitsers bij Moskou tot staan te brengen. Hitler had dus werkelijk geen enkele verplichting jegens Japan. Bovendien wist Hitler heel goed wat hij deed: hij was vanaf zijn vroegste jeugd gefascineerd door de Verenigde Staten, en hij was uitstekend op de hoogte van de Amerikaanse politiek. Bij zijn besluitvorming hield hij, als een van de eerste Europese politieke leiders, rekening met de data van Amerikaanse verkiezingen. Haffner, *Kanttekeningen bij Hitler*, p. 140 e.v. en Lukacs, *The Hitler of History*, p. 154 e.v. Anders dan Haffner meent John Lukacs dat Hitler Japan niet in de steek kon laten. Uit diverse dagboeken van generaals in zijn omgeving blijkt overigens dat Hitler al in november 1941 besefte dat hij de oorlog niet langer kon winnen. Generaal Jodl: 'Eerder dan wie ook ter wereld voelde en wist Hitler dat de oorlog verloren was.'
(p. 327) Willem Brandt (pseudoniem van Willem Klooster) beschreef in *De gele terreur* (p. 12 e.v.) de Tweede Wereldoorlog als een typische rassenoorlog, 'een oorlog tegen de joden in Europa. Een oorlog tegen de blanken hier in het oosten.' Een citaat: 'Als mieren trekken [de Japanners] voort, als kleine mieren, onnoemelijk in aantal; neen: ratten in hun grauwe uniformen, als vodden aan het lijf, onder de kleine jockeypetjes met een gele ster voorop, en zwarte, scheve spleetogen, die blinken en loeren, en blinken en loeren.'
(p. 329) Opvallend is dat een van de belangrijkste deskundigen op dit gebied, Van Velden, in haar dissertatie (*De Japanse interneringskampen* p. 342 en 431) bij herhaling vaststelt dat het overgrote deel van de kampbewoners in al die jaren nooit door Japanners persoonlijk geslagen of anderszins gestraft is. Daarvoor was de Japanse staf van de kampen ook veel te klein: het enorme Tjidengkamp op Java, met tienduizend bewoonsters, had bijvoorbeeld een Japanse staf van nog geen tien man. De meeste gedetineerden zagen dan ook dagenlang geen Japanners, behalve uit de verte bij het appèl.
(p. 334) De cijfers variëren enigszins. Deze getallen zijn gebaseerd op de schattingen van Van Velden en De Jong. Volgens de Japanse cijfers – en die kunnen redelijk nauwkeurig zijn, want de Japanse militairen waren dol op tellen – waren er circa achtennegentigduizend geïnterneerden, en van hen zijn ongeveer zestienduizend gestorven. Zie o.a. De Jong, dl 11 b, p. 734.

(p. 348) Volgens documenten die in november 1984 werden vrijgegeven, bestond het plan om ettelijke duizenden 'Duitslandwerkers' tijdens hun verblijf in kampen voor politiek gedetineerden de kans te geven om dienst te nemen in het Nederlandse leger. Zo konden ze 'het vaderland bewijzen dat zij slechts het goede hebben beoogd'. Een memorandum aan de toenmalige minister-president Schermerhorn schatte de groep 'door Duitsers geoefende soldaten' zelfs op enkele duizenden. *NRC Handelsblad*, 24 november 1984.
(p. 378) Joden in Suriname, *Friesch Dagblad*, 7 augustus 1947.
(p. 409) Het betrof hier de onorthodoxe, maar soms ook uitstekend ingevoerde Willem Oltmans. Oltmans was goed bevriend met de Indonesische president Soekarno en fungeerde lange tijd als bemiddelaar namens delen van het Nederlandse bedrijfsleven. Toen hij middels een Adres aan de Staten-Generaal een meer vreedzame lijn propageerde, beschouwde menigeen hem als een landverrader.
(p. 415) Zo sprak nog in 1975 een woordvoerder van de afdeling overzeese pensioenen van het ministerie van Binnenlandse Zaken. 'De regering en het parlement zouden gek zijn als ze hier intrappen,' aldus deze ambtenaar. 'De zaak is al jaren geleden afgedaan tot genoegen van de parlementariërs.' Geciteerd bij Kousbroek, *Het Oostindisch kampsyndroom*, p. 303.
(p. 466) Deze gegevens zijn ontleend aan *God in Nederland* door Gerard Dekker (p. 58 e.v.). Het onderzoek wijst overigens op de grote verschillen in orthodoxie tussen enerzijds de gereformeerden en hervormden en anderzijds de katholieken, van wie nog maar drie procent ouderwets orthodox is. Dat geldt ook voor de christelijke opvattingen over een leven na de dood: bij de hervormden en gereformeerden gelooft meer dan de helft in een hemel, bij de katholieken is dat nog maar 17 procent. Het geloof in de hel is bij hen – volgens dit onderzoek – zelfs gedaald tot nul procent. Wel gelooft 81 procent aan het voortbestaan van geest of ziel.
(p. 476) Bij de demonstraties tegen de kruisraketten speelde – afgezien van een zeer terechte bezorgdheid – ook iets mee van de ouderwetse Nederlandse neutraliteitspolitiek: heel Europa mag zich bewapenen, maar wij zijn Anders. De Russische defensieplannen uit die jaren, die later in Oost-Berlijn werden aangetroffen, lieten echter weinig ruimte voor 'zachte krachten': het was keihard doorstoten door de Duitse laagvlakte naar de Noordzee, zo snel mogelijk, met

gebruik van alle middelen, inclusief kleine kernwapens in alle soorten en maten.

De theorie van ons, demonstranten, was dat de Oostblokleiders zouden 'verzachten' als het Westen zich milder zou opstellen. Achteraf bleken de leiders van wie men op dit punt de grootste verwachtingen had, de Roemeen Ceauşescu en de Oost-Duitser Honecker, de grootste tirannen en haviken te zijn. Degene tegen wie men alleen maar onaardig was geweest, de Poolse leider Jaruzelski, zette als eerste een politiek van hervormingen in. sç

(p. 485) Statistieken ontleend aan Davies, pp. 1328 en 1329.

(p. 486) De uitvinder van deze theorie is de Harvard-politicoloog Samuel Huntington. Hij ontwikkelde de opvatting dat de 'botsing van religieuze beschavingen' in de komende eeuw de belangrijkste drijvende krachten achter de wereldpolitiek zouden zijn. Zie Samuel Huntington, *The Clash of Civilizations and the Remaking of World Order.*

(p. 494) *De Volkskrant*, 1 mei 1999.

VERANTWOORDING

Dit boek had nooit geschreven kunnen worden zonder de openheid en de hulp van mijn broers, zusters en overige familieleden. Ze stimuleerden, corrigeerden me als dat nodig was, en droegen elk op eigen wijze bij aan dit project. Dat is niet alledaags, zoveel vertrouwen. Ik kan hen daarvoor niet genoeg dankbaar zijn. Met name ben ik veel verschuldigd aan mijn broer Hans, die tijdens het laatste jaar van zijn leven nog talloze verhalen, herinneringen en verstandige gedachten aandroeg. Ook zijn vrouw Marianne en mijn zusters Anna en Tineke ben ik zeer erkentelijk voor alle zorg waarmee ze mijn teksten tegen het licht hielden en van commentaar voorzagen. Het beeld dat ik van onze ouders schets, is en blijft uiteraard mijn beeld, met alle betrekkelijkheid van dien.

De citaten in dit boek heb ik zoveel mogelijk in de oorspronkelijke spelling gelaten. Mijn ouders schreven voor de oorlog keurig Nederlands anno 1918 en de spellingshervorming van 1934, die vooral bedoeld was voor het onderwijs, had aanvankelijk weinig invloed op hun brieven. Ze bleven tot in de oorlog 'zoo' en 'beste menschen' schrijven. Wel lieten ze de naamvals-n los. Anna, die toen op de lagere school zat, schreef echter al in 1935 de briefjes aan haar grootouders in onberispelijk modern Nederlands.

Een uitvoerig notenapparaat past niet bij een verhaal als dit, dat geen wetenschappelijke pretenties heeft. Dat neemt niet weg dat een bronnenverantwoording op zijn plaats is.

Dit boek is alleen gebaseerd op primair bronnenonderzoek, voor zover het de persoonlijke geschiedenis van mijn ouders betreft. Naast brieven en interviews met familieleden vond ik het nodige met behulp van de gemeentearchieven van Schiedam en Oostvoorne, de

Provinciale Bibliotheek in Leeuwarden en de VU-Bibliotheek en het Nederlands Instituut voor Oorlogsdocumentatie in Amsterdam. De Koninklijke Bibliotheek in Den Haag was voor mijn krantenonderzoek een goudmijn. Zelfs de *Sumatra Post* uit Medan was er vrijwel compleet voorradig.

Voor het overige heb ik gebruik gemaakt van een grote hoeveelheid secundaire bronnen. Sommige auteurs namen me op verwarrende momenten bij de hand, andere waren buitengewoon inspirerend, weer andere leverden talloze feiten en citaten. Ook hun ben ik veel verschuldigd. Een aantal auteurs is in de tekst genoemd, maar omwille van de leesbaarheid kon ik dat lang niet bij iedereen doen. Ik noem ze hier.

Algemeen

Tijdens het schrijven van dit boek had ik permanent onder handbereik Norman Davies' voortreffelijke Europese geschiedenis *Europe, a History* (Londen 1996) net als die van Eric Hobsbawm *The Age of Extremes, The Short Twentieth Century* (Londen 1994), Mark Mazowers *Dark Continent, Europe's Twentieth century* (Londen 1998) en Martin Gilberts *A history of the twentieth century*, I 1900-1933 (Londen 1997).

Ook had ik profijt van het heldere overzicht van Jos van der Lans en Herman Vuijsje, *Lage landen, Hoge sprongen, Nederland in beweging 1898-1998* (Wormer 1998), van E.H. Kossmann, *De Lage Landen 1780-1980, Twee eeuwen Nederland en België* (Amsterdam/Brussel 1986) en van de zeer informatieve *Documentaire Twintigste Eeuw* van uitgeverij Waanders (Zwolle 1992-1994).

Met name voor de jaren twintig en vijftig bood P.J. Bouman *Cultuurgeschiedenis van de twintigste eeuw* (Amsterdam/Brussel heruitg. 1977), nog altijd goede aanknopingspunten. Het beste overzicht van de vooroorlogse periode geeft echter nog steeds het eerste deel van L. de Jongs monumentale werk (dat sowieso als een eenzame woudreus de hele Nederlandse geschiedschrijving over deze eeuw beheerst) *Het Koninkrijk der Nederlanden in de Tweede Wereldoorlog*, deel I, *Voorspel* (Den Haag 1969).

Fragmenten uit deze hoofdstukken zijn, in een andere vorm, eerder gepubliceerd in het tijdschrift *Atlas*, nr. 5, 1993.

Het beeld van Schiedam is onder andere gereconstrueerd aan de hand van Jan Noordegraaf en Arie IJzerman, *Henri Hartog, schrijver van zwart Schiedam* (Amsterdam 1980) en van F. Bordewijk, 'Verbrande erven', (uit *Bij gaslicht* (Amsterdam 1977)), waarin de auteur een desolaat beeld schept van deze 'brakende vulkaan' van rond de eeuwwisseling. Voorts had ik veel aan Hans van der Sloots ideeën over de Schiedamse mentaliteit in *Schiedam rond de eeuwwisseling* (Zaltbommel 1966).

Voor familieverhalen putte ik dankbaar uit de geschreven herinneringen van mijn vader en drie van zijn zusters – alle vier goede vertellers: C. Mak *Een halve eeuw dienst, Ploeteren en lachen in het land van beloften* (Leeuwarden 1977); M. van Deursen-Mak *Mak en Zonen, zeilmakers en scheepstuigers,* (Schiedam 1986); N. Houtman-Mak, *Beelden uit mijn kinderjaren, uit mijn jeugd zo vrij en blij* (privé-uitgave, 1994); R. van der Marel-Mak *Herinneringen aan de Hoofdstraat en omgeving,* (Schiedam z.j.). Voorts: Herman Noordegraaf, 'Het geslacht Mak', in: *Skyedam,* december 1998.

De uitvinding van de 'economie van de stagnatie' staat op naam van Auke van der Woud, *Het Lege Land, De ruimtelijke orde van Nederland 1798-1848* (Amsterdam 1987).

Over de sociaal-psychologische veranderingen in de eerste decennia van deze eeuw: Stefan Zweig, *De wereld van gisteren* (Amsterdam 1990); Marguerite Yourcenar, *Dierbare nagedachtenis* (Baarn-Amsterdam 1984); Jan en Annie Romein, *Op het breukvlak van twee eeuwen,* (Amsterdam 1967) Aan het hoofdstuk 'De gewezenen en de gemaskerden' zijn enkele opvattingen over de toenmalige middenstand ontleend.

Wat betreft de kleine luyden en Abraham Kuyper heb ik veel gehad aan Ben van Kaam, *Parade der Mannenbroeders* (Wageningen 1964), dat nog altijd een uitstekend overzicht geeft van het vooroorlogse protestantse leven. Daarnaast steunde ik onder andere op J. Stellingwerf, *Kuyper en de VU* (Kampen 1987); H.C. Endedijk, *De Gereformeerde Kerken in Nederland, 1892-1936* (Kampen 1990); G.J. Schutte en J. Vree, *Om de toekomst van het Protestantse Nederland, Jaarboek voor de geschiedenis van het Nederlands Protestantisme na 1800*, jrg. 6 (Delft 1998).

Over de achtergronden van de Eerste Wereldoorlog, naast bovengenoemde algemene overzichten, onder andere: Sophie De Schaepdrijver, *De Groote Oorlog, Het Koninkrijk België tijdens de Eerste Wereldoorlog* (Amsterdam/Antwerpen 1997), de uitstekende inleiding van Chrisje Brants bij Louis Barthas, *De Oorlogsdagboeken 1914-1918* (Amsterdam 1998), Alexander Cohen, *Uiterst rechts, journalistiek werk 1906-1920* (Amsterdam 1981) en de eerder genoemde autobiografie van Stefan Zweig. Voor ooggetuigenverslagen, naast Louis Barthas: Lyn Macdonald, *1914, The Days of Hope* (Londen 1987), waarin de honderden interviews met de laatste oorlogsveteranen een uniek stuk oorlogsgeschiedenis vormen. Ook de informatie over de Engelse inlichtingenactiviteiten in Nederland is van haar afkomstig.

Voorts: Teunis Boere, *Terwijl mijn persoon dit schrijft, Dagboek van een beurtvaartschipper op de Hollandse IJssel en de Zaan*, bewerking Cor van Someren (Alphen aan den Rijn 1989); I.J. Brugmans, *Stapvoets Voorwaarts, Sociale geschiedenis van Nederland in de negentiende eeuw* (Haarlem 1970); Cees Fasseur, *Wilhelmina, De jonge koningin* (Amsterdam 1998); Hans Plas, Klaas van Dijk, Bram Verhoog en Joop Visser, *Toen Wilhelmina regeerde, Stabiliteit en verandering in de Nederlandse samenleving, 1898-1948* (Amsterdam 1988); H. Beliën e.a., *In de vaart der volken* (Amsterdam 1998).

Hoofdstuk III en IV – De jaren twintig

Het thema van de Nederlandse afwezigheid in de Europese verwerking van de Eerste Wereldoorlog is aangekaart door M.C. Brands, 'The Great War die aan ons voorbijging', in: *Het belang van de Tweede Wereldoorlog* (Den Haag 1998). Interessant over de verwerking van deze oorlog zijn ook: H. Stuart Hughes, *Consciousness and Society, The Reorientation of European Social Thought, 1890-1930* (New York 1961); Alison Light, *Forever England* (Londen 1992); Klaus Mann, *Het keerpunt* (Amsterdam 1985); José Ortega y Gasset, *De opstand der horden* (Den Haag 1958).

Ten aanzien van de gereformeerden blijft de kroniek die Van Kaam (zie boven) in 1964 samenstelde onovertroffen. Een aantal gedachten over de vorming van de protestantse zuil is aan hem ontleend, en ook de meeste citaten uit de christelijke pers. Uitvoerig over de 'heerlijke gereformeerde vrouwenziel' en ook de meeste citaten die hierop betrekking hebben: W. Top, *Fijn en Frisch, Seksuele voorlichting onder Gereformeerden 1900-1965* (Amsterdam 1988). Een wat meer nostalgische bundel is A.C. de Gooyer, *Het Beeld der Vad'ren, Een documentaire over het leven van het protestants-christelijke volksdeel in de twintiger en dertiger jaren*, met een interessante inleiding van D. van der Stoep (Baarn 1964).

Over de studietijd van mijn vader en zijn toenmalige opvattingen putte ik uiteraard uit zijn eigen herinneringen en zijn brochure: *Waarom niet met dr. Geelkerken mee?* (Delft 1928).

Andere bronnen waren: Hendrik Algra, *Mijn werk/mijn leven* (Assen 1970); Willem Breedveld en John Jansen van Galen, *Gaius, De onverstoorbare gang van W.F. de Gaay Fortman* (Utrecht 1996); Sjoerd de Jong, 'Karl Barth: Der Römerbrief, 1922', *NRC Handelsblad*, 27 maart 1998; E.J. de Jongh, *Buskes, Dominee van het volk* (Kampen 1998); C.G. Berkouwer, *Een halve eeuw theologie, Motieven en stromingen van 1920 tot heden* (Kampen 1974); C.G. Berkouwer, *Zoeken en vinden, Herinneringen en ervaringen* (Kampen 1989); G. Puchinger, *Is de Gereformeerde wereld veranderd?* (Delft 1966).

Hoofdstuk V, VI en VII – De jaren dertig en Indië

Veel informatie over de stad Medan – ook tijdens de eerste oorlogsmaanden – vond ik in M.A. Loderichs e.a., *Medan, beeld van een stad* (Purmerend 1997). Een mooi sfeerbeeld van Deli geeft de roman *Rubber* van M.H. Székely-Lulofs (Amsterdam 1931, heruitg. 1992). Ook: A. Algra, *De Gereformeerde Kerken in Nederlands-Indië* (Franeker z.j.).

Een goed overzicht van deze periode in Nederlands-Indië bieden de Indische delen van De Jong, *Het Koninkrijk der Nederlanden in de Tweede Wereldoorlog*, deel 11a en 11b (Leiden 1984) en H. W. van den Doel, *Het Rijk van Insulinde, Opkomst en ondergang van een Nederlandse kolonie* (Amsterdam 1996). Beide auteurs ben ik veel verschuldigd.

Gegevens over koloniale wreedheden ontleende ik, afgezien van bovengenoemde bronnen, ook aan Paul van 't Veer, *De Atjeh-oorlog* (Amsterdam 1969), en Jan Breman, *Koelies, planters en koloniale politiek* (Leiden 1992). In dit boek is ook de noodkreet van J. van den Brand, *De millioenen uit Deli* (Amsterdam 1902), integraal herdrukt. De expedities in Lombok komen ter sprake in Ewald Vanvugt, *De schatten van Lombok, Honderd jaar Nederlandse oorlogsbuit uit Indonesië* (Amsterdam 1995). Voorts blijft Soekarno's pleitrede interessante lectuur: Roger Paget (red.), *Indonesia Accuses! Soekarno's defence oration in the political trial of 1930* (Kuala Lumpur 1931).

Over het racisme in de Indische samenleving ontleende ik een aantal gegevens en citaten aan Cees Fasseur 'Rassenonderscheid en overheidsbeleid in Nederlands-Indië', in: *De weg naar het paradijs en andere Indische geschiedenissen* (Amsterdam 1995). Edward Said beschreef zijn gedachten over het oriëntalisme voor het eerst in: *Orientalism, Western conceptions of the Orient* (Londen 1978). Ian Buruma paste deze visie later ook toe op de Nederlands-Indische samenleving in zijn Van der Leeuwlezing 1993, 'De Boom van Herder' *de Volkskrant*, 30 oktober 1993. Zie ook: H.C. Beynon, *Verboden voor honden en inlanders. Indonesiërs vertellen over hun leven in de koloniale tijd* (Amsterdam 1995).

Gegevens over Colijn haalde ik uit bovengenoemde 'gereformeerde' bronnen – met name Van Kaam en Puchinger –, en uit de Colijnbiografie van Herman Langeveld, *Dit leven van krachtig handelen – Hendrikus Colijn 1869-1944*, deel 1, *1869-1933* (Amsterdam 1998).

Over de vooroorlogse verhouding tussen joden en niet-joden in Nederland bood *Voorspel* van De Jong een aantal interessante citaten en gegevens, met name over het geringe anti-semitisme in de vroege NSB. Over de protestantse bevolkingsgroepen schrijft Van Kaam uitvoerig. Voor de Nederlandse reacties op het opkomende nationaalsocialisme putte ik dankbaar uit De Jong, deel 1, Ger van Roon, *Protestants Nederland en Duitsland, 1933-1941* (Utrecht 1973) en Frank van Vree, *De Nederlandse pers en Duitsland 1930-1939, Een studie over de vorming van de publieke opinie* (Groningen 1989).

Over de katholieke opvattingen uit deze periode is Michel van der Plas' documentaire *Uit het rijke Roomsche leven* (Baarn 1963) nog altijd een goede bron. Voorts: Marije Groos, 'Bomans en Het Jodenjongetje', in: *Nieuw Letterkundig Magazijn*, jrg. 14, nr. 2 en jrg. 15, nr. 1 (Leiden 1997).

De kortste en beste beschrijving van leven, werk en pathologie van Adolf Hitler is die van Sebastian Haffner, *Kanttekeningen bij Hitler* (Bloemendaal 1990). Daarnaast baseerde ik me op Hitlers belangrijkste biografen: Joachim Fest, *Hitler, Eine Biographie* (Berlijn 1973, heruitg. 1998), en Ian Kershaw, *Hitler 1889-1936: Hubris* (Londen 1998). Ook had ik profijt van John Lukacs' biografie van de biografieën, *The Hitler of History* (New York 1998).

Gegevens over de groepen achter zijn machtsovername putte ik daarnaast uit Sebastian Haffner, *Het Duitse onvermogen, Opstellen over geschiedenis*, samengesteld door Hubert Smeets (Amsterdam 1988), en Martin Gilberts genoemde overzicht van de twintigste eeuw. Enkele gedachten over de aantrekkingskracht van de nazi-ideologie ontleende ik aan Karl Mannheim, *Man and Society in a Time of Reconstruction* (1938). Haffners waarschuwing aan de geallieerden verscheen in 1940 in het Engels en is pas recent vertaald in het Duits en vervolgens in het Nederlands.

Voorts over de jaren dertig: P.J. Bouman, *Revolutie der eenzamen* (Assen 1958) – met name over de Uiver-vlucht – en Martin Reints, *Nacht- en dagwerk, Essays* (Amsterdam 1998).

Hoofdstuk VIII, IX, X, XI, XII – De oorlogsjaren

Veel gegevens over de 'tussenoorlog' en meidagen van 1940 putte ik uit De Jong, deel 1 en 2, en uit J.C.H. Blom, *Crisis, bezetting en herstel, Tien studies over Nederland 1930-1950* (Den Haag 1989). Over de eerste 'honeymoon'-maanden tussen de Nederlanders en de bezetters leverden deze auteurs eveneens het nodige materiaal.

Ik heb, ook wat deze periode betreft, met dankbaarheid gebruik gemaakt van de resultaten van het speurwerk van Ben van Kaam voor zijn tweede documentaire *Opstand der Gezagsgetrouwen* (Wageningen 1966).

Over de 'gemiste kans' van Hitler in juni 1940 om tot een verenigd Europees rijk te komen schrijft Haffner in zijn eerder genoemde *Kanttekeningen bij Hitler*. Ook Rosie G. Waldeck (*Athene Pa-*

lace, New York 1942/1998), Lukacs en Mazower gaan er uitvoerig op in. Over de relatie tussen Hitler en Mussolini: Ninetta Jucker, *Italy* (Londen 1970). Over de Spaanse burgeroorlog: Ronald Fraser, *Blood of Spain* (Londen 1979, heruitg. 1986). Voor zichzelf spreekt: H. Colijn, *Op de grens van twee werelden* (Amsterdam 1940).

Over de holocaust als bureaucratisch vraagstuk schreef Zygmunt Bauman op onnavolgbare wijze in *De moderne tijd en de holocaust* (Meppel 1998). Eveneens: Arnold Heumakers, 'Vernietiging: demonische of scheppende bureaucratie', *NRC Handelsblad*, 28 augustus 1998. Veel baat had ik ook bij de heldere analyse van de Engelse buitenstaander Bob Moore, *Slachtoffers en overlevenden, De nazi-vervolgingen van de joden in Nederland* (Amsterdam 1998). Daarnaast blijft J. Pressers *Ondergang, De vervolging en verdelging van het Nederlandse Jodendom, 1940-1945* (Den Haag 1965) een monumentale bron.

Over de invloed van lokale factoren ontleende ik het een en ander aan Henk Flap en Wil Arts, *De organisatie van de bezetting* (Amsterdam 1997). De gegevens over de passieve rol van de Nederlandse regering in Londen kwamen uit Presser en uit Nanda van der Zee, *Om erger te voorkomen, De voorbereiding en uitvoering van de vernietiging van het Nederlandse jodendom tijdens de Tweede Wereldoorlog* (Amsterdam 1997). Voorts: Victor Klemperer, *Tot het bittere einde* (Amsterdam 1997); Hannah Arendt, *Eichmann in Jerusalem, Ein bericht von der Banalität des Bösen* (München 1964); Erik van Ree, *Bloedbroeders, Stalin, Hitler en het pact* (Amsterdam 1989).

Over de Pacific-oorlog schreven – naast veel anderen – Stephen E. Ambrose en C.L. Sulzberger, *New History of World War II* (New York 1966, heruitg. 1997). Het feitenmateriaal over de Birmaspoorweg is grotendeels ontleend aan De Jong (Den Haag 1984), deel 11b, en aan de nuttige maar helaas wat chaotische bronnenstudie van H.L. Leffelaar en E. van Witsen, *Werkers aan de Birmaspoorweg* (Franeker 1982).

Wat mijn vader betreft, baseerde ik me op zijn memoires, een reeks dagboeknotities, en het rapport aan zijn superieuren *Geestelijke verzorging in jaren van krijgsgevangenschap, maart 1942-augustus 1945* (handschrift, archief Nederlands Instituut voor Oorlogsdocumentatie). Er moet echter meer zijn geweest. In de winter van 1945-1946 heeft mijn vader, zo blijkt uit zijn brieven, een gedetailleerd verslag geschreven over zijn kampervaringen, gebaseerd op losse dagboeknotities. Dertig jaar later heeft hij in zijn herinneringen ook nog een aantal kampervaringen verwerkt die deels wel, deels niet met de eerste verslagen overeenstemmen.

Van de losse notities is een getypte transcriptie bewaard gebleven. Het grote gedetailleerde verslag is echter verdwenen. Uit *Werkers aan de Birmaspoorweg* van Leffelaar en Van Witsen (p. 284) blijkt dat het zich in 1982 nog bevond in de nalatenschap van de in 1980 overleden Leffelaar, maar daarna ontbreekt elk spoor. Wel zijn in de studie van Leffelaar en Van Witsen lange fragmenten van het verslag integraal overgenomen. Een deel van de citaten in dit boek is daaraan ontleend. Baat had ik ook bij de ooggetuigenverslagen van J.C. Hamel, *Soldatendominee* (Franeker 1975) en de arts Robert Hardie, *The Burma Train Railway* (Londen 1983) en de nuchtere L.L. Baynes, *The Other Side of Tenka* (Londen 1984).

De gegevens over de kampen in Indië vond ik grotendeels in het standaardwerk van D. van Velden, *De Japanse interneringskampen gedurende de Tweede Wereldoorlog* (Groningen 1963). Voor details uit het dagelijks leven putte ik dankbaar uit de kampdagboeken die de Stichting Noord-Sumatra documentatie met grote zorg in negen delen verzamelde, *Noord Sumatra in oorlogstijd, Oorspronkelijke dagboeken uit interneringskampen chronologisch samengevoegd* (Makkum 1989-1998).

Voorts: Willem Brandt (ps. van Willem S.B. Klooster), *De gele terreur* (Den Haag 1946), Wim Kan, *Burma dagboek, 1940-1945* (Amsterdam 1986), C. van Heekeren, *Het pannetje van Oliemans* (Den Haag 1964) en *Batavia seint Berlijn* (Den Haag 1967); Rudy Kousbroek, *Terug naar Negri Pan Erkoms* (Amsterdam 1995). Over Hirohito tenslotte Herbert P. Bix belangwekkende *Hirohito and the making of Modern Japan* (Londen, 2000).

Hoofdstuk XIII – De wederopbouw

Over de 'morele paniek' van vlak na de oorlog schreven H. de Liagre Böhl en G. Meershoek, *De bevrijding van Amsterdam* (Zwolle, 1989). De geciteerde enquêtes zijn afkomstig uit J.C.H. Blom, *De Tweede Wereldoorlog en de Nederlandse samenleving*, dat uitgebreid ingaat op het probleem van continuïteit en verandering na 1945. Voorts: Barbara Ehrenreich, *Fear of Falling, The Inner Life of the Middle Class* (New York 1990); R.A. Damsté en Ch. A. Cocheret (red.), *Herrezen Nederland, 1945-1955* (Nationaal 5 mei-comité, Den Haag 1955).

Een voortreffelijk overzicht van de Nederlandse dekolonisatie in Indië en de kwestie-Westerling in het bijzonder biedt L. de Jongs deel 12a en 12b (Den Haag 1988). Daarnaast had ik opnieuw profijt van Van den Doel, *Het Rijk van Insulinde*, en van Fasseur, *De weg naar het paradijs*, met name wat betreft de rol van de Verenigde Staten. Over de 'excessen' schreven, afgezien van bovenstaande auteurs: J.A.A. van Doorn en W.J. Hendrix, *Ontsporing van geweld* (Rotterdam 1970). Voorts: Martha Gellhorn, 'Reis door Java', in: *Het gezicht van de oorlog* (Amsterdam 1988); Bas Blokker e.a., 'Onze Jongens. En hoe Indië verloren ging', *NRC Handelsblad*, 2 januari 1999.

H.L. Leffelaar schreef indrukwekkend over de verwerking van de Japanse kampen in *De Japanse regering betaalt aan toonder* (Alphen aan den Rijn 1980). Anders: Mischa de Vreede, *Waar ik mee leef* (Amsterdam 1995). Relevant in dit verband is ook: Rudy Kousbroek, *Het Oostindisch kampsyndroom* (Amsterdam 1992) en ' "Wil je me slaan?" Kousbroek ontmoet zijn Japanse kampcommandant', *NRC Handelsblad*, 2 oktober 1998.

Over de kerkscheuring van Schilder: Aleid Schilder en Jan Veenhof, *Van vrijmaking tot bevrijding* (Baarn 1995).

Hoofdstuk XIV – De jaren vijftig

De klassieke beschrijving van de jaren vijftig is en blijft H.J.A. Hofland, *Tegels lichten, of ware verhalen over de autoriteiten in het land van voldongen feiten* (Amsterdam 1972, heruitg. 1986). Dezelfde auteur schreef op jeugdige leeftijd ook al een interessante beschouwing over de jaren tachtig en negentig: *Geen tijd, Op zoek naar oorzaken en gevolgen van het moderne tijdgebrek* (Amsterdam 1955).

Citaten over de opbouw van de verzorgingsstaat – o.a. van Jelle Zijlstra – zijn ontleend aan een serie van drie artikelen van Kees Caljé en ondergetekende, *Het Hollands drama* (*NRC Handelsblad* 20 en 27 maart en 10 april 1993).

Veel informatie over de mentaliteit van die jaren en de eerste reacties op Elvis Presley en de rock-'n-roll trof ik aan in Jacques Janssen, *Jeugdcultuur, Een actuele geschiedenis* (Utrecht 1994), en Hans Rigthart, *De eindeloze jaren zestig, Geschiedenis van een generatieconflict* (Amsterdam 1995). Boeiend is ook nog altijd het jeugdonderzoek van J. Goudsblom, *De Nieuwe Volwassenen* (Amsterdam 1959).

Over de watersnoodramp ontleende ik een en ander aan Kees Slager, *De Ramp, Een reconstructie, 200 ooggetuigen over de watersnood van 1953* (Goes 1992).

Over de Koude Oorlog: John Lukacs, *Het einde van de moderne tijd, Ideologie versus nationalisme* (Amsterdam/Antwerpen 1993). Zie ook Davies, *Europe*. Specifiek (en uitgebreid) is Duco Hellema, *Negentienzesenvijftig, De Nederlandse houding ten aanzien van de Hongaarse revolutie en de Suezcrisis* (Amsterdam 1990).

Voorts: Chris van Esterik, *Nederlands laatste bastion in de Oost, ekonomie en politiek in de Nieuw-Guineakwestie* (Baarn 1982), en Theo Peters, *Nederlands Nieuw-Guinea 1945-1963* (Den Haag 1993).

Hoofdstuk XV en XVI – De jaren zestig

Voor de jaren zestig was, naast de uitstekende Nederlandse overzichten van Rigthart en Janssen, *The Sixties*, van Arthur Marwick (New York 1998) een belangrijke leidraad. Ook is een enkel fragment verwerkt uit mijn eerder verschenen korte cultuurgeschiedenis *The Amsterdam Dream* (Amsterdam 1986).

Wat betreft de secularisering in Nederland tijdens de laatste decennia leunde ik sterk op de gegevens uit het voortreffelijke onderzoek van Gerard Dekker, *God in Nederland, 1966-1996* (Amsterdam 1997). Andere cijfers putte ik uit het *Sociale en Culturele Rapport* 1996 en 1998 van het Sociaal en Cultureel Planbureau (Den Haag 1996 en 1998). Nuttig waren ook Geert de Vries, *Nederland verandert, Sociale problemen in de jaren tachtig en negentig* (Amsterdam 1992), G. Puchinger, *Christen en secularisatie* (Delft 1968), Koosje Koster e.a., *De kogel door de kerk, Interviews met gewezen gereformeerden* (Den Haag 1965), N.A. Schuman, *De kogel geketst* (Den Haag 1966) en, opnieuw, Van der Lans en Vuijsje, *Lage landen, Hoge sprongen*. Het citaat van Diettrich Bonhoeffer is afkomstig uit *Verzet en overgave* (Baarn 1977).

Delen van de beschrijving van de tochtjes met mijn vader verschenen eerder als 'Bozum was het beste', *De Groene Amsterdammer*, 19 december 1984, *Voorlopig*, november 1985. Over de opvattingen binnen de protestantse theologie citeerde ik uit H.M. Kuitert, *Jezus: nalatenschap van het christendom. Schets voor een christologie* (Amsterdam 1998).

Voorts waren van belang: Marshall MacLuhan, *Mens en media* (Bilthoven 1971); Dennis Meadows, *Rapport van de Club van Rome* (Utrecht 1972); H. Drion, *Denken zonder diploma* (Amsterdam 1986); John Berger, *Stemverheffing* (Amsterdam 1992); Benedict Anderson, *Verbeelde gemeenschappen, bespiegelingen over de oorsprong en de verbreiding van het nationalisme* (Amsterdam 1995); Samuel Huntington, *The Clash of Civilizations and the Remaking of World Order* (New York 1996); H.J.A. Hofland, 'De polder als Titanic', *NRC Handelsblad*, 1 juli 1998.

Fotoverantwoording
De foto op pagina 98 werd gemaakt door Henk Jonker/Maria Austria Instituut; de foto op pagina 124 werd gemaakt door M. C. A. Adama. De overige foto's zijn afkomstig uit het familiearchief van de auteur.

Lees ook van Geert Mak:

Een kleine geschiedenis van Amsterdam

Aan de hand van personen, gebouwen, dagboeken, schilderijen en foto's biedt Geert Mak een caleidoscoop van kleinere geschiedenissen, die telkens in een breder perspectief worden geplaatst. Zo wordt op uiterst leesbare wijze de historie van Amsterdam beschreven.

'Dit is een buitengewoon sterk boek. Wilt u de verhalen? Lees het. Wilt u de geschiedenis van de kleine man en vrouw? Lees het. Wilt u Amsterdam leren beminnen? Lees het.' – Geert van Istendael, *Vrij Nederland*

Hoe God verdween uit Jorwerd
Een Nederlands dorp in de twintigste eeuw

Wat is er gebeurd op het platteland toen de machines kwamen, de subsidies en de banken, en toen de echte boeren langzaam ten onder gingen? Geert Mak nam zijn intrek in een Fries dorp en beschreef een historische omwenteling waarvan pas nu de omvang en de gevolgen zichtbaar worden.

'... het ware meesterschap... Het Jorwerd van Mak is als het Macondo van García Márquez.' – Anil Ramdas, *NRC Handelsblad*

De engel van Amsterdam

De anatomie van een moderne stad, van het alledaagse leven, de uiterlijke vormen, maar ook van de magie, de rituelen, de vergeten wereld achter en onder het hedendaagse Amsterdam.

'[Maks] verhalen zijn helder, onderhoudend en scherp analyserend.' – *de Volkskrant*